Über dieses Buch:

»Der Streit um den Sergeanten Grischa«, 1917 konzipiert, 1921 als Drama niedergeschrieben, 1927 in der *Frankfurter Zeitung* vorabgedruckt, erschien 1928 in hoher Auflage als Buch, wurde in 17 Sprachen übersetzt und ging in die zeitgenössische Weltliteratur ein, ehe es 1933 von den Nazis verbrannt wurde.

Es ist die Geschichte vom Sergeanten Grischa Iljitsch Paprotkin, der es 1917 in der deutschen Kriegsgefangenschaft nicht mehr aushalten kann, flieht, von Babka, die ihn liebt, mit dem Paß eines toten Soldaten ausgestattet und von der deutschen Militärpolizei aufgegriffen wird. Es entsteht ein Streit um den Sergeanten Grischa, und viele Hunde raufen sich um diesen Knochen: Der noble General von Lychow, Kriegsgerichtsrat Dr. Posnanski, Generalmajor Schieffenzahn, die Paragraphen, der ganze Krieg. Grischa, der hier in den Mechanismus des deutschen Kriegsrechts und der Politik gerät, ist zum Symbol geworden wie Schwejk.

»Über die Gesinnung des tapferen Friedenssoldaten Arnold Zweig ist nicht zu reden. Das Buch könnte, bei stärkster pazifistischer Wirkung, schwach sein – es ist sehr stark. Es wird wahrscheinlich mehr Menschen zum Nachdenken über das Wesen des Krieges bringen als alle Propagandaaufsätze der letzten Jahre – es bohrt sehr tief und wendet sich an ganz einfache Empfindungen; es sagt gewissermaßen: ›Wir beide wollen uns doch nichts vormachen, wie –?‹ Endlich einmal wird der Krieg gar nicht diskutiert, sondern mit einer solchen Selbstverständlichkeit abgelehnt, wie er und seine Schlächter das verdienen. Erst heute –?«

(Kurt Tucholsky 1927)

Der Autor

Arnold Zweig, 1887 in Glogau geboren, studierte Germanistik, Philosophie, Geschichte, Psychologie, Kunstgeschichte und Nationalökonomie in Breslau, München, Berlin, Göttingen, Rostock, Tübingen. Nach der Teilnahme am Ersten Weltkrieg in Serbien und Frankreich lebte er 1919–1923 als freier Schriftsteller am Starnberger See, dann in Berlin; emigrierte 1933 nach Palästina. Mitarbeit an zahlreichen Emigrantenzeitschriften. 1948 Rückkehr nach Berlin (DDR), wo er 1968 gestorben ist.

Im Fischer Taschenbuch Verlag sind außerdem erschienen: ›Junge Frau von 1914‹ (1335), ›Furchen der Zeit‹ (1407), ›Erziehung vor Verdun‹ (1523).

Arnold Zweig

Der Streit um den Sergeanten Grischa

Roman

Fischer
Taschenbuch
Verlag

Für die Frau Beatrice

Fischer Taschenbuch Verlag
1.–17. Tausend: Juni 1972
18.–22. Tausend: Mai 1975
Ungekürzte Ausgabe

Umschlagentwurf: Jan Buchholz/Reni Hinsch
unter Verwendung eines Szenenfotos aus dem Fernsehfilm
›Der Streit um den Sergeanten Grischa‹; Regie: Helmut Schiemann;
Eine Produktion des Deutschen Fernsehfunks, Ost-Berlin
Die Aufnahme zeigt Josef Karlik als ›Sergeant Grischa‹

Fischer Taschenbuch Verlag GmbH, Frankfurt am Main
Lizenzausgabe mit freundlicher Genehmigung
des Aufbau-Verlages, Berlin und Weimar

Gesamtherstellung: Hanseatische Druckanstalt GmbH, Hamburg
Printed in Germany
ISBN 3 436 01545 8

Inhalt

Erstes Buch: Babka

Erstes Kapitel: Die Zange

Die Erde, Tellus, ein kleiner Planet, strudelt emsig durch den kohlschwarzen, atemlos eisigen Raum, der durchspült wird von Hunderten von Wellen, Schwingungen, Bewegungen eines Unbekannten, des Äthers, und die, wenn sie Festes treffen und Widerstand sie aufflammen läßt, Licht werden, Elektrizität, unbekannte Einflüsse, verderbliche oder segnende Wirkungen. Die Erde hat, umwallt von ihrer schweren, wolligen Lufthülle, auf ihrer elliptischen Bahn jene Phase hinter sich, die ihre Nordwestgefilde am weitesten vom Lebensquell der Sonne weghält; unaufhaltsam kreisend arbeitet sie sich in günstigere Stellung. Da prallen die Strahlen der großen Glut erregender in Europas Bereich; die Atmosphäre gerät in Gärungen, rasende Winde stürzen von den kalten Zonen überall zu den schon wärmeren Landgebilden; in denen es sich, gelockt von der Magie des wieder wachsenden Lichtes, zu regen beginnt, zu keimen. Die Welle des Lebens in den Nordländern steigt langsam an, in ihren Menschen vollziehen sich, wie Jahr für Jahr, befremdende Wandlungen.

Es steht ein Mann im dicken Schnee, unten am Fuße eines schwarz angekohlten Baumes, der spitzwinklig in gute Höhe ragt mitten im verbrannten Walde, schwarz auf vielfach zertretener Weiße. Der Mensch, gekleidet in viele Hüllen, versenkt die Hände in die Taschen der äußersten, blickt vor sich hin und denkt. Butter, denkt er, anderthalb Pfund, und zweieinhalb Pfund Mehl von den Bauern, und ein gespartes Brot und die Erbsen. Ja, das wird's tun. Dabei kann sie wieder eine Weile bestehen. Geb's Fritzke mit, der morgen auf Urlaub fährt. Vielleicht tausch ich meinen Tabak gegen eine Büchse Schmalzersatz ein; wenn ich von der Löhnung eine Mark drauflege, rückt der Küchenbulle damit raus. Butter, denkt er, anderthalb Pfund, und so breitet er den Inhalt eines Paketes, das er an seine Frau zu schicken plant, wieder in seinem langsamen, umständlichen Geiste aus, dies oder jenes in etwa noch entdeckte Lücken zu verstauen. Er möchte in dem grüblerischen Anfall seiner tiefen inneren Versenktheit gern die Füße aneinanderreiben, die ziemlich kalt sind, aber da sie in dicken Stiefeln stecken, umwickelt von Fußlappen

und von dem unteren Teil der Hose, läßt er es sein. Seine Beine haften grämlich im hohen Schnee, nebeneinander wie die Hinterfüße eines Elefanten. Er hat einen eisengrauen Mantel an, mit sinnlosen roten Vierecken auf dem Kragen unterm Kinn und einem Streifen blauen Tuches mit einer Nummer auf jeder Schulter. Unter den Arm geklemmt steckt ihm, während er über Erbsen nachdenkt und Schmalz, ein langer schwerer Prügel, Holz gefügt an maschinenartig geformte Eisenteile, Gewehr genannt; damit vermag er geschickt gelenkte Sprengungen hervorzurufen, um andere Männer auf weite Entfernung hin zu töten oder zu verfehlen. Dieser Mann, die Ohren unter weichen schwarzen Klappen verborgen, im Munde eine kleine, zum Rauchen getrockneter Blätter eingerichtete Pfeife, deutscher Handwerker, hält sich unter diesem Baum des verbrannten Waldes nicht freiwillig auf. Seine Gedanken strömen ununterbrochen nach Westen, dorthin, wo in einigen würfeligen Räumen eines gemauerten Hauses Frau und Kind auf ihn warten. Er steht hier, sie hocken dort. Es drängt ihn heftig zu ihnen, aber da ist etwas zwischen sie geschaltet, unsichtbar, sehr mächtig: ein Befehl. Ihm ist befohlen, auf andere Menschen aufzupassen. Man schreibt Winter 1917, genauer: zweites Märzdrittel. Die Europäer sind in einen Krieg verwickelt, der sich schon einige Zeit auf ziemlich zähflüssige Weise abspielt. Mitten in einem Walde des Ostlandes hier, der den »Russen« genannten Weißen bis auf weiteres entrissen, grübelt dieser deutsche Soldat, der Landsturmgefreite Birkholz aus Eberswalde, und bewacht Gefangene, Krieger dieser Russen, welche nun für die Deutschen arbeiten müssen.
Gut siebzig Meter von ihm entfernt, auf den Schienen einer Eisenbahn, beladen sie große rotbraune und graugrüne Güterwagen mit zerschnittenen Hölzern. An jedem Wagen hantieren zwei Mann. Andere schleppen ihnen auf der Schulter ziemlich schwere, zweckmäßig bemessene Balken und Bretter zu, die wieder andere vor wenigen Tagen aus den erstorbenen Kiefern geschnitten haben, deren einst grünes und braunrotes Meer von den Beilen und Sägen der gefangenen Menschen nach vielen Richtungen hin zerfressen worden ist. Viel weiter als Blicke sich zwischen Stämme drängen, Tageritte der Breite und Tiefe hin, ragt mit seinen schwarzen Säulen kraß gegen Schnee und Himmel ein Kadaver von Forst – zwanzigtausend Hektar. Die Brandbomben der Flieger und die Granaten der Feldgeschütze haben seinerzeit im Sommer ganz ausgezeichnet gearbeitet. Kiefern und Fichten, Birken und Buchen, einerlei: ausgebrannt, angesengt, von fern gedörrt oder totgequalmt – hin sind sie, und nun dienen ihre Leichen. Noch riecht's brandig aus den

schorfigen Borken. Am letzten Wagen sprechen zwei Russen in ihrer Sprache von einer Zange.
»Es ist unmöglich«, zögert der schmälere von beiden, »wo werde ich sie dir geben? Zu solchen Dummheiten verhelfe ich dir nicht, Grischa.«
Der andere, zwei merkwürdig starke Augen von grauem Blau richtet er auf den Freund und lacht kurz. »Es ist, als hätt ich sie schon in der Tasche, Aljoscha.«
Dann legen sie wieder die gelblichweißen Pfosten, die dazu dienen werden, Unterstände – Menschenhöhlen – und Stollen zu stützen, nach einer bestimmten Ordnung in den Wagen, dessen vordere Wand heruntergeklappt hängt. Oben werkt dieser Grischa, verstaut die Ladung, unten Aljoscha und reicht ihm Mal um Mal die starkriechenden Bohlen hinauf. Sie sind etwas unter mannshoch, gut anderthalb Zoll dick, oben und unten mit einem Einschnitt versehen, einer Zarge; so kann man sie gut aneinanderfügen.
»Mir fehlt nichts weiter als die Zange«, beharrt Grischa.
Fünf oder sechs Gefangene in einer kurzen Reihe, jeder vier solcher Stützen auf der Schulter; sie schmeißen sie vor dem Wagen ab, das helldumpfe Klingen kalten Holzes prasselt auf, dann stehen sie alle sieben kurze Zeit nebeneinander. Sie reden nichts. Die Träger lassen ihre Arme hängen, betrachten den großen Haufen Holz.
»Noch genug«, sagt Grischa, »geht, Kameraden, wärmt euch, es hat Zeit.«
»Gut, Grischa«, antwortet einer von ihnen, »wenn du so meinst, ist's in Ordnung«, und sie nicken ihm zu. Drüben zwischen den Schienensträngen der beiden Bahnen, die sich an dieser Stelle treffen, einer schwachen Feldbahnspur und einem vollwertigen Hauptgleise, brennt mächtig und duftend ein großes Feuer. Beständig sitzen und stehn an ihm auf hingelegten Schwellen, Klötzen, Brettern die bewachenden Mannschaften und die arbeitenden Russen mit ihren deutschen Vorarbeitern, Armierungssoldaten der Landsturmkompanie. Blecherne Kessel mit Kaffee werden an Stöcken in die Glut gehalten, der und jener röstet sich Brot auf einen frischen Ast gespießt an der Flamme. Mit knisternden Vorstößen, mit Fauchen und kleinen Knallen nährt sich das mächtige Element von den harzigen Zweigen.
Vor der Bahn weicht rechts und links der Wald zurück. Wie verrostet, Gespenster der Lebendigen, entwachsen die mächtigen Stämme dem Schnee, dem dicken, pulverig gefrorenen Märzenschnee des westlichen Rußland, auf dem die Sonne überall blaue und goldene Schatten und Lichter bewegt und den die Spuren klo-

big benagelter Stiefel zerkreuzen. Vom weißbeflockten Gesparre tropft unterm Anprall des Lichtes Schmelzwasser und gefriert in schattigen Zonen. Ein hoher, sehr blauer Himmel zieht die Blicke der Männer aufwärts. »Es wird Frühling«, sagt Grischa bedeutungsvollen Tons.

»Was du vorhast, das wird nicht«, entgegnet Aljoscha bittend. »Frühling kommt, ja, dann geht's uns besser, wir liegen im Moos, es gibt mehr zu essen. Sei kein Dummkopf, Grischa, bleib hier; verrückt, was du vorhast. Du läufst nicht fünfzig Werst weit. Das ganze Land wimmelt nur so von Deutschen: Feldwachen, Gendarmen, Kompanien und Kommandos. Bist du ausgerissen, und sie fassen dich wieder – paar Jahre nach Friedensschluß noch mußt du für sie arbeiten wie ein Ochs, Grischa.«

Grischa ordnet schweigend und auf ganz besondere Weise die Stempel an, die er allein auf dem Wagen verstaut. Unmöglich hat jemand diese Raumvergeudung befohlen: zwischen der hinteren Wand des Wagens und dem verladenen Gut hält er einen Gang frei, unten am Boden, wo das Schwergewicht der kurzen Balken die Ladung sichern müßte. Oben verdeckt diesen Gang dachartig ein geschickt gestapeltes Gewölbe.

»Schnell, Aljoscha, eh sie wiederkommen!«

Und Aljoscha gehorcht. Er weiß, warum der Freund ihn jetzt antreibt. In diesem Versteck will Grischa heute nacht mit dem scheinbar vollen Wagen flüchten. Er billigt die Flucht keinen Augenblick; er setzt seine ganze Seele daran, den Freund von einer Unternehmung abzubringen, die er für hoffnungslos und irrsinnig hält. Aber er gehorcht. In der ganzen Gefangenenkompanie, zweihundertfünfzig Mann, die seit drei Vierteljahren hier am Sägewerk des Gefangenenlagers Nawarischkij verwendet wird, gibt es nicht zwei Leute, die dem ehemaligen Sergeanten und jetzigen Gefangenen Nummer 173, Grischa Iljitsch Paprotkin, irgendeine Bitte abschlagen würden oder einem seiner Befehle widersprächen. Er hat einen Spaß für jeden, er trägt das Georgskreuz von der Einnahme von Przemysl her, vor allem: jeder einzelne weiß auch, daß umgekehrt Grischa Iljitsch ihm, wo's ihm nur möglich ist, zu Diensten wäre und oft genug war.

Aljoscha reicht, leichten Schweiß auf der Stirn, mit der Schnelligkeit und Knappheit eines leidenschaftlich mitarbeitenden Kameraden einen der kantigen kiefernen Stempel nach dem andern diesem Mann hinauf, der sie ihm nahezu aus den Händen reißt und mit den schweren nassen Klötzen wie mit leichten Stöcken hantiert. Eins zwei, eins zwei: mit dem umwickelten Glockenton von Holz an

Holz legen sich über das schlauchartige Versteck die Dachsparren, die verkappenden Bohlen. Grischa, auf dem vollbeladenen Teil des Wagens stehend, prüft sorgfältig mit der Fußspitze den hohlen: der hält. Da ward gute Arbeit geschafft. Er hat an der Wagenwand eine Schicht seiner Hölzer hochkant emporgeführt und damit zugleich die Kälte abgesperrt und den Dachsparren Halt gegeben. In diese Höhle will er heute nacht kriechen, will drin liegen wie ein Dachs in seiner Röhre; gegen Morgen, so um vier, wird eine Lokomotive den ganzen Zug aus dem Walde schleppen, ostwärts.

Und östlich strebt er hin. Mit vielen Güterwagen rollen diese Holzwaggons ziemlich dicht zur Front, und dorthin drängt es ihn. Man lebt, noch einmal, im Anbruch des Jahres 1917; die russischen Armeen, zahlloser Niederlagen und der gräßlichsten Menschenverluste müde, haben erst auf eigene Faust, dann unter Billigung neuer politischer Machthaber den Krieg in Ruhezustand gesetzt. In Petersburg vollziehen sich Wandlungen: der große Zar, Väterchen, Nikolai II. hat abgedankt, seinem Sohne die alte hohe Reichskrone zu retten; Großfürst Michael, zum Reichsverweser bestimmt, zieht vor, die Macht in die Hände der Duma zu legen, des so oft weggeschickten Parlaments; Soldaten schießen auf die Zarenpolizei, die rote Fahne weht im hungernden Petersburg, in Moskau, Jekaterinburg, Kronstadt, Kasan ... Die Schlüsselburg gesprengt, Verbrecher befreit, Generale gefangen, Minister verjagt, Admirale ersäuft, erschossen, geflüchtet – Leute, Leute! Jetzt leitet Rußlands Geschick ein Haufen Zivilisten, ein behäbiger Mann Rodzianko, ein Gutsbesitzer Fürst Lwow, ein Professor Miljukow und der kluge, geschmeidige Arbeiteradvokat Kerenski – Rußland bildet sich um, Rußland erwartet Gewehr bei Fuß den Frieden. Zwischen den Gräben der Deutschen und denen der Russen werden Kugeln nicht mehr getauscht: Verbrüderung! Überläufer drängen, da der Krieg ohnehin gleich zu Ende ist, den heimatlichen Dörfern und Städten zu, in denen, bestenfalls, ihre Angehörigen so lange schon auf sie warten. Grischa Iljitsch Paprotkin, Sergeant, aber ist in Wologda zu Haus, weit hinten im Nordosten des mächtigen russischen Gebildes, und sucht er Frau und Kinder, muß er sie jenseits der russischen Front finden.

Das ist sein Plan. Er wird den Deutschen fortlaufen; er hält es nicht mehr aus. Mit dem Beginn des neuen Jahres, mit der Bestätigung vielfacher Gerüchte ist eine Unruhe in sein Herz getreten; langsame, schwerfüßige Gedanken haben sich Morgen für Morgen mächtiger in seinem Kopfe eingestellt: nach Hause. Er hat allzu lange ausgeharrt. Zwischen den Stacheldrähten, zwischen den karierten Befeh-

len der verrückten Deutschen, die aus Angst dem Menschen nicht einmal mehr Freiheit zum Atmen lassen, sondern ihm am liebsten noch befehlen würden: Jetzt atme ein, jetzt atme aus, jetzt schneuz dir die Nase, jetzt geh auf die Latrine – zwischen den enggepferchten Schlaflagern in den Baracken, zwischen diesen stieräugigen Scharen von Vorgesetzten, zwischen alldem ist für ihn zum Atmen nicht mehr Raum. Er ist jetzt sechzehn Monate ihr Gefangener, und er wird es keinen neuen Morgen mehr sein. Heute nacht wird er seinen Weg zurück zu Marfa Iwanowna antreten und zu seiner kleinen, winzigen Jelisawjeta, die er noch nicht einmal gesehen hat. Dies ist so beschlossen wie die Fallkraft eines Steins. Und weil er die Zange dazu braucht und Aljoscha Hilfsmann des Werkzeugunteroffiziers ist, wird Aljoscha ihm diese Zange zum Durchbeißen der Drahtgitter ganz einfach stehlen.
Der hintere Teil des Ganges ist gute Arbeit. »Jetzt den Zugang, rasch, Aljoscha«, erwidert er unerbittlich den stummen Weigerungen seines Freundes. Um Aljoschas willen wird ihm die Flucht nicht ganz so leicht. Aber sie sehen sich nach Friedensschluß wieder. Er hat es ihm immer von neuem auseinandergelegt. Wenn er noch warten könnte, warum sollte er nicht warten? Aber in seiner Brust ist kein Platz mehr für Warten. In seinem Arm ist ein maßloser, immer dreisterer Drang, alles niederzuschlagen, zu zerreißen, beiseite zu hauen. In seinem Hirn tanzen bei jeder Gelegenheit eines frechen Unteroffiziers bunte Funken. Er muß weg, oder es gibt Schlimmeres; und das weiß Aljoscha. Die Griffe fliegen; sie bauen.
Endlich liegen im Schnee keine Bohlen mehr. Die beiden Arbeiter schlagen ihre Hände gegen die Oberarme, über Kreuz mit schlenkerndem Schwung, Grischa springt mit starren Beinen vom Wagen, und die mächtigen grauen Fausthandschuhe anziehend, die sie bei der Arbeit nicht brauchen können, stapfen sie zum Feuer. Inzwischen trotten die fünf Zuträger wieder zu ihrer entfernten Kolonne hin, die mit den kleinen Kippwagen und Plattformen der Feldbahn das frischgeschnittene Material anschleppt. Das Sägewerk (und das Gefangenenlager dicht bei ihm), ein kleines Barackendorf im ganzen mitten in dem mächtigen, menschenleeren Nawarischker Waldgebiet, steht ungefähr drei Kilometer entfernt auf einer Anhöhe; das Anschlußgleis der Hauptstrecke endet ehemaliger Fliegerdekkung wegen am tiefstgelegenen, dichtestbewachsenen Punkte des Waldgeländes. Bis dorthin kann, wer geschickt ist und mit einem Knüppel zwischen den Rädern zu bremsen versteht, diese »Loren« auch ohne Lokomotive das leichte Gleis hinunterdonnern lassen. Eben kommt der Gefreite Printz, ein blonder und unverbesserlicher

Junge, der nach seiner Verwundung mit anderen dem Landsturmbataillon zugeteilt wurde, auf solcher Lore – Lowry – heruntergesaust, krachend wie der Teufel.
»Und mit dem Ding, das so lärmt, willst du heute nacht vom Lager türmen?« murmelt Aljoscha spöttisch zu Grischa, der sich eine Pfeife mit dem zweifelhaften Gefangenentabak stopft und seinen Beutel mit selbstverständlicher Gebärde dem Freunde hinhält. Grischa stößt ihn mit dem Ellenbogen gutgelaunt in die Seite: »Bist ein Dummkopf, Aljoscha, vergißt den Wind, wenn die Sonne erst unten ist, jeden Abend lärmen die alten Bäume, als kriegten sie's von mir bezahlt, und in den Lüften heult der Teufel mit seiner Großmutter. Du brauchst mir die Zange nicht vor acht Uhr zuzustecken. Um halb neun, nach der Abendrunde, geh ich ihnen durch die Lappen. Bruder, Kamerad, wenn du mitkämst; Aljoscha, zu zweien, wir schlagen uns durch.«
Aljoscha lächelt. Näherten sie sich jetzt nicht gerade dem Feuer, so fiele dies Lächeln noch etwas trüber aus.
»Ich glaub's nicht, Grischa, hab kein Zutrauen dazu.«
»Wozu hat der Kamerad kein Zutrauen?« fragt vom Feuer der Unteroffizier Leszinsky, der gut Russisch versteht, die beiden als Freunde bekannten und beliebten Gefangenen.
»Zum Wetter«, antwortet Grischa munter. »Er denkt, es wird Regen geben.«
Der Gefreite Birkholz, von seiner Kiefer her zum Feuer geschlendert – in fünf Minuten ist Mittagspause, die Gulaschkanone wird jeden Augenblick anrücken, und mit seinem Paket ist er inzwischen im Geiste ziemlich fertig, der Tischler Birkholz aus der Berliner Straße in Eberswalde –, lehnt sein Gewehr an den Baum und hält die Hände in die Glut, indem er sich auf den Bretterstapel setzt, auf dem die Russen zusammenrückend ihm Platz machen. »Regen. Eh das regnet, das hat gute Wege, das mußt du mir glauben. Wind Abend für Abend, man denkt, die Baracke fliegt weg, und ein Lärm, beinah nicht zum Einschlafen. Aber frühmorgens sieht der Himmel aus wie Mutters Tischtuch am Sonntag, aber blank, Rußki.«
Grischa legt ein Stückchen glühenden Holzes mit den bloßen Händen auf den Tabak in seiner Pfeife und pafft. Aljoscha steht da und lächelt schüchtern. Nur das Krachen und Knattern der Flammen füllt die Pause nach diesen Worten, die in allen ohne Ausnahme den empfindlichen Punkt berührt haben: die Sehnsucht nach Hause. Alle diese Männer, ältere Leute, seit Jahren ihren Lebensgewohnheiten und nahen Menschen entfremdet, leiden an Heimweh. Da es aber eine ständige Einrichtung ihrer Seelen geworden ist, die

Schwerkraft gewissermaßen ihrer Herzen, nach der sich alles in ihnen regelt, bemerken sie es vor sich selbst nur von Fall zu Fall. Kein einziger würde sich besinnen, wenn die Hemmungen nicht zu stark wären, die man in ihnen und um sie zu errichten verstand, heimwärts aufzubrechen wie Odysseus, der Heimkehrer des Trojanischen Krieges, und sich umhertreiben lassen in gefährlichen Spiralen wie er, magnetisch gezogen und im Innersten der Heimkunft gewiß. In Grischa arbeitet von ihnen allen die leidenschaftlichste Seele, und darum tut er, was Millionen verschieden bekleideter, ins Kriegshandwerk verwickelter Männer in diesem Augenblicke nur ersehnen. Aber dieser maßlose Drang, in ihnen allen einen Augenblick gegenwärtig geworden, schwingt wie der Rauch des Feuers über ihren Köpfen; plötzlich richten sich alle Augen gen Himmel; Trompetengeschrei befremdlicher Art, gleich dem wilden eisernen Knarren einer Tür, in der blauen Luft. »Gänse«, ruft einer und deutet mit dem Finger auf den Keil, weißschimmernd, der großen Vögel, die wie ein halboffener Meßzirkel durch die Luft geworfen werden, oben hoch, klein vor Höhe und blendend weiß. Unter den Wolken, über die Wälder hin reißt der Frühling das Geschwader.

»Ja, die fliegen heim«, murmelt der Unteroffizier Leszinsky.

»Nach Osten«, spricht Grischa gelassen in das schwangere Schweigen der Deutschen und Russen, und zwar in russischer Sprache. Die Gänse verschwinden als ein blitzender Punkt in der durchstrahlten Atmosphäre, und die Stille ums Feuer wird beendet durch einen Ruf, der von fernher zu ihnen weitergegeben wird: die Gulaschkanone, auf den Schienen der Schmalspurbahn in Gestalt zweier großer Kessel soeben vorsichtig gelandet. »Fuffzehn!« ruft der Unteroffizier Leszinsky den Mittagsruf der Bauarbeiter, das herrliche Stichwort für Pause. Man langt nach den Kochgeschirren; alle diese Männer hier, Arbeiter in Uniform, lieben es, sich des Slangs zu bedienen, der sie an ihre Freiheit, an die Zeit des Zivils und der harten Kämpfe ums tägliche Brot erinnert. Manche stehen auf. Ins Klappern der Kochgeschirre – Aluminium oder Blech an Blech – sagt Aljoscha zu Grischa: »Um acht also.« Grischa schlägt ihm lachend leicht auf den Rücken. Beide wissen, was gemeint ist. Sie brauchen einander nicht einmal anzusehen.

»Was gibt's zum Mittag? Her mit der Speisenkarte!« ruft der Gefreite Printz strahlend mit seinen Grübchen.

»Bohnen mit Speck«, antwortet der Küchenunteroffizier. »Dir werden sie hier noch fettfuttern, daß du nicht mehr in Mutters Bette paßt.«

Zweites Kapitel: Ein Ausbrecher

Ungeheures Sausen.

Aus den Schornsteinen, blecherne Röhren mit kleinen Kappen, fauchen und stieben Fuchsschwänze von Funken hin über die flachen, geduckten Dächer des Barackenlagers, schwarz in der mondlosen Schwachhelligkeit des Schnees. Undurchdringlich knetet sich in den Winkeln, Durchgängen, halben Nischen das Dunkel, besonders dort, wo aus schlecht verhängten Fenstern Lichtstrahlen und schmale Bänder ihm benachbart die tosende Luft durchkreuzen.

Um den weiten, unübersichtlichen, weil zufällig entstandenen Gebäudehaufen des Gefangenenlagers singt mit der leidenschaftlichen Inbrunst eines Irrsinnigen der Wind, der Frühlingssturm, in den Notensystemen der Stacheldrähte, die drei und vier Meter hoch mehrere Linien um die Wohnbaracken, die Vorgesetztenhäuser, die Lagerschuppen und die weiten Arbeitsspeicher des Sägewerks ziehen.

Zwischen ihnen stolpert und schlittert auf dem eisenhart gefrorenen Tauschnee des Tages der Mann, der hier gerade seine Runde abgehen muß. Er schiebt Wache, nennen sie das. In einem Ungetüm von weißem Schafspelz, das Gewehr, Mündung nach unten, über die Achsel gehängt, zermalmt er mit den Nägeln seiner gefetteten Stiefel die kleinen scharfen Grate und Kämme, die die Fußspuren des Tages im Nachtfrost zurücklassen. Unsicher vor Glätte, tief abwesend vor Unglück, horcht er in den Wind hinein, der schneidend an seiner Backe vorübersaust. Er verließ die beschützte Stelle, in der man bequem schlafen kann, um der Ablösung entgegenzugehen, die jede Minute fällig ist. Natürlich hat es nicht den mindesten Sinn, hier Wache zu schieben; denn niemand denkt daran, ins Lager etwas hineinzubringen. Und daß jemand in solcher Nacht auch nur ein Kommißbrot daraus stehlen oder seine werte Person daraus flüchten könnte – das kommt nicht vor. Flüchten, jetzt, wo der Krieg zu Ende geht, das gibt's nicht. Dies ist nicht nur die Überzeugung des Landsturmmanns Heppke, sondern wohl so ziemlich der ganzen Besatzung – natürlich mit Ausnahme des Lagerfeldwebels, der ja, wie alle Feldwebel, sich sofort für geisteskrank hielte, wenn er nicht die überflüssigsten Angelegenheiten des Dienstes so ernst nähme wie jeder Mann die ihm gebührende Löhnung.

Eigentlich kocht Heppke vor Ungeduld, wo Kazmierzak, der ihn ablöst, nun zum Donnerwetter eigentlich stecke. Trotzdem überwältigt ihn der Katarakt von Getöse immer wieder, der die Luft erfüllt, vom Walde her, wo mit dem Brausen eines unermüdlichen

Wasserfalls schwellend und stoßend der Wind den Schnee zu Wehen bläst, Zweige aneinanderschlägt und hin und wieder ein schußartiges Dröhnen verursacht, dadurch, daß unter seinem Ansturm und der Sprödigkeit des Frostes ein Baum einen seiner schweren Äste krachend hergeben muß. Unmöglich, Schritte zu hören bei dem Geheul; und so stößt, der Dunkelheit entwachsen, der Landsturmmann Kazmierzak, im schwarzen Mantel noch dazu, plötzlich auf den Posten. »Na, Mensch«, sagt Heppke erlöst, »Mährmichel, ziehst du endlich deine Beine unterm Skattisch raus!«

Der Landsturmmann Kazmierzak, die Pfeife dienstwidrig im Munde, nimmt ihm die Waffe ab. Augenblicklich entledigt sich der Abgelöste des schweren Wachtpelzes, und während Kazmierzak ihn anzieht, teilt er ihm vorwurfsvoll die Beobachtung mit, die er auf dem Wege vom Wachtlokal bis zu dieser Stelle hat machen müssen: »Die Fenster. Überall fingerbreit Licht aus den Fenstern. Schlecht zugehängt, und wenn der Feldwebel das sieht, wer kriegt den Krach?« Heppke, den er kameradschaftlich beim Vornamen Karl nennt – Karl möge drin veranlassen, daß man sie besser stopfe. Es sei ja Unsinn, nicht wahr? Unsinn, wie der ganze Krieg. Wegen Fliegern hier mitten in Polen, wo höchstens Wildgänse ihnen Dreckbomben aufs Dach schmeißen. Aber Befehl ist Befehl, und Dienst ist Dienst, und Schnaps ist Schnaps, und das ganze Leben beschissen. »Augenblicklich die dämlichen Fenster abgedunkelt!« warnt er ihn noch einmal. »Träumst hier auf Posten, als kenntest du Klappkan und Parole nicht.« Klappka, so heißt der Feldwebel, ein cholerischer Mensch mit außergewöhnlich gepflegtem Talent, sich bis in die Tiefe seiner Eingeweide über jeden Dreck zu ärgern.

»Emil«, sagt Heppke mit befremdender Stimme, »Mensch, mir ist anders. Mensch, nicht nach Haus zu gehen macht mich konfuse. Und der Wind, der so verrückt ins Ohr bläst, Emil, ich bin urlaubskrank. Nicht nach Haus zu gehen macht mich marode.«

Kazmierzak antwortet nicht. Bildet der Kerl sich etwa ein, ihm oder irgendeinem Mann im Heere damit etwas Neues zu melden, so möge er sich seinen Grips unter Glas setzen lassen. Aber Heppke, dessen Augen einen Blick nach innen bekommen haben, beichtet weiter: »Und singen, horch, singen, die Rußki, wie siebzig. Drüben wird Revolution, Emil, Friede, paß auf, nach Hause, Mensch, an meinen Schraubstock, Mensch, und meine Alte wieder im Bett nebenan, und das Jungchen kriecht ums Tischbein. Emil, man sollte die Knarre an jeden Ast hängen und heimlaufen – laufen, Mensch, auf den Stiefeln. Dasmal wird Frühling, riech mal, riech vom Walde her.«

Kazmierzak ist in seinen Mantel endlich einquartiert, behängt sich mit dem Gewehr, einer altmodischen Flinte, in die ein neumodisches Schloß eingebaut ist, und meint, da sei was dran. Revolution komme drüben, das mache eben auch die hiesigen Rußki singen. Das sei etwas zum Nachdenken auf Posten von acht bis zehn, lange auch noch von zwei bis vier. Kazmierzak wagt sich mit seinen Gedanken nicht weiter vor. Er hat was Polnisches in seiner Abstammung, wie sein Name sagt, und die Erfahrung von Kriegsbeginn her hat die preußischen Soldaten mit polnischen Namen mißtrauisch gemacht – nun, gegen das Unbestimmte. Sie werden noch ein bißchen schärfer behorcht als die anderen, Elsässer ausgenommen. Und obwohl Heppke Kamerad und seit Jahren Dienstgenosse ist, hält Kazmierzak mit seinen Empfindungen vorsichtig zurück. Aber um der Gesellschaft willen begleitet er den Abgelösten zum Wachtlokal, denn er hat jetzt zwei Stunden lang Zeit für sich, und da schwatzt es sich ganz gut noch ein paar Minuten. Und Heppke ist mit Mitteilung geladen.
»Ich brauch mir nichts als mein Zuhause«, sagt er, »wieder Schlosser Heppke sein in Eberswalde und sonntags ins Waldschlößchen und dann ein Helles, und der Junge schaukelt und Mutter strickt und erzählt sich eins mit der Roberten, und ich mit Robert und Wicke beim Skat – ach Gott, wo doch Robert vorige Woche im Lazarett mit Flecktyphus abgekratzt ist! Nee, nee, man wird konfuse, wenn man so geht und steht und denkt ins Dunkle hin und hat so gar nichts, was einen stärkt.«
Kazmierzak hat inzwischen eine Mitteilung aus seinem Vorrat losgeeist. Es scheint ihm ungefährlich, dem Kameraden zu sagen, mit Friede sehe es jetzt doch nicht so aus. Da sei Amerika in der Hinterhand, der Wilson habe noch reichlich Trümpfe, und das mit dem U-Boot-Krieg könne auch noch ein paar Knoten machen, damit es ja nicht zu glatt gehe.
Aber Heppke hängt schon viel zu tief in sich, um für diese Sphäre noch Ohr zu haben. »Emil«, sagt er nah an der Tür des Wachtlokals, »ich hau mich hin und schlaf mein Teil; dann merk ich vom Elend nicht so das Dickste. Und Traum, Mensch – vierzig Jahre muß einer werden und lebt dann von Träumen. Wenn's noch lange geht, werd ich konfuse, Emil.«
Kazmierzak jedoch ärgert sich jetzt über diese Flucht in den Schlaf. »Träume sieß vom Paradies, auf Holzwolle und Papiersack mit Lause gratis!« schnauzt er den Kameraden verdrossen an. »Vielleicht gibt's doch mal, daß Frieden wird. Auf unserer Front wenigstens. Aber auf unserer Front allein, das zieht nicht. Alle müßten's wie die Rußki machen, hinhaun die Knarre und Punktum Streusand.«

Und das trifft den Landsturmmann Heppke, denn das hat er schon lange gedacht. »Wir zuerst!« flüstert er, indem er sich scheu umblickt. »Aber wir riskieren's nicht.« Und damit öffnet er die Windfangtür der Wachtstube, aus der ein breiter Brodem warmen Menschengeruchs Wolken in die Nachtluft schlägt, und läßt Kazmierzak allein seiner Pflicht, dem Rundgang ums Lager.
Red doch laut, denkt der, 's kann jeder hören, 's ist doch wahr, natürlich wir zuerst, natürlich trauen wir uns nicht. Die oben haben uns nicht schlecht an der Kandare.
Seine Schritte knirschen auf dem Gefrorenen des Bodens, und so geht er, die Augen starr auf seine Stiefelspitzen gesenkt, und hört, hört den Chorgesang der Russen aus der Gefangenenbaracke III, in deren Nähe ihr Gespräch begonnen hat.
Dort, wo III und IV in einem stumpfen Winkel aneinanderstoßen, bewegt sich jetzt aus dem tiefen Schwarz der Schatten eine Gestalt dem Drahtzaun zu – eine Gestalt, die vor Angst und Aufregung in den Knien schwach zu werden droht und die voll Inbrunst dem drohenden und verzweifelten Lied dankbar ist dafür, daß es das Dröhnen ihres Herzens übertönt. Die Russen singen jenes Lied, von dem ums Jahr 1905 die Gefängnisse erbrausten, wenn Verurteilte der Revolution zu Tode geführt wurden, eine Melodie, so einfach und rhythmisch so bezaubernd, wie sie nur das umgepflügte Gemüt eines tiefmusikalischen und geknechteten Volkes zu dichten vermag. Obgleich Grischa mit der äußersten Aufmerksamkeit den schwachhellen Weg, diese fünf oder sechs Meter bis zum ersten Stacheldraht, hinkriecht, und während er mit der Kneipzange Drähte, drei, vier, fünf, mit mächtigem Pressen seiner Fäuste durchbeißt, gehn ihm am inneren Ohr die Worte vorbei, die die Kameraden singen, dieses Gelöbnis, die Toten nicht zu vergessen und den Lebenden beizustehn. Klirrend springen schlaffhängende Stachelruten, wenn sie gelöst werden. Das Loch, in wenigen Sekunden groß genug, um erst den Rucksack und das Deckenbündel und dann den Mann durchzulassen, liegt geschickt im Schatten der Baracken.
Jetzt gibt es kein Zurück mehr, jetzt ist der Fluchtversuch bereits durch nichts mehr zu verstecken. Schweißtriefend und mit einem Zittern in der Brust läßt sich Grischa vorwärtsreißen bis zum nächsten Drahtwall, vor dem er am Lagerspeicher des Schanzzeugs eine Pause macht, um tief zu atmen. Jetzt verflucht er den Gesang – und zum Glück bricht er auch sofort ab –, denn er verhindert ihn, die Tritte des Postens zu hören, falls er sich etwa nähere. Er weiß, wer jetzt Wache schiebt. Kazmierzak ist, wie alle Bespitzelten, ein strenger Vorgesetzter für die Gefangenen, zumal er mit vielen von ihnen

Polnisch zu sprechen vermag. Es tut Grischa trotzdem einen Augenblick leid, daß dieser Mann vielleicht – denn wer weiß, wann diese Flucht entdeckt wird – die Unkosten seiner Tat wird mittragen müssen. Aber Grischa arbeitet sich durch die Ostseite des Lagers, und wenn jemals Fluchtversuche vorkamen, in den letzten drei Vierteljahren viermal, drängten die Flüchtenden nach Westen, nach der Stadt zu, die etwa vierzig Werst entfernt mit ihrer gegen die Deutschen erbitterten Bevölkerung den Flüchtlingen bessere Zuflucht gibt. Die Zange klirrt und knipst an den Drähten, und der Wind tut das Seine, um jedes Geräusch unverdächtig zu machen, denn hier ist freie Strecke für ihn, und seine eisige Schärfe lähmt fast die Finger des Arbeitenden.

Nun droht der breite, fast leere Raum zwischen der äußersten Drahtbarrikade und den beiden Arbeitsschuppen. Lautlos sausen Funkenströme aus den kleinen Schornsteinen der überhitzten holzkrachenden Öfen, und ganz nahe tickt der Motor, der den Wohnräumen elektrische Beleuchtung sichert. Man hat einmal daran gedacht, das ganze Lager elektrisch mit Bogenlampen zu überflammen, damals, als die letzte Flucht zweier Ausbrecher den Feldwebel Busch die bequeme Stellung kostete. Aber da Fliegergefahr diese Maßregel damals noch wirklich verbot, und weil man inzwischen Befehl bekommen hat, mit Kohle zu sparen, ist diese sicherste Barre nicht errichtet worden. Wenn ich weg bin, denkt Grischa, werden sie hier hell machen. Und Aljoscha, lieber Kamerad, wegen der Zange rutscht er vielleicht in Kasten. Aber, erwägt er weiter, während er seine Sinne nach allen Seiten ins Dunkel tasten läßt – zwangsläufig rollen die Gedanken ab, ohne wahren Anteil seines innersten Ich, das ganz und gar nach vorwärts gespannt ist, wie der Schlagbolzen eines Gewehrs von seiner Feder –, aber vielleicht schwindelt er sich frei oder auch fällt kein Verdacht auf ihn.

Damit zieht er die Luft ein, setzt die Zähne aufeinander, denkt: Jetzt! und schlüpft in seinen Stiefeln leise durch den großen hofartigen mitteldunklen Streifen Bodens; sein Ziel eine Stelle, die dem Waldrand, den da in ihren Schienen stehenden Loren der Feldbahn, am nächsten ist. Hier lehnt schief an den Draht ein Stapel geschnittener Bretter für die morgige Ladung; um schneller zu arbeiten, haben kurz vor Feierabend die dazu befehligten Mannschaften die langen flachen Hölzer einander durch den Draht gereicht. So ward dort der Stachelgürtel von innen und von außen undurchsichtig; freilich nur bis zum Vormittag, wenn frischer Schnitt den Fortgang dieser Arbeit veranlaßt. Aber bis dahin wird niemand vorausrechnen, der etwas vom Leben versteht. Diese Bretter mögen, wenn mor-

gen früh bei der Diensteinteilung der Gefangene Nummer hundertdreiundsiebzig fehlt und wilde Aufregung das Lager um und um wühlt, vollständig in Vergessenheit geraten, sie können bis Friedensschluß dort liegen oder auch in scharfem Dienstbetrieb sofort wieder in Angriff genommen werden – laß Gott dafür sorgen. Im Augenblick, wo Grischa, indem er sich am Draht leicht ritzt, in diesen schwarzen Schattenwinkel taucht, darf er seine Flucht bis morgen früh um halb acht für geglückt halten.
Der Sturm martert sich in den Drähten. Der Landsturmmann Kazmierzak marschiert seinen Posten ab. Alles ist, wie es soll. Die Amerikaner werden noch verflucht viel hermachen. Er weiß, was die aufspielen. Er war drüben, hat dort gearbeitet, mit gesparten Dollars ist er, er Idiot, zurückgekommen, so um 1912. Er hat in Eastend gewohnt, mitten unter Juden, er hat gut verdient. Die Amerikaner packen zu und hängen, wo sie sich einmal verbissen haben, wie Bulldoggen fest. Sie haben die großen Eisenbahnen gebaut, sie haben Wolkenkratzer erfunden, den Niagara zum Turbinendrehn angestellt – sie dürfen sich sehn lassen. Mit solchen Gedanken, das Geheul des Windes in den Ohren, kann man an einem durchgeschnittenen Drahtzaun in der Nacht auf zwei Meter Abstand gut vorübergehn, ohne zu merken, daß in der Höhe etwa eines knienden Menschen da Drähte durchbrochen sind, im innersten Ring, zwischen den Wohnbaracken und der ersten Barre.
Ein Mensch läuft auf Zehenspitzen gegen den Wind dem Walde zu, über freigelegtes Gelände, von Baumstumpf zu Baumstumpf. Welches Getöse in den Ästen! Fast dem Getöse im Herzen gleich. Es kommt manchmal vor, daß eine schlecht befestigte Lore sich loslöst und mit oder ohne Ladung erst langsam, dann immer schneller die schwache Schrägung hinunterrrollt, die vom hoch gebauten Lager allmählich zur Verladestelle führt. Das Knattern der Räder auf den Schienen, auch das Knirschen und Schreien eisigen Eisens auf Eisen – selbst wenn da Ohren wären, es zu hören, wie wollten sie es im allgemeinen Brausen unterscheiden. Der Wind kocht, pfeift und dröhnt in den Bäumen hoch oben.

Waggons, die fertig beladen mitten im Walde stehn, sollen der Vorschrift gemäß bewacht werden. Aber wo kein Kläger ist, wer wird da richten? In einer warmen, erleuchteten Stationsbaracke, wellblechgedeckt und gut verschalt, spielt es sich, wenn man zu dreien sitzt und etwas zu rauchen hat, wunderbar Skat, zumal man sich ja Tee kochen kann und drei Rumrationen, sparsam gebraucht,

ziemlich vielen Grogzuschuß ergeben. Wer mit Küchenbullen Freundschaft hält, hat auch immer Zucker.
Ein Mensch klettert in einen Güterwagen ziemlich leicht, sofern er oben offen ist. In einer Höhle, einer von Holz umkapselten, harzriechenden Röhre, streckt er sich lang aus, nachdem er kieferne Stempel, kurze Bohlen mit einem Einschnitt an jedem Ende, über sich wieder sorgfältig zurechtgerückt hat!, streckt sich aus und lacht, lacht laut los, durch und durch geschüttelt, schweißdurchtränkt das Hemd, fliegend an allen Gliedern, in einer engen kantigen Rinne, die einem Sarge gleicht. Er liegt hart. Viel Bewegung kann er sich nicht machen. Aber er lacht, und seine Augen mögen in der Finsternis glänzen wie die eines ausgebrochenen, lange gefangenen Panthers.
Gegen halb zwölf erwacht Grischa von einem knirschenden und krachenden Stoß, fährt entsetzt empor von dem Rucksack, auf dem er, in seine Decken und den Mantel gewickelt, geschlafen hat – geschlafen, glücklich wie seit Jahrzehnten nicht mehr –, und schlägt seinen Kopf hart an das Holz über seinem Scheitel. Aber schneller als der Schmerz weicht der Schreck aus seinen Nerven: so ruckt eine Lokomotive auf Güterwagen, wenn sie kommt, einen Zug von sechsunddreißig oder achtundvierzig Achsen davonzuschleppen. Heulen, Pfiffe, allmählich ein knirschendes und singendes Gleiten. Selig läßt sich Grischa wieder auf seine Kopfstütze sinken: der Zug fährt.
Stoßend und funkenspeiend – die Heizer fluchen gelassen über die elenden Preßkohlen – drängt sich die Brust der Lokomotive dem Winde entgegen, der um ihre Flanken faucht und sie aufhalten will auf ihrem Weg nach Osten, nach Rußland.

Drittes Kapitel: Der Waggon

Ein Mensch, der in einem Güterwagen reisen will, sollte zunächst bedenken, daß er nicht wie ein Menschenwagen gefedert ist, sondern harte Stöße gegen sein Hinterteil ausüben wird. Eisenbahnschienen haben durchschnittlich sechs Meter Länge, dann sind sie auf lockere Art aneinandergebündelt, auf jene verschmitzt einfache Art, die der Hitze erlaubt, ihre stahldehnende Wirkung auszuüben, ohne das Gleis zu sprengen. Alle sechs Meter also fährt der Wagen über einen solchen »Stoß«, so nennt man die Begegnung von Schienenteil mit Schienenteil, und es ist klar, warum. Fährt nun ein Güterwagen mit etwa dreißig Kilometer Stundenschnelligkeit ein paar Tage und Nächte, so kann, wer dem Rechensport ergeben ist, die ungefähre Zahl der Stöße mit Papier und Bleistift sich selber verdeutlichen.

»Du verfluchter Kriegsverlängerer, du verfluchter Kriegsverlängerer«, murmelt der Zug, indem er seiner Wege rattert, und skandiert diesen Satz im Gebein dessen, der in diesem Güterwagen liegt, ohne eine Schütte Stroh als Unterlage zu haben, wie man sie hinzubreiten pflegt, wenn man diese Wagen ihrer vorbestimmten Aufgabe zuführt, achtundvierzig Menschen – einfach Mann genannt – oder sechs Pferde von der Stelle zu schleppen. Um ebensoviel Offiziere zu verfrachten, braucht man mindestens acht Kupees zweiter Klasse – im Kriege nämlich.

Ein Mann, der in einem Sarge liegt, kann sich nicht sehr ausgiebig bewegen, selbst wenn der Sarg dreimal so lang und so hoch wie ein gewöhnlicher ist. Die Breite macht es, und ihr muß man vieles nachsehn.

Auch hat der in einem Sarg einquartierte Körper Gelegenheit, auf Holzwolle sich auszustrecken. Liegt man lange genug auf ihr, so besinnt sie sich ehrgeizig auf ihre Abstammung von einem Brett, dem sie, mit Waffengewalt entrissen, alsbald wieder an Dichtigkeit und Härte zustrebt. Selbst eine Zeltbahn als Leichentuch macht sie nicht wesentlich weicher. Denn eine Zeltbahn wärmt zwar und tut überhaupt mehr gute Dienste, als in kurzem aufzählbar, ist aber doch schließlich ein Stück sehr harter Leinwand. Der Mann im Sarge – oder in dem, was man sehr gut mit einem solchen vergleichen kann – liegt bald auf dem Rücken, bald auf der Seite, bald auf dem Bauch. Er drückt sich die Ellenbogen, quetscht seine Schultern, fühlt einen Drang, seine Lage zu verändern, in allen Muskeln und darf gleichwohl nur mit Vorsicht sitzen, da sein Kopf sonst an die harten Bohlen stößt, die ihn auch oben einschachteln. Auf diese Weise vom Waggon gerüttelt, gleicht er nicht einem wilden Tiere, einem Panther etwa, der in einem Käfig dem zoologischen Garten zufährt, in dem er sein Leben hinter eisernen Gittern beschließen soll? Nur, daß in einem wesentlichen Punkte dieser Vergleich irrt, und das gerade ist das Hübsche.

Der Mann im Sarg bleibt ganz und gar eingehüllt in die säuerliche, essigartige Atmosphäre frisch geschnittener Planken. Diese Luft muß auf die Dauer, da sie chemische Bestandteile von schädlicher Beschaffenheit enthält, einen Menschen schwindlig und ein bißchen übel machen; zum mindesten, da er nicht ins Freie darf, beschert sie Kopfweh, bohrendes. Auch Dunkel regiert in solchem Sarge. Zwar bricht in feinen Fäden Tageslicht durch die Bohlen überm Kopf; an ihnen erkennt man Tag oder Nacht, und auch an der angenehmen Wärme, die, wenn die Sonne senkrecht überm Zuge steht, ins Innere der hölzernen Höhle dringt. So merkt man den Ablauf der fliehenden Stunden auch an einer mehr oder weniger regen Schärfe der Kälte, der Winterkälte eines Märztages und einer Märzennacht. Noch um eines anderen willen mag dieser Wechsel erwähnenswert sein. Am Tage nämlich verbietet sich Rauchen. Es könnten den Bremsern des Zuges leise blaue Wölkchen verdächtig werden, die, einem holzbeladenen Wagen entsteigend, möglicherweise einen Brand ankündigen und sie zum Umstapeln der Ladung anregen müßten. Und das käme uns aus gewissen Gründen ungelegen. Nachts aber, bei hinreichender Vorsicht, kann man sich den Genuß einer Zigarette oder einer Pfeife Tabak straflos gönnen.

Außerdem muß ein Reisender, der sein ganzes Gepäck auf dem Rücken zu schleppen und aus Gründen seiner Lage auf Proviantzuwachs nicht zu rechnen hat, mit der Stillung seines Hungers und gar des Durstes ein bißchen spartanisch gesonnen sein. Trinken kann man kalten Tee, den man in einer Feldflasche bei sich führt, schluckweise. Später, wenn der Marsch durch den Schnee beginnt, kann man mit recht wenig gesalzenem Schneewasser sehr weit kommen. Essen aber darf man das harte Brot oder die kleinen Zwiebäcke, die man sich von Wachtsoldaten eingetauscht hat, nur äußerst mäßig. Und das hat sein Gutes, wenn sich die Bedürfnisse, die der menschliche Körper nach der Einnahme von Speise und Trank zu seiner Entlastung verspürt, nur unter Lebensgefahr im Freien befriedigen lassen. Ja, dann ist es besser, man verläßt seine Höhle nicht und bezwingt den gröberen Teil des menschlichen Organismus durch den Willen.

Da man nämlich auf dem untersten Grunde der Gesellschaftspyramide als ein kleiner, von heftiger Selbstempfindung bebender Stein liegt, kommt es auf Einzelheiten in der Lebensführung überhaupt nicht mehr an. Die deutschen Soldaten, die Gemeinen, mögen als niedrigste Schicht des Heeres bereits einem harten Druck ausgesetzt sein; aber sie geben diesen Druck weiter an die ungezählte Masse der Bürgerbevölkerung eines besetzten Landes, gegen die ein Soldat im feldgrauen Rock, der ein Seitengewehr umgeschnallt hat, immer noch als Herr wirkt. Und diese Bevölkerung selbst birgt einem gefangenen Russen gegenüber, gar wenn er sich auf der Flucht befindet, gefahrdrohende Möglichkeiten in sich. Ein Bauer, ein Jude, selbst ein Weib, dem man dann begegnet, trägt Leben, Schicksal, Freiheit des Gefangenen auf Gunst oder Ungunst in den Händen. Nicht tiefer kann man innerhalb der menschlichen Gesell-

schaft sinken als zu solchem kriegsgefangenen russischen Soldaten – geflüchtet oder ausharrend. Denn eine Stufe tiefer langt man bereits beim Haustier an, das sich von den gefangenen Männern nicht etwa durch Arbeit unterscheidet – arbeiten müssen beide –, sondern dadurch, daß es eßbar ist, welche Eigenschaft sich ja auf Katzen und Hunde bereits ausgedehnt hat, von Pferden zu schweigen.
Und dennoch: der Mensch, der unter diesen Umständen, eingepfercht zwischen scharfriechende Hölzer und lebendig begraben, im Dunkeln seinen Weg geschüttelt wird, der Mensch, der im Finstern in seinem Rucksack kramt, seine Lage wechselt, bald liegt, bald gekauert sitzt, dem alle Glieder weh tun und dessen Stirn, Schläfen, Hinterkopf auf schwindelnde Art allmählich unerträglich zu schmerzen beginnen: dieser Mensch lacht und kichert in der Schwärze des Wagens vor sich hin. Es fehlt nicht viel, daß er sich eins singe oder pfeife. Er ist glücklich, dieser Mann Grischa, der Gefangenschaft entronnen zu sein, in das wilde und wahllose Abenteuer der Flucht hineingesprungen zu sein wie in eisiges Wasser. Das sprengt ihm, wenn es zu Bewußtsein kommt, nahezu das Herz. Denn da ist niemand mehr, der ihm kommandiere. Innerhalb seiner hölzernen Umwallung schläft er, wenn er will, und wacht, ißt und raucht, wann es ihm beliebt. Er fühlt das ungeheure Glück, endlich einmal mit sich allein zu sein. Besser, die harten Hölzer am Ellenbogen zu spüren als alle Stunden des Tages und der Nacht rechts und links einen Nebenmann zu haben; tausendmal besser überm Kopf die harte splitterige Bohlenladung als Blick, Gegenwart und Druck des Vorgesetzten. Und daher mag kommen – vielleicht auch durch die Betäubung, die allmählich von den Dünsten der zerschnittenen Kiefernleiber ausgeht –, daß er seit Jahren nicht so geschlafen hat wie alle diese Tage und Nächte, benommen, schmerzenden Kopfes und doch heilsam wie der Schlaf eines Genesenden, dem die Gottheit ihr Angesicht wieder zuwendet.

Grischa hatte seine Flucht nicht ausgeklügelt; das Leben bestätigt umständliche Berechnungen selten, sprunghaft und willkürlich geht es mit jeder Stunde um, seinen Gesetzen gemäß, und wer weise ist, richtet sich nach seiner Willkür. Er hatte gelegentlich, hier und da, bei den Bahnmannschaften und den Zugbegleitern behutsam vorgefühlt, wohin solch ein Wagen das viele Holz bringe, das sie herrichteten, wie der Bahnhof heiße, auf dem die Wagen in neuen Zügen verteilt auseinanderglitten gleich den Geschicken von Menschen, die sich nach einer Zeit der Gemeinsamkeit trennen müssen, nach welcher Himmelsrichtung etwa diese Ladungen rutschten. Zur

Front fuhren alle, und die Front zog sich in einer mannigfaltig gebeulten Linie zwischen Dünaburg und den Österreichern östlich hin, den Leib des heiligen Rußland mit einem scheußlichen Riß nordsüdlich durchschneidend. Zwar galt ihm gleich, an welcher Stelle er den Übergang zwischen den Gräben bewerkstelligte; doch aber walteten auch hier Unterschiede. Er konnte – er mußte sogar auf dem kürzesten Wege ans Ziel zu kommen suchen, der Entdekkung und der Nahrung wegen; aber diese Wagen, gebunden an die Schienenstränge, fuhren vielleicht ungeheure Bogen nach Süden oder Norden bis zu ihrem östlichsten Punkte; auch standen sie manchmal halbe Tage. An den Rufen der Männer, am Stoßen und Zerren der Lokomotive, an ihren Pfiffen, am Vorwärts und Rückwärts des Rangierens erkannte er Orte, an denen der Zug sich teilte oder verlängerte. Er besaß eine Uhr; wenn sie auch im Dunkeln nicht leuchtete, gab es doch Streichhölzer, mit denen man zu gleicher Zeit seine Pfeife anstecken konnte. Durchschnittlich fünf, sechs Tage sollte solch ein Wagen laufen, bevor sein Inhalt wieder auf Feldbahnen umgeladen wurde. Grischa hatte die Absicht, in der vierten Nacht seine Fluchthöhle zu verlassen.

Aber er hielt so lange nicht aus. Sein Körper empörte sich. Gegen drei Uhr früh, am Morgen des vierten Tages, da der Zug schon zwei Stunden in einer Umgebung von völliger Lautlosigkeit gestanden, lüftete er vorsichtig die Deckplanken und spähte umher. Seinen Augen, an die starre Lichtlosigkeit des Grabes gewöhnt, erschien die Welt halbhell, im tiefsten Schweigen. Unerhört und beglükkend strömte die eisige Luft in seine Nasenflügel, schmerzend vor Kälte, und in seinen Lungen, die überhaupt nicht mehr gewohnt waren, wirklichen Sauerstoffs teilhaft zu werden. Zur Rechten ragte, wie der Abbruch einer Hochfläche steil abstürzend, durch die ein Fluß sich in Jahrtausenden gesägt hat, ein Waldrand. Zur Linken des Flusses, der Eisenbahn nämlich, lief eine Art Landstraße am Bahngleis hin, auch sie von der Mauer des Waldes begrenzt. Vorne ahnte er die Lokomotive sehr weit weg von sich; die Aussicht ward ihm von hochgebauten Güterwagen und einem Bremserhaus verstellt. Rückwärts, hinter ihm, mit einer sogenannten Plane aus wasserdichtem Leinen hart verschnürt, türmte sich der Berg eines mit Preßheu elefantenhaft bepackten Wagens.

Er hatte Decken und Zeltbahn bereits marschfertig aufgeschnallt. Jetzt ließ er das ungefüge Bündel an einem Rucksackriemen vorsichtig hinabgleiten, kletterte, einen Augenblick vollständig sichtbar, auf die Holzladung, schob auf dem Bauche liegend die Planken seiner Dachung wieder unverdächtig zur Fläche glatt und ließ sich neben seinem Rucksack in den Schnee fallen. Seine Füße, des Gehens ungewohnt und auf gewisse Weise blutlos, trugen ihn zunächst nicht. Die Stille, in seinen Schläfen brausend, ward alsbald zu der lautlosen Ruhe einer Winternacht. Ganz vorn funkelten Lichter, die Lampen eines Stellwerks, einer Hütte: ein kleiner Halteplatz, vielleicht eine Weiche, wie es ihrer Dutzende in den Wäldern gab. Grischa wußte weder, wo er sich befand, noch eine Himmelsrichtung. Er belud sich mit seinem Rucksack, dann sprang er im vollen Bewußtsein großer Gefahr in drei, vier Sätzen über die Straße. Dabei stieß sein Fuß an einen gebogenen Gegenstand, der Krücke eines Stockes gleich. Ein Stock, der fehlte ihm, er griff danach und riß aus dem Schnee das fast stofflose Gerippe eines alten großväterlichen Schirmes, der von der bayrischen Mannschaft eines Truppentransports ein paar Tage als Faschingsspaß verwendet und endlich weggeworfen worden war. Grischa umklammerte das ungefüge Gestell, preßte die Speichen in seine Faust. Sekunden später schloß der Wald hinter ihm seine tiefverhangenen Schneeäste. Trotz vollkommener Dunkelheit, geringer allerdings als die Nacht seines Sarges, brach er sich herzklopfend und schweißüberströmt fast eine halbe Stunde zwischen den Stämmen durch.

Vorn an der Bude der drei Eisenbahnsoldaten, die diese Weiche verwalteten, standen die Bremser und der Lokomotivführer des Zuges und tranken heißen »Kaffee«.

»Habt ihr hier Wild?« fragte der Heizer.

»Wild? Abgemeldet«, antwortete der Mann am Klappenschrank des Bahntelefons, das Ankunft und Abfahrt der Züge durchsagt und Befehle empfängt und weitergibt.

»Das haben wir längst alle gemacht. Drin im Dickicht ist natürlich noch was zu holen. Aber da wag du dich nur rein! Felix, erzähl doch mal, wie du Weihnachten einen Braten besorgen wolltest und wie wir dich nach vier Stunden mit Schießen und Pfeifen herauslotsen mußten.«

Felix, Rübenmus auf dem Kommißbrot verteilend, schauderte unwillkürlich. Obgleich er die Kameraden in der Nähe wußte und sich darauf verlassen konnte, sie würden ihn suchen gehn, graute ihm noch in der Erinnerung vor der Angst, mit der er im weglosen Walde plötzlich seiner eigenen Spur begegnete. Daß er auf ihr je zurückfinden könnte, schien ihm trotz hellen Tages unmöglich, bis er die Signale hörte, von der Hütte her gefeuert.

»Nee«, schloß der erste. »Braten is hier nich mehr.«

Der Bremser, der eben ein halbhohes Tier, Rehbock vielleicht, vom Heuwagen hatte naschen sehen, hütete sich, ein Wort davon zu ver-

lauten. Die Kunst, durch stachlige Reden einem Menschen das Leben sauer zu machen, war im Heere bis zur Meisterschaft ausgebildet. Außerdem saß es sich hier am heißen Ofen bei gutem Lichte und süßem Malzkaffee viel zu gemütlich – bis das Zeichen »Strecke frei« durchs Telefon klingeln würde. Man konnte ja später nach Spuren leuchten.
Natürlich ertrank binnen zwanzig Minuten sein Vorsatz in einer Aussprache über den Friedensschluß und einem Spielchen Sechsundsechzig, als das erwartete Fahrtzeichen sie mitten im Gewinnen weiterwarf.

Viertes Kapitel: Der Wald

Die alte, feurige Lüchsin in ihrem dichten graugelben Winterpelz hätte von selber nie daran gedacht, Mensch zu essen, und gar toten. Aber eines Tages hinter frischem Hasengeruch ihren Pirschpfad zwischen den Stämmen entlangtrabend, begegnete sie dem neunzehnjährigen Forsteleven August Säpsgen aus Tharandt in Sachsen nahe den viereckigen Höhlen, in deren einer sie mit ihren beiden weichen Lüchschen jetzt hauste und die sich die Menschen damals in die Erde gewühlt hatten, als sie mit ihren ungeheuren Maschinen die Nächte hindurch den Wald als Donnerer erschütterten. Jener Tage war sie mit allen andern Tieren, die zur Nachtjagd Stille brauchen, weit nordwärts gewandert und erst vor einigen Monaten versuchsweise zurückgekehrt, als sich der Winter oben gar zu grimmig anließ. Die Menschen waren weg, die großen donnernden Schälle, aber die Höhlen standen noch, und in der abseitigsten machte es sich die Lüchsin für die Zukunft bequem.
Sie war dem jungen Säpsgen in einer für ihn durchaus unpassenden Haltung begegnet, die grimmige Lüchsin auf ihrer Fleischjagd. Der Mensch lag, nur von seiner eigenen Haut bekleidet, mit gespreizten Beinen und Armen mitten auf diesem Wege und war tot – noch nicht sehr viele Stunden tot, als die Lüchsin ihn anschnitt; und nach einigen Wochen fand dieser Tod mit dem Vermerk »Vermißt« seine Buchung. Die Gendarmen auf der Polizeistation Cholno hatten es ihm prophezeit, dem jungen, gerade ausgebildeten Dragoner, den ihnen das Bandenbekämpfungskommando zugeteilt hatte, damit er als geschulter Waldmann auf der kleinen ausgesetzten Polizeistation seinen Dienst tue. Sie hatten ihn gewarnt, sich allein auch nur eine Viertelstunde weit in den Wald zu wagen. Aber

da der junge Mann sie, die ununterbrochen nach Frieden ausschauten, gründlich verachtete und hochfahrend belehrte, er pfeife auf Deserteure, feiges Gesindel, entlaufene Gefangene und all den Dreck, das Zivil – worauf sie, Schwaben aus der Gegend von Bietigheim, äußerst knurrige, hinterhältige Spottreden gegen den jungen Dachs führten –, gedachte er ihnen zu zeigen, was ein Jäger sei, und reizte damit seinen Schutzengel ... Auf seinem hübschen gescheckten Wallach Viktoria, mit dem braven Polizeihund Lissi als einzigem Beistand, ließ er sich immer wieder zu heimlichen Sonntagsnachmittagsritten verlocken, die schimmernd einsame Waldschlucht entlang, die zu der verlassenen Geschützstellung (von Anno fünfzehn her) führen sollte. Nach zwei herrlichen Stunden Trabens gab da Lissi plötzlich scharf und zornig Laut, die Zähne fletschend nach der Urwalddickung hin, die rechts und links undurchdringlich die Schneise rahmte. Und anstatt sofort kehrtzumachen oder zum mindesten den Karabiner von der Achsel in den bewegten Busch zu feuern, tippte der arme Junge auf einen Fuchs und bückte sich, den Hund von der Leine zu lassen. Ja, und dann schmetterte ein Schuß, ein einziger leiser Pistolenschuß aus nächster Nähe gegen seine unglückliche Schläfe, und die beiden Fremden, die so unverschämt nahe bei Cholno jagten, zogen um einen Hundebraten, ein prächtiges lebendes Pferd, einen tadellos neuen Mantel mit Waffenrock, Hose, Stiefel und Unterkleidung, einen Kavalleriekarabiner Modell Achtundneunzig nebst Munition und etwa zweiundzwanzig Mark baren Geldes reicher »nach Hause«, August Säpsgen als Hohn und Drohung für seinesgleichen in dem ewigen Kriege zwischen den Verfemten und den Landjägern mitten auf dem Pirschsteig liegenlassend.

Am Abend, als der Mond seine leicht angeknabberte Apfelgestalt über den Tannen enthüllte, schloß dann die Lüchsin auf ihre Weise mit August Säpsgen Bekanntschaft. Und so fanden am Montag früh die Württemberger Spuren der drei Sonntagsausflügler nur bis zu diesem bestimmten Punkte, wo die Stapfen des Pferdes und Fußspuren von Männern weiterhin unter Tannen zu verfolgen unratsam war, weil aus jeder Dickung plötzlich Gewehrfeuer des Kleinkriegs losbrechen konnte, während von Säpsgen und Lissi außer großen Blutungen im Schnee Zeichen nicht mehr zu finden waren. (Wilde Tiere verscharren in Hungerwintern sehr geschickt auch große Beute.) Natürlich erfolgte auf diese Frechheit der Banden hin Meldung nach Grodno und ein sorgfältiges Treiben durch den Urwald, soweit in seiner Unwegsamkeit, trotz des furchtbaren Frostes, davon die Rede sein konnte. Aber was richten neun Mann, selbst wenn sie

außer sich vor Wut über diesen Mord ihr Letztes hergaben, in den kurzen Stunden hinreichender Helligkeit auch aus?
So kam es, daß die Lüchsin, die den Menschen gegessen hatte, vor einem neugewitterten Mann keine unbedingte Scheu empfand. Eines Nachts kreuzte sie zum ersten Male seine Spur; sie legte ihre Pinselohren flach und folgte ihr. Beunruhigt, zu gleicher Zeit verheißungsvoll des köstlichen Bratens gedenkend, leckte sie sich die Lippen, und ohne Jagd und Junge zu vernachlässigen, spähte sie ihn Abend für Abend aus – ihn, der sich krachend und stampfend, aus Gründen, die sie sich nur falsch deuten konnte, nach einer sie sehr beunruhigenden Richtung durch den Wald arbeitete. Dieser Mensch ist Grischa Iljitsch Paprotkin, Flüchtling und einstiger Bewohner eines lauschigen Güterwagens.
Er hatte geglaubt, was Wald sei, zu wissen; kein kleiner Irrtum, wie sich herausstellte. Durch ein Dickicht, an das niemand je die Axt gelegt zu haben schien, brach er sich im lautlosen Taglicht zwischen Morgen und Nachmittag nach einer Gegend durch, die er für Osten hielt. Längst wußte er ohnmächtigen und erbitterten Herzens, er habe das Lager zu früh verlassen; mitten im Winter stak er jetzt und mitten im Walde, und der kleine Kompaß an seiner Uhrkette allein bewahrte ihn, seine Kraft nicht vollständig in Kreisen zu erschöpfen und an der Bahnstation zu landen, von der aus er sich ins Gehölz geschlagen hatte. Er fiel beständig in Gruben voller Schnee und entrann ihnen wieder, stürzte über Baumstämme, die irgendwann niedergebrochen und langsam im Vermorschen vom Schnee in Fallen verwandelt wurden, und hing in alten Brombeersträuchern fest. Ohne Beil behalf er sich mit dem scharfen festen Dolche eines französischen Marinefähnrichs, den er in seinen Stiefelschaft gerettet, als man ihn an der Westfront zum Bergen und Begraben von Gefallenen verwandte; noch war er in seiner Mühsal auf jenen Weg nicht gestoßen, der von Cholno aus spiralig und gegen Fliegersicht nach Möglichkeit gedeckt, jetzt auch zum Teil schon verfallen, in die ehemalige Geschützstellung führte. Durch den unwegsamsten Ausschnitt des ungeheuren moorigen Waldgebietes brach er sich eigensinnig und ahnungslos seinen Weg. In den Bezirken entlaubter Buchen, Eschen und Erlen, die in den sumpfigeren Teilen weite Strecken füllten, kam er zwei Tage lang schnell vorwärts – da der Boden, gefroren und hart wie Stein unter seinen Füßen, von Wasser nichts verriet, wußte er nicht, weshalb er hier so oft ausglitt, stürzte, sich zerschlug. Dann, bei langsamem Anstieg des Waldbodens, fanden sich Kiefernschläge, durchsetzt mit riesigen Eichen und Fichten, und endlich mächtige Birken, deren Schlankheit erst weit über

Mannshöhe aus dem schwarzen Borkigen der Rinden in das linnene Weiß des Stammes überging.

Nach der stumpfen Kälte des schüttelnden Waggons hatte er es jetzt mit der frischen, schneidenden, der lebendigen Luft zu tun, aber er fürchtete sie nicht; wie überhaupt noch keine Minute lang Furcht oder Reue seine Seele überwältigt hatte. Dumpfer Grimm gegen die Schwierigkeiten, die sich ihm widersetzten, und darunter die unbiegsame Entschlossenheit eines Menschen, der ein Ziel hat, gaben seinen Stimmungen den Grundton. Seine Stiefel, mit der ganzen Wissenschaft eines alten Soldaten weich und wasserdicht durchfettet, die Schäfte oben mit Bindfaden zugebunden, und auch die spröde Pulvrigkeit des monatelang durchfrorenen Schnees sicherten ihm trockene Glieder. Und Abend für Abend entzündete er unter dem Schirm einer Fichte oder eines unterholzgesicherten Jungwuchses das Feuer, das ihn wärmte und ihm Fleisch gar briet.

Er war, aus der Kulturzeit längst ausgeschieden, zum Jäger geworden gleich dem wilden Litauer oder Weißrussen eines längst vergangenen Jahrtausends. Von Jungenstagen her und ihren Streifzügen durch die Felder um Wologda und die Steppe kannte er genau die Fährten von Kaninchen; Proviant würde ihm nicht fehlen. Seit einer Woche hinterließ er in der Wildnis und dem Schnee seine Stapfen und Feuerstellen. Und nicht nur die Lüchsin hatte seine Anwesenheit bemerkt.

Er jagte mit Bogen und Pfeilen; der Schirm, den er auf der Landstraße geerbt, wurde in seinen Fingern, wieder nach einem Rezept seiner Knabenjahre, zu einer sehr brauchbaren Waffe. Bündelt man nämlich fünf der langen stählernen Speichen mit Schnur, deren jeder Soldat längere oder kürzere Stücke im Rucksack führt, aufeinander, und spannt man aus besonders zähem Bindfaden eine Sehne zwischen den Enden des so entstehenden Bogens, so hält ein richtiger Junge eine Schußwaffe in Händen, mit der sich auch gegen Tiere mancherlei ausrichten läßt. Die übrigen Speichen und auch die kurzen des Schirms geben ausgezeichnete Pfeile, wenn man sie am oberen Ende abknickt, dort, wo eine Öse die Befestigung der Schirmseide ermöglicht: als Spitze eine winzige Gabel, die sich mit Steinen schärfen läßt. Als er den Schirm auflas, den er der Krücke nach zunächst für einen Stock gehalten, erhoffte er sich erst nur eine Stütze, dann ein Schlafdach über seinem Kopfe aufgestellt und mit der Zeltbahn behängt. Aber unter den lockeren Gerippen der Laubbäume unterschied er bald Tierspuren: neben vielen unbekannten, die er für Hunde hielt (wobei er sehr irrte, wie wir wissen), auch die von Hasen, Kaninchen und den kleinen Jägern, den Ge-

flügeldieben – Iltis und Wiesel –, in zarten Schnüren durch den Schnee gezogen; und da fertigte er sich den Bogen.
Er besaß noch eine hohe Büchse Rindfleischkonserve, halbvoll und teuer bezahlt, einundeinhalbes Säckchen Zwiebäcke und einen tüchtigen Kanten harten Brotes; im grünen Winkelgezelt einer Fichte, in dem er schon mittags sein Nachtquartier aufschlug, lauerte er wie ein anderer Jäger auf dem Anstand, den Pfeil an der Sehne, den schmalen Wildpfad beobachtend, der an ihr vorüberzog. Die Füße in die Decke gewickelt, auf dem Rucksack sitzend, den Rücken an den Stamm gelehnt, hielt man einige Zeit wohl aus.
Und als das frühe Nachmittagslicht vom gelben Himmel fiel, erlebte er den Triumph, einem ahnungslosen, wohlwollenden Kaninchen den Pfeil durch die Kehle zu jagen, als es behäbig den gewohnten Pfad, der bei Tageslicht noch nie gefährlich gewesen, entlanghoppelte, um unten von jungen Birken zu äsen. Triumphgefühl des urmenschlichen Jägers, als Grischa die erste Beute an den warmen Ofen ins Dickicht zog! Erfahren genug, um zu wissen, daß ein Kaninchen selten allein in der Welt umherstrolcht, blieb er wachsam. Viel schneller, als er darauf antworten konnte, sauste mit zurückgelegten Löffeln ein anderes vorüber, hinter dem wie ein weißer Blitz ein Ding, ein Tier hinfuhr. Wiesel, dachte er ärgerlich; man durfte den Pfeil überhaupt nicht mehr von der Strippe lassen! Schließlich kam er in Besitz eines zweiten, kleineren Kaninchens, und nun genug und Feuer angemacht unter der Tanne, gerade dort, wo er sich befand. Er schnitt einen kräftigen Ast von ihr und fegte den Grund vom Schnee klar; aus einer Menge anderer grüner Wedel machte er sich eine Art Streu, über die er die Zeltbahn legte. Dann brach er sich einen Armvoll dürrer Äste, die, wenn sie ein Jahr tot sind, vom Schnee nur noch außen befeuchtet werden können, und ging im übrigen, mit seinem Stock unterm Schnee wühlend, auf Raub nach Brennholz aus: krachende Stämmchen, große Äste; sein Messer verschaffte ihm schließlich noch eine von Frost und Schnee niedergebrochene junge Birke, die nur noch an einem, allerdings armdicken Bündel von Fasern am Stumpfe haftete.
Nun war Feuermachen bis zu dem Punkte gediehen, wo der urzeitliche Jäger, zu dem er sich entwickelt hatte, in den Menschen der letzten Zivilisation umschlug. Kein Urjäger und Pfeilmann hätte so durchfeuchtetes oder außen nasses Geäst mit Feuerschwamm anzustecken vermocht. Grischa aber, von seiner Zeit in Frankreich her, kramte aus seinem Rucksack ein pralles, rundes Säckchen, tellergroß, Rohseide: schwärzlichgraue, runde Scheibchen enthielt es,

an Größe, Dicke und Gestalt hörnernen Knöpfen einer Jägerjacke gleich – Haubitzpulver, um möglichst großer Ausnützung willen, um im Geschützrohr so langsam wie möglich zu verbrennen, in diese Gestalt gepreßt. Zwei von ihnen, mit dem glühenden Ende einer Zigarette leicht berührt, ließen eine Zündflamme auftauchen, deren Hitze vorjährige, vielfach zerknickte Zweige keinen Augenblick widerstehen konnten. Noch bevor sie recht ins Prasseln kamen, schichtete Grischa behend grobe Prügel und zuoberst den Baum weislich über sie, mit jener Kunst des Feuermachens, die keinem Feldkämpfer unbekannt bleibt; so besaß er in wenigen Minuten alles, um eine Winternacht hindurch unter einer Tanne am Leben zu bleiben; Kochfeuer, Schlafenswärme – denn die zerbrannte Birke glühte, krachte und knisterte die Nacht durch leise weiter – und den Schutz vor Gefahren, die er allerdings nicht ahnte.

Die Lüchsin beobachtete ihn argwöhnisch von hohen Ästen, flachliegend, unsichtbar wie ein Gespenst. Daß er auf weithin treffen konnte, glaubte sie nicht; denn der Stock, den er besaß, erinnerte in nichts an jene Stöcke, aus denen sie Knall und Feuerstoß hatte springen sehen. Aber er störte sie. Wäre nur das dumme Glühen und Knistern und der beißende Qualm neben ihm nicht gewesen! Knurrend und fauchend legte sie ihre von Pinseln gekrönten Ohren zurück und starrte mit den runden weißen Lichtern im Katzengesicht und dem runden Bartkranze hinab auf das furchtlose Ding, das dort in Decken gewickelt lag und dessen starke, helle Augen den ihren noch nie begegnet waren.

Anderthalb Tage später stand Grischa mit einem Ausruf des Staunens vor einer Lichtung mitten im Wald. Von Cholno aus hätte er die spiralige Schneise benützen können, auf der der arme Tharandter Forstjunge vor vier Monaten gelegen. So aber fand er sich erst vor geknickten Bäumen, dann vor dem Stämmewirrwarr gestreuter Volltreffer; weiter vorn, den ehemaligen Stellungen zu, vervielfältigten sich Trichter, gekappte Buchen, mit dem vollen Wurzelgeflecht umgelegte – und ein schmaler Fahrweg zwischen Baumstümpfen führte ihn zu der Hügelseite, in die jene deutsche Haubitzbatterie sich für einige Zeit eingegraben hatte. Erst stutzte er, spähte lang und horchend durch den lautlosen Nachmittag. »Gut«, murmelte er, »sehr gut«, als er erkannte, wie lang, Jahre alt, diese Einschläge zurücklagen. Abgesägte Buchen und Eichen! Hier warteten Unterstände auf ihn. Mitten im Walde würde er ein paar Tage lang in der herrlichen Gemütlichkeit des einsamen Menschen seine Wäsche waschen, sich von Läusen befreien und seine Beine ausruhen können. Über ihren Weg täuschen mochten sich andere

Leute. Nordost, Südost – Osten jedenfalls witterte seine Nase. Laßt ihn nur erst ein bißchen verschnaufen; dann würde sich ein Gewisser aus der erbitternden Unsicherheit, wo er eigentlich hier stak, schon befreien, und wie er seinen Weg weiterfinden werde, ohne den Deutschen die Freude zu gönnen, Nummer hundertdreiundsiebzig Nawarischkij-Lager wieder einzufangen!
Als er die Unterstände tief verschneit, sorgfältig eingerissen und alles Brauchbaren beraubt fand, spie er fluchend über diese deutschen Geizhälse und doch auch wieder lachend über seine Wut in den Schnee: kein Ofen, kein alter Feldkessel, nicht eine einzige Geschoßhülse spendierte ihm der Wust von Trümmern und Brocken zum Dank für sein Buddeln! Und den Unterstand des Beobachters, ziemlich weit ab in ein Hügelchen sorgfältig eingeschnitten, entdeckte er nicht in der weißen Welt, trotz ausdrucksvoller Tierfährten. Übrigens hatte ihn ein glücklicher Steilschuß der tüchtigen russischen Feldartillerie von der Eingangsseite her ganz und gar verschüttet; nur sein verschindelter Rauchfang bot Eingang ins Innere – freilich nicht für Menschen. Dort schleckten und spielten auf einem Bett von Holzwolle die pantherfleckigen Kätzchen der Lüchsin, der letzten Herrin der Wälder.
Dennoch beschloß Grischa, an dieser Stelle zu übernachten. Zu verlockend boten sich riesenhafte Holztrümmer zerschossener Bäume und beliebig lange Drahtreste von Telefonleitungen an, die sich außerordentlich gut eigneten, Tierschlingen aufzustellen und Kochgeschirre bequem über ein großes Feuer zu hängen. Als beim Mondaufgang die Lüchsin ihren Bau verließ, warf Wut und Entsetzen sie fast auf ihre Hinterkeulen zurück: der Mensch, dieses schweifende, gefährliche und wohlschmeckende Ding, so nahe ihrem Bau, sollte nicht voll böser Absichten hier umherstöbern? Sie hatte die Größe einer niedrigen, ausgewachsenen Bulldogge, Klauen aus Stahl und ein Gebiß, das dem eines kleinen Panthers um nichts nachgab. Aufgebäumt auf dem stärksten unteren Aste einer mächtigen Weißtanne, die in ihrem Wipfel noch die Kanzel des Mannes am Scherenfernrohr trug, verfolgte sie mit glühenden Blicken die nachlässig schlendernde und stochernde Gestalt des Feindes, der zwischen den großen Löchern der Hügelkette hin und her ging, sich bückte, sich aufrichtete und Hölzer schleppte, von denen sie schon wußte, daß sie das abscheuliche Feuer, diese große, rote, heiße Pflanze wachsen machten. Außerdem verschreckte er mit seinen trampelnden Hufen, ungeschickter als die jedes anderen Tieres einschließlich des Pferdes, all die kleinen Wühler, welche die Stollen in der Südseite des Hügels bewohnten und an denen sie sich für vergeudete Stunden hatte ent-

schädigen können. Tief unentschlossen in ihrem wilden, besorgten Herzen kauerte sie da, ununterscheidbar im Schattengrün des Nadeldickichts, und erwog die Jagd auf den Menschen. So nah an ihrem Bau hatte kein größeres lebendiges Wesen das Recht, sich umherzutreiben.
Jede Höhlung kannte sie in der zerfleischten Hügelseite, jeden Winkel, jeden Tümpel. Sie hatte zwischen dem blechernen Gerümpel der Konservenbüchsen, die nach Heringslake und ranzigem Fett appetitlich rochen, Mäuse und Ratten gejagt, die auf wunderbare Weise sich dort angesiedelt und vermehrt hatten, gejagt, bis nur noch sehr behutsam einer der pfiffigen, dreisten Nager seinen Schwanz zwischen den Drahtknäueln und dem Papierunrat zu zeigen wagte. Jeder Fußbreit Bodens dort wartete unterm Schnee mit Gegenständen auf, die beim Betreten Lärm machten, sich unversehens bewegten, die aber harmlos waren, keine Fallen. Der Mensch dort wanderte herum, bückte sich, sammelte. Bald würde der Feuerstrauch wieder in Blüte stehen. Geräuschlos ließ sie sich, auf ihre mächtigen Hinterkeulen gestützt, die känguruhähnlich den Luchs von allen Katzen unterscheiden, am Stamm hinab.
Der Himmel, gelb überflammt, gab dem Schnee seine sanften Farben und blauen Schatten. In den Spitzen der Tannen regten sich leise und silbrig die Abendstimmen der letzten Meisen, die sich im dichten Wipfelwerk der Kiefern und Tannen vor der großen Eule, deren jagendes »Huhu« eben hohl und drohend von irgendwoher herabfiel, nicht zu fürchten brauchten.
Grischa spähte neugierig nach der Gegend hin, aus der er den Eulenruf, den Jagdruf des großen, grausamen Uhus vernommen zu haben glaubte. Er hätte den mächtigen Nachtmahr gar zu gern erblickt. In ihm bohrte leidenschaftliches Verlangen nach all dem Tierleben, in das er seit einer Woche eingetaucht. Solange er nicht das Wintergeheul der Wölfe vernahm, mit deren Taten man seine Jugend das Fürchten gelehrt, die große Gestalt des murrenden Bären ihm nicht den Weg verlegte oder der schiefbeinige, hauerbewehrte Keiler seine unterlaufenen Blicke gegen ihn richtete, kannte er den Tieren gegenüber nur jene brennende Lust am Beobachten ihrer Spiele und Lebenswege, die mit dem tötenden Jäger versöhnen könnte. Aber Grischa fand in sich keine Jagdlust vor, seit ihn der Rock des Zaren erst zum Menschenjäger und dann zu gefangenem Wild verzaubert. Ohnehin neigte er zum Töten nicht mehr als jeder beschäftigte Mensch. Vollends jetzt nach seiner Befreiung – seiner Auferstehung, wie er es nannte – strahlte so viel guter Wille und Lebenlassen von ihm, daß er, von seinen Kaninchenbraten abgesehen, zum Umbrin-

gen lebendiger Dinge aus Übermut völlig unbrauchbar gewesen wäre. Er hätte etwas darum gegeben, wenn er aufwachend in den Nächten vorher die dunklen Laute verstanden hätte, die Rufe der Tiere im Walde! Eine gewisse Angst, in der Finsternis mit seinem Feuer allein zu sitzen, hätte er nicht gut leugnen können – und erst ohne es ... Aber mit ihm hielt er ja gerade all die fern, die er so gern beobachtet hätte: die schmalen Rehe, die kleinen, bösen Jäger – Marder, Iltis, Wiesel –, die lautlos fliegenden Eulen, die Baumkatzen, die es geben sollte, Wildkatzen nannte man sie, dickköpfig, schwarzgestreift die helleren Felle.

Langsam unter einem grünen Himmel fielen die Schatten blauer Dämmerung über den Schnee und verspannen den unregelmäßigen Abhang der Bäume gegen die künstliche und zerwühlte Lichtung zu einer Mauer bläulicher Schwärze. Zeit, zu dem Unterstand zurückzugehen, den er sich schließlich für diese Nacht wohnlich gemacht und vor dem er seinen Scheiterhaufen getürmt hatte: ein dreiseitiger Winkel, dem ein Stück Überdachung geblieben war. Nachdenklich hatte Grischa gemurrt, als er Geschützstände und ehemalige Keller so gut wie jeder Planke brauchbaren Bauholzes entblößt fand. Dies pflegten die Deutschen sonst nicht nötig zu haben; und welche abrückende Batterie konnte sich's leisten, sich noch mit Bohlen zu beschweren? Gut, dachte er, hat sie der Teufel genommen, so wird er sie gebraucht haben; und mit seiner Schirmkrücke vorfühlend, Bogen und Pfeile quer durch den Brotbeutel geknöpft, erklomm er die Höhle, hinter der das vierte Geschütz der Stellung seine Granaten in die Luft geworfen hatte. Schon erkannte und vermied man die schneegefüllten Trichter leicht: eingesunken, von Mittagssonne getaut und wieder gefroren, zeichneten sie sich als leicht vertiefte Zirkel Eises.

Mit großem Erstaunen erblickte er dort im Schnee, gut zwanzig Meter von ihm weg, ein Tier, fahlgrau, das, als er auftauchte, bewegungslos geduckt und mit dreisten Lidern stockte. Grischa wußte von Luchsen gar nichts. Daß das kein Hund sei mit seiner buckligen Kruppe, sah er sofort; also wohl eine arme Baumkatze, die halb verhungert auf die Knochen rechnete, wenn er sein Kaninchen abgeknabbert haben würde. Er lockte sie, indem er »Miau« rief und mit den Fingern zu schnalzen versuchte, was in Handschuhen aber schlecht ging. »Heute sollst du Fettlebe haben, du großes, festes Luder!«

So gekauert, in ihrer angstvollen Wut und Unsicherheit gelähmt, sah die Lüchsin nicht größer als eine gute Schäferhündin aus und nicht den fünften Teil so gefährlich, wie sie war, mit ihren mächtigen Sprungkeulen, den gebogenen Messern vorn an den Tatzen eines kleinen Panthers und den Mordzähnen hinter den Lefzen, die sie mit leisem Knurren zurückzog. Dies gab ihrem Gesicht einen lachenden Ausdruck. Und Grischa, betroffen von der Haltung dieses unbekannten Biests, immer schärfer hinsehend, fand plötzlich, das Ding sei ihm, Grischa, ähnlich! Ungeheuer erheitert erkannte er sein eigenes rundes Gesicht, seinen Bartkranz rundherum, seine etwas schiefstehenden, durchdringend hellen Augen, seine breite, kurze Nase und sein mächtiges Gebiß; und er brach in herzhaftes Gelächter aus, lachte wie ein Junge, die Fäuste auf die Schenkel gestützt, wie er seit Aljoschas Späßen nicht mehr gelacht hatte.

»Komm, Bruder«, schrie er, »komm zum Feuer, Brüderchen!«, und ein neues Lachen rollte prächtig und mit Haha über den dämmerstillen abendlichen Ort.

Das sollte eine Lüchsin auch ertragen! Entsetzt fauchend machte sie kehrt; das schnatternde Gebrüll dieses Tieres und seine weißen Zähne verrieten ein Kraftgefühl, dem sie nicht gewachsen war, und mit der Schnelligkeit, dem lautlosen Sausen des höchsten Entsetzens verschwand sie in dem nächsten Augenblick im Dickicht. Bei ihren Kätzchen erholte sie sich von der unbeschreiblichen Verblüffung, die das erste menschliche Gelächter ihr bereitet hatte. Für diese Nacht gab sie noch Milch genug her, um ihnen den Magen zu füllen. An Jagd vom Lager weg war nicht zu denken, solange dieser Feind in der Nähe spukte; zum Glück hatte sie sich die letzten Wochen um ihre Ratten nicht gekümmert, und so liefen ihr auf kurzem Pirschgange zwei oder drei der fetten, wohlschmeckenden Überlebenden eines einst fröhlichen Volkes in den Weg. Scheu sah sie von jenseits der beschneiten Hügel den Schein des großen Feuerstrauches und den Rauchbaum, der daraus erwuchs.

Da flammte nun der größte Brand, den Grischa sich jemals gestattet. Die Hitze in seinem Winkel erlaubte ihm, endlich einmal ohne Stiefel und Hose, bloß im Unterzeug, zu schmoren und zu warten, daß seine Suppe im Kochgeschirr gar werde: Kaninchensuppe mit eingebrocktem Brot, richtig gesalzen! Bis dahin säuberte er sein Hemd von Läusen, besonders in den Falten am Halse und den Nähten der Ärmel wohnten sie wie Bienen. Es war herrlich, den eisig abgeriebenen Oberkörper nackt von der Glut anstrahlen zu lassen; trotz des Hungerwinters ballten sich ihm gute Muskelbündel. Manchmal kicherte er noch vor sich hin in Erinnerung an die Baumkatze, die erst mit ihrem hohen Hinterteil wie ein Weib oder ein Buckliger im Schnee kauerte und dann wie der Teufel davonprustete. Ging es ihm nicht großartig, hier einsam mitten im Walde?

So ganz allein saß er eigentlich nicht. Wenigstens hätten das die beiden Menschen finden können, die jenseits der Lichtung am Fuße einer großen Tanne nach ihm auslugten, dort, wo ein Waldbach im Sommer einen ansehnlichen Teich durchwässerte. Der eine, auf ein Infanteriegewehr gestützt, hatte sich sein Urteil über ihn gebildet; der andere, einen kleinen Karabiner, eine ausgezeichnete moderne Waffe, umgehängt, spähte scharf nach dem Lichtfleck des Feuers.
»Deutscher nicht«, sagte er dann. »Wozu brauchte er hier zu übernachten?«
»Ausgerückt sein«, meinte der andere.
»Ein größeres Feuer hätte sich ein Verrückter auch nicht leisten können, was meinst du, Koljä?« lächelte spöttisch der mit dem Karabiner.
»Man könnte ihm von hier aus die Kugel geben«, antwortete Koljä bedächtig, »aber es ist nicht nötig. Daß er zu uns gehört, riecht ein Hund mit dem Schwanze.«
Der Kleinere, eine deutsche Soldatenmütze mit Schirm – eine Offiziersmütze – tief über den Hinterkopf gezogen, sah aus beschatteten energischen Augen noch einmal lange hinüber. Er sei für Vorsicht, sagte er dann. Warum sollte das nicht ein Spion sein, von Cholno ausgeschickt als Lockvogel? Das wäre erst noch zu untersuchen.
Überrascht blickte Koljä dem kleineren und schmäleren Kameraden in die Augen – in hellgraue unbewegliche Blicke, zwischen denen eine Falte in der braunen Haut stand über einer merkwürdig breitgedrückten Nase.
»Glaubst du, sie liegen im Hinterhalt? Ach, Babka!«
Der Babka genannte Mensch wiegte den Kopf hin und her. Daß sie im Hinterhalt lägen, glaube er nicht, meinte er mit tiefer, verrauchter Stimme – heiserem, unmännlichem Alt. Er glaube überhaupt nichts; sonst hätte er wohl vorhin nicht Koljäs Lauf beiseite gezogen, als der Bursche drüben vor seinem Feuer vergnügt hin und her spazierte und einen guten Schuß ermöglichte. Er wollte aber wissen. Es sei reichlich spät geworden heute abend, der Rückweg zur »Wohnung« werde ihnen ohnehin bei Mondlicht gegen Mitternacht leichter fallen als jetzt. Das beste sei, dem da drüben ein wenig auf den Zahn zu fühlen. Entweder könne man ihn dann mitnehmen oder gleich beerben.
Obwohl Grischa durch die blendende prasselnde Wand solcher Flammen auch einen heranrückenden Mörser nicht gewahrt hätte, wandten die Fremden sich am Waldrand hin, überquerten schneeknirschend die Mündung des von Cholno heranführenden Weges

und schritten gebückt, immer im Schatten der Bäume, einen Halbkreis, bis sie das Feuer nur noch als einen hervorbrechenden Schein von der Seite sahen.
Grischa schmeckte es köstlich: er schlürfte, schmatzte, leckte den Löffel ab. Dann zog er vorsichtig eine große alte Konservenbüchse von der Glut weg, in der unterdes Schneeklumpen zu heißem Wasser sotten, und bürstete mit einem tüchtigen Busch Kiefernnadeln das Kochgeschirr wieder so fettfrei, daß er auf ziemlich klaren Tee hoffen durfte. Mit großem Schwung goß er das Spülwasser aus dem gereinigten Gefäß hinüber in die vom Feuer völlig unsichtbare Finsternis.
»Verflucht«, schrie russisch eine Stimme. »Ein guter Willkommensgruß, Kamerad!«, und Koljä trat lachend in den Lichtschein. Ein großer blonder Mann im russischen Soldatenmantel und mit einer sehr vertragenen russischen Gardemütze.
Grischa stockte für eine Sekunde erblassend das Blut ums Herz. Gefangen! Waffen hingen an den beiden Ankömmlingen, er aber stand nackt vom Hosengurt aufwärts, und sein Dolch lag unterm Rock hinten in der Ecke.
»Noch Platz für uns, Kamerad?« fragte Koljä unbekümmert, zufrieden mit der Wirkung eines guten Auftritts. »Bist unterwegs wie wir, gottverlassen allein in der wilden Nacht. Komm, laß uns einen Schluck Tee haben und ein bißchen Wärme von deinem kleinen, kleinen Feuerchen.«
Grischa schlug sich vor die Stirn. Welch ein Esel, er. Mit solchem Feuer lockte man alles an, was Augen hatte! Und er gab mit resigniertem Schulterzucken und hängenden Armen den Eingang frei und sah mit Erstaunen den zweiten, einen häßlichen Jungen, wie ihm schien, einen recht plumpen Jungen, der einen schönen grünen Reitermantel und eine Offiziersmütze trug, die zu seinem Gesicht paßte wie eine Halskrause zur Baumkatze. Da hatte er nun Gäste! Deutsche waren es nicht. Darüber machte er sich alsbald keine Gedanken mehr. Ihm wurde wieder leicht und warm. Ein paar Minuten saßen sie in unbehaglichem Schweigen und sahen zu, wie die Schneeballen im Topfe schmolzen, brodelten, schwammen.
»Kameraden«, begann Grischa dann herzlich, »immer besser, mit der Wahrheit vornweg zu sein. Spione der Deutschen seid ihr nicht, nicht wahr? Werdet mich nicht wieder ausliefern ihren Stacheldrähten und besessenen Befehlen. Waffen habt ihr, ich seh's ja, und ich nackte Arme, aber eh ihr nun meinen Tee trinkt und wir Gäste sind miteinander, sagt mir ruhig, wie's ist, denn ich bin ihnen ausgerissen, das ist die Wahrheit, und nach Hause will ich zu Marfa

Iwanowna, meinem kleinen Weib, und ich habe genug von den letzten Jahren, und wenn jetzt drüben Frieden wird, will ich dabeisein.«
Tief überrascht sahen die beiden Bewaffneten einander an. Hier sprach ein Mensch mitten im Walde die Wahrheit – ein Mann, völlig bei Sinnen, mit Jungsaugen in einem redlichen Gesicht, eine russische Seele.
»Wirst weit kommen, Bruder, wenn du so überall deine Wahrheit betest«, meinte Koljä trocken, indem er ihm die Hand hinstreckte. »Bist du schon lange unterwegs, ist's ein Wunder, daß sie dich noch nicht gekriegt haben.«
Grischa lachte und schüttelte seine Hand, und Koljä lachte und drückte sie, und dann sahen sie den dritten seinen Karabiner hinter sich in die Unterstandsecke stellen, das Koppel abschnallen, den Mantel ausziehen und im grünen Waffenrock des ehemaligen Dragoners Säpsgen, die Mütze auf dem Kopfe wie jeder rechte Soldat, dasitzen und sich die Beine vorsichtig wärmen, damit die Stiefel nicht litten.
»Gib mir auch die Hand, Junge«, sagte Grischa gemütlich, und der Babka Genannte streckte sie ihm hin, kleiner als eine Männerhand, hart, schwielig, von unzähligen kleinen Runzeln zerfurcht wie die Hand einer in Küchenarbeit verbrauchten Frau.
»Und gleich wird Tee sein«, sagte Grischa. »Wie kommt ihr hierher? Und da ihr nun wißt, wer ich bin, vielleicht erfahre ich, wer ihr seid? Es soll Banden von freien Männern im Walde geben«, schloß er vorsichtig. »Im Nawarischkij-Lager ging die Rede davon, aber ich dachte nicht . . .«
»Der Wald ist überall gut für Leute, die wissen, was sie wollen«, sagte der heisere Knabe. (Oder was du immer sein mögest, dachte Grischa, indem er ihn ansah, ein richtiger Mann bist du bestimmt nicht, häßlich siehst du aus, besonders siehst du aus, mit deinen Breitauseinander-Augen und der Flatschnase!) Und indem er Grischa kühl in die Lider sah, streifte er seine Mütze mit einem Ruck über den Hinterkopf ab und zeigte einen Strang von grauweißem Zopf, das lange, enggeflochtene Haar einer alten Frau.
»Babka bin ich« (Babka heißt Großmutter in der Kindersprache der Russen), »dies ist Koljä, und wie heißt du?«
Und Grischa nannte seinen ganzen Namen: Grischa Iljitsch Paprotkin, Vorarbeiter in der Seifenfabrik, Wologda; und dann tranken sie Tee und unterhielten sich von dem Geschäft, das die beiden herführte. Sie hatten einen Rehbock gejagt und bei dieser Gelegenheit prüfen wollen, ob die Balken und Bohlen des letzten Unterstandes,

gerade dessen, in dem sie augenblicklich saßen, noch eine Fahrt mit dem Schlitten wert wären. Sie nämlich hatten die ehemalige Stellung der Deutschen hier so gründlich abgebaut; und Grischa erfuhr nun endlich, wo er sei: in einem mächtigen Bogen schon mit der Bahn nach Süden abgewichen war er, und wieder südlich durch den Wald – die Front lag Hunderte von Werst weiter östlich, buchtete aber an dieser Stelle ziemlich tief nach Westen aus. Südlich seiner Bahngleise wäre er hoffnungslos der Feldpolizei in die Arme gelaufen. »Aber jetzt«, schloß Koljä die Erklärungen, »kommst du zu uns, und da wird es dir nicht schlecht gehn, armer Hund.«
Grischa verschwieg höflich seine Zweifel. Er betrachtete kritisch die alte Frau mit der jungen Stimme und den jungen Augen, ihre kräftigen dicken Knöchel in Stiefel und Reithose, die ihr gewiß nicht angemessen worden waren. Sie hat sie »geerbt«, dachte er in seiner Soldatensprache weiter; auch hier ist Krieg. Er wurde sehr schläfrig. Das Kochgeschirr, allmählich leer, stand schief im Schnee.
»Bist müde, Kamerad«, sagte diese Babka, »mach ein Schläfchen, du hast noch einen kleinen Marsch heute nacht bis zu unserer Wohnung.«
Was für eine junge Stimme, dachte Grischa, und junge Augen. Ein Weib immerhin! Aber sie hat recht: warum nicht ein paar Tage bei diesen Gejagten ausruhn? Er zog sich den Waffenrock an, wickelte sich in den Mantel und legte sich, Kopf auf dem Rucksack, schlafen, als wäre er allein. Koljä bat ihn lachend um eine seiner Decken und machte es sich neben ihm bequem. Babka, vorgebeugt auf dem glatten Baumstumpf sitzend, der mitten im Unterstand als Schemel oder Tisch aufragte, stieß die glühenden und krachenden Enden dicker durchgebrannter Scheite dem Glutherd zu, der weiter milde Hitze verstrahlte. Von Zeit zu Zeit gingen ihre Blicke zu den Gesichtern der schlafenden Männer, dem schnurrbärtig vertrauten von Koljä und dem rund von blondem Kraushaar umwucherten dieses neuen, sonderbaren Grischa, der sich einbildete, mit der Wahrheit durch die Front zu kommen. Er läuft in den Tod, wenn man ihm nicht hilft, dachte sie. Wer sich vornimmt, was dieser große Junge da angefangen hat, muß zur Not schon mit der ganzen Welt fertig werden können. Mag er bei uns bleiben; es wird gut für ihn sein, und wir haben einen Schützen mehr. Sie zündete sich eine Pfeife an, und indem sie gelegentlich in die Glut spie, dachte sie über die Wege der Menschen nach, wie sie in dieser Zeit durch den Wald liefen und sich verknoteten. Sie war nicht älter als vierundzwanzig. Mancherlei hatte sie selber angetan und erlitten. Diese Lebenstage hingen nicht voller Rosen und Zuckerzeug.

Als über die schwarze Zackenkrone des Waldes drüben der Mond sein halbes Gesicht schob, erwachte sie aus leichtem Schlaf im Sitzen; den Zähnen entfallen lag die Pfeife zwischen ihren Absätzen. Sie weckte die Männer: der Weg auf dem Eis des gut gefrorenen Baches war jetzt im Halblichte nicht zu verfehlen.

Fünftes Kapitel: Guter Rat

»Gott wird mich schützen«, sagte Grischa ernst. Er lag wohlig sich aalend auf der breiten hölzernen Pritsche in Babkas zerwühlten Decken und sah nicht aus wie einer, den Gott schützen wird.
Babka lachte denn auch. Ruß und Brodem des Lagers von den Backen gewaschen und von ihrer immer noch energisch durchfurchten Stirn, sah sie mit brauner Haut hellen Auges auf diesen Mann, um dessentwillen sie sich für einige Zeit in eine junge derbe Magd zurückverwandelt hatte: in Hemd und Unterrock, mit bloßen beschmutzten Füßen, muskelharte Brüste unter der Leinwand; und in zwei dünnen langen Zöpfen hing neben ihren Backen das alt machende Weißhaar. Zwischen ihren Lippen die Zigarette und die Arme im Nacken verschränkt, saß sie auf dem Rande des Bettes und lachte über Grischa.
»Gott wird dir helfen!« wiederholte sie. »Soldat, Idiot! Wer aber wird Gott helfen?«
Der Unterstand, mit seiner Rückseite in den Sandhügel gewühlt und umgeben von Birken und Buchen, die länger als zwei Jahrhunderte von nichts angefochten ihre Kronen im Herbst- und Frühlingssturm gestählt hatten, schien unter dem Prasseln der Regengüsse sich zu ducken. In der linken Ecke tropfte durch undichte Dachpappe Wasser gelblich in den aufgestellten Eimer. Im Waschen der Regenschauer erblindete von Zeit zu Zeit das kleine Fenster, das, schmal und lang, bevor es Babkas Bude erhellen durfte, dem Aborte eines Gutshauses gedient hatte.
»Warum soll man Gott helfen, Frau?« fragte Grischa weiter im unerschütterlichen Ernste seiner Gedanken. Er sah um gut fünf Jahre jünger aus; sein langer Bart, unter Fedjuschkas Messer gefallen, hatte ihn zurückversetzt in die Zeit vor der Gefangenschaft, und unter seinen Augen standen nicht mehr die hoffnungslosen Falten der sinnlichen Begierde und der Verzweiflung, und die Backenknochen hoben sich nicht mehr hart wie die eines Häftlings aus der Haut.
»Weil Gott längst nichts mehr zu sagen hat, Soldat, Idiot«, setzte sie,

starr in die linke Ecke des Unterstandes blickend, dort, wo der Wassertropfen regelmäßig in den Eimer klang, ihre theologische Belehrung fort. »Weil der Teufel ihn in den Ziegenstall gesperrt hat mitsamt dem Sohne und der Heilige Geist im Taubenschlag gurrt und auf ihren roten Polsterstühlen im Himmelssaal der Teufel seine dreckigen Soldatenstiefel hinlümmelt. Ging es ihm je so gut? Daß er heute alles zu sagen hat und Gott nichts, das merkt doch ein Blinder.«

Grischa runzelte die Stirn. »Glaubst du an den Teufel statt an Gott, und bist du christlich auf den Namen der heiligen Mutter Anna getauft, Anna Kyrillowna?«

»Das ist es doch. Der verlangt ja gar nicht, daß man an ihn glaubt. Er will nichts weiter als seine Sache machen und läßt dich die deine machen und kümmert sich einen Dreck um Glauben und Nichtglauben. Meinst du, die Deutschen etwa glauben an den Teufel? Aber sie dienen ihm mit Schwung und Peitschenknall. Die Deutschen, will ich dir sagen, besuchen jeden Sonntag Gott in der Kirche mit Entschuldigungsvisite, weil sie nichts glauben, und gehn dann ihrer Wege und leisten sich, was sie für gut halten. Und wir anderen: die Russen glauben, und die Juden glauben, und die Litauer und die Polen – alle glauben, und alle an Gott, und wie steht's mit ihnen? Das vierte Jahr schon winseln sie unter dem Stiefel des Deutschen, und wenn er ihnen das Geld wegnimmt und Saatgetreide und die letzte Kuh und ihnen verbietet, in ihrem eigenen Lande umherzureisen, und die Polizisten an jedem Ort dir in den Hintern treten können und beim Verhör dich mit Peitschen schlagen oder mit Gewehrkolben, bekommst du nachher einen gestempelten Zettel, daß alles in Ordnung war, und diesen Zettel kannst du dir ins Gebetbuch legen, Soldat, Idiot, oder du kannst sonstwas mit ihm machen. Der Deutsche aber glaubt, er hat durch diesen Zettel Recht und Gewissen im Lande. Nein, mein Lieber«, schloß sie grimmig, »als ich noch mit Zetteln und Polizisten und Beitreibungen geplagt wurde, da ging es mir wie uns allen im Lande und noch ein bißchen schlechter, kannst dir denken, denn um nichts und wieder nichts hat man nicht mit vierundzwanzig solches Werg am Kopfe hängen wie ich hier, weiß und grau, wie eine Katze in der Dunkelheit. Aber als ich begriffen hatte, was hier gespielt wird, und, statt vor den Polizisten Angst zu haben, machte, daß vielmehr sie vor mir Angst haben und im Dämmern überhaupt nicht mehr auf meine Straße kommen und am Tage nur zu zweien oder dreien, da ging es mir so gut, wie es einem eben gehn kann, wenn Gott im Ziegenstall eingesperrt ist und der Deutsche die Welt regiert.«

Grischa lauschte nachdenklich dem ungeheuren Brausen des Aprilsturmes in den Wipfeln, aus denen krachend Brennholz für morgen herunterbrach, und den Güssen, dumpf trommelnd und hell platschend, mit denen der Frühling den Schnee wegwusch von dem zernarbten Gesicht der guten alten Erde. Ihm atmete sich's fast unheimlich in diesem kleinen, ziemlich sauberen und mit Sorgfalt verschalten Raume hier, halb Unterstand und halb Baracke, ganz und gar errichtet aus den Überresten jener alten Artilleriestellung – Baumkatzenort nannte er sie in seinen Gedanken –, der in Deckung vor Wind und Wetter stand wie ein Feldgeschütz vor Fliegern. Er wäre lieber, anstatt solche Reden zu sagen und zu hören, hinüber in den großen Schlafraum gegangen, in dem er die ersten Tage mit all den andern gelebt, bis er hierher zum Geliebten des Häuptlings aufrückte. Oh, er wollte Anna Kyrillowna, die Babka, auch nur in Gedanken nicht preisgeben! Er hatte seit wieviel Jahren zum erstenmal wieder eine Frau in den Armen gehalten und den Schenkeln – und welch eine! –, und alle Gedanken in ihrem Kopfe, soweit sie sich auf ihn richteten, waren gute Gedanken, mütterliche Gedanken, und seit Jahren, seit einer Schar von Monaten nicht mehr hatte so freundliche und stärkende Luft um ihn geweht. Warm, wie vom Ofen her, von einem Herzensofen, sprühte sie und machte ihn glücklich und kräftig und wieder neu. Aber was sie da sagte, diese Frechheiten – unheimlich, ein Weib so zu hören.
Babka fiel in seine Gedanken ein: »Unheimlich, ein Weib so zu hören, ja, Soldat, Idiot? Weißt du, was ein Wald ist? Oben stehen ruhig und manierlich die Bäume, einer neben dem andern, und wenn der Deutsche den Wald in der Mache gehabt hat, stehen sie sogar ausgerichtet und machen: Augen links. Unten aber, Grischa, wimmeln die Wurzeln durcheinander; verfilzt und verschmitzt wie Wollsträhnen fressen sie einander jede Stunde, und jede Minute würgen sie einander, verbissen wie Schlangen, die Wurzeln. Schabst du das bißchen Erde ab, auf dem wir krabbeln und die Tiere, dann stehst du auf einem Kuchen von Wurzeln, Meilen über Meilen über Meilen, und wenn sie Stimmen hätten, heulten sie Tag und Nacht und ächzten wie Männer, die eine Eisenbahnschiene schleppen, und wie die Wipfel jetzt, wenn der Wind mit ihnen nach Belieben macht wie ein Mann mit einem Mädel. Nein, mein Lieber, das ist keine gottgeschaffene Welt, wie der Priester uns erzählt hat und wie die Juden in ihrem Buche lesen. Am Anfang schuf Gott Himmel und Erde, das kann sein, denn manchmal sieht sie ja hübsch aus, und man spürt was Gutes, wenn einen die Sonne bescheint, und man liegt im Walde, und der junge Wuchs macht mich betrunken

mit Gerüchen, und die Eichkätzchen oben im Wipfel und die Krähen, die durch die Luft segeln, zeigen, daß hier manches in Ordnung ist; aber durchgeführt hat er sie nicht, diese Himmel- und Erdmacherei. Kannst mir's glauben, daß ihm einer dazwischengepfuscht hat und dem Menschen ins Gehirn gespuckt, daß es glühend wurde, und überhaupt das Lebendige angesteckt hat mit irgendwas. Denken kann ich nicht«, schloß sie, indem sie ihre Zigarette an der Tischkante ausdrückte und in die Ecke warf, und ihre nackten Arme spielten in einer völlig unbewußten tierhaften Anmut, »aber sehen!«

Grischa, der Liegende, blickte nachdenklich zur Decke empor, in deren Ritzen langbeinige Spinnen überwinterten. Vorsichtig stelzte ein großer Weberknecht, durch den Regen beunruhigt, an ihr entlang, und sein Leib, dieser Knoten lebendiger Substanz, wippte in dem geknickten Gestänge seiner acht Beine.

»Ja«, sagte er, »sieh dir nur die Bilder von den Kaisern und Königen und Generalen an – die Zeitungen streuen sie ja umher! – Hübsch sind sie nicht, und gesegnet schaun sie nicht gerade aus! Hast du Schieffenzahns Gesicht gesehen? Er nimmt sich wie eine Kröte mit einem Vogelschnabel aus«, und Grischa lachte, »aber er hat schon drei große Schlachten gewonnen. Und hier im Lande macht er, was er will, sagen die deutschen Soldaten.«

Babka blickte verloren zu dem Marienbild hinüber, das in der Ecke über einem kleinen roten Öllichtchen mit Tannen umsteckt seinen Altar hatte.

»Ich will es dir erzählen«, setzte sie ein blitzschnelles Selbstgespräch laut fort. »Wir waren vier und die Mutter; der Vater ein alter Mann, aber ein tüchtiger Pflüger, zwei Jungen und ich. Und drüben in Amerika noch zwei Brüder, die fleißig Dollars verdienten und uns manche schickten, als es uns schlecht zu gehn begann; geschickte Arbeiter. Einer sitzt auf dem Fahrsitz eines Dampfpfluges, weißt du, und pflügt dir in einem Tage das halbe Reich Litauen um, und der andere, in Chikago schlachtet er Schweine. Jeden Tag viele tausend Schweine, jedes mit einem Schnitt, jeden Tag Tausende Schnitte, und es geht ihnen gut. Nun, wir hatten unsere Hütte und unsern Acker und das Kartoffelfeld und Gärtchen und was man braucht, Soldat. Dann wurde Krieg, und die Unsern zogen vorüber, die Deutschen kamen in die Nähe, und einen Schützengraben dicht an unserm Häuschen vorüber bauten unsere, und wir gingen weg, aber nicht sehr weit, und später, keine Woche, kamen wir wieder, und alles war wie vorher. Sie hatten den Graben nicht gebraucht und an unserem Häuschen nichts zerschossen, denn der Deutsche packt

die Sache von einem anderen Ende her an, wie er das versteht. Und dann wohnten wir, und Befehle kamen, Verordnungen. Du durftest das nicht und jenes nicht: verboten! Du mußtest dies und jenes: befohlen! Wir lachten, russische Menschen, wenn wir auch Litauer sind, und wir dachten: ach was! Da sprach ein Befehl: keine Waffen besitzen, gar keine Flinte, verstehst du? Die Hasen sollten in deinem Kohlgärtchen und die Rehe in deiner Saat machen können, was sie wollten. Bauer, gib die Flinte her, hieß es. Und der Vater hielt seine Flinte unterm Dachsparren in Leinwand eingewickelt, und er sagte: Befehl ist befohlen, und danach wird ihn der Teufel holen. Und dann kamen sie mit Gedrucktem in unserer Sprache, unsrer litauischen Sprache, die der Zar nicht gern hatte, und auch in der russischen, die der Pole nicht gern hatte, und sagten – und so übersetzte es uns der Dorfälteste –, wer eine Flinte hat, soll sie abliefern, und wer sie nicht abliefert, und man findet eine, der wird erschossen.
›Hast du so etwas gehört‹, sagten wir, ›eine Flinte haben und abliefern, das ist verrückt, denn wer gibt dir eine andere? Und eine Flinte haben und erschossen werden, das ist noch einmal verrückt, denn was hast du schon begangen?‹ Da wohnte ein polnischer Gutsbesitzer in der Nähe«, sie lächelte schmaläugig, nur daß sich die Zähne des Unterkiefers grimmig vorschoben. »Solch ein Pole ist ein gefälliger Mensch. Glaubst du, er kann nein sagen? Er kann nicht. Gott schütze dich, Brüderchen. Er verspricht dir hoch und teuer, er behält für sich, was du ihm erzählst, aber wenn er nachher einen andern Mann trifft, muß er ihm gefällig sein und beichtet das deinige. Dafür ist er ein Pole. Nun, dieser Nachbar – und seine Felder stießen an das unsere – hatte immer Einquartierung, Polizei lag bei ihm, Offiziere, es ging ihm nicht schlecht dabei, auch nicht gut, wer weiß das? Siehst du in deines Nachbarn Gemüt? Aber er wußte von unserer Flinte unter dem Dachsparren. Und dann setzten sie eine Zeit an, in der abgeliefert werden sollte, was an Schießgewehr in der Landschaft sei. ›Nun‹, sagte mein Vater, der alte Mann, ›fürchte Gott und sei nicht vorwitzig. Und wovon du nichts sagst, damit kannst du niemand wehe tun‹, und ähnliche Sprichwörter, von denen die alten Menschen ja triefen wie Rinde von Harz und die wenig wert sind, wie Harz. Und dann eines Tages, wir kochten Mittag, kam der Ortsvorsteher, und er sah grau aus, sag ich dir, grau im Gesicht wie schmutziger Schnee, und ein junger Leutnant und sechs Mann Soldaten und durchsuchten die Hütte, und natürlich fanden sie unsre Dollars und die Flinte. Die Dollars gaben sie mir wieder, die Flinte nahmen sie mit fort und Vater und die beiden

Burschen, achtzehn der eine und sechzehn der andere, kleine Kinder, sag ich dir, und nach ein paar Wochen brachten sie sie wieder. ›Anna‹, sagte der Vater, und er umarmte mich nicht, sondern sah mich bloß an, ›sie werden uns hier erschießen, sag ich dir. Mich, Stefan und Theodor, weil wir die Flinte hatten. Leb wohl und knie nieder, denn ich will dich segnen, und du wirst nach Amerika gehn zu Peter und Nikolai‹; und ich sage dir, ich schrie nicht, denn ich war ein Mädel von zweiundzwanzig Jahren, und man schreit dann nicht vor Fremden. Aber sie stellten sie an den Schützengraben dicht bei unserm Hause, und sie erschossen sie da, und sie fielen rückwärts in den Graben mit dem Gesicht zu unserm Häuschen – und daß sie sie hier erschossen, sollte eine Abschreckung sein für die Landsleute, sie kriegten auch plötzlich eine Menge Flinten und konnten Strafgelder eintreiben. Ja, da wurden meine Haare so, wie sie hier sind, und meine Mutter, danach wachte sie auf, kochte jeden Tag Essen für die, die im Schützengraben wohnten, dicht bei der Hütte, denn die waren bloß in den Graben gezogen, weil sie es so wollten. Ein Vater und Brüder sind Herren im Hause, und sie tun, was ihnen paßt, und der Verstand einer alten Frau ist nicht so kräftig, verstehst du, wie unserer. Jeden Mittag, bis sie starb, kochte sie ihnen Holzspäne und trug sie ihnen hinaus, denen, die im Graben nebenan wohnten. Und dann verpachtete ich unser Besitztum, als ich die Mutter begraben hatte, auf dem Kirchhof, wie sich versteht, und die Erde, in der die Männer lagen, der alte Mann und die beiden Jungen, ließ ich weihen natürlich, alles, wie es sich gehört, mit einem Zaun um die Grabstätte und Kreuzen darauf nach unserer litauischen Art, mit der Lilie, die Auferstehung bedeutet. Und dann, am Tage nach meiner Abreise, schoß jemand durchs Fenster des Gutshauses und traf den polnischen Mann in die Stirne mitten hinein. Kein schlechter Schuß, sag ich dir. Und ich ging in die Wälder.«

Der Nachmittag schien sehr früh zu dunkeln. In Schwaden über Schwaden brauste das Wasser der aufsteigenden Jahreszeit an dem kleinen Fenster vorbei, und der feine Luftzug durch die einzig freiliegende Vorderwand der Baracke machte das Lichtchen unterm Marienbilde zucken und Schatten werfen.

»Ja«, antwortete Grischa nachdenklich, »Krieg ist keine kleine Sache; wenn er erst angefangen hat, macht er sich selbständig. Wir haben auch viele häßliche Salven abgegeben. Alle Soldaten sind gleich. Alle Offiziere sind auch gleich. Bloß haben die Deutschen kleine Vierecke in ihrem Schädel, eins neben dem andern. Wenn sie mich wieder erwischten ...«, und man hörte, daß er zu einem tiefen Atemzuge ansetzte und die Luft in der Lunge behielt.

Babka sagte ruhig: »Mach Platz«, und legte sich neben ihn auf die breite Pritsche, wie das Weib neben den Mann, von dem sie Besitz ergriffen hat. »Den Sommer über ... bald wird es dir gut im Walde werden. Heiße Tage, Grischa, im Schatten, mitten in den Heidelbeeren, gute Arbeit und Kameradschaft.«

Sie schwieg, sah zur Decke empor, angespanntes Warten erfüllte ihr Herz.

»Hierbleiben könnte ja ein jeder. Aber nicht darum bin ich den Deutschen durch die Lappen gegangen.«

Die junge Frau schob den breiten Unterkiefer vor. »Lauf doch, lauf gleich.« Mit einem ungeheuren Schrecken erblassend spürte sie etwas in sich zusammenstürzen, das sie sich schon aufgebaut hatte. Kräftig schob Grischa ihr den Arm unter den Nacken. In die immer dunklere Luft sagte er seine ruhigen Entschlüsse: »Glaubst du, ich bliebe nicht gern hier, Annja? Meinst, ich hätte nicht gerne noch lange deine Arme um meinen Hals, wo du mich wieder zum Mann gemacht hast, mir Ruhe ins Herz gegeben, so tief hinein, wie ein Wasserrohr in die Erde stößt und die Unruhe herausspritzen läßt und Verrücktheit und Gefangenschaft? Glaubst du, das sei nichts, und wäre ich nicht ein Hund, wenn ich es für nichts hielte? Aber es zieht mich an, zieht mich nun einmal. Da ist etwas in mir, das heim will, und darum, ganz einfach, kann ich nicht bei dir bleiben.«

Seine Stimme hatte etwas vom Klang einer Jungenstimme angenommen, gequält und bittend unterhalb der Festigkeit, die ihm aus der unwiderruflichen Gebundenheit des Müssens zufloß.

»Nicht jetzt geh ich weg, wenn du mich behältst. Warum soll ich nicht noch drei Wochen, vier Wochen hier bei dir sein und den Kameraden und euch helfen, wo ihr mich braucht, und dann weitergehn, wo mich die Gendarmen jagen werden und ich mich tags verstecken muß? Und wenn sie mich fangen?«

Mit der Kraft eines siegenden Wirbels schien diese Möglichkeit seine angstvolle Aufmerksamkeit an sich zu reißen. Babka, mit verfinsterter Stirn, antwortete nichts. Noch immer starrte sie trotzig in die leere Luft, dort, wo ein Haufen wirrer Schatten zusammengestürzte Hoffnungen auf das Bleiben dieses Mannes andeutete. Macht er sich davon, reißt er mich etwa mit sich? dachte sie ...

»Vielleicht noch viele Jahre nach Friedensschluß arbeiten für sie? Im Schubkarren Erde fahren oder Stacheldraht ausreißen aus den Ländern oder in ihren steinernen Gefängnissen Holz sägen? Ob ich mir dann nicht lieber doch einen schnellen Schuß durch den Rücken hole, ausreiße mitten durch die Gendarmen und ihre Gewehre?«

Sein Ausatmen glich einem Stöhnen nur allzusehr. An dem tiefen Mitleid, das sie im Augenblick erfüllte, erkannte Babka den hoffnungslosen Ernst ihres Gefühls für diesen großen Jungen, der ihr schon, als sie an seinem Feuer saß, so gut gefallen hatte, diesen Hans Taps, der einen Luchs für eine Baumkatze hielt und mitten im wilden Walde mit Flitzbogen und Messerchen sein Leben durchbrachte. Erbarmungsvolles Gelächter bewegte ihre Brust. Sie warf die Arme um seinen Hals, biß ihn ins Ohr und flüsterte (und ihr Atem roch nach Essen): »Gut, geh nur, ich helfe dir schon, Soldat, Idiot!«

Ungläubig auf seine beiden Arme gestützt, sah Grischa auf ihr Gesicht hinab, das zwischen seinen Fäusten lag und in einem bitteren Blick der Augen leuchtete. »Mußt du jedem auf die Nase binden, wer du bist? Kommen jetzt nicht schockweise Überläufer durch die Stellungen, russische Soldaten, die genug haben, heim wollen wie du zu Frau und Kind? Nur daß ihre Dörfer hier liegen auf der deutschen Seite, nicht drüben im großen Rußland, dem Mütterchen. In der Baracke verwahre ich Hose und Rock von Ilja Pawlowitsch Bjuschew, der hier mit mir war und starb; wir kriegten ihn nicht mehr auf die Beine. Seine Marke, wie ihr sie um den Hals tragt, liegt in der Schublade dort im Tisch. Kappen sie dich und hast du Pech, sagst du einfach, Ilja Pawlowitsch Bjuschew seist du aus Antokol, vom 67. Schützenregiment, 5. Kompanie, und willst nach Hause zu deinem Mütterchen; durch die Stellungen kämst du, ein Überläufer. Und alles ist in Ordnung. Schlimmstenfalls stecken sie dich wieder in ein Lager und forschen nach, und bis dahin gebe ich der alten Frau Bescheid. Natascha Pawlowa Bjuschew in ihrem Häuschen. Sie sagt, was wir wollen. Nun, Soldat, Idiot?«

Über Grischas rundes Gesicht zog allmählich aus den Schatten der Qual ein immer breiteres Lachen; stolzes Bewundern verengerte seine schrägen Augen und öffnete sie wieder. »Oh, der Teufel ist nur halb so schlimm wie seine Großmutter, und seine Großmutter ist ein dummes Aas gegen eine gute Geliebte«, lachte er und warf sich wie ein stoßender Habicht auf den Mund, der so klug zu raten wußte und der blaß und breit ihm entgegendrängte. In rasselnden Strömen des Regens ertrank die letzte Dämmerung; der rote Schein des geweihten Lichtes schmückte die glänzenden Flitter des Marienbildes und seine Krone mit blutigen Funken.

Sechstes Kapitel: Flußabwärts

Die Oberfläche der Erde, vom Wald bedeckt wie von weichem, grünem Moos, gesteift durch zarte braune Gerippe, wuchs hier leicht gewellt; aus sanften flachen Senkungen hoben sich die Wellenrücken von Hügeln, durchädert von Bächen. Der triefende Regen ließ sie schwellen; braun und schön klar nach schlammigen Tagen glitten sie, der Schwerkraft folgend, in die tieferen Stromgebiete der großen Ebenen. Anstellige Leute konnten auf ihnen mit ganz flachen Booten fahren und sogar Stämme, allerdings mühevoll, talwärts flößen. Von den vier Unterständen oder Blockhäusern, in denen die Vogelfreien lebten, zogen sich in den bis dahin unverletzten Wald bösartige Schlitze; Stümpfe, zum Teil noch ganz frisch, wiesen die Arbeit der Bandsäge, die tagsüber sich mit leisem metallischem Singen unten am Fluß durch sorgfältig ausgesuchte Stämme fraß, bis sie nach dem Belieben der kleinen Menschen von ziehenden Tauen oder dem Hieb der Äxte umgelegt wurden. Und das wehrlose Krachen von Wipfel auf Wipfel oder Wipfel auf Erde scheuchte nur Häher auf und Krähen und die kleinen Vögel des Unterholzes.

Aus der höchsten Mastspitze einer königlichen Tanne sah Grischa um sich nur ein Meer von Wipfeln, dunkelgrünen, winterkahlen, oder dem leisen, frühlingslichten Haar der alten Birken. Die mächtigen Verästelungen der Eichen hielten noch fahlbraun ihr Laub vom vorigen Jahre, auch die Buchen; aber seidigblau und leicht zeltete der Himmel über der golden durchfluteten Luft. Weit drüben im Westen, mehrere Meilen entfernt und gedeckt durch das allerdichteste Heckenwerk des Waldes, verriet eine Lücke den Ort der verlassenen Stellung: von hier aus gesehen nicht mehr als ein kleines, dunkles Absetzen der großen Baumflut.

Sie machten Mittagspause. Nach dem schweren Grau der Regenwochen lagen auf dem schnell getrockneten Moose die Männer in der Sonne, rauchten und blinzelten in den Himmel, den die entzückten Rufe unsichtbarer kleiner Vögel durchglitten, zartes Jauchzen der Meisen, der silberne Ruf des Finken und ein langes Flöten unsichtbarer Sänger, deren Namen die Männer nicht kannten und über die sie – ob Pirol oder Amsel – Vermutungen austauschten. Zwar blieb das Bemühen, sich über den Pirol zu verständigen, aussichtslos, so gut auch das Gemisch der beiden großen Heeressprachen des Ostens sonst zur Verständigung und auch zum Zanke ausreichte, aber es unterhielt sie.

Es gab Banden, die nur aus den Eingesessenen des Landes bestanden.

Diese hier zählte von solchen zur Zeit drei Mann und Babka. Koljä und Nikita waren wie Grischa ehemalige Kriegsgefangene; drei deutsche Soldaten ergänzten die Schar – jeder mit seiner Geschichte. Grischa sah sie von seinem Ausguck unten liegen, sich rekeln. Nicht mehr wie anfangs standen sie ihm als geschlossene Gruppe gegenüber, ähnlich jeder Korporalschaft, die einen neuen Mann zu verdauen ihre Zeit braucht. Schon unterschied er Eigenschaften von manchen, den mürrischen Nikita vom freundlichen Koljä – wenn Koljä auch, wie er wohl witterte, seine Hintergedanken für sich behielt –, daß Fedjuschka der Sohn eines wohlhabenden Kaufmanns aus Merwinsk war, den die Deutschen in ein Zwangsarbeitsbataillon stecken wollten, daß Anton Antonowitsch einen Einbruch durch einen Ausbruch aus dem Gefängnis von Chorosch gesühnt hatte, daß jeder der drei Deutschen sich lieber gefährlich im Walde als gemütlich im Viehwagen eines Transports nach Westen aufhielt. Man hatte ihn kameradschaftlich aufgenommen; aber eine kühle Zone um ihn schmolz erst, als er beim Fällen, Entästen und Schleppen der Bäume unermüdlich und zu jedem Spaß aufgelegt seinen Teil an der allgemeinen Arbeit voll einzahlte. So sicher bei einer Abstimmung am ersten Tage die Meinung für baldmögliches Weiterschicken entschieden hätte, so ruhig konnte Grischa jetzt auf die meisten Stimmen für dauerndes Bleiben zählen. Wo er seine Nächte verbrachte, ob bei den andern auf der Pritsche oder sonstwo, gab niemand Anlaß, sich einzumischen, obgleich Koljä und manch anderer möglicherweise mit einer Kugel zu dieser Frage Stellung genommen hätte – im Falle der Andauer.
»Was macht der Neue da oben?« fragte Koljä, indem er die Asche seiner Pfeife am Absatz ausklopfte, »für fette Jungkrähen ist's doch ein bißchen zeitig.«
Schläfrig antwortete Fedjuschka: wahrscheinlich suche er Laubfroscheier.
Grischa in seinem Wipfel atmete tief. Die Luft schwebte würzig von den heißen Sand- und Moosflächen empor zu ihm; verwesende und neue Gerüche kündeten den Frühling an, der in all den Stimmen um ihn schon pochte, drängte, sang. Mit verliebtem Zwischern und Fauchen schraubten sich zwei Eichhörnchen jagend um den Stamm ihm gegenüber; ihr sonst stets wacher Argwohn und ihre unbezähmbare Neugierde ging offenbar im tollen Spiel der jungen Jahreszeit unter. Gestillten Herzens, ohne Waffenrock, in guter Höhe des Baumes, dessen schlanken, glatten Rindenleib er mit einem Arme lässig umfaßte, dachte er an diesen Bjuschew, der ihm seine letzte Angst so kameradschaftlich genommen noch nach dem Tode,

der einen blonden Schnurrbart trug wie er, Babkas Mann war wie jetzt er und ein ehrlicher russischer Soldat. Und wo der geboren worden, und daß er als Junge schon unter solchen Bäumen gespielt und mit Tannzapfen nach Eichhörnchen geschmissen bei Wilna dort im Antokoler Wald, und daß der nun gewissermaßen sein Schutzheiliger sei, wenn sich böse Kurven meldeten. Wie gerne der wohl diesen Frühling erlebt hätte, ohne die Kugel in seinem Rücken! Eine Seele hatte ihm bestimmt geeignet, und wo sie jetzt geisterte, wer wußte es; vielleicht grollte sie über den Beistand, den ihr früherer fleischlicher Name einem andern leisten sollte. Da halfen ihm nun fremde Menschen und fremde Tote. Man vermochte nicht, in sie hineinzusehen, aber hineinzufühlen vielleicht. Sie waren gar nicht anders als man selber. Man mußte sich nur nichts einbilden. Verwesen, im Grabe liegen, eine gute Ruhe haben, blieb etwas wert in Zeiten, die die Leute umherjagten. Vielleicht ärgerte die Seele sich, daß sie immer wieder angesprochen werden sollte von einem anderen und einer anderen Person wie ein Anzug übergezogen werden sollte, wahrscheinlich aber war es ihr gleichgültig oder, wenn die Taufe einen Sinn besaß und Jesus Christus nicht umsonst gestorben war, vielleicht sogar ein gutes Gefühl. Da wuchsen jetzt den Bäumen neue Haare. Alles kam aus dem Boden. Die Toten unten konnten ihre Wünsche mit hinaufschicken und Kräfte und ihre Säfte. Es mochte auch mit ihnen von neuem losgehen, wenn auch auf andere Weise. Warum sollten nicht Seelen im Winde fahren? In den Märchen erzählten die Mütter von so vielen guten und bösen, von Gespenstern, die am Rande von Sümpfen sich in einem Lichtchen zeigten. Und auf einem hohen Berge saß Babajagaa, das Knochenbein, und zauberte schrecklich. Warum sollte der Mensch weniger leisten als eine Tanne, die jedes Jahr älter werden kann, wenn man sie nicht abhaut. Aber dann fiel ihm ein, daß eine abgehauene Tanne, noch dazu wenn man sie rodet, zu einem Gebrauchsholz wird und nur durch ihren Samen weiterwächst; und wenn sie jedes Jahr neuen Grünwuchs trieb, so kriegte der Mensch jedes Jahr neue Lust zum Leben, und wie die Tanne kam er weiter nur durch den Samen, den er ausstreute. Und mit leichtem Seufzen erkannte er, daß sein Herz sich wiederum nach Wologda hingewendet hatte und zu dem kleinen Kind, das er noch nicht gesehen.

Mit einem kleinen, flachen Kahn, eher einer schräggestellten Kiste gleich, kehrten Babka und Fjodor Dukaitis eben von ihrer vorgestrigen Fahrt zurück. Fünf Dörfer lagen am Waldbach aufgereiht wie Eicheln an einem Faden, den Rand des Dickichts entlang, dort, wo von Norden her eine Zunge alter Rodungen ihn anleckte – sie

gehörten den Grafen Murawiew, wie der ganze Wald hier, eine kleine Provinz, die der Zar ihnen aus altem, dem Volke gestohlenem Krongut verliehen. Aber jetzt begreiflicherweise zahlten sie Abgaben an die Deutschen, rechtmäßige und unrechtmäßige, Steuern und Beitreibungen, und sie dachten nicht daran, die Leute im Walde zu verraten. Sie kauften ihnen vielmehr Holz ab oder halfen ihnen gegen einen Anteil Bäume verflößen, jene wertvollen Stämme, die zu schlagen die Deutschen selbstverständlich nur sich vorbehielten. Warum sollte Reb Eisik Menachem, der Schankpächter, oder der Gemeindeälteste Pawel Gurtkjewitsch sich darum kümmern, wer die und die Frau in grauen Zöpfen und Mannsstiefeln oder dieser bärtige litauische Bauer seien, die nun schon gut ein Jahr mit ihnen handelten? Mischt sich der Deutsche nicht schon in tausend Dinge, die ihn nichts angingen – warum sollte man ihn freiwillig auf das tausenderste aufmerksam machen? Was ist das, Steckbrief?
Die Männer, aufgesprungen, fragten und drängten sich beim Entladen des gefüllten Fahrzeugs; Babka brachte Mehl, Hirse und Tee, fünf große Flaschen Branntwein, sorgfältig in Heu gebettet; für jeden Tabak und für Fedjuschka einen Brief seines Vaters, der ganz bestimmt nicht durch eine Post bestellt worden war.
»In sechs oder sieben Tagen sollte unten das Floß lang genug zum Abgehen sein«, sagte sie mit einem Blick, der, an Grischa vorüberstreifend, im Wipfel der Tanne haftete, auf der er noch vor kurzem gesessen. Aber überhaupt müßten sie alle daran denken, hier nicht sehr alt zu werden; denn sobald die trockene Zeit gekommen, gedächten die Deutschen ihnen die Ehre einer Treibjagd zu erweisen. Quartier sei in den Dörfern angekündigt für vorläufig zwei Schwadronen.
»Bislang haben sie noch Angst vor uns, die lieben Brüderchen in den Bauernhütten, und verkaufen billig, was wir brauchen, aber wenn die Pferde der Deutschen erst in ihren Ställen misten, glaub ich nicht, daß sie sich mit uns verschwägern würden«, lachte Babka den Gesellen zu, die bekümmert ihre Nägel kauten, sich den Bart krauten, Pfeife pafften. Zwei Schwadronen? Und wenn sie von der anderen Seite, drüben von Cholno her, sich durcharbeiteten, vielleicht auch an der Nordwestecke Streifabteilungen einrichteten, wie sie schon einmal begonnen hatten? Flugzeuge boten sie nicht auf, so üppig hatten sie es nicht, aber mit Hunden und Reitern und einem gescheiten Plane brachten sie es doch ganz gut zum schlimmen Ende. Koljä schlug dem Deutschen Peter Ducherow auf den Rücken und lachte, als der betreten und ärgerlich vor sich hin blickte. »Als hätte die in ihrem Kopfe nicht schon gar gekocht, was uns

davor schützt, diese deutsche Suppe löffeln zu müssen«, lachte er. »Sieh sie dir doch an, die Hexe.«
Babka warf einen Tannzapfen an seine Mütze und sagte, es gäbe Leute, die niemals für sich behalten könnten, was sie auf dem Herde röchen. Jetzt kriege sie erst einmal etwas Warmes in den Magen, und dann dürften die Männer zeigen, ob ihnen auch etwas einfalle; und damit ging sie in die Küche, deren Tür und Fenster offenstanden, und ließ sich geben, was man für sie warm gehalten hatte: Suppe, ziemlich wohlschmeckend, von unerkennbarer Zusammensetzung, wie sie den Heeren als Mannschaftskost überall folgte. Sie aß den Brei mit dem Löffel, den sie wie ein Mann dem Stiefelschaft entnahm, und spähte dabei, eine Falte zwischen den Brauen, in das besonnte Gehölz hinüber, dorthin, wo sich Grischa eben nachlässig und rauchend von den übrigen trennte. Langsam schlenderte er die dreißig oder fünfzig Schritte hin zu ihr, und sie dachte beklommenen Atems, warum sie ihn nicht aus ihrem Herzen reißen könne, warum sie ihn jetzt, wo das Ganze doch gefährlich wankte, noch immer als Mitte und Nabe ihres Lebens empfinden müsse, diesen Mann, der doch heimverlangte zu einer anderen. Und sie gestand sich, der Plan, der ihr fast beim Anhören der drohenden Neuigkeit durchs Gehirn gefunkt, hätte sicher nicht so unmittelbar bereitgestanden, wenn er ihr nicht die Möglichkeit, diesen Burschen Grischa auf seinem Wege zu verfolgen, in den Schoß geworfen hätte. Er setzte sich neben sie, ihr eine Zigarette aus Zeitungspapier und Pfeifentabak drehend, zum Nachtisch, wenn sie fertig sei. Aber sie schob sie beiseite und hielt ihm wortlos ein Päckchen guter russischer Papiros hin, aus dem Vorrat von Reb Eisik Menachem. Er lachte, daß sie immer etwas Besseres habe als er. Dann fragte er, ernster, während sie ihren Napf schräg hielt und eine süße Sättigung, nicht nur vom Mahle, durch ihren Körper strömte, was sie nun wirklich gegen die Gefahr ausgedacht.
»Was geht's dich an? Du bist nicht dabei.«
Grischa schlug mit der Hand aufs Knie: das sei ganz gleich. »In fünf Tagen, wenn das Floß fertig ist, gehen sie los mit den Stämmen hinab und als Flößer in die Wilja. Bis zum Ende des Landmarschs nehmen sie dich mit. Es ist gefährlich, das Wasser, wenn es hoch ist, aber was tut das! Deine Landstraßen sind noch gefährlicher.«
Grischa saß, betreten von seiner Freude, die er nicht zu zeigen wagte, und nahm ihre Hand. »Du bist mir wie ein Mütterchen und ein Kompaniefeldwebel, Babka«, sagte er. »Aber wenn ich nicht weiß, wie du dich rettest mit den Kameraden, geh ich nicht weg.«
Babka sah ihm ungläubig ins Gesicht, lächelte schwach und meinte,

der gute Wille ersetze manchmal einen Schnaps. Sie danke ihm schön, aber ohnehin könnten sie zusammen nicht bleiben; denn für große Trupps sei natürlich ebensowenig ein Weg wie für Füchse auf der Gutsallee. Sie würden in drei Teilen, jeder von einem Deutschen der Bande geführt, als Flößer und Floßzieher bis Wilna zu kommen suchen. Papiere für sie seien schon bestellt und würden sechzig Mark im ganzen kosten. Von Wilna aus würden sie dann sehn. Natürlich sei es schwer und sehr teuer, vielleicht sogar unmöglich, Ausweiskarten für jeden einzelnen zu bekommen, um in der großen Stadt zu bleiben. Und Verrat sei dort nicht gerade weit weg. Aber iß, was du hast, und nicht, was du träumst. Er, Fedjuschka und Otto Wild sollten als erster Trupp von hier aufbrechen, und innerhalb drei Wochen werde der Bau hier so leer liegen wie die Tannzapfen vom vorigen Jahr. »Suchen sie uns mit Pferden, so werden wir zu Fischen. Fangen sie uns mit Netzen, so wohnen wir in Häusern wie die Katzen von Wilna«, schloß sie mit triumphierender Stimme, wischte sich den Mund mit dem Handrücken, säuberte die Hand am Rock und ließ sich von Grischa mit einem glühenden Stückchen Holz die Zigarette anzünden. Aber die Bewunderung, die aus seinen Augen an ihre Stirn prallte, schmeckte ihr weit süßer als der lang entbehrte Rauch der guten Papiros.

In der Nacht vor dem Aufbruch fiel von Babka, der bäurischen Frau, die zwei Gefechte mitgemacht und drei Männer eigenhändig erschossen hatte, alles Harte und die vermännlichende Kruste ihrer Seele, und bloß lag und zuckte in Grischas Armen ein junges Weib, dessen Mütterliches und Weibliches sich in ihr ausglich zur Geliebten. Sie hielt seinen Kopf bei den Ohren zwischen ihren gestreckten Armen, ihm leidenschaftlich in die Augen fragend, um ihn dann wieder an sich zu reißen und ihre Backe unter sein Kinn zu schmiegen. Sie horchte seinem Herzschlag, sie biß sich an seinem Arm fest, und das rote Lichtchen der Heiligen warf kleine Funken in ihre Pupillen oder das Weiße ihrer Augäpfel, wenn sie, zur Decke starrend, seinen Schlaf bewachte. Den Brodem der Hütte schwängerten ihre wilden Wünsche, die zerrissen nach zwei Seiten oder dreien gar zur Jungfrau aufstiegen, die doch auch Mutter hieß: daß er hier bleibe, daß seine Flucht gelinge, daß sie mit ihm gehen und ihn bewachen könne, sie, Babka, nein, Anna Kyrillowna, ein Weib, das sich einen einzigen Mann erwählt, nachdem sie etliche gekannt, und die nun mit der Zähigkeit und Wut der Lüchsin für ihre Kleinen auf der Fährte des Geliebten zu bleiben wünschte, um ihn zu verteidigen oder auch selbst für sich zu besitzen. Sie glaubte inbrünstig an den guten Willen der Mutter Gottes, und von ihrer erbarmungslosen Glaubenslehre, mit der sie gleichwohl das Wesen der Zeit zu erfassen vermeinte, einen Schritt zurückweichend, sagte sie sich, daß Satan ja die Macht habe und die Fürbitte der Herrgottsmutter also gerade soviel Wert habe wie die Bitte einer Stieftochter bei dem zweiten Mann ihrer Mutter, wenn er harte Fäuste und ein nach Schnaps begieriges Herz besaß. Aber da auch der härteste Stiefvater überraschend gute Laune zeigen und Wünsche erfüllen konnte, die eigentlich ins Unmögliche vorstießen: daß zum Beispiel eine junge Katze, die man liebte, nicht ertränkt wurde, obgleich der Sack schon dalag oder der Stein für ihren Hals – so mochte auch der Teufel, der in hohen, sporenklirrenden Schaftstiefeln durchs Himmelsgewölbe stampfte und seinen Kaiserschnurrbart strich, plötzlich unversehens diesen Grischa durchkommen lassen durch das Netz, mit dem die Deutschen das Land geknebelt hielten und das der Front zu immer dichter wurde. Sie stieg geräuschlos von der Pritsche, steckte neues Holz in den kleinen eisernen Ofen, damit in der wohligen Wärme Grischa um so besser schlafe, und brach, von dem fledermausflügeligen Spielen der Schatten und Lichter aus dem neuentflammenden Ofen gestreift und überworfen, im Gebet nieder vor dem Bild der Frau, die ein großes silbernes Herz besaß.

Als am Morgen Grischa ihr zum letztenmal allein gegenüberstand, in die abgetragene und geflickte Uniform eines russischen Infanteristen gekleidet, hängte sie ihm selber an einer Drahtschnur die kupferne Erkennungsmarke des Soldaten Bjuschew um den Hals. »Knie nieder«, herrschte sie ihn an, indem sie ihn vor der Mutter Gottes auf den Boden drückte. Grischa, der längst nichts mehr von Bildern und den Popen, und schon gar nichts von katholischen, hielt, gehorchte gleichwohl aus dankbarer Zärtlichkeit dem ungeheuren Anprall des Gefühls, der aus der Frau gegen ihn sich warf. Die Augen starr auf das Bild gerichtet, Beschwörungen murmelnd, die aus den Worten der Litanei stammten, ließ sie das kupferne Blech kalt in das leichte Fell seiner Brust unters Hemd gleiten, und ohne daß er's verhinderte, fügte sie ein Amulett hinzu, wie es der Bjuschew getragen hatte, ein russisches Amulett, das, in gelbe Bronze getrieben, drei heilige Frauen von zwei Engelsköpfen beschützt auf einer viereckigen Platte in erhabener Arbeit zeigte. Sie rief die Seele Bjuschews an: wie er ihr im Leben gehorcht habe, so möge er ihr jetzt gehorchen und diesem da guten Rat geben, ihn als seinen Kameraden ansehen und als seinen Freund aufnehmen, ihm helfen und dienen. Grischa indessen dachte, daß diese Beterei ja sehr gut sei, aber die Zeit sollte doch zum Kaffeetrinken benutzt werden; außerdem konnten zwei so harte Metalle, wenn man eine Infanteriekugel bekäme, lebensgefährlich wie Querschläger wirken. Gegen Revolverkugeln hinwieder mochte dieses Heiligenbild da ganz gut schützen. Dann standen sie noch einmal nebeneinander vor der Hütte, mit hängenden Armen. Ein Himmel, grünblau wie Äther, von magischer Leichtigkeit, schwebte über den Tannen, in deren höchsten Spitzen drei oder vier Drosseln ein beschwörendes Halleluja des jungen Tages ausströmten. Einsam in seiner morgendlichen Glorie stand der Stern, der die Sonne sichtbarlich begleitet: der stete Planet Venus, dort, wo sich vom Wald verdeckt bereits das verräterische Glühen des Frührots ankündigte, im Osten. Grischa bedankte sich bei Babka »für alles«, wie er unbeholfen sagte; seine Augen hingen mit der herzlichen Wärme der Ergebenheit an ihrem Gesicht, das sich durch keine Träne verriet, das aber, vom Schmerz durchscheinend beseelt, sich mit der unbeholfenen Schönheit der Häßlichen zwischen den wirren Zöpfen ins zarte Licht hob. Groß und grau bannten ihre Augen die seinen fest.

Männerstimmen riefen ungeduldig von der Küche her, wo der brennende Tee in den Kochgeschirren dampfte. Grischa sah Babka noch einmal glänzend und lachend in die Augen, dann streichelte er wie ein großer Hund mit seiner Pfote unbeholfen um das Oval ihres Gesichtes, sagte: »Schon gut, Anninja«, und machte kehrt wie ein kommandierter Sergeant. Krachend schlugen seine Hacken aneinander; dann lief er mit frisch geschmierten Stiefeln, federnd vor Wonne, weiterzukommen, über den Boden des sandigen, nadelvollen Waldes zur Küche.

Babka sah seine Freude, als stünde sie aus dem Boden auf wie ein jubilierender Rauch. Sie strich mit dem Unterarm über ihre Augen, aus denen zwei, vier, sechs Tränen unmenschlich zurückgedrängt, dennoch ans Licht quollen. Dann hob sie ihre noch umschleierten Blicke zum Morgenstern auf, der sanft und höhnisch zu diesem Abschied glänzte, schüttelte drohend die Faust empor zum Beherrscher der Kriegswelt, zeigte ihm die beißenden Zähne des breiten Unterkiefers und schwor vor sich hin: »Aus den Zähnen reiß ich dir den«, und ging mit gleichmütiger Miene der Küche zu, um den beiden anderen den letzten Rat zu geben. Nach Grischas Absondern sollte Nikita sie am Floß treffen und das Dreiblatt wieder ergänzen. In wenigen Minuten würden sich die Erlensträucher und die jungen Buchen hinter den Rucksäcken hochbepackter Auswanderer schließen.

Gut, dachte sie leidenschaftlich, indes sie ihre Zöpfe glättete, gut, daß der Bursche lebt. Ist doch wieder ein Ziel für mich auf der Erde.

Ist's doch wieder der Mühe wert, sich mit dem Deutschen und seinen Scharen herumzuschlagen ums liebe Leben. Und sie nickte vor sich hin, als in der Küche bei den Teebechern und den Zwiebäcken von drei Männern zwei mit tiefverdrossenen Mienen saßen: Otto Wild und Fedjuschka, die sich nur mit Mühe für immer aus der gewohnten und sicheren Einbürgerung ins Herz des Waldes losrissen. Dem dritten, diesem Grischa dagegen schien die Freude aus allen Poren.
»Du hast das richtige russische Wanderherz«, sagte sie zu ihm, als sie alle drei bepackt und stramm den warmen, dunstigen Raum verließen, Mantel und Decken gerollt um den Rucksack und die Stöcke in den Fäusten, wie es sich für Männer ziemte – oder, was ja dasselbe war, für Soldaten.
»Macht's gut«, rief sie ihnen nach, und von allen dreien drehte nur Grischa sich um und nickte ihr strahlend mit seinen kleinen Augen und seinem runden Gesichte zu. Dann stand sie einige Sekunden allein im Geschmetter der Drosseln und rosig angeflammt vom Himmel her in der Mitte der Lichtung, den Blick auf eine bestimmte Stelle des Waldes gerichtet, aus der niemand zurückkam. Nein, niemand kam zurück, und indem sie den Kopf in den Nacken warf, ging sie zur Küche, um einen großen Kessel heißen Wassers herzurichten, Tee für alle Mann.

Siebentes Kapitel: Das Gerücht

Das besetzte Land des Oberbefehlshabers Ost, Ober-Ost oder schließlich Ob.-Ost gekürzt, baute sich in stumpfem Winkel der großen Kerbe vor, die die preußische Ostgrenze von der baltischen Küste bis nach Oberschlesien beschreibt. Es drängte im wesentlichen zu den beiden Strömen hin, der Düna und dem Dnjepr. Im Süden grenzte sein Machtbereich an das von Warschau beherrschte Verwaltungsgebiet »Polen« und das österreichische; im Norden verteidigten die Russen noch Riga und das Land hinterm Strom. Ob.-Ost umfing also im wesentlichen Kurland, Litauen, Nordpolen – Getreideboden, Waldland, Steppe, Sumpf; Kartoffeln, Geflügel, Vieh; geringe Bodenmineralien, Landstädte, Festungen, Dörfer.
Wenige Eisenbahnen belebten diese weiten Provinzen, keine von ihnen nach den Bedürfnissen der Menschen angelegt, die sie bewohnten. Die Herrenschicht der Rassen dort, über den Litauern, Weißruthenen, Polen, Juden – Militärs und Beamte aus Mischblut

kriegerischer Russen zwischen dem Balten im Norden, dem Großrussen und dem Tataren im Osten verwalteten die Kräfte des Reiches nach ihren eigenen Antrieben, wie drüben, in Preußen, der Kolonialadel ostelbischer, märkischer Prägung; sie hießen Blindheit vor Menschen, Argwohn, Flucht in Kriege. So zogen die Schienen als Hilfsmittel zukünftiger Kriege ihre Wege und zwangen Wirtschaft und Verkehr in ihr allzu enges und allzu dünnes Netz. Das Heer der verbündeten deutschen Stämme haftete mit Tausenden von Saugnäpfen auf dem ungeheuren Gebiet. An jenem Punkte, an dem Bewegungen sich kreuzten oder ein größerer Trupp Eingeborener sich angesiedelt, hielt es seine Fangarme angeheftet: sie überwachten, hemmten, drosselten ab oder ließen locker nach dem Bedürfnis und der Einsicht ihrer obersten Leitung. Zugleich entzogen sie dem schwachen Lande seine Säfte und Stoffe und pumpten sie ins Heer oder nach Deutschland, das vom Meere und von jeder Zufuhr abgeschnitten wie ein gigantischer Landkrake die Gegenden aussog, aus denen noch etwas zu holen war. In jeder Stadt saßen Büros voller Schreiber, gingen Offiziere und als Offiziere aufgetakelte Beamte durch zuschlagende Türen und mit erhobener Nase die Treppen hinab, quer durch eine Bevölkerung, die ihnen als unkultiviert herzhaft verächtlich war und von der sie den gleichen Haß verhohlen zurückernteten: Ortskommandanturen, Etappenstäbe, Lazarette, Depots, Verwaltungsbehörden, Redaktionen und Gerichtshöfe. Jedes größere Dorf beherbergte einen Leutnant als Ortskommandanten oder einen Polizeiwachtmeister mit seinem Stab oder wenigstens in einer ausgeräumten, behaglichen Hütte einen Trupp Landjäger, Feldgendarmen.

Im Grunde sahen die obersten Behörden das ganze Land als requiriert an. Als störenden Bestandteil empfand man nur die Eingeborenen, Behinderung, die in möglichst hohem Grade besiegt werden mußte. Niemand dachte im übrigen daran, das Land je wieder zu räumen; wer immer, zu einstweiliger Leistung befehligt, eine Behörde, einen Schulleiter oder einen Landrat darstellte, gedachte nach Friedensschluß dank ersessener Rechte an diesem Platze zu beharren. Einige einflußreiche Offiziere suchten sich große Reservatgüter bereits jetzt aus, die sie später als Dotation von ihrem dankbaren Kaiser zu empfangen wünschten. Die Bevölkerung schätzte man ein wie ein patriarchalisch-ostelbischer Gutsherr seine polackischen Knechte und Mägde. Unter dem Vorwand drohender Spionage hätte man am liebsten jeden über zehn Jahre alten Bewohner dieser zukünftigen preußischen Provinz in seiner Stube angenagelt. Als Ersatz dafür verbot man allem, was nicht in deutsche

Uniform oder Schwesterntracht gekleidet war, die Benutzung der Eisenbahn; statt ihrer gab man die Landstraßen und Feldwege der Benutzung frei, wenn auch nur nach Ausfertigung von Papieren, des Tags und zu Fuß.

Allein durchs Land liefen die Flüsse. Aus Sumpfgebieten, von kleinen Hügeln her quollen sie abwärts in der Richtung der großen Ströme – Weichsel, Bug, Njemen, deren Mündungen, soweit sie nach Norden gingen, innerhalb preußischer Provinzen wichtige Handelshäfen darstellten. Der Krieg fraß Holz; nächst Menschenfleisch, Kleidern und Getreide fraß er nichts so jeden Augenblick wie Balken, Bohlen, Bretter, Pfähle, Papierholz, Sägespäne, Holzwolle und Sägemehl. Am Holzhandel war auf wohlwollende Art von jedermann zu verdienen, da es zu den guten Werken gehörte, die sinnlos dichten Urwaldbestände des Gebietes auf preußisch zu pflegen, zu lockern, zu lichten, neu aufzuforsten. Auch vermochte niemand einem Baumstamm oder einer Tracht Stangenholz anzusehen, wo, von wem und mit welchem Rechte sie geschlagen worden waren. Um die Flößerei sich verdient zu machen war also ein wohlgefälliges Beginnen. Zu Tausenden stellte man Flößereischeine für Menschen aus, die sich dafür geeignet zeigten.

So vermochte Reb Eisik Menachem am Abend eines bestimmten Tages zwei Männern solche Scheine in die Hand zu geben; zerknittert und wieder geglättet, sehr schmutzig und mit einer Anzahl glaubwürdig angebrachter Fettflecke, hatten sie ein überaus ehrwürdiges und überzeugendes Aussehen, von Stempeln und Unterschriften zu schweigen.

Die Tiere des Waldes und die des Feldes erleben mehr nachts als am Tage. Sie lieben, gehen zur Tränke, äsen, töten einander, huschen hin und her. Die Menschen des besetzten Gebietes, sofern ihre Absichten weiter schweifen, als ihnen der große kriegerische Landkrake zubilligt, gesellen sich jetzt den Tieren zu. Es ist unmöglich, es ist vor allem nicht ratsam, nachts die Nebenwege, Fußpfade, Feldraine zu überwachen, mit denen man die bequemen und vom militärischen Verkehr beständig zerrütteten und erneuerten Landstraßen umgehen kann. Ein unbehagliches Gefühl für Feldgendarmen, selbst zu zweien und zu dreien und gut bewaffnet sich von diesen breiten Fahrdämmen zu entfernen. Es kommt zuviel vor; trotz nachdrücklichster Verbote, Durchsuchungen und Erschießungen wimmelt das Land von verborgenen Waffen. Scharen von Menschen, wenn man sie auf der ungeheuren Tafel des beherrschten Landes einmal zusammensuchen könnte – Scharen von Verborgenen wandern nächtlich durch ihre Heimat . . .

Auf einem Feld voller Baumstümpfe wehten die schwarzen Mönchskapuzen der Wacholderbüsche höher als niedrige Häuser. Grischa beschattete seine Augen, spähte hinaus und sagte: »Sie stehn im Nebel wie Nonnen«, mit beklommenem Lächeln. Seine beiden Genossen rösteten schweigend Eier an der Glut eines kleinen Feuers. Die Schwaden weißlichen Dunstes, mit denen der Waldbach, eine Wiese niedrig überschwemmend, in der Breite eines Flüßchens aus dem Schatten der Bäume trat, verschwammen in der Abenddämmerung zu gelblichen und rötlichen Bänken. Durch die rastende Stille der einfallenden Nacht drang hart das späte Geschrei der großen Raben und hohl drohend der Jagdruf erwachender Eulen.

»Mein Herz ist schwer, Kameraden«, seufzte Grischa sich niederhockend, rot angestrahlt von der Glut und verborgen im dichten Kieferngestrüpp und den breiten Schultern der Wacholder. »Ganz allein weiterzuschleichen ist nicht sehr leicht.«

»Hast gute Tage bei uns gehabt, Kamerad, bist weich geworden in deiner Seele«, spottete Fedjuschka. »Hättest uns zu anderer Zeit finden sollen, im Sommer, wenn uns die Mücken auffraßen und vor der Ernte der Hunger in unsern Eingeweiden sauste, oder im Herbst, wenn wir nachts das Feld abernteten und den Bauern mit Kugeln heimleuchteten.«

»Ach«, sagte Otto Wild, indem er langsam und deutlich deutsch sprach, »du gehst zur rechten Zeit. Gut, jetzt zu gehen«, wiederholte er auf russisch. Und indem er aus seinem Rucksack eine Karte – den kostbarsten Schatz der Bande – zog und sie im Schein des roten Feuers mit Kienspänen erhellte, wies er mit des Messers Spitze Grischa den Punkt, an dem sie ungefähr hielten. »Wir Njemen abwärts, du Njemen aufwärts«, zeigte er, »wir Wasser bis Grodno, bis Wilna vielleicht zu Fuß, vielleicht aufspringen auf Güterwagen nachts; es geht, Kamerad, aber nicht ganz einfach«, schloß er deutsch.

Grischa nickte. Man brachte es als gewandter Bursche ohne besondere Schwierigkeiten fertig, einen langsamen Güterzug anzuspringen und entweder zwischen den Wagen stehend, auf den Tritten, welche die Bremser benutzten, oder auf den Puffern geschickt balancierend lange Strecken nächtlich durch ödes Land zu fahren. Ihm schnürte, daß er allein weiter sollte, hart wie ein Strick die Brust ein. Gelähmt und kraftlos sah er das dünne schwarze Schlängeln an, das auf der Karte den Lauf des Njemen bezeichnete. »Das soll nun ein Fluß sein«, redete er schlaff hin, »und wie schlau von den Menschen, denn es ist ein Fluß.«

»Morgen mittag werden wir ihn erreichen«, meinte Fedjuschka,

»den schönen, stolzen Njemen. Dann mußt du gegen den Strom marschieren, Grischa, ein paar Stunden weit vom Ufer weg, immer so, daß du ihn sehen kannst, damit du deine Richtung hältst, denn er kommt von Osten her, und nach Osten willst du weiter.«
Grischa hob schwach den kleinen Kompaß an seiner Uhrkette.
»Ja«, meinte Otto Wild, »aber quer übers Feld kannst du nicht stolpern, immer der Nase nach, mußt schon sehn, auf Wegen zu bleiben. Hast Speck angesetzt bei uns, Kamerad, dich nicht schlecht satt geschlafen in einem gewissen Bett.«
Sie schwiegen. Grischa röstete seine Brotschnitte an der Glut und dachte, daß es gut sei, zu Menschen zu sprechen, wenn man lange allein sein würde. Otto Wild sann mit gerunzelter Stirn ins Feuer, das seine in vorsichtiger Entfernung aufgestellten Stiefel trocknete, ohne sie zu versengen. Sie lagen auf den Zeltbahnen, die Füße schon in die Decken gewickelt, wohlig angewärmt. Für ihn und die beiden anderen Deutschen lag der Fall um vieles ernster noch als für die »Russen«, und mit langem Blick auf die Karte überlegte er, daß es vielleicht doch für sie drei am wenigsten gefährlich in den Grodnoer Sümpfen ausfallen werde, sommers, wo nur wenige Eingeborene die Wege zu den unzugänglichen Hügelfestungen innerhalb der unwegsamen, vermoorten, von trügerischen Teichen durchsetzten Heiden wiesen. Zwar auch in Wilna sich zu verbergen schien ihm möglich, und endlich dämmerte, kurz und mit grimmigem Lächeln auf seinem Gesicht gemeldet, die Möglichkeit, kurzerhand »verrückt« zu spielen und als Nachzügler oder Nervenkranker, der sein Gedächtnis verloren hat, plötzlich am hellen Tage, Deutsch und Russisch durcheinanderstammelnd, einem Polizisten in den Arm zu stolpern – nicht mehr zu wissen, wie man heiße, woher man komme, wer man sei, und dem Scharfsinn der Ärzte und Lazaretthengste aufzugeben, das Geheimnis dieses neuen Falles von Amnesie aufzulösen. Vielleicht würden sie ihn mit faradischen Strömen quälen, aber dann konnte man ja aus Leibeskräften heulen; keinesfalls durfte er als deutscher Soldat und Deserteur in die Hände seiner Vorgesetzten zurückfallen.
Inzwischen beobachtete Fedjuschka den »Neuen«, der sich jetzt von ihnen wieder entfernen und seine eigenen Wege gehn mußte. Er beneidete ihn nicht. Mit seinen achtzehn Jahren hatte Fedjuschka vom Leben täuschungslose Vorstellungen. »Jetzt wirst du wieder allein sein«, begann er grausam, indem er ihn mit harmloser Miene ansah. Grischa nickte ergeben. »Allein sein werde ich, Brüderchen.«
»Ich denke, du wirst ein bißchen frieren.«

Und Grischa lächelte. »Frieren werde ich, Brüderchen, was soll man machen?«
»Wirst du nicht vielleicht auch recht oft hungern, Kamerad?«
Und Grischa, die Stirn runzelnd: »Hungern werde ich, wenn es nötig ist, Kamerad.«
»Deine Stiefel wirst du durchlaufen und zum Schluß den Gendarmen in die Hände fallen, Kamerad, das prophezei ich dir.«
Grischa befragte mit langem Blick das magere und alte Gesicht des Jungen, dem der schwarze Bartflaum etwas Unnatürliches gab. »Warum freust du dich am Unglück? Hast nicht genug an deinem eignen? Sitzest hier herum mit den Männern und hast doch gar nicht weit den Vater und das Mütterchen.«
»Kümmer dich um dich«, sagte Fedjuschka trotzig. »Wenn ich mich freue, so freu ich mich. Diesmal aber freu ich mich nicht einmal. Wenn die Kastanie vom Baum fällt und ihre Schale platzt auf dem Boden, wer freut sich da? Man sagt: natürlich, fallen mußte sie, platzen mußte sie, was ist da Besonderes?«
Otto Wild, der das Russische viel besser verstand als sprach, sah von einem zum andern. »Warum nicht durchkommen«, begütigte er schließlich, indem er statt warum »wieviel« sagte. »Wenn Glück, dann durchkommen.«
Fedjuschka dachte, indem er drei, vier, fünf Tannzapfen nacheinander in die Glut warf: Warum nennt er es Glück, durchzukommen? Es ist sinnlos, zu leben. Wäre ich verständig, ich hätte mich längst erhängt. Man hofft immer noch, es werde Frieden, und was hat man dann im Frieden? Die alte langweilige Welt. Dieser Mann nennt Glück, durch die Front zu kriechen. Dann gönnt man ihm drei Wochen Urlaub, und sobald er bei Frau und Kind sein Herz gemütlich erweicht hat, holen sie ihn wieder. Natürlich holen sie ihn wieder: da, dein Gewehr! Und wenn er jetzt den ganzen Geschmack bekommen hat, daß es hübsch ist zu Hause, nachdem er Hunderte von Werst durch Dreck und Angst und Hunger und Durst und Schlaflosigkeit und Umwege und Sichverlaufen das Leben geschmeckt hat, fällt er im ersten Gefecht, weil er vor Unglück langsam und ungeschickt geworden ist. Und ich Schafskopf necke ihn noch ... Und indem er seine Augen auf Grischa richtete, wie um sich sein Gesicht noch einmal einzuprägen, diese hohen Backenknochen mit den schmalen blauen Augen darüber und dem fahlblonden Bartkranz hoch hinauf in die Wangen und ganz ums Kinn, griff er in die Tasche und reichte ihm eine Kostbarkeit: die Schachtel gefüllt mit Streichhölzern. – »Ach, wer meint es unter Kameraden böse. Da, denk an Fedjuschka, der dich mit der Zunge gestochen

hat, wenn du dir Feuer anmachst auf deiner Reise, und paß auf: in Merwinsk mein Vater verkauft Schnaps und Waren, was er gerade hereinkriegt. Sein Laden hat ein grünes Schild mit einem blau-weiß-roten Rand; Weressejew heißt er, der Kathedrale grad gegenüber. Kommst du, so Gott will, durch diese Stadt, geh zu ihm, sag ihm, daß du mich gesprochen hast und daß er mir an die bekannte Stelle nach Wilna schreiben kann, wie es ihm geht; und auch von dir soll er schreiben, sag es ihm.« Wenn du bis dahin nicht Pech hast und gefaßt bist, dachte er, aber er sagte es nicht. »Komm, laß uns schlafen, die letzte Nacht beieinander noch. Es ist eine trostlose Zeit, eine ganz verdammt lustige Zeit heute; weiß keiner, wer den andern beneiden soll.«
Sie schwiegen, wickelten sich in die Decken und lagen nebeneinander, um sich zu wärmen, eng beisammen wie drei große Puppen eines unheimlichen Falters, und fühlten, daß sie noch lebten und nicht allein waren unter dem Monde, der sein schmales rotes Horn im Osten aus den Nebeln hängen ließ. In der Ferne heulte etwas, vielleicht ein Wolf, vielleicht in einem unsichtbaren Gehöft ein Hund, und mit lautlosen Schwingen umkreiste das Lager der Schläfer und das glimmende Feuer die große jagende Eule. Oben gingen die Sterne glänzend und mächtig um.

Es laufen viele Gerüchte ohne jede Bedeutung hin und her zwischen den Menschen, die man Zivilbevölkerung nennt. Bauern in kurzem Schafspelz, Häusler in einer langen weißen Jacke, die Hosen an den Knien gepludert und in Stiefeln steckend, Frauen mit Kopftüchern litauischer Art, die Röcke an buntgewebten Bändern über den Schultern gekreuzt, Juden im langen, altdeutschen Rock – schwarz, denn was anderes ziemte sich für die Söhne Jakobs? –, denen unter der schwarzen Schirmmütze die Schläfenlocken vor den Ohren hängen, wie sie schon auf Reliefs in hettitischen Tempeln das Volk der Schrift kennzeichnen – sie alle lassen gelegentlich Brocken von Reden zueinander fallen, Reden, mit denen man die Zeit ausfüllt – nichts dran natürlich –, von Erscheinungen, die des Nachts umgehen. Es sollen Schritte des Nachts an dem und jenem Dorfe unten am Njemen gehört worden sein, man will zwischen Stämmen am Rand einer Nebelwiese die Gestalt eines Geistes gesehen haben, dort und dort haben die Hunde wie toll angeschlagen und geheult, etwas geht um, das wissen besonders die Kinder. Zwischen den Jungens im Dorfe, den jüdischen und den litauischen, wie später gar den weißrussischen, die ja ihren Kopf voller Märchen und Geschichten haben – zwischen den Jungens vor allen Dingen ist ausgemachte

Sache, es geht ein Gespenst um, »der Soldat des Zaren«. Er ist höher als ein Wacholderbusch, seinen Bart trägt er hinterm Halse zusammengebunden, damit er nicht darauf trete. Die Flinte geschultert und natürlich mit leeren Augenhöhlen marschiert er in den Nächten durch das Gelände den Strom hinauf, und darum heulen die Hunde. Er kann auch auf dem Wasser des Stromes gehen, wenn er will; denn was ist er? Dünner als Luft. Der Geist der gefallenen Soldaten, der Soldat des Zaren marschiert aus Polen, marschiert aus Litauen, marschiert durch Weißrußland, durch die jüdischen Dörfer, marschiert, marschiert nach Osten! Wehe dem Zaren, wenn der Soldat ihn erreicht! Wehe dem Zaren, wenn die leeren Augenhöhlen vor ihm weiß und knöchern auftauchen und das Bajonett, das Bajonett rot von Tausenden von Türken, Österreichern und Deutschen sich dem Zaren in die schlotternden Geweide bohrt! Der Rächer Soldat geht nachts um, und es nicht gut, ihm zu begegnen. Es brauen Nebelnächte des April, sausende Winde, Anfang Mai blitzt es durch fallenden Schnee.

Der Njemen zieht leise murmelnd und gurgelnd wie ein betender Jude seinen Weg.

Das Gespenst vermeidet nicht die menschlichen Wohnungen. Als die Frau Studeitis, Klara Filipowna, gegenüber deren Hause die Deutschen, am Eingang des Dorfes, ihre Ankündigungstafel aufgestellt haben – als diese glaubwürdige Frau Studeitis gestern nacht noch einmal auf den Hof gehen mußte, auf ihren Misthaufen, um sich zu entladen, sah sie das Gespenst mitten im weißen Monde stehen, ohne daß sie wußte, wie es hinkam und wie es nachher wieder verschwand – stehen und bleich grinsen an der Tafel, die die neuen und älteren Bekanntmachungen und Anschläge der Deutschen trägt. Sie hat die Schürze übern Kopf geworfen und Gebete gemurmelt zum heiligen Philippus, dem Nothelfer, und der heiligen Klara, ihrer Schutzherrin, obgleich es sich eigentlich nicht schickte, in ihrer Stellung die Namen der Heiligen in den Mund zu nehmen. Aber was will man machen, wenn einem der Teufel Gespenster über Gespenster im hellen Mondlicht vor die Augen zaubert! Und als sie dann ins Haus huscht und einen Pantoffel noch unterwegs verliert und zurücklaufen muß, ihn holen, da ist kein Gespenst mehr an der Tafel zu sehen, an der Tafel, die die siebensprachig gedruckten Kundmachungen des deutschen Oberbefehls darbietet.

Das Gerücht geht viel leichter stromab als stromauf; aber es findet auch stromauf. Am Freitagabend an den schwachhellen Fenstern der Juden sprechen sie, wenn sie Schir Hamaalaus gesungen und einen Schluck Branntwein getrunken haben, davon, daß der Soldat umgeht. Den alten Männern ist nichts weiter daran verwunderlich, und sie erörtern mit ihren vom Talmud geschärften und geformten Gedanken, ob es der Geist eines jüdischen Soldaten sei oder eines christlichen. Die Männer und Frauen der gegenwärtigen Generation lächeln verschmitzt und glauben eher, daß das Gespenst Fleisch und Blut hat. Reb Eisik Menachem, wenn er einkehrte, hat manches verlauten lassen von guten Bekannten, die er in den Wäldern hätte – verwunderlich, verwunderlich . . .

Die alte mitleidige Channe Leje wußte Genaues. Jüngst in der Dämmerung, als noch die Sterne überm schrägen Dach des Häuschens funkelten, ist sie aufgestanden, die Gans zu stopfen, die ihr im Keller gut verborgen residiert. An ihrem Zaun bat da ein Mensch um Brot. Nun, soll eine fromme Jüdin, der Gott einen Armen schickt, vielleicht fragen, wer er sei? Kann es nicht der Prophet Elias sein, der Gestalt und Züge eines Soldaten angenommen hat und Segen in ein jüdisches Haus bringt, indem er Gelegenheit zum Wohltun schafft? »Zedokoh tazil mimowes«, murmelt Channe Leje in Erinnerung an das große Stück schwarzen Brotes, das sie dem Propheten hingereicht hat, und an den Handkuß, den der Prophet sie dafür zu empfangen würdigte – »Wohltun rettet vom Tode«. Aber erstens paßt sich's schlecht, die Erscheinungen der Großen herumzuschwatzen, und zweitens ist ihr Mann krank, er hustet (nicht zum Unheil geredet), und wenn sie sich das Opfer auferlegt, von der Erscheinung und dem Propheten gegen jedermann zu schweigen, selbst zu ihm, wird der Lenker der Welt (sein Name sei gepriesen) ein Einsehen haben und ihren Mann gesund werden lassen.

Am nächsten Markttag gar, Freitag vormittag, umlagert die weißrussische Bäuerin Affanasja Iwanowna ein Kundenkreis von ungeahnter Größe: denn ihr ist der Werwolf erschienen! In der Dämmerung ihre große Geiß heimzutreiben, schlenderte sie, nichts Böses ahnend, hinaus; fällt da nicht vom Himmel eine mächtige Fledermaus zwischen den Bäumen her grad auf sie los, berührt die Erde, springt auf: ein Mensch, so wahr die Heiligen auferstanden sind, ein Mensch, Augen so groß wie Untertassen und Fangzähne wie ein Wolf. Grad die heilige Mutter Maria anrufen kann sie noch und einen Kreis um sich ziehn mit dem Stecken und sich hinkauern, denn davonlaufen, das wär dem Werwolf grad recht gekommen. Aber der geweihte Kreis schützt sie. Nur die arme Geiß muß daran glauben, denn außer Menschenblut liebt der Unhold nichts so wie frische Milch: und siehe da, hinter ihrem Rock, den sie übern Kopf geschlagen hat, hört sie den Werwolf knurren und schmatzen wie einen Hund an seiner Schüssel und das Blöken der Geiß. »Ich sage euch, an ihren Eutern trank er länger als drei lange Bitten; und ein Geknurre! Und kaum, wie alles stumm bleibt, trau ich mich, klein bissel den Rock herunterzunehmen, da fühl ich schon was Warmes an meinem Gesicht, und mit den Hörnern stößt sie mich, Kosinka, meine gute Alte – leer getrunken das Euter wie meine Schürzentasche, aber sonst ganz heil, und vom Werwolf keine Spur.«

Solche Gerüchte geben einem aufgeklärten Kopfe natürlich Stoff zu lachen. Gleichwohl ist es die Pflicht eines Gendarmeriewachtmeisters, auch des Nachts die Straßen nicht ohne Aufsicht zu lassen. Hinsichtlich der Ortsstraßen, der Wege am Fluß hin oder zwischen den Wiesen ist ja durch Anschlag gebührend kundgetan, wie sehr sie jedermann bei Dunkelheit verwehrt sind. Die Eingeborenen können zwar nicht lesen. Aber da man ihnen schon hinreichend eingebleut hat, was alles sie nicht dürfen – wozu soll man sich im Finstern die Stiefel naß machen oder gar, das Fahrrad gefährdend, in der unsicheren Beleuchtung des steigenden, zunehmenden und fallenden Mondes zwischen moorigen Wiesen, Weidengestrüppen und den Gebüschen und Bäumen mitten in den Feldern herumschnüffeln? Man hat so viel zu besprechen, was mit dem Krieg, mit unserem Hierbleiben, mit den Umtrieben der roten Genossen, mit Amerika, Wilson und unseren Tauchbooterfolgen zu tun hat. Jeden Tag steht in der Zeitung, wie dicht Englands Nahrungszufuhr vor dem Zusammenbrechen ist. Die neue Kriegsanleihe vorzubereiten und in der unterworfenen Bevölkerung für sie zu werben, ist ebenfalls keine leichtwiegende Sache, und dann kommt jetzt die Legezeit, und das Pflichtteil Eier, welches das Dorf, jedes Dorf abzuliefern hat, muß sorgfältig bemessen werden, damit auch für außeramtliche Bedürfnisse eines Gendarmeriewachtmeisters, seiner Gattin und einiger wohlhabender Bekannter daheim etwas herausschaue. Mit gerunzelter Stirn, die Zigarre im Mund, die Litewka bequem aufgeknöpft – denn für die Drillichjacke ist es noch zu kalt des Nachts –, tritt Wachtmeister Schmidt auf die Stufen, die zu seiner Tür vom Dorfplatz emporführen. Das Wetter wird sich halten. Um den Mond gibt es sehr hübsche Wolkenbildungen. Komisch, denkt er, das sieht genauso aus wie der schollige Eisgang auf dem Njemen noch vor drei, vier Wochen. Lauter runde Platten, an den Rändern gequollen, schwimmen auf einer dunkleren Umgebung. Tja, die Wissenschaft wird darüber Rechenschaft geben; und er verschwindet zu seinem Grog und seiner Zeitung.

Merkwürdige Empfindungen, wenn ein Mensch, der Lesen nicht gelernt hat, im Mondlicht vor Gedrucktem steht und es besieht.

Etwas Sehnsüchtiges mag dann in seinen Blick fließen, und er schüttelt den Kopf vor der Tafel mit den siebensprachigen Erlassen und Verordnungen. Hätte er eine Schule durchgemacht, so fände er an dieser Tafel, wo er sich befindet. Nicht einmal den Namen des Dorfes weiß er ja, und gar noch, wie weit er's zur Front hat und was an wissenswerten Dingen sonst noch in diesen Buchstabensäulen. Was überhaupt für ein ganz neues Luftmeer von Verstandesdingen sich dem auftäte, der gelernt hätte, zwischen diesen schwarzen und weißen Bröckchen zu unterscheiden. Solch ein Soldat kann ja knapp die Buchstabenformen voneinander herauskennen, diese verkrakelten der deutschen Schrift, die glatten für Polen und Litauer, die etwas geringelteren für die echten Russen und die viereckigen mit den Punkten für die Juden. So steht man mitten im Mondlicht; wann man wieder einmal etwas Gekochtes zu essen bekommt, ist ungewiß, ebenso, ob nicht schließlich der Gendarm einen doch noch am Halskragen packen wird; und man kann, jeder Gefahr zum Trotz, diese Ortschaft nicht einmal vermeiden, weil die Dorfstraße den einzigen trockenen Weg zieht zwischen diesem Fluß und den verdammten Zäunen um die Höfe.

Und doch wäre es gut gewesen, wenn manchmal ein Mensch von sieben Sprachen wenigstens eine beherrschte. Es möchte sein, daß Verordnungen ihn doch etwas angingen, auch wenn er es ganz und gar nicht vermutet.

Ganz fern am Ostrande dieses Gebietes wartet, in die Erde vergraben, das deutsche Heer auf den Frieden, der doch endlich kommen mußte. In dieser Sehnsucht begegnen sich dort trotz der schroffsten Unterschiede von Kaste zu Kaste Offizier und Mann. Aber je weiter nach Westen der Blick wandert, besonders im Innern des nur noch matt pulsenden Gebietes, in den Städten, Ortskommandanturen, Besatzungstruppen, unterscheiden sich diese beiden Schichten der Deutschen intensiver als weiße und rote Menschen. Die roten, die gemeinen Mannschaften: auch sie drängen mit allen Fasern heimwärts ins Ende des Krieges. Die weißen – Offiziere, Beamte, Verwaltungen, Etappenstellen, höchste Behörden – haben gewiß an sich gegen Frieden nicht viel, unter Voraussetzungen selbstverständlich. Es geht ihnen doch recht erträglich. Sie können es aushalten. Sie haben zu siegen, das heißt, für immer ihre Faust im Nacken dieses mächtigen reichen Landes und seiner Menschen zu behalten und das Gewimmel von Mannschaften, der Gemeinen, der Roten, auch weiterhin unter die Bedingungen zu ducken, mit denen sie in Preußen bis zum Sommer 1914 und erst recht seither die Millionen der Arbeitenden nach ihren Wünschen und Überzeugungen

gelenkt haben. Alles Entgegenstrebende wird mit harter Hand ausgejätet.
Die Adern, in denen Befehl, Verordnung, Durchführung und Erlaubnis dieser verwaltenden Macht hin und her schießen, münden alle im Zimmer eines Offiziers, in einem großen Hause der ehemalig russischen, jetzt deutschen Stadt Bialystok: im Arbeitszimmer des Generalleutnants Schieffenzahn.
Aber die Heere denken anders. In die eisige und stählern feuernde Mauer der beiden Grabenlinien sind Risse gekommen, sie bröckeln, sie lassen Tropfen durch, menschliche Tropfen. Ein Gefälle bildet sich heraus. Stellen, an denen für gewisse einzelne, besondere Naturen, eine Schwerkraft neuer Art zu ziehen beginnt. Einzelne solcher Tropfen fließen von weit her auf diese Stellen zu. Freilich verdichtet sich mit der Nähe dieser Breiten auch das Sieb, das Gegitter aus Bewachungsbehörden, Polizisten, Feldjägern, Straßenbaukompanien und Befehlshabern aller Art. Jeder von ihnen hat das Recht, jeden beliebigen einzelnen Mann auf Woher und Wohin gründlich zu prüfen – das Recht, weil die Macht.
Und da saß nun irgendwo auf einem braunen Stuhl der Gefreite Langermann. Seit er beim großen Weichselrückzug ein Schrapnell in die Schulter empfangen und mühsam ausgeheilt hatte, glühte er vor Überzeugung: dafür müsse dem Russen mehr Land abgenommen werden, als in den kühnsten Träumen der Kriegsgeschichte verzeichnet stand. Innerlich behandelte er, wie viele seinesgleichen, die Angliederung als bereits vollzogen, und so empfand er es als seine wissenschaftliche Pflicht, zur Aufhellung der seelischen Tatbestände unserer neuen Landsleute das Seine zu tun. Ehe ihn nämlich das Schicksal unter die Trainfahrer verschlug, sonnte er sich als Neusprachler im Lichte der Seminare; jetzt als Schreiber verfaßte er mußestündlich fleißige Artikel mit der gewandten Feder eines Halbbegabten für die Presseabteilung, jene höhere Dienststelle, die mittels steter Zeitungsbelieferung in alle Rinnen der deutschen Öffentlichkeit besitzergreifende Stimmungsbilder, Schnurren und sogar sachlich zutreffende Aufsätze über das neue Gebiet zu schleusen suchte. Und da seine Beiträge mit ermunternden Briefen jener mächtigen Zentrale belohnt, knapp besoldet und immer angenommen wurden, sah der Gefreite Langermann über seinem blonden Schnurrbärtchen gescheitelt und unternehmungslustig nach immer neuem Stoffe aus. Es konnte sich jeden Augenblick bezahlt machen, Mitarbeiter der »L.-Nachrichten« zu sein und mit der Marke »Gefr. Langermann« jeden Monat mehrere Male die »Zeitung der Zehnten Armee«, die »Wacht im Osten«, die »Bialystoker«, »Grodnoer«,

»Kownoer Zeitung« zu zieren. Eines Tages griff man höheren Ortes vielleicht auf diesen fleißigen, unterrichteten und richtiggesinnten Studenten zurück, wenn jene neu zu gründende Schule einen gutbesoldeten Hauptlehrer anforderte ...

Die Gerüchte vom umgehenden »Werwolf« erreichten sein Ohr und damit auch alsbald seine Feder. Über die sagenbildende Phantasie der Weißruthenen war am Sonntagnachmittag die Plauderei bald hingeplaudert. Da Langermann in solchen Volksmythen einen Keim Wirklichkeit vermutete, welcher mittels der Stufen des Gerüchts zum Märchen, zur Legende oder zur Sage, ja Dichtung sich entfaltete, versuchte er dieses Gran Wirklichkeit im Falle auch solcher frischen Spukgeschichte zu ermitteln. Er saß an einem der winzigen Klappenschränke, durch die ein Faden des Leitungsnetzes lief, jener spinnwebdichten Telefonüberwebung, die das riesige Land ins Hörfeld der Oberen verfing. Da Langermann nur ein Gefreiter war, obwohl ihm die Unteroffizierslitze als nahes Traumglück winkte, mußte er seinen Erkundungen den Anschein dienstlicher Gespräche geben. Auf diesem Wege erfuhren von einem nächtlichen Wanderer mannigfache Gendarmeriewachtmeister, Ortskommandanten – kleine ängstliche Leute, denen eine Pflichtverletzung die schmackhafte Etappenstellung kosten konnte. Ein Flüchtling? Es gab ja deren viele, aber man mußte sie doch jagen! Und war ihr Dasein erst dienstlich gemeldet, was dieser verfluchte Schreiber da unten, der Langermann, eben wieder besorgte, so konnte es pflichtwidrigen oder lässigen Unteroffizieren eklig in die Bude regnen. Aus unangenehmen Scherereien rettete zwar oft das Allheilmittel der Unzuständigkeit. Was aus dem Bereiche, dem eng umrissenen Kreise fiel, der das Gehege des Wachtmeisters A. oder den Pflichten- und Amtskreis der Ortskommandantur B. umgrenzte, entstürzte damit auch schon dem Planetensystem. Aber trotz gutsitzender Vermerke am Fuße der Gesprächsaufnahme: »Hierorts nichts bekannt« oder: »An hiesiger Dienststelle nichts ermittelt«, begann des Nachts, beiläufig, zwischen anderem, unter der Oberfläche des alltäglichen, mürrisch wichtigen Betriebes, durch den Draht eine Dienststelle der anderen Warnungen zugehen zu lassen, Ratschläge unter guten Kameraden, kleine stichelnde oder vorbereitende Anregungen, sich der nächtlichen Straßenüberwachung wieder mal scharf anzunehmen. Wozu denn sonst wusch möglicherweise eine Hand die andere? Es gab Kameradschaftspflichten, und der Anpfiff, den man heute dem Kameraden Ulitzki ersparte, konnte morgen, wenn er auf einen selber zielte, von ebendiesem Kameraden unschädlich zur Erde geleitet werden. Und überhaupt hatten bestimmte Erlasse und der Alltag des Dienstes Anspruch auf uneingeschränkte Pflichterfüllung, verstanden? Kein Zigeuner, zum Donnerwetter, sollte in der Nacht herumspazieren, ohne daß die Gesetze, die er dadurch verletzte, sich verteufelt nach seiner Halsweite umtaten!

Zweites Buch: Von Lychow, Exzellenz

Erstes Kapitel: Merwinsk

Aus einer Ebene erhebt sich ein langsam steigender Landrücken von siebzig bis achtzig Metern schon als merkbarer Berg. Eine Stadt wird sich am besten auf seiner Westseite entfalten – mit dem üppig breiten viereckigen Platze für Märkte und Paraden, der von weiß- und zartfarbigen Steinhäusern aus dem achtzehnten Jahrhundert umgeben ist, in dessen Mitte patzig und falsch die erst vor drei Jahrzehnten hingesetzte Russenkathedrale wuchtet und an den sich Schwärme, Züge, Viertel voller niederer Holzhäuser schließen, mit Höfen, Läden, Kirchen, Bethäusern, Höhlen, Glück, Unglück und Glauben – und dann auf der Hochfläche nach beiden Seiten den Schwarm ihrer Landhäuser aussenden. Denn die Menschen in diesen Städten lieben das Wohnen in den Straßen nicht, wenn sommers die Lerchen frühmorgens über die Felder wie Raketen der Freude emporsausen, pfeifend aus allen Poren, und der Kuckuck seinen Morgenruf bis in die Nähe der Gehöfte trägt. Landhäuser, aus Holz gebaut, nennt man Datschen. Ob Russe oder Jude, man bewohnt sie gleichgerne, zufrieden mit einfachen Möbeln, unter der Voraussetzung eines Gartens mit Birken und des unumgänglich gelb blitzenden Samowars in einer Ecke des Zimmers, das der Hitze wegen verdunkelt ist. Dies im Sommer. Im Frühling, wo es nächtlich oft noch frostet, bleiben die Menschen, die ja an ihrem Kalender hängen wie die Schwalben an ihren festgelegten Zugzeiten, meistens in der Stadt. Dann stehen ganze Straßen schlafender Datschen mit zugeschlagenen Fensterläden und verschlossenen Türen innerhalb der niedrigen graugrün übermoosten Zäune der Gärtchen, die in ihrer Morschheit zwei fünfjährigen Kindern nicht standhalten könnten. Aber wenn zum Beispiel ansteckende Krankheiten eine Stadt unsicher machen, wenn ihr Trinkwasser verseucht und die Berührung mit ihren Lebensmitteln nicht unbedenklich ist, schicken besorgte Eltern ihre Kinder dem Üblichen zum Trotze auch schon früher hinaus.

Durch das diamanthelle Blau eines Aprilendes, das den Mai vorwegnimmt, knarren die ungeschmierten Räder eines Bauernwagens ihr entsetzlich gefoltertes Geschrill. Denn Wagenschmiere meint Fett, und Fett im Frühling ist selbst bei den Bauern nur noch zum Backen vorhanden. Oben auf dem Kamm des Hügels endet eine halb gebaute Straße mitten in der Datschensiedlung. Die Staatsstraße unten nämlich, auf der der Panjekarren langsam hinkreischt, sollte ursprünglich die Landhausgruppen durchschneiden. Aber im letzten Augenblick besann sich das Kreisamt, daß Umweg und steiler Anstieg des Fahrdamms sich nur für den bauenden Ingenieur und die Bodenpreise der Datscheninhaber, nicht aber auch für Regierung und Land bezahlt machten; und so gabelte sich die Straße unten vergebens, ihr oberes Ende läuft blind aus. Es endet am Häuschen des Kaufmanns Süßkind, der seine Tochter Debora und ihren Vetter Alexander schon jetzt »auf Datsche« geschickt hat. Denn der Kriegsgerichtsrat Dr. Posnanski, der bei ihm einquartiert ist, hat ihn auf seine spaßhafte und meckernde Art vor der Ruhr gewarnt, die die Stadt Merwinsk im Augenblicke zu keinem sehr anratsamen Aufenthalt mache, wenn man es nicht nötig habe. Die Schulen haben noch Ferien, und wer weiß, ob man sie überhaupt wieder öffnen wird.

Debora Süßkind, jüdisch abgekürzt Dwore, sitzt in einem Kleid aus weißem Leinen mit roter und schwarzer Stickerei um Gürtel, Halsausschnitt und Ärmel auf der Bank neben dem runden Tisch unter dem wundervoll hängenden Federwedel, lichtgrün, des mächtig hingeschrägten Birkenstammes, und während sie ihre Zöpfe am Ende flicht, streitet sie mit Sascha, der sie für die schönste und klügste Jüdin des besetzten Gebietes hält, über die zukunftvollsten Sozialisten der neuen Zeit in Rußland drüben – jene Männer, die der kommenden Epoche ihren Namen aufprägen werden. Sie streitet für Kerenski, während Sascha, einundzwanzig Jahre alt und seit drei Jahren bereits von seinen Studien abgeschnitten, für die Lenin, Plechanow oder Tscheidse ficht. Da er als Lehrer auf einem neu eingerichteten jüdischen Gymnasium der Stadt Merwinsk schnellen Unterschlupf fand, hat man ihn bei den Zwangsaushebungen zur Arbeit, zum Beispiel in Gainowka, verschont. Während nun Dwore, die sich lieber russisch Dawja nennt, entschlossen behauptet, die Befreiung von Grund und Boden, die Bauernrevolution also, sei der Kern und die wichtigste Leistung der russischen Umwälzung, bleibt Sascha dabei, der eigentliche vorstoßende und revolutionäre Wille sei nur bei den proletarischen Arbeitern zu finden, in den Fabriken und Elendsvierteln.

Der Kampf zwischen beiden geht eigentlich also um die Frage, ob vom Boden her oder von der Maschinenarbeit der Antrieb zur Umgestaltung der entgleisten bürgerlichen Gesellschaft komme.

Sascha hält ein deutsches Zeitungsblatt zwischen seinen Fingern, schüttelt es und liest die Kopenhagener Meldungen aus Petersburg immer wieder vor. Drüben, er deutet nach Osten, wisse man, wo der Weg sich öffne. Wenn sich die Bourgeoisie nicht schnell entscheiden könne, ob sie den Krieg da, den verlorenen Krieg, abbrechen oder weiter auf Hilfe Englands, Frankreichs und die kommenden Amerikaner warten solle, so werde das Volk, das geschundene, gemarterte, verblutende, verhungernde Volk der Städte sie mit aller Macht zum Teufel jagen.
»Und wir werden nicht dabeisein«, sagte Dwore klagend. »Wir sitzen hier und verkommen und können nicht einmal etwas lernen. Dies ist ja ein Sumpf«, rief sie wieder und bekräftigte es mit ihrer Faust. »Wir leben ja wie Ratten in einem Sumpfe. Es passiert ja nichts. Die Welt geht auf großen neuen Wegen, und wir verblöden hier unter der Fuchtel. Ach, Sascha, man könnte heulen.« Damit stand sie auf, strich sich das Kleid glatt und ging ins Haus, den Samowar zu bringen und Brot und Speck zum Frühstück. Sascha sah ihr nach, dieser geliebten aufrührerischen Gestalt mit schwarzen Zöpfen, die vielleicht eines Tages sich ihm nicht mehr verweigern würde – nicht aus Liebe, denn verliebt in ihn war sie nicht, aber doch aus einer Liebe, die durch den Kopf, durch die Übereinstimmung der Geister, Meinungen und Lebensziele sich über ihren Körper ausbreiten würde, wenn er dazu kam, Taten zu tun, Menschen anzureden. Die Augen, mit denen sie ihn ansah, waren ganz andere Augen, wenn der junge Oberleutnant, der hübsche Winfried, vor ihr lachte. Gut, hier schwebten gegebene Tatsachen, aber der Mensch, nicht geschaffen, sich ihnen zu fügen, hatte seine Kräfte für sich, und keinesfalls hielt sich Sascha für geschlagen, bloß weil Oberleutnant Winfried seiner Dwore besser gefiel als er. Gefallen ist eine Sache und Liebe eine andere, dachte er.
Etwas Bangendes zwang ihn plötzlich, sich umzudrehen. Über den Zaun kletterte da ein Mensch, ein Mann, ein schmutziger, kalkblasser Kerl, gräßliche Angst im Blick, aber mit den lautlosen Bewegungen eines Gespensts. Mit einem Rucksack und in russischer Uniform, über und über voller Halme, als habe er in einem strohgefüllten Panjewagen gelegen, das Gesicht fahl und schmutzig mit wochenaltem Barte, so kam er auf Sascha los, und Sascha erschrak, wie ein waffenloser Junge vor einem Landstreicher erzittern muß. Aber er rührte sich nicht; sein Gesicht zwar erblich, aber sein aufmerksamer und kluger Blick veränderte sich um keinen Schatten. Den starken, eindringenden Augen des Fremden, diesen blauen, glänzenden, hielten seine dunklen Judenaugen ruhig stand. »Poli-

zei?« flüstert die Erscheinung mit einem fragenden Ruck des Kopfes, und ebenso lautlos verneint mit dem Kopf Sascha. Ein Lächeln. »Dann laß mich wo schlafen, Wasser gib mir, Stück Brot.« Selbst noch in der flüsternden Stimme hört man die Heiserkeit der völligen Erschöpfung. »Drei Tage und drei Nächte nicht mehr. Fürcht dich nicht, kein Mörder bin ich.«

Sascha antwortete langsam: »Furcht vielleicht, aber ich glaube dir. Ich sehe auch, was du bist. Diese Datsche hier ist bewohnt, die nächste steht leer; dort verkriech dich. Durchs Loch im Zaun! Wasser zum Trinken in der Tonne hinterm Haus; Brot bekommst du, weg jetzt!«

Vor allem soll Dwore sich vor dem Fremden nicht entsetzen. Daß ihr Schreck nicht zwei Minuten der Wirklichkeit standhalten würde, schien ihm gewiß; aber überhaupt blieb diese Sache besser unter Männern.

Grischa nickte; in den nächsten Sekunden verschwand die Gestalt und hinterließ Strohhalme im Sande und jungen Gras, nicht mehr. Sascha fand diese Strohhalme hier störend, las sie gründlich zusammen, zerknüllte sie, steckte sie in die Tasche. Dann schritt er auf und ab, noch blaß, aber sehr entschlossen, sich diesen Flüchtling näher anzusehen, wenn er geschlafen habe. Um Dwore ganz gefaßt zu begegnen, zwang er seine Gedanken wieder der Zeitung zu, nun die Wirtschaftsbeilage studierend: Versuche über die Verwertung von Schilfwurzeln, von Nesseln, von Vogelmierensamen als vollwertigen Ersatz für Kaffee, Leinen, Reis, und ein großer Aufsatz über den Aufschwung der Papierstoffspinnereien.

Und in diesem Augenblick schleift ein Fahrrad vor dem Zaun heran und hält. Die Hand an den nächsten Baum gestützt, ruft ein blonder Unteroffizier, die weiße Binde der Militärpolizei am Arm, das Gewehr umgehängt, ihn an: »Hallo, Sie, junger Mann, haben Sie hier zufällig Gendarmen gesehen zu Pferd?« Und so unbewegt wie vorher und ebenso höflich ruft Sascha zurück – und steht auf und nähert sich dem Zaun –: »Guten Morgen. Hier kommt niemand vorbei. Die Straße endet hier gleich mitten im Busch.«

In seiner schwarzen Russenbluse, einen Ledergurt um die Knabenhüften, steht er schlank da, eine andere Art Krieger auch er.

»Ach, du Herrgottchen«, seufzt der Unteroffizier, dem der Schweiß unterm Helme vorperlt, unter der leichten Pickelhaube mit dem grauen Überzug aus Leinwand. »Fahr ich denn nicht die Staatsstraße? Ich bin nämlich neu hier, noch keine Woche. Und so 'ne gottverfluchte Schwüle.«

»Also umkehren, Wachtmeister. Was an der Gabelung unten links abbiegt, ist die Staatsstraße. Wer geradeaus fährt, fährt falsch. Ja, so liegt das in diesem Lande.«

Der Unteroffizier, ein fröhlicher Mensch, lacht hell auf. »Ja, so liegt das in diesem Lande. Und der Staub, der Staub!« Und indem er seine Feldflasche loshakt, bietet er Sascha einen Schluck Kaffee an. »Ohne Bohne natürlich, keine Angst vor Nikotin!«

Sascha dankt höflich lächelnd: er denke sich, der Wachtmeister werde den Schluck noch brauchen, und er bekäme gerade seinen Tee. Und in der Tat tritt soeben Dwore auf die Stufen der Treppe, die von der kleinen hölzernen Veranda hinunterführt zum Garten.

»Ha, da stört man bloß«, blinzelt der Unteroffizier heiter, wischt sich den Schnurrbart mit dem Handrücken, im Begriff, sich vom Baume loszulassen. »Wenn die Leute mit den Telefonen unsereins nicht so hin und her hetzten, könnte man sich beinah bei Ihnen einladen.« Spricht's, grüßt, und indem er sich am Stamme abstößt, saust er auf dem Rade den Weg zurück, den er gekommen ist.

Argwöhnisch blickt Dwore zwischen den Bäumen ihm nach. Polizei ist heute unter Umständen unangenehm, auch wenn man besten Gewissens seinem Dienst als Lehrerin nachgeht. In diesem Augenblick erkennt Sascha, daß er ihr den Besuch des fremden Mannes nicht verheimlichen dürfe. Die Luft lastet in der Tat viel zu schwül für diese Jahreszeit, die Sonne sticht beklemmend, und nicht unvorbereitet hört man von fern, von dorther, wo früher das schwache Poltern der Geschütze die Mauer andeutete, an der die Welt endet, das gurgelnde Rollen des ersten Gewitters, den neuen Sommer einzuleiten. Ein Staubwirbel mit Strohhalmen tanzt auf der Straße gleich dem höhnischen Schatten oder Nachklang des Radfahrers.

»Wir bekommen neues Trinkwasser«, damit deutet Dwore gen Himmel, ihre schönen, breiten Zähne leuchten, und Sascha beschließt, ihr nach dem Frühstück zu sagen, daß das Nebenhaus im geheimen bewohnt werde, und ob es vielleicht rätlich sei, um nichts zu wissen, in die Stadt zurückzukehren, die unter ihren Dächern und Türmen hinter den Kiefern und den Birken im Dunste des Gewitters unsichtbar ächzt.

Zweites Kapitel: Das neue Gesetz

Das Zimmer mit halbrundem Erker, in dem der Schreibtisch von Exzellenz stand, in grünlichem Blau tapeziert, entstammte dem üppigen Geschmacke des Fabrikanten Tamshinsky und dem schnörkelfrohen Stil eines Warschauer Ausstattungskünstlers. Immer aufs neue ärgerte sich die Exzellenz an den Bronzebeschlägen des Mahagoni und dem blauen Samt der Vorhänge. »Kinderkleider soll man daraus machen; was nützt das hier?« krähte er lustig, wenn ein Besucher ihn über die Pracht seiner Einrichtung befragte. Aber den Dingen des äußeren Lebens kein entscheidendes Gewicht beimessend und zufrieden mit dem schönen gekachelten Badezimmer, ließ er alles beim alten. So grüßten von den Wänden dieses ehemaligen Salons die Bilder des schmalbackigen Helden Kosciuzko, der schönen Gräfin Potocka und jener Madame Szymanowska, deren Klavierspiel einst den weimarischen Minister von Goethe erfreute.

Exzellenz von Lychow, weißhaarig, im braunen Gesicht helle blaue Augen, umfältelt von vielen Jahren, und in seinen jähen Bewegungen jugendlich vogelhaft, hörte aufmerksam blickend seinen Adjutanten am frühen Vormittag den Arbeitsplan des Tages entwickeln. An der Wand, mit starken Nadeln in der Damasttapete befestigt, hing die Kriegskarte der östlichen Front vom Baltischen bis zum Schwarzen Meer. Die von der Division Lychow gehaltene Strecke war mit blauem Stifte eingetragen; das eigentliche Kartenmaterial über Stellung, Verteilung und Anordnung der Regimenter lag im oberen Stockwerk auf einem Brettertisch, der, nahezu fünf Meter lang, von der Tischlerei der Ortskommandantur aus glattgehobelten Fichtenbrettern eigens hergestellt, das feierliche Schlafzimmer von Madame Tamshinsky – zur Zeit wahrscheinlich in Sankt Petersburg – vollkommen entstellte.

Exzellenz von Lychow fand, der Tag beginne ekelhaft. In seiner Hand knitterte das gedruckte Blatt, das ihm Oberleutnant Winfried soeben zur Kenntnisnahme vorlegte, ein Befehl des Feldeisenbahnchefs, der außer anderen unbequemen Anordnungen, die die Urlaubsordnung der Division umzukippen drohten, auch das allgemeine Verbot enthielt, gerichtet an die Herren Offiziere im Gebiete der Militäreisenbahndirektion vier, fünf und sechs, weiterhin noch Klaviere als Reisegepäck aufzugeben. Die Stationsbeamten seien angewiesen, in solchen Fällen künftighin den Transport zu verweigern, die Herren Auftraggeber zur Meldung zu bringen usw. Weiterhin noch! Klaviere als Reisegepäck! Von Lychow sah Winfried mit metallenen Augen an. Daß für das Offizierskorps seiner Division ein Sachverhalt dieser Art überhaupt zutreffen könne, war natürlich ausgeschlossen. (Oberleutnant Winfried hatte darüber seine eigenen Gedanken.) Aber daß da hinten in der Etappe Leute, deutsche Offiziere, zu derartigen Befehlen Anlaß gaben, Befehlen,

die doch nicht auf den ersten oder dritten Fall dieser Art erlassen wurden, ließ dem alten Mann das Blut zu Kopf steigen.
Im Grunde – das sah Winfried seinen Brauen und der Röte des Gesichts an – war die Exzellenz bereit, ihrer Empörung jeden Augenblick die Schleusen zu öffnen. Aber obwohl noch jung, stand doch nicht umsonst helle Klugheit in den Augen des mageren Adjutanten. Er wünschte nicht, seinen Onkel Befehle zur Nachforschung (unterderhand) über Vorkommnisse dieser Art im Gebiet der Kampfgruppe Lychow erteilen zu hören. Deshalb ging er sofort zu Punkt zwei über, von dem er wußte, daß er Exzellenz noch viel mehr ärgern und infolgedessen auch die erste Wut nach völlig untreffbarer Hochgestelltheit ablenken werde.
»Gewiß, Onkel Otto, musikalische Leute«, sagte er, »aber bei so Massenware von Achselstücken kommt schließlich ja allerhand vor. Hier dagegen« – und geschickt nahm er einen zweiten Bogen aus der Mappe des Tageseinlaufs – »ein Unikum: Seine Königliche Hoheit der Großherzog von Sachsen-Eilenburg gedenken an einem ruhigen Punkt unserer Stellung Russen zu schießen.«
Von Lychow setzte sich im Stuhl gerade auf, senkrecht wie im Sattel, und fragte: »Wie beliebt?« Oberleutnant Winfried, als Neffe des Gewaltigen seiner Stellung wie seines Gebieters unerschütterlich sicher, blieb im Gesicht harmlos, ein Junge, der einen pfiffigen Streich anstiftet. »Russen zu schießen scheint unter den fürstlichen Herrschaften Sport zu werden, seit ein anderer Großherzog damit den Anfang machte. Oben, im Tirulsumpf, wenn ich nicht irre. Ließ sich in die Stellung fahren, und du weißt ja, daß es jetzt dort friedlich wie in einer Kochkiste hergeht, und wenn dann drüben ein ahnungsloser Rußki entlangging, knallte der fürstliche Herr ihn mit Kopfschuß um. Es war neuartig für den Herrn und für den Rußki leider auch, denn der Affe von Kommandeur, der das gestattete ...«
Von Lychow sah dem Jungen auf die Lippen, und dieser Blick hatte zur Folge, daß ihm die Worte stockten. Denn Paul Winfried wußte, was er erzählte, und die Empörung im Gesicht seines Onkels war seine eigene. »Der Herr Kommandeur, der das gestattete ... bitte weiter!« – »... erwartete einen hübschen Orden natürlich, und den kriegte er auch. Aber das Grabenvolk und die Armierer hinter der Stellung, Wegebaukompanie und Holzfällkommandos, bezahlten mit im ganzen hundertsieben Mann Verlusten. Denn sie antworteten drüben mit schweren Brocken den ganzen Nachmittag. Immer ringewichst. Und dann aaste unsere Artillerie hinüber, und es hätte sich beinahe eine Durchbruchsschlacht entwickelt mitten im Frie-

den. ›Erhöhte Artillerietätigkeit‹ stand im Bericht. Und nun sucht man diesen Sport auch bei uns einzubürgern.«
Oberleutnant Winfried hoffte nur, wenn der schwere Mahagonistuhl mit seinen Bronzebeschlägen aufs Parkett krachte, seine Fußspitzen rechtzeitig in Sicherheit zu bringen. Er hatte zuviel Grauenhaftes in den fünfzehn Monaten seines Frontdienstes gesehen, als daß er noch anders als humoristisch auf den Kriegsgeist froher Herrscher hätte blicken können. Aber von Lychow schob vorsichtig diesen zum Umschmettern bestimmten Lehnstuhl zurück und federte mit kurzen Schritten und gelbgrau im Gesicht zwei- oder dreimal durch den Raum, der mit seinem vorgeschobenen Erker dreifenstrig ins Freie mündete. Draußen lag auf der Straße das Gold des frühen Maimorgens anmutig in den Pfützen und Rillen der großen Straße. Vom Fenster hörte man aus einem Büro des Stabes unten das Klappern von Schreibmaschinen und die Stimme des Unteroffiziers Siegelmann sich den Wortlaut des Tagesbefehls vorlesen, den er eben vervielfältigte. Und mit gelassenen Schritten, das Gewehr unterm Arm, den grauen Stahlhelm prachtvoll über der Stirn, gingen die Posten vor dem Portal der Villa mit der Ruhe untadeliger Pflichterfüllung auf und ab.
»Soso«, sagte Seine Exzellenz mit der hohen kommandobereiten Stimme eines greisen Gruppenführers, »melde dem Adjutanten Seiner Durchlaucht, daß im Gebiete der Division der Schrapnell- und Typhusgefahr wegen für das Leben Seiner Königlichen Hoheit keine Bürgschaft übernommen werden könne. Und dann bitt ich mir aus, daß diese verfluchte Ordensjägerei bei uns ein für allemal abgeschnitten wird. Wenn das so weitergeht, verbiete ich den Offizieren meiner Division, solange die Kampfhandlungen stilliegen, die Annahme jeder Art von Auszeichnung mit Ausnahme solcher, die sich verspätet durch vorangegangene Kämpfe rechtfertigen lassen. Hatte Schieffenzahn von diesen Dingen Kenntnis?«
Oberleutnant Winfried lächelte seinem Onkel zu und sagte: »Das weißt du doch selbst, Onkel Otto, daß der Schieffenzahn davon nichts hört.«
Von Lychow verlangte ruhig etwas mehr dienstliche Haltung und meinte dann, er hoffe das. »Und dem gottverfluchten Eisenbahnfritzen«, fauchte er plötzlich, seine Wut doch noch in der alten Richtung abladend, »der mir mit seiner Zugsperre die Urlaubsordnung umschmeißen und meine Leute um ihre paar kümmerlichen Heimatswochen bringen will, dem gib bitte eins aufs Dach.«
Der Adjutant lachte. Die Vorstellung, er, knapp dreiundzwanzig Jahre, grade Oberleutnant, solle dem technischen Führer des Eisen-

bahnwesens in einem Gebiete halb so groß wie Deutschland, an Rang der Exzellenz wenigstens ebenbürtig, eins aufs Dach geben, belustigte ihn nach Gebühr.
»Das mit dem klaviernen Reisegepäck«, sagte die Exzellenz, »da hat er recht. Ich weiß nicht, wie man dazu kommt, hier Klaviere zu kaufen.« (Kaufen ist gut, dachte Oberleutnant Winfried, indem er ein bißchen seufzte.) »Aber ehe wir nach dem Westen kommen, müssen wenigstens die Frontregimenter bei Muttern gewesen sein. Wie soll ich mit einer Truppe dort in den Dreck gehn, die den Bauch voll Zorn wegen abgebrochenen oder vertagten Urlaubs hat? Wenn die Herren da oben vom Geist einer Armee auch wie Kuhtreiber denken, hält wenigstens doch hier einer was davon. Schreib bitte: mit allem schuldigen Bammel vor wirtschaftlichen Notwendigkeiten und Kohlenmangel verlangte ich, daß der Bahndienst auf unserer Urlaubslinie unter allen Umständen im bisherigen Maße planmäßig durchgeführt werde. Ich müßte mich nötigenfalls bei Königlicher Hoheit persönlich dafür einsetzen, daß, solange durch Lastkraftwagen für die laufenden Züge kein Ersatz sei« – er sprach, da er den Neffen stenographieren sah, bereits in Befehlssätzen –, »der Fahrplan unverändert beibehalten werde.«
Bekümmert sah Winfried auf diesen General, der bei seinen Truppen »Oller Lychow« hieß, weil er an ihnen wirklichen Anteil nahm, nicht nur sie ins Feuer schickte oder in den Erholungstagen hinter dem Kampfgebiet durch Besichtigung und Appelle »schleifen« ließ. Lastkraftwagen, dachte er – Menschenskind, falls es hier wirklich wieder losgeht, haben wir ja grade das Allernötigste, um an bedrohte Stellen schnell Gewehre zu schmeißen und Leute, die dran hängen. Die Entente gibt uns allerhand zu schaffen, drüben im Westen, dort etwa, wo ich herkomme und wo ich mir das Ding hier – und er empfand das E. K. I auf dem Waffenrock wie eine körperliche Berührung – im Blut und Grauen des Kirchhofs von Pozières geholt habe. Schlagen sie in Petersburg den Kerenski breit, dann Gnade Gott vielen armen Männern – wenn dem Schieffenzahn dahinten, dem unheimlichen Burschen, nicht wieder etwas einfällt. Lastwagen! Ja, Exzellenz, jetzt sollst du doch mal den Zustand der Straßen im Frühling kennenlernen: mal sehn, was unsere beklekkerten Schipper leisten und was zu leisten noch übrigbleibt.
»Sonst noch was, Tagesprogramm?« fragte Exzellenz. »Russen schießen«, sagte er plötzlich wieder, indem er sich mit einer leise schütternden Hand ein Streichholz entzündete und eine große braune Zigarre zu rauchen begann. »Hast du eine Ahnung, Paul, wieviel Tote die da drüben im ganzen bis jetzt haben?«

Der Oberleutnant wußte es nicht.
»Ich auch nicht«, sagte von Lychow. »Aber wenn es elfhunderttausend Mann sind, dann sind es wenig. Großer Gott«, setzte er halb murmelnd hinzu. »Mit elfhunderttausend Mann hätten wir Anno siebzig ganz Frankreich in die Tasche gesteckt. Und das allein jetzt drüben ex ...« Er nickte vor sich hin. Dann wieder gegenwärtig: ob es sonst noch etwas gäbe?
Paul Winfried entnahm der Mappe ein Urteil, das ihm vom Kriegsgericht der Division gestern abend zur Unterschrift zugestellt worden war, und legte es schweigend vor den Chef. Der General der Division, einer selbständigen Kampfgruppe, steht als oberster Gerichtsherr in Stellvertretung des Kaisers, der in diesem Zusammenhang Gottes und des Schicksals Anteil verwaltet. Von Lychow vertiefte sich in das Schriftstück, Todesurteil gegen einen Spion, einen gewissen Ilja Pawlowitsch Bjuschew, nach dem klaren Ergebnis der Verhandlungen schuldig befunden, sich spionierend unbestimmte Zeit hinter der deutschen Front umhergetrieben zu haben. Er runzelte seine weißen schmalen Augenbrauen, und statt den Halter zu ergreifen, den Oberleutnant Winfried ihm hinhielt, schob er das Blatt zurück und sagte: »Nein, danke schön, noch tote Leute heute früh, das paßt mir nicht. Wer hat die Verhandlungen geleitet?«
Mit einem Blick auf die Unterschriften des Aktenstückes sagte Oberleutnant Winfried: »Kriegsgerichtsrat Posnanski.«
»Posnanski«, wiederholte der General, »ein zuverlässiger Mann. Jude, aber ein brauchbarer Kerl. Ich will ihn zum Vortrag haben. Befiehl ihn mir für heut nachmittag her, leg das beiseite«, indem er dem Oberleutnant das Aktenstück zurückgab. »Und was hast du heute noch?«
In Oberleutnant Winfrieds Herzen hing eine gewisse Begeisterung für seinen Onkel immer bereit; sie entlud sich gern in freudigen Blicken und, wenn es der außerdienstliche Verkehr erlaubte, in kräftigen Schlägen auf die gepolsterte Schulter des alten Herrn. Gott sei Dank, dachte er, wenigstens ein Gewissenhafter unter den alten Schlächtern. Und er beschloß, der Exzellenz den heutigen Morgen so vergnügt wie möglich zu gestalten. Vorgesehen im Grunde waren Besichtigungen, die der Chef des Sanitätswesens der Division dringend wünschte; er hatte große, neue Typhusbaracken in Dienst nehmen lassen und rechnete dafür auf einen Orden, der ihm schon lange in seiner Sammlung fehlte. Aber statt dessen sagte Oberleutnant Winfried gelassen: es seien neue Knüppeldämme vorn bis in die Stellungen draußen auszuproben; ein schöner Morgen heute. Er

wußte, Exzellenz von Lychow trieb sich gern draußen umher, dort, wo man in gedeckten Barackenzügen die Reserve und vorne in den Unterständen, den patschigen, triefenden Gräben die Kampftruppen vom Dienst fand. Tief in ihm, dem General, wühlte Unmut über den Zustand, den der Stellungskrieg zur höchsten Zufriedenheit der Stäbe und Befehlsführer herausgebildet hatte, daß, je höher die Befehlsstelle an Rang und Verantwortung, um so weiter zurück ins Hinterland ihr Quartier sich aufschlug. Wegen solcher Schrullen galt die alte Exzellenz von Lychow unter anderen Führern für doofbackig oder, wie die Bayern sagten, für »spinnet«. Als hinge nicht von der Erhaltung des Armeeführers das Wohl und Wehe der Divisionen und Brigaden, Regimenter und Artilleriegruppen unmittelbar ab! Seltsam, daß der altmodische Knaster mit so großem Erfolge in den Verbänden, denen er eingegliedert war, sich seine Teilsiege geholt hatte.

»Sehr schön, mein Junge«, sagte die Exzellenz dann auch merklich erleichtert. »Ich dachte, du hättest heute wieder Chlorkalk, Latrinen oder Konservenbüchsen für mich in petto. Muß ja sein«, setzte er zusehends erfreut seine Gedankengänge fort. »Konservenbüchsen und Chlorkalk sind ja wichtiger als ein gutes Drittel aller Schreibereien, die wir hinauslassen, ebenso Bekleidungsämter, Lazarette und Depots, Krankenschwestern und all das Zeug – womit ich Schwester Bärbe und Schwester Sophie nicht aus dem Häuschen gelobt haben möchte.«

»Verstanden«, sagte Oberleutnant Winfried, indem er die Hacken zusammenschlug und in den Augenwinkeln lächelte. »Ich lasse also anspannen.«

»Ja, Junge, laß anspannen«, rief Lychow, womit das Vorfahren des großen fünfzigpferdigen eisengrauen Tourenwagens gemeint war, der heute dienstbereit in seinem Schuppen zu stehen hatte. »Wirst mir im Wagen unterwegs die Kriegslage ausmalen. Hast du neue Meldungen?«

Doch, Winfried hatte genug Meldungen, aber besser sei, sie gegen Mittag, vor Tisch, an der Karte darzustellen. Im ganzen sei augenblicklich wenig los, doch bereite sich allerhand im Westen vor.

»Nachmittags um fünf also Posnanski«, wiederholte Exzellenz und klingelte, damit Wodrig, sein alter Bursche, ihm den Mantel bringe.

Der graue Wagen, den schwarz und rot umrandeten weißen Wimpel des Divisionärs am Kühler, bohrte seine Nase langgestreckt mit der Begeisterung eines Renners in den Wind, dem Horizont zu, der flachwellig und spielend vor ihm wich. Ins metallische Trommeln

des Motors mischte sich von Zeit zu Zeit das blanke Dröhnen der Hupe. In großen Stürzen goß sich das Straßenwasser rechts und links der Räder in die Luft, die mit scharfem Wirbel hinter dem Wagen zusammenschlug. Die Exzellenz war leicht zu erkennen, an den Aufschlägen seines Mantels flatterte das helle Rot des hohen Offiziers wie an seiner Mütze; Paul Winfried im Stahlhelm neben ihm wirkte in seiner grauen Geschlossenheit wie die Verkörperung eines neuen Zeitalters. Beide trugen, wohlverwahrt in einem Hirnwinkel, das vertagte Todesurteil mit ins Freie, jeder auf seine Weise.
Die Division von Lychow hielt, in übertrieben weitem Bogen auseinandergezogen, eine Strecke der Ostfront besetzt, die im Norden an ein bayrisches Armeekorps, im Süden aber schon an ein österreichisches stieß. Ihr rechter Flügel zeigte vermischte Verbände, in denen »zur besseren Fühlungnahme« deutsche und österreichische Bataillone ineinandergeschachtelt standen. In Wahrheit sollten die Bosniaken und Slowenen von den preußischen Kompanien kontrolliert und gehalten werden. Das Stabsquartier lag über hundert Kilometer hinter derjenigen Breite, die man in letzter Zeit als Front hätte ansprechen können. Die Stäbe der Brigaden, der Regimenter, der Artillerieleitung, Gas- und Nachrichtenoffiziere, die Chefs des Medizinalwesens, die Oberleitung der Pioniergruppen, des Flug- und Funkdienstes, der Fuhrparkzüge, des Straßenbaues, alles das verteilte sich in festen Standorten auf die kleinen Städte und Dörfer des Gebietes und bedurfte des Zugangs zu jener Zone, in der die Mannschaften mit ihren Offizieren zusammengedrängt lagen: Drahtleitungen, Kraftwagen, Straßen, Motorradfahrer und reitende Befehlsträger. Während der Wagen sich durch Wälder vorwärtsmahlte, über weite Ebenen von ungestaltem Braun, durchtränkt von kleinen Tümpeln, in denen der blaue Mai vergoldet am Boden lag, entfaltete sich wie ein Fächer der Organismus, den mit Drahtkabeln als Nerven und Straßen als Sehnen aus einer Vermählung von Metall, Erde und Menschenmassen die Kampfgruppe darstellte.
Von den Straßenrändern verscheuchte der trommelnde und spritzende Rennwagen Trupps von Schippern, die in ihren kotbetropften Mänteln, Hosen in den Stiefeln, zwischen Graben und Straße sich eilig aufreihten, um in strammer Haltung und mit mürrischen Gesichtern, während die Unteroffiziere aufgeregt salutierten, das Auto ihres Führers vorbeizulassen. Man überholte hupend – »rechts ran!« – die langen Kolonnen der Verpflegungszüge. Riesige Stapel Holzes im freien Felde kündigten neue Räume an: Truppenunterkünfte, vielleicht einen Übungsplatz, vielleicht ein Pferdelazarett für Räude-

kranke, den Jammer der geliebten Tiere. Einmal ließ man, dicht streifend, einen Zug Lastkraftwagen hinter sich: neue Mannschaftskleidung aus gesparten Vorräten nach vorne. In riesigen Zelten, wie auf Mastbäumen von Schiffen, stampften links von der Straße die Pferde einer schweren Batterie. Ein Munitionspark zeigte in einem lockeren Wäldchen von Kiefern die regelmäßigen Blöcke mit buntgefedertem Segeltuch zugedeckter Granatreihen und der Kisten voller Pulverladungen. Auf einer halbwegs trockenen Sandfläche schliff ein Übungslager das Bilden von Gruppenkolonnen; weiterhin ward eine Schar von Kindern im Werfen von Handgranaten ausgebildet: dünn und blaß ragten die Hälse und Köpfe der Siebzehnjährigen aus den viel zu weiten Waffenröcken. Die Straße, trotz der Nässe und einer zähhellen Schmutzschicht nach Kräften gebessert, stieg langsam einen Hügelzug entlang, in dessen Abhang verlassene Stellungen schwerer Artillerie eingeschnitten waren; aber nach einer knappen Viertelstunde bereits passierte man, mit aufgespannten Drahtnetzen und braungrün marmorierter Leinwand maskiert, die Stellung zweier veralteter Langrohrhaubitzen, während zwei andere auf der linken Seite der Straße in einiger Entfernung mit dem Glase zu entdecken waren; schmale Schienen einer Feldbahn führten zu ihnen, auf denen Kanoniere Geschosse heranbrachten. Keinen Schall trug der Wind in die Nähe, keinen beunruhigenden wenigstens; von einem Abhang allerdings kam das schwache Knacken und Flattern der Maschinengewehre, die ihre Übungspatronen verknallten. Mit verlangsamter Geschwindigkeit durchfuhr das Auto der Exzellenz, von Posten gegrüßt, das weite Gebiet eines Pionierparks, in dem sauber und fast hausfraulich geordnet Türme aus Stacheldrahtrollen mit Balkenlagern und Bohlengruppen, Brettern, Pfählen und Schuppen voller Handwerkszeug abwechselten. Die Flagge des Roten Kreuzes schwermütig im Winde, die Dächer der ganzen Länge und Breite nach mit dem schützenden Zeichen bemalt, lag die Barackenmasse eines sechsflügeligen Feldlazaretts in der Sonne; eine eigene Zufahrtsstraße zweigte nach ihr hin. In schwarzen Wolken kreisten Krähen um die großen zerzausten Pappeln, die an manchen Stellen völlig unversehrt, an anderen reichlich die Zerstörungen des Krieges zur Schau trugen: manche nur noch Stämme, andere im Wipfel halbiert, hier und da gesplitterte Stümpfe. Ein endloser Friedhof, Legionen von Kreuzen, sah unbehaglich nüchtern her. An den Trichterfeldern ehemaligen Kampfgebiets arbeiteten Armierungstruppen, die sich befehlsgemäß nicht stören lassen durften; auf einem Pferde durchritt wie auf einem Ziegenbock ein fadenscheiniger Major das Gelände seiner Leute. Überall Bewegung von Menschen, Tieren, Wagen, Gegenständen. Ein Schub ruhrleidender Infanteristen kam an dieser Stelle dem Auto des Generals entgegen, ward angehalten, machte seine Meldung, fuhr weiter. Hochfiebrige Krankheiten sorgten dafür, daß die wirkliche Kampfstärke der Division jeden Augenblick schwankte und sich verminderte. Man hatte diesen Winter den »Leuten« nicht nur zu einförmige Kost, zuwenig Fleisch, sondern auch zuwenig Brot und statt frischen Gemüses gedörrtes Zeug und Kartoffelschnitzel verabfolgt; das rächte sich jetzt. Hier war im Augenblick das Amt der Verpflegungsoffiziere wichtiger als der Nachschub an Munition.

Da es an Steinen im Gebiete fehlte, rollte der Wagen jetzt mit leisem Surren und Vibrieren über Stangenholz, einen Knüppeldamm, der, durch die Benutzung eines Monats bereits halb ausgefahren, an manchen Stellen von Schlamm überflutet, an den ärgsten Schäden schon wieder erneuert wurde. Die wirrbärtigen Landstürmer und Arbeitssoldaten schleppten im Gänsemarsch auf den Schultern die runden zurechtgesägten Stämme von einem Punkte jenseits der Straße, wo Loren der Feldbahn, von ihnen selbst betrieben, in eben entladenen Haufen von Vorrat hielten.

Gräben wurden überquert auf Brücken, deren schwere Balkenpfähle kunstgerecht gestützt und verbunden im Regenwasser standen. Dann mündete die Straße in einem Walde, der, mit Baracken durchsetzt, den Bataillonsstab des Abschnitts bequem und sauber beherbergte. Das Erscheinen der Exzellenz erweckte den vorgeschriebenen Tumult.

Die Gegend, grenzenlos verwüstet, in runde Fetzen geschlagen, weich bis zu den Knien, wurde gangbar gemacht durch Scharen breiterer und schmalerer Steige. Ganze Wälder lagen, dienstbar vom Stamm bis zu den halbstarken Ästen und selbst bis zu Rutenbündeln, im Schlamme des Frühlings und des mißhandelten Ackerbodens. Wo Trockenheit erhöhtere Stellen verriet, sproßte unermüdlich das erste Grün, und um die Baracken blühten bereits Vergißmeinnicht und Gänseblümchen. Die Kommandeure, durch Stabsmeldung vom Besuch Seiner Exzellenz unterrichtet, kamen in vollem Kriegsschmuck und schlugen die Gamaschen über ihren Schnürstiefeln zusammen, braune Gesichter unterm Helm, helle, starke Augen, manche Gestalt auffällig durch viele Orden, einen Bauch oder die Narbe zwischen Stirn und Kinn.

Oberleutnant Winfried sah Exzellenz im Kreise der Offiziere auf und ab gehen, nicken, strahlend, sehr gnädig, wenn man von dem innerlich menschlichen Manne einen solchen Ausdruck gebrauchen durfte, und den Augen des Kundigen jeden Augenblick verratend, was an Angenehmem oder Peinlichem die Herren zur Sprache brachten. Ihn selber umgab die Schar der Leutnants, Altersgenossen, die ihre Kompanie führten. Längst standen an der Spitze von Bataillonen Oberleutnants und Hauptleute, an der Spitze von Kompanien junge Leutnants, und drüben in der anderen Brigade der Division führte sogar ein Hauptmann von Sülsig ein Regiment. Beiläufige Begleitreden beim Durchsagen der Befehle hatten bereits die Kunde kommender Urlaubsverschiebungen und -kürzungen in die Gefechtsunterstände der Kompanieführer geleitet, und teils in unterkötigem Humor, teils wütend und selbst schneidend höhnisch fragten die Männer in den abgetragenen grauen Röcken nach Wahrheit und Tragweite der holden Neuigkeit. Winfried fühlte sich sehr erleichtert, weil er, ohne zu schwindeln, das Ganze Lügen strafen durfte. In der großen hölzernen Kasinobaracke aß man ein Butterbrot mit Salz zu einem kräftigen Glase Kognak, und dann brach man auf, zu Fuß, über neue Stege zur Besichtigung.

Drittes Kapitel: Ein Rechtsanwalt

Rechtsanwalt Dr. Posnanski saß bequem in einem großen Stuhle des Vorzimmers bei von Lychow und wartete. Unter anderen Verhältnissen hätte der sehr beschäftigte Berliner Jurist Warten, selbst vor den Türen einer Generaldirektion, außerordentlich übel vermerkt: einige gemütliche Bemerkungen, und man geht seiner Wege. Da er sich aber zur Zeit merklich auffallend kleidete, wenn man den üblichen Anzug eines Advokaten in Rechnung zieht: da sich um seinen Bauch ein Gurt mit einer Pistolentasche und einem wirklichen Dolche zog und das Grau seines Anzugs durch blaue, rot umrandete Tuschrechtecke am Kragen vorteilhaft gehoben wurde, da überdies seine Kopfbedeckung eine blecherne Spitze übergipfelte und seine Beine, von den Füßen aufwärts mit braun glänzenden Lederschäften umschnallt, in verwunderter Haltung über sich selbst vor seinem Stuhle standen, fand er seine Muße selbstverständlich. In dieser Strecke seines Lebens verfügte er, zum ersten Male, über uneingeschränkt viel Zeit.

Über Merwinsk lag der zarte Glanz jenes Mainachmittags – Freitag nachmittag gegen halb sechs. Seit einer halben Stunde ruhte der Kriegsgerichtsrat mit seinem Buche am Fenster, manchmal langsam eine Seite lesend, dann wieder minutenlang entspannt und wohlwol-

lend den Spatzen zusehend, die sich im Regenwasser mit Bad und Gepicke zu schaffen machten. Aus der Wirrnis der Dächer hoben sich die Zwiebeltürme der Kathedrale altgolden in den fruchtbaren Dunst. Mit seiner unheimlich dicken Brille und den runden vorgewölbten Augen erinnerte er an einen kahlen Silen: die hohe Stirn, gebuckelter Schädel, an den Schläfen noch blond, die kurzbeinige, vollbäuchige Gestalt. Er las. Er hatte allmählich einen gewissen Teil seiner Bibliothek, Dünndrucke vor allem, hierher verfrachtet; fern von Büro und Vergnügungen genoß der Unverheiratete ungehemmt das Glück der Bücher. Sein Geschmack war umfassend, wählerisch, neugierig. Diesmal hielt er, schmal, in dunkelblaues Leder gebunden, eine englische Ausgabe von »Gullivers Reisen« ziemlich dicht vor seine Nase und ertrug von dem beißenden Hohne des großen Iren immer nur einen Schluck. Ein guter Leser, imstande, hinter die Sätze zu horchen, machte so viel verzweifeltes Wissen um die Gebrechlichkeit der menschlichen Einrichtungen, so viel Güte, Zorn und Gelächter seine Brust beklommen. Er las gerade in der Reise nach Laputa die Schilderung der Projektenmacher und Pläneschmiede. Gute Hälfte seines Lebens wartet der Soldat vergebens, dachte er zwischendurch, und auch andere Soldatensprüche dieser Art fielen ihm halb heiter, halb ironisch ein: Gehe nie zu deinem Fürscht, wenn du nicht gerufen wirscht. Nun bin ich aber gerufen. Der Alte hält sonst auf Pünktlichkeit; und wenn es spät wird, werde ich im Bes-Medresch der Chassidim das Lechodaudi versäumen! Er meinte damit, daß er die Feier des anbrechenden Sabbats in einem der vielen kleinen Bethäuser der Judenstadt Merwinsk zu begehen gewohnt war und am Freitagabend überhaupt sein Sabbat begann, an dem er nicht rauchte, nicht schrieb und seinen Dienst den mahnenden Erfordernissen jüdischer Überlieferung anpaßte. Denn er hielt viel von einer Lebensweise, die anderthalb Jahrtausende vorgehalten hatte – trotz seiner recht gelösten Denkart ein überzeugter, wenn auch sehr nachsichtiger strenggläubiger Jude.
Wodrig, der Bursche der Exzellenz, trat ein und fragte, ob er Herrn Kriegsgerichtsrat etwas zu rauchen bringen solle. Sicherlich werde sich Exzellenz freuen, wenn sich Herr Kriegsgerichtsrat inzwischen eine Zigarre genehmigte.
Posnanski lachte. »Richtig, Herr Wodrig. Da sehen Sie, wie man das Wichtigste vergißt. Hier sitze ich nun und schmökere und fühle immer, mir fehlt irgendwas, und nun bringen Sie mich drauf.« Und damit zog er die lederne Zigarrentasche aus dem Waffenrock.
Wodrig, grauhaarig, weit über fünfundvierzig Jahre alt, im runden Gesicht schwarze treuherzige Augen, meinte: dann werde Exzellenz

gewiß böse sein, wenn der Herr Kriegsgerichtsrat hier seine eigenen Zigarren anstecke.
Dr. Posnanski zwinkerte ihm listig zu. »Kann sein, Herr Wodrig. Exzellenz hält auf Gastfreundschaft, und da er und ich die gleichen Zigarren beziehen und er viel mehr Gehalt als ich empfängt, muß es schon so sein. Bringen Sie mir eine von den langen schwarzen Brasil mit dem roten Bande. Sie hat einen wohltönenden Namen. Ich glaube, sie heißt Dornröschen. Hoffentlich soll das nicht an Weißdornblätter erinnern, die man darein verarbeitet hat.«
Der alte Mann brachte auf einem Tablett die Kognakflasche und die Zigarrenkiste. »Jedem, der hier wartet, darf's ich ja nicht so machen. Dem Herrn Rittmeister Fallas zum Beispiel, den Exzellenz nicht riechen kann. Ja, so lernt man Unterschiede zwischen den Menschen ...«, fügte er nachdenklich hinzu. »Wenn ich's hier nicht so gut hätte und wenn Exzellenz mich nicht immer beredete, zu bleiben, ich könnt ja längst zu Hause sein. Man wär ja weit über die Altersgrenze, und, Herr Kriegsgerichtsrat, leicht ist's auch nicht für einen alten Mann, der sein kleines Auskommen zu Hause hat, hier herumzuspringen und schönzumachen. Jetzt, wenn die Heizerei aufhört, geht's ja, aber« – und seine Augen blickten grüblerisch nach innen – »ich wüßte halt gerne, was es für einen Sinn hat, daß man das alles noch erleben muß.«
Dr. Posnanski, das Buch auseinandergespreizt auf dem Knie, zündete sich paffend die Zigarre an, zu der die Ordonnanz ihm das Feuer hinhielt – Feuer aus einem alten gelben Feuerzeug, gefertigt aus Docht und einer Infanteriepatrone, wie russische Gefangene sie in Mengen bastelten und verkauften. »Ja, Herr Wodrig«, sagte er, »der Sinn des Ganzen scheint schleierhaft, glauben Sie mir's. Was aber viel sonderbarer bleibt: der Mensch ward eingerichtet, ohne einen Sinn nicht gut auskommen zu können. Sie verlangen danach, mich verlangt danach, und die Leute in den Büchern verlangen danach. Und wenn der Mensch ohne ihn nicht auskommt, wird er sich vielleicht ja auch eines Tages heraus- oder einstellen.«
Wodrig dachte nach, dann sagte er: »Warum kann man mit Herrn Kriegsgerichtsrat über solche Dinge sprechen und mit Herrn Oberleutnant Winfried und auch mit Exzellenz, aber nicht mit die Herren Pastoren? Kommen Sie mit solchen Beschwerden zu einem von die Feldpredigers, und wir haben ja genug hier zu Gaste, dann machen sie Fischaugen und winken mit Bibelsprüchen und Katechismus; und dann sagen sie: man soll nicht zweifeln. Ja, aber was soll man denn tun als zweifeln? Herr Kriegsgerichtsrat, da stimmt was nicht.«

»Lieber Herr Wodrig, die Herren von der andern Fakultät haben's bedeutend schwerer als wir. Sind ja an ihren Text gebunden.«
Wodrig in seiner Gemeinenjacke schüttelte nachdrücklich den Kopf. »Da stimmt was nicht, und glauben Sie mir, die fühlen's, wenn sie was wert sind. Hier: liebet eure Feinde, und denn Maschinengewehre und Flammenwerfer und Haubitzgranaten, das paßt nicht.«
Der Kriegsgerichtsrat als taktvoller Hebraist verschluckte sein Ja. Es schien gerade ihm nicht zuzustehn. Er empfand außerdem viel zuviel Achtung vor dem Verstande und dem leidenschaftlichen Denkernst des durchschnittlichen Soldaten, um aus geistigem Hochmute zu begütigen oder zu spaßen. Zum Glück überhob ihn das Ansausen und der Hupenton eines vorfahrenden Wagens der weiteren Unterredung. »Ich glaube, da kommt wer, Herr Wodrig«, sagte er, indem er die Zigarre sorgfältig auf den Aschenbecher legte. »Und ein andermal reden wir weiter.«
»Ja«, sagte Wodrig, noch immer den Blick abwesend und doch zugewandt dem Gesicht des anderen, »wenn Sie auch nicht Herr Wodrig zu mir sagten, Herr Kriegsgerichtsrat, es spürt einer doch, wo man's mit einem aufrichtigen Menschen zu tun hat.« Er lief hinaus, die Treppe hinab, um Exzellenz aus dem Mantel zu helfen.
Von Lychow blitzte vor Frische. Er hatte nach dem Essen ein gutes halbes Stündchen auf dem Bette des Bataillonskommandeurs geschlafen und wäre dennoch pünktlich nach Hause gekommen, wenn nicht an einer bestimmten Kreuzung quer in der Straße eine Benzollokomotive, aus den Schienen gehopst, dagestanden hätte, mitten in einer Karawane von Panjewagen, durch Fuhrparkleute geleitet. Indem er sich vergnügt die Hände rieb, schilderte er dem Kriegsgerichtsrat den Wirrwarr, die Beredsamkeit der Fahrer und wie durch die Ruhe der Eisenbahnsoldaten beim Wiedereinrenken des kleinen Ungeheuers alles bald behoben worden sei. »Ich hielt mich im Hintergrunde«, sagte er lächelnd, »denn ich glaube, unsereiner verbreitet Angst und Schrecken, und Angst und Schrecken sind schlechte Gehilfen.«
Der Kriegsgerichtsrat machte bei sich die Anmerkung, daß schließlich vielleicht nicht notwendigerweise das Auftreten eines bejahrten Herrn Angst und Schrecken verbreiten müsse und daß also etwas faul sei im Staate, wenn dem so wäre. Aber er schwieg. Er hatte mit Exzellenz sehr oft zu tun und verstand den Typus. Dieser greise preußische Junker mit dem noblen Herzen und der abgründigen Akkuratesse in jeder dienstlichen Sache war für Angst und Schrekken nicht verantwortlich zu machen. Aber er hätte nur herzlich

gelacht, wenn Posnanski versucht hätte, ihm zu eröffnen, er halte Vorgesetzte überhaupt für veraltete und unmenschliche Einrichtungen und daß Rangordnung, Zwangsgeist und selbst bloßes Vorhandensein von Heeren die Menschheit auf einen Dauerzustand steinzeitlicher Gefühle verweise. Diese seine außerdienstliche und private Meinung konnte man dem obersten Gerichtsherrn ein andermal auftischen.
Exzellenz billigte sehr, daß der alte Wodrig die Wartezeit durch eine Aufwartung verkürzt habe, und da er solchen Sprachdingen gern nachsann, stellte er die Frage nach dem Zusammenhang von Aufwartung und Wartenlassen. Dann trat Oberleutnant Winfried mit der Mappe ein, und man begab sich aus dem Vorzimmer ins Arbeitszimmer des Generals und damit in eine sachliche Sphäre.
Der Fall Bjuschew liege vollkommen klar, berichtete der Kriegsgerichtsrat dienstlich, ohne jedoch das Gemütliche und Menschliche im mindesten zu verleugnen. Sie saßen alle drei, rauchten alle drei und wandten sich unbehindert durch den langsam in Abendfarben strahlenden Spätnachmittag dem Papier zu, in dem ein Schicksal knisterte. »Der Fall Bjuschew liegt vollkommen klar«, wiederholte Posnanski und öffnete aus seiner Mappe ein Aktenstück. Die Ortspolizei habe den russischen Infanteristen Ilja Pawlowitsch Bjuschew vom siebenundsechzigsten Infanterieregiment ungefähr hundertsechs Kilometer hinter der Front in der Umgegend von Merwinsk, draußen in der Datschenvorstadt, in einem leeren Hause einquartiert, schlafenderweise gefangengenommen. Weil er zugab, seit Wochen hinter der Front umhergeschlichen zu sein, in der durchaus glaubwürdigen Absicht, seinen Weg bis nach Wilna zu nehmen, wo in Antokol seine Mutter wohne, und weil er mit gewissem Stolze darauf bestand, seinen Weg des Nachts und ohne Beihilfe von den Drahtverhauen bis jenseits Merwinsk gemacht zu haben, was der Feldjägerei ja kein Kompliment bedeute, ihm aber, einem russischen Sergeanten, durchaus zuzutrauen sei, sei ihm nicht zu helfen gewesen. Aus alldem spreche der klare Sachverhalt, auf den sich der Erlaß des Oberkommandierenden von Ende Februar dieses Jahres beziehe. Danach sei jeder russische Überläufer, der sich nicht innerhalb dreier Tage nach seinem Übertritt auf das von den deutschen Heeren besetzte Gebiet bei der nächsten Ortskommandantur, dem nächsten Truppenbefehlshaber oder Feldwachtkommando melde, unverzüglich vors Kriegsgericht zu stellen und innerhalb vierundzwanzig Stunden nach Urteilsfällung als der Spionage überführt zu erschießen.
Nach dieser in deutlichen Sätzen vorgetragenen Feststellung schwie-

gen die Männer einen Augenblick, und alle drei dachten das gleiche: den Namen Schieffenzahn.

»Das ist Schieffenzahn«, sagte von Lychow nachdenklich, »und sein gesunder Sinn. Drüben zersetzt sich das Heer, und der Generalmajor sucht unter allen Umständen Ansteckung unserer Leute durch Kriegsmüdigkeit, Aufruhrgeist, die freche Insubordination zu verhindern. Soldatenräte! Er will Bazillenträger ausrotten.«

»Genau das«, sagte Oberleutnant Winfried, »nur weiß ich nicht, ob das so geht. Und wenn es ginge, ist es gescheit?«

Von Lychow blätterte leicht in den Akten. Der Sachbericht der beiden Verhöre und der Verhandlung fesselte ihn anscheinend. Dann ließ er die Blätter sinken und sagte: »Lieber Gott, wer darf im Grunde hier von Spionage reden? Wollte der Mann auf irgendeine Weise rückwärtsfunken, was er bei uns gesehen hat? Keine Rede. Heimweg nach Antokol, ich glaube es glatt. Der Mann wird erschossen, weil er ohne Erlaubnis von seiner Truppe wegläuft, um nach Hause zu kommen, und unserer Mannschaft ein schlechtes Beispiel gibt. Kriegsmüde sind sie alle, wir wollen uns doch nichts vormachen. Hat Schieffenzahn mit dem Erlaß wieder einmal ins Schwarze getroffen? Ich werde mich hüten, von meiner Dienstvorschrift abzuweichen. Hart bleibt's dennoch«, sagte er halb abwesend, denn er dachte im Augenblick an die untadelig ausgerichteten Reihen des besichtigten Bataillons, an die schnurrbärtigen und die bartlosen Jungens im Stahlhelm, die eine unerschütterliche Mauer grauer Gewehre und heller Gesichter vor ihm aufbauten, um deren Essen er sich gesorgt, für deren Gesundheit er sich verantwortlich fühlte, deren Geduld er durch eine Rede mit dem Hinweis auf baldigen Frieden zu stärken versucht hatte.

Der Kriegsgerichtsrat sagte halb vor sich hin: »Ich sehe überhaupt keine Möglichkeit, Sinn oder nicht, von einer Verurteilung Abstand zu nehmen. Daß mir Blutdurst nachgesagt werden könnte, glaubt selbst mein Schießeisen nicht. Das Kriegsgericht der Division wirkt wie ein Räderwerk. Hat es den Mann einmal gegriffen, so zieht es ihn durch seine Schraubengänge und entläßt ihn als Leiche. Wenn einer mich freilich fragte, Exzellenz, ob die ganze Sache sinnvoll sei, dieses Gerichtspielen, dieses Strafgesetzbuch, dieser ganze grenzenlose Kohl von Gesetzemacherei, so bin ich bereit, Exzellenz meine Überzeugung keinen Augenblick vorzuenthalten. Nur müssen wir, wenn Exzellenz zustimmen, Revolution von oben machen.«

»Um Gottes willen«, sagte die Exzellenz, da Oberleutnant Winfried lachte. »Revolution, das Wort schmeckt mir eklig.«

»Damit«, fuhr Doktor Posnanski unerschütterlich fort, »bestreiten wir nämlich die Grundlagen. Rechtsgesetze aus andern als ethischen Gründen sind unsittlich. ›Es ist dir gesagt, o Mensch, was gut sei und was dein Gott von dir fordert.‹ Alles, was wir hier und anderwärts im besetzten Gebiet mit Rechtskraft anschlagen, ist Verordnung, also Blague. Wenn wir als obersten Zweck unserer Gesetzgebung nicht die Sicherheit der herrschenden Ordnung zugeben, schwindeln wir in unsere edlen Gesichtszüge hinein. So aber die Tatsachen, für die eine Verordnung erlassen wird, klar dastehen, wie in vorliegendem Falle, müssen wir entweder das Ganze oder gar nichts beanstanden. Ich stelle mich Euer Exzellenz für einen derartigen Kleinkrieg gegen Ober-Ost bedingungslos zur Verfügung. Wir werden damit«, setzte er in einer Ironie fort, die aus leidendem Herzen kam, »wir werden damit ein erhabenes Beispiel geben und den Gesetzemachern unter den Heerführern aller Nationen den Todesstoß versetzen – wofern wir durchdringen.«
»Um Gottes willen«, sagte von Lychow wieder, »ich und erhabenes Beispiel, ich und Todesstoß versetzen! Ich bin ein preußischer General und tue, was meine Pflicht ist. Nicht blindlings, denn wir Junker haben Augen im Kopfe und sehen den Dingen auf die Leber, aber wat sien möt, möt sien. Der Mann mag bedauernswert in seiner Falle sitzen. Wir haben die größeren Dinge zu bedenken: Manneszucht, Preußen, Reich. Was kommt es da auf einen Rußki mehr oder weniger an?« Und man hörte in der Stille der werdenden Dämmerung die Federzüge kratzen, mit denen der oberste Gerichtsherr der Division den Fall Bjuschew seiner natürlichen Erledigung zuführte.
Dr. Posnanski saß aufrecht in seinem Stuhle. Dem jungen Winfried, der mit dem Rücken am Fensterkreuz lehnte, schien sein Gesicht ermüdet und verfallen auszusehen. Auch gähnte er einmal gänzlich undienstlich, wiewohl hinter der Hand. Herrn Tamshinskys Standuhr, schwelgerisch sich aussingend, in Alabaster Amor und Psyche, schlug sechs. Ein unbezwingliches Bedürfnis nach Schlaf veranlaßte den Anwalt, aufzustehen. Winfried beschloß, ihm zu Hilfe zu kommen, indes er das unterschriebene Urteil in jene Mappe legte, die von der Registratur, Feldwebel Pont, auf dem dienstlichen Wege weitergeleitet wurde. Halblaut erinnerte er den Chef: »Exzellenz haben angekündigt, vor dem Abendessen noch die Preistafel der Mannschaftskantine zu untersuchen. Tabak, Zigarren, Konserven vor allem.«
»Ach ja«, sagte von Lychow. »Wie gut, daß ein alter Krauter sein Gedächtnis ausruhn lassen darf. Der Großkönig von Persien hatte

es nicht besser.« Und er verabschiedete sich vom Kriegsgerichtsrat, indem er ihm die Hand schüttelte. »Komisch, Paul, diese Rechtsindianer«, sagte er dann, indem er sich auf dem Diwan ausstreckte, um bis zum nächsten Dienst im Dämmern ein wenig zu ruhen. »Dieser Posnanski. Dabei bin ich überzeugt, er liest das ›Berliner Tageblatt‹ und wählt so links wie möglich. Aber wenn's die Sache will, hat er unerbittliche Nägel an den Fingern. Überhaupt diese jüdischen Rechtsanwälte. Ich möchte schwören, sie lieben das Recht um seiner selbst willen, so wie wir unsere Güter und Felder. Natürlich nicht alle, die guten Fälle. Aber Posnanski« – und er gähnte – »bestimmt. Häßlich ist er man ja, schön kann ihn keiner nennen. Aber er hat's in sich. Sollte sich wenden lassen.« – Und mit diesem Kalauer, leise kichernd, entschlummerte der alte Mann friedlich, sein weißes Haar und die rötlichen Backen in die weichen Falten eines schwarzseidenen Kissens kuschelnd, auf dem weiß und rot der Polenadler gestickte Schwingen schirmend spannte. Oberleutnant Winfried, dessen Mutter einen Bürgerlichen geheiratet hatte, breitete über den Onkel eine weiche braune Kamelhaardecke.

Viertes Kapitel: Rückverwandlung

Im quadratischen Hofe des Untersuchungsgefängnisses der Ortskommandantur Merwinsk stehen drei lange graue Züge Soldaten mit Gewehren: die Landwehrkompanie, die hier als Militärpolizei Dienst tut, bereit zum Gewehrappell. Feldwebel Spierauge, kurz und breit, geht, bis Herr Rittmeister von Brettschneider erscheint, der Genauigkeit wegen noch einmal die Reihen ab, um Richtung und Anzug mit einem letzten Blick zu begutachten. Im Grunde, weiß er, ist es überflüssig. Die Kompanie hat's gut in Merwinsk und will hier bleiben. Sie stellt den Überrest eines Landwehrregiments dar – zweihundertundzehn Mann als Bodensatz von etwa zweitausendvierhundert, die vor einigen Monaten dem großen Stoße des Generals Nivelle, einer Art Ausfall aus dem Douaumont-Abschnitt, als Damm in den Weg geraten sind. Jene drei Tage vom zwölften bis zum vierzehnten Dezember neunzehnhundertsechzehn werden die Landser nicht vergessen, solange zweie von ihnen beisammen sind. Mitten im Nebel brechen die Senegalesen und Alpenjäger aus ihren Stellungen. Gut ein Drittel aller Verlorenen sind Tote, ein zweites Drittel füllt drüben die Gefangenenlager; hier paradiert der Rest des Rests.

Auf dem weiten leeren Hofe, von einer Mauer und von Stacheldraht umgeben, picken Hühner. Das ehemalige Polizeigefängnis Merwinsk, rote Ziegel barbarisch hingemauert, ward durch Anbauten aus Holz reichlich erweitert. Es beherbergt die Angeklagten einer ganzen Division, deutsche Soldaten, die schwer geklaut haben, hartnäckig über den Urlaub wegblieben, von ihrer Truppe zu »türmen« versuchten, einem Feldwebel oder Leutnant »dumm kamen«, sich des Fraßes halber gemeinsam beschwerten (»Zusammenrottung!«), sich im Suff schwer prügelten oder gar versuchten, sich die gesunden Glieder zu verstümmeln – zur Meldung gebracht und damit dem Kriegsrecht überliefert, das aus dem achtzehnten Jahrhundert stammt. Macht der Angeklagte einen guten Eindruck – steht er militärisch stramm und sauber da, geweckt, aber nicht zu intelligent, so bleibt seine Strafe weit hinter dem zurück, was die Paragraphen ihm aufbrummen würden. Denn jeder der Richtenden gibt zu, wie veraltet die sind und wie unpassend. Außerdem: Frontsoldaten kann man kaum mehr bestrafen. Sie leben, halb Freiluft, halb Kellerhaft, in einer Art lebensgefährlichen Zuchthauses, und jedermann weiß das. Für Etappensoldaten gibt es als schärfste Strafe die Verschickung zur Front, welche aber weder als Strafe anerkannt noch in einem Gesetzbuch verzeichnet ist.
Darum ist die Behandlung in manchem Untersuchungsgefängnis, z. B. in dem von Merwinsk, durchaus erträglich. Die Kameradschaft zwischen Häftlingen und Wärtern beruht auf der gleichen Uniform, dem gleichen Schicksal, der gleichen Sehnsucht nach Frieden. Sie schließt auch die russischen Militärgefangenen ein, sofern sie sich nicht durch Unsauberkeit oder verdrossenes Wesen unbeliebt machen.
Da ist dieser Sergeant Bjuschew, ein mächtig leidlicher Kerl. Proper, lustig und so ahnungslos wie ein Fisch, der in die Reuse geht. Unter den Landsern, die draußen, wie auf drei lange Bretter gestellt, sich spöttisch anflüstern, gibt es eine Anzahl, die etwas für ihn übrig hat und die weiß, daß dieser Mann allerhöchstens noch drei Tage zu leben hat. Sie kennen die Verordnung der obersten Befehlsbehörde, sie wissen, daß der Überläufer Bjuschew als überführter Spion behandelt werden wird, aber sie sagen es ihm nicht. Wozu denn, er erfährt's zeitig genug, oder, um es in der Soldatensprache zu sagen: er kommt noch früh genug zu spät. Die Männer stehen: rührt euch, mit gelockerten Gliedern nämlich, aber schon so, daß auf das Kommando »Achtung, die Augen links!« eine schnurgerade Wand schwer vertragener Waffenröcke in allen Nuancen von Grau sich hinbaut: bräunlichfahl, gelbgrau bis zum Graugrün der Jäger, dar-

über braungelb die Gesichter, grau Stahl die Helme, und drunter braungrau die lichtecht gewordenen Manchesterhosen. Am Arm trägt jeder von ihnen die weiße Binde mit den Buchstaben M. P. (Militärpolizei) und einem Adlerstempel der Ortskommandantur, unter deren Befehlsgewalt die Truppe dient, Polizeimacht und ausführendes Organ der örtlichen Behörde.
Die Befehlsverhältnisse in einer Stadt wie Merwinsk sind einigermaßen schwierig zu verstehn. Über der Bürgerbevölkerung, deren Vorhandensein ein notwendiges Übel darstellt, lagert ebenso unvermeidlich die Ortsverwaltung – Ortskommandantur – mit ihrem Stabe und ihren Streitkräften. In allen Polizeisachen herrscht sie frei und untersteht als höherer Stelle unmittelbar der Etappeninspektion, in deren Bereich die Stadt Merwinsk gelegen ist. Halten sich nun am gleichen Orte, hier in Merwinsk also, Stäbe von Kampftruppen auf, so gelten in allen militärischen Angelegenheiten die Befehlshaber der Fronttruppen selbstverständlich als höchste Instanz, aber nur in diesen. Auch die Gerichtsbarkeit, sofern sie über Polizeistrafen hinausgeht, liegt in den Händen der Brigade oder Division, deren oberster Machthaber sich hier eingenistet hat – im augenblicklichen Fall: Exzellenz von Lychow. Aber in Orts- und Landesfragen, in allem kurz, was jenseits seiner Truppenteile vorfällt, brauchen der Ortskommandant und seine Untergebenen von ihm oder seinen Herren Befehle nicht entgegenzunehmen. Anläßlich solcher kann er höchstens Wünsche aussprechen, die dann nach Möglichkeit befolgt werden. Damit spielt zwischen der wechselnden Fronttruppe und der bleibenden Besatzung ein Hin und Her von Reibungen, Widerständen und gegenseitigen Abneigungen, das außerordentlich zur Belebung des Dienstes beiträgt. Ein Angehöriger des Stabes von Lychow zum Beispiel, der ohne gültigen Nachtausweis von einer Streife der M. P. gegriffen wird, muß auf Verlangen (»nach Meldung«) der Ortskommandantur von seinen Vorgesetzten bestraft werden. Umgekehrt läßt sich wiederum kein Offizier eines der Stäbe oder gar Kampfkompanien der Gelegenheit berauben, die Garnisonshengste bei Übertretungen, die das Leben des Soldaten erst angenehm und aufregend gestalten, zu erwischen und anzuzeigen. So steht Rittmeister von Brettschneider bei Exzellenz in unverschuldet schlechtem Ansehn. Er hat sich schon zweimal in vollem Dienstanzuge bei ihm melden müssen, um unangenehme Liebenswürdigkeiten über die Zucht seiner Untergebenen anzuhören. Zum Ausgleich kann er sich gegebenenfalls mittels seiner vorgesetzten Behörde, der Etappeninspektion, unmittelbar an den Generalquartiermeister beim Oberbefehlshaber, einen Generalmajor

Schieffenzahn, wenden, der dann gelegentlich auch einem rangälteren Divisionär recht unverblümt an den Wagen fährt. Denn so sonderbar überschneiden sich Kampftruppe und besetzende Heeresmacht. Und wenn man einen Augenblick in Betracht zieht, daß Kampftruppen beständig vom Osten nach dem Westen, vom italienischen Kriegsschauplatz nach Gallipoli oder Palästina geworfen werden, sieht man ein, daß das Bleibende trotz seiner Bescheidenheit nicht zu kurz kommt. Denn das Bleibende ist schließlich das Wichtigere; wenigstens dort, wo es bleibt.

Dies hat es mit den Armbinden und dem gestempelten M. P. auf sich. Deshalb kann Rittmeister von Brettschneider trotz der Anwesenheit von Generalen, Generalärzten, Artilleriekommandanten und ähnlichen hohen Würden sich ein gewisses streng ausgeprägtes Gefühl von machtvoller Unabhängigkeit und eine unumschränkte Selbständigkeit im inneren Dienste seiner Truppe leisten. Und so hält er jetzt unbekümmert um irgendwelche anderen Kräfte im Weltall den Gewehrappell seiner Landser ab und läßt sie zunächst einmal warten, indes er noch einige Anordnungen persönlich trifft. Und darum werden heute die Straßen und Märkte von Merwinsk schwächer bewacht, begleiten weniger M. P.-Soldaten die Desinfektoren in verseuchte Häuser, ist die Straßenprüfung von Pässen sehr lückenhaft, warten die Bauern ohne Aufsicht Schlange vor der Branntweinbrennerei der Monopolverwaltung.

Der Maimorgen stellt eine wundervolle Kulisse um die militärische Feierlichkeit. Taktvollerweise fiel der unumgängliche Regen in der Nacht. Der weite Hof des Gefängnisses, an dessen drei Umfassungsmauern sich lange Baracken – Mannschaftsräume – lehnen, weist einen sorgfältig mit Schlacke bestreuten trockenen Exerziergrund auf. Die großen Kastanien, welche ihn in der Mitte teilen, strecken ihre lichten klebrigen Blättchen wie kleine Frühlingsflaggen fingerförmig in einen herrlich blauen Himmel. Da die Ausgänge aus dem Gefängnis – dem Kasernenhofe – von Doppelposten gesichert sind und andere Posten die scherbengespickte Mauer außen beständig abgehen, mußten sich heute auch die Mannschaften der im Gefängnis gerade diensttuenden Korporalschaft zum Appell einfinden. Auch die meisten Schreiber und Ordonnanzen der Gefängnisschreibstube dürfen wieder einmal in hohen Stiefeln und mit ihrer Knarre antanzen. Es kann ihnen nichts schaden, die stubenblassen Backen so oft wie möglich ins Mailüftchen zu halten.

Daher liegt der Wachtraum, um den fächerförmig die Gefangenenzellen gelagert sind, völlig leer bis auf einen Mann. In doppelter Reihe übereinander, wie Käfige beinahe, stehen die Schlafstätten der Landwehrmänner ihrerseits eine Art Parade. Der Holzwollsack und die Decken darüber zeigen in der militärischen Straffheit der Falten und weggestopften Zipfel die gute Erziehung zu preußischer Ordnung und Sauberkeit. Am rechten Pfeiler jedes Käfigs hängt blank und untadelig das Kochgeschirr dessen, der entweder zu ebener Erde oder in dem Lager darüber sein Reich hat. Die Rucksäcke am Kopfende schweben auf gleicher Höhe, jedes Mannes Habseligkeiten, in einer Kiste oder in einer Schachtel verpackt, zieren das Fußende links. Auf den Tischen steht nichts. Nichts liegt auf den Bänken. Da es viel Holz gibt und eine gewisse Wärme die Kameradschaft fördert, brennt in einem der beiden eisernen Öfen ein leichtes Feuer. In diesem Raume, der im Augenblick zwanzig Mann regelmäßig Platz für Bewegung und Hintergrund für ihr ganzes Leben bieten muß, in dieser Kegelbahn, deren Fenster offenstehn, bewegt sich der gefangene Sergeant Ilja Pawlowitsch Bjuschew.

Grischa sieht etwas blaß aus, da er ja schon wieder fast vierzehn Tage in einer Zelle schläft, einer Zelle, in der sich auf die Dauer ein erwachsener Mensch wie in einem Koffer vorkommt, deren kleines Fenster, allzuhoch oben in der Wand angebracht, ihm Aussicht nicht verstattet und deren einziges Möbelstück, hölzerne Pritsche mit Holzwollsack und Decke, am Tage zum Liegen nicht benutzt werden darf. Den größten Teil seiner Habseligkeiten hat er bei der Einlieferung durch die Streifwache in der Schreibstube abgeben müssen. Wer ihn im Walde gesehn, würde ihn nur schwer erkennen. Haar und Bart fielen dem Gefängnisbarbier anheim. Da sein russischer Waffenrock nicht zu Unrecht als verlaust galt (und da man russische Uniformstücke für die eigenen Spione jederzeit brauchen kann), händigte man ihm als Ersatz für jene Kleider, die Babka aus der Hinterlassenschaft des echten Bjuschew ihm der Glaubwürdigkeit wegen geschenkt hat, nach erfolgter Entlausung deutsche Bekleidungsstücke aus – natürlich solche, die man eigenen Mannschaften, selbst Schippern, nicht mehr zu bieten wagen darf. Sein Waffenrock mit den schwarzen Spiegeln der Artillerie sieht vorn untadelig aus, hinten leider zeigt ein großer dunkelgrauer Fleck im grünlichen Tuch die Stelle an, wo seinem früheren Träger, dem Kanonier Lewin, ein zwei Zoll langer Granatsplitter die linke Schulter bis zum Herzen zerfetzte. Und seine Hose, durchaus sauber, entstammt einem dicklichen und kurzbeinigen Trainfahrer, der das Unglück hatte, von einem platzenden Schrapnell in die Oberschenkel und Knie – denn er saß auf seinem Bock – neun Bleikugeln zu empfangen, einem amerikanischen Schrapnell, das, wie die Ärzte mit Verachtung betonen, kraft flüchtiger Herstellung seinen Bleiguß ohne Streuung auf eine viel zu kleine Fläche ausschüttete. Jedes der neun Löcher, aus denen der arme Fahrer verblutete, ward sorgfältig gestopft; aber da man dazu fast weißes Garn, ungefärbt und ungebleicht, verwenden mußte – denn es mangelt ja schon am Nötigsten –, gilt trotz tadellosen Stoffs die Hose nicht mehr als hoffähig. Daß sie dem hochgewachsenen Grischa nur bis zur Mitte der Unterschenkel reicht, tut nichts, weil er sie in den Schäften seiner Stiefel trägt. Die Arme hängen ihm mit den Knöcheln aus dem Waffenrock, aber da er ja nicht zum Müßiggang geschaffen wurde, ist dies vielleicht ein Vorteil. So sitzt er nun, etwas blasser, geschoren und verjüngt, guten Mutes auf der Querbank und reinigt ein Gewehr. Der Landwehrgefreite Hermann Sacht hat ihm ein halbes Brot versprochen, wenn er ihm die Knarre tadellos putze und so das Dienstversäumnis wieder wettmache, das der gute Sacht infolge lebhaften Skatspielens beging und nur dadurch verdeckt, daß er beim Gewehrappell die Waffe seines Kameraden Otto Hintermühl, der augenblicklich mit Halsentzündung im Lazarett liegt, keck als die seine ausgibt. Aber da das menschliche Leben leider auch beim Militär seine Unvollkommenheit beibehält, findet an dieser Ungehörigkeit auch der korporalschaftsführende Unteroffizier, Portier Laue, nichts auszusetzen.

Grischa gibt sich seiner Arbeit mit Begeisterung hin. Er liebt die Waffe. Seit seiner Einlieferung wieder ganz in soldatischen Gedankengängen, putzt er das Schloß wie einst sein eigenes russisches Gewehr. Er hat die Hemmung gelöst, die Ladekammer geöffnet, die beweglichen Schloßteile herausgenommen, ihren schlauen Bau bewundert, sie geringschätzend mit seinem eigenen Infanteriegewehr verglichen, das soviel mehr Patronen in der Kammer beherbergen konnte, alles Metall mit einem Lappen blank gerieben und gut geölt und fährt nun mit dem Gewehrstrick durch den Lauf, in dem vom letzten Übungsschießen her noch Pulverschlamm sitzen könnte. Da zu dieser Arbeit eigentlich zwei Kameraden gehören, hat er die Flinte schräg an einen Bettpfosten gebunden und zieht mit Wucht den Wischstrick durch die stählerne Röhre mit ihren schraubenförmigen Zügen. Es geht ihm gut. Die Deutschen haben alle seine Aussagen geglaubt und aufgeschrieben. Hier sitzt er als Überläufer, als Ilja Pawlowitsch Bjuschew, siebenundsechzigstes Regiment, Heimat Antokol, und wartet auf das Ergebnis der Gerichtsverhandlung, das ihm die Freiheit wiedergeben wird. Babka hat ihm unermeßlich Gutes getan. Ein Mann, der bei einer Frau geschlafen hat, trägt ein festes Herz in der Brust und kann schwindeln, daß sich die Balken zu Schraubenziehern drehen, mit ehrlichstem Gemüt und einem treuen Blick aus den Augen. Diese Vernehmungen! Wie sie ihm immer nicht zutrauen wollten, daß er sich schon so lange hinter der Front umhergetrieben. Wie sie ihn beinahe baten, doch nur nicht schon vor drei Wochen durch die Lappen gegangen zu sein – natürlich durch die Drahtverhaue, an einer Stelle der Front, die er den Kameraden zuliebe nicht verraten darf. Er kichert in sich hinein: die Eitelkeit dieser Polizeimänner war doch überall auf der Welt so gleich wie die Kämme der Hähne, und plötzlich lacht er vor Wonne baldiger Freiheit aus Herzensgrund. Vielleicht brummen sie ihm irgendeine Strafe auf; denn so ist die Welt: hat man erst einmal vor Gericht gestanden, so kriegt man eine Strafe aufgepelzt, und wäre man so unschuldig wie eine heilige Kupferspitze auf einer vergoldeten Kirchenkuppel. Aber diese vierzehn Tage, die er hier gesessen hat, müssen sie ihm anrechnen. Und was dann kommen kann, schiert ihn heute nicht. Auf seinem Hermarsch durch die Stadt, ohnmächtig fast vor Wut und Verzweiflung, als sie ihn damals im Schlaf faßten, in jenem Holzhause draußen in der Datschenvorstadt, kam er wohl an der Kathedrale vorbei, und wohl sah er das Schild von Fedjas Vater. Damals besaß er nicht Seelenkräfte genug, um zu bitten, man möge ihn dort eintreten lassen, Zigaretten zu kaufen. Und jetzt durfte er ja seit vierzehn Tagen aus dem Kasernenhofe nicht mehr weichen. Aber – man wird schon sehen. Man sieht es bald. Alles geht tadellos, und solche Flinte – ein prachtvolles Ding. Fertig ist sie. Nun legt er sie mit den Stahlteilen auf eine Zeitung, wäscht sich die Hände in dem großen Waschbecken für die Gefangenen, dann fällt ihm ein, er habe heute ja noch nicht das Gesicht gewaschen, und taucht sich vergnügt in die Waschschüssel. Seine Backen sind schon wieder recht stopplig. Wenn er dem Kompaniebarbier die Schuhe putzt, wird er ihn dafür umsonst rasieren. Anders als im fremden Walde lebt es sich hier ... Wiederum zu Diensten sein muß er den Deutschen ... Aber hier haust er mit richtigen Soldaten. Nicht so wackligen Männern wie die Wachtkompanie im Holzlager, das so weit hinten liegt, so unwirklich fast wie Aljoscha, der gute Freund, die Zange und der Waggon, in dem er vier Tage gereist. Sie haben vieles hinter sich und können erzählen, und wenn er auch nicht alles versteht, so sprechen sie doch langsam und in zerbrochenen Sätzen. Sie haben von den Franzosen auszustehn gehabt, und die Engländer haben vorher in ihre Gräben mit schweren Schiffsgeschützen gepfeffert. Da er sich

ein halbes Brot verdient, kann er den Rest des seinen mit Marmelade verfrühstücken, in der viel Rüben verkocht sind und die ihm die Landser hinstellten. Sie sind freundlich zu ihm, richtige Kameraden, besonders seit vorgestern, der Hauptverhandlung. Dann beginnt er, um sich nützlich zu machen, den Mannschaftsraum noch einmal zu kehren, und endlich fällt ihm ein, das Gewehr zusammenzusetzen. Mit prachtvollem Knacken schnappt das Magazin zusammen, einen Überschuß von Öl entfernt der Putzlappen, alle Schrauben sind wieder am Platz, mehrmals hintereinander reißt er mit dem Stecher den Schlagbolzen in den Lauf. Auf, zu, auf, zu arbeitet das zuverlässige Werkzeug des Krieges, und da er es nun einmal so verführerisch in den Händen hat, vertauscht er es mit einem der Übungsbajonette, die mit anderen, die Spitze mit Knopf und Pfropfen gesichert, an der Wand in einem Ständer stehn, und beginnt wie ein spielender Junge krachend vor Eifer Ausfall nach Ausfall das russische Bajonettreglement durchzuüben. Aus den Ritzen der eben gefegten Dielen steigt der Staub, wenn der Stiefel vorwärtsgesetzt auf die Bohlen donnert.
In diesem Augenblick nähert sich ein Trappeln und Brausen, und durch die aufgerissene Tür, ihre Gewehre in der Hand, strömt die zuerst besichtigte Wachtkorporalschaft in ihre Stube. Erlöst von dem gefährlichen Appell, erfassen sie mit einem Blicke den Vorgang, und Paul Schmiedeke, einer ihrer Jüngsten, reißt: »Rußki, komm an, Bajonett attack!« ebenfalls ein Übungsbajonett aus seinem Ruheposten und fällt aus. Lachend und mit Hallo und »Ran! Gib's ihm, Rußki« drängen sich die Mannschaften an ihre Betten, um möglichst freien Raum zu lassen, oder hinter die Tische, und in einer Arena, groß genug, gehen die beiden Kämpfer aufeinander los. Stampfend und jauchzend, mit Stoß und Parade fahren die beiden Bajonette abgestumpft und wohlumwickelt gegeneinander. Die volle Wucht eines Mannes wirft sich hinter die Spitze und wird aufgefangen von der vollen Wucht eines Mannes, und der Ansturm Grischas zwingt den Deutschen, geschickt zu weichen, um überraschend wieder vorzubrechen. Aber der russische Sergeant mit sprühenden Augen, besessen vom Angriffsgeiste, der Hunderttausende seiner Brüder in Galizien, den Karpaten, Polen und bis nach Riga hinauf in die Erde gestreckt hat, tobt sich aus. Der Deutsche, schmäler, hat ihn schon zweimal leicht gestreift und dafür einen Schulterstoß einstecken müssen. »Ran! Ran!« schreien sie. »Hurra!« brüllt es auf beiden Seiten. Es fehlt nicht viel, daß im Getobe der Begeisterung Wetten abgeschlossen werden. In Grischas Armen wird die gewehrähnlich geschnitzte Stange zu einer Art

langen Dolches. Schritt für Schritt treibt er den angegriffenen Deutschen rückwärts gegen die Zellen zu, die im Hintergrunde des Wachtraums fächerförmig münden. »Gib ihm Saures!« rufen die Landser, die sich ihrer Koppel entledigt haben. »Feste, Paule! Rußki, auf ihn! Mach's ihm! Bravo!« Und die helle Stimme des Landsers Hermann Sacht, der aus Begeisterung seiner blanken Flinte wegen sofort Partei für Grischa genommen hat, kräht hell über das Getobe: »Rußki siegt!« Und plötzlich, ins lärmende Gelächter hinein, wirft sich wie ein schneidendes Messer eine Kommandostimme: »Achtung!«

Ein einziges trappelndes Poltern; alle Männer, von Gang und Tisch gesprungen, stehen, starr die Augen zur Tür. Grischa und sein Gegner kaum atmend, das Gewehr bei Fuß, wie in der Regimentsreihe vor »Gewehr über«. In der Tür hält umgeschnallt, die Mütze auf dem Kopfe, der diensttuende Feldwebel der Schreibstube und hinter ihm im Helm mit Handschuhen, blank von den Stiefeln bis zum Kragen, ein Oberleutnant, Adjutant des Generals von Lychow, und der Kriegsgerichtsrat, den von seinen Verhandlungen Grischa gut kennt, eine Mappe unterm Arm und vom Dolmetscher begleitet. Der wachthabende Unteroffizier meldet – es ist unklar, ob seinem Feldwebel oder dem Adjutanten und Vertreter der höchsten Militärbehörde am Ort –: »Ein Unteroffizier, neunzehn Mann auf Wache, ein Untersuchungsgefangener.« Der Feldwebel nimmt die Meldung entgegen, zu gleicher Zeit legt Oberleutnant Winfried die Hand an den Helm. »Danke«, sagt er. »Rührt euch!« Und erst mit diesem Worte fällt von den Gebannten der Zauber. Grischa ragt noch immer das Gewehr bei Fuß, er allein in strammer Haltung noch, und sein Gesicht, rot von Sieg und Gefecht, erblaßt, denn er sieht, sieht es an allen Gesichtern, daß jetzt sein Augenblick anbricht. Und trotz aller Anstrengung vermag er nicht zu verhindern, daß seine Knie in der breiten Hose schlottern. Zugleich bemerkt er, und es tröstet ihn, daß sie zu weit ist, um diese verfluchte Zitterei seiner Muskeln zu verraten. Der Oberleutnant sieht einen Augenblick auf ihn, dann sagt er: »Stellt die Flinten weg. Als Sportplatz bißchen eng, denke ich. Wachthabender, den Überläufer Bjuschew vorführen.«

Der Kriegsgerichtsrat Dr. Posnanski sieht weiß aus wie der Bogen dienstlichen Papiers, der in seiner Mappe hin und her schwankt. Dann gibt er dem Oberleutnant einen leisen Wink. Winfried versteht: »Sie sind der Bjuschew?«

Grischa, aufgeregt, mit einem Atem, den er sich erst der Brust entpressen muß: »Mein Gott«, sagt er russisch und meldet russisch:

»Ilja Pawlowitsch Bjuschew, Sergeant, siebenundsechzigstes Schützenregiment, fünfte Kompanie, zur Stelle.«
Oberleutnant Winfried legt die Hand an den Helm. »Danke«, sagt er, obwohl in keiner Dienstordnung der Welt diese Höflichkeit verzeichnet steht. Dann tritt er einen Schritt zurück, so daß Kriegsgerichtsrat Dr. Posnanski im leeren Raum dem Bjuschew gegenüber verbleibt. Eisige Kälte perlt um seine Stirn. Und der Mann sieht so sympathisch aus, fühlt Winfried in diesem Augenblick. Dann räuspert sich der Kriegsgerichtsrat und schickt sich an, zu verlesen, was Absatz für Absatz der Dolmetsch ins Russische übertragen soll. Vorher aber kommandiert Oberleutnant Winfried wie vor einer Meldung seinem höchsten Herrn gegenüber: »Kompanie stillgestanden!«
Sämtliche Muskeln und sämtliche Gedanken der anwesenden dreiundzwanzig Deutschen richten sich in die Ewigkeit, die zwischen dem Kriegsgerichtsrat und Grischa, dem Bjuschew, sich jetzt spannt.
Und mit einer Zivilstimme, der er vergeblich Gleichmut oder Festigkeit zu geben sich bemüht, kurz, von Atemnot behackt, liest der Kriegsgerichtsrat:

»Im Namen Seiner Majestät des Kaisers: Auf Grund der Verordnung E. V. Nr. 14/211 wird der Überläufer Ilja Pawlowitsch Bjuschew, nach eigenem Geständnis der Spionage überführt, am dritten Mai 1917 zum Tode verurteilt. Gegen dieses Urteil, das mit der Verkündung rechtskräftig wird, steht dem Verurteilten Berufung nicht zu. Die Vollziehung regelt ein Befehl der Ortskommandantur, der der Verurteilte hiermit übergeben wird.
Merwinsk, am vierten Mai 1917.
von Lychow, General der Infanterie.
Für das Kriegsgericht der Division: folgen Unterschriften.«

Als er diesen Kloß von Worten ausgespien hatte, fühlte sich der Kriegsgerichtsrat Dr. Posnanski wie ausgeleert und bereit, in sich zusammenzufallen, bildlich gesprochen wenigstens. Vielleicht schüttelte ihn auch eine leichte Erkältung in seinen Gliedern. Zum Glück achtete niemand auf ihn. Aus dem Munde des Dolmetschs rannen die russischen Sätze verwandelt, aber allen dem Inhalte nach bekannt, wie gleichgültig geschleuderte Geschosse, die dennoch zu Tode treffen. Denn der Dolmetsch, Lette und einst Gerichtsschreiber in Mitau, Kurland, tut den ganzen Tag nichts anderes als eben jetzt.

Aus Grischas Augen schwindet das Licht des Verstandes.
»Wie denn?« fragt er leise. Er übersetzt langsam die Worte, die an sein Ohr geschlagen haben, in sein Begreifen. Dieser Mann Bjuschew, ein Überläufer, ein Kauderwelsch mit Zahlen und Buchstaben, danach zum Tode verurteilt? Wie denn? Wollen sie ihn erschießen? Das kann nicht sein. Aber der Oberleutnant beendet die Szene. »Rührt euch!« ruft er. »Wachthabender, letzte Wünsche des Verurteilten nach Möglichkeit erfüllen, Ihrer Kanzlei melden. Sie wissen ja, Feldwebel.«
Der Feldwebel ist vollkommen im Bilde. Und dann geschieht das Sonderbare, daß sich der Adjutant, Oberleutnant Winfried, ein Mensch aus der erhabenen Schicht der Höchsten, die Beschlüsse fassen und Todesurteile unterzeichnen, unmittelbar an diesen Mann wendet, der noch immer, freilich ohne Flinte jetzt, in voller Breite regungslos mitten im leeren Äther sich aufgepflanzt hält. In seinen Hosen sind ja lauter Stopfer, denkt der Kriegsgerichtsrat entsetzt. Und dann sagt Winfried – und der Dolmetsch mit seiner schlaffen, gleichgültigen Stimme übersetzt –: »Bjuschew«, sagt er, »Sie sind Soldat, die Zähne zusammen, Mann, jedem von uns ist die Kugel gegossen. Denken Sie an Trommelfeuer und Sturm, und halten Sie die Nase steif. Wachthabender, abführen.« Und damit legt er wieder die Hand an den Helm, macht kehrt und drängt zur Tür. Aber er flüchtete nicht schnell genug. Der Angeredete, ohne sich von Ermahnungen aufhalten zu lassen, ruft plötzlich: »Wie denn, wie denn?«, brüllt es russisch, bricht in die Knie und schreit noch einmal schon halb heulend: »Wie denn?«
Kriegsgerichtsräte, die sich unmilitärisch die Hände auf die Ohren pressen, wirken nicht gerade erhebend. Oberleutnant Winfried und der Feldwebel decken den Abgang. Die Tür fällt zu.
»Das lassen sie uns«, sagt der wachthabende Unteroffizier voller Wut gegen die Herren. »Auf, Mensch! Auf!« ruft er dem Verurteilten zu. »Paul, faß an! Schnell, Rußki! Hoppla!« Und sie richten ihn auf. Der Sergeant Bjuschew sieht aschgrau im Gesicht aus. Speichel fließt ihm aus dem Munde, und ein unangenehmes Zittern schüttelt seinen ganzen Körper. Die Landser, vom Urteil durchaus nicht überrascht, helfen ihn schleppen. »Christus«, ächzt er, »Christus!« Und einer murmelt dem andern zu: »Da kann einem ja das Blut wohl stocken.« Aber schon wird der Kamerad Rußki in seine Zelle gedrängt und eingeschlossen. »Teufel!« brüllt er und hämmert an die Tür: »Teufel, deutsche Teufel! Hören sie nicht?«
Eine schwer lastende Luft von Verlegenheit liegt über dem Wachtgelaß – nicht die einzelner Menschen, sondern die einer runden

Gruppe gleichartigen Seins, die sich verantwortlich und gelähmt in einem fühlt ob eines unabänderlichen, sinnlosen und nichtswürdigen Tuns. Und Hermann Sacht, der Landser, sagt in die allgemeine Lahmheit mit unnatürlicher Entschlossenheit: »Ich erschieß ihn nicht. Ich melde mir krank. Wie denn, wie denn?« – Dann schüttelt er noch einmal seinen kurzgeschnittenen blonden Schädel und bekräftigt sich selbst: »Ich melde mir krank.« – »Das lassen sie uns«, murrt der Unteroffizier wieder. »Trommelfeuer und Sturm – ja, Scheißdreck, Herr Oberleutnant! Daß der nicht zurückkommt, das hat der doch schwarz auf weiß. Mit so 'ner Versicherung auf Hinwerden kriegen sie ja keinen durchs Sperrfeuer.« Und während noch allgemeine Zustimmung wortlos im Raume schwingt, stößt plötzlich ein Soldat den andern mit dem Ellbogen in die Seite: »Hörst du, oder hab ich Dreck im Kopfe? Der lacht ja?« Ganz unverkennbar tönt von der Richtung von Grischas Zelle her leises Lachen. »Mensch, der lacht!« Damit springt der Landser Hermann Sacht aus seiner Bank und läuft zur Tür. »Das hör sich ein anderer an, der lacht ja!« Ein ungeheures Gelächter bricht, durchs Holz gedämpft, aus der Zelle des zum Tode Verurteilten. »Der ist verrückt, den hat's gepackt«, sagen sich die Leute, indem sie bewegungslos das Unwahrscheinliche und Grausige des Vorgangs in ihrem Gebein spüren, und dann donnert es wieder gegen die Zellentür. »Kamerad«, ruft der Eingesperrte, »Kamerad!« Vielleicht ist er doch nicht ganz verrückt, denkt der Gefreite und schleicht in den dunklen Gang. »Rußki, still! Lach nicht mehr! Ich verbiet es dir dienstlich! Brauchst du sonst was? Papiros?« Und durch die hölzerne Tür, den Mund, das hört man, dicht an den Spalten und Fugen, ruft Grischa: »Ruf den Leutnant! Bring den Leutnant! Um deiner Seligkeit willen den Leutnant zurück!« Der Wachthabende springt selbst zur Tür, besinnt sich dann, gibt den Befehl weiter, ein Landwehrmann trabt ab, was die Beine nur hergeben wollen.
Denn in der Zelle, auf der Pritsche, in Schweiß gewaschen, grau, sitzt Grischa, die Hände auf den Knien, und weiß nur eins: daß er den Bjuschew loswerden muß, den Bjuschew, der zum Tode bestimmt zu sein scheint, den sie ja jetzt wieder einmal erschießen wollen und der er gar nicht ist. Sofort den Bjuschew loswerden! Und als Grischa Iljitsch Paprotkin, ausgebrochener Gefangener Nummer hundertdreiundsiebzig der Gefangenenkompanie zwei, Holzverarbeitungslager Nawarischkij, sein eigenes Selbst zurückerlangen; das duldet keine Sekunde Aufschub. Etwas will nicht, daß er in fremdem Kleide entwische. Etwas will, daß er für seine Schuld seine Strafe auf sich nehme. »Jeder seins«, heißt die Parole.

Er ist es ja gar nicht, den sie verurteilt haben! Sofort muß das Gericht dies wissen. Erschießen, ihn! Vor seinen Augen erscheint, schwarzes Gesicht mit schrägen Blicken, der Luchs, der auf ihn zukroch durch den Schnee, die Waldkatze, wie ein Teufel mit Pinseln auf den Ohren, weißen Zähnen, Krallen an den Läufen, das Hinterteil bucklig hoch, das Vieh, das vor seinem Lachen ausriß. Lachen verscheucht den Tod. Auch diesmal dieses verfluchte Vieh Bjuschew, dem er erlauben wollte, ihn zu fressen, er, Grischa Iljitsch, Sergeant! Nein, pascholl, weg mit dir! Und halb befreit, halb im Kampfe schlägt er die Hände zusammen wie damals und lacht. Er ist es ja gar nicht! Er ist ja gerettet! Ohaha, und nun mach Beine!
So kam das Lachen des Gefangenen Bjuschew zustande.

Fünftes Kapitel: Schön ist die Jugend

Schwester Bärbe ließ ihren weiten Schwesternmantel im Vorraum des kleinen Holzhauses, das Oberleutnant Winfried aus drei oder fünf Dutzend ähnlicher – ohne Türen und Fenster zumeist – am östlichen Rande der Stadt für sich gewählt und mit Hilfe von Handwerkern der Kommandantur in wenigen Tagen aufs behaglichste verzaubert hatte. Auf den Holzdielen des Zimmers, das sie jetzt betrat, lag ein Teppich, gute englische Marke, in freundlichen grünen und rosa Mustern. Eine grüne geblümte Tapete schuf Traulichkeit; Tisch, Diwan, Bücherbord und ein ausschweifender Sessel, gelblichgrüner Plüsch, Nußholz der achtziger Jahre, lud am Fenster ein, auf die knospenden und wehenden Birken hinauszusehen, an die unmittelbar Feld und Wiesen der Landschaft drängten. Nur die kleine elende Fahrstraße, die die Stadt umkreiste und nach vielen Richtungen ins Freie mündete, trennte das Haus von dem anbrandenden Frühling. Auf durchbrochener Tischdecke wartete Teezeug für zwei Personen. Der Bursche, Herr Posseck, in hochgeschlossener Litewka, brachte den Teekessel, schlug die Hacken aneinander und verschwand.
Ein Bursche ist ein Mensch von fünfundzwanzig Jahren oder auch von fünfunddreißig, der froh ist, als Dienstbote eines zweiundzwanzigjährigen Leutnants, der aber auch achtzehn oder neunzehn sein kann, untergeschlüpft zu sein – ihm die Stiefel zu putzen, die Kleider zu reinigen, aber allmählich auch in alle intimsten Dienstleistungen und Vertraulichkeiten seines Herrn hineinzuwachsen. Dies ist die Zeit, da für einsichtige Männer Sklaverei verlockender

und lebensrettender ist als ein Heldendasein in Lehm, Geschnauze, Donner und Tod.
Schwester Bärbe lugte in einem plumpen Mantillenkleide aus blau und weiß gestricheltem Stoffe aus dem Fenster. Er wird doch nicht etwa einregnen, dachte sie auf schwäbisch; und wer sie so sah, mußte sie für eine runde Dreißigjährige halten. Wunderlich nämlich, wie viel zu klein, saß der zierliche schwarzäugige Kopf mit dem kleinen Munde und den blitzenden Blicken auf einer Wirtinnengestalt. Sie trat leicht seufzend ins Schlafzimmer nebenan, wo ein greiser Spiegel über dem Waschtisch ihre ungefüge Tracht grünlich abbildete; fröhlich lachte sie sich zu, begrüßte ihr Spiegelbild als Stuttgarter Geschirrverkäuferin auf dem Topfmarkt neben dem Schloßplatz und schwäbelte mit ihm so hurtig wie eine Schwalbe. Mit ihrer Freundin Schwester Sophie versah sie selbständig und ohne viel Hilfe eine Typhusstation, auf der dreißig schwerkranke Bosniaken, viel zu spät eingeliefert, langsam hinstarben. Aus Kampfkompanien, die man zwischen preußische geschachtelt hatte, lagen diese dreißig braunen, dem Tode ausgelieferten Soldaten in einer Umgebung, die keine Silbe Bosnisch oder besser Serbisch verstand, stumm, ohne Worte, geduldig und wie kleine Kinder den beiden Schwestern anheimgegeben und den Ärzten, von denen ein Dr. Lachmann sich wenigstens auf polnisch mit ihnen, wenn auch nur notdürftig, verständigen konnte. Sie hatten es gut getroffen mit Schwester Sophie und Schwester Bärbe. Sie hätten ebensogut an Durchschnittspflegerinnen geraten können, die ihren Dienst taten – ohnehin ziemlich schweren Dienst – und nichts darüber. Sie aber betreuten zwei Frauen echten Karats, und nach sechs Tagen schwerer Arbeit, tags und nachts, war heut Schwester Bärbes freier Nachmittag.
Sie verbrachte ihn bei ihrem Freunde. Sie öffnete Herrn Oberleutnants Kleiderschrank und entnahm ihm – ein Augenblick, der einen streng dienstlichen Vorgesetzten zur steinernen Säule verzaubert hätte –, entnahm ihm am hellichten Tage ein reizendes hellrotes, mit bunten japanischen Stickereien verziertes Teekleid, rosenrot gefüttert in ziegelroter Seide, und zog sich um. Gleich stand in Hemd, Höschen und Seidenstrümpfen die zierlichst gewachsene Schwäbin aus gut bürgerlichem Hause vor dem Spiegel. Plötzlich, von der Haube befreit, haftete nichts Groteskes mehr an diesem blanken Vogelkopfe mit dem spitzen Kinn und dem herzförmig geschürzten Munde; in anmutigem Ebenmaß hielt er sich auf dem Hälschen und den schönen bräunlichen Schultern. Schwester Bärbe! Bärbe Osann, in ihrer zwanzigjährigen jungen Fraulichkeit,

die Tochter einer großen schwäbischen Familie von Konrektoren und Tübinger Universitätsprofessoren, seit zweieinhalb Jahren Krankenschwester des Roten Kreuzes und in allen Anstrengungen des Dienstes aufs beste bewährt ... Als der rote schwere Kimono ihre Glieder umhing, stand nicht einmal mehr das Gesicht unverändert im Spiegel. Dies hier, mitten in der freudlosen Öde von Merwinsk, an der Grenze von Etappe und Kriegsgebiet, in der starr auf Befehl und Gehorsam gestellten männlichen Barbarei, gehörte Bärbe Osann, einer jungen Frau von 1914, in deren Bewegungen und klugen Augen die wirklichen Kräfte des schöpferischsten Stammes der Deutschen und fünfzig Jahre friedlicher Vergeistigung spielten und die gegen das Gesetz der Zeit, des Ortes und der zerfetzten Menschenwelt für Augenblicke in jeder Woche ihre Person durchsetzte.

In kleinen zarten Schuhen aus Warschauer Lackleder ging sie ins Wohnzimmer zurück und hörte dem Kessel zu, in dem elektrisch bedrängt das Wasser summte. »Er wird naß werden«, sagte sie sich am Fenster, denn Regenlicht lag über dem heftigen Grün der frischen Felder, »er hat nicht einmal den Umhang mit.« Aber da glitt er schon auf seinem Rade von der Straße in den Garten herein, der, ganz verwildert, mit Fliederbaum voll Knospen und Rosensträuchern, durch einen wackligen Zaun von der Straße sich abschloß – einen Zaun, moosgrün, silbrig, halb vermorscht, der zu den seidengrauen Balken des Holzhauses in jenem zärtlichen Farbenspiele stand, das Paul Winfrieds Auge damals zuerst für sein Häuschen einnahm. Durchs aufgerissene Fenster fuhr ihr schwarzer gescheitelter Kopf; noch einen Blick seines strahlenden Jungengesichtes, ihr emporgewandt, vermochte sie zu fangen, dann hörte sie ihn drei Stufen auf einmal die kurze Stiege ins Obergeschoß emporsausen. Unten Küche und Zimmer waren Herrn Possecks Reich.

Er nahm sie begeistert und behutsam in seine Arme, behutsam der Knöpfe am Waffenrock wegen, die schon manche Verheerung in der Stickerei des Teekleides angerichtet hatten; dann saß sie auf seinen Knien in dem großen grünlichen Sessel, der leise ächzte. Sie liebten einander. Da beide nicht sicher waren, das nächste Vierteljahr zu überleben, weil Division Lychow jeden Augenblick an einer Stelle im flandrischen Lehm oder dem tödlich zerhagelten Kalkstaub der Champagne geworfen, Schwester Bärbe aber trotz aller Vorsicht vom Typhus oder einer mißachteten Erkältungskrankheit beiseite geschleudert werden konnte, gaben sie einander, was ihre Jugend sich zu geben vermochte. Sie hofften beide, den Krieg zu überdauern, sahen aber keinen Grund, in der Scheinheiligkeit der Heeresatmosphäre zu ersticken. Bei der überwältigenden Masse von Männern des Heeres stand jede Pflegerin, auch die kümmerlichste, im Brennpunkt der Wünsche von Hunderten; unter der Oberfläche protestantischer Sittsamkeit und preußischer Tugend lebten die Männer und Frauen, wie sie es dem Augenblick abtrotzten. Bevor Bärbe dem Freunde ins Nebenzimmer folgte, befreite sie aufmerksam den unglücklichen Teetopf von seinem stromführenden Kabel.

Später, im leichten Dämmern, tranken sie dann Tee. Bärbe plauderte allerlei: Winfried, die Zigarette zwischen den Fingern, sah sie mit halbgeschlossenen Augen an. Er sagte mitten hinein: »Ich sage dir, es kann so kommen, daß wir eines Tages in der Erinnerung an diesen Monat, an unsere Monate, unseres Lebens schönsten, glücklichsten Teil sehen werden. – Wie lange wir hier noch nötig sind? – Wissen allein die da drüben. Es heißt ja: sie wollen noch einmal anfangen. So verkorkst ist unser Leben jetzt, daß wir darüber froh sein müssen, denn stoppt es hier endgültig ab, sind wir geliefert, Bärbe.«

Und die beiden jungen Herzen empfanden, wie mitten durch sie der Riß der Epoche ging, der die Schwächen und Leidenschaften der Friedensmenschen und ihre Sehnsucht zu etwas Gutem und und Wünschbarem umwertete, wenn man sie an dem wilden Grauen maß, das an den Rändern der Welt beständig brodelte und krachte und Männer fraß, Jugend auslöschte, Glieder verstümmelte, Hoffnungen endgültig das Genick brach.

Winfried berichtete vom Dienst. Was es für Zufälle gab! Da hätten sie beinahe einen Mann erschossen nach rechtskräftigem Urteil, der gar nicht er selber war. So erzählte er ihr die Sache Bjuschew, von diesem Überläufer, der nach der Urteilsverkündung – Todesurteil natürlich wegen Spionage – ihm vor dem Dolmetsch mit allen Zeichen wilder Aufrichtigkeit beteuerte, er sei gar keiner, vielmehr ein Kriegsgefangener, von irgendwoher ganz hinten in der Etappe ausgebrochen, weil ihn nach Hause verlangte und er die Entlassung nicht erwarten konnte – geflüchtet, weil doch Revolution drüben jetzt dem Krieg ein Ende machte. »Nun heißt er auf einmal Grischa Iljitsch Paprotkin, gibt genau das Lager an, die Kriegsgefangenenkompanie, zu der er gehörte, den Namen des Feldwebels, seines Gruppenunteroffiziers – schwer zu erschwindeln oder spielend leicht zu prüfen. Wenn's stimmt, ist er gerettet.«

Bärbe mit weiten Augen dringlich am Gesichte des Freundes: »Stimmt's?«

»Abwarten. Posnanski nahm heut mittag seine Aussagen zu Proto-

koll. Dann Vortrag beim Onkel; er lag in der Badewanne, hatte die Geschichte schon fast vergessen wegen seines Ärgers mit dem Chef der MED.« (Bärbe verstand alle Abkürzungen wie nur irgendein Soldat, wußte, daß MED die Militäreisenbahndirektion bezeichnete und daß auch ihr eigener Urlaub vom Erfolge des Divisionskommandeurs abhing, und nahm natürlich heftig daran teil.) »Die Vollstreckung, das kann der Bursche für sich buchen, wird zunächst einmal ausgesetzt, und wie die Leute schon sind, heutzutage! Brettschneider bost sich darüber. Er findet, daß wir seinen Dienstbetrieb leichtfertig verunstalten.«
Bärbe schüttelte ihr Haar, das sie noch nicht wieder aufgesteckt hatte, zwei lange Zöpfe rechts und links über den Ohren. »Großer Gott«, sagte sie, »überall der Ressortfimmel. Und was weiter mit dem armen Kerl?«
»Kannst du fragen? Recherchen.« (Rächerchen, sprach er aus.) »Posnanski bekam Befehl und Vollmacht. Du solltest dir den Rußki mal ansehn, ein Staatskerl mit Kalmückenaugen und was ganz Kinderlichem im Gesicht. Dabei hat er das Georgskreuz von Przemysl her, und wie er sich von Nawarischkij bis hierher durchschlug, mach ihm einer mal nach. Heut nacht hängt Bertin am Telefon, wenn er diesmal schon Schwein hat. Die Drähte vibrieren nur so im Kampf um die Urlauberzüge.«
Bärbe warf sich auf Winfrieds Mund. »Wir fahren zusammen, Paul«, flüsterte sie hingerissen, »vierzehn Tage als Mann und Frau Tag und Nacht beisammen. Vier Tage gebe ich meinen Alten und keine Stunde mehr. Und in der Zeit kannst du bei deiner Mutter sitzen. Ach, ich gönne sie ihr nicht mal! Wenn's nach mir ginge, kämst du mit nach Tübingen, wohntest in Lustnau oder in Niedernau, und wir sähen uns wenigstens jeden Tag einmal. Und die Fahrt zusammen, Paul! Und die Rückfahrt! Und das ganze Leben zusammen, Paul, solange es halten will!«
Und der junge Mann nahm sie in seine Arme, denn er hatte im Grunde seines Herzens keinen anderen Wunsch.
Um halb sieben, bei werdender Dämmerung, verließen die beiden nebeneinander das Haus, Schwester Bärbe Osann, von den Strümpfen bis zur Brosche am Kleide ganz stille Schwester vom Roten Kreuz, ließ sich von Herrn Oberleutnant Winfried, Adjutanten Seiner Exzellenz, den sie auf einem Spaziergang getroffen hatte, gnädig bis in die Nähe des Lazaretts bringen, dort, wo im Saale bei dreißig fiebernden und typhösen Bosniaken, die ihre schweigenden Augen an die Zimmerdecke hefteten oder ihre Köpfe auf den Kissen hin und her drehten, ihre Freundin Sophie auf Ablösung wartete.

Schwester Sophie von Gorse, zarter, blasser, zaghafter Mund unter weiten grauen Augen und hellbraunem Haar, liebte einen gemeinen Mann, den Schreiber des Kriegsgerichtsrats Posnanski, einen Referendar Bertin, der, ebenfalls Jude und als ungedienter Armierungssoldat von jeder Beförderung im Heere hoffnungslos ausgeschlossen, außerdem aber, trotz seiner Jugend, in Dahlem verheiratet war. Dieser junge Mensch, Schriftsteller von schon gewissem Ruhm, war während der Westfrontzeit der Division von Posnanski durch Vermittlung literarisch anteilsvoller Männer und mit Hilfe des Oberleutnants Winfried einige Wochen vor dem geistigen Nervenzusammenbruch seinem Armierungsbataillon entrissen worden, in dem er aus übermächtigem Ekel vor der knechtisch und geistfeindlich geschwängerten Luft der Kompanieschreibstube wie jeder andere Arbeiter schweren und gefährlichen Außendienst gemacht hatte. Heute saß er gerettet bei Dr. Posnanski, der ihn bevaterte, und begann endlich, seine zitternde Angst vor allem, was einen Rang – Knöpfe, Tressen, Achselstücke – besaß, zu verlernen. Im übrigen bedurfte er jeder freien Viertelstunde, um zu schlafen. Ein schöner jugendgrüner Roman und ein großer Aufsatz über Magie und Untergang machten vor dem Krieg Aufsehen und gehörten seither zu den ausdrucksvollsten Zeugnissen seiner Generation; als Manuskripte liefen zwei Dramen um, die die Zensur gefährdete. Jetzt bearbeitete er die Kriegsgerichtsakten; Sophiens Zuneigung erriet er nicht.

Der Krankensaal, dreißig Eisenbetten in zwei Reihen, bekam sein Licht zur Rechten vom Fenster, zur Linken durch eine Glastür. Wenig mehr als ein Korridor blieb zum Hin- und Hergehen zwischen ihnen. Schwester Sophie, über der weißen Schürze und in der Haube das beseelte Antlitz, maß die Abendtemperaturen. Die giftigen Gerüche der typhuskranken Bosniaken umschwelten sie, ohne daß sie es zu merken schien. Mit der Geduld und der Gewöhnung zweijährigen Dienstes legte sie ihnen das Thermometer ein, las es ab, zeichnete die Fieberhöhe in die Tafel am Bettende, entkeimte das Meßglas und ging weiter. Quecksilber, ein seltenes Gut, begann schon jetzt ersetzt zu werden durch Alkohol.

Schwester Bärbe, kaum die Treppen herauf, schob ihr privates und glückliches Frauentum in einen Winkel ihrer Seele, wusch sich, zog sich um, stand ganz und gar im Dienste, um der Freundin zu helfen.

»Tag, du«, sagten sie zueinander. Sie gaben sich nicht mehr die

Hände, denn beide hatten sich schon desinfiziert, und je weiter die Verwirrung und Gleichgültigkeit am Krankendienste um sich griff, je leichtsinniger dank dem ungeheuren Verbrauch man Menschenleben bewertete, desto mehr zwangen sich die beiden Freundinnen zu gesammelter, anteilvoller Pflege. Sie konnten nicht verhindern, daß auch in ihrem Wortschatz »zwei Abgänge« zwei gestorbene Männer bedeuteten. Zu überwältigend verrohte das Volk unter der Geißel des zum Alltag gewordenen Sterbens. Aber solange ihre Patienten lebten, widmeten ihnen die beiden Mädchen freundliche Mienen und selbstlosen Dienst. »Bett elf und achtzehn werden heute nacht frei«, sagte Sophie zu Bärbe. »Zwei Abgänge hat Lachmann angekündigt; es ist auch nur zu wünschen.« Aus den Betten kam schnarchendes Röcheln, leises Lallen, das Stöhnen der Fiebernden, das pfeifende, schwere Atmen von Aufgegebenen. Diese lagen unter Morphium, und man ersparte ihnen damit gleichzeitig die letzten Schmerzen und die letzte Befreiung ihrer Seelen durch Worte: zur Heimat hin, zu den Blutsverwandten hin oder gegen die Quäler. Längst schon gab es keine Watte mehr, dafür riesige Ballen weißen Papierzellstoffs; man redete sich ein, sie täten dieselben Dienste. Dank der offenen Fenster, in denen Siebe aus grüner Gaze den Fliegen wehrten, wehte wenigstens die frische, verregnete Abendluft reichlich in diesen Ort der Hoffnungslosen. Die Oberin zeigte ihren Kopf in der halbgeöffneten Tür, nickte den beiden Schwestern zu – sie wünschte sich zu überzeugen, ob Schwester Bärbe auf die Minute zurückgekommen sei – und schloß die Milchglasscheibe wieder.

»Du hast doch Abendausgang?« fragte Bärbe.

»Ich bleibe zu Hause.«

»Warum denn?« fragte Bärbe. »Es gibt etwas, hör zu.« Und sie erzählte das Abenteuer mit dem verurteilten Russen. »Heute abend soll Bertin versuchen, Telefonverbindung mit dem Gefangenenlager zu bekommen, aus dem der Kerl ausgebrochen sein will. Es ist so spannend wie ein Roman. Ich gäb was drum, wenn du mir noch nachts Bericht brächtest. Meine Nachtwache will heftig verkürzt sein.«

Sophie verstand die Freundin und lachte ihr zu. Das ernste und zarte Gesicht verklärte sich wunderbar im Aufleuchten ihrer schalkhaften Heiterkeit. »Wenn er aber nun einmal nichts von mir wissen will«, sagte sie dann statt aller Antwort. Bärbe warf ihr Blicke wie schwarze Brombeeren zu. »Er hat doch Angst vor dir, du Narr. Du bist doch eine Vorgesetzte. In deiner Kluft erhebt er nie die Augen zu dir auf. Das steht so felsenfest wie das Amen

hinterm Vaterunser. Posnanski erzählt ja, er habe ihn zunächst mit ›Herr Hauptmann‹ angeredet – der blanken Achselstücke wegen, die so ein Kriegsgerichtsrat auf den Schultern mit sich schleppt.« Beide lachten; ein kleines Weh im Herzen Sophies ließ sich verschweigen. Wenn das auch zutraf: vielleicht stand dennoch zwischen ihr und ihm eher das große Photo auf seinem Schreibtisch, der jungen Frau mit dem schräggehaltenen Kopfe und dem verzaubert hingegebenen Schimmer um Augen und Mund?
»Du schleppst doch ein Zivilkleid mit«, beharrte Bärbe auf ihrer Fährte. »Geh ein einziges Mal als Frau zu ihm, ich schwöre dir, das macht ihn sehend ...«
In der Tat, Sophie besaß ein Abendkleid in ihrem Koffer, dunkelblau mit kleinem spitzem Ausschnitt und halblangen Ärmeln. Man könnte versuchen, diesen Gemeinen Bertin zu erobern. Und doch hatte sie Angst, die schlanke Sophie von Gorse, als drittes Kind hinter zwei Jungen immer als unwesentlich empfunden und behandelt. Darum hauptsächlich liebte sie ja auch das Beisammensein mit diesen Männern ganz anderer Art und Rasse, diesen Bürgerlichen und Juden, in denen, was Frauen betraf, Maßstäbe, Empfindungen, Einsichten vorwalteten, davon sie zu Hause nur geträumt hatte.
Dann schüttelte sie energisch ihren braunen, straff nach hinten gekämmten Haarknoten. »Unmöglich kann ich ihm auf die Bude rücken und mich dazu in verbotenen Glanz kleiden. Wie überhaupt soll ich in den paar Stunden bis um elf von unserer Außensiedlung hier hinüber nach seinem Quartier finden und gar zurück?«
Bärbe blickte mit schlauer Miene. »Willst du? Also: du willst. Zieh dich schnell um, nimm den verdammten Kittel übers Kleid, sieh um zwei Zentimeter dicker aus und komm zurück. Um Viertel neun fährt Basse Winfrieds kleinen Wagen an der gewissen Ecke vor, wo im Zaun die kleine Pforte so sehr knarrt. Das hab ich abgeredet – aus purer Neugier, des Russen wegen.«
Der kleine Wagen, den Divisionswimpel wie einen Schutzengel am Kühler, brauchte für den Weg hinaus zum Holzhaus Posnanskis genau acht Minuten. Dann, mit der Taschenlampe den Pfützen ausweichend, eilte Schwester Sophie, ihr Herz im Halse, den schmalen Weg zur Tür hinein und klopfte. Im Gang ward Licht, dann zeigte in der Türöffnung der Gemeine Bertin seinen kugeligen kahlgeschorenen Kopf mit abstehenden Ohren, der edel aus Elfenbein geschnittenen Stirn und der großen runden Brille und grüßte gehemmt Schwester Sophie, die ihren schwarzen, angefeuchteten Mantel voller Selbstüberwindung an den Haken hängte. Sie

brauchte Zeit, sich zu sammeln. Dann erinnerte sie sich ihrer gesellschaftlichen Schulung und schüttelte dem Gutbekannten die Hand. Er solle sich nicht so wundern, es werde gleich noch viel mehr Überraschendes geben, wenn er einen Augenblick vorangehe, ins Zimmer. Dann, im Korridor allein, entledigte sie sich ihrer Nonnentracht und folgte ihm in schönen Strümpfen, wenn auch sehr einfachen Schuhen, ihr blaues Kleidchen mit den lachsfarbenen Aufschlägen und den Schlips aus gleicher Seide glattstreifend, in die vollendete Nüchternheit einer Schreibstube.

Die Möbel dieses Zimmers entstammten der Kommandanturtischlerei, rohes Fichtenholz; den natürlichen, fleischartigen Ton der gehobelten Tischflächen bespannte graues Packpapier. Die dunkelste Ecke füllte das Feldbett des Schreibers Bertin, überzogen mit blauweiß gewürfeltem Laken. Der grüne kegelförmige Lampenschirm, tief heruntergezogen, verhängte das Zimmer mit mildem Schleier; in langen, hellgrauen Bänken schwebte Zigarrenrauch in halber Höhe. Bertin fand die Störung nicht angenehm, aber als er aufblickte, sah er plötzlich eine nie bemerkte Frau. Seine vergrößerten Augen gaben Sophie mit leichtem Gelächter mehr Freiheit des Herzens. Sie hatte sogar einen Schal überm Arm und warf ihn sich um die Schulter. »Was wollen Sie, Bertin«, sagte sie, indem sie auf einen der hölzernen lehnenlosen Schemel niedersaß. »Man muß sich nicht immer feierlich einstellen. Haben Sie etwas zu trinken?«

Dieses Mädchen sieht ja Lenore ähnlich, dachte Bertin erstaunt. Warum sah ich das noch nie? Und in der Tat, der empfindliche Zug um die schmalen Lippen und ein gewisser Ausdruck halbverhangener Augen war beiden gemeinsam: dem schönen Wesen im seidenen Abendkleid hier auf dem großen zarten Photo, das in seinem Rahmen aus glänzender Bronze den einzigen kostbaren Gegenstand in dieser spartanischen Kahlheit und Dienstlichkeit bildete, und dem lebendigen Mädchen, das sich soeben die Zigarette ansteckte.

»Es ist hübsch hier bei Ihnen«, sagte Sophie.

Bertin mit seiner leisen Stimme fand, bisher sei nicht viel Hübsches hier gewesen, aber heute abend sei ja nach dieser Richtung was los. »Warum habe ich Sie noch nie richtig gesehen, Schwester Sophie?« sagte er, die schöngebogenen kleinen Augen beschattend, um jenseits der Lampe das sanfte Antlitz zu studieren. »Vielleicht, weil Sie meist mit Bärbe auftreten, die ja viel quicker ist, oder auch der Lazarettkluft wegen, in der Sie meine Vorgesetzte sind.«

»Hassen Sie Vorgesetzte?« fragte Sophie, und sofort entbrannte er:

»Ja, ich hasse und verachte das Vorgesetztentum in der Welt. Es ist an allem Barbarischen schuld seit vielen tausend Jahren. Es ist das Prinzip des Bösen, das Prinzip der blöden Väter, die mit ihrer Menschlichkeit allein nicht auskommen und der Gewalt bedürfen, um sich zu behaupten, das Prinzip der wahnsinnigen Greise, die heute Europa zugrunde richten. Haben Sie bemerkt, daß von denen, die heute Entscheidungen treffen, nicht einer weniger als fünfzig Jahre alt ist? Sie sind eine Adlige, wenn ich nicht irre, Schwester Sophie?«

Sophie erblaßte. Hier konnte sich wieder ein Riß enthüllen, der sie von ihm trennte. »Hoffentlich lassen Sie mich's nicht entgelten«, sagte sie scherzhaft.

»Nein«, erwiderte er, »die besten Empörer kommen von euch her, Adlige, die hinter die Masken gesehen haben und einen Augenblick gründlich erschrocken sind: Chamfort, Lafayette, vor allem Mirabeau. Wissen Sie, wer Peter Krapotkin ist, der Fürst Krapotkin? Haben Sie jemals Schriften des Grafen Tolstoi gelesen?«

Sophie berauschte sich an der bebenden Entschlossenheit, die von seinen Augen und seinem scharfbewegten Munde zu ihr hinübersprang. »Kennen Sie das Thema der ersten Reden, die Lord Byron im Oberhaus hielt, und ist Ihnen der Sinn der Steinschen Reformen jemals aufgegangen?«

»Man erzieht uns zu Gänsen, Herr Bertin.«

»Dann werden Sie vielleicht in zwei, drei, auch vier Jahren, wenn der Krieg zu Ende geht, Überraschungen erleben und einige Dinge nicht verstehen, Fräulein von Gorse«, höhnte er.

Sophiens Hände lagen völlig halt- und wehrlos auf dem Tische. Hier ging eine solche Kraft des Hasses und der Verneinung auf sie zu, daß sie sich eine Lehne wünschte, um sich daran zu sichern. Aber der junge Wilde da drüben begriff das. Er kam um den Tisch, nahm ihre Hände, küßte sie und sagte: »Armes Fräulein Sophie, sind Sie in eine Räuberhöhle gefallen? Als Frau müßten Sie eigentlich auf unserer Seite stehn, denn von allen entrechteten und versklavten Wesen auf der Erde, die Kinder selbst eingeschlossen, sind die Frauen die erniedrigtsten.«

Im Augenblick sausten in Sophie alle Lebensgeister aufwärts. »Ja«, sagte sie, indem ihre Blicke groß und hell zu den seinen aufgingen, »das ist ganz wahr, Herr Bertin. Wir Frauen bleiben Sklavinnen und Gänse, und nur, weil die Männer uns so halten. Meine Brüder gaben zu Hause den Ton an, und ich spielte in der Küche mit Kartoffeln, wenn ich am liebsten was gelernt hätte. Ich will hören, was Sie zu sagen haben, ich will viel mehr hören, als Sie ahnen. Wir sehen ja so entsetzlich viel Unheil jeden Tag. Kaum ist einer tot, wird er bestohlen, und dagegen läßt sich nur mit der äußersten Wachsamkeit was tun.«

»Heute fühlt sich's an wie auf unseren Studentenbuden, die Sie auch nie kennengelernt haben, armes Mädchen«, sagte Bertin, im Augenblick ein strahlender Junge. »Stäk ich nicht in dieser verfluchten Affenjacke aus Eselsfell, wollte ich fast meinen, im Bellevueviertel, steil hoch, vier Treppen, Klopstockstraße 30, zu hausen und meine reizende Freundin Anni oben zu haben, um Bergson und Husserls ›Logische Untersuchungen‹ zu lesen.«

Noch nie vor diesem Abenteuer hatte jemand der sanften Sophie von Gorse so viele unbekannte Namen auf einmal als Selbstverständlichkeiten vorgesetzt. Einer Lufthemisphäre gleich öffnete sich das Reich des Geistigen ihr zu Häupten, und sie würde fliegen. Vorläufig galt es zwar, ein Kochgeschirr auf den eisernen Ofen zu stellen und mit geschickten Fingern vorher Holzscheite und kleine Kohlenbrocken in die blau überzitterte Rotglut zu legen. Inzwischen hob Bertin den Hörer des Telefons aus der Gabel und verlangte zum fünften oder siebenten Male die Vermittlung. Er meldete die Schreibstube des Divisionsgerichts. »Kann ich jetzt Bialystok haben?«

»Ja, Mensch«, sagte aus jener gewissen Art Jenseits unsichtbar der Telefonist, »jetzt kriegst du das in zwei Minuten. Inzwischen finden wir aber in unserem Verzeichnis nischt von deinem Gefangenenlager, und ich sage dir, Kam'rad, die in Bialystok wissen ebensoviel, wenn du ihnen nich wenigstens die Etappeninspektion gibst, in der es zu liegen kommt.«

»Ja«, sagte Bertin, »die wär ja grade zu ermitteln.«

Sophie betrachtete aus dem Dunkel ihrer Ofenecke her zärtlich das helle, kluge Gesicht, seine gesammelte Miene, die ungezwungene Kameradschaft seiner Worte, die so kraß abstand vom unbarmherzigen Dünkel der Herrenwelt.

»Na«, sagte er eben, »dann versuch mal das Deine, Kam'rad.«

Und nach kaum einer halben Minute meldete sich drüben die Telefonzentrale Ob.-Ost, Bialystok.

Bertin gab an, wer hier spreche, und sagte: »Hast du 'nen Augenblick Zeit, Kam'rad? Der Fall steht kipplig. Wir brauchen hier ein Gefangenenlager, Waldparklager, Sägewerk.«

»Muß in der Gegend von Augustowo oder Nawarischkij liegen«, kam sofort die Antwort eines tiefen Basses.

»Gott sei Dank«, rief Bertin, »ihr wißt, was gespielt wird!«

»Ja, Kam'rad«, brummte der andere, »wir wissen noch viel mehr.

Aber du, wart mal, ich gebe dir Abteilung Sieben B, wenn da noch jemand wach ist.«

Es meldete sich nach Sekunden etwas Krächzendes als Forstabteilung. Und Bertin, geduldig, verlangte das Waldparklager. Da müßten Sägewerke bei sein. Es regiere da eine Landsturmkompanie Eberswalde, und das Divisionsgericht Lychow brauche dringend Gespräch mit diesem Lager.

Die heisere und verschlafene Stimme am anderen Ende der Welt wurde aufmerksamer. Der Name der Exzellenz von Lychow zog selbst dort, stellte Bertin im stillen fest. Der Telefonist der Forstabteilung behauptete, ob es solch ein Lager gäbe und ob man es per Strippe erreichen könne, müsse die Registratur Außendienst nachweisen. Wenn da noch jemand sei, die hätten alles in ihren Listen. Und er notierte sich: Waldparklager, Gegend Augustowo oder Nawarischkij, Sägewerk, Eberswalde. »Du kriegst Bescheid, Kamerad, sag nur, wie ich dich wiederfinde.« Und Bertin beschrieb es.

Ein leiser lustiger Kaffeegeruch durchdrang die Tabakluft des Zimmers. Als sei die Welt vollkommen versunken, stand die Stille der Nacht ums Haus. Nur die Dielen knarrten, wenn Sophie hin und her ging. In einem Regal aus rohem Holz fand sie Tassen, eine dicke Steinguttasse mit mächtiger Öffnung und eine kleinere, vergißmeinnichtverzierte, aus Porzellan.

»Wo steckt denn euer Bursche«, fragte sie, »eure Ordonnanz?«

Und Bertin lächelte. »Auf Urlaub. Wir hätten ihn nicht fahren lassen können, weil wir keine Stellvertretung haben, und also behilft Posnanski sich mit mir.«

Sophie sah bewundernd hinüber.

»Da gibt es nichts Bewundernswertes, Sophie«, antwortete Bertin dem ungesprochenen Ausruf. (Ein Mensch versteht mich, fühlte sie begeistert.) »Sie dürfen nicht vergessen, wir sind Mannschaften alle drei. Die Zeit, wo ich Posnanski für einen Häuptling hielt, ist ja vorüber«, und er lachte und schlug sich an den Hinterkopf. »Ja, solch militärische Schafsköpfigkeit wie meine ist in Ihrer Welt unvorstellbar, aber denken Sie nur mal nach. Leute, die nicht ausgebildet sind und dennoch dem Militärgesetz unterstehen, sind so herrlich leicht im Zaum zu halten. Sie wissen ja nichts von den blödsinnigen paar Rechten, die sie selbst als kahler Muschkote haben. Sie zittern jeden Augenblick, verhängnisvolle Fehler zu begehen. Und darum bildet man sie nicht aus. Die Schlauheit Ihrer Kaste ist wirklich bewundernswert«, schloß er, und dann stellte er ihr den großen mit Lehnen versehenen Stuhl hin, der ihm als Arbeitssitz diente,

nicht ohne vorher eine zusammengefaltete Decke über Rücken und Sitz gebreitet zu haben.
Sie saß im rechten Winkel am Schreibtisch – kahle Fichte und Packpapier. »Es ist wunderbar gemütlich«, sprachen beide fast gleichzeitig die gleiche Befriedigung aus. Daher hakten sie ihre Finger ineinander und wünschten sich etwas. Bertin meinte natürlich, Sophie flüsterte sich das gleiche zu wie er, nämlich so glühend wie er das Wort Frieden! Sie aber, mutig im ungewohnten Vorwärts gehorchte ihrem Herzen, das ihr nichts anderes vorklopfte als: ihn! ihn! Denn ihr Gefühl und Wesen, Kind geblieben inmitten erfahrungsvollen Arbeitslebens, das sie über jeden Ekel weg mit dem Menschen als Körpertum und zerbrochener Fleischlichkeit vertraut machte, entfaltete sich von jeder Minutengruppe zur nächsten in einer Ausweitung erregten Glücks.
Dann, »Kaffee« trinkend, ließ sie sich den merkwürdigen Fall des Russen erklären, die Schriftstücke zeigen, die ihn zum Tode verurteilten, sich schildern, mit welchen vergeblichen Anstrengungen Posnanski zuerst versucht hatte, die selbstmörderischen Aussagen des Mannes ins Unverfängliche umzudeuten. Natürlich wußten diese Opfer nicht, was sie sich mit den harmlosesten Angaben zuzogen. Spionageabwehr – ja Kuchen! Die Gefährlichkeit solchen Strafrechts, dozierte Bertin, über Menschen, die gegen Gesetze verstießen, von denen sie nicht den leisesten Schimmer hätten, spränge aus keiner Verordnung so schneidend hervor wie aus denen zur Spionageabwehr. Beinahe flüsternd, von Leidenschaft gequält: von Spionage sei, das wisse ja längst jeder Bleistift, hier die Rede überhaupt nicht. Es gehe ja längst um die Angst vor Ansteckung der Mannschaften mit Denken, darum, den Geist der Selbstbefreiung, der die Russen nach namenlosen Jahren endlich ergriffen habe, am Überspringen auf das deutsche Heer zu verhindern. »Es geht überhaupt längst nicht mehr um Krieg und Sieg, Sophie«, beharrte er feurig in Übertreibungen, indem er die Brille abnahm und aus geröteten Lidern die Blicke seiner mandelförmig braunen Augen ungehindert freigab, »es geht längst um Politik, um Machtkämpfe für den Klassenstaat, um die Herrschaft der wenigen über alle. Das militarisierte Volk ist nur der reine Ausdruck des modernen Volkes überhaupt. Siebzig Millionen ins Gutdünken von dreitausend eigenmächtigen Herren gestellt! Heute erfassen sie die Frauen, morgen machen sie mit den Schulen, was sie wollen. An fünf, sechs Punkten, von denen drei in Deutschland liegen, zwei im Westen und einer hier, bewegt man mit Hebeln eine widerstandslose Menschenwelt, deren Verzweiflung man entweder

schlau überhört oder kühl besieht. Wie es weitergeht, weiß niemand.«
Sophie mit seligem Entsetzen spürte: das, was sie jetzt umgab, ihre ganze Kindheit hindurch habe sie sich nach dem gesehnt, nach Aufruhr, Rebellion, lebendigem Geist. Ganz ihrem Antrieb folgend legte sie neben seine Hände die ihren: Händepaare, die beide die Spuren schwerer körperlicher Arbeit über einer Grundlage empfindlicher Hochzüchtung der Gelenke und Fingerglieder verrieten. Eine Frau, dachte Bertin, eine wirkliche Frau. Es dürfte hier nicht nach Tabak stinken. Ich möchte den Duft ihrer Haare atmen. Er stand auf, um sich über ihren Scheitel zu beugen. In diesem Augenblick rasselte das Telefon. Bertin lag mit einem Sprung halb über der Tischplatte am Hörer.
»Du, Kam'rad«, sagte der Vermittler in sein Ohr, »da meldet sich ein Waldlager, ich weiß nicht, wo. Ich glaube, die haben dir die Verbindung schon geschafft, aber mörderisch schlechte Verständigung. Du wirst nicht viel Freude von haben.«
Sophie sah die gierige Anspannung in den Zügen des Freundes.
»Mensch«, drängte Bertin heiser. »Kam'rad, es hängt ein Menschenleben an dem Gespräch, ein Kam'radleben, Mensch. Laß ihn Verstärker einschalten wie für den Prinzen! Sag ihm, er solle Lampen geben, soviel er habe. Hier fällt kein Gequassel vor und Diktat, hier geht's um Leben oder Tod.«
Der Telefonist versprach das Seine, dann hörte Bertin ihn mit einem andern, wahrscheinlich mit Bialystok, verhandeln. Durch die Nacht, dachte er, gehen diese Fäden. An diesen Drähten hängen Schicksale. Aus den Mündern der Menschen geht das Wunder in die Ohren, elektrisch verwandelt. Großer Gott, wie glücklich könnte die Menschheit mit soviel Technik werden! Und plötzlich meldete sich für ihn (– »hier kommt Waldparklager Nawarischkij!« –) Schreibstube Waldparklager, Landsturmbataillon Eberswalde, Sägewerk, klar, ganz deutlich und ganz fern, wie in einem umgekehrten Glase. Bertins Hände zitterten, aber nicht seine Stimme. Mit der Genauigkeit und scharfen Aussprache eines Schauspielers schrie er in den Apparat: ob vor einiger Zeit aus ihrem Lager ein Russe Paprotkin entwichen sei. Wie er ausgesehen habe. (Seine rechte Hand stenographierte schräg über ein Aktenblatt Antworten mit.) Schon so lange sei er fort? Hier habe man einen gefangen, der alles so angebe. Ob sie einen Landsturmmann Heppke, einen Gefreiten Fritzke und Birkholz in der Wachtkorporalschaft des Entflohenen hätten. Es stimme? Alles stimme? Und Sophie sah ein solches Freudebrennen in den Zügen ihres Freundes zugunsten

eines fremden und armseligen Verurteilten, daß sie den Arm, mit dem er den Hörer hielt, mit allen Kräften an ihre Brust drückte. So lag ihr Haar wirklich neben Bertins Gesicht, und er atmete es zugleich mit halb geflüsterten und dennoch klaren Worten von jenseits der Nacht.

»Gott sei Dank«, entspannte er sich eben. Ob man hierher, nach Merwinsk, zwei Mann zur Feststellung des Gefangenen entbehren könne? Man möge ihm sofort die Postadresse geben, telegrafische Anforderung werde noch heute nacht durchgeleitet werden. Und er vermerkte die Formel des Gefangenenlagers in der Sprache der Feldpost. »Ein großer, blonder, gutmütiger Bursche«, schrie er.

Der andere ganz fern: natürlich, der sei es. Mitten bei Sturm und Winter sei der durch die Lappen gegangen. Das habe den Feldwebel die Stellung gekostet. Wenn er zurückkomme, der könne sich freuen.

»Macht's nur halbwege, Kam'rad, ihr wißt nicht, was der ausgestanden hat inzwischen; als Überläufer sollt er morgen erschossen werden.« Er hörte den anderen etwas murmeln: wie der es angestellt, so weit zu kommen. »Darüber schweigt er sich entschlossen aus«, brüllte Bertin. »Hübsche Dienstreise für eure Leute, natürlich. Wie sie zu uns finden, das müssen sie selber sehen. Wenn sie da sind, erst auf der Ortskommandantur Quartier- und Verpflegungsscheine abholen und sich dann sofort auf dem Divisionsgericht, Kriegsgerichtsrat Posnanski, melden.« Nein, nein, morgen brauchten sie noch nicht loszugehen. Der Krieg sei übermorgen noch nicht aus, und weil der drüben zu lachen schien, lachte auch Sophiens Kamerad.

»Wird noch gesprochen?« fragte die Stimme irgendeiner Vermittlung. »Wird noch gesprochen? Ich trenne.« Dann war nur noch Sausen im Apparat. Bertin stieß den Hörer in die Gabel, drehte Sophie sein erlöstes Gesicht zu, sagte: »Gerettet, Mädel!«, umschlang sie, und indem sie beide über dem hölzernen Tisch halb lagen, küßte er sie wie einen vertrauten und geliebten Freund. Ihre Hände, noch immer um seinen Arm und an ihrer Brust, lösten sich, fielen; dann hoben sie sich an seine Wangen und hielten sie geschlossenen Auges im hellen Licht der Lampe fest.

So verspann sich mit dem Schicksal des Überläufers Bjuschew das der sanften und schönen Sophie von Gorse, weil Schwester Bärbe es so gut mit ihr gemeint.

Siebentes Kapitel: Bewegungen

Auf der Schreibstube der Kommandantur stand Stabsarzt Schimmel, um das Revierbuch, die Liste der Kranken und das Ergebnis seiner Untersuchungen zu bestätigen. Bei dem Namen des Häftlings Bjuschew, neuerdings mit einem Fragezeichen versehen, stockte er kurz, um dann in seiner menschlichen Ausdrucksweise zu fragen: »Warum laßt ihr denn das Schwein nicht auswärts arbeiten? Dann wird er keine Mucken haben.« Der Feldwebel zuckte die Achseln: »Halten ihn ja noch zur Verfügung des Gerichts, Herr Stabsarzt.« Grimmig nickte der graue Sanitätsrat, dessen Praxis sich im Verlaufe der letzten Friedensjahre dank der schlangenklugen jüdischen Konkurrenz auch in Bremen erheblich vermindert hatte, schloß mit den tiefsinnigen Soldatenworten: »Na, da werd't ihr ja sehn, was ihr davon habt«, und ging, um mit dem Gewaltigen der Kommandantur, Herrn Rittmeister von Brettschneider, einen morgendlichen Kognak, oder auch fünf, zu leeren.

Der Mann Bjuschew – zunächst immer noch Bjuschew – zeigte nach dem Bericht der Wachtmannschaft und des Sanitäters Käuer seit der Urteilsverkündung ein verändertes Wesen. Vorher willig, flink, sehr guter Laune und immer tätig, verbrachte er jetzt am liebsten, wenn man ihn nicht störte, die Tage auf der Pritsche seiner Zelle, durch die am Nachmittag zwar die Sonne einen tiefgoldenen unersättlichen Anprall von Licht und Wärme goß, die aber doch den übrigen Teil des Tages, kein sehr gesunder Aufenthalt, im feuchten Schatten lag, abgeschlossen von dem unzähmbar strahlenden Hochfrühling, der nach letzten Regentagen sich übers Land wie ein Schwarm trunkener Enten in einen See geworfen hatte. Im Stadtgarten wucherten Flieder und Tulpen, die jungen Kastanien blähten alle ihre kleinen grünen Segel, und nach dem Grauen des Winters blinkten der linde Wind und der Glanz des Himmels auf aller Wangen wie eine zweite Jugend.

Grischa – in der Tat hätte man ihn besser in Bewegung gehalten. Auf der Pritsche liegen bedeutete ja nicht auf der Pritsche liegen. Es bedeutete: denken. Er hatte vor zwei Tagen seinen Spaziergang zu einem bestimmten Kaufmann gelenkt, natürlich in Begleitung eines Wachtmannes, der sich ohnehin in der Stadt etwas kaufen mußte, und dort im Geschäft Weressejew, russisch umrahmtes Schild unmittelbar gegenüber der Kathedrale, eine kurze Unterredung mit dem dickbärtigen Inhaber gepflogen – in russischer Sprache natürlich, während deren sich der Landwehrmann Sacht eines Schnäpschens erfreute. Außerdem vollzog er täglich den vorgeschriebenen Dienstausflug in den Gefängnishof, wo er hinter den anderen vier oder fünf Untersuchungsgefangenen, die Augen am Boden oder zerstreut an den Wolken hängend, im Viereck eintönig herummarschierte. Nichts mehr von Späßen, von Lachen, von Dienstleistungen, von Reden in russischer und deutscher Gebrochenheit. Der Wachthabende von damals, der ja in regelmäßigem Kreislauf bald wieder Wachthabender sein konnte, gab den verwunderten Fragen über die Verwandlung des Bjuschew gelegentlich Aufschluß; mit dem feinen Takt der Männer aus dem Volke vermied man daraufhin Anspielungen und fragte nur harmlos, nebenbei oder geradezu, was denn der Kam'rad Rußki augenblicklich in seinem Magen herumdrehe. Aber man mußte sich mit Grischas einsilbig freundlichen Absagen zufriedengeben. Auf alle Fälle begnügte man sich die ersten Tage, den Häftling zu körperlicher Tätigkeit anzustellen, daß er sich selbst und die Zelle sauberhalte, und ihn zum Holzspalten mitten in die Sonne zu rücken, wobei er aber merkwürdigerweise nicht den dritten Teil dessen vor sich brachte, trotz offensichtlich guten Willens, was ihm sonst gelungen wäre. Und danach machte man dem Reviergefreiten Meldung, worauf die Sache ihren vorschriftsmäßigen Weg lief bis zum Stabsarzt und einer oberflächlichen Untersuchung auf körperlichen Zustand hin. Das Ergebnis dieser Untersuchung hatte Stabsarzt Schimmel in jenen Worten auf der Schreibstube festgelegt: der Mann war körperlich so gesund, wie man es jedem braven deutschen Krieger nur wünschen konnte; in das andere vermochte man ja nicht hineinzusehen, und das andere, da haperte es eben.

Wie ein Mensch, der unvermutet einen harten ledernen Ball in die Magengrube erhalten hat, nun hinstürzt, gefällt, und zunächst von sich und der Erdoberfläche nicht viel mehr Bewußtsein hat, als daß ein Ball ihn umschmiß, lag Grischa, der Seele nach wenigstens, noch immer bewegungslos am Boden jenes unkörperlichen Raums, in dem das Psychische abrollt. Und sein Bedürfnis, sich auch körperlich hinzustrecken, passiv zu sein, die Decke seiner Zelle anzustarren, war nichts als der Ausdruck, den für seine Schicksalslage die Seele mittels des Körpers nachbildete. Daß er mitten aus den leichtesten und spaßigsten Vorstellungen ein Todesurteil versetzt bekommen, davon hieß es erst sich erholen. Die Welt hatte eiserne Absätze, merkte er wieder und wieder. Die eisigen Strapazen seiner Wanderung, die zitternde und schweißdurchtränkte Jagd der letzten zehn Tage und Nächte, seit Polizei die Telefondrähte gegen ihn unter Strom hielt, und jetzt dieser

Kolbenhieb von Todesurteil, das verriet Gleichartigkeit. Bei solchem Härtegrad der Welt wirkten tiefste Verzagtheit und ein Niederbruch einem völlig verlassenen Mann schließlich nicht unziemlich.

Aus solchem Gefühl hatte er den Weressejew, Fedjuschkas Vater, flehentlich gebeten, den verabredeten Brief zu schreiben, um wenigstens irgendwohin nach rückwärts eine fadendünne Hand auszustrecken, die, ging alles gut, bis dorthin reichte, wo Liebe für ihn wartete und wachte. In Irrsalen, Kreisgängen wanderten seine Gedanken im Rachen der Welt umher. Ob er wieder Grischa Paprotkin werden würde. Ob es ihm gelang, diese Leiche Bjuschew, die er sich leichthin vor die Brust geschnallt als Harnisch, wieder loszukriegen, damit sein wahres Gesicht auftauche und geglaubt werde und gelte? Es bekam äußerst schlecht, sich mit den Toten einzulassen. Sie hatten ihr Schicksal empfangen, und dabei blieben sie offenbar. Ebenso wie sie, wiedergeboren, die gleiche Augenfarbe und den gleichen Nasenschnitt vorweisen mußten, um sie selbst zu sein, trugen sie immer auch das gleiche Geschick eingenäht. Der Bjuschew ging einmal an einer Kugel zugrunde, und so mußte er immer wieder an einer Kugel zugrunde gehn. Das hätte Babka, das hätte auch er damals schon bedenken sollen. Aus einem Apfelkern wuchs ja immer nur wieder was? Na, ein Apfelbaum! Möglicherweise hatte er des toten Bjuschews Ruhe geärgert, seine Seele sich aufgeladen und ihr, weil er sich so sehr mit dem Toten verschwisterte, um hinter ihm Deckung zu suchen, eine Übermacht über seine eigene eingeräumt. Und da die Toten gierig nach Leben sind, verständlicherweise, hielt der Bjuschew in ihm das Übergewicht und ließ sich bestimmt nur ungern wieder in die Hinterhand, ins Unterlegen, ins Grab hinabdrängen. Er, Grischa, sah offenäugig ausgestreckt zu, wie diese beiden Seelen ihren Ringkampf in ihm kämpften. Die Bjuschewseele, offenbar die stärkere, lag jetzt oben, die Hand an der Gurgel der Grischaseele, und drückte ihr das Knie in den Bauch, in eine bestimmte Stelle, die er da, zwischen Magen und Herzen, auf seiner Pritsche zu spüren meinte. Sobald die Deutschen ihm glaubten, ging es dem Bjuschew allerdings elend. Dann mußte er mit den Schultern auf den Boden, und die Grischaseele würde sich mit beiden Beinen auf ihn pflanzen und wieder geradestehn in ihren Stiefeln. Wenn seine Aufmerksamkeit nur nicht zu sehr nach innen spielte! Es beurteilte sich gar zu schwer, was das Gericht nun plante, und selbst, wie es sich zu seinen neuen Reden stellte. Daß die Erschießung nicht mehr von heut auf morgen drohte, bewies noch nicht, wer auf die Dauer der Stärkere blieb. Und so lebte es sich am erträglichsten auf dem Rücken, um manchmal eine verbotene Zigarette zu rauchen und, die Augen geschlossen, zuzusehen, wie sich Grischa und Bjuschew balgten. Ihm selber war, wer er sei, keinen Augenblick undeutlich; niemand hätte ihn über sein Ich in Verwirrung bringen können. Grischa war er, und Grischa blieb er, und zu Hause wartete Weib auf ihn und Kind, in der Vorstadt von Wologda, dort, wo die große Steppe an die Stadt herantritt; aber seine Gewißheit entschied noch nicht auch dort, wo die fremden Leute ihre Entscheidungen trafen. Besser, Babka, dachte er, du hättest nicht so gute Gedanken in deinem Weiberkopfe losgelassen, denn, siehst du, die Deutschen ziehn für unsereinen immer noch eine Überraschung aus dem Vorrat, mit der wir nicht gerechnet haben.

Mittels jenes Öls der Verständigung von Mannschaft zu Mannschaft, das die Reibereien der Ämter nicht selten mildert, erfuhr der Schreiber Bertin von der Veränderung des Russen, den sie bis auf weiteres – bis zur Bestätigung durch die angeforderten Eberswalder – als Bjuschew auch in ihren Akten führten, obgleich für den Kriegsgerichtsrat selbst ein Zweifel über den wirklichen Namen des Mannes nicht bestand. Auch der Spruch des Stabsarztes blieb Posnanski nicht verborgen, und er lächelte.

»Dem Manne kann geholfen werden, sagt der Räuber Moor«, meinte er schmunzelnd zu Bertin, indem er in der großen leeren Schreibstube rauchend umherstelzte. »Warum denn nicht? Arbeit schändet niemand, und uns kann sie sogar nützen, denn: die Hände der deutschen Literatur sind für das Zerkleinern von Holz und das Fegen von Stuben durchaus ungeeignet, wohingegen dieser Mann Bjuschew, trotz seines neuartigen Doppelwesens, nicht zu schade sein wird, bei uns Ordonnanz zu spielen. Herr Ruppel auf Urlaub bleibt noch einige Zeit in Umständen, die ihm besser gefallen als unsere; die Undankbarkeit der Menschen, merken Sie sich's, Bertin, hat polarsterngleiche Beständigkeit, und wollten Sie vielleicht an der überlegenen Weisheit meiner Orakelsprüche in Ihrem zersetzenden Hirn Zweifel erheben, so erwägen Sie gefälligst, daß ich ungefähr zwölfmal soviel Gehalt beziehe wie Sie und infolgedessen zwölfmal mehr recht habe.« Bertin lachte schallend los, anstößig laut in der Gegenwart eines so hochgestellten Vorgesetzten, und fragte: »Darf ich also Herrn Kriegsgerichtsrat gehorsamst fragen, ob ich mittels dieser Schreibmaschine eine Anforderung des Häftlings Bjuschew alias Paprotkin für Ordonnanzdienste in der Schreibstube des Herrn Kriegsgerichtsrats losschießen soll?«

Dr. Posnanski erstarrte auf seiner Wanderung, die Zigarre in der Luft, den Mund offen: »Gehorsamst fragten Sie eben? Wissen Sie, daß in diesem Worte sich Ihre ganze himmelschreiende Verräterei offenbart? Gehorsamst darf nur ein Offizier fragen. Bei einem Gemeinen versteht sich Gehorsam doch wohl von selbst! Wär ich jetzt Kassandra, ich bräche in den Ruf aus: An der Verwendung so grenzenlos ungedienter Mannschaften wie Sie wird noch der ganze schöne Krieg scheitern! Im übrigen haben Sie meine Gedanken ungefähr ausgedeutet, soweit es Ihrem minderbezahlten Verstande möglich war. Jawohl, allerdings, dies schwant in meinem Sinne: Wir holen uns den Mann bis auf weiteres als Ordonnanz. Denn«, fuhr er bester Laune voll zu lehren fort, »was, glauben Sie, geschieht, wenn dieser Mann die Marke Bjuschew endgültig losgeworden ist? Hier beginnen, Sie Laie, überhaupt erst die wahren, die militärischen Fragespiele. Wenn dieser Mann für uns, da er kein Überläufer, sondern ein entlaufener Gefangener ist, seine Zuständigkeit verloren hat – wer wird sich seiner annehmen, welches Gericht wird die Güte haben, den Fall weiterzuberaten? Ha, da staunen die Heiden; da wundern sich sogar die Schriftgelehrten. Selbstverständlich kann er dann von uns nicht mehr verknackt werden, da er ja in unseren Jagdgründen nichts verbrochen hat; vielmehr fällt sein Delikt unter die Rechtsprechung des für jene Gegend zuständigen Etappen- oder Kriegsgerichts. Welches Forum aber für dieses Sägewerk oder Waldparklager von Gott dem Herrn ausersehen wurde, wissen natürlich nicht wir. Selbstverständlich«, so fiel er vorübergehend in sachlicheren Ton, »tun wir unser möglichstes, die Akten der richtigen Schmiede zuzuleiten, denn sonst sitzt der Bursche Monate, ehe er auch nur seinen Richter findet. Wir suchen also aus den Angaben der beiden Eberswalder, die zu uns unterwegs sind, auch dafür Schlüsse zu ziehen. Dann leiten wir, wenn alles auch amtlich als wahr gelten darf, was meiner Meinung nach schon jetzt wahr ist, die Akten an Abteilung neun, jene erhabene Dienststelle, die schon am sechsten Schöpfungstage, also vor fünftausendsechshundertsiebenundsiebzig Jahren, als oberster Rechtshort für dieses besetzte Gebiet gewissermaßen vorbereitet wurde, und stupsen sie durch geschickt angebrachte Sprüche auf den richtigen Weg zur schleunigen Ermittlung der zuständigen Gerichtsbarkeit. Vielleicht senden wir diese Akten durch einen uns zuverlässig scheinenden Mann, etwa den Schreiber Bertin, nach Bialystok, ihm auf diese Weise zu einer kurzen, aber geistfördernden Dienstreise verhelfend.«

Bertin hörte durch den Rauch seiner Pfeife dem prachtvollen Kerl zu, dem Mann, der ihn wieder zum Menschen erhoben und ihm in der Verlassenheit seiner Seele, zerrüttet, wie er aus dem Westen gekommen, Vater und Mutter ersetzt hatte, und fühlte beinahe frohe Rührung in seinem Herzen.

»Ich fühle beinahe eine Rührung in meinem Herzen für so viel väterliche Fürsorge, die Herr Kriegsgerichtsrat mir angedeihen lassen«, deklamierte er verulkend und sagte dann: »Tatsächlich, Dr. Posnanski, das wäre mitzunehmen. Außerdem sähe man sich bei dieser Gelegenheit in Ob.-Ost nach einem zweiten Schreiber für uns um. Wir können ja K.-v.-Mannschaften anfordern, und denen da hinten droht wieder einmal eine Mordkommission. Gottlob bin ich bald für Urlaub fällig«, schloß er, die Augen mit ganz verlorenem Blicke an jenen des Bildes vor ihm haftenlassend, des Mädchens mit dem beseelten Munde und dem schräggehaltenen Gesicht. »Und uns werden sie ja weiblichen Hilfsdienst nicht aufdrängen.«

»Nun, nun – warum nicht? Ich hätte gegen anmutige Frauenspersonen in meinem von Mars verödeten Dasein nichts einzuwenden«, entgegnete Dr. Posnanski. »Zwar komme ich auf diese Weise endlich wieder zum Lesen und finde den Dienstbetrieb mit Männern den Nerven sehr zuträglich, aber zuviel Gesundheit wirkt anstößig im Kriege, und warum sollte ich mich also nicht wieder einige Zeit mit Tippmädchen ärgern? Ich weiß ein paar in meinem Büro, Tauentzienstraße sieben, die mit Vergnügen eine Reise zweiter Klasse nach Merwinsk anträten, bloß um mich nach dem großen S. Freud durch Hörfehler und Fehlleistungen über ihr Unbewußtes aufzuklären. Gut, Bertin, wir fordern den Bjuschew als Ordonnanz an, behalten ihn bei, wenn der Ruppel zurück ist, und setzen ihn im übrigen erst in Marsch, wenn die in Bialystok das zuständige Gericht unzweifelbar ermittelt haben. Denn ich habe mir sagen lassen: in unseren Gefängnissen hinten in Bialystok und anderen Kreuzungspunkten des großstädtischen Lebens sei die Luft weniger heilsam für russische Gefangene als in der Idylle des Polizeigefängnisses von Merwinsk. Und damit Sie's wissen: der Mann gehört zu unserem Bereich, und für seinen Bereich kämpft der Soldat mit Nägeln und Zähnen; ebenso wie er alles, was nicht zu seinem Dienst gehört, mit Händen und Füßen von sich stößt. Sie erhalten hier wichtige Aufschlüsse über das Leben der zivilisierten Weißen, und ich rechne auf eine dankbare Widmung in einer Ihrer nächsten Veröffentlichungen, die Sie, wenn ich mich nicht irre, entgegen der Dienstvorschrift in Ihrer sogenannten freien Zeit anfertigen oder vorbereiten,

obwohl ein Soldat doch überhaupt keine freie Zeit kennen darf.«
Bertins Blick suchte erstaunt und aus erröteten Wangen die listig blickenden Kugelaugen des älteren Freundes.
»Sie dürfen nichts liegenlassen, junger Held, wenigstens nicht zwischen den Akten, was sich bei näherer Betrachtung als eine übrigens sehr reizend angepackte Komödie in Versen aus der spanischen Etappe des Jahres siebenundfünfzig der Heidenzeit darstellt.«
Bertin errötete noch einmal. Manuskriptseiten der Komödie »Felix«, mit der er seine ganz zerrüttete dichterische Kraft wieder sammeln wollte, im Aktendeckel Bjuschew vergessen! Es konnte nur gestern nachmittag geschehen sein, als er Schwester Sophie, seiner Freundin, den Anfang des zweiten Aktes vorgelesen und dabei gemerkt hatte, trunken vor freudigem Entsetzen, daß diese Szenen vielleicht wirklich wieder dichterisches Spiel und Zauber enthielten, wie er ihm gerade gegeben war, als seine Einberufung ihm die Feder aus der Hand schlug:

»Komm, holde Schöne, sitzen wir im Gras
Und plaudern ganz manierlich miteinander
Wie kleine Kinder, Hand in Hand gekettet,
Ein bißchen schmutzig, doch ganz allerliebst . . .«

»Ich glaube, Sie sind im geheimen berühmter, als Sie wissen, nämlich in Merwinsk«, fuhr Posnanski unerbittlich fort. »Gestern abend bei Exzellenz sangen zwei reizende Lippen Ihr Lob. Sie haben bei Schwester Bärbe offenbar mehrere Segel gesetzt, Sie Don Juan.«
Bertin nickte, erheitert über die falsche Fährte, und warf dann mit kühnem Ruck das Gespräch von dieser etwas peinlichen Richtung in eine angenehmere: nämlich zur Sache. »Hat Exzellenz den Bjuschew eigentlich schon gesehen, und sollten wir hier nicht kuppeln? Unter Umständen hätte das seine Tugend, nämlich nicht für Exzellenz, aber für den armen Hund.«
Und Posnanski, Luft einschnuppernd – Bertin wußte, er hatte den richtigen Hebel gestoßen –, stimmte sofort zu. Selbstverständlich schadete es nie, einen so mächtigen Mann mit einem so gefährdeten zusammenzubringen. Außerdem bedurfte Exzellenz in diesen Tagen der Ablenkung. Es zogen Entschlüsse sowohl der Russen als auch der Obersten Heeresleitung am Horizonte auf, und er, hier in Merwinsk von jedem Einfluß abgeschnitten, erboste sich an seiner Ungewißheit. Und so beredeten der Kriegsgerichtsrat und

sein Schreiber des näheren die Einleitung dieser Begegnung und verknüpften sie mit der Anforderung des Bjuschew zu groben Arbeiten, die Bertin soeben der Schreibmaschine entlockt hatte – dank der listigen Kunst, mittels eines klappernden Klavierspiels geistige Inhalte zu Papier zu bringen –, und Posnanski setzte seinen von Beruf und Charakter unleserlichen Namenszug unter das Schriftstück.
Als es zur Sprache kam, hatte Exzellenz sich zufällig sehr erbosen müssen. Einer der Schreiber seines Stabes, der seinen Dienst bisher völlig untadelig versehen hatte, war ohne Abendurlaubsschein ergriffen und zur Anzeige gebracht worden. Daran lag schließlich nichts, was einem General im Weltkriege die Schläfenadern schwellen konnte; die näheren Umstände machten es. Wörtlich genommen stimmte, was auf dem Strafzettel stand. Der Tatsache nach aber war ein Kommandanturoffizier, auf Befehl des Herrn Ortskommandanten, mit seiner goldenen Sprungdeckeluhr in der Hand die finstere Straße abgeschritten, in der der Divisionsstab untergebracht war, und hatte genau vier Minuten nach zehn den aus dem Soldatenheim pünktlich heimkehrenden Unteroffizier Rahn gestellt und unbarmherzig gemeldet. Leider, von ihm aus betrachtet, hatte er nicht mit der Menschenkenntnis des Stabsfeldwebels, Vizefeldwebels Pont, und dem Glauben gerechnet, den der Adjutant, Oberleutnant Winfried, in die Aussagen seiner Mannschaften zu setzen beliebte. Auf diese Weise wurde Exzellenz zwar Unteroffizier Rahn »gemeldet«, gleichzeitig aber nüchternen Tones alle näheren Umstände, die, nun wieder vom Stab aus beurteilt, den Fall zum Skandal anschwellten. Da der Krieg dank der Starrheit des Militärgeists nur einen ungeheuer vergrößersten Garnisonbetrieb aufzog, kaum daß man die Kampfstellung hinter sich hatte, blieben für derlei Scherze Zeit und Nerven. Lychow aber gefiel das schlecht, und er beschloß, Herrn Rittmeister von Brettschneider über diese Zucht einmal zur Rede zu stellen. Und wenn ein General einen gewöhnlichen Rittmeister – vom gemeinen Mann her ein Gott, vom General aus aber nur ein tönernes Göttchen – zu sprechen wünscht, nimmt das gelegentlich recht peinliche Formen an. Unmittelbar nach der Besprechung dieses Falles trug man mit andern Personalfragen dem General die Anforderung Posnanskis vor, der als Ersatz für seinen abwesenden Burschen den Untersuchungsgefangenen Bjuschew, augenblicklich bei der Kommandantur zuständig, benötigte und aus Prozeßgründen gerade diesen Mann gern in nähere Beobachtung bekäme.
Selbstverständlich hatte Exzellenz diesen Bjuschew, oder wie der

hieß, bereits vergessen. Niemand durfte das wundern, denn ein gefangener Russe galt zu gewissen Zeiten weniger als eine Laus, sofern diese zufällig im Halskragen eines wichtigen Mannes Platz nahm. Ein paar Bemerkungen Oberleutnant Winfrieds jedoch, der in seiner gewinnend freundlichen Haltung vor dem Onkel paradierte, halfen seinem Gedächtnis nach: der Mann, der eigentlich tot zu sein hatte, nicht wahr?, und durch witzige Verkettungen immer noch lebte, ja sogar kräftig Aussicht hatte, wenn er nicht schwindelte, durchzukommen. Es lag, sagte Winfried munter, dem Kriegsgerichtsrat, den Exzellenz ja sehr gut leiden konnte, etwas daran, besagten Panje, von dessen Glaubwürdigkeit er überzeugt sei, dauernd zu beobachten, so lange wenigstens, bis eine geordnete Gegenüberstellung mit zwei schon in Marsch gesetzten Landsturmleuten vorüber sei. Im Gefängnis der Kommandantur gehe es dem Manne ja soweit nicht schlecht; da er aber schließlich Gefangener der Division war, sollte er doch die Divisionsordonnanzen entlasten und nicht den Kommandanturmannschaften freie Zeit verschaffen.
Exzellenz von Lychow stimmte dieser Rede beifällig zu, und die Angelegenheit schien abgetan. Aber am Nachmittag, nach gemütlichem Speisen – der Koch des Kasinos glänzte früher einmal als Küchenchef im Rostocker Hof, Rostock, es hatte Ochsenschwanzsuppe mit Schwemmklößchen, Rinderbrust gepökelt mit Meerrettichtunke und Salzkartoffeln und hinterher Chesterkäse gegeben, wozu vor Mokka und französischem Kognak ein guter Rotwein getrunken wurde –, brachte Dr. Posnanski die Begegnung noch einmal vor. Er pflegte sein gesetzestreues Mahl in einem jüdischen Gasthofe einzunehmen, zum Kaffee aber im Stabskasino zu erscheinen, und wurde mit Glanz bewillkommnet. Während er der neuen Ordonnanz behaglich mitteilte, sie solle die Sahne sich sparen, nicht weil er an Abneigung gegen Büchsensahne leide, sondern weil er einem Dienstbefehl des lieben Gottes zufolge nach fleischigem Mittagsmahle erst in abgemessener Frist milchige Speisen zu sich nehmen dürfe und die Dienstvorschrift der Thora doch schließlich um einiges rangälter als selbst die preußische Felddienstordnung sei, fragte er Exzellenz geradezu, ob er sich den Rußki nicht einmal ansehn wolle. Der hänge doch nun zwischen seinen zwei Existenzen wie eine verzauberte Seele. Aus dem Bjuschew sei er hinausgeschlüpft, in den Paprotkin aber noch lange nicht zurückgekehrt. So etwas bekomme man doch auch in Merwinsk nicht alle Tage zu Gesicht, und im übrigen werde er Seiner Exzellenz vielleicht gefallen. Er sei ein Prachtstück

von einem Soldaten; schade nur, daß er in einer so schnurrigen Montur herumlaufen müsse ... und er beschrieb sie des näheren mit geistreichen Vokabeln. Von Lychow fand, er könne diesem ulkigen Huhn zu Gefallen sich den Russen ganz gern einmal bekieken. Um halb fünf sollte sich der Bjuschew ohnehin auf der Registratur des Stabes melden.

»Alles«, sagte der Kriegsgerichtsrat Posnanski, »kommt auf die Umwelt an, in der es passiert. In den nächsten Tagen werden ja nun wohl die beiden Eberswalder Landsturmritter ihren Weg zu uns gefunden haben. Es ist halt schwer, vom Waldparklager nach Merwinsk zu treffen, wenn man nicht gerade flüchtiger Gefangener und emsig bemüht ist, uns zu vermeiden. Aber sie sollen uns gerüstet finden. Ich brauche eine möglichst ungezwungene Luft zwischen den beiden einander in die Arme fliegenden Parteien; keine steif gestellte Terminverhandlung mit feierlicher Vorführung der Opfer, sondern eine bürgerliche Begegnung, in der alles psychologische Beiwerk der Wahrheitsfindung frei spielen kann. Und selbstverständlich muß sich dieses Wiedersehn unter meinen Augen und in der Anwesenheit einer aufschreibenden Künstlerhand abspielen. Darum möchte ich den Mann nach Möglichkeit tagsüber in der Nähe meiner Schreibstube beschäftigen. Exzellenz verstehen ja was von Menschen, und wenn uns die beiden Eberswalder den Mann bestätigen, heben wir mit aller Behutsamkeit unser Urteil auf, schicken die Akten der obersten Justizabteilung und halten den Mann so lange bei uns, bis die in Bialystok über die Zuständigkeit des Falles bei dem und dem Etappen- oder Kriegsgericht entschieden haben. Da ich also Exzellenz nicht noch einmal mit solch simplem Menschenkind behelligen mag, möchte ich es schon am heutigen Kalendertag vorführen.«

So kam es, daß gegen fünf ein preußischer General und ein russischer Kriegsgefangener einander zu mustern Gelegenheit hatten. Für den Gefreiten Sacht kein schlechter Schreck, als plötzlich statt eines Unteroffiziers oder Schreibers, dem er den Russen zur Beschäftigung übergeben sollte, lauter Achselstücke und gar Generalsepauletten das Zimmer betraten! Bedeutend schlimmer als seinerzeit die dicke Luft in der Orneschlucht und bei Bezonvaux! Einen General sehen bedeutete fast immer Unheil für ein so winziges Wesen wie einen Gefreiten. Aber nach dem ersten Entsetzen stand ein bißchen blaß, aber sonst tadellos proper der Gefreite Sacht in strammer Haltung vor Seiner Exzellenz und meldete: »Ein Gefreiter als Wache, ein russischer Gefangener zum Dienstantritt.«

Exzellenz von Lychow gefiel der Landser. Er wußte etwas um das

Zustandekommen der Landwehrkompanie, die im Dienste der Kommandantur stand, und fragte ihn nach seinen Feldmonaten, wo er verwundet worden sei, ob es arg hergegangen wäre, und er bestätigte sich im Geiste die ganze Verdunaktion als hellen Wahnsinn, der nach den ersten fünf Tagen hätte abgebrochen werden müssen! Dies sagte er aber nicht, sondern verwunderte sich, daß dem Gefreiten kein schwarzweißes Bändchen im Knopfloch stecke. Ob denn die Kompanie nicht ausgezeichnet worden sei.
»Nein«, sagte der Gefreite. Seine Kompanie sei damals nicht betroffen worden. Er meinte eigentlich: berücksichtigt worden. Aber ein Gespräch mit dem Divisionsgeneral durfte den Wortschatz eines Soldaten schon durcheinanderschütteln. Der General blickte seinen Neffen und Adjutanten kurz blinzelnd an, und Winfried notierte innerlich, daß bei nächster Gelegenheit dieser Gefreite Sacht zur Erinnerung an seine Begegnung mit Exzellenz das Eiserne Kreuz bekommen werde. Aber Hermann Sacht verstand das auch, obwohl die Geltung dieser Kriegsauszeichnung damals schon niedrig im Kurse stand, errötete er doch langsam und vor Freude, denn, dachte er, verdient hab ich mir's; verdient haben wir's uns alle, Mann für Mann, die dort in der Sch... eune gesteckt haben. Und wenn's auch später kommt und bei falscher Gelegenheit: verdient ist verdient, und EK ist EK, und er hatte wieder etwas nach Hause zu berichten. Inzwischen betrachtete Exzellenz den Mann, der für eine läßliche Schwindelei beinahe erschossen worden wäre. Grischa wußte mit der natürlichen Klugheit eines Mannes den richtig einzuschätzen, der da vor ihm stand. Es konnte nur ein sehr hoher Offizier sein, ein Arzt bestimmt nicht, sondern ein richtiger General, und er meldete in russischer Sprache, wie es der Dienst seines Heeres vorschrieb, indem er die vorschriftsmäßige Anrede: woshe prewasschaditjelstwo in die Luft des Zimmers schmetterte und auf russische Art dabei salutierte.
»Gelernt ist gelernt«, sagte Exzellenz, auch ohne daß ihm der Dolmetsch erklärte, was vorging.
»Ob du nun wirklich Paprotkin bist, mein Sohn, wird sich ja bald herausstellen«, sagte er wohlwollend, und während der Dolmetsch auch seine Worte weitergab, ging zwischen den beiden Augenpaaren Strom hin und her. Grischa zuckte mit keiner Wimper. Zwischen der Farbe von Generalsaugen und der von Gefangenenaugen bestand fast kein Unterschied, konstatierte Dr. Posnanski im stillen; die Natur oder Gott handelte hier geradezu aufrührerisch. Inzwischen geschah zwischen Lychow und dem Russen ein Akt des Verbundenwerdens, tiefer, als beider Bewußtsein verstand. Senfkes

Augen und Gestalt! erinnerte sich von Lychows Seele, nicht er. Sein waches Ich zog aus diesen frühesten Schichten im Augenblick keine Spiegelung; aber die nie auslöschbare Vergangenheit in ihm sah durch Grischas lebendige Gegenwart den treuen Grenadier Senfke schimmern, den eigentlichen Erzieher des kleinen Otto, noch aus der Zeit, wo Waldemar von Lychow, der Vater, Hauptmann im zweiten Garderegiment zu Fuß, dieses Faktotum von Burschen ins Haus gebracht. Wer machte Otto von Lychow aus Gummischlauch und Astgabel die erste Schleuder? Wer bog ihm einen Rohrstock zum Flitzbogen? Auf wessen Schultern ritt er zum Kampf mit eingelegtem Scheuerbesen, einen Papierhelm auf dem Kopf und den großen runden Schild, Mutters größten Topfdeckel, am linken Arm? Wer in einem fort hatte dem blonden kleinen Jungen, der heute als Exzellenz von Lychow über Zehntausende gesetzt war, das Ideal der Mannhaftigkeit, der Schweigsamkeit und der Treue verkörpert und beigebracht? Karl Senfke aus Hohenlychow, wer sonst? Mit seiner Gardegestalt, den engen, von Backenknochen und Jochbögen bedrängten Augen und seinem blonden, feinen Haar, vor allem in der stetigen und ergebenen Dringlichkeit seines Blicks mit diesem Grischa verwandt, ja identisch. Hätte der General im Augenblick sein Gedächtnis durchstöbert: den Senfkekarl hätte er nicht darin gefunden, und dennoch regierte sein lebendiges Nachbild diesen Augenblick aus unsichtbarem Zenit her.
»Prachtvoller Kerl«, sagte Exzellenz und seufzte: »Es war einmal«, denn er erinnerte sich der Kinder, die er vor ein paar Tagen im Stahlhelm und mit Handgranaten behängt draußen besichtigt hatte, der schmalen, halbreifen Gestalten, die das Soldatenhandwerk statt eines bürgerlichen Berufes erlernten. Hier stand, gut 1,83 groß, mit breiten Schultern und muskulösem Brustkasten der wirkliche Krieger, für den Krieg recht eigentlich erfunden, mit Armen, um zuzustoßen, Beinen, um im Sturm anzugreifen, und einem Schädel, der unterm Helm einen Kolbenschlag glatt vertragen konnte. »Fragen Sie ihn mal, ob er uns nun die Wahrheit sagt«, meinte er zum Dolmetsch und sah mit Anteil in Grischas Gesicht leidenschaftliche Bewegung arbeiten, während er, ohne die Augen aus dem Blick Seiner Exzellenz zu heben, überstürzende Beteuerungen in russischer Sprache von den Lippen schleuderte. Der Dolmetsch, aus seiner schwerfälligen Gleichgültigkeit durch die Anwesenheit der hohen Offiziere gerissen, übertrug Satz für Satz.
Er beteuerte, die Wahrheit zu reden. Er bereute, daß er es nicht von vornherein getan habe. Er wolle ja nichts anderes als nach Hause.

Ihm hätte die Nachricht, daß drüben Frieden sei, den Kopf verdreht. Darum sei er ausgerissen, und Angst hätte er gehabt, als Ausreißer und Wiedergefangener jahrelang nachsitzen zu müssen, wenn die anderen längst ausgetauscht worden seien. Darum habe er seine Lippen mit Lügen krumm gemacht, und das sei die ganze Wahrheit, so wahr er das Georgskreuz auf der Brust trage und beim Haupte seines kleinen Kindes, das er noch nicht sehen durfte.
»Eigentümliche Leute«, sagte Exzellenz. »Das Recht auf Schwindel gehört zu den unveräußerlichen Menschenrechten seit der Schulzeit«, entschuldigte Dr. Posnanski; zum Glück überhörte Exzellenz den größten Teil der kecken Wahrheit. Er musterte den befremdlichen Anzug Grischas und fragte den Gefreiten, ob man den Mann nicht etwas passender hätte einpuppen können. Der beeilte sich, zu versichern, Uniformen hingen auf Kammer bis tausend, aber jeder Bekleidungsoffizier spare mit ihnen wie der liebe Gott mit Blitzen. Von Lychow lachte wohlgefällig.
»Muß er auch«, sagte er. »Dazu ist er da. Heute und morgen geht der Krieg noch nicht vorbei, und unsere guten Monturen brauchen wir, unsere Jungens warm zu halten. Der Rock sieht ja noch leidlich aus«, tröstete er sich selbst. »Auf dem Rücken hat er's, Exzellenz«, meinte der Gefreite zutraulich, und er ließ Grischa kehrtmachen. Grischa erriet; ein breites Grinsen öffnete einen Augenblick seine starken gelben Zahnreihen, dann warf er sich krachend herum und wies Seiner Exzellenz jäh die Schulter, in der der große eingesetzte Flicken die Erinnerung an jenen scheußlichen Granatsplitter verewigte. Exzellenz blickte auf diesen Fleck. Ein Hauch von Schwermut machte seinen Atem leiser gehen. Da hatte der lausige Krieg wieder einen braven Kerl im Vorbeigehen beiseite geschmissen und war heutigentags noch nicht zu Ende; mußte, wenn die Zeichen nicht trogen, auch auf dieser Front wieder neu ins Wälzen kommen. Bei aller Zuversicht lag ein banges »Wie lange noch, o Herr?« in seinem Munde, und ohne ein Wort zu sagen, entließ er Grischa und den Gefreiten und wandte sich zum Ausgang.
»Der Mann sieht gut aus«, sagte er zu Posnanski. »Lassen Sie mich über das Ergebnis nicht im unklaren. Für heute könnte er ja mit seinem Gefreiten eine Stunde bummeln. Luft wird ihm guttun«, und damit verabschiedete er sich von den Herren, um die Treppe hinauf seinen Stabschef, Major Grassnick, bei seinen Karten, Fähnchen und Tabellen zu besuchen. Vielleicht geruhte Brest-Litowsk, wo die Operationsabteilung des Oberbefehlshabers stillschweigend über ihren Plänen arbeitete, inzwischen Klarheit zu drahten.

Grischa stand noch immer, das Gesicht zur Wand. Er hörte zwar Füße sich entfernen, wartete aber auf ein sicheres Zeichen. Hermann Sacht tippte ihm auf die Schulter. »Kehr dir um, Rußki! Du hast mächtig Eindruck geschunden und mir das EK verschafft. Komm in die Kantine, das begießen wir.«
Grischa drehte seine ganze Gestalt langsam herum, setzte sich auf eine Bank und sagte, er wolle sich einen Augenblick ausruhn. Eigentümliche Schwäche in den Knien und ums Herz verriet die Anspannung dieser letzten zehn Minuten; aber sie hatte gelohnt. Nun konnte es ihm nicht mehr schlecht gehn. Ein General hatte ihn lebenspendend angeblickt. Bestimmt sah er Marfa Iwanowna und sein unbekanntes Mädelchen wieder. Und dann kam, händereibend und mit seinen großen, vorgewölbten Augen hinter der dicken Brille lachend, der Kriegsgerichtsrat ins Zimmer und rief: »Gemacht.«

Um den dreizehnten Mai, prompt mit den drei Eisheiligen Mamertus, Pankratius und Servatius, setzte der Winter mit Schnee und Frösten den Schlußstrich unter seine Jahresrechnung. Grischa, die Arme voll Holz, das er soeben im Hof gesägt hatte, fütterte, von der Glut rot und grell angeleuchtet, den Ofen der Schreibstube, in der der Kriegsgerichtsrat dem Schreiber Bertin soeben einen Schriftsatz diktierte, der einem Armierungssoldaten von der Anklage wegen »Gehorsamsverweigerung vor versammelter Mannschaft unterm Gewehr im Felde« verhelfen sollte. Da klopfte es kräftig an die Tür, ein traten zwei ältere Männer in Infanterieuniform und Feldmütze, Brotbeutel, Flasche und Trinkbecher auf der Hüfte, schlugen die Hacken zusammen, als sie das blinkende Achselstück erblickten, und wollten soeben eine stramme Meldung als Unteroffizier Fritzke, Gefreiter Birkholz, Landsturmbataillon Eberswalde, fünfte Kompanie, vollführen, als Grischa vom Heizen aufstand und sich zum Weggehen anschickte. Zufall, erhabener Regisseur! dachte Posnanski in aller Eile, dann schrie Grischa, indem er die Arme wie ein tanzender Kranich seine Flügel halb lüftete: »Boshe moi, mein Gott, Unteroffizier Fritzke!« Und auf einen Wink Posnanskis hin antwortete ihm sein früherer Aufseher: »Na, Paprotkin, alter Vogel, haben wir dich nu wieder beim Schlafittchen!«, und dann schüttelten sie sich die Hände, strahlend vor Wiedersehensfreude, weil sich Männer, die miteinander einmal unangenehme Zeitläufte durchlebten, immer anfunken, wenn sie beim Wiedersehen feststellen dürfen, jeder von ihnen habe die böse Zeit überdauert.

Damit nahm der Schreiber Bertin ein Protokoll auf, das kraft mehrerer Unterschriften die Identität des Bjuschew mit Paprotkin feststellte, amtlich besiegelte, gerichtlich beeidete, für alle Ewigkeit entschied. Es beschloß das Aktenstück »Bjuschew alias Paprotkin«, welches aus sieben Nummern bestand und mit diesem heutigen Blatt endete, auf dem nichts als jene drei Zeilen Textes, vier Unterschriften und ein Dienstsiegel vorkamen. Der Rest, weißes Papier in Hülle und Fülle, lud zu weiteren Bemerkungen nahezu ein. Bertin regte an, es abzuschneiden, denn Sparsamkeit mit Papier war befohlen, aber Posnanski beschloß zur Feier des Tages, den Bogen heil zu lassen. Und dann schickte er die beiden Eberswalder mit Grischa weg, damit sie sich Merwinsk besehen, im großen Soldatenheim essen und in der Kantine eins hinter die Binde gießen könnten. Dem Namen nach sollten sie ihn beaufsichtigen (in Wirklichkeit er sie führen) und um zwei Uhr wieder hier abliefern.
»Ausfliegen wird der ja nich wieder«, sagte Unteroffizier Fritzke vertraulich zu dem Kriegsgerichtsrat, dessen Harmlosigkeit als Vorgesetzter er schnell durchschaute, »denn er hat sich den Kopf an der Scheibe dußlig gestoßen«, und dann, gewissermaßen als Dank für diese Lebensweisheit, bekamen die beiden Ritter den Raum zwischen den Knöpfen ihres Waffenrocks mit je zwei Zigarren verziert.
Grischa verließ den warmen Raum mit einem Gefühl von Straffheit und Glück, das ihm aus Augen und Haltung unhemmbar leuchtete. Nun war er wieder er selbst. Nichts mehr von Bjuschew, Gott sei Dank, nichts als Paprotkin, Grischa Iljitsch, ging hier mit den alten Kameraden durch den Frühlingsdreck. Nun würde alles Erlittene abgewaschen werden wie der Schmutz von den Stiefeln heute abend und nach einigen Wochen Wartens diese Sache wieder in Ordnung kommen. Ihm war, als sei bis jetzt ein wesentlicher Teil seiner selbst wie ein Spiegelbild von ihm entfernt gewesen und wäre eben endlich, wie beim Zerschlagen eines trennenden Glases, wiederum mit ihm in eins geflossen. Heil und ganz ging er wieder unter den Menschen, und wenn seine Fröhlichkeit sich auch um vieles bedächtiger anfühlte, spürte er sich dafür doch auch erfahrener, gewichtiger. Seine Seele, erstarrt im militärischen Betrieb und erweckt durch das Lebendige der Flucht und das Tödliche jenes Urteilsstoßes, hatte begonnen zu altern, weiser zu werden. Er wußte es nicht, aber in der Art seiner Freude empfand er Veränderung.
Indessen umknotete Posnanski eigenhändig das Aktenstück »Bjuschew alias Paprotkin« mit einem jener bunten Bindfäden,

die zur Verpackung von Liebesgaben aus den Fabriken geschäftstüchtiger Unternehmer kommen und die, bei den Preußen sorgfältig gespart, wieder Verwendung finden müssen. Ein schwarzweißrot gedrehtes Schnürband bündelte die gewichtigen Papiere.
»Auf nach Bialystok!« winkte der Kriegsgerichtsrat.

Drittes Buch: Schieffenzahn, Generalmajor

Erstes Kapitel: Papiere allerlei

In jenen Tagen ordnete sich der Krieg um die Länder Mitteleuropas zu starrem Ringe. Mit ungeheurer Macht, mit einem Meer von abstoßenden, entwertenden, verneinenden Leidenschaften wogten, um die Epoche europäischer Bruderkriege endlich abzuriegeln, über dreißig Staaten gegen das Gebiet an, das allein durch die Mauer der Front von ihrem Anprall geschieden war. Die Mächte hielten einander stand. Gegen die Männer des Erdballs stemmten sich mit den tapferen Österreichern, Türken, Bulgaren die deutschen Mannschaften, grau, schlecht ernährt, ohne Tanks, mit wenigen Flugzeugen und spärlichen U-Booten. In Palästina und am Doiransee Mazedoniens, in Rumänien und Italien, quer durch Frankreich, Belgien, Kanal und Nordsee entlang gegen England, weiter durch die Ostsee bis Libau, und zu Lande dann durch Rußland von Windau bis zur Bukowina fochten sie, erkrankten, schimpften, starben – sehr fern von den Hauptquartieren mit klirrenden Kaisern, Königen, Prinzen, Marschällen, Generalen.

Inzwischen zitterten in Paris und London die Staatsmänner und Politiker vor der Möglichkeit, die Deutschen könnten in klarer Erkenntnis ihrer Lage auf große Weise handeln. Da mit dem Eintreten Amerikas ihre Niederlage von Monat zu Monat näherrückte, vermochten sie vielleicht den ungeheuren Akt der Selbstbescheidung zu vollziehen: das östliche Gebiet zu räumen bis auf eine Sicherung der deutschen Grenze und ihre gesamte Macht, nahezu acht Millionen kämpfender Männer, Geschütze, Geschosse, Gase, Feuerflammen, auf irgendeinen geeigneten Punkt der Westfront zu richten. Nach gelungenem Durchbruch ließen sich Entscheidungen über das Ende des Krieges bei Nachgiebigkeit in Elsaß-Lothringen und Wiederherstellung Belgiens nicht ernstlich hintanhalten, was einem deutschen Siege gleichkam. Daher beschlossen sie, das verfallende Heer der Russen noch einmal ins Gefecht zu führen, zugleich aber durch den Papst eine Hand nach günstigerem Frieden auszustrecken. Davon unangefochten rasten in der Champagne, in Flandern die Granatschleudern, die Maschinengewehre, flogen menschliche Körperteile blutend durch die Luft, platzten Erdgänge mit Dynamit gefüllt unter bewohnten Höhlen, pfiffen, von Fliegern gelenkt, Bomben auf die Köpfe von Flüchtenden, nähten klappernde Maschinengewehre endlose Stichketten des Todes in den Frontsaum der Völker. Die Waage der Entscheidung hing leise zitternd gleich zu gleich.

In Rußland behauptete das Offizierskorps des Feldheeres, besonders die Generale um Brussilow, die österreichische Front an beliebiger Stelle durchbrechen zu können. Es schien dem jungen Verfassungsstaate, den bürgerliche Demokraten und westlich gerichtete Sozialisten neben alten Zarenparteien trugen, nicht angängig, mit der Belastung einer Niederlage und großer Gebietsabtretungen sein neues Regime einzuleiten. Nur aus der äußersten Linken schüttelten die Führer kleiner Gruppen, der Industriearbeiter, des Proletariats im eigentlichen Sinne, die Fäuste nach sofortigem Frieden, Sonderfrieden, gleichviel – als Sachwalter des gemeinen Mannes: über zwei Millionen Tote, an vier Millionen Verwundete gaben ihnen Nachdruck. Vorläufig lag der südliche Teil der Front als See und Sumpf unter Wasser. Die Frühjahrsüberschwemmung der Ströme verhinderte den Krieg gerade dort, wo nach Meinung der Russen die schwache Seite der Ostfront lockte. Es gab Zeit zu allerlei Entschließungen. Europa stöhnte schwer entblutet, hoffte zaghaft auf ein baldiges Ende seiner Leiden, bat mit Millionen unhörbarer Stimmen um Erlösung von dem Übel. Die einfache instinkthafte Weisheit des Volkes wußte, daß jenseits der klügsten Erwägungen und aller politischen Schläue der Greise derjenige Friede für alle Beteiligten der beste war, der am frühesten geschlossen wurde.

Der Schreiber Bertin als Dichter liebte schönes Papier. Eine leere Seite, aus mattweißem, körnig glattem Stoffe gegossen, den zarten, faserig verlaufenden Rand aus der Bütte wie einen Adelsbrief vorzeigend, gab ihm Bezauberung der Fingerspitzen, des Auges. Er besaß von Vorzeit her Manuskriptbücher aus englischem Falkenbütten, venezianischem, gelbkörnigem Schreibpapier aus kleinen Papiermühlen an der Brenta, große, schwere Bogen holländischer Erzeugung mit Wasserzeichen und Namenszug. Als Rechtsanwalt Posnanski dies herausbekommen, schickte er ihn eines Tages in den Hof der Magazinverwaltung, des einstigen Kreishauses von Merwinsk. Dort entdeckte er aufgestapelte Bände, in uraltes Leder gebunden, durchlocht, zusammengeschnürt und mit Siegeln gesichert. Viele von ihnen lagen schon zerschnitten, zerfetzt umher; die Ordonnanzen hatten Befehl, mit diesen alten Akten zu heizen. Bertin, in einem der Wälzer blätternd, erblich über diese qualvolle Verschwendung, er sah Seiten über Seiten leer, nur mit einem leichten Vermerk in bräunlicher Tinte als leergelassen gekennzeichnet. Ihn ergriff Papierfieber, als er, der Russisch konnte, nach einigem Hineinlesen in den geschriebenen Text, Jahrezahlen zwischen 1808 und 1835, 45, 56 auf den Blättern erblickte – Akten einer längst verschollenen Leibeigenensteuer, bezahlt von Besitzern, die seit über hundert Jahren moderten, von Schreibern geschrieben, längst zerbröckelten Gerippen, über »Seelen« ausgestellt, deren Enkel, jetzt freie Männer, im Heere des Zaren starben oder als Witwen mit ihren Waisen sich auf graues Leben einrichteten. Das Rußland jener Tage, bis in seine Folgen war es verfallen; noch aber lag hier elfenbeinfarben, taubengrau, ja dunkelblau das Stempelpapier – ohne mehr als zufällige Flecken, ein Jahrhundert alt und bereit, weitere Jahrhunderte zu überdauern, wenn man es den Händen der Ordonnanzen entriß, die so edlen Stoff als Feueranzünder den Winter über verwendet hatten. Da Herr Ruppel vom Urlaub halb erfrischt, halb verzweifelt zurückgekommen war – wie es in Deutschland aussehe, wisse er ja nicht, aber wie seine Frau aussehe und wieviel sie wiege, das wisse er ganz genau – und da sich um Grischas Verwendung niemand besorgt zeigte, schon weil Rittmeister von Brettschneider seinerseits vier Wochen Urlaub auskostete, stellte Posnanski Grischa zum Ausreißen unbeschriebener Blätter aus dem Aktenhaufen an. Er saß auf einem Schemel im Freien oder unter einem Schuppendache, wie er wollte, und Erbe von Leibeigenen, zerstörte er, ohne es zu wissen, die Akten, in denen seinesgleichen wie Wertgegenstände oder Vieh versteuert stand. Da hockte er mit steilen Knien und gebogenem Rücken, blätterte und riß. Aus den dicken Blattbündeln stieg staubiger Dunst; die Kälte des Winters trat aus ihnen in seine Hände über. Unermüdlich zwitscherten und sprangen die Vögel im Garten des Kreisamts, der mit halbhoher Mauer an den Hof grenzte. Die letzten Rückschläge von Schnee und grauem Wetter waren besiegt. Strahlend und leicht segelten Juniwölkchen über das flachsblaue, bezaubernde Gewölbe der Tage.

Grischa lebte guten Muts. Seine Sache, deren sich ein General angenommen, konnte nicht mehr versacken. Als er von Bertin, der ihn jeden Mittag besuchen kam, um sich an den bereits geretteten Schätzen zu weiden, vernahm, der Krieg breche wahrscheinlich wieder los, und von Frieden sei vorläufig jedenfalls nichts zu hören, ertrug er gleichmütiger sein Hiersitzen, und daß die Stelle zwischen den Gräben und Drahtverhauen, die er so sehr gesucht, nur noch einige hundert Werst von ihm entfernt sei, fünf, sieben Tagemärsche im ganzen vielleicht. Er wollte nicht mehr kämpfen, er wollte ja heim; wie die Sachen jetzt standen, gönnte man ihm drüben allerhöchstens einen kurzen Urlaub. Dennoch aber schnitt zwischen seine Augen eine Falte, war das Gefühl, mit dem er hinlebte, wesentlich verändert. Wie ein Mensch, einmal verwundet, nie mehr mit der ahnungslosen Draufgängerei seiner ersten Woche sich dem Kriege aussetzt, sickerten ihm, Grischa, alle Dinge, Anblicke, Begebenheiten in eine tiefere Schicht der Seele ein. Frühmorgens aus seiner Zelle tretend, die ihm schon ganz vertrauter Schlafraum geworden, sah er beim Frühstücken, das graugrüne Brot kauend und den braunen Saft gebrannter Rüben, bitter und blechern von Geschmack, heiß durch die Kehle gießend, drüben an der Wand die Flinten hängen, mit denen die Landwehrkorporalschaft seiner Wache Dienst machte. (Er kannte mittlerweile die ganze Kompanie, und jedermann in ihr kannte ihn und sein Schicksal, das so sonderbar in der Schwebe hing.) Früher, vor wenigen Wochen noch, lag ihm die Flinte, ein vertrauter, lustvoller Gegenstand, gedankenlos in der Hand. Die Lust des tötenden Menschen, der seine Wirkung in die Weite streut, als vermöge er auf Hunderte von Metern zu pusten und ein Leben auszulöschen wie ein Flämmchen, das es ja auch war, hatte ihn erfüllt und schwellend hochgetragen; er war der Mann mit dem Bajonett, der Fechter und Stößer im leidenschaftlich hellen Rausch seiner tatfroh wirbelnden Glieder. Jetzt empfand er dumpf auch den Mann auf der Gegenseite als den nicht nur, der auch eine Kugel losschnellt, sondern auch als den, den sie trifft, der den Schlag und das Loch in sein Fleisch erhält, den Stoß und den grausigen Schmerz inmitten seiner Person fühlt. Wenn er mit der Axt vor Posnanskis Tür Holzscheite kleiner spaltete, saß seine Seele nicht nur mehr in der schwingenden Schneide und dem stählernen Keil des Axtblattes, der vom hölzernen Stiel und den Muskeln des Mannes Schwung und zertrennende Kraft empfing, sondern auch in dem Holze, das leicht auseinanderblätterte mit jenem seidenen Zerreißen glatt nachgebenden Holzes. Er gedachte, nein, er gewahrte auf seine ungespiegelte, dumpfhelle Art den schlanken, zersägten Leib der Kiefer oder Fichte, aus dem er soeben Scheite machte, und grollend versetzte er dem Holzklotz einen Tritt und spie, wenn er ihn neu faßte, auf den Stiel seiner Axt, der ja auch vom Baum stammte, und die beide verräterisch am Vernichten dieses lebendig gewesenen Bruders mittaten. Feuer machend sah er die Flamme sich ins Holz stürzen, gelb und blau fauchend, Leuchten und Wärme wiederum daraus lockend, und er staunte Brand und Asche an und die Glut, die in der Tanne geschlummert zu haben schien und die nun den Menschen, dem Posnanski, Bertin, dem Grischa Paprotkin, Wohligkeit schenkte. Bedächtig griff sein Geist von einem Gegenstand zum anderen; gründlich und von Worten nicht vereitelt, nahm er einen nach dem andern ins Reich seiner Gedanken auf. Er trat langsam von der tätigen Seite auf der Welt auf die stillhaltende hinüber; ohne die eine zu verlassen, ward er auch in der anderen heimisch. Die Heftfäden der Akten, die unter seinen starken Fingern krachten, bewunderte er sachverständig; solches Garn spann heute niemand mehr. Länger hielt es als die Leben derer, die es gedreht und eingefädelt. Jetzt fiel es zum Abfall ins Feuer, ungerecht ging man damit um; hätte jemand es in einen Schrank geschlossen, wie der Bertin am Abend mit den leeren Blättern tat, er hätte es nur in Ordnung gefunden. Und da wanderte mit Tinte Uraltgeschriebenes in den Ofen, und niemand kümmerte sich mehr um die Leute, die dort als Namen und Alter von Leibeigenen verzeichnet standen. Lesen, das meisterte er nicht; eine ganze Seite der menschlichen Künste war ihm verschlossen. Dabei hätte ihn Lesen vor der Falle bewahrt, die die Deutschen mit ihren siebensprachigen Drucksachen in allen Dörfern aufstellten – und er starrte vor sich nieder und seufzte schwer, wenn er eines fernen Dorfes gedachte und jener Nacht, in der er vor solch einer Tafel am Hause einer Bäuerin dumm gestanden. Schreiben schien ihm unheimlich und mächtig. Er hatte den Akt gesehn: »Bjuschew alias Paprotkin«, der noch immer verschnürt und reisefertig auf eine Gelegenheit harrte, der vermittelnden obersten Stelle zugesandt zu werden. Eine Dienstreise nach Bialystok ließ sich ziemlich leicht herausschlagen, aber die Sache Bjuschew allein rechtfertigte nicht die Entfernung eines Mannes, und sei es auch nur für Tage, aus dem Betrieb des Stabes; es mußte noch ein weiterer Anlaß dazu reifen. Und so sah Grischa Nachmittag für Nachmittag an der bestimmten Stelle des großen fichtenen Regals seinen Akt mit dem blauen Zettel daran, den Schriftzügen und der schwarzweißroten Schnur. Und er dachte sich, daß er nun, wie er hier laufe, viel weniger stark sei als das Ding, das geschriebene da, zwischen den Aktendeckeln. Denn in dem Geschriebenen stand, was recht war: eine ernsthafte Sache, nicht zu leugnen. Hielt das Papier zwischen den Aktendeckeln dort ebensolange aus wie das in den Bänden hier, die er zerstörte, so hätte diese Geschichte, sein Schwindel, Gericht, Urteil, die Kameraden vom Sägewerklager Aussicht, viel länger zu leben als er, der doch mit drei Fingern imstande war, diese Seiten auseinanderzureißen. So wirkte die Zauberei des Lesens und Schreibens. Es machte eine Sache dauerhaft. Aber er wußte es von Bertin: heute verstand man solches Papier nicht mehr zu bereiten. Und er schüttelte sich vor kurzem Lachen; nein, was die Deutschen auch anstellten – solches

Papier, wie es der Zar vor hundert Jahren gießen ließ, brachte niemand auf der Erde mehr zustande, wenn nicht die gelben Leute drüben in China.

Als er eines Tages sich auf der Schreibstube meldete, um von Herrn Ruppel, dem er immer weiter manchen Handgriff abnahm, eine Stulle mit Schmalz zu ernten, damit ihn nicht immer hungere, erblaßte er dennoch. Das Aktenstück, sein Aktenstück, lag nicht mehr im Regal, und er wußte: einen Schritt weiter ging's mit ihm!

Weg war von ihm alles, was an den Bjuschew erinnerte. Teufel, Teufel, der hat ihm zugesetzt! Wie aus dem Grabe ihm in den Nacken gesprungen oder sich mit ganzer Figur vor ihn gehängt, so war der Bjuschew mit ihm verfahren. Nun fiel er endgültig beiseite, wieder zurück in sein Grab hinten im Cholnoer Walde irgendwo, zwischen Baumwurzeln und im Sandboden, wo er wohnte und seine Säfte und Salze brüderlich mit den Weißtannen teilte und den Kiefern. Sehnsüchtig hielt Grischa seine Augen in die Wipfel gerichtet, der Bäume, die sie mit aller Macht dem kurzen Frühling ihrer Gegenden hinstreckten. In der außerordentlichen Wärme des Juni wuchsen sie beinahe sichtbar; die schmalen grünen Blätter, das fiedrige Gehäuse all der Wipfel ward in wenigen Tagen sattgrün. Jetzt im Walde liegen hätte gutgetan: auf dem sonnigen Abhang da sich nackt ausziehn, die Kleider in einen Ameisenhaufen stecken, damit Laus und Ei zum Henker fahren, zu dem stillen, fleißigen Ameisenhenker, der mit Läusen und Lausebrut umzuspringen weiß. Und selber faul im Terpentinruch, Harzruch, Rindenduft, Moosatem, Nadelhauch sich betrinken und den Winter vergessen, der einem die Knochen im Leibe frieren ließ, die Kälte in seinem fahrenden Sarg, die eisigen Finger aus dem Winterforst, die nassen Stiefel und Oberkleider der Schneewochen und die unausrottbare böse Mühsal der großen Reise njemenaufwärts. So, wie er sich jetzt fühlte, war dies nur eine gelindere Fortsetzung des Vorigen, hier wieder als Gefangener arbeiten, in einer kleinen hölzernen Kiste schlafen, rechts und links und vorn und hinten an die Deutschen stoßen und ihre karierten Gewohnheiten und Befehle. Ach, wenn er endlich einmal die Arme würde dehnen können, einmal die Lungen wieder ganz voll Freiheit ziehn! Erst mußte sein »Fall« nun zu Ende laufen, diese Schafsköpfigkeit, die er sich aus Liebe und Vorsicht hatte aufhalsen lassen von Babka. Sicherlich hätte er sie gerne wieder einmal gesehn. »Soldat, Idiot«, knurrte sie ihn immer an, viel zu stolz auf ihr bißchen weibliche Schlauheit zwischen den beiden Ohren, und nun, wer war der Idiot, der Überschlaue? Ha, wie dem Teufel im Märchen ging's ihr, der immer hochklug ist und dabei hereinfällt, geprellt wird vom Juden, vom Bauern, vom Soldaten, von allen. Er hätte gerne ihr, Babka, all diese langsam und zäh fließenden Entdeckungen in die Augen gesagt und sie dann bei den Zöpfen genommen und geküßt und wieder Nächte bei ihr gehabt, der grauäugigen starken Hexe. Aber in Wilna saß sie, irgendwo in Antokol oder an der Grünen Brücke, und nicht gedachte sie noch des Soldaten, hatte vielleicht einen neuen, oder gewiß, an ihren Brüsten. Er lachte leise. Warum sollte sie's nicht? Sie besaß einen Männerkopf und ein männliches Herz; da blieb man nicht schüchtern und wartete, bis einer sie heiratete. Und auf den Brief, den der Kaufmann an der Kirche geschrieben, traf Antwort nicht ein. Ja, sie hatte ihn vergessen, und er, weil eingesperrt und immer mit seinen Gedanken umgehend, gedachte ihrer immer weiter. Warum nicht?

Er hätte sein inneres Gefühl von der Zähigkeit und Stetigkeit Babkas nicht ableugnen sollen. Statt eines Briefes kam sie selbst, eine Frau, barfüßig im warmen Staub der großen Straße von Wilna hinein nach Rußland – starke graue Augen, graue Zöpfe und auf dem Rükken einen Tragkorb, denn sie will Beeren suchen und verkaufen, Beeren und Pilze, wie es Tausende von Frauen auf der Erde jeden Tag tun. Die Himbeeren und die Erdbeeren läßt der liebe Gott für die Weiber und Kinder wachsen, damit die Armen und Schwachen sie pflücken und verkaufen und davon in Zeiten des Hungers leben. Diese Frau braucht keinen Polizisten zu scheuen, ihre Ausweise stimmen in harmonischer Ordnung, auf den Mund gefallen ist sie auch nicht, und wenn sie will, schlägt sie dir mit einem Knüttel die Schläfen ein – vor wem sollte sie sich also fürchten? Wenn es verboten ist, nachts zu wandern, nun, manche Leute finden oft erst spät Herberge. So setzt sie ihre Füße jeden Tag, jede Stunde des Tages einige Werst weiter, auf Merwinsk zu, seit sie die Nachricht bekam, ihr Soldat, dieser Idiot, habe sich natürlich von den Deutschen wieder fangen lassen, wie sie es vorhergesagt. Im Grunde ist sie selig darüber. Denn jenseits der Drähte wäre er ihr entrückt gewesen, aber nur jenseits der Drähte. Diesseits, hier, bleibt er ihr erreichbar, und wieder muß sie mit ihrem Kopf und ihren Ratschlägen und mit allem, was sie ist und hat, hinlaufen, um ihm zu helfen. Sie weiß nichts von den näheren Umständen, überhaupt nichts als den Satz, den Fedjuschkas Vater geschrieben: »Deine Adresse sagte mir ein Gefangener. Er brachte mir Grüße. Es ist schrecklich, mit was für Gesindel du dich herumtreiben mußt. Gebe Gott und der heilige Kyrill, daß der Engländer dem Deutschen bald den Rücken bricht. Der Gefangene heißt Bjuschew, Ilja Pawlowitsch. Ich gab ihm einen Schnaps und zwei Zigaretten. Er sitzt in der Kommandantur. Sie wollen ihn erschießen.«

Daß er noch lebte, bezweifelte Babka keinen Augenblick, denn, wie sie es auch wandte, sie sah zum Erschießen keinen Anlaß, und sie wußte, methodisch, wie er nun einmal beschaffen ist, tut der Deutsche nichts ohne einen richtigen Grund, so einen, der, wenigstens in seinen Augen, genauso schwer wiegt wie das, was er daraufhin unternimmt. Und was, wenn nicht einen Mord unterwegs, konnte Grischa angestiftet haben? Und sie beschleunigte unwillkürlich das Tempo ihrer Schritte, Unruhe im Herzen, zerrende Vermutungen im Geiste und eine Falte zwischen den schmalen flachen Brauen. Wenn er noch lebte, gut. Wer er hinüber, dann wehe seinen Mördern. Sie kannte jedes giftige Kraut auf den Schutthalden und in den Wäldern. Überall wuchs genug, um eine ganze Kompanie vom Magen aus zu besiegen. Dies brodelte heiß und verschwimmend in ihren Vorsätzen, den Möglichkeiten einer harmlosen, alltäglichen Beerenfrau, wie ihr sie auf allen Märkten und vormittags in allen Straßen östlicher Städte sommers trefft. Barfüßig, die Schuhe an den Bändern über die Achsel hängend, hastet sie, kurze Spuren eindrückend eines breiten Frauenfußes, rechts entlang am Rande der Straße, Richtung Merwinsk.

Inzwischen hob Stabsfeldwebel Pont, der im Dienstzimmer seiner Registratur hinter seinem Schreibtisch thronte, das schwere zerdachte Haupt und sah Oberleutnant Winfried an, der schmal und freundlich zu ihm sprach. Er verstand: er werde dem Landsturmmann Bertin Fahrscheine und Papiere so ausstellen, daß das erste Paar zur Fahrt Merwinsk–Bialystok und zurück, das zweite Paar Bialystok–Berlin und Berlin–Bialystok verwendet werden konnte. Einer Dienstreise von einer Woche Dauer ungefähr stehe nichts im Wege, wenn der Herr Oberleutnant unterschreibe. Der Adjutant nickte schmunzelnd; Dienstsiegel und Unterschrift des Adjutanten einer Division wogen auf der Erde ihr gutes Lot ... Laurenz Pont lächelte schwach. Selbstverständlich, der Dienst wäre nicht zu ertragen für Leute vom Feldwebel abwärts, wenn nicht unerlaubte Erleichterungen ihm einen menschlicheren Charakter einhauchten. Und nach einer Viertelstunde brachte er, ursprünglich Vizefeldwebel in einem Landwehrartillerieregiment, die Papiere zur Dienstreise des Landsturmmanns Bertin zur Unterschrift. Vier Fahrscheine, einen Ausweis, in welchem alle Dienststellen ersucht wurden, den Inhaber, vom Stabe der Division Lychow, ungehindert reisen und ihm nötigenfalls Hilfe angedeihen zu lassen, den Entlausungsschein

und die Anweisungen auf Verpflegungsgeld beim Zahlmeister sowie besondere Papiere an die Justizabteilung beim Oberbefehlshaber Ost. Winfried konstatiert mit Befriedigung, keines der wichtigen Dokumente fehlt. Auf dem Wege über eine gewisse Schwester Bärbe, ihm nicht ganz unbekannt in verschiedenen Gestalten, hat ihre Freundin, Schwester Sophie, dem Schreiber Bertin diese ausgezeichnete Vergünstigung zuteil werden lassen. Der offizielle Teil seiner Dienstreise wird ihn nach Bialystok führen, wo er wichtige Papiere für die Nachrichtenabteilung (III B) und die Akten des Falles »Bjuschew alias Paprotkin« bei der Justizabteilung (IX) abzuliefern haben wird. Kriegsgerichtsrat Posnanski hat das Aktenstück übersichtlichst geordnet und ihm einen lichtvollen Schriftsatz beigefügt, in welchem klar und deutlich nachgewiesen wird, was man von der obersten Justizbehörde erwartete: nämlich einfach die Ermittlung des zuständigen Gerichts in der großen, viele Provinzen umfassenden Gestalt des Reiches Ober-Ost. Ihm die Akten zuzuleiten und es zum Empfang des Untersuchungsgefangenen Paprotkin zu ermuntern, dies, nicht mehr, nicht weniger, erwartet Exzellenz von Lychow von der weisen Stelle beim Oberbefehlshaber. Wenn möglich, sollte der Schreiber Bertin den dort amtierenden Kriegsgerichtsrat, Dr. Wilhelmi, im Frieden Amtsrichter irgendwo in der Altmark, mit schönen Grüßen des Kollegen Posnanski persönlich zu sprechen suchen, um ihn menschlich und unmittelbar an dem Fall zu beteiligen – was mehr wert ist als die kunstgerechteste Innehaltung sachlicher Verkehrswege und bei weitem viel mehr wert als das bloße hilflose Rechthaben, der armselige Anspruch auf Gerechtigkeit.
In vielen spaßhaft barocken Redewendungen hat Rechtsanwalt Posnanski dem Schreiber Bertin diesen mißtrauischen Leitspruch eingehämmert. Man braucht sich nur wenig anzustrengen, um die gebildeten und höhnischen Sätze zu hören, mit denen dieser Anwalt die Einrichtung der menschlichen Gesellschaft der Einsicht eines Schreibers preisgibt. Aber aus gutem Grunde hat Bertin seine inneren Ohren nicht ganz zur Stelle. In ihm fiebert schon das ungeheure Geschenk, das seine Freundin Sophie ihm in Gestalt einer Anzahl von Stunden bei seiner Frau Lenore draußen in Dahlem erwirkt hat. Ja, er wird alles daransetzen, in Bialystok so gut wie möglich zu arbeiten, die Akten selbst an die richtige Stelle zu tragen, und den Besuch bei den Herren der Presseabteilung, um den er telefonisch ersucht worden ist, ausführlich abzustatten; aber kein Mensch, der das Bündnis zwischen einem Mann und einer Frau kennt, wird sich wundern darüber, daß sein Hauptantrieb ihn schon

jetzt so schnell wie möglich von Bialystok wieder wegdrängte, nun aber nicht nach Osten, sondern westwärts ... Vier und einen halben Monat schon hatte er Lenore nicht mehr in den Armen gehalten, den Hauch ihrer Haare nicht mehr getrunken, den zärtlich umschleierten Blick ihrer grauen Augen nicht mehr gesehen, das beseelte, bebende Wort ihrer Stimme nicht mehr gehört. Die grausige Arithmetik des Urlaubs, der aus dem gemeinen Mann ein Wesen von anderer Natur macht, als Offiziere und Offiziersburschen sind, hat es gefügt, daß Bertin nach elf Monaten Abwesenheit nur einen und einen halben Tag zu Hause verbringen durfte, und auch diese nur illegal, durch Gunst. Seinen letzten Urlaub hatte ihm widerwillig und zähneknirschend das Tier von Feldwebel seines Armierungsbataillons im Juli 1916 nicht mehr verweigern können. Vier ganze Tage und zwei Reisetage war er Mensch gewesen jenseits der leicht modrigen Atmosphäre des königlich preußischen Armierungsbataillons 120, erste Kompanie. Im März 1917 frühestens war er wieder urlaubsberechtigt ... Ende Januar dieses Jahres aber hatte ihn, kurz vor seinem Zusammenbruch, das Telegramm des Oberleutnants Winfried zum Stabe der Division von Lychow angefordert, unmittelbar bevor sie nach Osten erlöst ward.

Selbstverständlich galt für Leute, die eben neu in einen Truppenteil eingegliedert worden sind – und der Stab einer Division wirkt hier wie ein Truppenteil –, kein Anspruch auf Urlaub, der ihnen in ihrem früheren Verbande gebührt hätte. Vielmehr traten sie, nicht rechtlich, sondern faktisch, als letzte Ankömmlinge ans Ende der Urlaubsliste des neuen Turnus – sie mußten warten, bis sie auch hier an der Reihe waren. Dies hatte Feldwebel Laurenz Pont dem neuen Schreiber des Divisionsgerichts eindringlich mitgeteilt und hinzugefügt: »Ich denke, der Wechsel zwischen Ihrer Kompanie da draußen und unseren Büros ist wohl eine Messe wert.« Dann, auf die mechanische Frage, was der Schreiber Bertin in seinem Zivilverhältnis sei, hatte er ungläubig den Kopf gehoben, als er plötzlich erfuhr, es handle sich nicht um einen beliebigen jüdischen Referendar oder Assessor, wie sie bei jeder Armierungskompanie zwecklos herumschippten, sondern um den Essayisten Bertin, um den Erzähler Bertin, kurz, um Werner Bertin ... Feldwebel Pont sagte darauf: »Ich kann Sie nicht auffordern, sich zu setzen, Herr Bertin, denn Dienst ist Dienst. Im übrigen bin ich, wenn ich diesen Rock nicht anhabe, Architekt, Baumeister, und wäre mein Vater nicht Maurerpolier hinten in Kalkar am Rheine gewesen, ich führte als Hauptmann meine Batterie und läge mit zerschmettertem Brustkorb irgendwo in Flandern oder Polen. Ich werde also versuchen,

Ihnen, wenn wir aus dieser lieblichen Einöde nach Osten rollen, eine Atempause in Berlin zu ermöglichen. Natürlich zählen Sie besser diesen Sprung ins Freie nicht nach Tagen, sondern nach Stunden, dann werden es mehr.« (Und er lachte.) »Als Vorwand vertraue ich Ihnen ein kleines Päckchen für meine Frau an, der Sie nebenan, in Zehlendorf, einen nachbarlichen Besuch von zwanzig Minuten machen sollen. Sie werden in ihr eine eifrige Leserin Ihrer Bücher kennenlernen, Herr Bertin, und im übrigen läßt sich wohl in puncto Dienstreisen schon was tun, um Ihren Urlaub, den Sie sich sicher schwer genug verdient haben, künstlich zu beschleunigen. Denn im Turnus müssen Sie bleiben.«

Erschüttert von diesem Tone von Menschlichkeit und Kameradschaft hatte Bertin, durchaus unmilitärisch in seiner Haltung, einiges von Dank gestottert; in seiner Armiererhölle, der grauen, grausigen Öde an der Straße nach Flabas, gab es dergleichen Töne und Blicke vielleicht auch zu verzeichnen! Worauf ihm der Feldwebel sogar die Hand schüttelte ... Ein Feldwebel!

Diesmal also wieder war sein Dienst im Ober-Ost-Quartier, der sich abkürzen ließ. Nach Berlin gab es dort bestimmt Schnellzüge, die nur elf oder dreizehn Stunden fuhren – eine Lumperei! Sieben Tage sollte er ausbleiben und am Vorabend (am Nachmittag) schon abreisen; anderthalb Tage in Bialystok, sechsundzwanzig Stunden Eisenbahnfahrt hin und zurück, das gab, rund gerechnet, fast vier Tage für Berlin – vier Tage in bürgerlichen Kleidern als Mensch! Sprung auf, marsch, marsch! federte es in den Gelenken seiner Seele. Selbstverständlich ging der Dienst allem anderen vor, aufs verläßlichste würden die Akten an die richtige Stelle geleitet werden ...

In seinem Rucksack schleppte er nichts als Lebensmittel für Lenore. Eine große Büchse Schmalzersatz, einen kleinen geräucherten Schinken, den er beim Kaufmann Weressejew erworben, zweiundsiebzig Eier (besonders in Kartons verpackt, mit der Hand zu tragen), vier russische Pfund Linsen und fünf Pfund Erbsen in kleinen Säcken, geschickt verstaut, und drei Brote als schwerste Last, deren Kostbarkeit ihre Schwere aber bei weitem überwog. Der späte Frühling 1917, der Hungerfrühling, eingezeichnet ins Mark deutscher Generationen auf lange hin, sollte seiner Lenore nicht noch mehr zusetzen; schon den Winter hätte sie ohne Bertins Sendungen nicht überdauert. Und dann tat er noch etwas Weises: er bat Schwester Sophie, die mit lächelnden Lippen und großen Blicken seine Reisevorbereitungen unterstützte, um ein Schlafmittel für die Fahrt; Platz zum Sitzen war ihm gesichert, und

vorzuschlafen blieb auf alle Fälle gut, denn ohne Rücksicht auf die Erfordernisse geregelten Lebenswandels würde er, sei's stehend, sei's im Gepäcknetz sitzend, von Bialystok nach Berlin den schnellsten Weg suchen ...
So fuhr er zwischen sieben anderen Männern, Urlaubern der Division, eingepfercht in seiner Ecke, das Gepäck zwischen den Beinen oder oben über seinem Kopfe aufgetürmt, nach Westen. Anbrechende Frühlingsnacht wehte ins Stampfen des überladenen, schwer abgebrauchten Waggons durchs halbgeöffnete Fenster. Aufgeregt und schlaflos sprachen um ihn die Männer von Frieden, vergangenen Gefechten, kommenden Aussichten. Daß der Russe verrückt genug sein werde, den Reden der Entente-Indianer nochmals nachzugeben und seine aufgefüllten Divisionen zum letzten Male gegen das österreichische Heer zu werfen. Ihm war also nicht zu helfen. Bestimmt würde er nach großen Anfangserfolgen auf Granit beißen: grau und hart, wild nach einem Ende würden, wie früher, die deutschen Landser und aktiven Regimenter gegen ihn angehen, Trommelfeuer, Handgranaten – und mit einer Ebene von Leichen würde vielleicht Schluß werden. Diesmal werde man zu Weihnachten bestimmt zu Hause sein. So, rauchend, im trüben Gelb der Lampe, fuhren die Menschen dahin. In seiner Ecke schlief Bertin, das schmale Gesicht mit der Feldmütze in den Nacken gelegt, dann wieder vorsinkend, während bei jedem Halt des Zuges neue Urlauber das überfüllte Kupee stürmten. Zum Schluß preßten sich zehn Mann aneinander, das Gepäck uneingerechnet, auf die Bänke geklemmt, am Boden hockend, Leib an Leib, gleichgültig wie – nach der Art gemeiner Soldaten und Unteroffiziere, die, Front, Besatzung, Etappe, keineswegs verdienten, besseren Herren gleich bequem und in Schnellzügen zu sausen.
Und dann, des Nachts, da man unter sich war, ältere Männer, Landser, Ersatzreserve, Landsturm, alles Leute, die »wußten, was gespielt wird« und überall hinter die Karten hatten sehen müssen; und da der einzige jüngere Schnacker in seine Ecke gedrückt offenbar schwer schnarchte, der Stabshengst mit seiner Kuriertasche (womit sie Bertins kindliches Schlafgesicht meinten), begannen sie offener und offener zu sprechen: alte Soldaten allesamt ... Unter der Maske von Gleichgültigkeit und Hohn raunten sie ihre Verzweiflung aus, ihre grenzenlose, schon Verzicht gewordene Erbitterung über die Ungerechtigkeit des Risses zwischen Offizierskaste und Mannschaftsstand in Essen, Kleidung, Unterkunft, Urlaub, Bezahlung, Beschwerderecht. Wie sie künstlich immer frecher und frecher erweitert wurde, diese Kluft. Wie Offiziere in Verschiß kamen, wenn

sie sich mit den Mannschaften zuviel abgaben. Wie die guten Offiziere jeder Kompanie immer vereinsamter in der Ecke standen, wofern es nicht ins Gefecht ging. Wie alles getan wurde, um dem Selbstgefühl des erprobten gemeinen Soldaten das Rückgrat zu brechen, damit er nur von Gnaden des Herren eins habe. Von der krassen Kaltschnäuzigkeit dessen, was man ärztliche Behandlung, Medizin, Wissenschaft nannte, Beispiele über Beispiele; von dem Blödsinn, den die Lehroffiziere, oder wie sich das schimpfte, als vaterländischen Unterricht in sie hineintrichterten – sie, erwachsene Deutsche zwischen fünfundzwanzig und fünfundvierzig, die längst von Leben, Politik, Wirtschaft, Klassen mehr verstanden als das engschnäuzige Gehirn eines Obersten oder seiner Leutnants. Und in das entsetzlich verqualmte, durch die Nacht geschaukelte, fast dunkle Kupee fiel dann der Name eines eingesperrten Abgeordneten, eines gewissen Karl Liebknecht, so nebenbei nur, weil man ganz sicher ja nicht einmal des Nebenmannes sein konnte, mit dem man sieben oder acht Monate jedes Elend geteilt hatte. Ein unterdrückter Ton inbrünstiger Parteinahme für ihn raunte sich aus . . . »Paßt auf, den Liebknecht sehn wir nicht wieder. Der hatte zuviel Herz für unsereinen.« – »Wenn wir ihn nicht rausholen.« – »Wir? Da kennste Fritzchen schlecht. Wir nich. Wir sind keine Russen. Mit uns können sie's machen.«

Erst als der Zug kreischend vor Bialystok bremste, weckten die Kameraden Bertin und halfen ihm spottend aus dem Zug – und dann trat er in eine andere Welt. Später entsann er sich dieser sechsunddreißig oder vierzig Stunden in Bialystok wie einer schäumenden und warmen Welle. Plötzlich sprach er, lachte er, diskutierte er mit seinesgleichen. Im gelben Haus der Presseabteilung, im Stile der achtziger Jahre sinnlos aus Ziegeln aufgemauert wie der größte Teil dieser Stadt, begegnete er Mannschaften wie er, einsichtigen und dem deutschen Schicksal leidenschaftlich verbundenen Köpfen seiner eigenen Generation. Unter diesen Journalisten, Schriftstellern, Malern, Lehrern, Rechtsanwälten, keiner in höherem als Unteroffiziersrang, schwand ihm jede Befangenheit, und das natürliche Feuer seines Geistes entbrannte frei in einer langen Nacht im Quartier, rauchend zum Bericht über die Hölle Verdun und Deutschlands Weg ins Ungewisse. Mit anderen Geschichten, ihn zu erhellen, berichtete er das Tröstliche, den Fall Bjuschew, daß noch Gerechtigkeit im Heere werde, wie hier ein General seine Hand hielt über einen Unschuldigen, einen beliebigen Rußki, und also trotz des kriegerischen Irreseins sittliche Kräfte noch immer spielten. »Bei euch«, sagten die Hörer in Hemdsärmeln und schnitten Fratzen. Erst am

andern Tage stülpte sich über ihn wieder die Hemmung des Sklaventums.
Gegen Mittag nämlich, von der Presseabteilung telefonisch angemeldet, erschien der Gemeine Bertin im Portal und großen Treppenhaus der obersten Justizabteilung. Er hatte gewissermaßen ja Auftrag, den Kriegsgerichtsrat Dr. Wilhelmi selbst zu sprechen. Aber da kam er schön an. Sein Aktenstück blieb in Verwahrung der Registratur, seinen Brief übernahm ein bebrillter Feldwebel: damit sei alles besorgt, die Sache komme dem Eingang nach zur Erledigung, der Herr Kriegsgerichtsrat sei zu Tisch bei Generalmajor Schieffenzahn. Müsse er ihn unbedingt sprechen, so lasse er sich auf dem Dienstwege bei ihm melden, er werde dann übermorgen oder in drei Tagen Befehl bekommen, wann er anzutreten habe. »Hier ist nämlich Krieg, Freundchen, hehe«, meckerte der Feldwebel. »Bei euch da draußen mag es ja in Unterhosen hergehn. Bei uns, au Backe, herrscht Ordnung.«
Bertin schlug einen Augenblick das Herz gegen die Rippen. Eingetrichtert hatte ihm Posnanski, was ein persönliches Gespräch bewirke. Aber hier, wo der Dienst aus schlechtem Gewissen der Etappe in schneidigsten Garnisonsformen spielte, stockte ihm Atem und Kehle, wenn er dem Allgewaltigen Wilhelmi vor Augen trat und seine militärische Kritik an Anzug und Haltung eines so unsoldatischen Abgesandten herausforderte. Welch vernichtender Eindruck! Nein – besser für die Sache nahm sich Posnanski selbst oder vielleicht Oberleutnant Winfried bei nächster Gelegenheit den Herrn Kriegsgerichtsrat im Kasino vor – bei einer Flasche Beaujolais. So richtig überlegend und so sophistisch zugleich betrog er sich über seinen Wunsch, unbedingt zu Lenore hin gerichtet, und als Feldwebel Fröhlich ihn über seine Brille weg fragte: »Nun, Herr Überleger, soll ich Sie vormerken?« schüttelte er verwirrt und unmilitärisch den Kopf, räusperte sich frei und sagte schüchtern: »Danke, nein, Herr Feldwebel, dann bleibt die Sache auf dem Dienstwege und mit dem Briefe abgemacht.« – »Gut«, brummte Fröhlich zufrieden – Wilhelmi haßte das Verhandeln mit gemeinen Leuten, sofern sie nicht als Angeklagte vor ihm standen –, unterschrieb eine Empfangsbestätigung des Aktenstückes »Bjuschew alias Paprotkin«, händigte sie Bertin aus und ließ ihn frei.
Am Spätnachmittag des gleichen Tages sprang, wie ein Junge trotz mächtigen Gepäcks, ein gewöhnlicher Mann die Stufe des D-Zugs hinan, der ihn, Bertin, vorwärts warf, in die Seligkeit von vier Tagen Zivil, nach Hause.

Zweites Kapitel: Akten

In der Kanzlei eines Anwalts, im Amtszimmer eines Richters stapeln sich die Akten bündelweise. Zwischen blaue, weiße oder graue Pappdeckel geheftet, mit heraushängenden Papierschwänzen, auf denen Namen und Sachverhalt ablesbar sind, liegen schräg übereinander menschliche Geschicke wie gepreßte Pflanzen im Herbarium, trockene Substanz aus lebendigem Wesen: ungeheure Taten im großen oder kleinen, jähe Wendungen, das Schäbige, das Böse, das Mißtrauische des Menschen, getretener Stolz, der sich gegen den Sklavenhalter empört, Manschenwürde, die sich nicht durchsetzen kann in stinkenden Zeitaltern, nackte Seele, eingekleidet in die trockenste Form, den Akt, getippt oder von der Büroschönheit einer Schreiberschulschrift festgehalten. Abgeschlossene Verfahren, beendete Lebensläufe ruhn mit Bindfaden umschnürt, manchmal gesiegelt. Mancher Streit endet dort mit Sieg oder Niederlage, die Menschen siechen, verfallen, sterben oder gehn frei aus und vergessen. Die Akten dauern.

Das Nacheinander des Einlaufs bestimmt ihnen die Rangordnung des Drankommens. Nach den Gesetzen der Arbeitsteilung: mir viel Arbeit und wenig Geld, dir wenig Arbeit und viel Geld, regelt der Bürovorsteher den Zufluß der Geschicke auf dem Schreibtisch. Jetzt im Kriege steckt er in einer Litewka und leitet die Registratur, schmückt den Anwalt oder Richter ein hübscherer Waffenrock, und der fühlt sich schnell behelligt. Dinge, die nahe liegen, Ereignisse innerhalb der Stadt, innerhalb des nächsten Umkreises begünstigt baldigere Aussicht auf Erledigung, zumal da Herren – Kameraden – in ebenso schmucken Uniformen dahinterstehn und behäbig mahnen können. Solche Dinge errät ein guter Registraturfeldwebel. Auf dem liegenden Basse des ordnungsmäßigen Nacheinanders befingert er kennerisch die Klaviatur der Dringlichkeiten. Denn dank der tyrannischsten aller geselligen Ordnungen, der militaristischen, die mit der Technik des zwanzigsten Jahrhunderts und der Lustsucht menschlicher Grausamkeit die Seelen unterjocht, droht das Wohlbefinden der Mächtigen, ihre tägliche Stimmung, den Untergebenen als oberstes Gesetz: Gewitterwolke, Glückswechsel oder Gnadenbrot. Dem Vorgesetzten angenehm zu sein macht die Lebensaufgabe des Untergeordneten aus.

Im Verwaltungsteil des Stabes, dem die Justizabteilung angehört, gilt das Ansehen einer Kampfdivision nichts allzu Erhebliches. Da die Mitte der Ereignisse am Sitz des Oberkommandos ruht, verschieben sich die Wertabstufungen von der Mitte zu den Rändern ziemlich gleichmäßig; die Frontzone besagt nicht mehr viel. (Etwas anders liegen die Stufungen für die Operationsabteilung.) Der Divisionär von Lychow, General der Infanterie, zeigt sich nicht häufig hier in Bialystok oder auch in Brest-Litowsk. Er ist ein komischer Alter, Soldatenvater, durchaus nicht sehr umgänglich. Generalmajor Schieffenzahn, der Allmächtige, hat im Kasino, natürlich in seiner Abwesenheit, zwei- oder dreimal sein gefürchtetes Lachen über ihn ergossen. Andererseits steht er bei Majestät überraschend gut angeschrieben. Daraus ergibt sich nach der Mathematik der Stäbe, welche die Rechenkunst ehemaliger Höfe in modernem Aufputz ist: Sachen Lychow obenhin ergebenst, in Wirklichkeit nichtachtend behandelbar.

Der Einlauf eines Tages, einer Woche bei der Justizabteilung schwillt ungeheuerlich. Die Kriminalität im Heere nimmt ständig zu. Längst sind in der Heimat Militärgefängnisse so überfüllt, daß Tausende verurteilter Soldaten in den Zivilgefängnissen absitzen, weitere Tausende zu Strafbataillonen zusammengefaßt Arbeitsdienste tun, andere Tausende nach erfolgter Verurteilung zum Truppenteil zurückgeschickt werden, um sich ihre Begnadigung zu verdienen, worüber sie oft lachen. Heute bestehen die Heere aus der Nation. Strafbestimmungen von Landsknechten werden angewandt auf dreißig-, vierzigjährige Männer, die ihren Platz im bürgerlichen Leben untadelig erfüllt haben. Vorgesetzte sind oft Schnösels von zwanzig Jahren, deren sie fünf oder sechs bei Muttern und zehn unter der Fuchtel eines Lehrers verbracht haben, oder alte, schon abgetakelte Garnisonswallache, denen ein Sozialist den Kalk der Adern knacken macht. Daher haben die höheren Abteilungen der Militärrechtspflege genug zu tun, um zu lindern, zu mildern. Für Leute im Schützengraben gibt es nicht sehr viel passende Strafen. Das Anbinden von Mannschaften hat im Heere sehr böses Blut erregt, zu zahllosen Mißhelligkeiten geführt, Abgeordneten des Reichstags unbequeme Angriffspunkte eingeräumt. Ununterbrochen regnet es Ansprachen, Weisungen, Vertuschungsbefehle. Dazu tritt die Rechtspflege der zivilen Kammern, die weiter nach russischem Recht abläuft, freilich ohne die breite russische Natur, die es voraussetzt und verlangt, und jede Zone der Vergehungen, in der Zivilbevölkerung von Soldaten geschädigt wird und umgekehrt. Kurz, die Justizabteilung (IX) hat einiges zu tun. Das Aktenstück mit den beiden russischen Namen und dem Begleitbrief eines noch dazu jüdischen Kriegsgerichtsrats der Division von Lychow wird ja wohl nicht so sehr eilen. Es ruht gut im Winkel des Fächerungetüms etwas beiseite geschubst, andere Akten liegen bald halbschräg darüber; die eine seiner Ecken, aus der die Sachbezeichnung ragt, fängt langsam den Staub des Lebens als Ablagerung. Holzmehl, winzige Teile von Kohle, Asche, der Verschleiß der menschlichen Gegenstände, zahllose winzige Lebewesen bedecken sie.

Inzwischen geht der Mensch, der lebendige Mensch, auf den von dem Aktenstück in der fernen Stadt Schatten fallen, gleichmütig tagaus, tagein seinen Beschäftigungen nach. Grischa, mit wachsamen Augen, erwartet den Ablauf seiner Verstrickung zuversichtlich. Der General hat ihn gesehn und er einem General standgehalten – zur Besorgnis kein Anlaß mehr, zumal da der Schreiber mit der Brille ihm versichert, die Untersuchungshaft, die er hier erleidet, kürze seine spätere Strafe mächtig. Überflüssige Esser kann sich im Krieg kein Gefängnis leisten. Er wird an verschiedenen Stellen zur Arbeit verwandt. Augenblicklich hilft er einem jüdischen Tischler, den die Kommandantur aushilfsweise anstellt, bei der Fertigung von Särgen. Jeden Morgen schließt ein Wachtsoldat den großen Schuppen auf, in dem Handwerkszeug, Nägel und Holz nachtsüber sich vergnügen; dann bemächtigt sich der kleine graubärtige Täwje Frum, Fältchen um die hellen Augen, das Haar und die Schläfenlocken schon ziemlich weiß, das Ziegenbärtchen rötlichgrau, des Hobels und des Hammers, und nach seiner Anleitung richtet Grischa, der fast einen Kopf größer ist als der kleine Meister, Sägeböcke und Hobelbank im Freien auf. Dann arbeiten sie: Grischa in Hosen und Jacke aus grauem geflicktem Drillich, sehr verschossen an Stellen, der Meister ohne seinen schwarzen (grünlichen) Kaftan, die Hemdsärmel aufgerollt, die Hosen in den Stiefeln, und zwischen Weste und Hose hängen ihm vier Quasten, lange helle Fäden, aus der Kleidung, denn es steht geschrieben: »Mache dir Schaufäden an den vier Ecken deines Gewandes.«

Reb Täwje ist ein kleiner, rascher Jude mit beweglicher Zunge, sehr geneigt zu Späßen. Um seine Augen liegt ein Lächeln auf der Lauer, und ebenso schnell wie lachen kann er sich entrüsten, ohne es sehr ernst zu meinen. Sein Glück ist Branntwein – nicht maßloses Saufen, sondern ein Schlückchen jetzt und ein Schlückchen später aus einer flachen Flasche, die man im Stiefel tragen kann und deren Füllung nur möglich ist, weil die Kommandantur Täwje begünstigt. Denn Branntwein brennen und verkaufen ist deutsches Vorrecht; es macht die jüdischen Schankwirte beschäftigungslos oder zu Schwarzbrennern und verteuert das liebe Schnäpschen. Und was hat schon der Mensch auf der Erde? Der Seele dient die Thora, dem Geiste ein Blättchen Gemara – eine Talmudseite – zur Erquickung; aber was bleibt dem Leib, dem armen, zu kurz gekommenen Wicht, wenn der Branntwein unerschwinglich wird? Hering zählt ohnehin unter die Juwelen, und wenn man früher ein Ei nicht kaufen konnte, weil es keinen Preis dafür gab – drei Eier kosteten zwei Kopeken –, so fliegen die Eier einfach weg, im Krieg. Und wie sieht das Brot aus, ich bitt euch? Braun wie Pfefferkuchen, aber sonst soll man es mit nichts vergleichen, zum Guten geredet. Der Krieg frißt die Menschen auf, auch die alten, nicht bloß die jungen.

Merwinsk ist eine Judenstadt. In den niederen Holzhäusern seiner langgedehnten oder rundgewobenen Straßenzüge sitzen – oder saßen – Tausende von jüdischen Familien. Wie in Wilna, der geliebten Mitte, machen sie in all den kleineren Flecken, Städtchen, Mittelstädten bis zu neun Zehnteln der Bevölkerung aus. Sie sind die Schneider und Schuster, die Glaser und Klempner, die Zimmerleute und Kutscher, die Buchbinder und Wagenmacher. Sie sind die Kleinhändler, sie sind die Bürger. Eine unnennbare Armut zehrte sie schon im Frieden aus. Fürchterlich in der Enge klebt Jude an Jude, Nahrung, Verdienst einander vom Munde wegreißend wie Fische in den gläsernen Bassins der großen Fischhändler – nicht freiwillig, sondern dank der Politik des Zarentums, das sie im Anfang des neunzehnten Jahrhunderts, nach der Teilung Polens, von den Dörfern vertrieb, in den Städten zusammenpferchte, ihnen die Einwanderung ins alte Rußland verwehrte. Ununterbrochen werden ihnen Kinder geboren, die ununterbrochen wieder sterben.

In Merwinsk, überall im Lande sterben sie an der Ruhr. In Bialystok werden in diesem Monat manchmal dreißig bis fünfunddreißig Leichen täglich beerdigt, aber Bialystok hat viel mehr Einwohner, und so sterben in Merwinsk täglich nur vier oder fünf. Es liegt am Hunger. Die Menschen, erzählt Täwje Grischa, stellen sich so töricht an, daß sie lieber unreife Äpfel essen als gar nichts. Und hat man genügend unreife Äpfel gegessen, so stirbt man. Täwje gehört zu den Auserwählten des Zufalls, denn ihm stecken die Soldaten der Kommandantur zu seinem Arbeitslohn noch Brot zu, Kommißbrot, richtiges Gebäck, das nicht den Darm schwächt und klumpig, teigig im Magen liegt wie das andere. All das und mehr berichtet er ihm auf russisch, denn was machen Sprachen Juden für Schwierigkeiten? Außerdem aber ähnelt das Jüdische, die Muttersprache, dem Deutschen so, daß sich mit ihr auch Verständigung zwischen Juden und Soldaten erreichen läßt, mit vielen Irrtümern freilich, aber Menschen verstehn einander. Und so gibt Gott, sein Name sei gelobt, Reb Täwje Frum Arbeit. Man bedarf so vieler Särge; man kann doch den Leichnam eines Juden oder einer Jüdin nicht ohne Sarg in die Erde werfen! Eine so grauenhafte Sünde wird nicht ein-

mal in Gedanken erwogen. Und da die Kommandantur nun einmal die weltliche Macht darstellt, muß sie, wie für die Soldaten, die in den Lazaretten sterben, auch für die Zivilbevölkerung, die sich still und aufgetrieben oder eingefallen aus den Ruhrbaracken hinaustragen läßt, Särge bewilligen – denn die religiösen Rechte der verschiedenen Bevölkerungsgruppen werden peinlich gewahrt. Und so steht Grischa seit Bertins Abreise und Rückkunft jeden Tag in jener Ecke der Kommandanturtischlerei und hilft Särge für tote Deutsche oder Juden hobeln. Zuerst hat ihn Täwje nur die Bretter im Sägebock festhalten lassen, wenn er sie zurechtschnitt; später durfte Grischa selber sägen. Den Hobel führen lernt man langsam, das ist ein empfindliches Werkzeug, dessen Gesetze wie die jeder anderen Verlängerung der Menschenhand beherrscht sein wollen. Aber Nägel einschlagen, daß sie grade und stracks zwei Bretter im rechten Winkel miteinander verbinden, oder sie zu verleimen, das lernt er bei Täwje. Und so befreunden sie sich zu Arbeitskameraden.
Die Sonne liegt in breiten, flutenden Geschwadern von Strahlen über der russischen Erde. Große Kastanien in der Ecke des Hofes geben erwünschten Schatten. Das Blau des Himmels blaßt schon fast zum Einerlei. In den Stellungen draußen am Naroczsee, am Stochod, an der Zlota Lipa ebenso wie oben an der Düna festigt sich allmählich das Gelände; die Mannschaften kleben nicht mehr von Lehm oder schmatzender Erde, von den Straßen steigen schon Staubsäulen; jenseits der Front hängen, wie große gelbe Handschuhfinger, die Fesselballons in ihren Stricken. Die Erde wird trocken genug, das Blut kann wieder fließen.
Grischa und Täwje – dies alles ist Inhalt ihrer Gespräche. Selbstverständlich kennt der alte jüdische Mann die genaue Geschichte seines Gehilfen; bemerkenswert nimmt er daran teil, gespanntes dringliches Fragen und Mitdenken. Er weiß manches vom Lauf der Welt, dieser Tischler. Da Thora und Talmud das gesamte Leben enthalten, denkt er die Geschichte Grischas in ihren Kategorien. Die Wirklichkeit von Kriegsverordnungen, ihre rechtmäßige Kraft, steht in seinen Augen nicht sehr hoch. Er sieht: da ist ein Mensch, der heimkehren wollte wie Tobias aus der Fremde (nach dem er selber Täwje heißt), der unterwegs falsche Ratgeber gehört hat wie Absalom, der sich mit einem unrechten Namen versündigt hat, fast wie Abraham, als er sein Weib Sara für seine Schwester ausgab: denn der Mensch hat seinen Namen nicht von ungefähr, sondern aus den Sphären der Himmel. Darauf ward er in die Grube geworfen wie Joseph oder Daniel und ein Todesurteil über ihn gespro-

chen wie über Uria. Aber der Herr hat ihm wie Bileams Eselin den Mund geöffnet, und er kehrte zur Wahrheit zurück, Jona gleich; darauf fand er Gunst nach der Gunst der Esther, der Mächtige hörte ihn gnädig an: das Todesurteil ging vorüber. Und da es nun weggenommen ward, ist die Sünde des Namensaustausches gebüßt, und nun wird ja etwas Weiteres geschehn. Täwje findet das nachdenkenswert, alles: es kamen Männer und Frauen aus der Ferne und legten Zeugnis ab für ihn, und er fand gerechte Richter, obwohl er ein Gefangener ist von den Scharen der Gefangenen. All das hat für ihn sein merkwürdiges, bedeutsames Durchscheinen. Er fühlt eine Erhöhung in diesem Geschick, und er spricht darüber nachts im Besmedresch zu den alten Männern, die Gemara lernen wie er. Man muß sich doch erholen nach der Tagesarbeit und den Hunger vergessen.
So betrachtet Reb Täwje seinen Gehilfen, wenn sie beide in Hemdsärmeln Bretter sägen. Sie hobeln sie glatt, nageln sie aneinander und schütten aus Hobelspänen am Kopfende ein kleines Polster auf, damit der Kopf des Ausruhenden geehrt werde und ein wenig höher liege als seine anderen Glieder. Tote begraben ist eine große, feierliche Pflicht. Beim Jüngsten Gericht, wenn sie alle auferstehen, werden sie Zeugnis ablegen auch für die, welche ihnen den Sarg gefertigt haben. So gewinnen Grischa und Täwje hier in ihrer Ecke neben der Mauer heiliges Verdienst. Und selbst der Rittmeister der Kommandantur, obwohl er es weder will noch weiß, erlangt Fürsprache der Toten.

Drittes Kapitel: Bildnis eines Selbstherrschers

Das hohe Zimmer schmückte nichts als blaßblaue Wände. Unverschossene Vierecke deuteten auf vertriebene Bilder hin.
Generalmajor Schieffenzahn, im blauen Friedensrocke arbeitend, sah ausgezeichnet aus, von vorn. Dann lastete eine mauerartige Stirn über kleinen grauen Augen, die Nase wies ihren breiten herrscherhaften Ansatz, und fein und klug bog sich der Mund unter dem englischen Bärtchen, so daß ein majestätisches Doppelkinn vor dem generalstabsroten Kragen dem Ganzen als Sockel wohl anstand. Breitschultrig und hochgewachsen thronte er so an seinem Schreibtisch und strich mit blauem und rotem Bleistift Zeitungen an, die er rapid durchlas. Im Profil gesehn aber, vom großen Kachelofen etwa her, verlor er für den Kenner; die ganze Herrlichkeit

fiel befremdend, nahezu peinlich ab. Er zeigte dann die feisten Wangen einer alten Dame und zu runde Schultern, Stirn und Kinn lagen gegeneinander in schlaffem Bogen, und aus dem ovalen Ganzen sprang die Nase, von zwei unangenehmen Falten unterstrichen, wie der Schnabel eines Papageien scharf heraus, da die Schreibebrille noch besonders ihren Sattel zerdrückte. Und wenn er aufstand, wie eben jetzt, um ein mit bläulichen Lettern bedrucktes Blatt auf einen Stoß gleichbearbeiteter abzulegen, schrumpfte seine Erscheinung: kurzbeinig in seinen schwarzen, rotgestreiften Hosen, allerdings mit kleinen Händen und Füßen, enthüllte er sich als Sitzriese, der gehend nicht größer war als ein durchschnittlich gewachsener Mann.

Von Albert Schieffenzahn hörte die Öffentlichkeit fast nur in Formeln wie: »der ausgezeichnete Mitarbeiter« oder »der ergebene Gehilfe«, wohinter ein berühmter Name folgte. Er trug in Wirklichkeit das Gehirn des gesamten Gebiets zwischen Ostsee und Karpaten in seinem kurzgeschorenen Schädel – nicht einen genialen Blitze emporsendenden Instinkt, sondern die erhellende Zentrale, die Stelle, an der alles Bewußtsein, Einsicht, Wille, Befehl ward. Hinter seiner Stirn ordnete sich systematisch ein ungeheures Wissen. Da er auf der Karte jedes Materialdepot, jede Lazarettstation, jede neu zu legende Bahn oder Straße vorausbestimmt hatte, beherrschte er diese Einzelheiten, wie man auf geistigem Eigentum spielt. Ihm diente die bauende Phantasie eines Künstlers, der große Werke zu entwerfen oder zu verwirklichen vermag.

Organisch formte über das Land hin sein gestaltender Wille. Ohne seine Einwilligung ward kein Soldatenheim errichtet, kein Kino hingestellt, kein Munitionsdepot auf Bohlen gelegt. Die Bahnlinien in seinem Gebiete, ihre Fahrpläne, ihre Leistungsfähigkeit, ihr Maschinen- und Wagenmaterial arbeiteten in seinem Kopfe wie die Stränge der Handlung in einem Drama. Empfing er von irgendwoher den Auftrag zu einer neuen Schöpfung, so rollte in diesem mächtigen Gehirn lückenlos alles ab, wessen ihre Durchsetzung bedurfte: in den ersten neun Monaten des Krieges Aufmarschpläne, Offensiven, der große Rückzug einer Armee über ein Stromnetz, die Eroberung des Landes; danach die allmähliche Durchgestaltung der Verwaltung eines Gebietes, von dem, als er sie in die Hand nehmen mußte, er nichts wußte als das Militärische: Lage und Stärke seiner Festungen, Armeekorps, Marschlinien, strategische Bahnen.

Plötzlich, mit unvorstellbarer Breite, Dichte und Schnelligkeit, nahm es in seinem Geiste Form an: seine Wälder und Ebenen, die Bestellungsmöglichkeiten seiner Feldstriche, die Bodenschätze, die

Fabriken. Er schuf sich Sachverständige, die er zwang, Einzelheiten, Bücher, Aufsätze beizubringen, aus denen er Entfaltungsmöglichkeiten jedes Landesteils aufsog; danach verblüffte er diese Eingeweihten durch Fragen, die bewiesen, um wieviel machtvoller er, noch ohne Kenntnisse, in alle Bezirke und ihren Bedarf hineinsah als sie selbst. Die Währung des Landes war neu zu bauen; er baute sie. Ein System von Darlehenskassen über das Land nach der Notwendigkeit dichterer oder ländlicherer Bevölkerungskreise war zu schaffen; er schuf sie. Ein Schulsystem war völlig zu gestalten, und es richtete sich ein. Das Gesundheitswesen dieses vom Krieg verheerten Landstrichs wurde sein eigenstes Werk. Überall entstanden Anstalten zur Entlausung und Entseuchung von Menschen und Kleidern, Bäder, Isolierbaracken, Lazarette. Er erzwang die größtmögliche Beweglichkeit fahrbarer Entkeimungsöfen. Er setzte deutsche Buchhandlungen in die Städte und lockte ein Netz von Feldbuchhandlungen hervor, dem er beständige Zufuhr wünschte. In sieben Sprachen, den sieben Sprachen des Landes, ward ein Zeitungswesen notwendig, Papierfabriken mußten dafür errichtet werden, überall begannen Druckerpressen zu spielen: deutsch, litauisch, polnisch, jüdisch, lettisch, estnisch.

In seinem Kopfe, von ihm in die Karte gezeichnet, setzte zur Überwindung der ungeheuren Entfernungen der erste regelmäßige Flugdienst Europas neue Nervenbahnen zwischen Libau und Brest-Litowsk ein: alsbald bestrich mit den wenigstmöglichen Maschinen planmäßiger Luftverkehr bei jedem Wetter das breite Reich. Die Operationsabteilung des Stabes verdankte ihm, seiner allmächtigen Vorstellungskraft die verblüffenden Hinweise auf Einzelheiten; aber ebenso legte er auf die Einrichtung von Mühlen an schnellströmenden Flüssen Wert, verlangte neue Kraftwerke, um Strom für die elektrische Beleuchtung großer Anlagen zu haben, und kontrollierte das weite und dichte Netz der Telefonleitungen zwischen der Front und seinem Schreibtisch und quer durch Deutschland weiter bis in den Standort der OHL.

An den Wänden seines Arbeitszimmers schilderten große Tabellen so genau wie möglich die Völkerstämme des besetzten Gebietes mit ihren politischen Partein, er griff dabei ruhig über nach Polen und selbst ins noch russische Rußland. In geheimen Aufzeichnungen lagen alle Fäden bloß, die von den einzelnen Gruppen im Lande zu verwandten Mächtepunkten in Deutschland bündelten. Er durchkreuzte mit dem Werkzeug der Verkehrspolitischen Abteilung die Anknüpfungen der Bevölkerung mit zivilen Gewalten des Reiches, dem Reichstag, der Regierung, den politischen Parteien.

Kein Mensch von einiger Wichtigkeit überschritt die Grenze, ohne daß Albert Schieffenzahn sein Einreisegesuch mit »Ja« genehmigt hätte. Selbst die vielfältigen Kulte des Landes beeinflußte er – und damit auch ihre Schulen –, indem er ihnen die Geldmittel neutraler Hilfswerke zukommen ließ oder widerrechtlich abdrosselte.
Seine Mitarbeiter vergötterten ihn. Seine hohe, umschleierte Stimme, stets höflich, übergab Anordnungen in Form von Bitten oder so, als habe er von seinem Gegenüber Anregung empfangen und gestalte sie nur aus. Die geistigen Strömungen unter den Mannschaften des umfangreichen Stabes, die Gepflogenheiten der Intellektuellen unter ihnen, die kleinen oder argen Bereicherungsversuche der Zugriffsfähigen wurden ständig von ihm eingesehen, ohne daß man seines Blickes gewahr wurde. Ununterbrochen gestaltete er das Land, förderte es, brachte es weiter; bald durch Vertilgung von Unkraut und Erprobung passender Dünger und Saaten, bald durch Schafzucht oder Imkerei, bald durch Stellung von Kriegsgefangenenkommandos für diese oder jene Industrie, durch Beschlagnahme von Kesseln, Maschinen, Häusern, Grundstücken.
Der Antrieb seines Tuns war eindeutig aussprechbar: er wünschte bei Friedensschluß dies Gebiet dem Deutschen Reiche in einem nutzbaren Zustande anzugliedern, so wie er schon jetzt seine Schienengleise auf deutsche Spurweite umarbeiten ließ. Ihm war vollständig klar, die Rolle der Deutschen auf der Erde habe erst begonnen; als das vorbestimmte Volk der Herrschaft, Schöpferlichkeit, Höherzüchtung standen sie in seinem Denkfeld. Er hatte niemals auch nur eine Stunde in westlichen oder südlichen Ländern verbracht; daher sah er sie alle unter den Winkeln seiner Lektüre, die er allerdings auf Wunscherfüllung hin, ohne es zu merken, auswählte. Eben jetzt kreuzte er befriedigt die Meinungen von Zeitungen und Geheimberichtern an, die als Auslandsnachrichten des Auswärtigen Amtes in solchen Druckblättern den eingeweihten Stellen zugingen, für Bestätigungen haltend, was doch nur, um Hoffnungen seiner Gesinnungsfreunde zu streicheln, berichtet wurde. Denn die Übersender unerwünschter Nachrichten fielen schnell in Ungnade, sie wußten nicht, bei wem, und sie wurden beiseite geschoben, zurückberufen, oft ins Heer eingestellt, sie wußten nicht, auf wessen Fügung.
Nichts ging ihn bei seinem Werke so wenig an wie die Wünsche, Absichten, Formkeime der Bevölkerung. Er, Schieffenzahn, verstand das Heil dieser Leute deutlicher als sie selbst. Sie hatten hinzunehmen und auszuführen, was er diktierte, auch wenn sie nichts

einsahen. Unmündige waren sie, der Lenkung bedürftig wie die Masse der Gemeinen des Heeres, denen er im »vaterländischen Unterricht« seine Absichten, Gedanken, politischen Weisungen einhämmern ließ. Er hatte zu befehlen. Dafür trug er Verantwortung. Sie hatten zu gehorchen, zu folgen, sich zu ducken. Sie waren, geschah dies nicht, zu zertreten. Ganz von oben, wie aus ruhig schwebendem Fesselballon, übersah er sein Reich, seine Städte, Waldungen, Feldstriche, Menschenherden hier und dort und blieb dabei im Dunkeln.
Ehre, Ruhm, Anerkennung behauptete er nicht zu bedürfen. Ihm genügte Macht. Er liebte seine Zigarre, anständiges Essen, Bismarckanekdoten, einen Spazierritt fast ohne Begleitung, die Fahrt in einem seiner Stabsautos, so schnell wie möglich so weit er wollte, leichte, heitere Geselligkeit mit seinen Herren oder Gästen; er liebte seine maßlose Leistungskraft. Er haßte Widerstand, widersetzliche Gedanken, Trägheit, die Unbrauchbarkeit der Menschen, er haßte erbarmungslos den Aufruhr, die Zersetzung, westliches Gerede von Demokratie, die nihilistische niederträchtige Revolution des Ostens. Als im März, in den Tagen des ersten stillschweigenden Waffenstillstands, Russen und Deutsche einander in den Gräben besuchten, sich verbrüderten, war er binnen wenigen Tagen mit Befehlen an allen Punkten da, diesen Unfug auf die notwendige Spionage einzuschränken, und als bei Jakobstadt der Kommandeur einer Stellung sechsunddreißig russische Besucher kurzerhand zu Gefangenen machte, zeichnete er ihn gleich danach aus und grinste befriedigt, als er durch Spione erfuhr, diese Nachricht sei in einer Welle von Empörung die ganze russische Ostfront hinabgerollt. Ungeduldig hatte er den Beginn der russischen Offensive belauert. In seinen Berichten ins Hauptquartier stand zwischen Worten Triumph über diesen letzten Versuch. Wie erwartet, brachen sie bei Smorgon und Brzezany vor. Er nickte. Das Dorf Krewo im Norden, Konjuchy im Süden gingen verloren – bitte sehr. Daß bei Jakobstadt ein plötzlicher Angriff, unvorhergesehen, die Besatzung jener Stellung in Wut austilgte, machte ihm Stirnrunzeln – peinlich. Dann hörte er vergnügt Einzelheiten der russischen Verluste unten an der Südecke. Dort lagen in unerhörter Ernte die letzten sturmwilligen russischen Divisionen als Totenhaufen. Nachstoß, Gegenstoß, Vorstoß der verbündeten Armeen brach los: österreichischer Entwurf, Schieffenzahnsche Durcharbeitung – Ablauf wunschgemäß. Der Einmarsch des ordnenden Deutschland in das zerfetzte und chaotische Rußland entfaltete sich unverdrossen. Schieffenzahn allein wußte seine Ziele – er hatte sie gesteckt –: Kiew, Odessa, die Krim

(Getreide, Schiffe, Schwarzes Meer). Er gedachte sich aus Rußland zu schneiden, was ihm beliebte. Er lachte über die Möglichkeit, Amerikaner könnten im Westen eine auch nur nennenswerte Rolle spielen; über den Schluß des Krieges dachte er läßlich. Ein Plan des österreichischen Chefs, Zusammenbruch im Westen durch einen Vorstoß in die Poebene und den Marsch in die französische Flanke von Italien aus, stand bereit. Vorher noch, September oder Oktober, nahm er sich Riga, Dorpat, Reval, vielleicht Petrograd, bestimmt Dünaburg.

Er empfing an diesem weißlich strahlenden Morgen einen Vertreter der Flottenleitung, um mit ihm Übereinstimmung der Operation zu Meer und Lande zu besprechen; an der Tür seines Vorzimmers schon flammte die rote Birne, die jedem Menschen auf Erden den Eintritt verbot. Als der Kapitänleutnant in seinem blauen und goldenen Rock ihn verließ, konnte die Eroberung der Insel Ösel und Dagö, des ganzen Rigaischen Meerbusens, nach Durchbrechung des Minenfeldes in einigen Monaten beginnen. Auf diesen letzten Vorsichtspunkt war freilich Wert zu legen. Unliebsam hatte die Leitung des Ostseegeschwaders das Abenteuer von Baltisch-Port bezahlt: um einen völlig harmlosen Bahnhof zu beschießen, der freilich einmal eine entscheidende Monarchenstunde gesehen, brachen elf eben in Dienst gestellte Zerstörer zum Nachtangriff auf ... vier davon kehrten in aller Stille zurück – Minen. Fünfhundert Ertrunkene.

Im Anschluß daran telefonierte er mit der VPA über den nächsten Besuch deutscher Parlamentarier im Lande. Sie sei ihm verantwortlich dafür, daß keiner der Abgeordneten einen Schritt ohne die Begleitung eines ihm eigens beigegebenen Offiziers auch nur versuche. »Gut füttern, gut einstallen, gut führen«, sagte er abschließend mit behaglichem Lachen; er wollte die Reichstagswallache schon reiten. Eine Ordonnanz brachte ihm belegte Brote und Tee. Noch kauend besprach er mit Hauptmann Blaubert, dem Chef der Presseabteilung, Maßregeln, um unauffällig, trotz Burgfriedens und Zensur, linksstehende Zeitungen den Truppen und gar der Bevölkerung vorzuenthalten. Dies ließ sich durch Verteilungspläne und kluge Abstufung der Beförderungsschnelligkeit leicht handhaben – wenn es nur unbemerkt geschah. Wer lieber ein veraltetes Blatt der Demokratie als ein ganz frisches der rechten Parteien zu kaufen wünschte, der sollte nicht gehindert werden. Der rheinische Dichter Heinz Flügelig übrigens, Gefreiter unter Herrn Blaubert, schmückte sich zum Waffenrock mit hohem weißem Stehkragen, dergleichen durfte nicht vorkommen. Auch war die Verordnung, die nur beinverletzten Mannschaften das Anlegen von Wickelgamaschen gestattete, in Erinnerung zu bringen. Dann berichtete der Verbindungsoffizier der Operationsabteilung über die letzten schrecklichen Kämpfe auf Trembowla zu, nannte genau Verlustziffern der Russen, die Gefangenen; er trug Befehle mit sich fort, die den schnellstmöglichen Umbau des erbeuteten Geschützparks für deutsche Munition und die Unterweisung deutscher Kanoniere zum Bedienen der meist japanischen und amerikanischen Geschütze, aber auch Sammelstellen für messingne Geschoßkartuschen betrafen.

Danach, zwölf Uhr, empfing Schieffenzahn zu langer Unterredung den Abgeordneten Schilles, Ruhrrevier. Dieser Politiker, bleich, kinnbärtig, Mandelaugen über einem lasch fallenden Anzug, war freilich zu gleicher Zeit der größte Industrielle des Kontinents, Kohlenherr, Erzherr, Schiffsherr, Führer im Kampfe um die Annexion lothringischer Erze und nordfranzösischer Hütten. Er saß in dem einzigen Polsterstuhl des Zimmers, seine feine Hand schwach auf der Lehne. Sie sprachen miteinander achtungsvoll, sehr vorsichtig; beide sogen lange Pausen aus ihren Zigarren. Bei gleichen Interessen witterten sie voneinander verschiedene Ziele. Während der Magnat, den Kopf hin und her rückend, streng, leise, sachlich auf die Unterwerfung des gesamten Staates unter die Wünsche – er nannte sie Notwendigkeiten – der schweren Industrie, das heißt seiner selbst, hinsteuerte, wenn man den Krieg gewinnen wolle, lachte Schieffenzahn hinter der Hand über diese »Koofmichs«, die sich mit ihrem bißchen Geld der Staatsgewalt überzuordnen trachteten. Er gedachte, mit ihnen zu marschieren, so weit es ihm paßte, und sie im geeigneten Augenblick abzuhalftern, da schließlich und endlich die Macht bei den Bajonetten stand. Er wußte nicht, daß der bleiche, wahrscheinlich ungesunde Melonenhutträger da seit einem Jahr bereits von der schweren Schwächung des Staatsgefüges aus operierte, die er seit der verlorenen Schlacht von Verdun mit Sicherheit erwartete. Für ihn drückte sich diese Minderung an Macht und Vertrauenswürdigkeit in einem Währungsfall aus. Nie mehr erlangte die deutsche Mark ihre volle Höhe von vor dem Kriege oder selbst ihres heutigen Wertes in Zürich zurück. Denn er verstand, weshalb sie an dieser neutralen Börse bei jeder Aussicht auf frühen Frieden sofort um Punkte stieg, aber alsbald zu sinken begann, wenn deutsche Siege, Siege wohlgemerkt, die Verlängerung des Krieges um noch eine Jahreszeit ansagten. Daraufhin machte er seit einem Jahre in wachsender Höhe bei der Reichsbank Markschulden. Er war sicher, für sich den Krieg in bar zu gewinnen.

Heute lispelte er mit Schieffenzahn zur Wohlfahrt des Vaterlandes über zwanzig- bis dreißigtausend Zivilarbeiter aus dem besetzten Gebiet, weil ihm die OHL Sorgen seiner unzufriedenen und erbitterten Reklamierten wegen abnehmen wollte. Die Leute wurden eingezogen. Mit jüdischen, polnischen, litauischen Robotern sparte er außerdem noch gut ein Drittel der Löhne; und schließlich wünschte er (in Anwendung seiner Geldtheorien), daß die Darlehnskassen Ober-Ost den Angehörigen dieser neuen Arbeiter einen Teil des Lohnes selbsttätig vorschossen; nach Friedensschluß verrechnete man einfach die Ziffern. Sie stellten dann nur ungefähr die Hälfte des wahren Wertes dar, so daß ihm seine immer neu einströmenden Kriegslieferungen: Kanonen, Granaten, Schienen, Ausrüstungsgegenstände, Waggons, in Gold oder Schweizer Franken veranschlagt, hundertachtzig Prozent über den normalen und zugegebenen Gewinn abwarfen.

Diese Pläne im Hintergrunde seines fein ziselierten Verstandes, wickelte er den General in Bewunderung – aufrichtige Bewunderung – des Außerordentlichen, das hier geleistet wurde. Sie sprachen über diesen Aufbau als Kenner und verstanden sich überhaupt erst gut, als sie einander ihren vorsichtigen Haß gegen seine Reichstagskollegen und ihren Plan eines Friedensschritts eingestanden. Der Reichskanzler zwar, ein moralisch übersinniger Philosoph, der ja seine Majorsuniform anzog, wenn er Thronreden verlas, durch seine Belgienerklärung bei Kriegsausbruch aber unberechenbar geschadet hatte und immer weiter schadete, stand unmittelbar vor dem Abmarsch ins Dunkle. Aber da wühlten Abgeordnete der Mitte und der Linken, die auf die Sessel von Friedensministern zu streben schienen; und dem entschlossenen Programm vaterländischer Verbände, die um Deutschlands Zukunft willen sich auf keinerlei Erklärung, die Herausgabe Belgiens betreffend, einließen, liehen nur militärische Mächte ihren Schutz und Willen. Überhaupt durfte von innerpolitischen Vorgängen nicht die Rede sein – nämlich von jener Aufhebung des geltenden preußischen Wahlrechts, nach welchem, drei Steuerklassen zugrunde gelegt, Albin Schilles ungefähr ebensoviel Stimmgewalt im Staate besaß wie drei Millionen augenblicklich kämpfender Soldaten. Und er verabredete mit Schieffenzahn eine Anzahl flammender Artikel in den Armeezeitungen, wonach es eine Beleidigung des Frontheeres sei, ihm gewissermaßen Lohn für sein Heldentum anzubieten und die politischen Grundrechte des Mannes zur Scheidemünze im Kuhhandel der parlamentarischen Parteien herabzuwürdigen. Flüchtig lächelten sie einander einen Augenblick in die Gesichter, der blasse, magere

Schwarzbart mit den schweren Augenlidern und der rosige, fleischige Schieffenzahn; und dann fuhren sie zu Tisch.
Schieffenzahn aß, seiner Gewohnheit gemäß, mit den Herren seines Stabes, ohne daß auf ihn gewartet werden durfte. Die Uhr zeigte halb drei; so lange hatten Gespräch und Verhandlung sie beansprucht. Der Eßraum des großen Kasinos, im Saale eines ehemaligen kleinen Palais des Grafen Branitzky untergebracht, schallte leer, einsam. Am Ende der Tafel verzehrte der Kriegsgerichtsrat Dr. Wilhelmi erbittert seinen Braten.
Er hatte bis vor einer Viertelstunde in den mittäglich verödeten Räumen seines heißen Büros auf Fräulein Emilie Paus geharrt, die kleine Paus mit den reizenden Beinen, die seit der Ablösung so vieler Schreiber unter den Damen des Hilfsdienstes als niedlicher Stern hervorleuchtete. Wilhelmi warb um Fräulein Paus. Da sie, kühnen Kopfes, schnell übersah, der dicke Wilhelmi werde sie schließlich heiraten, umgab sie ihn mit kitzelnden Absagen ihres liebreizenden Gesichtchens und unterhielt sich inzwischen sehr leichtsinnig mit einem jener Leutnants, die der liebe Gott in Bialystok zum Spaße von jungen Mädchen aufbewahrte. Gewiß, eines Tages Frau Landgerichtsdirektor Wilhelmi zu heißen, hatte ihn Emilie versetzt: versprochen, um halb zwei mit einem Aktenstück an seine Tür zu klopfen, dabei schon entschlossen, statt ihrer den mißfälligen Unteroffizier Barenscheen hinüberzuschicken, der es wagte, auch um sie zu werben. Auf die Minute drückte sie ihm sanftäugig ein beliebiges Aktenstück aus den bestaubten Stößen des Rückstands sorgsam gereinigt in die Hand: Herr Kriegsgerichtsrat erwarte noch vor Tisch diese Mappe. Es war die Sache »Bjuschew alias Paprotkin«. Ein scharfes und wüstes Donnerwetter seines Vorgesetzten machte Herrn Barenscheen erbleichen. Aber das Aktenstück lag nun einmal entschnürt vor Wilhelmis Sitz. Wutbebend über die kleine Kanaille, in der leisen Hoffnung, sie doch noch zu klopfen und kichern zu hören, verwartete er die Essenszeit in seinem Sessel, anteillos, bald etwas aufmerksamer die Angelegenheit studierend, die der Kollege Posnanski ihm da vermacht. Der Fall war nicht ohne Reize. Das zuständige Etappengericht ließ sich durch zwei Telefonate leicht ermitteln. Der Rechtsverlauf ging ganz in Ordnung; der alte Lychow hielt seinen Divisionsjus am Schnürchen. Wilhelmi – dies bewies schon sein Verlangen nach der schlanken, niedlichen Emilie – verstand sich auf Feinheiten. Es gab viel fleischigere Damen in den Abteilungen, die sich, Abenteuer im Sinne hergekommen, einem Kriegsgerichtsrat leicht erschlossen hätten; »Offiziersmatratzen« nannte sie der freche Muschkote. Schließlich aber trat Wilhelmi

allein und schwer geladen den Weg zum Kasino an, entschlossen, sich nach Tisch mit einigen Kognaks zu trösten. Was meinte die Person eigentlich? Manchmal machte sie ihm zärtliche Augen, ließ sich in den Arm nehmen, dann wieder foppte sie ihn. Vielleicht spielte sie die Dame, dann fing man sie, ging's nicht anders, über das Standesamt ein. Nach dem Kriege kam ein Junggeselle ohnehin schlechter fort; Ihre Majestät drängte bei dem erlauchten Gatten auf die Bevorzugung Verheirateter – der Kaiser braucht immer Soldaten.

Entzückt sah Wilhelmi, welche Tischgenossen ihm sein Mißgeschick bescherte. Schieffenzahn und Albin Schilles, zwei der einflußreichsten Deutschen der Gegenwart, speisten mit ihm zu dritt Suppe, Hecht, Roastbeef mit frischen Gemüsen und einen Sahnenreispudding. Devot hörte er ihren Gelächtern zu: sie schüttelten Anekdoten. Beim schwarzen Kaffee gelang es ihm, selber zu Wort zu kommen und hübsch zugespitzt die ulkige Geschichte zu erzählen, die ihm, Aktenstücke enthalten Lebensläufe, heute von der Division Lychow zugegangen sei. »Der alte Lychow«, nickte Schieffenzahn und feixte ein wenig, »der Soldatenpapa.« – »In der Tat«, pflichtete Wilhelmi bereits lachend bei, »diesmal verschreibt man Seiten um einen gefangenen Russen!« Der Herr über hunderttausend Arbeiter zog die Brauen hoch und sah den Herrn über fast eine Million Männer ironisch an. Wilhelmi bekam das Wort und stellte mit gescheit-heiteren Wendungen dar: Ein Überläufer, polizeilich geklappt, entpuppt sich nach Todesurteil (laut Verordnung soundso) als Gefangener, Flüchtling aus einem unserer Lager. Die Division läßt ihn wirklich rekognoszieren, und Ober-Ost wird jetzt das zuständige Gericht ermitteln, um den Kerl Desertions wegen zu verknacken. Schilles bewunderte die Feinheit eines Heerwesens, das bei so großen Aufgaben in die detailliertesten Vorfälle greifen konnte. Schieffenzahn, die Zigarre im Mundwinkel, die Arme auf den Lehnen seines Sessels, blickte von einem zum andern; dann gähnte er leicht, bat um Entschuldigung, rekelte sich und meinte: er könne ja irren, aber seiner Meinung nach sei dies eine politische Angelegenheit. »Es wäre sehr liebenswürdig, Herr Kriegsgerichtsrat, wenn Sie mir die Akten heute nachmittag zur Entscheidung überließen. Wenn ich sie um vier hätte?«

Wilhelmi, von so unmittelbarer Zusammenarbeit entzückt, verbeugte sich drei- oder viermal, begeistert. Er hatte Glück! Schieffenzahn war schließlich fünfmal soviel wert wie Fräulein Paus, und auf dem Weg über solchen Glanz kriegte er sie vielleicht dennoch in sein einsames Bett.

Viertes Buch: Fülle der Zeit

Erstes Kapitel: Alte Liebe

Ein russischer Kaufmann in Merwinsk wie Herr Weressejew hat so viel auszustehen von Verordnungen und Menschen, daß ihm ein Auspuff verdrängten Ärgers beständig im Halse wartet. Schreit er dann einen seiner Mitbürger an, der zu ihm kommt – nicht etwa, um Speck zu kaufen, sondern um sich ein Endchen Bindfaden zu borgen oder gar um den Weg zu erfragen, ein ungläubiger Jude oder ein Landweib –, brüllt er also aus vollem Halse roh und großmäulig auf solche Schmarotzer seines Daseins los, so gönnt er sich damit nur etwas Lebensnotwendiges; denn der Mensch kann nicht immer nur in sich hineinwürgen, er muß auch von sich speien dürfen. Da steht Wladimir N. Weressejew hinter seinem Ladentisch, abgenutzt von der Zeit, das kahle Haupt unter einer Pelzmütze auch mitten im Sommer, und schüttet ein Spülicht von groben höhnischen Worten auf die häßliche Frau, die geduldig neben der Tür steht und mit einem merkwürdigen Lächeln seine Frechheiten anhört. Ob sie vielleicht ein verkleidetes Schwein sei, bitte, ja? Der Weg nach dem Gefängnis? Dazu klingele sie ihn heraus? Hatte ihr jemand, als sie noch klein war, die Augen mit Grütze verschmiert, so daß sie auf der Straße niemand gesehen habe, ihn zu fragen? Nein, in seinen Laden müßte sie kommen, Himbeeren verkaufen! Aber die heilige Eudoxia oder Afanasja oder welcher Schutzengel gerade mit der Leitung einer solchen Dreckseele betraut war, habe sie falsch geführt, falls sie bei ihm betteln wolle! Ein Bettler sei er selbst, auch wenn er noch das Ansehen eines rechten Handelsmannes besitze; das einzige, was ihm geblieben sei, sei seine Zeit für die Steuerrechnung, und die stehle ihm nun das Pack von der Straße, »und jetzt hinaus!« schrie er. Er hatte sich in wirkliche Wut geredet. Die Branntweinmonopolstelle, die Eisenbahnverwaltung, die Post, die Militärpolizei, alle hatten ihr Teil an diesem Ausbruch. Daß er jetzt losging und zufällig diese Frau traf, lag mehr in der menschlichen Natur als im Zwang der Sachlage. Dann tat das Weib den Mund auf, indem sie ihren Korb wieder hochnahm:
»Warum soviel Ärger, Väterchen? Ich bringe ja nur ein Grüßchen von Fedjuschka, deinem Söhnchen, dem kleinen, kleinen, lieben

Herzchen, und vielleicht auch ein Schreiben von ihm an Väterchen. Aber da du doch so geplagt bist, Wladimir Nikolajewitsch, bestelle ich es lieber auf der Polizei, und auch das Grüßchen – sicher sagen sie mir dafür ein vergnügtes Dankeschön.«
Als sei ihm der Bart plötzlich so schwer geworden, daß er den Unterkiefer nicht mehr anheben konnte, starrte der Schimpfer die Frau an, die ihm spöttisch und dreist in die Augen lächelte.
»Babka bin ich, ja, ja, Väterchen«, nickte sie ihm gemütlich zu. »Warum soll ich dich nicht einmal besuchen? Ist doch dein Junge mein Gast seit langen Monaten und mein Kamerad. Aber – ungebetene Gäste – hast recht, Kaufmann. Dafür muß ich dir doch bald den Weg zum Gitter einüben, strenger Mann. Wollen Fedjuschka hineinsetzen, dann lernst du ihn bestimmt, du Zar der Zaren.«
Darauf tat Weressejew das in seiner Lage Klügste: er lachte breit und gemütvoll auf, streckte beide Hände nach Babka hin und tat begeistert über den Besuch, ohne an ihrer ironischen Kühle viel ändern zu können. Immerhin willigte sie ein, bei ihm zu wohnen und sich als Tante seiner geduldigen Frau bei der Polizei melden zu lassen. Auch ein Stückchen Speck, Brot und Salz und einen kleinen Schnaps nahm sie schließlich im Kontorzimmer hinter dem Ladentisch, immer durch die vergitterte Glastür und die kleine schmutzige Ladenfensterscheibe den sonnigen Platz im Auge, auf dem die Kathedrale mächtig, ziegelgelb, mit goldenen Dächern in das sattheiße Licht des Sommertages ragte. Diese Mahlzeit bedeutete mehr als Essen und Trinken, nämlich: Versöhnung, und in gewissem Sinne: Bündnis gegen einen noch unerwähnten Feind. Daß Babkas Ankunft mit dem gefangenen Soldaten zusammenhing, der damals bei ihm aufgetaucht, hätte auch sein Heringsfaß gewittert. Darum bewies sie ihre Ebenbürtigkeit als Gegner, indem sie Fedjas Vater ganz offen nach diesem Burschen fragte, dessen Namen, Paprotkin, Weressejew auf diese Weise zum ersten Male hörte. Darauf berichtete sie, was eigentlich diesen Menschen ins Gefängnis gestürzt habe. Weressejew hörte zu. Die Sache Bjuschew kannte er vom Hörensagen. Daß dieser Mann jetzt einen neuen Namen führte, schien ihm, der mit den Deutschen Erfahrungen hatte, recht aussichtslos. Immerhin fand er die Tatsache, daß der Soldat immer noch lebte, bemerkenswert. Babka verbarg nicht, daß sie durchaus nicht müßigen Besuchs wegen aufgebrochen sei. Was an ihr liege, wolle sie daransetzen, um das Leben dieses Mannes zu verlängern. »Du mußt wissen, Kaufmann«, sagte sie, indem sie kaute und wie über den Lauf eines Gewehres weg den Platz beäugte, über den er ja jeden Augenblick geführt werden konnte, »du mußt

wissen, er ist so unschuldig wie eine Fliege. Er war ein Soldat, ein russischer Mann, dann gefangen. Nun mochte er gern nach Hause, durch die Linien, und er dachte, sie würden ihn so einfach durchlassen. Im Walde fanden wir ihn und nahmen ihn mit. Dann gab ich ihm einen Rat, ich glaube, einen schlechten. Nun muß ich versuchen, was sich gutmachen läßt.«

Weressejew hörte auch Unausgesprochenes, wenn er wollte, und wenn er wollte, vermochte er es auch zu überhören. Er sagte höflich, natürlich sei es nicht angenehm, jemand mit einem guten Rat in die Patsche zu reiten. Von der Sache selbst werde er bald soviel wissen wie irgendwer in Merwinsk, denn nicht umsonst habe er ja diesen schönen Wodka in seinen Fingern, und die deutschen Telegrafisten und Telefonsoldaten kämen manchmal herein, um Zigaretten in Schnaps einzutauschen. Ob sie, Babka, denn daran dächte, wenn es nötig sei, diesen Bjuschew aus dem Gefängnis herauszuholen?

Und Babka, indem sie ihre Augen halb schloß und mit schläfrigster Miene an dem Kaufmann vorüberdöste: wenn es nötig sei, habe schon, mit des Teufels Hilfe natürlich, ein Specht mit der Springwurzel einen Berg geöffnet.

Weressejew empfand eine gewisse Bewunderung für diese Frau, die mit keiner geringeren Absicht als der, den Deutschen ihren Schatz aus den Zähnen zu reißen, sich ganz allein in eine fremde Stadt wagte. Freilich hielt er sich vom Mißlingen der Sache jetzt schon vollständig überzeugt, daß er unmöglich viel Kraft daransetzen konnte. Das sagte er ihr aber nicht, sondern: wenn sie ihn brauche, sei er da, und jedenfalls hole er in den nächsten Tagen alles über die Sache Grischa ein. Er liebte Spannung eifrig genug, um sie, wenn er sich nur vorsichtig genug benahm, eher als Bereicherung denn als Bedrohung seines Lebens zu betrachten; und dabei hatte ihm diese Person am Anfang Schrecken genug eingeflößt.

Dann ließ sie Bündel und Schuhe bei ihm und machte sich auf den Weg zum Gefängnis der Kommandantur, ruhelos wie eine Wölfin, die den Käfig ausspioniert, in dem ihr Junges winselt, dieses Mal wohlversehen mit genauer Wegbeschreibung ... Zu dreißig und vierzig suchen Beerenfrauen sommers über Kunden in den Straßen der offenen Städte; kein Mensch dreht sich nach ihnen um.

Trotzdem darf eine solche Beerenfrau natürlich nicht ein öffentliches Gebäude vom machtvollen Range der Ortskommandantur mit ihren Anbauten umkreisen, ohne daß sie bemerkt wird. Der Posten am Gatter langweilt sich so, daß er sich einen Menschen merkt, der auch nur einmal an ihm vorbeigeht, geschweige dreimal, gesenkten Blicks, züchtig wie eine Konfirmandin. Natürlich, denkt er unter seinem Eisenhelm, haben die Panjeweiber Angst, in eine so tolle Sache wie unser Dienstgebäude einfach hineinzuschnuppern, bloß um ihre Beeren loszuwerden. Anderseits gelüstet es auch Schreiber und Wachtsoldaten nach billigen Himbeeren; und niemand weiß so wohlfeil einzuhandeln wie die Polizei, das versteht ein jeder. So rief er sie beim drittenmal an, mit »Holla« und »Großmutter« und »Malines«, worunter man Himbeeren zu verstehen hatte; sie werde drin ganz schön verkaufen. Babka stockte das Herz. Angesichts der furchteinflößenden Ummauerung dieser Baulichkeiten hatte sie auf einen Erfolg an diesem Tage bereits zähneknirschend verzichtet; als der Posten sie anrief, wollte sie gerade vor Wut und Verzagen anfangen zu weinen: so nahe an Grischa und so fern zu gleicher Zeit! Sein Holla brach wie ein Gnadengeschenk in ihr geschwindes Denken. Hatte sie nur erst einmal als Lieferantin der Gefängnissoldaten verdachtlos Zutritt, so war das Schwerste ohne Zweifel hinter ihr. Und sie durchschritt das mit Stacheldraht gekrönte Tor breiten Mundes lächelnd.

Ja, Grischa schlug in diesen Tagen selbständig Särge aus Brettern zusammen, in der Ecke des zweiten Hofes, hinter den Wirtschaftsgebäuden der Kommandantur, wo auf dem kleinen Feuer des tragbaren Herdes der Leimtopf mißlich dunstete, brodelte, Blasen warf, weil Täwje ja nicht nur mit der Anfertigung von Kisten für die Verstorbenen beauftragt war. Zur Zeit machte er welche für Lebende, gute, handliche Kofferchen, gezargt und geleimt, die den Soldaten besonders für den Transport von Eiern dienen sollten. Grischa, die Drillichhose in den Stiefeln, über dem nackten Oberkörper das weit offene Flanellhemd, hantierte wie ein Handwerksmeister an seinen langen Schragen. Er lebte ruhigen Gemütes. Zu eigenem Erstaunen spielte und spannte Ungeduld in seiner Seele nicht mehr. Er begriff, der Schwerpunkt seines Lebens sei über ihn hinausgewandert, Entscheidung über ihn lag bei jenem alten General und damit in besten Händen. Was hätte es genutzt, sich die Leber zu zerfressen! Außerdem durfte man ausnahmsweise zu den drei verschiedenen Gesichtern schon Zutrauen haben, dem jungen Oberleutnant, dem Kriegsgerichtsrat und der Exzellenz. Ohnehin hatten seine Kameraden drüben wieder einmal gestürmt, auf russische Weise, stolz und vergeblich. Die Landwehrleute, zwischen denen er noch schlief, trösteten ihn trotz spottender Worte durch die Berichte ihrer Zeitungen und durchkommender Verwundeter.
Daß seine Sache so lange dauerte – so hatte Gott die Menschen nun

einmal geschaffen. Sie brauchten Zeit. Sie schrieben alles in Papiere und schickten sie hin und her. Das nannte man Rechtsgang. Augenblicks, so hatte ihm der Schreiber erzählt, als er fröhlich von seiner Dienstreise zurückkehrte, lagen seine Blätter wieder einmal woanders. Es würde Bescheid anlangen; alles stand befriedigend. Das Leben lebte sich bequem. Man bekam Kirschen zu schmecken, Erdbeeren; eine Himbeerfrau kam, hieß es, seit zwei, drei Tagen jeden Morgen ins Gefängnis. Täwje und Grischa wollten auch Himbeeren schlecken. Sie hatten ihren Wunsch den Landsern anvertraut.

An diesem Morgen endlich sah Grischa das Beerenweib durch die bretterne Tür in die Tischlereiabzäunung treten, den Finger auf die Lippen gelegt. Ihre Augen blickten brennend auf ihn. Vor Überraschung hätte er beinahe den Oberkörper übern Tisch, das Kinn in die Nägel geschmissen. Zum Glück trat der Gefreite Hermann Sacht noch zeitig genug hinter ihr ein. Seine Gebärde deutete Grischa in Begierde nach Früchten um: »Himbeeren, ja, Himbeeren?« Der Gefreite meinte, er solle sich nur nicht überfressen, lachte und ging, um auch Täwje zu benachrichtigen, der soeben am Bretterlager Holz aussuchte und prüfte. Die beiden standen allein voreinander, halbbeschattet von der Kastanie, überwölbt von brennendem Blau, im Julistaub. Grischa schüttelte Babka an den Schultern und sprach heiser: »Wie hast du es nur gemacht, du Teufelsfrau? Wie eine Hexe kommst du plötzlich und gibst mir einen Kuß.« Und er riß sie fest an seine Brust und küßte sie. Die vollständige Lähmung aller ihrer Glieder, fast versagendes Bewußtsein, fast Hinfallen an ihn, wenn er sie nicht gehalten hätte, bezeugte Babka die Übermacht ihrer Leidenschaft für diesen Mann. Es hätte sich für sie geschickt, sich ihm jetzt hinzugeben, am Boden, auf dem Haufen gerollter, duftender Hobelspäne da im Schatten der Blätter.

Das Wissen, Menschen würden gleich kommen, das Dringlichste sei vorher zu bestellen, drängte ihr alsbald alles andere beiseite. Sie sei da, sagte sie hastig, ja, ja, sie sei jetzt da. Sie wohne bei Weressejew an der Kathedrale. Jederzeit sei sie dort erreichbar. Und gekommen sei sie, eine Schuld wiedergutzumachen, wenn sie den Brief vom Frühling recht verstanden habe. Sie werde ihn herausholen. Schwierigere Dinge seien ihr schon geglückt. Sie könne Fedjuschka und Koljä nachkommen lassen hierher, alles mögliche werde sie unbedingt tun.

Grischa ließ ihre Schultern fahren und setzte sie ganz schlaff hin auf einen seiner eben fertig gewordenen Särge. »Es ist nicht nötig, Babka«, sagte er dann zurücktretend, »danke schön, wollen nicht wieder neuen Unfug anstellen. Meine Sache ist sehr gut besorgt.

Ein General hat sie übernommen, jetzt muß man warten.« Und mit schwachem Lächeln fügte er hinzu: »Du siehst, man wird gestraft, womit man sündigte. Nicht warten konnte ich im Nawarischker Walde, im Lager, wo es mir jetzt besser ginge als hier. Dafür lern ich es jetzt. Aber es lebt sich durchaus nicht schlecht dabei. Essen hab ich, Arbeit und wo zu schlafen, und jetzt bist du da«, schloß er herzlich, auch um sie nicht zu sehr zu enttäuschen. »Nun hilft mir also noch ein Freund hier außer Täwje, dem Juden, der ein guter Mann ist. Ich habe Glück hier mit den Leuten, Babka, es sind gute Leute.«

Babka saß, sah ihn starr an, der dastand, gebräunt, mit offener Brust, die Backen vom Sonntag her noch halb rasiert. Sie dachte: Er will sich nicht befreien lassen. Gute Leute! Das kostet ihn den Kopf, wenn man nicht aufpaßt. Laut sagte sie: »Dann ist ja alles schön.«

»Na, Babka, du weißt nicht, wie sich alles machte. Ich erzähle es dir das nächste Mal oder vielleicht auch jetzt, wenn Täwje wieder weggegangen ist. Nun verkauf uns erst mal Himbeeren. Was meinst du, wie wir danach schmachten.« Er stieß sie leicht mit dem Ellenbogen gegen die Brustspitze und zwinkerte ihr zu. Auch sie mußte lachen trotz der Müdigkeit, die sie in Füßen und Stirn jetzt spürte. Jetzt durfte sie ausruhen; sie hatte ihn gefunden. Sie war zu ihm gedrungen wie die Wölfin in den Käfig ihres gefangenen Jungen. Sie murmelte: »Fünf Minuten Schlaf«, lehnte sich mit dem Rücken an die Kastanie, merkte noch im Banne ihrer unerträglichen Müdigkeit das Eintreten eines anderen Menschen in den Raum, konnte nicht mehr die Lider heben, fühlte ihre Augen sich krampfhaft verdrehen und schlief auf der Stelle ein. In ihrem Leibe zuckte und pulste etwas Lebendiges, Wachsendes. Sie hatte Grischa davon reden wollen, aber: ein andermal. Die leichte Zone Fremdheit zwischen ihnen mußte sich erst ganz und gar abgeschliffen haben.

Grischa betrachtete mit Rührung die plötzlich Schlummernde. Täwje schlich auf seinen Stiefeln durch den Staub und flüsterte ihm zu: »Schade, jetzt müssen wir warten, bis sie aufwacht. Es ist eine große Hitze in der Luft; aber wer einen Schlafenden bestiehlt, ist eines schlimmeren Todes schuldig als Dathan und Abiram.« Und Grischa ließ sich halblaut von ihm erklären, was für Herren diese beiden gewesen seien.

Babka, das Kopftuch über den Haaren, die Hände auf ihrem Schoße verkrampft, atmete, das Gesicht zum Geäst erhoben, den von den Lidern verhängten Blick leidenschaftlich gen Himmel haltend.

Zweites Kapitel: Das Herrenfest

Die Zahl der Ordonnanzen reichte bei weitem nicht; fortwährend liefen sie über den Rasen. Am vierten August nämlich lud von Lychow die Herren der Division, soweit sie irgend erreichbar, zu einem Bierabend ein, der mit dem Mittagessen begann. Er hatte nach schwierigen Verhandlungen von den Bayern im nördlichen Kampfabschnitt eine Tonne Bier erfeilscht, dunkelbraunes, süßes Bier, schaumig, sahnig, die Herbheit des Hopfens und die Gediegenheit der Gerste in sich vereinigend, ein Männergetränk, mehr wert und seltener in diesen Tagen als der immer strömende Wein aus den Kellereien Nordfrankreichs. Den vierten August, Eintritt Englands in den Krieg, feierte man in der Division, und nicht den zweiten, den unserer eigenen Kriegserklärung an Rußland und Frankreich, weil, wie von Lychow augenfunkelnd sagte, erst durch das Mitmachen Englands die Geschichte den nötigen Schick bekommen habe. Er schätze, legte er behaglich dar, indes er den gelben Käsebissen auf samtschwarzem Pumpernickel zurechtschnitt, die militärische Kraft und Schulung der Franzosen, der Russen gewiß nicht gering ein. »Das sind alte Kriegervölker wie wir, ich meine die Preußen«, krächzte er fröhlich, bequem in seinen großen Stuhl zurückgelehnt, zu Generalmajor von Heßta, dem Artilleriekommandeur zu seiner Linken, »und für Kriegervölker will ein Krieg nicht viel bedeuten; man gewinnt einen, man verliert wieder einen, und dann fängt man eben den dritten an; darum keine Feindschaft nicht – ich meine Feindschaft, richtige, auf Tod und Leben. Mit den Engländern drüben raucht das aus ganz anderer Pfeife; die haben ihre kriegerische Zeit längst hinter sich, ihre Fechternaturen schicken sie in die Kolonie, und da legen sie ihnen ja die Erde zur Auswahl vor – und basta. Wenn man die erst einmal wachgekitzelt hat, so daß sie losgehn wie eine gepiesackte Bulldogge, dann wird's Ernst; und den Ernst haben wir nun auf uns gezogen und können bloß durchs Ziel gehn – oder verrecken. Und wenn man in demokratischen Zeiten, wo Hinz und Kunz ganz im Ernst gefragt werden möchte, ob es ihm beliebt zu sterben, Krieg führen will, dann muß es schon um die Wurst gehn, um die letzte, die allerletzte, verstehn Sie, wenn man aus den Burschen den richtigen Saft herausquetschen soll. Und darum trinken wir auf Englands Wohl, weil es uns gezwungen hat und weiter zwingt, die letzte Rate zu mobilisieren. Am zweiten August konnte es noch so werden wie siebzig; mit dem vierten bekam die Kiste ihr eigenes Profil. Prost, Herr Kamerad!«

Generalmajor von Heßta trank schmunzelnd einen tiefen, vollbackigen Schluck.
Eine endlose Tafel zog sich durch den Garten der Stabsvilla, die Wege entlang, quer über die Rasenfläche; dann bog sie um, und an diesem letzten Schwänzchen saßen die Leutnants – soviel ihrer habhaft gemacht werden konnten – unter Führung von Winfried. Die Reihen der Profile, zwischen Braun und Rosa ausgezackt, einander gegenüber auf den grünlichen, hochkragigen Röcken, den Litewken, schmalbunte Ordensriegel auf jeder Brust, schnitten wie der Rand eines langen trogartigen Gefäßes ins Blau des Himmels – eines Troges, dessen Boden das weiße Tischtuch mit all den Tellern und Gläsern, dessen Wände die lebendigen Körper der sitzenden Offiziere hinbauten. Mitten eingesprengt unter die jüngeren Hauptleute saß das Hechtblau einiger Österreicher, der lange Schädel des Grafen Dubna-Trencsin, des österreichischen Verbindungsoffiziers bei der Division, überragte um einiges die Scheitel oder kurzgeschorenen Borstenköpfe der Preußen um ihn. Hinter den Stühlen warteten in weißem Drillich die Ordonnanzen. Sie trabten mit leeren Gläsern zu den Zapfern, die den kostbaren Saft geschickt in die Seidel filterten, und balancierten zurück unter die Bäume.
Schwer in der Fülle der Zeit laubten sich Nußbaum, Ahorn und Linde und schatteten den Zechern. Unendliches Gewirr der Stimmen löste sich in Gesprächsgruppen auf; die Herren hielten beim Käse. Seit Exzellenz die obersten Knöpfe seines Waffenrockes und den Halsschluß geöffnet, tat sich niemand mehr Zwang an. Dennoch glänzten Stirn und Nacken von sommerlichem Schweiß. In einem Saale hätte man es nicht ausgehalten, aber hier: leise spielte der Wind in den Blättern, fächelte den Männern, milderte die Glut. Jeder einzelne hatte den Wunsch, den Rock abwerfen zu können, in Hemdsärmeln dazusitzen.
Man hatte eine Suppe von Ochsenfleisch hinter sich, mit Markklößchen zwischen den Fettaugen schwimmend, hinreichend Riesenhechte aus den Seen, Hirschrücken mit Preißelbeeren aus den Wäldern und schlesische Klöße, schwarzgrau aus rohen Kartoffeln bereitet. Jetzt nach dem Käse, Allgäuer und Edamer, trugen die Ordonnanzen das Rauchzeug auf den Armen herbei, die großen Zigarren in buntbeschilderten Kisten und zahllose Zigaretten. Ein Licht zum Anzünden in jeder Hand, lief Grischa die Tafel herunter, sofern die Herren nicht ihre Feuerzeuge schnappen und sprühen ließen. Es gab deren von allen Formen, sie rußten schrecklich von zu schwerem Benzol; ein Pionierhauptmann erläuterte breit den

Mechanismus des seinen, das er allen anderen vorzog; es hatte die Form eines Revolvers von Damenformat und gab bei jedem Abdrücken des kleinen Hahnes seine Flamme. Exzellenz möge die Tafel aufheben, wünschte so ziemlich jeder der Herren; in dem großen Park der Villa Tramshinsky sich die Knochen ein wenig zu vertreten, für weiteres Bier Platz zu machen, den Kaffe stehend einzunehmen, der in der Küche ohne Zweifel gerüstet wurde.
Grischa mit seinen Kerzen stand hinterm Stuhl von Exzellenz, der sich mit Sorgfalt, wie er alles tat, seine Zigarre besah, eine große mattbraune Vorstenlanden, sie mit den Lippen anfeuchtete, vorsichtig abschnitt, am umgekehrten Ende durchpustete und schließlich sich halb dem Feuer zuwandte, um behaglich zu rauchen. Grischa gab es ihm mit zärtlicher Gesinnung. Der General sah nicht auf. Er wußte nicht, wer ihm den Dienst des Anzündens erwies. Er wandte sich seinem Nachbarn wieder zu, der soeben die wichtige Frage der Gehaltsbezüge breit erörterte. Von Heßta hatte das Prost auf England zum Ausgang einer Betrachtung genommen, daß man von einem Offizier auch nicht verlangen könne, diese Augusttage ungefeiert vorübergehen zu lassen; schließlich beziehe man doch erst seit jener Zeit menschenwürdiges Einkommen. Was man im Frieden kriege, sei ja für die Katz. Jetzt dagegen könne man sparen. Ihm dienten zwei Söhne im Heer, ein dritter lag bei Ypern unter der Erde. »Ja«, antwortete Exzellenz, »jetzt geht es noch passabel her; später, wenn die Entwicklung so weitergeschludert wäre mit der Verfriedlichung der Völker, hätte man uns Soldaten vielleicht so mitgespielt, wie die schlauen Chinesen es ihren Ärzten machen sollen«, und er kostete den Augenblick des Rauchausstoßens langsam und kennerisch; die langen Flügel seiner schmalen Nase weiteten sich begeistert. Von Heßta gab zu, nicht gebildet genug zu sein. »Je nun«, meinte Exzellenz, »die Chinesen, so las ich, bezahlen ihre Hausärzte anständig und regelmäßig, bis es ihrer geehrten Gesundheit beliebt, sich zu verfinstern; dann sperren sie dem Arzt den Zaster. Und das so lange, bis der Patient wieder muntere Mücke markiert.« (Solche Stabreime liebte Exzellenz noch von seiner Oberstenzeit her, wo er die Wagnerianer seines Regiments damit verkohlte.) »Damit drängeln sie natürlich auf Abkürzung der Krankheit; und sie schaffen's auch, fragt sich nur, ob immer so positiv. Denn schließlich sterben, wie ich mir habe sagen lassen, auch die Leute in China gelegentlich. Was sie freilich in solchen Fällen mit dem Doktor anstellen, weiß ich nicht; aber die Medizinmänner werden sich schon mit der nötigen Wissenschaft fröhlich aus der Tunke ziehen. Zum Wohl, Herr Geheimrat!«, und er hob sein Glas

dem Generalarzt entgegen, der schmunzelnd zu seiner Rechten die Würde der verbündeten Medizin vertrat.

»Tod imponiert nicht mehr«, lachte der, »damit könnt ihr uns nicht schrecken. Wenn einem täglich Hunderte von Abgängen gemeldet wurden«, und er wischte sich den dicken weißen Borstenbart, in dem der Schaum des Bieres sich fast ununterscheidbar verfing. Der vierte Weißkopf an diesem Tafelende der alten Herren, das Einglas zwischen Backe und Jochbogen einzementiert, meckerte vor Vergnügen: »Uns die Bezüge sperren, bis wieder Frieden wird, verstehe, Exzellenz. Säh ihnen ähnlich, unsern Geistesriesen im Reichstag, o ja. Na, damit is Essig, ein für allemal. Eh wir das Regiment wieder aus der Hand geben, in der wir es nun mal haben, mag ihnen noch viel Spucke vom Munde laufen.« Es war ein Brigadeführer, ein bürgerlicher Herr, Müller mit Namen, der von der Kavallerie herkam und jetzt – politisch Gut verbrüdert – endlich die Möglichkeit fand, seinen Aristokratismus zur Geltung zu bringen. »Na, denn gesegnete Mahlzeit«, wünschte Exzellenz, trank sein Glas aus, schob den Stuhl zurück und erhob sich – einigermaßen unvermittelt, fand der argwöhnische Oberstleutnant; aber da das verbindliche Lächeln des Gastgebers ohne Zweifel ihm galt und die Erlösung vom Sitzzwange jedem einzelnen willkommen war, brach eine Verstimmung nicht erst aus.

Die Herren standen auf, so begeistert, daß Sitze umfielen, das Tischtuch an manchen Stellen bedenklich ins Ziehen kam; und eine Wolke von Tabak über sich, die regungslos und lichtblau im grünen und flüsternden Gewölk der Bäume schwebte, zerstreute sich der Schwarm in Gruppen. Die Ordonnanzen stürzten sich auf die Tafel, um abzuräumen. Halbgefüllte Biergläser entleerten sich in ihre Kehlen, sobald sie mit ihnen ins Gesträuch zurücktauchten, die großen Jasmin- und Ligusterhecken, hinter denen das Faß mächtig thronte. Jeder verschwand einmal in der Küche, wo die Reste der beladenen Schüsseln ihrem Zugriff freistanden. Sie aßen hastig mit den Fingern, wischten sich die Soße mit Servietten ab, stürzten aus der brodelnden Ofenluft wieder hinaus zum Dienst. Die Tische mußten umgedeckt werden für Kaffee, Likör, fernerhin für Bier, Wein, vielleicht sogar Sektkelche; Teller mit Süßspeisen, kleine Gebäcke, nach Landesart von eingeborenen Konditoren hergestellt, wurden jetzt fällig.

»Rußki, friß, bis dir der Bauch platzt«, munterte der grauhaarige Wodrig Grischa auf. Dem alten Mann machten die glänzenden Augen und die strahlende Miene des Gefangenen Freude. Er steckte ihm eine Handvoll Zigaretten in die Tasche seiner Jacke. Die Ordonnanzen, alle in Drillichzeug, makellos gewaschen und geplättet, machten ihre beste Figur. Das Bekleidungsamt hatte ihnen angesichts des feierlichen Tages nagelneues Zeug geliehen, abgesehen von Grischa, der aber immerhin durch den Umtausch seiner Sachen mit weniger geflickten herausgeputzt worden war. Da stand er, sein braungraues Gesicht belebt von den hellen Augen her, in seliger Stimmung dank der Fülle genossener Bierneigen und Halbgläser, satt von erlesenen Resten, dem Geschmack von Sahnensoße, Preiselbeeren, von abgelutschten Fischgräten, Hechtbrühe mit Petersilie und den Markklößchen aus der Bouillon – Empfindungen, die seine Zunge noch nie geschmeckt, weder in seiner Gefangenschaft noch sonst in seinem Leben, und berauscht von der Anwesenheit so vieler gutgekleideter Männer, deren Hälse dazu einluden, von starken Fingern zusammengepreßt zu werden. Er liebte sie heute auf seine Art. Scharf und klar empfand er, daß er ihre Überbleibsel aß, er und die deutschen Gemeinen, seine Kameraden, daß es eine Schande sei, solche Krumen anzunehmen, und daß diese Schande nicht die seine sei. In harten Kanten gruben sich Bilder in sein Gehirn; sowie er die Augen schloß, lebten sie illuminiert vor ihm: wie unten Männer in Drillichjacken mit greifenden Händen ratlos hin und her laufen, als wären sie blind, und von oben, von den Herren, bei einer Festtafel auf Stühlen sitzend, Reste herunterfallen, die die Unteren auffangen, hin und her hetzend wie Ordonnanzen im Bedienen, aber mit leeren Händen und gleichsam im Blinden. Der ungewohnte Druck neuen Bieralkohols, der anders wirkte als der scharfe, gewohnte des Schnapses, riß seinem Gehirn schöpferische Kammern auf, deren er vorher nie gewahr geworden. Da saßen sie auf den Stühlen, die ihnen Brocken überlassen durften, und er allein fühlte, daß es eine Schande sei, einem Menschen Abfälle zuzuwerfen wie einem Hunde! Oder vielleicht begriffen es auch die anderen alle, die Ordonnanzen, die Kameraden, die Mitmänner, aber sie zeigten es nicht. Sie nützten die Gelegenheit, ihrer labbrigen Kost einmal zu entrinnen, sie schluckten, leckten sich die Finger ab und wischten sie in Mundtücher, die sie mit zorniger Geste in einen Winkel feuerten, das blanke, schöne Damastleinen aus dem Vorrat des Kasinos, als wären es schon die weißgewaschenen Herrchenseelen selber, die sie ihren Befehligern nicht aus der Kehle zu quetschen wagten. Grischa lehnte an der Mauer vor der Küche; ihn schwindelte oberflächlich, er rieb den Handrücken gegen die Stirn, blickte um sich; und alsbald füllte wieder die gewaltige Freude, der Auftrieb des Daseins sein Inneres bis in alle Poren. Es ließ sich hübsch an, am Leben zu sein – schön, herumzutollen, schön, allen diesen braunen, scharfen Gesichtern, hellen Augen, verschiedenfarbigen Haaren Feuer für die Zigarre zu reichen oder einen Schnaps; und schön mochte es auch sein, mit einem Fußtritt, einem Kolbenhieb diese Burschen beiseite zu schleudern, daß sie mit krachenden Gelenken ihre Hirnschalen an den Mauern einstießen wie Eierchen, und nach Hause zu laufen, frei, wie nackt. Sie hielten ihn eingesperrt, den Grischa, sie nagelten ihn fest, den Grischa, und das Morden, die wahnsinnige Ankunft Tausender von Granaten in einer Stunde hatte ja wieder begonnen, von Dwinsk bis herunter in Gegenden, durch die er marschiert war, früher, als sie die Österreicher zurückfegten. Ach, kein Ort mehr auf der Welt blieb gut, um dort zu leben; aber man mußte sich allerlei merken, ein glühendes Stiftchen in der Hand und ein gehobeltes Sargbrett vor sich haben und einbrennen, was einem geschah. Bis dahin: laß es schön sein, gut sein ... Grischa begeisterte sich an ihnen, es blitzte Strahlen aus seiner Brust zu den Jungchen und den alten Männern hinüber und den Kurzgeschorenen mit der Scheibe im Auge, die aussehen machte wie eine Fratze. Wahrhaftig, es mußte heute noch etwas aus ihm hintreten zu ihnen. Zuviel Liebe und Aufruhr drängte sich in seiner Brust.

Der große Garten, der Tamshinskysche Park, alter Waldbestand kunstvoll ergänzt und gelichtet, hallte wider von Gelächter und Gespräch. Bereits mischten sich Pflegerinnen und Krankenschwestern, soweit man sie hatte einladen können, zwischen die Offiziere; als Nachtisch gewissermaßen gereicht wurde die Gegenwart dieser zwar mißlich gekleideten, aber immerhin mit weiblichen Organen ausgerüsteten Frauen. Aufgeregtes Geplapper flatterte von ihren Lippen, rote Gesichter trugen sie über den Kragen ihrer blau-weißen Sommerkleider umher, die wie feingestreiftes Gesindebettzeug ihre Körper verheimlichten – preußische Gräfinnen oft nicht zu unterscheiden von kleinen Beamtentöchtern, die knarrende Baßstimme einer Oberschwester hätte ebensowohl in Pieseckes Portierloge wie im Schlosse des Grafen von Kleyningen zu Hause sein können. Jüngere Offiziere, an der Spitze Winfried, hatten einen Kreis um Schwester Bärbe geschlossen, die sich, an eine fleckige Platane gelehnt, mit ihnen allen zu gleicher Zeit unterhielt und zur Begeisterung ihres Freundes lachend und unanrührbar mit ihnen allen fertig wurde. Schwester Sophie winkte von drüben, am Arm der Exzellenz, auf ihrer anderen Seite flankiert von Kriegsgerichtsrat Posnanski, wie stets erst nach Tisch eingetroffen. Sophie fand sich gut aufgehoben inmitten ihrer beiden Kavaliere. Die Exzellenz sagte zu ihr »Mädel« und »du«, der Kriegsgerichtsrat »Komtesse« und

»gnädiges Fräulein« – beide hielten ihr die Hauptleute und Oberleutnants fern, die sie seit einiger Zeit nur noch mit Bertins Augen anzusehen vermochte. Eben schien ihr seine Gestalt an einem Rondell nachmittäglich duftender La-France-Rosen aufgetaucht zu sein und wieder verschwunden. Sie sah ihn überall, diesen Bertin, seit seiner Rückkehr aus Dahlem ganz ihrem Gefühl hingegeben, und auch er gelöster aus der Starrheit seines erschlagenen Menschenwesens – die Atmosphäre seiner Frau hatte plötzlich auch einen Liebhaber entzaubert für die Freundin, und es gab Plätze im Walde und nächtliche Zusammenkünfte in seinem oder ihrem Zimmer, in denen sich bewies, daß in seinem Herzen beides Raum hatte, die Liebe zu Lenore und eine Liebe zu Sophie, solange die beiden Sphären des Lebens so zerrissen klafften wie in der gegenwärtigen Ewigkeit. Sie, Sophie, verlangte nicht mehr. Zum erstenmal in ihrem neunzehnjährigen Leben umgab sie die Sanftmut eines Mannes, dessen Überlegenheit, nicht gepaart mit der ratlosen Härte ihrer Brüder, Verwandten, Clangenossen, ihr empfindliches wehrloses Sein voll bejahte und beschützte. Sie liebte den Jungen. Trat kein Wunder ein, so klaffte nach Kriegsschluß die Katastrophe auf – selbstverständlich für sie. Und doch mochten sich Wunder dieser Art unschwer einstellen, falls jene unbekannte Lenore auf Frauenweise von ebenso anderem Gehalt und ebenso neuartiger Zusammensetzung sich erwies wie er als Mann. Warum nicht? Für sie galten keine Hindernisse mehr. In ihren Lazaretten lernte man, viel schlimmer zu arbeiten als ein Dienstmädchen und viel schlechter zu essen; nur ohne Liebe unter hochgezüchteten Rennern zu leben, mochte sich ihr Sinn nicht mehr gewöhnen. Und mit entzückenden töchterlichen Augen wandte sie sich wieder zu Lychow, der ihr eben von Bismarcks empörtem Kampfe für die Bäume des Reichskanzlergartens erzählte, und bat: »Noch einmal, Onkel Lychow; plötzlich gingen ganz andere Dinge mit mir durch.«
Aber gleich ward ihr Gelegenheit, Selbstbeherrschung zu erproben; denn hinter der hohen Blutbuche, neben der eine Hängeweide ihr grünes Haar fast über den Weg streute, stand wirklich in dienstlicher Haltung Bertin vor ihnen und bat Herrn Kriegsgerichtsrat um zwei Worte. Geliebter! trug es sie fort ... aber mit halbgesenkten Lidern grüßte sie ihn so verhohlen, daß er nur davon gestreift ward. Wie er hier allein als Überlegener in seinem Mannschaftsrock dastand! Und umschlossen von geheimem Bündnisglück ließ sie sich von Lychow weiterführen, dorthin, wo auf der halbrunden Bank aus Holz um die moosige Herme eines schwach kopierten Fauns drei Offiziere halblaut über den Wahnsinn des Verdun-Unterneh-

mens einer Meinung waren – Männer, die sich zu einem ruhigen und erwägenden Gespräch abgesondert hatten und von ihren Sitzen sprangen, als Exzellenz mit einer Dame erschien.

Posnanski sah Bertin in die Augen. »Sie unter soviel Vorgesetzten? Dann ist etwas passiert.« Und Bertin meldete: Von Ober-Ost sei ein Kurier mit der verschlossenen, ein wahres Bündel enthaltenden Tasche da, der seinen Schlüssel nur Herrn Kriegsgerichtsrat selber übergeben wolle. Posnanski und Bertin verstanden sich im Augenblick.

»Die Akten zurück?« fragte Posnanski. »Was soll denn das? Drücken wir uns, Bertin.« Und sie verließen, quer über Rasenflächen laufend, den Park aufs Haus zu.

Der Nachmittag schritt vor, goldenes Licht, milderes, tropfte durch die Wipfel. Stehend nahmen die Herrschaften und Damen den Kaffee, den Ordonnanzen aus großen Kannen einschenkten. Die Operationsschwester einer chirurgischen Station stopfte sich den Mund mit Kuchen voll, während ein Oberstabsarzt, die Tasse in der Hand, den ergeben blickenden Oberarzt über Schnittkünste bei Magengeschwüren unterrichtete, deren er bereits zwölf oder vierzehn an eingeliefertem Material vollzogen hatte. Seine Worte spritzten nur so von Fachausdrücken: das Jejunum, die Kolonfistel, die Resektion. »Der Fall heilte glatt zu und wurde sogar wieder zum Frontdienst eingezogen«, schloß er, indem er seinen Kuchen in die Untertasse stippte, damit er das verschüttete Getränk wieder aufsauge. An drei oder vier Stellen lachten Männer- und Frauenstimmen, Tabakrauch zog sich ins zarte Lichtblau durch das Sommergold. Major Grassnick, der Stabschef Lychows, erklärte, auf einem Tablett mit vergossenem Kaffee Linien ziehend, denn Sinn der Operationen, in der Hand den neuesten Bericht. Die Russen lagen in breitestem Rückzug jenseits des Zbrucz. Man werde den Österreichern den Gefallen tun, die ganze Bukowina freizukriegen. Ungeduldige Herren drängten zu wissen, wann, zum Donnerwetter, sie selbst nun drankämen. Der Major lachte. Die Operationsabteilung in Brest-Litowsk würde dafür schon sorgen und Schieffenzahn seine Sache wieder einmal glänzend abwickeln. Es gehe jetzt erst im Norden los, noch nicht gar bald, programmgemäß. Ende des Monats, vielleicht erst Anfang September. Nicht bei Jakobstadt, nein; auch nicht bei Dünaburg, viel nördlicher.

»Riga«, nickte Hauptmann Dombrowski.

»Ösel und Dagö«, entfuhr's dem Major; er schlug sich gleich danach lächelnd auf die Lippen. »Ich habe nichts gesagt. Sie hörten doch wohl nichts? Erst danach marschieren wir. Wie weit? So weit es

uns beliebt. Rußland steht offen. Seit der Schieffenzahn den glänzenden Einfall des Chefs IIIb gutgeheißen, dem heiligen russischen Reiche diesen Pestbazillus Lenin und Konsorten in plombierten Waggons einzuimpfen – alles im Vertrauen, Herren, nicht wahr?«
Und der Name des Spionageobersten, des allgewaltigen Intrigenspanners, summte jedem einzelnen der Stabsoffiziere vor der Zunge. War's möglich, daß die Frontleute von all diesen Dingen nichts wußten?
Angeregt oder skeptisch hörten die Oberleutnants und Hauptleute der Kampftruppen von all der militärischen Politik. Herr von Heßta geriet in den Mittelpunkt ihres Kreises; er sah auf die Auswirkung unsrer Eroberungen hin. Man richtete das deutsche Gesicht ostwärts, meine Herren. Die Politik Heinrichs des Löwen, viel zu lange unterbrochen von staufischen Südträumen, sprang wieder in Präsenz. Ein Baltikum von ungeheuren Ausmaßen war zu schaffen; Preußen riß dann ganz Deutschland ins Schlepptau und wies der Welt seine kolonisierende Herrenhand. Und erregt blinzelnd trank er seine Tasse leer und kommandierte: »Wo Alexander kaputtging und Napoleon verkrachte, da dringt Albert Schieffenzahn mit flatternden Standarten durch. England ist geliefert. Der Weg nach Indien erwartet uns ...« Und das Gespräch fiel alsbald in eine Erörterung der Kulturmission deutscher Banken nach dem Vorbild der Bagdadbahn.
Am großen Rosenrondell brach plötzlich ein Tusch aus: die Kapelle des Pionierbataillons, das in Merwinsk sein Ersatzlager hatte, ließ aus dreißig Instrumenten den Torgauer Marsch über all die Gespräche los. Exzellenz, der Tischmusik nicht liebte und als faule Ausrede von Leuten brandmarkte, die sich vor Gefräßigkeit nicht unterhalten mögen, hatte sie erst gegen fünf zugelassen und ihr Programm genau umschrieben – nichts als friderizianische Märsche, gute straffe Preußenmusik, und ein paar nette Potpourris aus älteren Opern: Donizetti, Lortzing, Weber, Norma, Weiße Dame, Gazza ladra. Promenieren, Schnäpse, Ordonnanzen hin und her mit Rauchzeug, Feuer, Keks.
Schwester Bärbe am Arm von Oberleutnant Winfried und in Gesellschaft von noch zwei Schwestern, gutartigen, gefügigen Dingern – diese Bärbe verlangte, von der Musik in allen Poren elektrisiert, sofort zu tanzen. Winfried schüttelte lachend Verneinungen um sie her. Es sei noch zu früh; man müsse sich gedulden, Exzellenz werde böse sein. Er schlug vielmehr Kinderspiele vor: »Das Bäumchen verwechseln« auf der großen birkenbestandenen Rasenfläche, die zwischen den Jasminbüschen und dem alten Zaun sich hindehnte.

In den jungen Offizieren brachen die mutwilligen Buben durch, die zum Glück in ihnen steckten. Natürlich muß man Drittenabschlagen oder »Wer fürchtet sich vorm schwarzen Mann?« und »Eins, zwei, drei, fang schon« unter allen Umständen sofort vom Stapel lassen. Die Schar ordnete sich zum Zuge, um feierlich, polonäsenartig an den Ort der neuen Taten abzugehen, als Schwester Sophie neben Winfried auftauchte, der sie mit einem herzlichen Handkuß im Kreise der Jungen begrüßte. Ja, sagte sie mit ihrer hellen sanften Mädchenstimme, sie bleibe hier, aber er, Oberleutnant Winfried, werde für fünf Minuten an den Likörtisch gebeten. Dort warte der Schreiber Bertin mit einer dienstlichen Störung.
»Lange?«
»Fünf Minuten, vielleicht auch weniger.«
Und Winfried, indem er die Hacken zusammenschlug und das Los aller Adjutanten verfluchte – wahrscheinlich sei schon Luzifer nichts anderes als des lieben Gottes Adjutant gewesen, worauf er nicht mehr nötig gehabt habe, zur Hölle zu fahren –, machte kehrt. Am Likörtisch stand der Schreiber Bertin, der plötzlich einen sehr schmalen Mund und über den Backenknochen drohend schwarze Augen zeigte. Herr Oberleutnant möge so freundlich sein, Exzellenz für zehn Minuten zu Herrn Kriegsgerichtsrat zu führen, der sich erlaubt habe, im Wartezimmer den Kurier von Ober-Ost zu empfangen und seine Mappe nicht erst drüben im Gericht zu öffnen. Der Inhalt sei so unverständlich, daß Herr Kriegsgerichtsrat Exzellenz sofort ganz kurz Bericht abstatten möchte. Winfried dachte: diese Juristen, die sind vollständig verrückt.
»Jetzt werden es schon zehn Minuten«, sagte er lächelnd zu Bertin. »Hören Sie, mein Lieber, Exzellenz hat heute Gäste.«
Das sei Herrn Kriegsgerichtsrat nicht verborgen geblieben, entgegnete Bertin. Ein Klang in seiner Stimme, etwas Erzitterndes, weckte Winfried, der wahrscheinlich von allen Anwesenden am wenigsten getrunken hatte, aus seiner lustigen Verschwommenheit in Bärbes Atmosphäre. Es war so süß, die kleine Frau öffentlich herumführen zu dürfen vor jedermann, als wären sie ein Paar, Gatten schon vor der Welt. Es scheine ja zu lohnen, meinte er darauf. »Natürlich hat Lychow für dienstliche Angelegenheiten immer Zeit, wenn's unbedingt sein muß.«
»Es ist unerhört«, flüsterte Bertin mit bebenden Lippen. Winfried schenkte ihm einen Schnaps ein, nachdem er in einem großen gläsernen Bassin, das einst die Goldfische von Madame Tamshinsky enthalten, ein Gläschen gespült hatte. »Trinken Sie, Bertin«, sagte er, »und jetzt mache ich einen Vorschlag zur Güte: wir lassen Ex-

zellenz vorläufig ganz beiseite. Er streitet sich da soeben mit Schlieden herum, wahrscheinlich über Tankabwehr oder Gasmunition« – Schlieden, Major, der Gasoffizier der Truppe, galt als leidenschaftlicher Techniker und als klügster Mann rundum –, »und warum soll nicht zunächst einmal ich begutachten, was ihr ihm da an Unangenehmem versetzen wollt? Es gibt, denke ich, bei euch Rechtsbeugern einen Spruch, nach dem keine Sache so eilig sei, daß sie nicht durch Liegenbleiben noch eiliger würde.« Seufzend streifte er die Asche von seiner Zigarette, spähte zu Bärbe hinüber, die er zwischen den Stämmen, den großen Ahorn- und Birkenbäumen, einem flinken Artillerieleutnant weglaufen sah, und fragte Bertin: »Hätten Sie nicht Lust? Dort spielt auch Sophie.«
Bertin, den Blick scharf hinüberschickend, antwortete: »Vielleicht hatte ich sie noch vor einer Viertelstunde, platonisch wenigstens, denn kindliche Lustbarkeiten waren meine Stärke leider nie; aber nun das neue Paket, dieser Unflat in der Welt!« Er biß knirschend die Zähne aufeinander. »Kommen Sie«, sagte Winfried; sie liefen in leichtem Trab über den Rasen; »die Sache Paprotkin?«
Bertin nickte. »Der Bjuschew, jawohl.«
Ein Tablett auf den Armen, um Kaffeetassen zum Abspülen in die Küche zu holen, war in diesem Augenblick, ohne daß sie es wußten, Grischa in ihr Gesichtsfeld getreten. Ha, wie sie laufen, die lieben Jungen, dachte er. Er mochte Bertin und Winfried schon immer gut leiden, aber heute: in dem schönen brausenden Aufruhr seines Herzens hätte er sie auf der Stelle umarmen und an seine kaffeebefleckte Drillichjacke drücken mögen. Ihm war ein Kind von Babka unterwegs – herrlich! herrlich! Einen kleinen Grischa trug sie im Bauche. Vielleicht so groß wie ein Knopf, vielleicht schon wie ein Apfel. Der Mensch entstand ja rätselhaft. Von ihm ihr eingesetzt. Gutes Leben – Bäume wachsen, Menschen wachsen ... Und er stürzte sich, ungeheuer aufgelegt zu dienen, zu helfen, zu erfreuen, in den Strudel der Promenierenden, die in immer gelösterer Stimmung, die Herren zu einem Teil bereits hemdsärmelig, zwischen der Kegelbahn an der Ostmauer des Gartens und dem süßen Büfett in der Nähe des Hauses lustwandelten. Von Lychow vermißte seinen Adjutanten. »Oberleutnant Winfried«, riefen Diensteifrige, humoristisch gedehnt, singend. Schwester Bärbe bestand darauf, jemand habe ihn abberufen; ein Flieger meinte ihn zwischen Büschen verschwinden gesehen zu haben.
Da kam er schon, freundlich, mit schlenkrigen Händen, den Waffenrock halb zugeknöpft, in den breitgeschweiften Breeches den lustig stolzierenden Schritt eines jungen Mannes, den man umwirbt

und der, die Hände in den Taschen, die Gunst der Welt sich zufallen sieht. Einen Augenblick beschattete er seine Augen, scharf spähend an schweren Goldbalken der satten Sonne vorüber, musterte er die Gäste seines Onkels. Eben hörte er jemand: »Da ist er ja«; Rufe, sein Name erscholl, mit wenigen Sprüngen stand ein besonders netter und frischer Junge, der kleine Leutnant Hesse, neben ihm, legte den Arm auf seine Schulter, wies ihm eifrig Exzellenz, der ihn brauche. (Sechs Wochen später lag Leutnant Hesses Arm bereits in der Astgabel einer Buche, während sein Kopf in einen Brombeerstrauch trudelte, ohne sich wahrscheinlich dabei noch weh zu tun, und sein hübscher Knabenkörper eine Anzahl nicht unwesentlicher Zerlöcherungen aufwies.)

»Braucht er mich?« fragte Winfried, »ick ihn ooch«, und er steckte sich eine neue Zigarette zwischen die Lippen. Von Lychow saß rittlings auf einem Gartenstuhle, knirschte taktfest mit den eisernen Füßen auf dem Kies und fragte Winfried, wann eigentlich er selber Anspruch auf Urlaub habe; er, Lychow, müsse doch auch mal auf Urlaub fahren. Der Oberstabsarzt hier, dieser Skalpjäger, brauche einen lippischen Orden, und wenn Lychow als Gastgeber nicht verpflichtet sei, ihm den zu besorgen, so wolle er seine eigenen ehemaligen Generalsepauletten aus der Friedensrüstung einmariniert und mit roter Petersilie zu Mittag essen. Er, Lychow, habe nämlich mal in Detmold in Garnison gelegen und von daher noch ausgezeichnete Beziehungen nach allen Seiten. Winfried lachte. Turnusgemäß habe er den Urlaub von Seiner Exzellenz noch nicht ausgerechnet, aber tatsächlich sei der Onkel gut acht Monate nicht in Berlin gewesen und in Hohenlychow also auch nicht. Er besitze ja da seinen tüchtigen Friebe, und Tante Malwine komme mit ihm und dem Personal, vermehrt um siebenundzwanzig gefangene Russen, glänzend aus, während der Kompanie hier Vater und Mutter fehle, wenn Exzellenz unterwegs sei, und es durchaus noch abzuwarten wäre, ob sich die Sonne während seiner Abwesenheit gemäß der Felddienstordnung verhalten würde, wonach sie beim Morgengrauen aufzugehen hatte, oder ob sie sich beim Antreten nicht um einundzwanzig und eine halbe Minute verspäten würde.

Das Rudel junger Offiziere, geführt von Bärbe, ihren Arm um Sophie gelegt, galoppierte heran, um sich Winfried wieder zu erobern.

Er flüchtete lachend hinter den Rücken des Generals, indem er ihm ins Ohr flüsterte: »Ins Arbeitszimmer, Onkel Otto, augenblicklich, unauffällig.«

Von Lychow warf auf seine charakteristische Art den Kopf auf den hinteren Kragenrand, kniff das linke Auge zu und sah durch die Scherbe des rechten seinen Neffen mit einem Blick an, der in einer Zehntelsekunde von jähem Stutzen über Verstehen, Bedenken und Einwilligen in den Entschluß zur Verstellung hinüberwechselte. Indem er mit Geschick Winfried den jungen Leuten zuschob, die durchaus tanzen wollten, sagte er einfach: »Pardon«, drehte sich auf dem Absatz um und marschierte ins Haus. Jedermann glaubte, er wolle austreten.

Als er die Tür seines Arbeitszimmers öffnete, empfand er dreierlei: die Kühle drin, die Lautlosigkeit und eine besondere Art von Spannung. In diesem Zimmer, ohne sich zu rühren in tiefem Nachdenken zurückgelehnt, saß der Kriegsgerichtsrat Posnanski, den Kragen offen, die Beine übereinandergeschlagen, die Augen an der Zimmerdecke, mit vorgewölbten Lippen saugend an der Zigarre. Genußvoll, dachte der alte Mann, bat ihn, sitzenzubleiben, drückte sich selber schwer in die weich versinkenden Polster seines ledernen Sofas und atmete auf. Es sei gemütlich, hier zu sein, sagte er dann. Seine alten Nerven hätten das wohlige Gefühl eines Bades in Stille. Dann schwieg auch er kurze Zeit lang. Mit jedem Atemzug weniger ungehörig breitete sich die tiefe Andacht der Entspannung zwischen den beiden Männern aus. Während von Posnanski der Lärm, das Gelächter, Sonnenglanz, Kies, Gartengrün, Musik, der ganze Scheinfrieden schon vorher abgefallen war, beiseite geglitten wie ein Samtvorhang, der den Blick auf das Wirkliche freigibt, machte sich bei Lychow ein ähnliches Gefühl der Ruhe geltend. Plötzlich wurde er sehr müde; seine Lider, umrunzelt und umschattet, fielen über die Augen, das Kinn hing schlaff, halb offen der Mund, in den Stirnhöhlen kitzelte ihn die Überanstrengung, indem sie daraus wich, halb mechanisch biß er auf den Federkiel seiner Papierspitze, es konnte sein, er entdämmerte in Sekunden. Seine Hand, schmalgelenkig, stark blau geädert, lag auf dem braungrauen Leder, selber lichtbraun von Sonne, wie zum Abmalen hingestellt. Hinter den geschlossenen Fenstern, die ja dem Garten abgewandt zur Straße gingen, vernahm man nicht einmal die Blechmusik.
Posnanski, der sich seines vollkommen unmilitärischen Benehmens keinen Augenblick bewußt wurde, so ganz verloren an ein Reich der Entscheidungen jenseits, weit jenseits einer Bedingtheit, in der Kriegsepochen und Uniformen Gültigkeit hatten ... Posnanski blickte zurückkehrend aus jener Sphäre den straffen Greis an, der zu beschließen hatte. Dort schlief er im Augenblick. Der Anwalt,

ein Hebbel-Zitat im Kopfe, beschloß, ja nicht an diesen Schlaf der Welt zu rühren, da er ja ein Entweder-Oder von diesem Mann aufreißen mußte, sein Wesen auf endgültige Art in Anspruch nehmen, ihn vielleicht in langwierige Krisen verflechten. Nach sehr langem Schlummer, in Wahrheit kaum zwei Minuten, richtete sich mit einem Atemzug der General steif auf, sah um sich, war im Augenblick wieder gegenwärtig.
»Entschuldigung«, sagte er.
Posnanski verbeugte sich leicht.
Es habe ihm wohlgetan, setzte Lychow fort, er habe ein wenig geduselt. Ein alter Knochen wie er sollte sich nicht übernehmen, denn wenn er abkratze, kriege die Division – aber der Herr Kriegsgerichtsrat habe ihn ja bestimmt nicht solcher Deklamationen wegen hierher zitiert. Er klingelte nach Kaffee, niemand erschien.
»Sie sind alle draußen«, sagte Posnanski. »Darf ich uns auf meine Art etwas zu trinken schaffen?« Er ging zur Schwelle und rief Bertin. Der Schreiber stand etwas verwirrt neben Schwester Sophie am Fenster des Vorzimmers; sie versprachen beide, mit Kaffee wiederzukommen. Posnanski schloß wiederum die Tür. Zurückkehrend sah er Lychow über das Aktenstück auf seinem Schreibtisch gebeugt, die Arme aufgestützt.
»Lassen mich Exzellenz ganz kurz berichten ...«
»Es ist die Sache da, Paprotkin, mit dem Kriegsgefangenen.«
»Befehl; Exzellenz erinnern sich?«
»Bin ganz im Bilde. Netter Kerl, sah aus wie – ich weiß nicht wer. Müßte mich sehr irren, wenn sein Gesicht nicht vorhin unter den Ordonnanzen gependelt hätte.«
Posnanski erklomm den Gipfel des Unmilitärischen.
»Richtig«, sagte er und »Pardon« und nahm Exzellenz das Aktenstück aus den Fingern.
»Der Sachverhalt war vollkommen klar. Einen Bjuschew, Überläufer, hatten wir verurteilt, ein Paprotkin, entwichener Gefangener, wurde rekognosziert und einwandfrei nachgewiesen. Die Akten gingen an Ober-Ost zur Ermittlung der Zuständigkeit.
Folgendermaßen entscheidet die oberste Justizbehörde dieses Landes.«
Er ergriff einen der Mappe beigelegten Bogen mit schwarzen, ziemlich großen Maschinenbuchstaben und las vor:
»Nach Kenntnisnahme zurück. In Übereinstimmung mit dem Herrn Generalquartiermeister ersucht der Oberbefehlshaber Ost, es bei dem einwandfrei gefällten Urteil des Kriegsgerichts der Division bewenden und den Verurteilten behufs Vollstreckung der Todes-

strafe auf dem üblichen Wege der Ortskommandantur Merwinsk zuführen zu lassen.
Wenngleich die Identität des Verurteilten Bjuschew mit einem desertierten Kriegsgefangenen Paprotkin, Kriegsgefangenenkommando Waldlager Nawarischkij, bis zu gewissem Grade wahrscheinlich gemacht worden ist, darf doch unter höheren Gesichtspunkten von einem gelungenen Identitätsbeweise die Rede um so weniger sein, als in Übereinstimmung mit dem Herrn Generalquartiermeister geltend gemacht werden muß, daß die juristische Seite des Falles hinter der militärpolitischen entscheidend zurückzutreten hat. Im Interesse des Ansehens unserer Rechtsprechung und unter dem Gesichtspunkt der militärischen Disziplin muß die für den Angeklagten eingelegte Revision als unbegründet und dem Gesamtinteresse schädlich verworfen werden. Die Vollstreckung des rechtsgültigen Urteils, welches hiermit wieder in Kraft tritt, ist auf dem Dienstwege nach hier zu melden. Für den Oberbefehlshaber Ost: Der Generalquartiermeister, im Auftrage: Wilhelmi, Kriegsgerichtsrat.
Punkt«, schloß Posnanski, und nach einer Pause: »Ferner steht hier, ungewöhnlicherweise, aber sehr berechtigt, mit Kopierstift die Abkürzung ›ges.‹ und ein bekanntes ›Sch.‹«
Der alte Mann verließ seine Diwanecke, trat zu dem Vorlesenden, der ihm artig den Schreibsessel überließ, und entnahm seiner Hand das Blatt. Dann klemmte er das Monokel ins Auge und las sorgsam, indem er die Lippen dabei bewegte, Satz für Satz das Urteil nach. Mit vollkommen höflicher Stimme sagte er dann in der Unbetontheit des Gentlemans: »Wenn ich recht verstanden habe, wohnen wir hier einem Ausbruch von Weisheit bei.« Leise, halb zwischen den Zähnen. »Dieser Quatsch!« fügte er hinzu. Dann klopfte es in die nachdrückliche Stille.
Schwester Sophie, die Wangen gerötet, einen bezaubernden Glanz von Glück in ihren grauen ausdrucksvollen Augen, brachte auf einem Tablett zwei Tassen Kaffee, sah lächelnd von einem zum andern, empfand, hier gehe etwas vor, ließ das Lächeln von ihrem Gesicht fallen wie ein Kleid von einem Körper, sagte leise »Pardon« und ging hinaus.
Mit einer Art erschöpfter Stimme begann Posnanski, während der alte Herr seinen Kaffee, schwarz, stark gesüßt, ausnippte: »Wir sind keine Jünglinge. Unsere Gefühle haben die Pflicht, den Weg über Einsicht und Erwägung zu nehmen, bevor sie in die Entschlußsphäre münden ... Uns ist vollkommen klar, in einer Zeit wie dieser sieht Schieffenzahn das Leben eines einzelnen so unbeträchtlich wie

einen Roßkäfer. Über die Zulänglichkeit dieser Blickart streiten heißt den Krieg selbst zur Debatte stellen, was zwischen einem Militärrichter und einem aktiven General im Jahre 1917 sein Komisches hätte. Über Sinn und Unsinn von Kriegen haben reife Leute seit einigen tausend Jahren entscheidende Einsichten geäußert. Der Krieg ist gründlich widerlegt, und zum Beweise sitzen wir beide hier in Uniform, und unten tippt Siegelmann den neuesten Heeresbericht. Wer der Meinung ist, das Lebendige lasse sich nicht beeinflussen, der muß für Krieg sein.«

»Stimmt«, sagte von Lychow, »bin ich. Sind wir Konservativen alle.«

Mit gleichmäßiger Stimme fuhr Posnanski fort: »Gilt hoffentlich aber auch für Menschenfresserei, Kinderaussetzung, Mutterrecht, Vielweiberei, gottesdienstliche Prostitution, Faustrecht und Sklaverei, denn da hilft kein Zweifel, diese Dinge stehen mit Kriegführung auf ein und derselben Seinsstufe, und will man das Menschliche unverändert haben: bitte, aber dann ganz.«

»Erlauben Sie mal«, bestritt der General, »Krieg steht in der Bibel.«

»Kriegsfreude nicht«, warf Posnanski unbewegt ein. »Was hab ich zu erlauben? Man kann nicht fünf Bücher Mosis und Bergpredigt zusammenmischen mit Kriegsfreude, wie man Rotwein und Champagner mischen kann; oder vielmehr, wie Figura zeigt, man kann es schon, aber das Ergebnis steht vor dem Denken einigermaßen ohne Badehose. Worauf der Weise, wenn er will, sich schadlos halten und das ganze Denken mit fragwürdigen Vorzeichen bepflastern kann; was ja schon geschehen sein soll. Hier aber« – und seine Stimme bekam einen Ton von Wut – »soll jenseits von Krieg und Frieden ein Unschuldiger mit Hilfe des Rechtsapparats der Division Eurer Exzellenz feierlich ermordet werden. Hier pocht der Puls der Sache. Das Militärische daran borgt nur Kostüm, nur Außenseite, nur besondere Zuspitzung.«

Von Lychow nahm das Blatt mit dem Text, um es noch einmal zu studieren. Seine Hand zitterte leicht in der Manschette, in der ein Knopf aus seltenem, schwarzgrünem Opal klapperte. Posnanski fühlte, möglicherweise mit der allgemeinen geistigen Entkernung des Falles zu früh gekommen zu sein. Er nannte sich lautlos Idiot. Es komme hier ja gar nicht auf Einsichten an, sondern darauf, daß das Leben eines Unschuldigen mit Hilfe dieses alten Kavaliers gerettet werde. Seine dialektische Leidenschaft hatte diesen klaren Sachverhalt überflüssig vertieft, seine geistige Reinlichkeit und Durchschlagskraft vielleicht Bedenken und Schwierigkeiten erst erzeugt.

Plötzlich geschah, was vor Monaten der gute kleine Winfried ein-

mal vergeblich fürchtete: zum äußersten Erschrecken des Rechtsanwalts flog der Stuhl, in dem Exzellenz saß, krachend zurückgeworfen mit der Lehne an den kleinen runden Tisch dahinter. Rotbraun vor Zorn stand Lychow, gestrafft wie ein Fechter, das Blatt in der Hand, und schrie:
»Diese Schweine!« Solche Einmischung verbitte er sich! Sie sollten sich jemand anderen aussuchen, um ihm in die Gerichtshoheit hineinzupfuschen! Hier sei nach Recht und Gerechtigkeit entschieden worden. Alles andere gehe ihn nichts an. Das Kriegsgericht der Division von Lychow empfange keine Befehle von den Kacktöpfen da hinten. Wenn Schieffenzahn das noch nicht wisse, jetzt werde er zulernen!
Posnanski faßte sich schnell und lächelte vor Erlöstheit. Mit Lychows praktischer Klugheit ließ sich leben, dem Himmel sei Dank! In der Tat, warum die Geschichte nicht so aufziehn? Eine Zuständigkeitsfrage daraus machen, einen Fall von Ressortfimmel, eine kleine Balgerei um Dreinreden und Zu-sagen-Haben? Wer wem was bestellen durfte, davon mochte auch einmal das Schicksal eines Menschen abhängen; warum nicht? Hing es, heute und immer, nicht oft von eines anderen Verdauung ab, vom gut oder schlecht gegessen, getrunken, gepennt, mit einer Frau geschlafen haben? Alle Wege galten gleich, wenn nur Recht geschah in der Welt. Sein Fehler hatte sich selbst berichtigt.
Lychow faßte sich, entsann sich seiner Gäste, gab Posnanski die Hand.
Er werde mit Schieffenzahn in diesem Sinne telefonieren; morgen oder übermorgen. Nein, morgen. So etwas durfte nicht Fett ansetzen.
Posnanski verbeugte sich dankend, blieb noch, um sich eine Entgegnung zu entwerfen.
Als der General das Treppenhaus, dann das von vermoosten Putten auf den Mauerpfeilern überhöhte Gartentor durchschritt, immer wieder von der reichen Eisenarbeit erfreut, die Anfang des neunzehnten Jahrhunderts für den Großvater des Herrn Tamshinsky der Künstler Abraham Frum, Großvater des Schriftstellers Nachum Frum (zur Zeit Odessa), mit der Hand geschmiedet hatte, edle rautenförmige Felder, umspielt von Blattwerk und Arabesken in einem Formgefühl, das mit der damaligen Kaiserzeit noch nichts, viel aber mit verklungenem Rokoko zu tun hatte – als er, von Lychow, der soeben eine Entscheidung gefällt, auf dieser seiner Gartenschwelle stehenblieb, leicht abwesend mit dem Reitstöckchen ans Eisen klopfend, um dann in die Bahnen einzukehren, die seine

Gäste in Gruppen zogen, sollte er leider, dem Gesetz der Serie getreu, nach dem ersten noch weiteren Ärgernissen entgegengehn. Selbstverständlich wünschte er, nicht aufzufallen. Gastgeber verschwinden nicht so reichlich lange. Dennoch lehnte sich vieles in ihm auf gegen die verbindliche und gesellige Haltung, die man sofort mit Recht von ihm verlangen würde. Noch kurze Weile allein zu sein, im sanfteren Licht dahinzuschlenkern, leises Wehen an den Schläfen. Abendfalter beim Ausflug mit den Blicken zu verfolgen, heimkehrende Hummeln und Wespen und die jagenden Schwalben, die die leicht angegoldete Nachmittagsluft durchsausten – das lag ihm näher ... Unmittelbar die Mauer entlang, den ganzen großen Gartenpark im Viereck einfassend, lief ein schmaler, kaum benutzter Weg. Die berankte Mauer zur Rechten, hohe Büsche, eine Hecke künstlich hierher verpflanzter Blautannen zur Linken, so zog er sich hin als grüne Schlucht, Grasbüschel durchstießen den Wegkies reichlich. Hier wollte Lychow, die Geräusche vieler Menschen schon im Ohr: Lachen, helle Rufe, das vage Murmeln der Menge, Scharren von Füßen – noch eine Art Übergang halten und von unverdächtiger Seite wieder auftauchen. Die Kegelbahn schien ihm dazu geeignet ... Mit kurzen Schritten, den Kopf schräge geneigt, nicht ohne Bedenken, wanderte er hin. Kriegserklärung an Schieffenzahn. Wohl zu erwägen! Da hätte jeder Vernünftige die Stirn gerunzelt ... Der erste Schritt entschied, wie immer, alles: nur Stillhalten gab es, Hinnehmen – oder nach dem ersten eine Folge von immer gesteigerten Widerständen. War diese Sache Bjuschew eine Folge ärgerlicher Aufregungen mit dem Manne wert, dessen außerordentliches Talent Lychow ebensogut wie irgendein anderer anerkannte? Albert Schieffenzahn würde den Unterkiefer vorschieben und wie ein Bullenbeißer auf seiner Fährte bleiben. Er, Lychow, über siebzigjährig, konnte Ruhe ganz wohl brauchen. Aber innerhalb zweier Herzschläge verließ der alte Mann die Musterung dieser Möglichkeiten. Hier unternahm ein fremder Wille, ungesetzlich einbrechend, die Entscheidung über Recht und Unrecht in seinem Bezirke anzutasten. Entweder bestand Deutschland auf Rechttun nach der Einsicht seiner Träger, und lediglich das Gewissen des Verantwortlichen, das Rechtsgefühl in der Brust eines sachlichen Menschen verbürgte unumschränkt entscheidend die Richtigkeit seines Rechts – oder Dreinrede jeder Art war möglich; die Anarchie, zu welchem Zweck immer, stieß durch und zeigte ihr scheußliches, gesinnungsloses Haupt, ihre bleckenden Zähne, grinsenden Nüstern, triumphverschwollenen Augen. Mit tiefem Atemzuge stellte die Exzellenz fest, er stehe hier in einem Amte,

das er nur mit Dreingabe seiner Selbstachtung, seines ganzen makellosen Lebens ablehnen durfte. Mechanisch raufte er ein Jasminstengelchen vom Strauch, atmete seinen süßen arabischen Duft und steckte es zwischen den zweiten und dritten Knopf seines Rockes. Krieg mit Schieffenzahn? Warum überhaupt? Keineswegs, beschwichtigte er sich, drohten diese Kabbeleien unabweisbar! Der General, dem fünfzehn verschiedene Aufgaben jeden Tag die Gedanken hin und her schleuderten, hatte einmal ohne zulängliche Prüfung unterschrieben. Daß in die Rechtsprechung der Division von Lychow selbst der Generalquartiermeister Ober-Ost nicht dreinzumeckern hatte – sonnenklar. Irrige Entscheidungen erledigten sich nach besserem Unterricht, und Otto Gerhard von Lychow, rangälterer Mann von siebzig Jahren, durfte schon einmal auch Schieffenzahn zurechtweisen, ohne daß eine Zurechtweisung entstand. Nur die Ruhe konnte es machen. Morgen, vielleicht vormittags, vielleicht nach Tisch, mit dem Generalmajor gemütlich telefonieren, das hängt die Sache bestimmt ohne weitere Schwierigkeit ins Lot. Schließlich hatte den Irrtum gar der Kriegsgerichtsrat drüben allein zurechtgeschneidert, der Rechtsfuchs, der Winkelzieher, dieser, wie hieß er? Einen Geigernamen trug er, Joachimi? Wilhelmi, richtig. Wer lange lebte, dem kam es zu, mal den längst verschollenen Geigerkönig Wilhelmi mit Joseph Joachim zu verwechseln. Behaglich bog der Vertiefte um die Ecke.
Die Kegelbahn stand, aus neuem Holz gezimmert, unmittelbar vor ihm. Eine kleine Ausbuchtung des Weges, ein Rondell gewissermaßen von Kies, leicht überdacht, den Weg selbst der ganzen Länge nach geebnet und mit Bohlen belegt, eine schräg ansteigende Rinne aus Brettern zur Linken – und die Bahn lud zum Spiel. An ihrem Ende, dort, wo die Mauer wiederum rechtwinklig bog, polterten auf einer Holzdiele die Kegel umeinander.
Der Pavillon, mit Schindeln gedeckt, von den Tischlern der Kommandantur geschickt ausgeführt und von Vizefeldwebel Pont, dem Baumeister, entworfen, zeigte den fremdartigen und reizvollen Umriß neuartiger Baugebilde, anklingend an die hohe, fernöstlich gegiebelte Holzsynagoge von Merwinsk, die nicht nur Pont oder Winfried in entzücktem Kopfschütteln festzuhalten verstand. Lychow aus seiner Entfernung musterte seine bunten Stützbalken, das in Knicken getürmte Dach und fand ihn nett. Im Grunde hätte ihm ein Strohdach besser behagt, aber das verboten die Pferde. Man hatte unternommen, es schwarz und hell gefleckt zu teeren, nach Art einer japanischen Tuschzeichnung; noch versteckten sich hinter Büschen die Teereimer mit dem großen Pinsel.

Die Sonne hing im letzten Drittel ihres mächtigen Bogens. Schräge schwere Goldbalken brachen aus den aufatmenden Wipfeln, die großen gelben Margeriten, die Sonnenblumen an der Mauer richteten ihre gezackten goldenen Schilde alsbald gen Westen und leuchteten wie Kupfer; bereits schimmerten verfrühte Lampions über den ferneren Wegen. Vom Pavillon aus schossen ältere Herren hemdsärmelig nach den Kegeln, die sie Lloyd George schalten, Nikolai Nikolajewitsch, Clemenceau, mit Gelächter Wilson, mit tief ehrlichem Hasse Bethmann, Erzberger, Scheidemann. (Der Name Liebknecht lag jenseits aller Nennensmöglichkeiten; den verdaute das Zuchthaus. Er kam nicht mehr in Betracht, Schwamm drüber.) Herr von Heßta dort unten verbreitete sich, während er genüßlich die Kugel in der Hand wog, über eine Neuaufteilung Südamerikas nach alldeutschen Entwürfen – eines großen deutschen Herrenstaates quer durch den Kontinent – und die Möglichkeit eines Bündnisses mit Mexiko zur Eroberung von Kanada. (Seine Geographie stand schon nicht mehr auf der Höhe.) Er ließ Geheimnisse von Sprengattentaten auf amerikanische Fabriken und Munitionslager einfließen – ja, man genoß die volle Glorie der siegreichsten Partei der Erde.
Exzellenz vernahm mit einigem Unwillen seine breite, behagliche, vielleicht etwas quakende Stimme. Er hatte gehofft, links über den Rasen davonzuhuschen, um plötzlich irgendwo in der Menge zu sein, die drüben, lauter Junge, sich vergnügte. Aber er entschloß sich, doch lieber hier einzugreifen. Er fand, das Mundwerk eines höheren Führers sollte nicht uneingedämmt solche Hintertreppenphantasie verschleusen dürfen. Mit einem freundlichen »Alle neune!« ließ er die breiten Karminstreifen seiner Breeches im Sonnenguß flammen, man sprang auf, und von Heßta klappte zu.
Lychow, nach lachenden Worten, zückte den Heeresbericht, den er sich im Vorbeigehen aus dem Schreibzimmer gelangt hatte, und verlas: Der Westen hatte endlich eine ruhende Haltung, Kampfpause bis auf eine kleine Aktion bei Leintrey, aber hier im Osten schloß sich dafür Hörenswertes an: nordöstlich von Czernowitz hatten Böhm-Ermollis Truppen die Reichsgrenze überschritten; unter persönlicher Führung des Erzherzogs Josef zogen k. u. k. Truppen in Czernowitz ein. (Die Frontoffiziere, wie sie nun einmal waren, grinsten respektlos. Jeder entsann sich ruhmreicher Gelegenheiten, wo die Prinzen und Herrscherhäuser nicht persönlich an der Spitze geritten.) In der Bukowina wichen die Russen auf der ganzen breiten Linie Czernowitz–Petrouc–Bilka–Kimpolung zurück. An der Moldaufront versuchten sie, wiederum ohne Erfolg,

sich in den Besitz des Berges Casinilui zu setzen. Am unteren Sereth, an der Front Mackensen, nahm die Gefechtstätigkeit zu. Erfolg, Sieg glänzte es in den befriedigten Gesichtern der Männer, deren Beruf es war, Menschen ins Feuer zu führen mit dem vollen Risiko, selbst auf dem Felde zu bleiben.

»Was man nicht alles für seine lieben Bundesbrüder tut«, krächzte von Heßta. Als unterstreiche sie seine Meinung, setzte plötzlich drüben die Kapelle mit einem österreichischen Marsch ein, dem Hoch- und Deutschmeistermarsch; seine breiten, nachdrücklichen Rhythmen trompeteten mit den Balken der schrägeren Sonne golden herüber. Man horchte hin: Singen, sich nähernder Gesang. Neugierig aus dem Schatten der Kegelbahn aufs Gras hintretend, sah man einen Zug junger Menschen in Viererreihen anmarschieren, geführt von dem Hechtblau kaiserlich-königlicher Uniformen, Graf Dubna-Trencsin an der Spitze der Leutnants und Krankenschwestern, wie ein Tambourmajor vor der Front eines Trommlerkorps tänzelnd und den Stock, gleich dem Würdenstabe eines solchen, durch die Luft wirbelnd. Seine Augen, leicht verglast, leuchteten abwesend, und aus voller Kehle sang er:

»Mir san vom k. und k. Infanterierägiment
Hoch- und Deutschmeister Nummer vier – aber stier«,

und er wiederholte den populären Schlußreim, unmittelbar landend vor der lachenden und applaudierenden Gruppe der Kegelbrüder, während die Musik drüben, schon am Ende ihrer Kunst, schwieg. In diesem Augenblick hörte man die quarrende Stimme des Herrn von Heßta einen Satz beenden: »Unmöglich ohne tschechischen Verrat!« – durchaus wider Willen, aber doch der Wirkung nach dem Generalstabshauptmann unter die Nase.

Einem nüchternen Grafen Dubna gegenüber hätte die unfreiwillige Grobheit des Preußen unmittelbare Folgen nicht gehabt. In besonderer Stimmung aber hatte er sich den Alkoholen des Gastgebers eindringlich gewidmet. Infolgedessen prallte er, seinen Spazierstock in der Hand, wie ein sich bäumendes Pferd zurück, stemmte dann den Stab mit der Spitze auf den Rasen, bog seine lange Gestalt darauf nieder, und so, sprungfertig, wortlos, dunkelrot, starrte er dem Generalmajor in die Augen. Oberleutnant Winfried, mit Schwester Bärbe unmittelbar hinter ihm, und da ein Adjutant seine Ohren überall haben muß, blitzschnell im Bilde, rief, um abzulenken:

»Bester Graf, was heißt das: stier?«

»Stier«, wiederholte der Graf, keinen Blick von seinem Gegner

lassend, der mit einem verlegenen Lächeln sein Kinn auf dem offenen Waffenrockkragen hin und her wetzte.
»Stier heißt blank. Leere Taschen. Ausgepowert bis zum Letzten die ganze Monarchie. Tschechischer Verrat? Was wißts denn ihr? Wer seids denn ihr? Habts sie liegen gesehn reihenweis am Isonzo, bei Doberdo, vor Przemysl, überall dahier, wie die sich geschlagen haben für euren Dreck? Und die Egerländer? Die Salzburger? Die Tiroler? Die armen serbischen Bosniaken? Wo das doch Serben sein, reine Serben! Stier sein mir, ja, und hin. Und ihr brauchts noch immer mehr Leichen in euerem Maul zu kauen, immer neue Leichen, Leichen, Leichen?«
Die Stille nach diesen Worten gab plötzlich Stimmen her für die Blätter, die späten Hummeln, ja für die Abendkäferchen, die sich eben anschickten, ins Licht zu fliegen, in das große goldene Tor des Westens. Auf Lychows Wink griff Winfried nach Dubnas Achsel, ihn wegzuführen, und ward von dem langen mageren Mann abgeschüttelt, wie man beim Fußball einen seitlichen Stoß empfängt.
»Stinkbesoffen, reiz ihn nicht«, mahnte ein Major unbefangen und laut Herrn von Heßta; der aber stieß das Kinn vor und brach drauflos, persönlich herausgefordert, von einem Österreicher!
»Ja, lieber Graf«, quakte er gereizt, »für wen kämpfen wir Östler denn jetzt? Nicht neuesten Heeresbericht gelesen? Alles k. u. k., die Heldentaten?«
Der Graf verfiel in ein Gelächter, das bewies, wie wenig er sich noch in Gesellschaft befand. Er stand allein auf dem Planeten, vorgebeugt, als Sachwalter Österreichs dem preußischen Geist gegenüber, und schrie ihm seine Anklagen ins Gesicht.
»Für wen?« schrie er. »Galizien, Bukowina – ja, fort doch mit dem Schmarren! Wir hätten's ja längst hergegeben mit Handkuß. Aber ihr halt't uns durch. Österreich ist hin; Mozart und Schubert und Habsburg und Wien, hin allesamt. Unsere lieben Maderln verwaist noch vor der Eh'. Schauts ihr uns nicht an, als seien wir eure Kolonialsoldaten, eure schlampeten Neger? Aber die Neger seids ihr Kaschubenbankerte. Schiller im Maul und ›Puppchen‹ im Kopf, ihr Mischlinge, ihr Ketzerpack, ihr gottloses satanisches Gesindel. Österreich ist hin!«
Und in dem Augenblick, wo er seinen Stock aus dem Rasen riß, ihn im Auftrag Gottes dem preußischen Teufel zwischen die Hörner zu hauen, ihm mit der Spitze aus Eisen die Hyänenaugen auszustechen, die Welt von ihm zu erlösen – schon tränenüberströmt das Gesicht, schon ein wildes Schluchzen in der Brust, der Kehle, dem ganzen Leibe –, schlug er vornüber ins Gras. Da lag er weinend

zu Füßen des erstarrt kommandierenden Lychow (»Wegtreten! Anfassen!«), der zu fassungslos stand, ihn noch aufzufangen. Er hatte acht Monate am Isonzo verbracht, bevor man ihn zur Division von Lychow ablöste, und darum trug man den Geisteskranken jetzt fort – sehr mitleidig und im Gewissenszentrum leicht angerührt. Man meinte, es sei schade, der arme Graf; das Fest sei ein bißchen gestört, aber es gehe doch weiter? Exzellenz nagte seine Unterlippe? Der Tag endete nicht günstig. Aber jetzt abschließend lief er doch zu schrill aus. »Weitermachen!« befahl er kurz.
Unglücklicherweise, sehr wohlmeinend, das Peinliche zu vermeiden, wies Rittmeister von Brettschneider auf etwas hin, was, noch verborgen, Fröhlichkeit erraten ließ, trabte die zwanzig Meter bis zur Wegbiegung vor und winkte, lachenüberglänzt, man solle kommen, kommen. Man kam. »Heil!« hörte man, »Hoch Gambrinus! Bacchus lebe!« Hohles Dröhnen paukenartig, Gesang, helles Weiberjauchzen.
Die Hauptallee des Gartens entlang, unter bunten Papierlampions, umgeben von jungen Leutnants, Fähnrichen, von Schwester Emma, Cläre, Traute, Annemie, nahte ein wahrer Festzug. Da thronte auf dem leeren Fasse, über den Schultern von vier Ordonnanzen, Grischa, der Bjuschew, mit nackter Brust, offener weißer Jacke, den Kopf mit Efeuranken bekränzt, ein Weinglas leer in der Hand, aus voller Kehle singend mit seinem lauten, rauhen Bariton, singend das große Lied der Revolution, das seinen Ausbruch aus dem Waldlager begleitet hatte ... Er sang es russisch, und niemand verstand, zumal sein rechter Stiefel donnernd am Bauch der Tonne den Takt schlug und das gesplitterte Glas im gleichen Rhythmus dreinklingelte. Die Scherbe hatte ihn am Kinn geschnitten, Blut rann leicht den Hals entlang, aber es tat ihm nichts: er schwebte in großer innerer Gala, ein vollkommen freier Mann, Grischa Iljitsch Paprotkin, Sergeant im 118. Infanterieregiment, Ritter des Georgskreuzes, Kampfmann vieler Schlachten mit dem Bajonett, Handgranate und Gewehr, nicht sehr selten dem Tode noch unter den Fingern durchgerutscht, und geneigt, seine Rede weiterzuhalten, die große Rede von der Verzeihung des Gefangenen.
»Eylert Lövborg mit Weinlaub im Haar«, zitierte ein gebildeter Pionier, und Exzellenz, ein Lächeln von gefährlicher Freundlichkeit um die Lippen, das von kleinen glitzernden Augen störend gezwittert wurde, fragte heiser, wer das nun wieder angestiftet habe. Die Leutnants lachten. Der Rittmeister von Brettschneider habe ihnen vorhin von der Bewandtnis erzählt, die es mit diesem Rußki hatte. Zur Belohnung für seine Zähigkeit, weil er noch nicht abge-

rasselt sei, sondern sich's trotz Todesurteils der Division geleistet, dieses Fest mitzumachen, habe man ihm zwei Kognaks in ein Glas Bier praktiziert – ein Glas Bier aus mehreren Resten mit einem bißchen Zigarrenasche gewürzt. Darauf habe er eine Rede gehalten, leider unverständlich, russisch, und dafür mit dem Teerpinsel das EK drei, auf dem Rücken zu tragen, verliehen bekommen.
»Eskadron kehrt!« krähte einer.
Die vier Ordonnanzen, ein bierseliges Lachen in ihren erhitzten Gesichtern, vollführten die befohlene Wendung, die Grischas Rückseite enthüllte; ein breites schwarzes Kreuz zog sich vom Kragen zum Gesäß und quer über beide Schultern.
»Ei, ei«, staunte Exzellenz.
Grischa, mit der sicheren Geschicklichkeit eines schwer betrunkenen Mannes, drehte sich rittlings auf seinem hohen runden Sitze, und angesichts seines Zuhörerkreises redete er sie an:
»Es ist so viel Verzeihung in der Welt«, rief er russisch, »daß alle Menschen davon abkriegen können, die Deutschen auch. Es sind gute Kerle darunter. Ich habe gesehn, wie meine Kameraden, gefangene Russen, Kartoffelschalen vom Misthaufen kratzten und doch am Hungertyphus krepierten. Das wird vergeben. Ich habe welche mit zusammengebundenen Händen, eine Drahtschlinge um den Hals, marschieren sehn und zusammenbrechen; das soll nicht mehr erwähnt sein – vergeben, vergeben. Es waren bloß Russen, gefangen – es wird vergeben. Und selbst wenn sich welche in der Latrine ersäuften – alles geschenkt und brüderlich abgemeldet. Das Leben ist so einfach ... Ich hab's gefunden. Es regiert nichts Böses in der Welt und kein Übel. Alles ist klar und gut und freundlich und der Krieg ein Irrtum weit und breit. Aus Gewehrschäften machte man Hammerstiele; für Stahl und Eisen ist werkzeugliche Verwendung; Paprotkin und Bjuschew sollen sich umarmen, und die arme Babka – still, das nicht.« Er schlug sich auf den Mund, so heftig, daß er schwankte, und besah aufmerksam seine blutige Hand. Ein außerordentliches Gelächter begleitete seine Rede und Selbstbestrafung. Der Ton von überlegener Verzeihung und Güte, den diese von Rülpsen unterbrochene Suada entfaltete, ließ sich kaum anders aufnehmen. Aber seine Kraft war durch diese Unterbrechung zum Glück abgeschnitten. Er sank nach vorn, das Kinn auf dem Faßreifen, sagte er noch:
»Täwje, du mit deinem Sinn, niemand muß sterben um den Sinn, du kleiner jüdischer Dummkopf«, und erbrach sich.
»Abmarsch!« schrie mit einer Empörung, die gegen den schmutzigen Russen alle seine Herren teilten, die Exzellenz.

Drittes Kapitel: Die Strippe

Nachts zehn Uhr. Die Nachrichtenabteilung beim Stabe raucht vor Arbeit. Vor den Fenstern, weit offen, steht ausgestirnt bis ins Fleckchen der Augusthimmel. Kraftströme vom Weltall her zittern unbemerkbar um den Planeten; eine dieser Kraftarten zu handhaben, hat der Mensch gelernt. Drähte vermitteln Worte. Die sausenden Schwingungen des elektrischen Äthers gleiten in unfaßbarer Kürze von Ohr zu Ohr. Von Worten ausgelöst, werden sie wieder zum Worte und tragen den Geist.

Den Kopfhörer über beide Ohren gestülpt, wie einst im Vogesenwinter die Ohrenschützer, sitzt der Telefonist, Gefreiter Engels, in der Leitung. Es ist unklar, ob er der Dienstvorschrift damit widerspricht. Er hört jedes Wort. Neben ihm lehnt der Gefreite Löwengard und kann vor Spannung schon fast die Pfeife nicht mehr im Munde festhalten.

»Mensch«, pafft er, »gibt er's ihm? Haut er ihm auf den Deetz? Sag doch einen Ton, Mensch!«

In der unmenschlichsten aller Zeiten reden die meisten Männer einander mit »Mensch« an. Der andere schüttelt nur ungeduldig die Hand und horcht. Was er hört, muß ihm die ganze Brust anfüllen. Er hockt da wie ein Pianist, dem die Hände gebunden sind, über der Klaviatur eines Flügels. In diesem von Horchen erfüllten Raum vernimmt man keinen Laut. Die Stille ist so groß, daß die Nachtigall, die draußen vorm Fenster ziemlich weit weg im Holunderbusch ihr verfrühtes Nachtlied saugend und wirbelnd zaubert, der lauteste Ton auf Erden zu sein scheint. Ganz fern hinten am Horizont trommelt leise ein Auto.

»Mensch«, wendet sich Engels dem Kameraden zu, indem er über die Sprechöffnung des Apparats die Hand legt. »›Wollen Sie mich, verflucht noch mal, zum Mörder machen?‹ hat der Alte dem Kaffern eben versetzt.«

»Zu Schieffenzahn selber traut er sich das aber nicht.«

»Da kennste Lychown schlecht.«

»Muß doch den Dienstweg innehalten. Weiß nicht, ob's einen Sinn hat, den Wilhelmi anzublaffen. Der macht ja doch nur Schieffenzahn seinen Laufjungen.«

Das Gespräch geht in Horchen über. Die beiden Telefonisten und alle Ohren vermögen aus diesem Gespräch den Fall Bjuschew in seiner vollen Schlichtheit zu entnehmen. Da ward ein Mann wegen einer Sache verurteilt, die er, klar bewiesen, nicht begangen hat,

und statt neuen Verfahrens wollen die ihn erschießen lassen. Und Lychow macht das nicht mit.
»Klar, Mensch, daß der Alte so was nicht mitmacht.«
Aber Engels, der ein erfahrener alter Soldat von zweiundzwanzig Jahren ist, schnickt mit der Hand durch die Luft, und nach einer Pause fragt er jene vorgeschriebene Formel, die verhindert, daß jemals eine Mannschaft, auch nur fahrlässig, einen Vorgesetzten mit schlichtem »Sie« anredet:
»Wird noch gesprochen? Wird noch gesprochen? Ich trenne.« Er beendet durch Herausziehen der Stöpsel die Verbindung zwischen dem Arbeitszimmer von Exzellenz und dem Arbeitszimmer des Kriegsgerichtsrats Wilhelmi in Bialystok, eine hübsche Zahl von Kilometern auseinander. Dann entzündet er eine Zigarette und sagt:
»Natürlich ist der Alte dafür nicht zu haben – glaubt er wenigstens –, aber für das Leben von dem Bjuschew geb ich von jetzt an keine Papiros.«
»Mensch«, sagt Löwengard, »das ist doch Mord. Der ist doch unschuldig.«
»Mensch«, antwortet Engels, »wenn du aus Stellung kriechen mußt und vors Drahtverhau und bis an die Sappe zum A-Apparat, mit dem du dem Franzmann seine Gespräche abhorchst – bist du da schuldig oder unschuldig? Ist das etwa nicht Mord, wenn es schlecht ausgeht? Komm du mit Recht bei den Preußen! Keine Papiros geb ich mehr für den ganzen Bjuschew von Kopf bis zu den Füßen.«
»Wieso? Meinst du nicht, daß der Alte bei der Stange bleibt?«
»Quatsch«, sagte Engels, »natürlich bleibt er. Aber wenn Schieffenzahn wirklich ans andere Ende tritt, dann bricht die Stange, und der Alte hat seinen splittrigen Stumpf in den Händen und is Neese. Wenn Albert will, dann bleibt der lebendig. Aber bloß dann.«
»Wie meinst du, haut Schieffenzahn jetzt gegen?«
»Ja, Mensch, das kann niemand wissen. Was dem richtig ist oder nicht, hat noch kein Schwein ergründet. Kann sein, ihm ist die Sache schnuppe, und Wilhelmi hat sich bloß dickegetan. Dann wirst du nischt mehr von hören.«
»Mensch, das wär mir recht, kann ich dir sagen.«
»Oder die Geschichte wird zum Knochen, um den zwei Hunde sich raufen. Dann, prophezei ich dir, geht Albert los wie ein Dobermann.«
»Armer Bjuschew.«
»Ja, das sag du woll. Dem Knochen pflegt's bei solchen Gelegenheiten am käsigsten zu gehn.«

»Vielleicht wird früher Friede, Mensch«, pafft Löwengard mit einem Seufzer. Es wäre ihm hart, wenn sein Truppenteil, überhaupt das deutsche Heer mit solch kühlem und sauberem Machtfall etwas zu tun hätte. Er ist zwanzig Jahre alt und studierte einmal Kunstgeschichte. »Ob der Bjuschew von dem Segen schon was weiß?« schloß er nachdenklich.

»Mensch, der heißt doch gar nicht Bjuschew, der heißt doch Paprotkin, hab ich mir sagen lassen. Ich kenn die Geschichte nämlich schon lange.«

»Mensch, und du hast mir nichts erzählt!«

»Hatt's dem Bertin versprochen, Mensch.«

»Wenn der's erfährt, der wird sich wundern, der Paprotkin oder wie der heißt.«

»Sag nur ruhig Bjuschew. Den Bjuschew wird der doch nicht mehr los.«

Am Telefonschrank fallen Klappen. Der Dienst geht weiter. Vor dem Fenster die Nachtigall hat längst geendet.

Viertes Kapitel: Das Ziel

Ihren Lieferanten gegenüber lernen deutsche Soldaten allmählich Zutrauen. Daher darf diese Beerenfrau, die Babka heißt, seit einiger Zeit ihre Kundschaft auch in den Quartierräumen des Gefängnisses und selbst im Wachtraum aufsuchen. Und da sie, wie sich herausstellt, mit dem Grischa, dem Bjuschew sympathisiert oder bekannt ist – man weiß das nie ganz genau bei Leuten, die eine andere Sprache schnell sprechen –, mag sie auch einmal, bei offener Tür selbstverständlich, in seiner Zelle schwatzen. Überhaupt scheint sich die Disziplin um diesen Bjuschew etwas zu lockern, seitdem auf Wegen des Gerüchtes die schlecht begreifliche Tatsache zu den Mannschaften, aber auch zu ihm selber gedrungen ist, daß Schieffenzahn seinen Kopf fordert. Es geht auf Nacht zu, draußen zucken und flattern Wetterleuchten über den Himmel wie große schlagende Wimpern eines ängstlichen Gottes. Grischa hockt, Arme auf Schenkel gestützt, die schmerzende Stirn von der Hand umspannt. Sein Gesicht, das ist kein Wunder, sieht verfallen aus, unter den Augen schwarzschattig, die Stirn springt gleichsam weiter vor, das Kinn schiebt sich, wie wenn man einen bitteren Geschmack im Munde wälzt, vor die Oberzähne. Babka, die auf einem umgekehrten Eimer sitzend an der Wand lehnt, blickt ihm mit saugendem, beschwörendem Augenausdruck auf den Mund. Sie will, daß er spreche, und er schweigt. Über ihrem Kopf hoch oben steht das Zellenfensterchen wie eine abendblaue Gemme auf schwarzem Samt. Bald und bald schlagen die hellen Flügel des Blitzes daran vorüber.

Babka redet Grischa zu wie einem Fohlen, dem man Vertrauen abringt mit der Stimme. Es sei doch nichts geschehen. Gut, sie hätten ihn betrunken gemacht, ihm Asche oder etwas Ähnliches mit Schnaps gemischt, was schneller trunken macht als Fliegenpilze, sie hätten ihn auch angemalt auf dem Rücken und auf einem Faß herumgeschleppt, aber das sei doch nichts. Sie mußten sich schämen, sie, nicht er. »Sitz doch nur nicht wie geschlagen von Schande.«

Da keine Antwort kommt, beginnt sie wieder – in der Pause brach aber Wetterleuchten ein und tupfte den Raum bis in seine kahlen Ecken leicht mit Licht. Er habe Reden gehalten, auch gekotzt, aber seit wann rechneten sich Männer an, was sie im Trunk taten? Er habe davon doch keine Schmach! Und plötzlich, in der Hoffnung, mit Barschheit weiterzukommen, ballt sie ihre verkrampft ringenden Hände zu Fäusten, streckt sie ihm entgegen und schreit: »Grischa, das geht nicht, daß du hier das Maul hältst, als sei ich nicht da, das leid ich nicht, da mach ich mich fort«, und in der Hoffnung, vertraute Zeiten heraufzubeschwören, wirft sie über ihn das alte grobe Liebeswort:

»Soldat, Idiot!«

Grischa wacht wirklich auf. Er hat wohl vernommen, was sie redet, und aus dem tiefen Verwundern, das ihn ganz erfüllt und das ein Staunen über die Welt ist, sagt er leise zu ihr:

»Mach dich fort, Babka, es wird besser sein. Einer zielt nach mir«, fügte er geheimnisvoll hinzu, indem er zum Fenster deutet, das soeben wieder helles vergängliches Licht einwirft, »'s ist gefährlich bei mir«, mit jener Stimme, die Erschöpfte und Genesende haben.

Babka, die ihn nun endlich zum Sprechen gebracht hat, fühlt sich wie erlöst und ein gutes Stück vorangekommen.

»Das neue Urteil? Wieviel Jahre?« fragte sie ihn mitten ins Leben hinein – und er, aus einem Drang, bei dem einzigen wirklichen Kameraden Trost zu suchen, den er auf Erden sich verbunden sieht, anders als Marfa Iwanowna, die, so weit weg, nur für ihn beten kann:

»Darum, daß es gar kein neues Urteil gibt, verwunder ich mich ja so sehr. Das alte Urteil, Babka. Die in Bialystok wollen, daß Bjuschew sterben soll, und Bjuschew, wollen sie, bin ich. Sie glauben Paprotkin nicht, mach, was du willst. Man denkt, die Wahrheit müsse auch noch geglaubt werden. Aber so ist es nicht.«

Grischa bereut einen Augenblick, gesprochen zu haben, denn Babka, ohne des Ortes zu achten, bricht in ein Gelächter aus, als lache sie in ihrer eigenen Hütte im wilden Walde daheim.

»St, st!« zischt er sie scharf an, aber aus ihrem Bauche und Herzen, aus Kehle und Mund schüttelt sie ein Gelächter, das am Bau der Welt höhnisch rüttelt. Es schadet nicht viel, das Gefängnis liegt im Augenblick ziemlich leer, die Wachtmannschaft schreibt auf den Bänken draußen Briefe nach Haus oder liest, alle Fenster stehn offen, aber drinnen müßte man doch mit Licht schreiben, und das spart man natürlich. Und schließlich siegt dieses Lachen, und auch Grischa lächelt.

»Ja, es ist zum Lachen. Jeder weiß doch, wer er ist. Das steht doch so sicher, wie daß ein Pferd sich nicht für den Pflug und ein Hammer nicht für den Nagel hält. Fritzke und Birkholz haben's doch bezeugt, alles wurde aufgeschrieben, und dennoch. Da steckt was hinter.«

Babka nickt mehrmals, fünfmal, sechsmal, siebenmal, wie erschöpft von Hohn.

»Jetzt ist es gut«, hustet sie endlich. »Jetzt bin ich wieder sicher. Ohoho, zeigt er sich endlich wieder, der Teufel? War mir's doch unheimlich, die Welt ganz umgekehrt, seit du so friedliches Wesen mitbrachtest im Walde, als sei der Saten gemütlich eingenickt oben auf Gottes Stühlen. Gut hat er's gemacht, schlau seine Schlinge aufgehängt: du durch mich hineingelegt! Spuck mich an! Reiß mir die Haare vom Kopf! Nein, tu's nicht, damit dein Kleines nicht krank wird in meinem Leibe.«

»Still, still«, mahnt Grischa überlegen und auf seine Art vornehm, »nicht so laut, nicht so wild, kein Grund, hier zu toben wie die Katz im Korbe! Sterb ich morgen, so bin ich denn hin, und übermorgen: nun, wahrhaftig besser als Montag früh. Ich bin's ganz überdrüssig«, endet er ohne besonderen Nachdruck, aber mit einer Aufrichtigkeit, vor der Babka erschrickt. »Es ist ganz gut so«, und damit streckte er sich der Länge nach auf die Pritsche, die Hände unterm Kopf verschränkt, und blickte zum Fenster hinauf. »Könntest mir ein Handtuch in Wasser tauchen und auf den Kopf legen«, meinte er dann matt. »Will man auch sterben, so mag man doch Schmerz nicht.«

Babka beeilte sich, ihm zu willfahren. Sie wrang sein Handtuch aus, und obwohl es nicht mehr sauber war, fühlte er beglückt Kühle

um Nacken und gequälte Stirn geschlungen. Dann holte sie sich den Eimer neben ihn hin und ermahnte ihn, nicht so zu reden, nicht von Sterben und Sterbenwollen; aber er bat sie, ihn jetzt schlafen zu lassen, und wenn nicht schlafen, so doch sich wundern.
»Da«, und er hob auf eine Art, die ihr Angst machte, den Finger gegen das Fenster, »da, es blitzt, immer Helle saust so stumm auf. Dabei wundert sich's ganz gut.«
»Jetzt bin ich sicher, sie haben dir Gift gegeben, du wehrst dich nicht, du reißt nicht deine Kräfte zusammen.«
Grischa aber: ob sie etwa glaube, daß er alles nun schon für erledigt halte. Durchaus nicht. Der General hier und seine Leute gestatteten nicht, daß man ihn umbrachte. So sei das nicht. Es gab hier noch Leute, die ihm glaubten und denen der Unterschied zwischen Paprotkin und Bjuschew ganz klar war. »Sie stehen zwischen mir und dem anderen«, sagte er, »und wer nahe ist, hat zu befehlen. Aber dennoch«, schloß er, »es ist allerhand Neues in meinem Herzen gewachsen, mehr, als ich selber gemerkt bisher.«
In Babka begann eine wilde Wut gegen alle diese Gewalten zu sprudeln, die ihren Freund von innen schwächten, indem sie ihn von außen jagten. Diese Teufel! dachte sie, diese ekligen Würmer. Sie fressen ihn hohl wie der Holzwurm den Balken. »Soldat«, stöhnte sie, »Soldat, erinnere dich! Wer fern ist, trifft am schärfsten! Kugel besser als Kolben, Kanone wilder als Flinte und am gräßlichsten der Blitz!« Einmal, zweimal bemühte sich ein General für einen Mann; gehe es dann nicht, dann lasse er's fallen. Das sei doch so selbstverständlich wie Kauen auf einen Bissen. Nur selber springen heiße springen.
»Grischa«, schloß sie mit einer Bestimmtheit, hinter der eine gewisse Angst, er werde sich weigern, schon pochte, »du mußt noch einmal fliehn.«
Statt aller Antwort seufzte er gleichgültig: »Geh schlafen, Babka.«
Babka verstand ihn wohl. Der Vorwurf traf um so schärfer, je leiser er ihn murmelte, und sie fuhr fort, ihn leidenschaftlich zu beschwören. Er müsse noch einmal fliehen. Ohne ihre Ratschläge, ohne den schlauen verruchten Blödsinn ihrer Worte wäre ihm die erste Flucht doch gelungen; er müsse es noch einmal versuchen. Nichts Schlimmeres könne ihn treffen, als was ihm ohnedies bevorstünde. Die Kugel auf der Flucht sei doch besser als die Kugel an der Mauer; wenn er alles seinem eigenen Kopf nach anstelle, glücke es ihm wieder. Ausbrechen, irgendwo warten, sich verbergen – was er für gut halte, solle er tun. Und sie wolle ihm helfen, aber nur nach seinem Befehl, und sie verbürge und verschwöre sich, er

werde heimkommen, so sicher, wie er ohne ihren Rat heut gewiß nicht hier liegen müßte.
Mit geschlossenen Augen antwortete er: das Weib solle jetzt verschwinden.
Flehend rief sie seinen Namen, dann: gut, sie gehe. Er solle gut schlafen. In der Tür der Zelle blieb sie stehn, und indem sie sein Gesicht gramvoll und zärtlich ansah, das ja, wie jedes vom Scheitel her betrachtete Gesicht, einen Ausdruck von Schädelhaftigkeit und Knochengerüst annahm, dachte sie unwiderrufliche Entschlüsse. Noch einmal kam die Tat an sie. Wenigstens die Tür durfte sie ihm aufmachen. Diese Herren hatten ihm Gift in den Trank geschüttet. Nun wollte sie den Deutschen dafür einen Schnaps zurückbrauen. Kräuter und Pilze mehr als notwendig hatte sie in der Nähe der Stadt gesehen, ein Schnaps voll guter Wirkungen ließ sich davon abziehn, und die Zeit, die sie dazu brauchte, würde der General wohl schaffen. Damit beugte sie sich über ihn und flüsterte: »Manchmal ist mir gar flau, Grischa; so ist das nun einmal bei trächtigen Weibern. Eine Flasche Schnaps täte mir gut.« Er kriege sie ja leicht mit der Hilfe von Soldaten in der großen Kantine; für sie sei es fast unmöglich.
Unbewegten Tones gähnte er: »Schnaps? Gut. Geh jetzt, Babka. Sie schließen das Tor.« Und unmittelbar danach, als hätte er sein Zeitgefühl, sein schon selbsttätiges Eingegliedertsein in den Ablauf dieses Gefängnislebens erproben wollen, trat der Gefreite Hermann Sacht in die Zellentür, ermunterte sie, Schluß zu machen, meinte zu Grischa, es sei nicht aller Tage Abend, und nahm die alte Mutter mit. Sie nickten einander leicht zu wie Menschen aus den niederen Schichten, die ihre Gefühle empfindlich verbergen, dann drehte sich der Schlüssel in der Tür aus zölligen Bohlen.
Kein Gedanke fiel leichter von Grischa weg als der nochmaliger Flucht. Wohlig fast lag er in der Stille, nachdem Babkas Existenz ins Ungewisse hinuntergeglitten, und horchte auf seine Gedanken. Er fand es gut, tief zum Aufatmen, so allein zu ruhn nach diesen Tagen. Offenäugig blickte er zum Fenster hinauf. Da zuckte es wieder und wieder. Grischa fand, da ziele einer nach ihm. Er schießt sich ein nach mir, dachte er. Wüßte ich bloß, warum nach mir, nach einem ganz gewöhnlichen Soldaten, nicht gut noch schlecht; aber er gibt nicht nach. Verstünd ich nur, was das nun soll. 's wär besser, fand er eindämmernd in solchen Erkenntnissen und beruhigt von ihnen, 's wär besser, man nähme volle Deckung zum Schlafen. Deckung nehmen war überhaupt das, was ihm jetzt zustand. Mehr zu tun, etwa zu fliehn, lehnte er schon fast schlafend ab, aber Dek-

kung nehmen, das ließ sich vorsichtig an. Unter der Pritsche schliefe es sich besser als auf ihr; man hatte dann doch ein gutes Buchenbrett mehr überm Kopfe. Und indem er meinte, seine Decken zusammenzurollen und sich unter der Pritsche auf der Erde zu betten, fiel sein Bewußtsein ins Leere. So schnarchte er, lang ausgestreckt, sah im Traum einen Leutnant, einen General und eine unendliche Reihe deutscher Soldaten vor sich gehn, er hinter aller Rücken, und die Blitze liefen hell zuckend wie das Wimpernschlagen eines grübelnden Gottes über sein bleiches Gesicht. Seine Nase, hochstehend, warf dabei sogar einen Schatten, der ihm den Augenwinkel spitz ausleckte.

Gegen Morgen schuf endlich ein Gewitter in den Lüften weithin Klarheit. Selten begannen um jene Zeit Tage so leicht, fröhlich, silberblau wie dieser achte August, dessen helle Frühe Bertin an seinem Schreibtisch traf, dichtend. In den Morgenstunden, wenn frisch vom Schlafen seine Gedanken noch nicht abgebraucht, seine Worte noch nicht zu sehr ins Kommißliche ausgeartet waren, schrieb er die Verse seiner Komödie, sehr bemüht um den strengen Bau der Handlung, aber verantwortungslos im ganzen, gewissermaßen ohne viel Hoffnung auf vollkommenes Gelingen. Ihm genügte, das Handgelenk für ernstere Sachen einzuspielen, und fast scheute er vor seinem eigenen Einfall zurück, der ihm zu gewichtig schien, als gegen Ende des ersten Aktes die Gestalt Cäsars sich einmischte, sehr überraschend, sehr befreiend und menschlich so beträchtlich, daß das Stück daran aus den Fugen zu gehen Gefahr lief. Auf diese Weise richtete sich seine Blickart aufs Ganze, Runde der Zusammenhänge und zugleich auf ihren Kern, das Wesentliche; und dafür ward ihm Verwendung. Denn kurz nach neun klopfte es, und herein trat mit einer Mappe unterm Arm ein Bürosoldat wie er selbst, ein semmelblonder gescheitelter brillentragender Gefreiter, der sich hinsetzte und bei einer von Bertins Zigaretten zunächst über das Wichtigste dieser Tage sprach. Eine neue Mordkommission drohte wieder mit einer Musterung, und Bertin sah ihr sehr kühl entgegen, weil er, dem Stab einer fechtenden Truppe angehörig, selbst durch ein »K. v.« in seiner Stellung nicht gefährdet war. Anders dagegen stand dieser Kamerad da, Langermann, Gefreiter, der sich aus der Schreibstube seiner unbekannten Dorfkommandantur nach Merwinsk emporberichtet hatte – mit dem Erfolg, daß er nun zittern mochte, während er, still auf seinen fünf Buchstaben rastend, von seinem Feldwebelleutnant in leicht einschätzbarer Unabkömmlichkeit verteidigt worden wäre.

»Ach, Kamerad«, murmelte er bekümmert. »Da kannst nix machen. Brauchtet ihr vielleicht jemanden noch? Mensch, Mensch, wenn ich wieder an die Front soll, lieber hack ich mir 'nen Daumen weg.«
Bertin bekundete teilnahmsvolles Einverständnis. Dann fragte er, was den Kameraden denn sonst noch herführe. Langermann hob das in Nachdenken gesenkte Gesicht wie ein Mensch, der plötzlich erwacht: »Ja, das Urteil soll ich holen.«
Bertin begriff vollkommen und auf der Stelle. In der noch unabgewetzten Frische seines Blicks und seinem freilich unerlaubten Gemeinenwitz sah er Schieffenzahn hier ziehen, einen unscheinbaren Bauern und so bösartig wie möglich. Ohne Einwände der Division überhaupt abzuwarten, hatte jemand die Kommandantur benachrichtigt, und jetzt saß hier der Gefreite Langermann – übrigens, ohne es zu wissen, in der ganzen Sache für Grischa keineswegs ohne Einfluß – und kam, es recht und billig zur Vollstreckung einzuheimsen. Einiges davon dachte Bertin, während er den Gefreiten Langermann besinnlich ansah. Am Nachmittag hätte er sich vielleicht durch verlegenes Stammeln und Ängstlichkeit verdächtig gemacht oder sich mit mangelnder Vollmacht schlecht ausgeredet und ganz überflüssigerweise den Kriegsgerichtsrat in Aktion treten lassen – alles viel zu schwerhändig, weil zu nachdrücklich, sehr verderblich. Jetzt dagegen sagte er sich: Schöner Blödsinn, daß wir Lychow so schnell und verfrüht einsetzten; jetzt haben wir doch gar keinen Trumpf mehr hinten. Das Indirekte, sann er blitzschnell, ist immer wirksamer als das Direkte, im Dichterischen wie im Menschlichen; auf seinem Umweg über die Kurven landet der Hieb viel schärfer als ein kurzer gradliniger Stoß. Und so begann er kühl zu operieren. Zunächst stellte er fest, der Gefreite Langermann wußte gar nichts. Das Urteil gegen Bjuschew – basta. Darauf wurde Bertin geheimnisvoll. Ob er nicht gehört habe, daß in dieser Sache Bjuschew noch längst nicht aller Tage Abend sei? Daß sich Exzellenz persönlich eingemischt habe? Daß Telefongespräche mit Bialystok stattgefunden hätten – ja, ja, von niemand anderem, von Exzellenz selber – und daß sich arg in die Nesseln setzen könne (habe der Kamerad etwa Feinde in seiner Schreibstube?), wer in dieser Sache Exzellenz in den Schuß komme. Langermann empfand Nervosität. Einem General entgegenzuhandeln ist selbst für den beauftragten Gefreiten einer Kommandantur, der »g. v.« vor einer Musterung steht, so ziemlich die unratsamste Handlungsweise, abgesehen etwa vom Einfangen eines wilden Elefantenkalbes angesichts der Mutter; als Bertin ihm nun vorschlug, diese kitzlige Sache

zu vertagen, natürlich nicht auf lange, auf einen Tag oder drei, atmete er leicht auf. Es müsse ein Irrtum vorliegen, suggerierte ihm Bertin, denn soviel er wisse, werde dieses Urteil nicht vollstreckt werden. Langermann möge ganz ruhig heimgehen; zutreffenden Falles werde das Divisionsgericht umgehend Urteil und Vollstrekkungsurkunde von selbst hinüberschicken. Ausweg, gegrüßt! Kein Name brauchte genannt zu werden, wenn dennoch dem Verbleib der Akten nachgeforscht wurde, und anderseits konnte ihn niemand auch nur verdächtigen, einen Befehl seines »Alten« nicht ausgeführt zu haben.

»Ich kann mich doch darauf verlassen, Kamerad«, sagte er aufstehend, »daß die Geschichte in Ordnung weitergeht?« Und Bertin beruhigte ihn.

Allein geblieben durchdachte er noch einmal sein Feld. Niemand hatte Befehl zur Verweigerung der Akten gegeben, weil niemand Schieffenzahn zutraute, er werde so diabolisch unmittelbar und harmlos vorstoßen. Daher stand er gewissermaßen in eigener Verantwortung. Aber nach kurzer Prüfung fand er sein Vorgehen vollkommen gedeckt. Schieffenzahns Angriff war durch den Bauern Bertin vorläufig abgewehrt.

Dennoch lief er unruhig im Zimmer auf und ab. Seine Verse gefielen ihm plötzlich nicht mehr; vor die Gestalt seines Cäsar schob sich fahl das Papageienprofil mit den schweren Wangen und den beiden tiefen Falten um den Oberkiefer, das alle Bilder Schieffenzahns zeichnete.

Nach kurzem Besinnen telefonierte er dem Kriegsgerichtsrat den Zwischenfall. Posnanski, nach seinem Ausritt in die Wälder gerade beim Frühstück, schrie höchst beunruhigt: »Schieffenzahns Tempo«, lobte Bertins Diplomatenkunst und schwor im übrigen, jetzt nicht Geige zu üben, sondern von Oberleutnant Winfried die Bestätigung einzuholen, daß Exzellenz bei der Stange bleibe.

Winfried machte große runde Augen. Selbstverständlich blieb Exzellenz bei der Stange; die Kommandantur solle sich nicht lächerlich machen, das Verfahren schwebte noch, gewisse Leute gedächten, noch Worte dazu zu äußern. Und sie einigten sich, die da drüben sollten weder ein Urteil noch eine Vollstreckungsermächtigung in Händen halten, wenn nicht Zeichen und Wunder geschähen.

Freundlich und höflich rief eine halbe Stunde später Herr Kriegsgerichtsrat Posnanski die Schreibstube der Kommandantur an, es müsse ein Mißverständnis unterlaufen sein, auch Abteilung VII B könne mal Fehler machen, der Fall Bjuschew sei durchaus nicht spruchreif, und wer Bestätigung brauche, möge sich an den

Gerichtsherrn selber wenden, selbstverständlich auf dem Dienstwege.
Der Gefreite Langermann pfiff dankbar vor sich hin, und dabei wußte er nicht einmal, daß, ihn zu entlasten, der bewegte Apparat immer mächtigere Formen annahm. Denn es bedurfte schließlich und endlich dunkler und ferner Zeitmächte, um das Gesetz von Ursache und Folge, das bei militärischen Betrieben eine besonders strenge und kategorische Form angenommen hat, für eine Weile auszuschalten, die Angelegenheit unbeachtet in ihrer Schwebe zu belassen.
Inzwischen nämlich hatte in Berlin und im Großen Hauptquartier der Versuch des Papstes, den Krieg zu beenden, deutlicheren Umriß gezeigt. Weder auf Elsaß-Lothringen noch auf die Ostprovinzen, nur auf Belgien deuteten bislang Vorfühler; aber schon sie genügten, um die kleinste oder mächtigste Partei des Reiches, die der Generale, Industriellen und Professoren, scharf auf die Fährte zu blasen. Da der päpstliche Nuntius aus der Umgebung des Kaisers her (ja vielleicht von Majestät selbst!) zu seiner Einmischung ermutigt worden war, gestaltete sich die Rettung des Vaterlandes besonders schwierig und dringend, und Albert Schieffenzahn, zu dessen politischem Werkzeug und Mitarbeiter der Kriegsgerichtsrat Wilhelmi glückhaft aufgerückt, mußte wahrhaftig schwierigere und folgenvollere Schachzüge im Blickfeld halten als die Frage, ob Division von Lychow die Sache Bjuschew noch immer als schwebenden Fall ansah statt als Causa iudicata. Außerdem saß die Operationsabteilung in Brest-Litowsk, die Zigarette oder Zigarre im Munde, mit Leidenschaft beim Aufmarsch der Divisionen zur Eroberung von Kurland, Livland, Estland und der halben Welt. Deutschland biß sich im Osten fest ... Es führte Truppen herbei, entnahm Verbände der beruhigteren Front des Westens und gliederte ihnen Marinestreitkräfte an, um zunächst die Inseln Ösel und Dagö, kleine nutzlose Sandhäufchen zu großem Zwecke, mit dem Opfer Hunderter junger Leben zu erkaufen. Schieffenzahn wollte dem leicht beeindruckten König von Preußen den Herzogshut von Kurland darbringen – eines Kurland, das an Finnland stieß –, um damit zugleich den deutschen Kaiser jedem Friedensgeplätscher zu entfremden ...
Nur eine kleine Veränderung bewies den erhöhten Wert, den Grischas Person nunmehr der Kommandantur darstellte. Sie ernannte ihm einen Adjutanten in der Form des Gefreiten Hermann Sacht, der ihn außerhalb des Gefängnisses mit geladener Flinte zu begleiten hatte – bei dem schönen Sommer des Jahres 1917 eine außerordentlich dankenswerte Ausgestaltung des Dienstbetriebes.

Darum fragte Kriegsgerichtsrat Posnanski manchmal, sei es sich, sei es Bertin: »Wüßt ich nur, was Albert im Schilde führt. Er schweigt so ›dämonisch‹«, wogegen Bertin, der inzwischen seine Cäsarkomödie durch das überraschende Auftreten einer jungen attischen Dame, Perikleia genannt, sich selber spannender und verliebter gestaltet hatte, ihn auf die unmittelbare Einsichtigkeit der Tatsache hinwies, daß nur ein Irrsinniger der Division die Vollstreckung eines Urteils zumuten konnte, das sie selbst als nichtig und gegenstandslos bekämpfte. Darauf brummelte Posnanski unentschlossene Laute vor sich hin, kaute seine Zigarre, sah sorgenvoll aus und wußte selbst nicht, warum.

Fünftes Kapitel: Nicht ohne Schnaps

Babka ... sie hauste bei Weressejew als freizügige unabhängige Katze, die geht und kommt, wann sie will, und der man niemals nachweisen kann, wo sie noch eben umherstrolchte. Sie brachte dem Kaufmann keinerlei Schwierigkeiten, obgleich sein argwöhnischer Blick öfters den Umfang seines Gastes abschätzte, weil er ihm nach Art der Frauen in gewissen Monaten zuzunehmen schien. Aber ehe er sie stellen konnte, war sie schon wieder ihrer Wege, grau, stumm, eine tiefe Falte zwischen den Brauen.

Sie empfand zuviel Respekt vor Grischa, seinem leicht verwandelten Wesen, um über sein Vertrauen in den General zu lachen; aber sie handelte einfach darüber weg. Der Teufel rächte sich spottend für viele Beschimpfungen, indem er ihr erst eine unvernünftige Liebe zu einem durchreisenden Mann aufhalste, ihn dann zum Vater eines Kindes in ihrem Bauche machte und schließlich diesem Manne ein Ende in der Schindergrube, bestreut mit Kalk, zudachte. Da es ihm bis jetzt gut gelungen war, mußte sie gelegentlich mit den Zähnen knirschen, in einem Wutanfall, den sie dem Ungeborenen zuliebe alsbald durch Beherrschung endete. Außerdem hatte sie mehr zu tun, als Gefühlen nachzuhängen. Ihr Plan, Grischa zur Flucht zu verhelfen, war einfach, umfassend und ohne Hemmungen: an einem Spätnachmittage, bei schon längeren Nächten, wenn die Korporalschaft, die sie inzwischen am besten kennengelernt hatte, auf Wache zog, diese ihre deutschen Freunde mit einem stark süßen und ebenso giftigen Schnaps zu betäuben oder zu töten, je nachdem es ausging, Grischa sämtliche Türen offen vor die Nase zu bauen und abzuwarten, ob er nicht viel-

leicht, Hemmnisse beiseite geräumt, doch Lust haben werde, spazierenzugehen.
Stechapfel hat weißlich-trichterförmige Blüten, kastanienartige Früchte, schön dunkelgrün gezacktes Blattwerk und wächst an Zäunen in den Vorstädten und auf Schutthaufen – nicht aus romantischer Vorliebe für Orte, an denen Giftigkeit stimmungsvoll am Platze ist, sondern einfach, weil ihn die Menschen anderswo nicht aufkommen lassen. Soviel über Datura stramonium. Die Tollkirsche wieder, Atropa belladonna, und der schwarze Nachtschatten, Solanum nigrum, leisten ihm mit braunroten Glocken oder weißen Sternchen gern Gesellschaft. Die armen Giftpflanzen, welche sich zur Begründung breiter Industrien nicht eignen, leben ein abseitiges Dasein, und man muß schon praktischer Naturforscher mit besonderen Aufgaben wie Babka sein, um sich ihrer dringlich zu besinnen.
In warmen Augustnächten bleiben Menschen, die ihr Gefühl zueinander treibt, kaum im Zimmer sitzen. So verabreden sich manchmal Liebespaare, die auch zu vieren befreundet sind, um Sternschnuppen glückverheißend, wunscherfüllend fallen zu sehen. Dann verdienen abgelegene Gärten draußen vor der Stadt in Nächten, wo der Mond als fast runde Frucht lichtgetränkt zwischen den Blättern hängt, allen anderen Orten vorgezogen zu werden.
Liegt man auf Zeltbahnen im Mondschatten unter den dichten Fliederbäumen vor Oberleutnant Winfrieds Häuschen, so kriechen die Sterne wie Leuchtkäfer zwischen den Zweigen. Ein leises Rascheln jagender Igel, plötzliche Bewegungen schlafender Vögel unsichtbar im Schwarz, leise Worte, die sich auf ein Glas Wein oder eine Zigarette beziehen – mehr hört man nicht. Der Nachttau fällt vorsichtig auf die Decken, mit denen man sich zudeckt. Tiefes, trunkenes Empfinden des Sommers! Nächtliche Aufwölbung menschlicher Herzen, die in Erfüllung oder in Verlangen die Wipfel der schwarzen Laubmassen einzufangen scheinen in ihre Kuppel. Winfried und Bärbe, tief gestillt im Glück der Gegenwart, Bertin und Sophie mit befreundeten Körpern und Seelen, von denen die eine im Westen haftet, an Lenore, während die andere sich sehnsüchtig ganz dem Mann anschließt, von dem sie weiß, daß er ihr nur heute eignet. Und dennoch schwingt durch die laue Luft zwischen den Sträuchern und dem Rasen Glück, beruhigtes, zärtliches, auf dem Grunde allgemeiner Verzweiflung und grenzenloser Erlösungshoffnung schwebendes Glück der Jugend. Die vier Menschen, selbst wenn sie sich manchmal flüsternd verständigen, ruhen so still, daß von der mondweißen Straße jenseits des Zaunes sie nie-

mand vermuten kann. Ihnen gegenüber, auf einer Art verlassener Halde, wuchern unbeobachtete Kräuter, strauchhafte, an der Erde kriechende. Sie entsenden scharfe Düfte, merkwürdige, dumpfe. Ein Schritt nähert sich im sommernächtigen Schweigen, nähert sich barfüßig, deutlich. Bärbe hört ihn sehr wohl, auch Sophie; aber die eine liegt mit dem Kopf so selig in der Achselgrube ihres Freundes, die andre läßt ihre Finger langsam durch die Haare Bertins streifen, dessen Haupt in der Wölbung ihrer Hüfte ruht – und Männer raffen sich ohnehin nur schwer auf, wenn sie sich einmal so glücklich entspannt hinstreckten. Babka schreitet diese Straße herauf, unmittelbar zielt sie auf das Gewirr von Sträuchern, Kräutern, dickstengeligen, fettblättrigen Pflanzen. Sie hat sich den Ort am Tage eingeprägt; davon zu ernten, solang die Sonne scheint, wäre völlig zwecklos. Jeder Eingeweihte weiß, daß Gifttränke bei wachsendem Monde gepflückt werden wollen und daß man auf Hin- und Heimweg weltliche Worte nicht reden darf, sondern besser den einen mit Vaterunsern, den andern mit Ave-Maria andächtig weiht. Außerdem tritt man seinen Gang hin mit dem rechten Fuß, zurück mit dem linken an und hütet sich, aus dem Schritt zu fallen. Dies alles, um die störenden Dämonen dem Unternehmen sicher fernzuhalten. So wandert die Frau mit bewegten Lippen langsam, gleichmäßig bis zu den Sträuchern; dort pflückt sie Blüten in einen Korb – Blätter, kleine Früchte, alles läßt sich verwenden, es geht sehr schnell. Als sie sich zur Heimkehr aufrichtet, kreuzt langsam und majestätisch eine Sternschnuppe von rechts nach links den Himmel. Dies macht sie vollends sicher: ein gutes Vorzeichen. Nun wird, wenn ein Polizist sie trifft, er sie bestimmt für mondstoll halten und ruhig nach Hause laufen lassen. Sie kann ihren Heimweg an der Rückwand des Gefängnisses vorüber nehmen und unter einem bestimmten Zellenfenster einen Augenblick niedersitzen und die Augen schließen.

Jetzt begannen Tage, an denen in Grischa langsam ein Zorn gegen Babka wuchs. Bis dahin war die Beerenfrau, längst in eine Kirschen- oder Birnenfrau verwandelt und nur gelegentlich einen Korb herrlicher, blaubetauter Heidelbeeren aus den Wäldern heranholend, untertags oder gegen Abend einmal in seine Schußlinie gelaufen; sie setzte ihren Korb hin, und sie redeten wortkarg, mit Pausen, oder auch fließend, übersprudelnd, eindringlich miteinander, während der Gefreite, die Pfeife im Munde und die Flinte zwischen den Knien, dabeisaß, auf einem Holzklotz, einem Fäßchen, einem umgestülpten Waschzuber oder gelegentlich sogar auf einer richtigen Bank. Jetzt geschah es, daß sie an drei Tagen hintereinander schon frühen Morgens, auf Grischa gleichsam lauernd, an ihm vorüberstrich, mit kurzem Gruße oder auch noch ein paar Worten, und sich am Abend, zum Feierabend gewissermaßen, noch einmal einstellte. Morgens sog sich ihr Blick hungrig und mahnend an seinen Augen fest, nachmittags kam sie erwartungsvoll, auf Einlösung eines Versprechens drängend, das nie gegeben worden war. Grischa wußte, das alles galt ihm, seiner Rettung, neuer Flucht. Er hätte ihr eigentlich dankbar sein sollen; statt dessen erboste sie ihn endlich so sehr, daß er sie anschrie – unterdrückten Tones, aber mit der wilden und schonungslosen Heftigkeit eines Mannes, dem für Zorn und Wut nur gewöhnliche Vokabeln zur Verfügung stehn. Er beschimpfte sie also, beleidigte sie, nannte sie eine geile Katze, die um seine Beine fege und einen Fußtritt ernten werde, äffte ihre demütige Sprache nach: »Flasche Schnaps, Flasche Schnaps! Winsle nur, warum winselst du nicht? Hast du nicht mal Männer kommandiert? Mit Gewehren herumgefuchtelt im wilden Walde? Kommandiere doch jetzt, geh zum Kantinenmaxe, schnauz ihn an!«

Und als sie zähe, bittenden Gesichts statt aller Antwort, in ihrer Haltung nur verharrte, wechselte er den Ton und zischte ungeduldig:

»Meine Flucht, verstehst du, daraus wird nichts. Und warum? Weil ich es satt habe. Man kann einen Menschen nicht immerfort aus dem heißen Wasser ins kalte stecken. Kein Bademeister tut das. Erst heiß und dann kalt, und dann Ruhe; so baden wir. Ich will nicht mehr. Die Jagerei, das Hin und Her, das ist mir jetzt zuviel. Hin und hergeschüttelt wie eine Ratte im Maul eines Köters, das bin ich! Genug gehetzt, genug gestachelt, genug gehofft und geängstigt, genug aufgeregt und geflohen, wieder eingefangen, genug veruteilt, wieder vertröstet, noch mal verurteilt« – und indem er auf eine Art, die Babka jede Hoffnung hätte nehmen müssen, von diesem Thema überhaupt wegfiel in ein grübelndes Schweigen, sprach er schließlich, mehr zu sich selbst, mit dem geplagten Ausdruck angestrengten Hinschauens auf ein schwer Bemerkbares, kaum Verständliches: »Was es nur für Sinn hat. Dieser Täwje – alles hat für Gott einen Sinn, sagt er, und darum, daß es für Gott ist, ist der Sinn auch zum Guten, sagt er, und doch, siehst du, zielt einer nach mir, und wenn er mich trifft und hinstreckt, wie kann das zum Guten sein? Da steckt etwas«, fügte er hinzu. Er hatte Babka, seinen Zorn, die Flasche schon längst vergessen. Und doch stand geschrieben, daß sie sie bekommen sollte.

Zu den wichtigen Organen der Kommandantur zählte die große

Kantine, die Mannschaftskneipe, verknüpft mit Marketenderei, in der ein Hauptteil des Soldes, jener dreiundfünfzig Pfennig pro Tag, den Heldensöhnen des Vaterlandes zum Vorteil der Stadtverwaltung wieder abgewuchert wurde. Und da nichts so grauenhaft auf den Soldaten drückt wie die Eintönigkeit seines erniedrigten, verödeten Daseins, in dem eine Zigarette kleines Ereignis, ein Schnaps Schicksalsglück wird, eine gute Mahlzeit einem Schlafen bei Frauen entspricht, wo Schokolade oder Pflaumenmus oder gar Wurst und Käse weit über den Nährwert hinaus seelische Lebensreize darstellen, versteht man, daß eine gutgeleitete Kommandanturkantine ausgezeichnete Ergebnisse am Monatsletzten gutschreiben kann. Dieses Geld soll freilich dem Truppenteil wieder zufließen, aber wann? Und wer ist hier Truppenteil? Und wenn Rittmeister von Brettschneider und Sergeant Halbscheid, Feldwebel Spierauge und das Faktotum der Kantine, Kantinenmaxe genannt, über die Verwendung der Kantinengelder sich verstehen – daß sie nämlich »vorläufig« »zur Vergrößerung des Betriebes« dienen sollen –, wer tritt dann auf und sagt: Halt, hier sind wir Truppenteil, wir verlangen Rechenschaft? Eine Landserkompanie, die nicht abgelöst zu werden wünscht, sieht lieber, wenn auch voll Wut und Fluchen, den Kantinenkram immer mehr wachsen, ohne daß für sie etwas in bar als Zuschuß zur Löhnung herausschaut; ja, sie läßt sich lieber zeitweilig eine Summe »Kantinengelder« an jedem Ersten zwangsweise abziehen . . .

Diese Kantine hat sich in dem weitläufigen Ladengemach des Kaufmanns Refuel Samichstein niedergelassen, indem man den Eigentümer mittels eines Beschlagnahmescheins daraus verwies. Ein solcher Zettel verbietet dem Inhaber der Wohnung oder eines Ladens bei Kerkerstrafe, auch nur ein Handtuch oder Waschbecken von seinem Eigentum mitzunehmen, selbstverständlich unter der Bürgschaft völkerrechtlicher Verträge und des deutschen Reichsadlers, nach Friedensschluß alles wieder in pfleglichstem Zustande zurückzuerhalten. Bis dahin also besiedelt Samichstein in einem Holzhaus der Brötchengasse mit Frau und fünf Kindern zwei Zimmer, und wenn er an seinem Laden vorübergeht, kann er froh bemerken, was für bauliche Verschönerungen die Deutschen daran vorgenomman haben. Die Diele und der vorderste große Raum enthalten jetzt einen Schenktisch, an dem Getränke gezapft werden, und Sitze und Tische für Gäste. Der Mittelraum, einst ebenfalls Laden, groß, gewölbt, ein altes Haus aus dem Ende des achtzehnten Jahrhunderts, vom Urgroßvater des letzten Besitzers erbaut, ward durch eine Halbwand ganz und gar in zwei Teile geteilt und dient dem Einzelhandel, und zwar so, daß unmittelbar hinter dieser Barre das Warenlager anfängt, das sich dann in die hinteren wohlgedielten Räume, einst Wohn- und Schlafzimmer einer großen Familie, fortsetzt. Heringsfässer und große runde Blechdosen mit Rollmöpsen, saure Gurken, Kisten voller Lichte, Benzintanks, um Feuerzeuge zu füllen, Taschenlampen und Elemente für sie, die großen braunen Rechtecke der Zuckerpakete, die Büchsenfrüchte und Marmeladen, Milchkonserven und Ölsardinen, alle diese Kostbarkeiten türmen sich neben Kunsthonig und den Gebirgen des Rauchzeugs dort, wo sonst die Betten der Kinder und des Ehepaares standen. (Man hatte sie sauber zusammengelegt und in den leider feuchten Keller verwiesen, und nach dreimonatigem Bitten, nach rund neunzehn Gesuchen, Unterschriften und persönlichem Vorsprechen ward dem Refuel Samichstein die Mitnahme der schimmeligen und stokkigen Betten in sein neues Quartier gestattet. Bis dahin ließ sich auf der Erde schlafen.) Von der Decke herab aber hingen in dieser jüdischen Wohnung schweinerne Würste, Räucherspeck, wohlriechende Schinken.

Seit einiger Zeit ist Grischa in diesen Räumen heimisch. Er hilft beim Abladen neu ankommender Sendungen, rollt Bier an, stapelt Waren auf, wäscht Teller und Gläser, Messer und Gabeln, kurz, Kantinenmaxe hat einen Untergebenen gefunden und ist zum Vorgesetzten aufgerückt. Sein dickes rotes Hausknechtgesicht mit dem struppigen Schnurrbart und den breit abstehenden Ohren lächelt befriedigt. Jetzt ist er nicht mehr der Letzte; obwohl er, ehrenvoll genug, zu den seltenen deutschen Soldaten zählt, die nicht imstande sind, ihren Namen zu schreiben, muß ihm jetzt einer folgen. Er stellt einen gutmütigen, mit dicken Pratzen und wurstförmigen Fingern ausgerüsteten Vorgesetzten dar, dieser Kantinenmaxe, und wenn fünfzehn Monate später die Auflösung kommt, der Zusammenbruch, wird er der einzige sein, der auch in den geänderten Zeiten die Verwaltung der Kantine weitermachen darf. Manche Männer werden dann »getürmt« sein, wie die Soldaten eiligen Aufbruch nennen; Kantinenmaxe jedoch kann zwar seinen Namen nicht schreiben, aber Bange, nee, kennt er nich!

Hier steht er, einen Priem im Munde, und lädt mit Grischa Tabakkisten ab. Manchmal faßt er selber zu, manchmal steckt er die Hände unter eine große Lederschürze, die nach allem möglichen, aber vor allem nach Heringslake duftet. Grischa schleppt in seiner Drillichjacke, die schildlose Mütze, das Krätzchen, gegen das rechte, den Kisten benachbarte Ohr gedrückt, mit der Ruhe und Geduld eines erfahrenen Mannes seine Last ins Lager. Nach längerer Stapelarbeit zurückkommend, findet er Maxe im Gespräch mit einem Burschen, den er kennt: es ist der Bursche des Herrn Feldpredigers, der wieder einmal entsandt ward, eine bestimmte Sorte Zigarren, die aber nur an die Mannschaft verkauft werden darf, billig einzuhandeln. Die Mannschaften bekommen ja so viel zu rauchen, denkt der Herr Pastor. Dieses nette kleine dunkelbraune Duftkraut, das so unwahrscheinlich billig aus beschlagnahmten belgischen Heeresbeständen kommt, ist wohl würdig, eine seelsorgerische Mußestunde zu verzieren. Denn manchem Feldgeistlichen blühen daheim fünf kleinere und größere Kinder, und ihre Väter müssen dann schon am eigenen Genusse sparen. Und so hofft er, eine Kiste davon zu ergattern. Nun dürfen nach Vorschrift an einen Käufer nur bis zu sechs Zigarren am Tage abgegeben werden, und Kantinenmaxe verbreitet sich, in seiner plattdeutschen Art snakend, über die Unerfüllbarkeit solchen Verlangens. Wohlgemerkt: der Pfarrer gehört zur Division, nicht zur Kommandantur, und Exzellenz von Lychow wäre der letzte, seine Offiziere und Offiziersdiensttuer zu unterstützen, wenn sie sich Mannschaftsgut verschaffen wollen. Das weiß Maxe so gut wie der Bursche, und darum zieht er ab und beschließt, wenn der Mann Gottes noch etwas wolle, ihn selber herzuschicken.

Die beiden braunen Pferde vor dem Wagen lassen ihre schweren Ohren und Hälse trübselig auf den Kasten voll Grünfutter hängen, den man ihnen hingestellt hat, und kauen bedächtig. Es wird regnen, wissen sie, es liegt in der Luft; dann triefen sie elend vor Nässe, ohne laufen zu dürfen; unbehagliches Vorgefühl. Aber Grischa beim Abladen hofft immer noch, wenn er zum Himmel hinaufblickt, zu dieser Schublade voll grauen Gewölks über den Häusern oben, es werde seinem Drillichzeug zuliebe vorübergehen. Haus Samichstein liegt in einer der winkeligen Hauptstraßen der alten Stadt Merwinsk, nahe dem großen Bes Medresch, das der offizielle Stadtplan »Stadtsynagoge« nennt; auffällig wenig Leben läuft durch die Gassen. Das macht, und nur daran merkt man es: es ist Sonntag heute.

Die entschlossene Abschaffung des Sonntags durch den Krieg, zum Zeichen, man sei in eine vorchristliche Epoche und erst recht in eine vorjüdische eingetreten, wird in Merwinsk allerdings von dem Geist der protestantischen Etappe abgelöst, der wenigstens einen Kirchgang vorsieht und den Büros, den Stäben und dergleichen, auch Lazaretten, Postanstalten und ähnlichen Behörden, Gelegenheiten zu einem wirklichen Sonntag schafft, verziert durch Appelle, aber wenigstens mit freiem Nachmittag. Daß man den Juden, die an ihrem Sabbat ohnehin die kleinen Holzläden mit den breiten eisernen Schließstreifen und den schweren Vorhängeschlössern nicht öffnen, dadurch noch einen zweiten Ruhetag aufpelzt, entspringt menschenfreundlichem Sinne gegenüber Minderheiten. Nun, meinen die Juden und ziehn die graubestaubten Brustseiten ihrer langen schwarzen Röcke fröstelnd zusammen: das sei besser als die Zeit, da man sie durch Kommandanturbefehl zwang, den Sabbat zu schänden und die Läden offenzuhalten.

Gegen Viertel zwölf verwandeln sich die Straßen von Merwinsk in die eines Heerlagers; die grauen Männer stampfen mit ihren Stiefeln oder Schnürschuhen umher, alle Geschäfte öffnen zwischen elf und zwei, und die Kantine füllt sich im Verlauf einer Viertelstunde bis zum Rande. Drei Minuten später hängt eine Rauchwolke von Tabak oben an der Decke und eine Wolke von Geräuschen, Rufen und Gelächter um Schank- und Verkaufstisch, während in den stilleren Winkeln Skatpartien sich zusammengefunden haben. Es sprüht schon, die Pferde behalten recht, einen eindringlichen schamlosen Regen, der mit feinen Strahlen den Weg zur Haut leicht zu finden weiß. Zum Glück für Grischa trägt einer der ankommenden Unteroffiziere, der alle Rummel des Wetters vorwegsieht, seine Zeltbahn mantelförmig übergeworfen, und auf gutes Zureden Kantinenmaxes und eines Schnapses borgt er Grischa die schützende rotbraune Leinwand. Nun arbeitet er wasserdicht und, da die Tabakkisten Nässe nicht vertragen, in ganz unsonntäglicher Eile. Regelmäßig taucht seine mächtige Gestalt, die Kiste atlashaft auf der rechten Achsel, im Vorratsraum auf, der, wie man weiß, zugleich Laden ist, bringt hinwuchtend seine Last heran, setzt sie ab, verschnauft Sekunden und tritt wieder ab. Inzwischen verkauft Maxe den Kameraden Taschenmesser (Dolche), kleine Batterien, Kerzen, Schokolade, Karbid für die Quartierlampen und immer wieder Rauchzeug. Die Tür zwischen den beiden Räumen, längst ausgehoben, gibt durch ihren Rahmen Durchsicht frei zum vorderen Zimmer und der Diele, in denen die Spieler trinken. Hinter dem Schenktisch, seine Gläserborde und Flaschengestelle im Rücken, amtiert Sergeant Halbscheid wie ein Priester, der Seelenheil verkauft, am Bier; durch graues Regenlicht und den blauen Tabakrauch unter der gewölbten Decke blickt von der rechten Wand der Kaiser, von der linken der Feldmarschall von Hindenburg auf alle diese Soldaten, die an holzrohen Tischen auf Schemeln sitzen oder die Wände entlang auf Bänken, das Biertöpfchen neben sich oder zwischen den Füßen. Seit etwa zehn Tagen wimmeln die Unterkünfte um den Bahnhof Merwinsk und am Rande der Stadt nach der Bahnlinie zu,

dort, wo vor kurzem zwei Verladerampen neu eingerichtet wurden, von Truppen aller Waffengattungen. Alle paar Tage wechseln ihre Belegschaften, die Entlausungsanstalt, eine hölzerne Anlage von verwickeltem Aufbau, sieht täglich an tausend Mann durch ihre Räume gehn; und so wird die Garnison Merwinsk durchspült von vorüberziehenden Elementen, die Erinnerungen an diese Stadt auf den Weg nordwärts oder westwärts mitnehmen. Alle kommen von Süden oder Osten, alle wissen und sagen, daß Rußki nicht mehr will, sie fließen von Legenden über, japanische und französische Artilleriemannschaften betreffend, die von rückwärts in die zurückflutenden Schützenmassen hineinfeuern, während von vorn deutsche und österreichische Granatenmorde durch die Luft rasen.
»Na, Mensch«, meint ein Artillerieunteroffizier, kenntlich an den schwarzen Spiegeln auf seinem Litewkenkragen und der Bombe auf den Achselklappen, »meinst du, wenn befohlen wird, aasen wir nich in die eigene Infanterie? Was braucht's da Japaner und Franzosen? Wer leben bleiben will, pariert, bis alle nich mehr parieren.«
»Ja«, gesteht der junge Maschinengewehrmann, der dies eben berichtete, dem Kanonier bereitwilligst zu, »ihr werd't in uns aasen wie in die Infanterie, und wie oft habt ihr's uns schon aus Versehen besorgt, ihr Bumsköppe? Mit uns können sie's ja machen, weil eben«, setzt er hoffnungslos hinzu, »für jeden Befehl, auch gegen die eigenen Kameraden, sich zwei Unteroffiziere und zehn Dumme finden. Und genausolange wird der Krieg dauern.«
Dem jungen Schreibergefreiten, der mit zwei anderen Stabsmannschaften am Tische neben den beiden Sprechern sitzt, wird das Gespräch ebenso unbehaglich wie aufregend. Entschlossen wendet er sich seiner Karte zu, mustert den bunten Fächer, der ihm nur Passivität erlaubt, Abwehr eines Glücklicheren, und verkündet: er passe. Aber seine beiden Genossen sind nicht bei der Sache.
»Auch paß«, murrt einer mit der Schildmütze der Trainfahrer. »Dreckkarte. Den Rußki bekiek dir«; damit deutet er auf Grischa, der soeben, eine Kiste überm Ohr, den Ausschnitt der Türöffnung durchschreitet wie eine gute Hintergrundsfigur auf der Bühne. »Den bekiek dir, der is so gut wie tot.«
»Ach, der ist's«, meint der Gefreite. »Aber was, das sind wir alle. Prost, Karl!«
Der Trainsoldat beharrt: »Nicht so verdammt wie der da. Hat seinen Paß ins Jenseits schon liegen.«
Nun meldet sich der dritte Mann, der seine auch nicht recht brauchbare Karte bisher auf ihre Tragfähigkeit hin gemustert hat und einen Grün-Solo wagen möchte: »Das quatscht ihr so.« (Er steckt

im schwarzen Leder der Kraftfahrer und darf sich was leisten.) »Der olle Lychow will's nich, und da ist die Kommandantur abgemeldet. Der kuscht auch nich vor den Rotgestreiften. Von wem ich's hab, geht keinem was an – aber der hat Schieffenzahn seinen Gerichtsaffen dolle Wörter zugeflüstert.«

Dann blickt er bedenklich in seine Karte, die ihn viel mehr als dieses aussichtslose Gespräch beeindruckt (er glaubt, was ihm damals mitgeteilt worden ist); und da ihm Grün-Solo doch zu gefährlich erscheint, verkündet auch er, zu passen – wodurch ein »Ramsch« entsteht, ein Spiel auf: wer schlechter kann, wobei siegt, wer die wenigsten Stiche macht. Aber nun ist der erste, der Gefreite, von seiner Sorgenmiene erlöst. Er hat bestimmt die schlechteste Karte und wird beredt, während er ausspielt.

»Kreuz«, sagt er und haut eine Karte hin. »Ich hab sein Grabkreuz schon gesehn, was willst du da mit deinem Telefonmenschen? Emil von der Militärtischlerei und der Schildermaler haben gegen den Burschen vom Adjutanten gewettet, der geht drauf, und denen ihr Gewährsmann sitzt in der Kommandanturschreibstube.«

»Macht so'n betropptes Gesicht, der Rußki.«

»Soll wohl nicht?« und nimmt widerwillig den Stich; denn ihm strotzt ein As, ein Kreuz-As, in den Fingern. »Sitz du mal seit Mai in Untersuchung für nischt. Heißt der nun Bjuschew oder heißt der Grischa?«

»Das ist doch arschklar«, mischt sich plötzlich Kantinenmaxe ein, der mit zwei Flaschen Schnaps unterm Arm seinen Verkaufsposten verlassen hat, um sie Herrn Halbscheid hinter die Theke zu bringen, und einen Blick in die Skatkarte der befreundeten Stabsleute »kiebitzt«. »Es gibt gar kein'n Bjuschew; hat bei uns doch mit zwei Eberswaldern gesoffen, die ihn anderthalb Jahr bewacht haben.« Damit stampft er zum Schenktisch weiter und stellt seine Flaschen auf die gestanzte Zinnplatte.

Eben hält Grischa Pause ab und blickt, in der Türöffnung lehnend, über den Raum hin, der, von deutschen Soldaten voll, angenehm nach Tabak und Schnaps duftet, von Bier zu schweigen. Auf dem Rückwege trifft Maxe mit ihm zusammen. Komisch ist ihm zumute, diesem Hamburger Hafenarbeiter, der hier seinen schönen Posten genießt, wenn er dieses Russen verändertes und, wie ihm scheint, verhärmtes Gesicht anschaut – er, Maxe, unumschränkter Herr über sämtliche Vorräte der großen Marketenderei. Niemand vermag sie zu überblicken, und will er etwas verschenken, ist er auch der Mann, das zu vertuschen.

»Nimmst auch ein Schnäpschen, Grischa?« fragt er ihn. »Komm

mit!« Und sie verschwinden zusammen in den beiden Vorratsstuben hinten, die beständig Fensterläden verdunkeln, damit kein Unberufener von außen solche Schätze auskundschafte.
»Blödsinniger Regen«, schnaubt Grischa, »ein Schnaps ist nicht schlecht«, indem er sich auf die Hände haucht. »Nachts auf der Pritsche hab ich gestern kalt genug gehabt.« Und Maxe, indem er ihm einen Kümmel einschenkt und sich einen zweiten: »Hör mal, Rußki, du packst anständig zu, hast auch kein Bröckchen Tabak geklaut bislang, ich steck dir 'ne Flasche Schnaps in deine Hosentasche nachher, verstanden? Wenn noch kalte Nächte kommen, ha, ha! 's ist streng verboten, du weißt schon, aber ich mach's. Versteckst sie gut, nöch? Läßt keinen Menschen was von merken, he!«
Grischa trinkt langsam und bedächtig, Schlückchen für Schlückchen, den wunderbaren Kümmel und denkt dabei: eine Flasche Schnaps! Einer zielt nach mir. Diese Babka hat es mit dem Teufel. Er ist sofort entschlossen, sie abzulehnen, aber so, daß niemand gekränkt wird dabei, und er blinzelt Maxe verschmitzt zu und gibt ihm einen Klaps auf die Schulter.
»Danke«, sagt er, »guter Kam'rad, Maxe, aber lieber nicht mitgeben. Lieber hier aufheben, ein Gläschen von Zeit zu Zeit, verstehst du? Viel zu schwer zu verstecken unter der Pritsche. Wird ja hochgeklappt jeden Morgen. Stell sie mir hinten aufs Heringsfaß«, und Maxe grinst verständnisvoll: »Dobje«, und stellt die eben angebrochene Flasche stracks an den gemeinten Ort, indem er eine Tüte darüberstülpt. Grischa schüttelt ihm die Hand und lacht mit den Lippen, während ihm zwischen den Brauen die Falte etwas tiefer tritt, und geht hinaus, wieder abzuladen.
Inzwischen werden nach beendeter Partie die Karten neu gemischt und verteilt; das Gespräch über den Rußki jedoch hat auf die Kiebitze übergegriffen, wie man Leute nennt, die ihre Leidenschaft für Kartenspielen durch Zuschauen befriedigen. Hinter den Sitzenden lungern jetzt im Sonntagsstaat zwei andere Garnisonsoldaten, einer aus der Feldbäckerei und einer von der Gendarmerie, beide Kavalleristen: der Bäcker, ursprünglich Dragoner mit gelbem Spiegel, der Feldgendarm Husar, den grauen Rock voll grauer Schnüre und blaue Streifen an Hosen und Mütze.
»Ich will euch was sagen«, meint er, während die Frontleute rundum, die sich inzwischen unterrichtet haben, scharf hinhorchen, »die Sache mit dem Rußki ist gar nicht so ohne. Die Sache ist sogar sehr mit.«
»Aber sehr«, echot der Bäcker.

»Dann ist doch kein Recht mehr in der Welt. Wie's dem geht, kann's etwa dir nicht gehn oder mir?«
Der Maschinengewehrmann redet mit schläfriger Leidenschaft: »Gericht muß sein, aber richtiges. Denn wem woll'n wir dann noch glauben und vertrauen? Staat muß wie 'ne Waage sein«, setzte er grüblerisch hinzu, ein Schlesier von den Glogauer Achtundfünfzigern, »hier die Sache, hier genau Gewicht, alles in der richtigen Schwebe. Recht muß werden«, schließt er und sieht die andern an, und was er sagt, gilt so selbstverständlich, daß keiner auch nur nickt.
»Schönes Recht für unsereinen«, höhnt der Artillerist, und ein Minenwerfer, das Abzeichen am Ärmel, lacht darüber so, daß er sich hinsetzen muß.
»Urlaub und Fressen und Bleibe, was?«
»Gleicher Urlaub, gleiches Essen, wär der Krieg schon längst vergessen«, zitiert ein Infanterist mit aufgerollten Achselklappen (damit man die Regimentsnummer des in Ortswechsel begriffenen Truppenteils nicht lesen könne) den längst verbotenen, weil allzu einleuchtenden Vers; und der Gefreite, einen »Grand« mit dreien in der Hand, aber jetzt schon nicht mehr kühl genug, sich diesem Glücksfall hinzugeben:
»Die Sache ist gar nicht so ohne. Da paß ich scharf auf.«
»Da passen noch mehrere auf«, pflichtet ihm der Kraftfahrer bei. »Paleske vom Fuhrpark hat schon seinem Bruder davon geschrieben, bei Borsig, verstehst du? Die haben dann was zum Quatschen beim Granatendrehn.«
Der Artillerist nickt. Was zum Nachdenken ist immer was zum Nachdenken. Die mögen ruhig wissen, was hier gespielt wird.
»Ja«, sagt der mittlere Mann, wieder eine schlechte Karte vor der Nase, »das soll'n die wohl wissen. Heut nachmittag schreib ich meinem Schwager Pawlick, jetzt wieder Häuer in Cleophasgrube unten in Oberschlesien bei die Polacken. Die werden ja auch von hinten und vorne belogen wie wir. Wer ist denn der da?«
Ein rotbärtiger Unteroffizier, im abgewetzten Tuch der Grabenmänner, die Mütze auf dem Hinterkopf, in der Hand das Schnapsglas und die Zigarre zwischen den Fingern, stelzt breitbeinig in die Nähe, steht mitten im Gang und sieht sich, leicht angetrunken, also reizbar, rund um: Kartenspieler, Biertrinker, zweie schreiben Feldpostkarten mitten im Lärm. Was ihn auffällig macht, ist das EK I auf dem Waffenrock, bei Mannschaft und Unteroffizier noch immer Außerordentliches andeutend.
»Sagt nichts wider den Regen«, zankt er in friesischer Aussprache

zu einem der Artilleristen, die sich über das Wetter streiten. »Den brauchen wir dringlich, der sorgt für Stimmung in Unterstand und Graben. Bei Schönwetter, will ich dir sagen, ist gar kein Krieg. Aber der Regen, Kam'rad, da gehn sie in sich, da machen sie wenigstens das Maul auf.« Und mit einer durch Rauch verrauhten Baßstimme beginnt er zu singen:

»Unser Hauptmann, der hat einen fetten Hund, gick gack.«

Ein Klumpen Soldaten vorn an der Theke bricht in helles und dröhnendes Gelächter aus. Sie sehen aus wie er, offenbar vom gleichen Truppenteil – Infanterie, die die Last des Krieges trägt. »Büntjes Sturmlied«, rufen sie, »los, das Sturmlied, Hermann!« Ein Gefreiter fragt erregt, ob sie alle verrückt seien, das Sturmlied hier, wo der Stab liege, ob sie vielleicht in den Kasten wollten? Worauf ihn der Unteroffizier einen Scheißkerl nennt: »Das ist unser Lied, das kennt jeder Offizier im Regiment! Los, Kam'raden, fest im Chor den Refrain!«, und er beginnt nach Weise der Mühle, die am rauschenden Bach klappert, das Lied von des Hauptmanns Hunde, bis die Kameraden, angesteckt von der Verwegenheit ihres Führers, den Refrain in der Melodie von der Berliner Pflanze, welche wohl etwas denke – »Denkste woll, denkste woll, du Berliner Pflanze« –, drangeben. Die erste Strophe ging also vor sich:

»Unser Hauptmann, der hat einen fetten Hund, gick gack,
Und von Kohlrüben bleibt uns der Arsch gesund, kick kack!
Und die Töle frißt krachend ihr Kotelett,
Und der Landser wird lachend von Lause fett« –

und da, noch zögernd, hakt halblaut der Chorus ein:

»Na, da stürm' wir mal, stürm' wir mal,
Jufifallerassassassa,
Stürm' wir mal, stürm' wir mal,
Jufifallera.«

»Und der Urlaub ist für den Bauern da, fick fack,
Und der Landser bleibt gerne im Graben ein Jahr, zick zack,
Und die Holzwoll' wärmt ihm das Bettgestell,
Und wenn ihn mal friert, so spielt er Appell:
Na, da stürm' wir mal, stürm' wir mal,
Jufifallerassassassa«

bricht jetzt schon mächtiger der Refrain von der Theke her durch die Räume. Mann für Mann sitzt erstarrt, steht blaß aufgesprungen oder duckt ängstlich seinen Kopf. Eine abgründige Wut brüllt aus den Soldaten. Mit flackerndem Barte, aufgerissenen Augen singt jetzt schon nicht mehr allein der Unteroffizier, sondern der Knäuel der Infanteristen von jenem Regiment, dessen Achselklappen als Röllchen auf den Schultern liegen:

»Und krepierte Landser, die tun ihre Pflicht, pick pack,
Und morgen stehn wir im Tagesbericht, schnick, schnack,
Und der Kriegsgewinnler wird madenfett,
Und im Drahtverhau klappert das Landserskelett:
Na, da stürm' wir mal, stürm' wir mal«

brüllt nun der Raum los. Hier hockt kein Stabshengst mehr (mit Ausnahme zweier fleißiger Kommandanturschreiber), der nicht von der Verzweiflung dieses Rundgesangs mit fortgeschwemmt wurde:

»Jufifallerassassassa«

toben sie los, daß die Scheiben donnern; und als das letzte Jufifallera an die gewölbte Decke schlägt, dröhnt Jubel und Lärm, das Glück einer Seelenentladung, in die grauen Schwaden der Kantine.
Sergeant Halbscheid, der seine ergiebige Anstellung zu wahren hat, kehrt seinen Gästen die ganze Zeit den Rücken. Sollten Ungelegenheiten folgen, so hat er keinen einzigen der Sänger genauer gesehn. Eines Unteroffiziers mit EK I und rotem Barte, eines Rheinländers oder Friesen zum Beispiel, entsinnt er sich – Sonntag morgen? unter seinen Gästen? – überhaupt nicht. Dann im allgemeinen Brodeln aufkommender Harmlosigkeit dreht er sich behäbig um, und säße ihm nicht thüringische Ruhe in den Knochen, wäre er jetzt doch erschrocken; denn vor seiner Nase ragt, einen Feldreiterhut auf dem schmalen Haupt, mit lila Aufschlägen und Kragen, ein kleines silbernes Kreuz um den Hals, der Divisionspfarrer vor seinem Tische. Mitten im Lärm offenbar ganz unbemerkt hereingekommen, lächelt er freundlich und lobt die Infanteristen aus heiterem Gemüte. Das sei brav von den Leuten, so sei es recht. Frisch-fröhlicher Kampfgeist überall, »furor teutonicus mit ›Stürm' wir mal‹. Wie geht's denn weiter, euer Liedchen?«
Freundlich grinsend antwortet der Unteroffizier: das Lied sei leider grade aus gewesen. Der Herr Pastor mit seinem vom Vollbart umrahmten Jünglingsgesicht bedauert, daß er es nicht ganz vernommen habe, und dann wendet er sich leichthin zu Halbscheid: er habe vorhin seinen Burschen nach Zigarren geschickt, offenbar läge ein Mißverständnis vor, er habe sich ein Kistchen gewünscht; die Marke heiße – und er blickt kurzsichtig in sein mit Eisernem Kreuz

beprägtes Notizbüchlein –, Waldweben heiße sie, sechs Pfennig das Stück.
Unter anderen Umständen hätte der Sergeant Halbscheid dem Herrn Feldprediger vielleicht zugeblinzelt, sich mit ihm trotz des Regens vor die Tür zu begeben oder zu gelegenerer Stunde wiederzukommen; aber jetzt spukt da noch ein Lied in der Luft, stehn die abgetriebenen knochengesichtigen Grabenmaulwürfe um ihn herum und begutachten neugierig den schmuck geschnittenen Seelsorgerrock, der hier Zigarren hamstern will ... und mit der beschwichtigenden Stimme eines alten Gastwirts, der er ist, versichert Sergeant Halbscheid, der Herr Pfarrer müsse schon entschuldigen und wisse es doch akkurat, er dürfe nur an Mannschaften verkaufen und nur sechs Stück. Der Herr Pfarrer werde ja in der Marketenderei und im Offizierskasino bedient.
Der Käufer errötet leicht: er bekommt dort eben nicht diese Marke; er sei ja gleichsam auch Mannschaft, murmelt er schüchtern.
Die Soldaten, soweit sie überhaupt hinhorchen – die richtigen Mannschaften –, lächeln taktvollerweise nur. Sie grinsen nicht, sie brüllen nicht, und Gott der Herr versteht sie doch, und darum nickt Herr Halbscheid, indem er nur versichert, er kenne seinen Dienst.
Der Pfarrer nagt mit seinen großen, gelben Raucherzähnen die Unterlippe. In diesem Augenblick meldet sich Grischa beim »Wirt«: alles sei fertig, alles drin; was nun wohl noch zu tun sei.
Dieser Zwischenfall, wünscht Herr Halbscheid, möge dem Pastor den Rückzug erleichterm. Warum soll er sich, ein friedfertiger Mann, mit einem Studierten verkrachen, der mit Exzellenz am Tische ißt? Und so wendet er sich angelegentlich und gemütlich zu Grischa: er solle nun hineingehen und Bierkisten aufmachen, Maxe werde ihm schon sagen, wieviel – und auspacken bis Mittag, den Tabak aufs Regal, die Zigarren unten in die Fächer und die Zigaretten auf den Tisch stapeln.
»Jawoll, Sergeant«, bestätigt Grischa, und indem sein Blick gleichmütig den Geistlichen streift und am silbernen Kreuze unter seinem Kragen knapp verweilt, wendet er sich zum Gehen. Aber Herr Pfarrer Lüdecke glaubt eine Niederlage auswetzen zu müssen und steckt schließlich nicht nur zum Schmuck in den schönen braunen Ledergamaschen eines Offiziers.
»Was kraucht hier für ein Kerl?« fistelt er Grischa an. »Kannst wohl keine Ehrenbezeigung machen, wie?« fragt er ihn. »Sitzt der Mensch seit Monaten hier und lernt nicht Mores. Dir wird man's beibringen. Dich meld ich der Kommandantur. Wie heißt der Mensch?«

Grischa schwieg. Seine Augen kamen auf verwunderte Weise von dem Kreuz des Herrn Pfarrers nicht los. Es war zwar kein russisches, rechtgläubiges Weihtum, nein, aber doch ...
Plötzlich mischt sich hinter seinem Rücken eine Stimme ein, die behäbige Stimme des Kantinenmaxe, Hafenarbeiters, Analphabeten:
»Befehl vom Stab, Herr Pfarrer, bei Arbeit jede Ehrenbezeigung unterlassen.«
Und Grischa denkt: Nein, hinterm Tode her hängt kein zweites Leben. Wenn solche Leute einem das weismachen wollen – die wissen gar nichts. Und er antwortet, russisch, nicht deutsch ...
»Der Mensch, welcher Unglück hat, heißt Grischa Iljitsch Paprotkin, Sergeant. Der Mensch, welcher sehr viel Unglück hatte bisher, niemandem was antat bisher: Grischa Iljitsch Paprotkin, Untersuchungsgefangener«, fügte er mit deutlicher Betonung doch noch deutsch hinzu.
»Da woll'n wir doch Zeugen sammeln«, kommt plötzlich Maxes Baß bescheiden aus der Türöffnung. »Hat hier ein Kam'rad den Russen bei der Arbeit gesehen?«
Aber Herr Lüdecke hat seinem Selbstgefühl genuggetan.
»Wir finden uns noch«, winkt er erhaben, zum Rückzug gesammelt, macht kehrt, eilt in kurzen Schritten ab, einem Fürsten gleich, der eine Audienz abbricht.
Auf einer Bank saß Grischa indes abseits und zitterte. Grischa, Handtuch für jeden. Jeder kann sich an ihm die Finger sauberwischen. Sitzt er hier als Verbrecher? Und so gehn sie mit ihm um? Und während die Soldaten sich in schmeichelhaften Worten über das Daseinsrecht eines Feldgeistlichen auslassen oder begütigen, daß der schließlich doch auch nicht lang hängen lassen könne, zu Haus sicher ein halb Dutzend Gören ernähre, und daß Wilhelm (Halbscheid) bloß still sein möge, da er seinen Schnitt überall mache, wo er nur könne, dämmerte Grischa der Sinn des Vorfalls langsam auf. Er erhob sich und schlurfte nach hinten. Keine Bange haben solle er, rief ihm Halbscheid nach, der melde keinen diesen Tag.
Dann im Vorratsraum versenkte Grischa vorsichtig »seine« Schnapsflasche in die weite lange Drillichhose. Zwar guckte der Hals aus der Tasche, aber die Tüte half dem ab. Er habe sich besonnen, erklärte er Maxe, er nehme die Flasche doch in die Zelle mit, und der meinte: das sei gut gegen Ärger und Pastor. »Lange Leitung hast du aber, Rußki. Na, empfindlich sind wir ja nicht gebaut, wir zwei beide«, und er hieb ihm schallend auf die Schulterblätter. Grischa

lächelte ihn an, indes im Nebenraum der Gefreite einen »Grand ouvert« anmeldete und der Trainfahrer behauptete, seinen Schnitt mache beim Militär ein jeder, und: »Deinen ›Grand‹ werden wir dir unterm Hintern vorziehn«, schloß er siegessicher, die Karte auf den Tisch hauend.

Sechstes Kapitel: Einiges hellt sich auf

In diesen Tagen warben unterirdische Kräfte um die Generale. Dunkle Andeutungen flogen an, eine Diktatur der Obersten Heeresleitung über das ganze Volk werde vielleicht, das Vaterland zu retten, unabweisbar. Möglicherweise könne der Spruch der Herren eines Tages dafür oder dagegen entscheiden. Verlangte der Reichstag, die Mehrheit der Wähler hinter sich, ernsthafte Erklärungen über Belgiens Herausgabe, dann mußte man ihn doch nach Hause schicken! Ihm zeigen, wieviel besser es ausging ohne ihn! Ein protestantisches Kaiserreich zur Preisgabe seiner Friedensbedingungen und Eroberungen zu bringen, das durfte dem Papste freilich Honig aufs Brot bedeuten. Außerdem wimmelte da der Spanier herum und machte sich wichtig mit Elsaß-Lothringen und sofortigem Frieden. Auch aus Österreich braute sich Bedrohliches zusammen. Die Oberste Heeresleitung ganz allein empfand Verantwortung für die Zukunft Deutschlands, ermaß die Raumbedürfnisse eines Großstaates und antwortete auf das Friedensgewinsel mit den neuen großen Siegen im Osten. Majestät hatte sich leider breitschlagen lassen, aber man mußte wieder einmal preußischer, viel preußischer sein als die Hohenzollern.
Exzellenz von Lychow stimmte voll Zorn gegen all diese Umtriebe. Unverantwortlich sei das, schrie er Winfried an. Natürlich mußte man Belgien herausgeben. Keine Flamenbewegung – Kunstbutter! – und kein Einfluß durfte uns veranlassen, die schwierigen Bestandteile der preußischen Bevölkerung noch zu vermehren. Und da man Land genug im Osten einsackte, warum, zum Teufel, sollten die Wichtigtuer à la Schieffenzahn, die Zeit und Traute hatten, sich in seine Rechtsprechung und sein Gewissen zu mischen, mit ihrer Aufgeblasenheit das Militär im Reiche mißliebig machen! Wußte man wirklich nicht, daß das Heer, das wirkliche Heer, Frieden wollte, heute lieber als morgen? Von Lychow diktierte einen langen Brief dieser Art unmittelbar in die Umgebung Seiner Maje-

stät, wo ihm dank seiner freimütigen und märkischen Heiterkeit im Militärkabinett des Herrschers gute Freunde saßen.
»Den Hieb gegen Schieffenzahn wollen wir doch streichen«, warf er aber ein, als Winfried ihm das Geschriebene vorlas. »In der Sache Bjuschew hat er nicht mehr gepiept, und wenn er falsche Politik macht, mag ihm ein anderer was auf die Nase geben.«
Darauf zog Winfried eine betrübte Schnute, zuckte die Achseln und widersetzte sich: »Lieber Onkel, laß ihn stehn. Schieffenzahn hat Geheimfächer. Ich glaube nicht, daß er sein Letztes schon ausgekramt hat.« Aber der Brief ging ab, wie Otto von Lychow es verlangte; ohne den Segen seines Adjutanten.
Nun hatte freilich am gestrigen Tage Kriegsgerichtsrat Posnanski den Herrn Oberleutnant Winfried nach Tisch beim Arm genommen und zum Kaffee in eine Ecke gezogen. In seiner Hand knisterte alsbald ein gewöhnliches Durchschlagpapier, betippt, und zwar fehlerhaft, und ohne Unterschrift. Dies habe ihm die Feldpost heute früh ins Haus getragen; man dürfe es zur Kenntnis nehmen. Dort stand:

»Geehrter Herr Kriegsgerichtsrat,
möchte nur bemerken, daß ich einfach Ordonnanz bin und nicht unterschreiben darf. Habe trotzdem wichtige Mitteilung für Herrn Kriegsgerichtsrat. Herr Kriegsgerichtsrat dürfen nicht glauben, die Sache mit dem armen Russen liegt schon im Papierkorb. Ein hoher Beamter wird schon dafür sorgen, daß die Sache wieder vorkommt. Möchte Herrn Kriegsgerichtsrat nur gewarnt haben, ein hoher Herr intresiert sich noch. Bitte flehentligst, mich nicht zu verraten, denn möchte nicht zum Teufel gehen, aber kann meinem Gewissen keinen Zwang antun. Habe durch Zufall alles erfahrn und muß es Ihnen mitteilen. Bitte mich nicht zu verraten.«

Widerwillig überflog Winfried das Schreiben, las es noch einmal ernster und sah schließlich Posnanski erwartungsvoll in die Brille. Der nickte. Unverhofft kam ihm dies nicht, aber was irgend erfolgen konnte, vermochte nicht einmal der weise Salomo zu prophezeien. »Hätte Schieffenzahn nicht so viel zu tun dieser Tage, wär uns die Bescherung wohl schon früher aufs Dach geregnet. Aber was ihm augenblicklich das Gehirn füllt, kann man sich ja leicht vorstellen. In zehn, zwölf Tagen lesen wir's im Bericht.«
Oberleutnant Winfried dachte: Gar nichts kannst du dir vorstellen, und das wird sich wohl gehören. Spräche sich herum, was zwischen Siebener-Ausschuß, Regierung und Generalen gespielt wird, ehe die Regierung Oberwasser flutet, so platzt womöglich die Bombe.

Komisch, dachte er weiter, jetzt sehe ich selbst den Ausbruch des Friedens als eine platzende Bombe. Es wird gute Zeit dauern, eh man die verdammten militärischen Redensarten vom Gemüt geschrubbt haben wird.
»Wohin verfließen Sie, junger Held?« hörte er Posnanski plötzlich fragen, und in voller Selbstbeherrschung, ohne auch nur einen Atem lang zu zögern, entgegnete er:
»Kann das Urteil vollzogen werden, lieber Freund, solange es in Ihrem Verschluß ruht?«
Posnanski stieß ihn schlau an. »Gut gefragt. Natürlich nicht. Solange wir darauf sitzen, fährt kein Mensch die Karre weiter.«
»So übermittle ich Ihnen, Herr Kriegsgerichtsrat, im Namen Seiner Exzellenz den dienstlichen Befehl, Akten und Vollzugsschein nur auf ausdrückliche schriftliche Anweisung Seiner Exzellenz selbst aus der Hand zu geben. Sie haften mir«, setzte er vollständig ernst hinzu, »für genaue Ausführung.«
Der Kriegsgerichtsrat griff ruckhaft an die Stelle, wo sonst die Mütze zu sitzen pflegte, und sagte: »Befehl, Herr Oberleutnant.«
Dann lachten beide über die Komödie und sagten einstimmig: »So.«
Aber Posnanski faltete den Zettel vorsichtig zusammen und klopfte darauf: »Jetzt mag Wilhelmi hier ein Ries Papier vollschreiben. Gott grüß die Kunst, Herr Kollege! Schade bloß, daß der brave Bursche hier seinen Wisch nicht unterzeichnet hat. Man könnte seine Ängste beschwichtigen. Ich rate auf einen von Wilhelmis Schreibern.«
»Nein«, meinte Winfried, indem er die Schrift noch einmal ansah, »ich stimme für wirkliche Ordonnanz. Ein Schreiber, um echter auszusehen, hätte wohl mehr Tippfehler hineingeschmuggelt.«
Und Posnanski schwor dem Zweifel ab und ließ auch einen solchen als Urheber gelten.
Wer ahnte auch, daß Milli Paus, Wilhelmis Bettschätzchen und kleine Herrin, ihre Finger auf der Maschine hatte tanzen lassen, um ihrem Chef das Leben zu verbittern! Er lief mit zu glücklicher Gattenmiene umher, er besaß sie in seinem Gemüte zu sehr, Abwechslung erhält jung. Daß aber von allen Arten heilsamer Unruhe sie just diese hier wählte, entsprach echtem gutem Herzen. Sie fand es empörend, diesem hochmütigen Schieffenzahn zuliebe um nichts und wieder nichts den unglücklichen Russen ins Grab zu schicken, und wußte wohl, wie zäh und gekränkt Wilhelmi den Lychowleuten ein vergangenes Telefongespräch nachtrug. Und warum sollte nicht auch ihre Hand genügen, einen Unschuldigen zu retten?

An jenem späten Augustabend fand Wilhelmi sie in der Umarmung besonders neckisch, lachlustig; sie quietsche so laut, tadelte er.

Dann zierten die Kastanien schon kirschgroße Früchtchen, und bei schnellerer Dunkelheit sausten die Sternschnuppenschwärme der frühen kühlen Septembernächte über das weite Firmament der östlichen Ebene. Immer aber blauten die Tage leicht und strahlend auf, so recht nach Vormarsch und den Durstqualen Verwundeter angetan. Auch um Merwinsk rüstete man neue Lazarettbaracken, und Täwje, der kleine, ziegenbärtige Schreiner, tauchte wieder in Gnaden auf, um mit Grischa den ganzen Tag Türen zusammenzuschlagen, Türen aus fichtenen oder kiefernen Brettern mit einer breiten Schrägleiste und einem Loch für das Schloß. Sie arbeiteten an ihrer alten Stelle im hinteren Wirtschaftshofe des Kommandanturgefängnisses, und während sie ihre russischen Gespräche laufen ließen, saß, eine Neuerung, der Gefreite Hermann Sacht, die Flinte zwischen den Knien, als Wache daneben. Auf diese kühle Art zeigte Rittmeister von Brettschneider, er habe immer noch etwas zu sagen in Merwinsk. Er stellte Grischa unters Gewehr, und in seinem gebildeten Gehirn bewegten sich dabei unklare Spiegelungen eines Satzes, den er bestimmt gelesen, gehört, in einem Roman oder Theaterstück – gleichviel –, irgendwo, wo jemand jemanden unters Schwert stellt, eine eindrucksvolle Wendung. Man sah förmlich, wie von der Decke ein Schwert hing, womöglich an einem Pferdehaar, und der andere ahnungslos darunter stand, so daß beim Fallen das Schwert ihm in den Scheitel sauste, dort hinein, wo der Mensch ohnehin eine dünnere Stelle in der Hirnkapsel empfindet.
Das erste Auftreten Hermann Sachts, der übrigens bei dieser Verwendung den ganzen lieben Tag gemütlich rauchen, lesen und Briefe schreiben konnte, wenn er sich nicht an der Unterhaltung beteiligte, führte zu einem jener Gespräche, die sich zwischen dem jüdischen Tischler und seinem Gehilfen in ruhigen Andeutungen und lebendigen Pausen über Tage hinzogen. Täwje, dieser gelbhäutige, graubärtige Ziegenbock, um dessen Augen die Fältchen eines über den Hunger trumphierenden Humors spielten, zeigte, man wisse alles über Grischas Schicksalslage bei ihm und seinen Leuten. Er schnitt mit Grischas Hilfe am Sägebock unter den Kastanien Bretter gleich lang, behobelte sie an einem Hobeltisch, aus schweren Bohlen und drei hölzernen Böcken im Freien aufgebaut, verleimte und vernagelte sie im Schuppen. Grischa, in allen Handgriffen der Schreinerei allmählich geübt, half ihm oder arbeitete

allein weiter, während Täwje sich die Pfeife mit dem billigen Kantinentabak stopfte, der zu seiner Entlohnung gehörte. Sie verstanden sich aufs beste. Ihre Sympathie ruhte auf dem erprobten Untergrund gleichmäßiger Erniedrigung, Entbehrung und der gemeinsamen Ablehnung der deutschen Herrschaft. Nur daß Täwje mit der Bescheidung eines Großvaters auf diese junge Nation blickte, die aus der Vergeblichkeit aller Eroberungen zwischen Achaschwerosch (Xerxes) und Bonaparte nichts gelernt hatte, während ein Tischler namens Täwje, vielleicht auch Towja oder Towija, schon zu Alexanders Zeiten Säge und Hobel gebraucht hatte, Grischa dagegen sich nur über die unverständliche und umständliche Art empörte, auf die sie mit ihm hier verfuhren. Natürlich waren die Deutschen Soldaten. Selbstverständlich mußte man Soldat sein. Schön und wild fühlte es sich an, eine Flinte an die Backe zu reißen oder eine Handgranate mitten zwischen drei oder fünf Leute zu setzen, vor Wut seinen Schnurrbart aufzublasen und mit dem Bajonett einen ebenfalls bajonettbewaffneten Gegner beiseite zu schleudern, so daß er sich unterwegs womöglich noch einmal den Hals brach, und jederzeit selber der Gefahr zu begegnen, die im Flintenlauf oder Wurfgeschoß des anderen wartete. Es war nur genug jetzt. Man hatte seine Kräfte gemessen; nun hieß es Frieden machen. Denken ging mühselig, und das Enträtseln der Ursache so langen Leidens und so vergeblichen, würgenden Hin und Hers nahm einem stundenlang den Nachtschlaf. Schickte es sich nicht mehr, seinen Vorgesetzten zu folgen, was stand dann noch fest in der Welt? Also mußte man gehorchen oder sich nach altem russischem Brauche mit dem Kolben auf ihn stürzen, weil er seine Sache schlecht bestanden, und einen besseren Führer einsetzen, dem man entweder Vertrauen grenzenlos entgegenbrachte oder den man von allem Anfang an mit verkniffenen Augen besah, zu warten, wie er sich mache. Bei solchen Reden ertappte Grischa Täwjes Blick manchmal, wie er nicht an seinen Lippen ruhte, sondern seine Augen studierte. Grischas Augen – er ahnte dumpf, sie drückten vielleicht anderes aus, als sein Mund redete. Sie suchten unruhig, verloren umher, diese Augen; aus ihrem Gleiten und Haftenbleiben, Suchen und Sichleeren sprach eine Spannung und ein Forschen, das dem alten Tischler viel verriet.

»Laß das«, sagte er. »Ich meine immer, all das ist nicht so wichtig. Wichtig ist, was geschrieben steht.«

Geschrieben stand, dachte er: Töte nicht! Und vorher schon: Wer Menschenblut vergießt, dessen Blut wird durch Menschen vergossen werden. Und freilich las man dann im selben Buche eine

Menge Erzählungen, in denen viel getötet und vieler Menschen Blut vergossen wurde; und es galt als Aufgabe der Weisen, die Übereinstimmung aufzudecken zwischen beidem. Aber das kränkte den Russen vielleicht oder machte ihn unsicher; an seinen Augen merkte man, genug ging in ihm um, wovon er vielleicht noch nicht einmal etwas wußte. Dies gerade fand Täwje jeder Aufmerksamkeit würdig; und er ließ ihn von seiner eigenen Sache reden und erfuhr, daß ihn der General inzwischen verteidigt hatte und daß Leute, die fern in Bialystok saßen, über das Schicksal Grischas verschieden dachten, und wie die Dinge lagen.

»Du kannst mir glauben«, sagte Grischa, »der General hat es mir versprochen, es kann mir nichts geschehen. Es ist ja lächerlich, wenn sie so tun wollen, als ob der Bjuschew noch am Leben wäre, wo er doch im Walde modert jenseits vieler Bäche und Flüsse, Hunderte von Werst weg, und wo Zeugnisse abgelegt und bestätigt sind, und wo ein Kriegsgericht und viele Richter und Leutnants und Landsturmleute der Wahrheit, der klaren Wahrheit begegnet sind. Und nun gibt er mir diesen Gefreiten mit seinem Gewehr als Wache, als wollte ich wieder ausreißen. Hält er mich für einen Idioten?«

Zweimal hintereinander, bei den Worten »ausreißen« und »Idiot«, schlug Babkas Name an sein inneres Ohr, und unwillig schüttelte er den Kopf. Täwje bestrich die glattgehobelte Längsseite zweier Bretter mit Leim und preßte sie mit Grischas Hilfe in den Schraubstock, damit sie unverrückbar trockneten.

»Das ist es nicht«, überlegte er. »Der Kommandant muß einen hinter sich wissen, dem es aufs Urteil ankommt und nicht aufs Recht, auf deinen Tod und nicht auf die Wahrheit. Und da er dich nie gesehn hat, der Mann dahinten, der große Schieffenzahn, der viele Befehle unterzeichnet und dessen Gesicht auf den Bildern gemalt ist – ›Du sollst dir kein Abbild machen‹«, zitierte er zwischendurch hebräisch –, »verbirgt sich etwas hinter alldem. Es steht ein Sinn hinter allem. Man muß ihn verstehen, wenn man richtig leben will. Ich werde in der Gemara suchen, er findet sich schon.«

»Einer zielt nach mir«, stöhnte Grischa wider Willen. Er fluchte innerlich, Täwje werde ihn sofort auslachen, aber der Tischler, erzogen in einer anderen geistigen Welt und Abend für Abend mit Leidenschaft ihr ergeben, entgegnete nur:

»Warum nicht? Es macht sich sonderbar. Vorläufig sieht es aus wie zwei Hunde, die an einer Leine zerren, und du bist die Leine. Der stärkere zieht den andern weg, aber der schärfere Zähne hat, zersägt die Leine. Oder auch: Du bist der Knochen, den zwei Hunde im Maule beißen. Der stärkere reißt ihn dem andern weg, aber der

mit den schärferen Zähnen zerkracht den Knochen. Die Welt ist voller Bedeutung jeden Augenblick.«
Damit steckte er den Leimpinsel wieder in den großen brodelnden Topf und begann, die Fugen neuer Bretter anzupassen, und die Pfeife, gebogen und hölzern, hing ihm aus den schütteren Strähnen seines gelbgerauchten Schnurrbarts: »Und wenn man sie erraten will, was muß man wissen? Für wen die Bedeutung gelten soll. Zwei Menschen werfen ein Los. Dann ist die Entscheidung wichtig für den einen oder den andern, aber nicht für das Los.«
Grischa horchte aufmerksam zu: »Ich bin kein Los und keine Leine. Auch für mich ist Christus am Kreuz gestorben.« Und indem er mit dem Finger die Glätte der beiden gehobelten Schmalseiten abtastete, sagte Täwje:
»Gut, das mag sein, aber was sagt die Kopeke? Ich habe keine richtige und keine falsche Seite, ich habe einen Adler und eine Zahl, und auch mich hat die Prägemaschine gepreßt; und dennoch wirft der Mensch sie nach ihrer Bedeutung.«
Grischa knurrte: »Der Mensch, der Mensch und die Kopeke, die Kopeke. Aber der Unterschied zwischen dem General und dem Sergeanten ist nicht vergleichbar damit.«
Und gelassen erwiderte der Tischler: »Gut«, und nahm den Leimpinsel wieder triefend heraus und drehte ihn, damit er abtropfe. »Sehr gut; aber wer spricht vom General? Vielleicht geht es nicht um die Großen! Vielleicht geht es um die Völker! Warum sollte es nicht um Wichtiges gehn?« Und er erzählte ihm die alte Geschichte von unserem Vater Abraham, wie er mit Gott redete: »Er sprach gar nicht mit ihm, er kämpfte mit Worten um Sodom; er sagte: Warum willst du diese große Stadt zerstören? Es können fünfzig Gerechte darin sein. Und Gott gab nach: wenn fünfzig Gerechte darin wären, wollte er sie nicht zerstören. Meinst du, er wußte nicht, daß nicht fünfzig Gerechte in Sodom sind? Und als Abraham nachließ und abhandelte und fünfundvierzig und dreißig Gerechte anbot für Gnade, für Erhaltung des Lebens, für die große Stadt Sodom, meinst du, Gott habe nicht gewußt, daß nicht zehn Gerechte in Sodom waren? Es kam ihm gar nicht an auf die Gerechten und auf ihre Zahl!
Unser Vater Abraham sollte zeigen, ob er ein Mensch war! Nun, und war er vielleicht kein Mensch? Gut. Nun bedenk aber einmal die Gerechten, verstehst du?« (Längst war er in die Redemelodie geglitten, mit der man im Lehrhaus den Talmud sang, wiegte den Oberkörper vergeistert vorwärts und rückwärts.) »Wären in Sodom zehn Gerechte gewesen, so wäre die Stadt nicht untergegan-

gen. Es lag an ihnen, ob sie gerecht sein wollten oder nicht! Sie wußten, was Gott von den Menschen verlangt: sehr einfach! Er gab ihnen ja nicht, wie den Juden, sechshundertdreizehn Gebote zu halten; für sie standen sieben Gebote Noahs, und sie hielten sie nicht. Nun schön. Nimm an, zehn Gerechte hätten da gesessen, oder neun und einer, der schwankte. Hätte er sich entschlossen, gerecht zu sein, wäre er vielleicht für sich gerecht geworden? Nein, er hätte die Stadt gerettet. Die Gerechtigkeit der Gerechten von Sodom war ein Zeichen, Grischa, für die ganze Stadt, so mein ich. Fünfzig Gerechte wären ein dickes Zeichen gewesen, zehn Gerechte waren ein dünnes Zeichen, aber kein einziger Gerechter, das war eben ein böses Zeichen, verstehst du? Ich will dir sagen: Unsere Zeiten sind schlimmer als die von Sodom und Gomorra, so mein ich. Nun laß sehn. Verstehst du? Da ist ein Mann, der ist zum Tode verurteilt, und es ist klar, er ist unschuldig zum Tode verurteilt, und vielen wird es klar, daß er unschuldig ist. Läßt sich jetzt zur Herrschaft bringen, daß er unschuldig ist, so mein ich, dann sind zehn Gerechte in Sodom, und die Stadt wird nicht zerstört werden. Läßt sich aber nicht zur Herrschaft bringen, daß er unschuldig ist, und sie führen ein Urteil aus, von dem alle wissen, daß es falsch ist, dann, Grischa, sind nicht zwanzig Gerechte in Sodom, und nicht zehn und nicht fünf, und der Zorn Gottes wird Feuer und Schwefel herunterregnen lassen, und das große Sodom mit seinen Kaisern und Fürsten und Generalen wird zerstört werden, und nun gib acht« – aber er schwieg.
Zwei rosige Flecke standen auf seinen Wangen, und in seinen Augen, den sonst verschmitzten Äugelchen eines älteren Juden, funkelte ein leidenschaftlicher Ingrimm um das Reich Gottes auf dieser Welt. Er hielt aber inne, weil das Bild von Grischas Gesicht in seine leidenschaftliche Vertiefung vorstieß. Der Sergeant sagte nichts. Er hielt den Mund offen wie ein Erstickender und sah mit entsetzten Augen seinen Arbeitsgefährten an.
»Genug«, rief er endlich heiser, »genug, ich bin verloren.«
Das war es. Ihn suchte einer, aber nicht um seinetwillen. Immer hatte er geglaubt, solch eine Laus wie er – wie würde sich jemand seinetwegen Umstände machen! Aber wenn es so stand, natürlich ... Auch ein Tropfen brachte den Topf zum Überfließen, ein Streichholz entzündete die ganze Steppe. Und Täwje, ohne ein Gran seiner Geschichte zurückzunehmen, beruhigte ihn.
»Wieso verloren? Es ist nicht das! Warum soll das Recht nicht stark sein bei den Deutschen? Da zieht ein General, ein Kriegsgericht, ein Oberleutnant, eine ganze Division. Du kannst nicht

sagen: es sei abgemacht. Vorläufig ist die Waagschale des Lebens sogar viel stärker. Sie haben doch viele gute Eigenschaften, die Deutschen! Und wieder siegen sie. Meinst du, der Richter der Welt sehe nicht das ganz Kleine und das Große und das ganz Große, alles mit einem Blick? Ich will dir aber sagen: Wie es dir geht, gut oder schlecht, das ist für die Deutschen viel wichtiger als für dich. Ich mein, entschuldige, das Leben, was gibt es Wichtigeres für dich; aber du siehst doch, die Reiche und großen Völker, die Russen, die Deutschen, sie wiegen doch mehr als ein Sergeant.«

Grischa sah seine Kompanie, sein Regiment, die wimmelnden Angriffslinien, hörte das Schreien von Granaten, wie sie ankommen, gräßlich jaulend und heulend, und platzen, sah wieder Kameraden zerfetzt mit halben Armen oder das Gesicht weggeschlagen Blut speien wie zerstochene Säcke. Er erblickte Regimenter, die Divisionen, schwarze Felder voller Männer, Kopf an Kopf, sah dahinter Strecken voller Ackerländer, Städte, wie auf der Landkarte, Wälder, alles Land voller Menschen, Frauen, die Korn schneiden, Kinder, die auf der Schwelle der Häuser mit Steinen spielen oder am Zaun ihr Geschäftchen verrichten, Greise, denen der Speichel aus dem Munde läuft, er gewahrte in einem unwesentlich gehobenen Zustande wirklich Reiche und Völker, und überwältigt von der Denkart des Tischlers, antwortete er:

»Selbstverständlich bin ich eine Laus, aber Rußland, das heißt etwas.«

»Nun«, antwortete Täwje fröhlich, »und Deutschland, das heißt auch etwas, und die Juden vielleicht ein wenig, und die Polen hat nicht auch Gott gemacht? Also. Du darfst ganz ruhig sein. Wie es dir ergeht, kann es dir bloß gut ergehn. Ich habe bald gefunden, etwas hängt an dir. Ich meine, vor Mittag sollten wir die Tür noch zusammenkriegen. Geh, Grischa, mehr Nägel brauchten wir, mein ich. Drinnen auf der Bank steht noch ein Pack zweizöllige. Sie wären ein bißchen zu lang, aber wir nehmen sie, denn warum? Umgebogen hält besser.«

Siebentes Kapitel: Urlaub fahren

Otto von Lychow kam aus den neuen Stellungen seiner Leute nicht in bester Form nach Merwinsk heim. Tief in ihm wühlte ein leidenschaftlicher Widerstreit, zugleich als General die friedliche Vorverlegung seiner Division um fast zweihundert Kilometer ohne ruhmbringende Kampfhandlungen zu verfluchen und als Mensch und Erfahrener gutmütig und einsichtig seiner hinreichend zerrauften Truppe den gelassenen Vormarsch ohne richtigen Krieg im regnerischen Frühherbst zu gönnen. Wie alle einfachen Naturen lähmte Zwiespalt ihn körperlich und ohne Hinweise, Einblicke. Der Oberstabsarzt kam, hörte, maß den Blutdruck; aber da der Kranke ihm keine Fährte zu weisen vermochte, schwiegen die Orakel. Und wenn ein Oberstabsarzt bei einem General Krankheit nicht findet, Müdigkeit aber wahrnimmt, so bedroht er ihn nicht mit drei Tagen Arrest oder schreit ihn an, daß der Kalk von den Wänden rieselt, sondern er erklärt ihn für urlaubsbedürftig in höchstem Maße und verlangt als Sachverwalter des Heeres von ihm, sofort abzureisen. Als Lychow seinem Neffen gegen Mittag das Ergebnis beichtete, fühlte Winfried sich beunruhigt. Wie schützte man den alten Herrn bis zur Abfahrt vor Ärger, doch so, daß man Ermächtigungen gegen gewisse Leute, die grob anrückten, noch einsackte? Auf muntere Weise bestätigte er, der Onkel sehe aus wie ein Säugling mit Durchfall und benötige sofort dringlich warme Wickel und Wasserkakao in der Flasche. Ins Bad reisen, jetzt, wo jeden Augenblick der Sport um den Rußki lustig zu werden drohte? Nur wenn der Onkel ihm, Winfried, entsprechende Vollmachten für das Schachspiel um diesen Bauern hinterlasse, hoffe er wohlwollend, den Herrn General der Infanterie entbehren zu können. Lychow antwortete nicht. Aus geröteten Augen, denen eines Falken nicht ungleich, betrachtete er versunken den lustigen Neffen. Er beneidete ihn um diesen Grad unbelasteter Jugend bei all dem Wissen, das er sich an der Somme, vorher bei der Zuckerfabrik von Souchez und noch früher nahe bei Yperns Ruinen erworben hatte. Er hatte was hinter sich, der deutsche Soldat ... Täglich kamen Siegesmeldungen. Beim Durchstoßen der Minensperre am Rigaischen Meerbusen waren nur vier, andere sagten sieben, andere sagten drei Minensucher gesunken. Unsere Verluste standen selbstverständlich im Bericht als geringe; aber doch blieb auch ein bei der Eroberung Rigas absausender Granatsplitter ein richtiger, gezackter, kristallinischer Eisenfetzen, bald so lang wie eine Zigarre, bald so klein wie ein Schrotkorn, beide Male recht geeignet, im Leib eines Menschen unangenehme Veränderungen hervorzurufen. Immerhin gehörte Riga jetzt den Deutschen. Der linke Flügel im vollen Vormarsch trieb, wie es hieß, die Russen vor sich her. Gott hatte sie geschlagen, denn brigadenweise drehten sie die Gewehre um und marschierten ostwärts. Zwar brigadenweise mit umgedrehtem Gewehr waren auch schon deutsche Divisionen ostwärts marschiert, nach der Marne, jetzt vor drei Jahren fast auf den Tag, bis sie jenseits der Aisne sich einbuddelten. Aber die Russen würden sich kaum wieder einbuddeln, so stand es in den Sternen; Schieffenzahn drückte hinterher ... Und der Frieden? fragte Lychow sich, ganz abwesend vom Augenblick, in einer Zone, in der kein Ort Merwinsk hieß ... Es war gut und klug, Friedensmöglichkeiten wegzuwischen, wenn neue Siege noch bessere Trümpfe schufen. Aber er empfand Angst vor frevelhaftem Übermute, der Hybris des Belsazar. Die Geschichte der großen Reiche hauchte ihm durch den Kopf. Sie alle zerplatzten, weil sie sich zu sehr aufblähten. Preußisch und richtig handelte, wer statt weitsichtiger Rechnungsspiele mit Börsenwerten der Zukunft lieber kleine sichere Gewinne einsteckte. Unbefangenen Augen hatte die Teilung Polens unterm Alten Fritz Preußen in ein Netz von Schwierigkeiten verstrickt, und der liebe Gott war so gnädig gewesen, uns von Südpreußen und dem Großherzogtum Warschau schnell genug wieder zu befreien. Zwar hieß es jetzt Deutsches Reich, vielleicht verstand es besser zu verdauen. Obwohl das Elsaß, von Lothringen zu schweigen, nichts davon versprach ... Wie in der Fremde saß es sich damals in Metz vor zwölf Jahren ...

Mitleidig, nicht ohne leichten Schreck, sah Winfried diese plötzliche Abwesenheit des Versunkenen, von dessen Gedankengängen keiner laut wurde. Doch, dachte er, auf Urlaub muß er. Er schläft einem ja zwischen den Worten weg.

Was es mit dem Russen gäbe, fragte die Exzellenz plötzlich.

»Ach, nichts, Kabbelei.« Der Wilhelmi habe innerhalb fünf Tagen einen Schriftsatz von zwölf Maschinenseiten und eine kurze Anfrage hier gelandet. Immer der Vollstreckung wegen.

Von der könne doch keine Rede sein, knurrte von Lychow.

»Eben.« Und Posnanski entwickelte eine Engelsgeduld in der Darlegung des diesseitigen Standpunktes, wie die Juristen mit ihrer lieblichen Grammatik solch eine Geburt tauften. Aber es schiene doch, als hielte Schieffenzahn zu seinen Leuten nicht weniger als Exzellenz zu den unseren.

»Der Bursche hat keinen Respekt vor weißen Haaren«, grollte Lychow, »die Sache hängt so lächerlich klar, daß er mit einem Funken von Anstand in seiner Seele nicht mehr ›Piep‹ sagen dürfte. Aber er soll mich in Ruhe lassen, mir nicht in mein Rechtsgebiet hineinpinschern mit seinen Hängebacken und seiner Papageiennase. Weißt du, wie er aussieht?« fragte er plötzlich erheitert. »Wie die alte Queen Victoria auf Karikaturen in dem frechen Simplicissimus. Genauso.« Und ganz getröstet lachte er herzlich.

Dann werde es Onkel also nichts ausmachen, wenn Schieffenzahn ihn der Rechtssache wegen persönlich anpflaume?
Lychow setzte sich im Stuhl vornüber wie ein Reiter vor dem Hindernis im Sattel. »Will er das?«
Wenn Juristendeutsch Deutsch sei und man einen Sinn daraus lesen könne, werde entweder ein Handschreiben oder ein Gespräch demnächst aus der Toga des Schicksals herausrutschen. »Wie ich mich davor fürchte«, höhnte Lychow befriedigt, und Winfried, dem plötzlich etwas einfiel, fing ihn jäh in einer Schlinge.
Wenn Onkel wirklich auf Urlaub fahren wolle, nehme er seinen Weg ja ohnehin über Brest-Litowsk, wo Schieffenzahn jetzt die Operationsabteilung in ihrer Arbeit befruchte, und dann könne eine mündliche Auseinanderpfefferung der verhedderten Sache nur gut bekommen.
»Nicht schlecht.«

Rittmeister von Brettschneider tat, was Rittmeister ihrem Namen nach immer tun sollen: er ritt aus. Er saß auf einer wunderschönen, seidenweißen Schimmelstute, und sein polypenträchtiges, wie verschnupft wirkendes Gesicht über dem hohen Kragen hing mit seiner Stupsnase kavalierhaft über dem edlen Pferdehals und dem kleinen nervigen Kopfe Syras, der arabisches und trakehnisches Blut verriet. Rittmeister von Brettschneider, aus reicher westdeutscher Werksherrenfamilie, konnte sich ein so ungewöhnliches Dienstpferd leisten. Und während die schwer arbeitenden Gäule der Geschütze und Wagenparks in diesem Herbst 1917 längst mehr Häcksel als Körner in ihrem Magen wälzten und ihre treuen Pfleger dem Winter mit Grauen entgegensahen, war für Syra bereits jetzt gesorgt. Die Kommandantur Merwinsk besaß die Mittel, das Dienstpferd des Herrn Rittmeisters in entsprechender Verfassung zu halten. Der Rittmeister, Krefelder Husar, sprach aus der Höhe seines Sattels mit halbgeschlossenen Augen zu einer Kreatur, die, auf eigenen Füßen stehend, so unbeweglich verharrte wie das Gewehr, das sie auf vorschriftsmäßige Weise an ihre Beine gedrückt hielt.
»Heißen?« äußerte er.
Der Gefragte, verstehend, denn er diente ja schon ziemlich lange, meldete seinen Namen: Gefreiter Sacht.
Durch Nicken bestätigte der Rittmeister: er wisse. Dann musterte er kurz den Anzug des Mannes, denn ein Anzug, der nicht in Ordnung ist, kann auf vielfältige Weise zur Demütigung seines Trägers verwendet werden; aber er fand nichts auszusetzen. (Die Mannschaften wußten, worauf es im Krieg zuallererst ankam.)

»Rühren.«
Der Gefreite Sacht markierte eine Lockerung seiner Glieder. Er stand zwischen dem Pferde und der Mauer des Gefängnishofes nahe am Tor und sah treu und erwartungsvoll dem Vorgesetzten auf die jupiterhafte, wenn auch unscheinbare Nasenwurzel.
»Mal herhören«, röchelte der Gewaltige. »Haben da Aufsicht über so 'nen Russen übertragen gekriegt. Ist ja nichts für 'n richtigen Kerl, kann Ihnen aber nicht helfen. Mache Sie persönlich haftbar dafür, daß der Bursche der Gerechtigkeit nicht entzogen wird. Sind da dunkle Machenschaften im Wege. Ich warne Sie«, er ward plötzlich leise, und seine kleinen Augen blickten kalte und unerbittliche Drohung in die weit offenen des Soldaten. »Machen Sie sich nicht unglücklich. An Sie wird man sich halten, Gefreiter«, und wie zu sich selber fügte er hinzu: »Dauert ja nur noch paar Tage«, und mit der Andeutung eines Grußes, während der Gefreite die Stiefel aneinanderkrachen ließ, klopfte er Syra leise mit der behandschuhten Hand auf die rechte Kruppe und ließ sie gehen.
Wiehernd vor Freude hob sie unter dem glänzenden Fell ihre schön gebildeten Muskeln. Sie liebte ihren Herrn. Er ritt sie ohne Sporen; sorgfältig wandte er die Absätze seiner Stiefel im Bügel nach außen, damit nicht einmal die kleinen Andeutungen von Rädchen ihre empfindlichen Flanken kitzelten.
Brettschneider durchritt die Judenstadt. Mit immer erneuertem Ekel sah er die Kinder, großäugig und viel zu klug, vor seinem Pferde in die Eingänge der Häuser zurückweichen. Die Häuser aus Balken wandten ihre Giebelseite zur Straße, dann öffneten sich weite Hofeingänge voller Grün mit verwitterten Pfählen und Schildern in hebräischen Zeichen. Er kam nicht darauf, dies könne als eigene Sprache gelten, zu bekannten Zeiten vom Deutschen abgespalten, etwa dem Holländischen vergleichlich. Unter dem Diktat tiefer Angewidertheit sah er in den jüdischen Worten lediglich ein vermauscheltes Deutsch, besonders seit man die Kaufleute veranlaßt hatte, ihre Schilder auch in lateinischen Lettern zu schreiben, ohne ihnen zugleich auch den Geist der verwickelten deutschen Rechtschreibung einimpfen zu können. Statt Barbier las man Perückenmacher; Äpfel ward mit E und fp geschrieben: Efplen. Zwischen Grieß und Grütze schwebte ein Wort, das kaum wer erraten konnte: Grüßte, und der Name Intriligator über dem Laden eines Lederhändlers erboste ihn immer wieder, denn ein katholischer Feldgeistlicher hatte ihn belehren dürfen, dies Wort habe nichts mit Spülapparaten zu tun, sondern bezeichne einfach einen Buchbinder. Die Frauen lehnten, die Umschlagtücher ums Gesicht und

über die Schultern gezogen auch an diesem leuchtenden Septembermorgen, in den Haustüren oder vor den Läden und sahen ihm ruhevoll nach. Männer erblickte man nur von fern, da sie durch Oberbefehl gezwungen waren, ihn mit Hutabnehmen zu grüßen. Trotzdem sollte es eine ganze Menge Mannschaften und selbst Offiziere geben, die sich mit Juden in Verkehr einließen. Komischer Geschmack, dachte der Rittmeister. Er ritt ja nun auch aus, einen Juden zu sprechen, der war aber wenigstens manierlich gewaschen, rasiert, gekämmt und steckte in des Kaisers Rock mit den Spiegeln und Achselstücken eines Gerichtsbeamten. Denn dieser Posnanski legte sich förmlich schief, um den gewissen Bjuschew loszueisen; nur daß es ihm nichts helfen würde. Dem Herrn Rittmeister hatte Kriegsgerichtsrat Wilhelmi eine freundschaftliche Bitte unter Kameraden telefonisch vorgetragen; er ritt als netter Mann aus, sie zu erfüllen: mündlich und persönlich so den Fall im guten aus der Welt zu schaffen. Warum nicht? Er war kein Unmensch. Er empfand volles Verständnis für jeden Versuch, in eigene Bezirke Einmischung von dritter Seite abzuwehren. Aber hier: welcher Dritte! welche Einmischung ...! Er dachte nicht weiter. Er fiel immer von neuem in Erstaunen darüber, daß irgend jemand, Lychow etwa, einen Wunsch Schieffenzahns nicht blind und begeistert erfüllte. Mitten auf dem Platz vor dem großen Bes Medresch, der hölzernen Synagoge von Merwinsk, hielt er an, kopfschüttelnd und versunken. Er verehrte Albert Schieffenzahn, und jeder vollsinnige Mensch mußte solch ein Genie verehren und ihm zu Gefallen doch springen. Er hätte sich sehr gewundert, wenn ein Vorübergehender ihn gefragt hätte, ob er der einmaligen und merkwürdigen Schönheit dieses hölzernen Gotteshauses wegen hier halte und das Haupt schüttele.

Die Holzsynagoge von Merwinsk, eine gewisse Berühmtheit genoß sie unter den kunstsinnigen Soldaten des Umkreises. Verwittert, sehr alt, ein tiefes metallisches Graugrün, ragte sie auf leerem Platze eindrucksvoll aufgetürmt mit ihren pagodenspitzen Schindeldächern. Klar zeichnete sich mit ihnen die Gliederung des Raumes, rechtes und linkes Seitenschiff, Vorhalle, das Heiligtum selbst. Über ihm faßte das hinterste und höchste Dach die reiche vielfältige Gestalt überhöhend zusammen, während die Vorderwand in drei Geschossen durchbrochen und mit einem kleinen Türmchen für sich gekrönt, auf drei Balkensäulen ruhend die Straße beherrschte. Kleine Fenster, schiefe Läden, mühselig niedrige Eingänge, aber das Ganze trotzig und fernöstlich wie die fremde Burg des Gebets mitten zwischen den geschäftig niederen Holzhäusern des Wohnens.

Syra scharrte ungeduldig mit den Füßen, denn dort vorn öffnete sich freieres Land, und es gelüstete sie nach einem Trabe. Rittmeister von Brettschneider ließ sie laufen. In der Sonne spiegelten die blanken Flächen ihres Felles sich verschiebend, im Morgenwinde flogen ihre edlen Haare. Leicht ansteigend in einem großen Bogen zog die Straße rund um zwei Drittel der Stadt, ungepflastert, staubend.

Gute Laune, Selbstzufriedenheit ... Er ruhte auf sehr überzeugte Art in seinem Sattel. Natürlich behandelten wache Köpfe blöde Streitfälle aus leisem Handgelenke – es hätte nicht erst des Wilhelmischen Hinweises bedürfen sollen! Beim Divisionsgericht vorbeireiten, aus dem Sattel leicht, kavalierhaft ins offene Fenster hineinsprechen oder an die geschlossene Scheibe mit der Gerte klopfen und so, eins, zwei, drei, den Vollstreckungsbefehl nachlässig in die Satteltasche schieben: so spielte man solche Tricks. Abgetakelt mußte das Schiff der Zwietracht zwischen Division und Kommandantur ja einmal werden; Exzellenz wohnte hoch oben, aber hinter Brettschneider stand Schieffenzahn – man handhabt, die Gewichte recht ausgewogen, leicht und elegant auch schwierige Gegenstände.

Zwanzig Minuten später galoppierte ein Reiter heim. Zwischen seinen Brauen stand eine Falte, das Gesicht sah geröteter aus als nötig, besonders ausdrucksvoll standen seine Ohren vom Kopfe weg, und der Blick seiner kaltgrauen Augen wirkte ungemütlich. Sosehr er sich zusammennahm, in der Haltung seiner Schulterblätter drückte sich Wut über einen Mißerfolg aus. Schade um den schönen Septembermorgen ...

Wochen, Wochen, jeder Tag ein neuer Triumph. Zwar fallen jeden Tag Scharen deutscher Jungen und Männer um, weil an ihrem gesunden Leibe plötzlich Löcher, von eisernen Stücken geschlagen, blutig aufbersten, drehn sich um sich selbst, heulen oder stürzen lautlos glatt auf die Nase. Zwar heißt es, daß in der Flotte, in Wilhelmshaven, schwierige und gefährliche Umtriebe ausbrechen und daß mit zornroten Köpfen in Berlin Abgeordnete den vierten Winterkrieg und Hungerwinter verhindern möchten – aber ungeheuer wächst die Schar der Quadratkilometer, auf denen in Zukunft deutsche Herrenkaste regieren darf – bis nach Finnland hinauf, meine Herren, Finnland inbegriffen, meine Herren. Der Anspruch auf Weltherrschaft, den jedes große Volk hat, das deutsche trinkt jetzt davon einen vollen Becher. Ungeheuer arbeitet Gehirn und Wissen Albert Schieffenzahns. Das neue Gebiet bis nach Reval und Dorpat hinauf wird der Ober-Ost-Verwaltung angegliedert, neue Häfen öffnen sich deutschen Zielen: außer Libau jetzt Riga und Windau, Reval und Dorpat – uraltes deutsches Kulturgut, köstliche Ziegelbauten, Kirchen, Rathäuser. Niemand darf Vergewaltigung schreien, wenn der Wunsch der Bevölkerung Anschluß an Deutschland heischt. Daß man die Letten nicht fragen, den Esten ihre Wünsche vorschreiben würde – wen in Europa wird es kümmern? Drukken diese Leute doch von jeher ihre Zeitungen in deutschen Lettern ... Mit seinem strahlenden und gierigen Arbeitseifer stürzt sich der Generalmajor in die neue herrliche Aufgabe: Ortskommandanturen, Etappenorte, Organisation! Die kurischen Barone begrüßen Einquartierung auf ihren Schlössern. Sie wundern sich verdammt, wenn bald der neue Regierer, ein Vizefeldwebel oder ein dicker Leutnant, aus heiler Haut, zum Spaß oder im leichten Suff den Storch vom Haus herunterknallt, der seit fünf oder sechs Generationen als Weihvogel oben horstet. Aber Schieffenzahn sieht nur die große Kontur, die Gestalt, die neue deutsche Karte, sein neues Gebiet; und so verstreichen Wochen flugs wie Tage.

Die Sommeräpfel pflückt man aus den Zweigen; die Birnen sind längst abgeerntet, die roten Ebereschenbeeren verkünden einen frühen und harten Winter, wozu sie in dieser Gegend nicht sehr viel Voraussicht brauchen. Das Jahr nimmt ab. Diese Erde rollt und wirbelt ihre winzige Bahn, Tagundnachtgleiche des Herbstes durchsegelt sie, schwere Winde und Regengüsse werfen sich aus der Atmosphäre aufs Feste. Die frühe Oktobersonne geht schon recht blaß, gleichsam fern, aus Nebeln auf, und an manchem Morgen spiegelt Reif, weiß, samten und bläulich den untadelig blauen Himmel. Körbe voller Blätter werden jeden Morgen gelbgrün, weinrot, braun und raschelnd vom Gefängnishof gefegt, unter Ahorn und Kastanien.

»Mutterchen setzt ordentlich Fett an«, lobt jemand von der Wachtkompanie ohne Spott das weißgesträhnte Hökerweib, wenn es durchs Tor trabt, um die Soldaten und Gefangenen aus seinem Korbe zu beliefern. Jetzt besorgt sie ihnen auch die Wäsche, die für Pfennige gewaschen und ausgebessert zu ihnen zurückkommt; hauptsächlich aber führt sie Äpfel, gelegentlich ein Gläschen Schnaps und Rauchzeug immer, Nähfaden, Nadel und was dem Soldaten stets fehlt: Stopfwolle. Ja, ihre Gestalt rundet sich, es ist nicht zu leugnen. Das reichliche Essen, das sie fast jeden Tag aus der Küche löffelt, mästet sie offenbar. Die Mannschaften widert das eintönige Futter an – Kälberzähne (große Graupen), blauer Heinrich (Grützsuppe), Dörrgemüse, Kartoffeln, Erbsen, Bohnen, sonntags etwas

fleischerner als werktags. Glücklich, wem's schmeckt, denkt der Gefreite Sacht und klopft Babka auf den Rücken.
Brettschneider hat sich geirrt, die Sache zieht sich hin, und Gott sei Dank! Denn das Getümmel des Vormarsches wirft auch der Kommandantur Merwinsk eine Fülle von Arbeit zu, wechselnde Truppen, neue Quartiere, ununterbrochenen Ärger über die Zuständigkeit des Reinemachens von Mannschaftsbaracken, von Pferdeställen; Beitreibungen, die auf die Dörfer der Umgegend verteilt werden, zahllose Anforderungen der neuen oder scheidenden Truppenteile, ununterbrochen muß man aufpassen, daß die Abziehenden nicht Möbel mitschleppen, die ihnen von der Kommandantur neu angefertigt oder aus älteren Beständen der Bürgerhäuser überwiesen wurden. Lange hält die rein militärische Geschichte hier vielleicht nicht mehr vor, über Nacht heißt man Zivilverwaltung. Irgendeine Art von Rechenschaft wird man dann ablegen müssen, und die Juden hier betätigen aufdringlich unangenehme Begriffe von Eigentum und Rechtspflege. Im Westen landen Amerikaner – Sehenswertes. Einen lebensgroßen Oberbefehlshaber, seinen Stab und volle zwanzigtausend Jimmies und Sams hinüberfrachten kann Guatemala auch. Von Frieden dort drüben keine Rede, aber hier im Osten bereitet sich möglicherweise verschiedenes vor. Es läßt sich nicht verhehlen, diese Niederlage jetzt verschafft denjenigen mächtigen Zulauf, die auf alle Fälle und um jeden Preis den Krieg beenden wollen, diesen Lieblingen, die sich Bolschewiki schimpfen und die einen, wenn man sie sich nur mit einer Stange vom Leibe hält, in ihrer Wirkung recht begrüßenswert anmuten . . .
Babka sah Grischa jeden Tag, sprach zu ihm, hörte seine Reden. Getröstet, fast heiter fühlte sie ihr Kind im Leibe sich bewegen. Es wuchs. Wahrscheinlich wurde es ein Junge, aber auch ein Mädchen war ihr willkommen. Sie würde aus ihm schon etwas Rechtes machen. Alles ging gut, solange dieser Soldat da, dieser Freund Grischa, mit stiller, in sich gekehrter Miene umherging und jeden neuen Morgen gesicherter dasaß auf seiner Bettkante. Sie wußte, er dachte vieles. Die Welt, auf der man lebt, ist rätselhaft. Das Leben, das sich hinzieht, bietet wenig Gelegenheit zu Erklärungen. Was nach dem Tode auf einen wartet, wußten zwar die Popen, aber es hatte nicht viel Belang. Ziemlich sicher sah der Mensch keinen Grund, an ein neues Leben zu glauben, wenn er just mit einem Loch im Kopfe oder von einer Mine halbiert entlangwirbelte und hinschlug. In diesem Jenseits konnte schon gar kein Platz mehr sein für so viel schuldlos Sterbende. Es war klar, daß dennoch am Menschen verschiedenes hing. Er erklärte es ihr, wenn sie nach Feierabend oder

auch in der Mittagspause beieinander ausruhten. Dann hörte sie in aufmerksamer Haltung zu, um ihn nicht zu ärgern, denn sie wußte, am besten verläßt man sich auf eine Flasche vergifteten Kümmels und den Beistand des Teufels.

»Siehst du«, sagte er, indem er mit dem Fingernagel auf dem Holze des Tisches entlangfuhr, »wozu erst dem Menschen Gedanken in den Kopf setzen, wenn sie dann nicht passen sollen? Gibst du jemandem einen Schlüssel zur Tür, der nicht einmal ins Schlüsselloch paßt, geschweige sich umdreht und aufsperrt? Ich bin ein Kleinhäusler und Seifenarbeiter, in Wologda draußen am Rand der Steppe sitzt Marfa Iwanowna und besorgt ihr Kind und noch ein zweites vielleicht; gut. Und hier bin ich und du, und auch du trägst ein Kind von mir in deinem Bauche; glaube nur, ohne einen Sinn geschieht das doch nicht. Dieser Jude Täwje hat mir viel erklärt, und mehr als die Juden weiß von Gott und der Welt doch niemand, mußt du zugeben. Darum paß auf, wie es ausgeht mit mir. Heim will ich, und heim komme ich. Aber an Flucht denkst du doch nicht mehr, Babka, was? Bist ein verständiges Weib und sparst schon tüchtig Geld für unser Kleines. Wie viele Monate drückt es dich noch, he?« Und er seufzte leicht. »Jetzt weiß man erst, wie schön es war, damals im Walde, wie ich mit dem Kopf voran durch die Welt lief, durch den dicken Schnee. Kaninchen und Baumkatzen, Donnerwetter! Ach, und Fedjuschka und Koljä, all die Jungens, und Otto Wild. Aber hier macht es sich auch nicht schlecht. Ich habe vielerlei Arbeit gelernt, und wenn ich nach Hause komme, kann ich als Tischler verdienen.«

Babka sah ihn an, streichelte dann ganz leise einmal seine Hand und sagte:

»Das Kind, das keinen Vater haben wird, soll im Dezember geboren werden.«

»Ach«, lachte Grischa lustig, »keinen Vater! Es hat ja dich!«

Mitte Oktober, als bei Sonnenaufgang schon dünne Eisblätter auf den Tümpeln und über den getrockneten Furchen der Straße knisterten, der Boden nachts erstarrte und die zwitschernden Vögel der Luft sich arg vermindert zeigten, zuckten gleich drei Schlägen drei Kundgebungen Bialystoks zur Division von Lychow hin. Die erste: Anfrage, warum der Vollzug des Urteils Bjuschew noch nicht gemeldet sei, obwohl man diesseits seine Willensmeinung klar ausgedrückt habe. Die zweite als Antwort auf die Entgegnung des Divisionsgerichts: höchstes Befremden Ob.-Osts und der Wunsch, umgehend auf Widerstand zu verzichten. Als dritte: Drohung, der

Kommandantur Merwinsk direkten Befehl zur Ausführung des Urteils zu geben; Verantwortung für dieses bedauerliche Verlassen des Dienstweges werde Exzellenz zu tragen haben. Die Kommandantur sei inzwischen vorbereitet worden und dürfe gegebenenfalls unmittelbar handeln.
Blaß und aufgeregt saßen Posnanski und Winfried der Exzellenz gegenüber.
Lychow sagte, seinen Schnurrbart ziehend:
»Es kann nicht sein; Schieffenzahn ist falsch unterrichtet. In einer Woche fahr ich auf Urlaub und spreche ohnehin bei ihm vor. Melde mich heute abend telefonisch an, Paul; sag ihm, wir würden den Fall bereden.«
Oberleutnant Winfried sah den General eine Sekunde besorgt und prüfend an. Der nickte zuversichtlich.
»Gut, Onkel Otto«, seufzte der Neffe erleichtert. »Das ist das einzige und beste. Du wirst das Kind schon schaukeln.«
»Unmöglich kann er einen älteren Mann mit siebenundvierzig Dienstjahren, die Kadettenzeit uneingerechnet, so brutal vor den Schädel stoßen«, rief Lychow. »Außerdem steht immer noch Majestät über ihm und mir, und ich gebe euch mein Ehrenwort«, brach er plötzlich heiser und kirschbraun aus, »ich lasse nicht nach, ich geh mit der Sache bis zum Kaiser!« und hieb mit der Faust auf den Tisch nieder.
Diese Woche hin wurde es kälter Tag für Tag. Schleunigst mußte für die Gefangenen und die Wachtkompanie Winterwäsche ausgegeben werden, die den Leuten in den Gräben schon lange die Rucksäcke beschwerte. Jeden Morgen sah der Himmel dick und grau nach Schnee aus, und jeden Abend senkte sich Dämmerung auf die hartgefrorenen Landstraßen, in denen der Kot zu steinernen Rillen und die Tümpel zu kleinen Schlitterbahnen erstarrten, ohne daß die Wolken brachen. Eine Woche Verzögerung vermochte das Ferngespräch selbstverständlich zu erwirken.
Grischa ahnte nichts von diesen Dingen, nur ärgerte er sich über die Kälte all dieser Nächte jetzt. Frühmorgens beim Appell besah ihn sich der Feldwebel mit neugierigen Mienen.
Bevor Exzellenz von Lychow Dienstag, den 31. Oktober 1917, in sein wohlgewärmtes Sonderabteil stieg, rote Polster, Spiegel, Teppiche, munterte er mit künstlichem Gleichmut die beiden Herren auf, die unter anderen ihm das Geleit gaben, und weissagte:
»Nischt zu machen. Der fette Bursche gibt klein bei. Auf alle Fälle drahte ich euch den guten Ausgang oder lasse ihn euch durchsagen; und gut, darauf verlaßt euch, fällt er aus, denn schließlich stecken

wir doch hier in preußischen Waffenröcken und nicht bei den Tataren, vastehste? Im übrigen«, fügte er schon auf dem Trittbrett leichthin bei, »falls du Maßnahmen benötigen solltest in dieser Sache, Paul, deck ich dich natürlich – in gewissem Grade, mit Geschmack und Vorsicht. Verstehn wir uns? Ich glaube, jetzt wird es endlich schneien«, schloß er, »man bibbert ja nach Noten.«

Der Zug, der in Brest nach einigen Stunden Aufenthalt Anschluß nach Westen finden würde, glitt, gefüllt mit Urlaubern, Offizieren und Mannschaften, knirschend vom kalten Bahnsteig weg. Graues Taglicht, hohe Lampenmasten, Holzgebäude, Offiziere, die salutierten.

»Mensch, da schuckelt ja 'n General mit«, staunte der Heizer zum Lokomotivführer und schneuzte die Nase mit den Fingern.

»Na«, antwortete der, »besser wird die alte Kaffeemühle, die wir hier fahren, ooch von keinem Generale nich.«

»Mein ich auch nich, Mensch«, antwortete der Heizer, »aber ich denke, der liebe Gott wird ein Einsehen haben und nimmt den alten Kerl als Unfallversicherung an.«

»Ich wollte, Karl« – der Lokomotivführer stellte die Hebel auf höchste Geschwindigkeit und schloß die Ventile –, »wir hätten's noch so gut wie damals, wo wir die lange Güterstrecke fuhren, Wagen mit Heu, Wagen mit Holz, immer durch 'n Wald, und die gemütlichen Aufenthalte bei den kleinen Pinschern an den Weichen. Weißt du noch, wie du immer Wild zu sehen glaubtest, wenn wir Heuwagen schleppten?«

Aber der Heizer entsann sich nicht mehr.

»Ich glaube, heute gibt's Schnee, und Steckenbleiben ist bei der Sorte Kohlen, und wo jetzt die Feuerbüchsen aus Dreck sind statt aus Kupfer, eine Schose. Und steckenbleiben mit einem General im Zuge – Franz, dann sind wir abgemeld't.«

Der Lokomotivführer spie aus und sagte:

»Ach, Sch...« Er sprach, sich bückend, das Wort nicht zu Ende; der Kamerad verstand ihn ohnehin. Es war das populärste Wort des ganzen Krieges.

Fünftes Buch: Vergeltung

Erstes Kapitel: Ein Sieg

Schieffenzahn hob die Tafel auf, indem er lächelnd zu dem weißhaarigen Zivilisten ihm gegenüber bemerkte:
»Es ist schade, Herr van Rijlte, daß Sie kein Deutscher sind. Ich ließe Sie sofort in Schutzhaft nehmen. Solche Zigarren, dieser Kaffee! Woran gewöhnen Sie uns Spartaner!«
Der greise Holländer, mit rötlich ruhigem Gesichte, antwortete ebenso verbindlich:
»Wäre ich Deutscher, so wäre ich auch vaterländisch genug, mich von Ihnen, Herr General, herzlich gern einsperren zu lassen.«
Und beide lachten. Die drei Offiziere der Operationsabteilung – dies Gespräch fand in Brest-Litowsk statt – freuten sich über den schlagfertigen Greis. Sie wußten, daß Schieffenzahns Späße einen guten Hintergrund für fruchtbare Einfälle bedeuteten. Der Doktor van Rijltc, über siebzig Jahre, saß gelassen da. Er wartete auf besagten Kaffee, den er mitgebracht hatte – den schönsten feurigen Javakaffee –, und entzündete sich, ebenso wie seine Wirte, eine dieser eben beanstandeten röhrenförmigen Importen, die er ebenfalls eingeschleppt. Friedvoll lächelnd blickte er von einem der Herren zum andern, indem er mit seinen harten Händen Walnüsse knackte, und verbarg tiefe Enttäuschung. Abgesandter des Roten Kreuzes zur Untersuchung gewisser Lager, in die man leider deportierte belgische Bürger und Frauen verschleppt und eingezäunt hatte, kam er, um ihre Beschwerden abzustellen; dann aber auch, um zu warnen – um den bedeutenden Schieffenzahn über Amerika freimütig zu unterrichten ... Noch jetzt empfand er den glasharten Unglauben, das Nichtaufnehmenwollen des Generals ... Amerika ist Bluff, Humbug, tut sich dicke – Schluß ... so hatten es engstirnige Kleinbürgerblätter mit Massenverschleiß ihren Lesern eingetrommelt, und so glaubte es General wie Gemüsemann.
Behutsam, nicht zu angelegentlich redend, damit kein Argwohn sich einstelle, als versuche hier jemand, in einen Kraftpol deutschen Siegeswillens Verwirrung, Platzangst, Lähmung zu träufeln, hatte er bei jener Weltmeinung angeknüpft, die im Jahre 1914 Deutschlands Erledigung schon vor Augen sah. So wie er damals

seinen südamerikanischen Geschäftsfreunden über das Thema gepredigt habe: »Ihr kennt Deutschland nicht«, als sie es allbereits, spätestens Weihnachten, mit von Rußland gebrochenem Rückgrat daliegen meinten, komme er jetzt zu den Deutschen: Wer USA nicht kenne, wisse nicht, wen er sich da auf die Blutfährte gezogen habe. Die Vereinigten Staaten seien weder mit Rumänien vergleichbar noch mit Italien, obwohl diese stehende Heere besaßen. Aber Amerika werde die Front mit Maschinen zudecken, und hinter jeder werde eine Schar offenköpfiger, scharfäugiger, mit Fechtergeist erfüllter Burschen laufen, denen kein Feldwebel das Rückgrat der Seele verbogen habe.
Aber schon hier schmolz ihm vor dem verbindlich-überlegenen Lächeln des Generals die Rede im Munde, und nur in Gedanken noch schloß er, Gewißheit im Herzen: So geht ihr sehenden Auges zugrunde, und Klage wird sein über euch, indem er aus aller Gegenwart weg durchs Fenster nach Westen blickte, als spräche er zu einer Schar versammelter Deutscher, einem unabsehbaren Felde junger Menschen, die, aufmerksam den Kopf gehoben, seinen erfahrenen, heiseren Beschwörungen horchten. Tiefe innere Nachdenklichkeit machte ihn verstummen, indes er in leicht zitternder Hand seine große Zigarre wog.
Schieffenzahn, der mit Gesinnungsgenossen den Papstfrieden glücklich abgewendet hatte, dankte artig. Aber ihm kamen über Amerika ganz andere Nachrichten zu, Ziffern, Belege von ersten Fachleuten. Herr van Rijlte unterschätze eben doch wohl sehr die schwer zu züchtende soldatische Schlagkraft, in der das deutsche Heer seit einem Halbjahrhundert unvergleichlich dastehe. Selbstverständlich höre er die warme gute Gesinnung besonders dankbar heraus, und wenn der holländische Freund dem hart fechtenden Lande einen dringlichen Dienst leisten wolle, möge er doch die Vorurteile zerstreuen, die draußen einer Eingliederung Belgiens ins Deutsche Reich entgegenarbeiteten. Belgien selbst werde dabei am besten fahren: selbständiger Bundesstaat wie Bayern oder Sachsen, Teil der ersten Großmacht Europas zu sein, bekomme ihm sicher ausgezeichnet ...
Van Rijlte ließ die Arme sinken.
»Und die Freiheit?« erkundigte er sich, »die Freiheit eines Volkes?«
Schieffenzahn lachte.
»Kleine Leute haben ja nur kleine Freiheiten. Innerhalb des Deutschen Reiches genießt Belgien viel mehr Freiheit als vor dem Krieg. Denn je stärker das Heer, desto größer die Freiheit.«
»Vollkommen schlüssig«, stimmte der Holländer zu und versprach

sein Bestes. Aber er meinte es ganz anders ... Innerlich vermerkte er, »unterm Tisch«, mit resignierter Gebärde seiner leicht auf den Oberschenkeln ruhenden Hände, als Aufgabe der Selbsterhaltung, bald und unauffällig alles zu verkaufen, was er an deutschen Werten besaß: Banknoten, Reichsanleihen, die Aktien und Obligationen der großen Schilleswerke, Forderungen, die ihm an deutsche Kaufleute zu Buche standen.
Wenn nämlich ein Schiff verurteilt ist zu sinken, wäre die Ratte ein Narr und verdiente zu ersaufen, wenn sie es nicht verließe, verteidigte er sich grimmig vor seiner Trauer, indem er seinen Kaffee zuckerte. Das Sprichwort, welches den Ratten unrecht gab, war wohl von Versicherungsgesellschaften oder whiskyfreudigen Kapitänen erfunden worden. Denn da die Ratte sich freiwillig an Bord begab, unter der Voraussetzung, das Schiff werde tun, was ein Schiff vernünftigerweise sollte, nämlich schwimmen, handelt sie recht vor Gott und der Welt, wenn sie es verläßt, bevor sie den Schwachsinn der Führung mittragen muß ... Und dann, laut und gemütlich, entschuldigte er seine Einmischung in so innerdeutsche Entschlußzonen, die einem Gaste schlecht anstünde. »Aber« – mit schwachem Anflug eines Lächelns – »nehmen Sie mich nicht als Gast, sondern als unbequemen und unwillkommenen Verwandten, der aus guten Gefühlen anreist, um einen, sagen wir, Schwiegersohn vor einer unsicheren Geschäftsverbindung zu warnen.«
»Schwiegersohn klingt trefflich; dabei wollen wir verbleiben«, lachte Schieffenzahn, und damit setzten sie sich zu Tisch ...
Die Stadt Brest-Litowsk jenseits des Bahnhofs und der großen blautürmigen Kathedrale geisterte totenstill wie ein Scheinwesen um die Zitadelle, in der weitläufige Barockbauten, Kasematten und etliche Gebäude der Operationsabteilung und ihren spärlichen Gästen Raum gaben. Die Stadt war bei ihrer Eroberung vollständig ausgebrannt, menschenleer, ein Gespensterort. Graue Straßenzüge fensterloser Gebäude sahen aus wie unversehrt, aber hinter allen Fassaden bröckelte das Nichts. Weite wegdurchquerte Plätze regelmäßiger Hügel, aus denen Schornsteine stachen, deuteten Viertel früherer Holzhäuser an, von denen nur noch die gemauerten Herdstellen ausdauerten. Jetzt wehte über sie der Schnee. Es schneite. Seit Mitternacht fiel in großen stillen Flocken, von Windstößen manchmal getrieben, die weiße Atmosphäre abwärts. Der Himmel, gelblich dick, versprach unerschöpfliche Massen von Watte schon, als von Rijlte in der Mitte des Vormittags von einem kleinen Schlitten abgeholt worden war. Er hatte mehrmals halten lassen, war mit dem jungen Leutnant, dem er sofort eine wundervolle Zigarre über-

reichte und einigen Nachschub beim Auspacken versprach, in die Portale getreten, die Torwege, die Türen dieser Stein- und Ziegelhäuser, heimatliches Nebeneinander einer kaiserlichen Festungsbesatzung und einer noch berühmteren Judengemeinde. Litauisch Brest oder Brisk, wie die Juden es nannten, der Ort des Brisker Raws, dachte er, der, Sammler hebräischer Handschriften, hier irgendeine Beute sich erhofft hatte ... Katzen flohen miauend über brüchige Treppen; in den halbgedeckten Räumen mancher Erdgeschosse schrumpften hohe graue Stauden; auf den Firsten oder weggebrannten Böden der Obergeschosse wedelten braune Kräuter, Stengel. Überall warnten Schilder vor dem Betreten dieser vernichteten Wohnungen. Menschen haben sie gebaut, sann van Rijlte, die Menschen errichten sie wohl bald neu, nachdem sie sie zerstört haben. So auf und ab wogten Korinth und Jerusalem, so Alexandria und Rom, und alle leben wieder; Krieg und Frieden scheinen die Gezeiten der Menschheit zu sein; wohl allen, die hinter Dämmen gesichert wohnen ...

Diesen Tag, so erfolgreich mit dem Holländer begonnen, hieß es nun aber scharfäugig weiterzusteuern. Schieffenzahn knackte mit den Fäusten. Daß er sich von Klugschnackern hänseln ließ – keine Rede. Er schritt aus – mochten die anderen ihre Zehen wahren. Spaßhaft stampfte er in dem Zimmer umher, das, ein Feldbett im dunkelsten Winkel, ihm während seiner Brester Tage zu Schlaf und Arbeit diente. Jetzt stand der alte Lychow bevor. »Von Lychow halb fünf«, mahnte rot das Kalenderblatt. Wieder solch ein weißhaariger Narr, der einem mit Dreinschwatzen, Anöden die schönsten Stunden wegfraß. Die Herren Generale! Einem mal ein Heftiges zwischen die Rippen gefeuert – und es würde sich schon herumreden, daß der eklige Schieffenzahn sich auch von Ranghöheren nicht gerne belehren ließ. Drei Uhr jetzt; nach dem starken Javakaffee ließ sich mit Schwung schuften. Da wartete der Vorschlag Ober-Osts, die Verwaltung der neubesetzten ukrainischen Gebiete regelnd. Eine Menge österreichischer Einsprüche, Gegenvorschläge zierten den Akt schon; dieser Lychow mit seinem Männergelage, den betrunkenen Redereien des Grafen Dubna, die niemals hätten fallen dürfen. Nun gut, der Herr war sanatorienreif, erholte sich in Baden-Wien. Aber das änderte nichts an den Schwierigkeiten, die zwischen Österreichern und Deutschen Monat für Monat ernsthafter auftauchten. Ein großblättriger Atlas der besetzten Gebiete breitete sich mit den Akten auf dem weißtannigen Schreibtisch aus, den in der Mitte grüner Stoff überzog. Bestimmt gab es einen Ausweg, und Schieffenzahn würde ihn finden. Aber erst mußte man

diesen Lychow auszahlen, diesen engköpfigen Streithansel und Zuständigkeitsrechner, diesen Garnisonsgeneral und Krautjunker, dessen Sippe immer auf der falschen Seite – gegen Bismarck – geschwatzt und gebündelt hatte. Laß ihn kommen, dachte er zärtlich, indem er sich die Papiere zurechtrückte, laß ihn eine erledigte Sache vorfinden. Er nahm den Hörer aus der Gabel und diktierte dem Feldwebel, der sich meldete:
»Matz, drahten Sie gleich Kommandantur Merwinsk: ›Anordne Regelung Bjuschew in besprochenem Sinne; meldet Vollzug innerhalb vierundzwanzig Stunden.‹ Geben Sie mir vor halb fünf die Meldung des Telegrafisten vom Dienst, daß der Befehl durchgesagt ist.«
Der Feldwebel drüben rief: »Zu Befehl«, wiederholte den Wortlaut, und Schieffenzahn hängte ab. Einen Augenblick verspürte er einen Druck am Herzen zugleich mit der grimmigen Befriedigung, daß Herr von Lychow jetzt einen langen Schwanz daherreden werde über längst Abgetanes. Dann horchte er einige Pulsschläge diesem Gefühl, dieser Beklommenheit nach und erkannte: es kam von dem schweren Kaffee, den in solcher Frische und Reinheit man im blokkierten Mitteleuropa nicht mehr gewöhnt war. Für drei Uhr mittags fand er das Zimmer dunkel; er trat ans Fenster: aha! Der quadratische Hof IV der Zitadelle ertrank in stillem Flockensturz; große Kämme Schnees auf den Dächern rechts von ihm und den Kasematten, aus deren Schornsteinen fröhlich der weißgelbe Rauch verbrannten Holzes wirbelte. Ein angenehm warmer Raum, der gute Duft aromatischer Zigarren – man mußte bequem sitzen, hell haben und arbeiten. Unter dem grünen Hängeschirm der Bürolampe hervor strömte alsbald das gelbe elektrische Licht – blau wich das Fenster ins Undurchsichtige zurück –, und den Kopf in die weiche Hand gelegt, studierte Schieffenzahn die Denkschrift der österreichischen Verwaltung, die vom Außenminister entworfen und mit Anmerkungen gespickt war. Gaben die Österreicher nur zu, daß ein deutscher General als entscheidender Berater in der neuen Hauptstadt der Ukraine, sagen wir: in Kiew oder in Odessa, hauste, so ließ sich ihnen in vielem willfahren. Da weste ein Hetman Skoropadski umher, den konnte man gut als Puppe in den First des neu zu bauenden Daches nageln, wie man früher den Giebel von Scheunen mit einem Pferdekopf zierte. »O du Falada, da du hangest«, fiel ihm plötzlich eine Stelle aus Grimms Märchen ein; Jahrzehnte vielleicht hatte er ihrer nicht mehr gedacht. Und dann, ganz Aufmerksamkeit, Intelligenz, sank alles andere beiseite, und nur der Text und das Spiel von politischen und wirtschaftlichen Ansprüchen

hinter ihm behielt Gegenwart. Nicht die Völkerfrage, die der Entwurf so breit auswalzte, die Ansprüche der Polen gegen die Ukrainer und auf Zuteilung des Cholmer Landes zum neuen polnischen Königreich – Erfassung und Verfrachtung des ukrainischen Weizens vielmehr, der Verteilungsschlüssel für die nächsten Ernten, dies sah er plötzlich, würde sich als Dreh- und Angelpunkt der ganzen Herrschaft enthüllen. Hier zäh einhaken; alles andere ließ sich von da aus ordnen ... Ende 1917 bedurfte es immer noch großer Gaben, um die Gewichtigkeit wirtschaftlicher Belange richtig zu veranschlagen.

Pünktlich um halb fünf klingelten die leisen Sporen von Exzellenz von Lychow durch die Tür des Schieffenzahnschen Zimmers. Fünf Minuten vor fünf verließ er es wieder. Ihre Unterredung, denkwürdig in mancher Weise, verlief einfach und vorgeschrieben. Lychow hatte seinen Mantel draußen lassen müssen, Schnees halber in seinen Falten. Der alte Mann saß, die Mütze auf den Knien, den Handschuh auf der linken Faust, die rechte höflicherweise für den Händedruck des Feindes entblößt. Ihm fehlte etwas in dieser Stunde, der lange, gerade Degen nämlich, den man früher so bequem zwischen die Knie legte, auf dessen Korb die Mütze so vorherbestimmt baumelte, mit dem sich eine Menge Gemütsbewegungen ausdrükken ließen, wenn einem nahezu vierzig Jahre das lange Messer an der Seite baumelte. Schieffenzahn in seiner bequemen Litewka, die er womöglich mit offenen Knöpfen trug, um die Hände in die Hosentaschen zu stecken, war bedeutend besser daran, dachte Lychow. Er fragte einleitend, ob denn der Herr Generalquartiermeister von dem Fall angemessen unterrichtet sei, daß hier auf unmögliche Weise in die Justizhoheit der Division eingegriffen und ein Gerichtsverfahren von vorbildlicher Sachlichkeit verhohnepipelt werde. Schon hier floß Schärfe in seinen Ton; aber Schieffenzahn, mit dem milden, öligen Lächeln des verzeihenden Jüngeren, versicherte:

Er habe in den letzten Tagen die Akten selber nochmals durchgesehn, und er begreife nur nicht, was Exzellenz an der Entscheidung auszusetzen habe, die sein Kriegsgerichtsrat ihm nach genauer Überlegung vorgeschlagen und die er billige.

Zwischen den beiden Gegnern dehnte sich ein Schreibtisch: Tintenfaß im Gußstahlboden einer Feldgranate, Aschenbecher aus gequetschter messingner Kartusche, Briefbeschwerer, aus kupfernen Führungsringen gearbeitet, und einige große, entsetzlich zackige Sprengstücke, wie man sie »vorne« überall auflas. Rechts das Telefon, ein Berg mit Gabel, links Akten des Falles Ukraine und in einer

Schale aus schwarzer Preßpappe mit goldenen Sternchen Füllhalter, die Kopierbleis, die großen Buntstifte, rot, grün und blau, und die Bleistifte mit der berühmten groben Spitze der Schieffenzahnschen Randbemerkungen. Von Lychow schien, der Tisch werde immer breiter. Wie am Rande eines Erdteils saßen sie einander gegenüber, einer flachen Steppe, bevölkert von Pygmäen, winzigen Stäubchen, Menschen genannt, und er und Schieffenzahn, der da drüben, aufgebläht zur Wucht von Kolossen, hockten oder ragten feindlich gegeneinander an den Rändern dieser Welt. Er fühlte, er hätte nicht hierher kommen dürfen. Diesem feistbäckigen Jüngeren gegenüber war er offenbar der Schwächere, vielleicht nur heute, wo er sich krank fühlte, vielleicht gerade weil er das Recht auf seiner Seite wußte. Wer Recht anerkennt, erkennt Grenzen an, sann er, versunken schon, bevor er den Kampf noch recht begonnen; wer Recht achtet, dem sind die Gartenbeete seines Nachbarn heilig. Wer's nicht achtet, wohnt vielleicht drei Etagen tiefer, aber dickhäutig, stumpfstirnig tummelt er sich munter in Gebieten, die ihm längst verboten sind; und was kümmert er sich um Verbote. Ich habe einen ungeheuren Fehler gemacht; aus der Ferne kämpft man besser ... Dann ärgerte er sich über diese »Abgespanntheit«, und indem er seine Zigarette festklopfte, die er seiner eigenen Dose entnahm, fragte er fast nachlässig, wie sich denn im Kopfe des Herrn Generalmajors der Fall male; ob er grundsätzlich die Gerichtsbarkeit selbständiger Kampfverbände aufzuheben und vielleicht einen neuen Kriegskodex einzuführen gedenke, in welchem zwar Recht gesucht, das gefundene aber dann nach dem Belieben übergeordneter oder nebengeordneter Stellen in den Papierkorb geschmissen werden solle?

Schieffenzahn knurrte: niemand könne der Gerichtsbarkeit eines so erprobten und von Majestät eingesetzten Truppenführers mehr Respekt entgegenbringen als er, aber Politik sei nun mal nicht jedermanns Sache. Augenscheinlich sei den Richtern des Divisionsgerichts die wichtigste Seite des Falles entgangen, die wahrzunehmen er hier sitze.

Lychow fühlte: Ruhe halten! Schon hier klang die empfindlichste Mittelsaite ihres Zwiespaltes an. Aber er wünschte nicht so unversehens ins Gefecht der Weltanschauungen einzutreten. Gemütlich:

»Wie soll denn, lieber Schieffenzahn, von nun an mein Kriegsgerichtsrat, der ja ein tüchtiger Mann ist – aber doch, nicht wahr? –, ermitteln, wer nun zuständig ist für ähnliche Fälle? Wenn ihr uns Weisheiten aufnötigt, kann man euch doch nie mehr die Akten in die Finger geben.«

Schieffenzahn ärgerte sich. Hielt der alte Hampelmann da ihn für ein Kind?
Er wurde gereizt. Wenn jemand, entgegnete er aber noch sehr sachlich, Aufklärung erwarten dürfe, so doch er, Schieffenzahn. Er habe klar und unzweideutig seinen Willen mitgeteilt, den unerträglichen Zustand zu beseitigen, daß da ein Mann, als Aufwiegler verurteilt, als stinkender Bolschewik, immer noch lebe. Und statt einfach zu parieren, komme man ihm mit Zuständigkeiten, Juristerei, mit Rayonfimmel. Er, Schieffenzahn, sei verantwortlich dafür, daß der Sieg den deutschen Waffen nicht entgleite, soweit es hier den Osten anging. Er habe das Heer straff zu halten. Nichts sei gleichgültiger in einem so großen Zusammenhange als Haarspalterei über Recht und Unrecht. Er werde der letzte sein, der den Herren Generalen die Autorität ruiniere. (Das klingt ja ganz fritzisch, dachte Lychow mit Spott.) Gerade von Exzellenz von Lychow habe er zuallerletzt erwartet, so subalternen Kohl wie den Streit um Zuständigkeiten ertragen zu müssen.
Lychow verneigte sich leicht: er danke für die gute Meinung. In der Tat, um Zuständigkeiten handle es sich schon lange nicht mehr. Es gehe ums Recht, gehe darum, daß in Preußen gerechtes Gericht ausgewogen werde für jedermann und immer, wie in der Bibel stehe: »Einerlei Waage, einerlei Maß, einerlei Gewicht sollst du haben für dich und den Fremdling, der in deinen Toren weilt, ich, der Herr.« Er zitierte ins Ungewisse hinein, und ein Schauer lief ihm, ihm selbst, die Oberschenkel entlang.
Schieffenzahn öffnete höflich zustimmend die Hand. Gewiß einerlei Recht, also keine Ausnahme. Da jeden Tag durchschnittlich tausend Menschen dem Sieg der deutschen Sache geopfert wurden, durfte wohl auch ein russischer Deserteur, der seinen Posten im Gefangenenlager schmählich verlassen habe, mit darunterfallen. Und er lächelte verbindlich, gutgelaunt über die Arglist, mit der er den Alten da in eigener Schlinge gefangenhielt.
Aber Otto Gerhard von Lychow lächelte auch: geschlagen, Schieffenzahn! Auf ein Gebiet gelockt, auf dem der gründliche Arbeiter da drüben nicht gerade jagdgerecht ritt ... Herr Kamerad habe den Fall ganz richtiggestellt. In jedem Augenblick dieses Krieges stolperten Tag und Nacht Unschuldige in ehrenvollen Untergang. Die Verantwortung dafür aber trügen mit den Generationen, die den Staat gebaut hatten, sie selbst. »Sie haben ins geschichtliche Spektakel eingewilligt, und ihre Kinder und Enkel sollen dafür auch die Früchte eines Opfers einheimsen, das, machen wir uns nichts vor, dank der allgemeinen Wehrpflicht zwar nicht sehr ungezwungen

ist, das aber doch so lange für freiwillig gelten kann, als das Volk sich willig in die Entscheidungen seiner verantwortlichen Führer einordnet.« Nun aber bedaure er, seinem Herrn Kameraden einen kleinen Denkfehler aufzeigen zu müssen. »Lassen Sie mich ausreden«, rief er, als Schieffenzahn die Lippen auseinandertat. »Schicke ich meine Leute ins Feuer mit der Absicht, sie hinzumachen? Ginge es nach mir, es sollten alle wiederkommen, alle, Herr! Und wenn dem anders ist, so unterwerf ich mich mit Schmerz dem Weltlauf – solange nun mal Krieg das letzte Mittel ist, Völkerschicksal an den Himmel zu projizieren. Sie dagegen opfern gegen seinen Willen einen stadtbekannt unschuldigen Mann, weil Sie damit, Ihren menschlichen Zwecken entsprechend, dem Staate zu dienen glauben. Der Soldat geht immer noch mit einem gewissen Grade von Freiwilligkeit in die Schlacht, aus der er mit einem letzten Schimmer von Wahrscheinlichkeit wiederkommen kann; für die Heimat, sein Volk, seinen Kaiser stellt er am Ende sein Leben in Gottes Hand. Der Russe aber, um den es sich hier handelt, soll mittels Rechtswegs ungerecht ermordet werden; und das wagen Sie in eins zu setzen?«
Schieffenzahn nickte. »Wage ich. Denn, realiter: Wie lange hält ihr Grad von Freiwilligkeit vor? Verweigert Muschko Meier dauernd Gehorsam, so wird er erschossen. Und Ihr so schöner Schimmer, zurückzukommen? Glückt's ihm dieses Mal, so fällt er beim nächsten. Sehen wir doch klar hin, Exzellenz. Phosgengranaten und Winde voll Gas verringern den Spielraum Ihrer göttlichen Barmherzigkeit von Monat zu Monat. Kriegführung scheint überhaupt technisch den Zweck zu haben, Ihren lieben Gott in seine Schranken zurückzuweisen. Mir gefällt im Grunde der krasse ruhige Fall, um den Sie sich so aufregen, Exzellenz, viel besser. Der Staat schafft das Recht, der einzelne ist eine Laus.«
Von Lychow lehnte sich in seinen Stuhl zurück und sagte leise: »Wenn ich so leben müßte, käme ich mir wie ein Dackel vor. Schafft der Staat das Recht? Nee, aber Rechttun erhält die Staaten, Herr. So hab ich's von Jugend auf gelernt, und das allein gibt dem Leben Schmalz und Tunke. Weil gutes Recht die Staaten bescheint, dürfen sich Menschengeschlechter für sie verpulvern. Wo aber der Staat anfängt, unrecht zu tun, ist er selber verworfen und niedergelegt. Ich weiß, Herr, in wessen Auftrag ich hier im Lichtkreis Ihrer Lampe für einen armseligen Russen fechte! Um Größeres als Ihren Staat, nämlich um den meinen! Um ihn als Beauftragten der Ewigkeit! Staaten sind Gefäße; Gefäße altern und platzen. Wo sie nicht mehr dem Geiste Gottes dienen, krachen sie zusammen wie Karten-

häuser, wenn der Wind der Vorsehung sie anbläst. Ich aber, Herr General Schieffenzahn, weiß, daß Rechttun und Auf-Gott-Vertrauen die Säulen Preußens gewesen sind, und ich will nicht hören, daß man sie von oben her zerbröckelt.«

Der kleine dunkle Raum, in dessen Mitte grünumschirmt das Lichtbündel der Lampe allein helle Zone schuf, schien grenzenlos um die beiden Männer herzustehn, die um ihre Sache kämpften. An den Fenstern in der großen Stille knisterte der Schneefall; leise gegen die Scheiben geweht flog er heran. Vertieft und achtlos stand Lychow auf und zog in diesem fremden Zimmer die Vorhänge zusammen. Schieffenzahn sah ihm spöttisch zu. Da hatte man es. Das kam ihm, Schieffenzahn, mit der Bibel. Als habe es niemals Haeckels Welträtsel gegeben. Und solche verjährten Haudegen gedachten das neue Deutsche Reich zu führen, zu halten. Mit einem breiten Römerschwert spielend, Briefbeschwerer, rotkupferig gerippt, aus dem Führungsring einer schweren Mine, fragte er schließlich: ob Exzellenz denn beschwören wolle, daß Preußen immer im Einklang mit den göttlichen Geboten gewachsen sei. Maria Theresia und die polnische Nation hätten zu mehreren Malen andere Meinungen bekundet, und das Proletariat denke darüber ganz eigentümlich. Und er begann, lächelnd aus der Überlegung des neunzehnten Jahrhunderts, Lychows politische Theologie ganz vorsichtig zu zerzupfen: Wahlrecht, Güterverteilung, Anteil an Grund und Boden ...

Aber Schieffenzahns Überlegenheit ließ den alten Herrn unberührt. Recht und Macht dürften nicht auseinanderklaffen. Stimmten diese Einwände in der Wirklichkeit besser überein, so wisse er, die menschlichen Einrichtungen seien unvollkommen, der Anteil der Völker an der Erdgestaltung nie ganz abgeschlossen. Aber durch nichts in der Welt könne belegt werden, daß ein Staat den mächtigen Apparat seiner Justiz gegen Unschuldige in Bewegung setzen und das Rechtsgefühl des Volkes zerstören dürfe. Das Rechtsgefühl des Volkes, sagte er zitternd, bleibe das Abbild himmlischer Gerechtigkeit, und wenn man es in eine Ecke schmeiße aus politischen Gründen, so könne niemand wissen, ob nicht mit solchem Frevel das Urteil des Staates selber falle in den ewigen Sphären der göttlichen Gerechtigkeit und nicht das »Mene tekel upharsin« hier unsichtbar an der Wand des Zimmers glimme, in dem ein General aus Gründen seiner armseligen Vernunft die göttlichen Gebote lächerlich machen wolle.

Armselige Vernunft! Albert Schieffenzahn zuckte in seinem Stuhle auf. Das greisenhafte Frömmlergeschwätz hatte er ertragen und mit

guter Miene, solange der alte Kracher da höflich blieb. Das hier aber paßte ihm nicht, und mit dem schnarrenden und schneidenden Ton der Herausforderung bat er den Besuch, seine Worte vorsichtig zu setzen. Man sei hier nicht in Herrnhut und bei Betschwestern.
Ganz ruhig zog von Lychow seinen Handschuh an. Den Ton, sagte er, kenne er. Die Lychows hätten ihn nach Saalfeld und Jena beiseite zu legen versucht, sei doch halb Preußen flötengegangen auf diesen Ton hin. »Bei Schieffenzahns scheint er Dernier cri. Na, denn man tau«, schloß er und klopfte sich die Asche seiner Zigarette von den Hosen.
Albert Schieffenzahn, er holte durch die Nase Luft, und dann schob er den Unterkiefer, der von Natur in seinem Gesicht zurücktrat, auf Bulldoggart vor. Er danke für die Belehrung. Er habe nun von göttlicher Vorsehung eine ganz nette Lektion empfangen und wolle jetzt einmal mit seiner eigenen aufwarten. Was Disziplin sei und was ihr diene, lehre ihn niemand. Deshalb habe er vorhin die pünktliche Vollstreckung seines Urteils bis morgen nachmittag telegraphisch der Kommandantur Merwinsk anbefohlen. Er sah Lychow erstarren, nach der Stuhllehne hinter sich greifen und fuhr fort: das habe er gewagt. Natürlich könne Exzellenz an Majestät appellieren, hinterdrein. Dann werde er, der unbeliebte Schieffenzahn, der schon vieles auf seine Mütze genommen habe, vielleicht noch etwas dazu besehen; bitte sehr. Nun aber wünsche er klare Entscheidung. Nach Exzellenz' Meinung schade der Tod des Russen der Disziplin, nach seiner, Schieffenzahns, rette er sie und erfülle staatliche Notwendigkeiten. Das sei klar gegeneinandergesetzt. Gut. Da Exzellenz nun jede Mitverantwortung ablehne – »Wahrhaftig«, sagte Lychow mit ganz tiefer Stimme –, werde er also jetzt nicht auf Urlaub fahren und den D-Zug 5 Uhr 20 sausenlassen. Dafür werde er sich mit dem Gegenzuge oder einem Auto, das Exzellenz jeden Augenblick zur Verfügung stehe, zurückbegeben nach Merwinsk, schnurgerade, und den Ortskommandanten durch persönlichen mündlichen Einspruch daran verhindern, den Dienstbefehl des Generalquartiermeisters, das heißt des Oberbefehlshabers selber, auszuführen. Wenn er, Schieffenzahn, nun einen Leutnant und zehn Mann absende, sich des Russen tot oder lebend zu bemächtigen – er sah aus seiner vornübergeneigten Haltung dreist lächelnd zu dem andern auf, der, die Mütze in den behandschuhten Fingern, hinter seinem Stuhl stand und ihn regungslos besah –, dann werde Exzellenz an der Spitze seiner Division, alle Folgen klar vor Augen, Widerstand leisten, offene Gewalt, sich weiter Hieb für Hieb für das einsetzen, was er, die Bibel in der Tasche, für recht

erachte! »Nicht wahr, Exzellenz?« fragte er, als Lychow zur Antwort ansetzte, mehrmals Speichel schluckte und schwieg. »Da Sie ja Mitverantwortung ablehnen und Ihrer Sache für Reich und Gerechtigkeit vollkommen sicher sind . . .«
Die Ruhe dieses Arbeitszimmers war in der Tat bemerkenswert. Als stünde er einsam in einer Schneewüste am Nordpol ohne Geräusche, ohne Verbindung mit der Welt, schwieg die Erde um Lychow.
»Ich bin«, sagte er dann, »o Himmel! preußischer General . . .«
»Exzellenz werden also doch auf Urlaub fahren und mir keinen kleinen Sonderkrieg erklären, der ich meiner Vernunft gewiß bin?«
Lychow nickte ihm zu, und er, der straff und hager diesen Raum betreten, wandte sich gebeugt, mit stapfenden Schritten, zum Gehen. Schieffenzahn stand höflich auf und schob – es klang wie Donnern zuschlagender Türen oder Pforten in diesem hölzernen Gelaß – seinen Stuhl jäh und frohlockend zurück. Aufgerichtet, seinen Triumph voll zu beleuchten, schob er den grünen Schirm der Pendellampe hoch hinauf, so daß bis zur Tür hin der gelbe Schein das Schlachtfeld klärte.
Lychow schritt sporenumsungen zum Fenster, ganz als wäre er allein, raffte den Vorhang beiseite, blickte blindengleich zwei Sekunden hinaus, wandte sich dann um, sah seinen siegenden Gegner voll starrsinniger Härte an und sprach:
»Ich bin nur ein alter Mensch, Herr Schieffenzahn. Niemand kann über seinen eigenen Schatten springen, und sei der noch so klein; und meinen Schatten werfe ich nun zweiundsiebzig Jahre.«
Dann legte er zwei Finger an die Mütze und ging.
Mit straffem Lächeln sah, breitbeinig stehend, der Generalmajor Schieffenzahn die Tür hinter einem Besiegten sich schließen.

Zweites Kapitel: Eine Niederlage

Daß die Sache nicht abgetan war! Zögernd erkannte Schieffenzahn, daß er seinen Geist diesmal nicht mit einem Ruck herumzuwerfen verstand, los auf die Verwaltungsfrage der Ukraine. Jetzt begriff er, woher Urvölker glaubten, ein Körper beherberge mehrere Seelen, deren sich leicht eine von ihm zu lösen und an Orten zurückzubleiben vermochte . . . Unten hörte er das Auto, das den Alten zur Bahn brachte, scharf anbrausen, abfahren. Aber Lychows Seele stand unsichtbar weiterhin in der Nähe dieses Schreibtischs. Es fehlte ihm, Schieffenzahn, das nachschwingende Gefühl eines Machtjubels. Was am Ende der Unterredung ihn breitbeinig hingebaut hatte, hielt nicht vor. Es schrumpfte, verfiel. Der Fall war nicht erledigt. Schieffenzahn schnauzte sich fast an. Schweinerei, daß die Nerven zu mucksen wagten! Er wußte, was er brauchte: mehr Schlaf. Heute war Reformationsfest, nachher aß er als Gast der sächsischen Offiziere zu Abend. Es würde spät werden, und schon jetzt fühlte er sich erschöpft, abgegrast und sehnte sich nach Ruhe. Um sein Herz her empfand er einen flauen, öden Kreis, und die Augen juckten. Zweimal, dreimal krampfhaft gähnend, öffnete er das Aktenstück zur Linken und ließ es wieder fallen. Zigarre her, dachte er. Da ging er hin, der mächtige Kämpe. Jawoll, dachte er, der Schatten, wenn der nicht fiele. Wenn das so einfach wäre, gegen den Stachel zu löken. Mit Erstaunen fand auch er sich schon in biblische Wendungen verwickelt. Teufel! lachte er sich aus, und indem er eine Flasche neben dem Bettfuß aufnahm, goß er sich einen Kognak in eines der Becherchen vom Wandbrett und schluckte den brennend herben angenehmen Inhalt. Er fühlte sich zu gleicher Zeit verheert und aufgeregt. In solcher Überreizung, nach einer Unterredung wie eben empfahl es sich nicht, in die aufgeklappte Zigarrenkiste zu starren, auf Bild und Schrift des inneren Deckels ... Ein begeisterter Fabrikant hatte der übrigens vortrefflichen Brasil, der großen, fast schwarzen, einen blau und braunen Ritter als Titelbild mitgegeben, behelmt und gepanzert; stählern die Schultern, streng das Auge, glotzte er durchs Visier kitschig und düster dem müden Schieffenzahn ins Gesicht. Vor seiner Brust ragte der Kreuzknauf eines Flambergs, und mit großen gotischen Lettern dräute den Feinden Deutschlands die Marke »Vergeltung!« breit übers Blatt. Albert Schieffenzahn gewann alsbald ins Bewußtsein, was sich da seinem Augensinn darbot, und seine Wahl sorgsam vollziehend, klappte er die Kiste kurz lachend wieder zu. »Vergeltung!« Ausgezeichneter Titel für Brasils! Dann schnitt er sie zurecht, entzündete sie und ging, dem Wohlgeruch nachschmeckend, hin und her. Er gab zu, durch diesen Titel verärgert zu sein. Vergeltung! Eine Zigarre hatte Kamerun zu heißen, Kronprinz Wilhelm oder meinethalben Gartenlaube. Der überschwengliche Blödsinn der Heimkrieger nahm beängstigende Formen an. Frechheit, müden Männern solche Kisten in die Hand zu spielen.

Nun schlich er hin mit seinem Zuge. Er stob nicht zurück nach Merwinsk – o nein. Fenster auf und eingeatmet! Welche Frische und welch lächerliche Masse Schnee! Die D-Zug-Lokomotive schaffte es aber. Solch ein Einbruch, wo man nächstens erst Novem-

ber schrieb; nun, der Krieg fand trotz Schnees und Winters nicht im Saale statt. Der Mensch triumphierte.
Man sollte sich hinlegen. Es gab zu viel zu bedenken. Da hing noch rechts und links vom Tische wie Rauch die Seele des Gesprächs und erwartete Auflösung. Irren sei menschlich, stand in der Fibel, als er Kurzschrift lernte. Auch er war nur Mensch, alles in allem, und auf einen Ort gehoben, wo die Gefahr bestand, daß Irren sich nicht nur menschlich, sondern fürchterlich auswirkte. Vielleicht hatte ihn der Alte gar mit Höllenfurcht verpestet! Angst vor Vergeltungen! Alles verschwor sich gegen ihn. Aber dagegen gab es doch ein Mittel: Denken! An manchen Stellen irdischer Systeme sollte freilich ein übermenschliches Vorwegsehen eingeschaltet werden können, denn was »groß« und »klein« hieß, Folgen hatte oder keine, entschied sich immer nur hinterdrein. Was, um Himmels willen, wenn man die Sache einmal als Gegenwart betrachtete, hieß Napoleon damals den Enghien erschießen lassen oder bei Waterloo glauben, die Kanonensalven stammten von Crouchy, indes sie Blücher bedeuteten und den Sturz.
Etwas im Menschen stank nach Aberglauben. Man wand sich davor, zuzugeben (und doch stand es fest), daß jedes Geschehende auf anderes Geschehen Einfluß nehmen konnte. Wir wissen ja fast nichts. Stoßen die Bumsköpfe wie Wespen fünfzigmal an die Fensterscheibe, und nebenan weht offener Weg. Was ein Mann wie Schieffenzahn tat, dachte er, indem er sich auf das leise ächzende Feldbett niederließ, eine Zeitung am Fußende ausbreitete und nun sich ausstreckte der Länge nach – was ein Mensch wie er tat, war mit Dauer geladen. An seiner Stelle stehen hieß kein zufälliges Einzelding mehr sein. Die richtigen Entscheidungen dieses seines kurzgeschorenen Schädels wurden in Jahrhunderten noch mitgetan von Geschlechtern. Ihr Wohl und Wehe zuckte schon jetzt in seinen Ganglien elektrisch mit. In seinen Träumen, seinem Essen und Stuhlgang rumorte, nicht umzustoßen, Anlaß für endlose Beeinflussungen. Sein geistiger Leib war ins Schicksal des Reiches aufgelöst – nicht umzustoßen. Zu alledem, Exzellenz, spottete er in Gedanken dem Unsichtbaren, dem Überrest entgegen, der hinter Lychows Stuhl geisterte, dort, wo Lychow seinen letzten großen Blick auf ihn gelenkt – zu alledem benötige ich weder Ihres Gottes noch seines Himmels. Aber weiter: Dies harte Ich hier, Schieffenzahn, war eine Einheit, nicht umzustoßen. Und irrige Entscheidungen, noch so winzig, konnten dank des netzhaltenden Knotens, der er war, zurückschlagen – wer weiß, wo. Einen Mann mit der Rechtsmaschine umbringen, sehenden Auges – wozu denn? Die

Läpperei lohnte wahrhaftig, daß der Alte Reden schwang, so mit Urteilssprüchen, die in Sphären donnernd fielen, und wer weiß was für Kaleika. Wer Divisionen ins Feuer schickte – richtig gedacht, Exzellenz –, der wünschte schon aus den praktischsten Gründen, am liebsten sollten alle wieder heil zurückkommen; wer diesen Russen vor die Flintenläufe stellte, gab ihm den Tritt in den Hintern abgrundwärts. Wozu denn, lieber Schwan? Der ganze Kloß lohnte nicht das Hundertstel des Aufhebens ... Man war frei, zum Glück und Beispiel, Herr seiner Entschlüsse; man winkte, und der Russe fiel, winkte, und er blieb leben. Und leben lassen war gleichviel mit Ruhe haben. Man gab sehr einfach im Tagesbefehl Division von Lychow bekannt: dieser Bjuschew sei wirklich kein Bjuschew und Überläufer, sondern ein Gefangenenflüchtling, der seinen ordentlichen Gerichten, strenger Strafe, zugeführt werde. Warum nicht? Bloß, damit von Lychow nicht recht behalte? Wer war denn das, von Lychow? Wo gab es denn den, wenn Schieffenzahn und seine Sammlung, seine gedrängte Entschlußkraft auch nur einen Abend lang auf dem Spiel stand? Stöhnend vor Müdigkeit erhob er sich von seinem Lager, tastete sich ohne Brille an den Schreibtisch, nahm den Hörer ab und sprach mit seinem Feldwebel.
Er solle ihm dringende Verbindung nach der Ortskommandantur Merwinsk machen. Er hatte die gütige Stimme eines Abgearbeiteten, als er zufügte: »Läuten Sie stark, Matz, ich döse vielleicht ein bißchen.«
»Geordnet«, sagte er gähnend, wieder ausgestreckt, in die dunkle Luft des Zimmers. Die Schreibtischlampe, tief herabgezogen, gab nach oben nur grünen Schein; ja, wohlig knisterte der Schnee am Fenster. Schieffenzahn fand sich erleichtert. Lychow wird sich wundern, dachte er, meinswejen; obzwar ich's ihm nicht gönne. Er sah aus wie Hauptmann Abert aus der Kadettenschule, Erdkunde. Wer sich nur immer noch rechtzeitige Zurückschlängelung sicherte, falls er sich zu weit vorgewagt; eine wichtige Regel, sich nie den Rückzug abschneiden zu lassen. Schon verwirrten sich ihm die Wirklichkeiten des Traumes und des Wachseins. Der Rückzug des Großfürsten, den wir nicht hatten abwehren können, und sein eigener, jetzt – da stand Abert; er sah mit großen vorwurfsvollen Augen Albert Schieffenzahn an, der nicht wußte, wo Sofia liegt.
Sofii, die Zofe, lag im Bett und lachte, als die Tür aufging, hellklingend, leise. Aber zum Glück mußte es gleich läuten, es mußte sofort läuten. Dann konnte man die Treppen hinabpoltern, im Hof umhertoben, schneidig sein, immer die Fäuste geballt ... Ein klei-

ner empfindlicher Junge, geöffneter für das Wissen der Welt als andere; in seinem klaren Kopfe spiegeln sich die Gegenstände eindringlich; zart ist er, verletzlich, einsichtig, leicht zu Tränen geneigt, gern bei der Mutter; und da er mit Bleisoldaten spielt, da auf seinem Bilderbuch das Kind Friedrich II. im langen Kleidchen mit einer Trommel schon hantiert, da beide Onkel Reserveleutnants sind, da Offiziersein allein die Geltung erringt, die der Sohn des Müllereibesitzers Schieffenzahn so sehr benötigt, in einer Agrarstadt, den Söhnen der Landjunker gegenüber, die ihr Getreide bei ihm mahlen lassen: darum bestimmen Vater und Mutter, daß Albert, der gescheite Kerl, Offizier werden solle; Kadettenanstalt, so früh als möglich – und er, sein vorhandenes Ich überwältigend, willigt ein, begeistert, schon so früh Uniform zu tragen: blauen Rock, schwarze Hosen mit roter Biese, Gardespiegel vielleicht am Kragen, der gelb ist, und gelbe Achselklappen oder gar weiße, die Knöpfe blank vor Kupfer, und um die Hüfte schon so früh einen richtigen stählernen Dolch oder einen Gürtel zumindest, in den man einen Dolch hineinphantasieren kann. Und so zerreißt sein Ich; eine heimliche Hälfte wird vergewaltigt von den Wünschen der Großen und dem Ehrgeiz des Kleinen. Treppen hinauf läuft der kleine Schieffenzahn, endlose Treppen. Man wird ihn mißhandeln, er weiß zuviel in der Klasse, und er kann nicht einsehen, daß er den dummen Lümmeln, die mit ihren Muskeln ihn zu schlagen vermögen, nun auch noch die Ergebnisse seiner Klugheit, seiner hellen, geschmeidigen Vernunft zukommen lassen müsse, durch Vorsagen! Und was sie für Dinge in der Nacht mit ihm versuchen! Was ihre blöden Leiber aushalten mögen an Ausschweifung, das geht ihm, der ein großes Gehirn zu ernähren hat, tief ins Wesen, und man darf nichts verpetzen, denn das entsetzlichste wäre, auch aus dieser Kameradschaft verstoßen zu werden oder gar in Schande nach Hause zu kommen, weil man die Härte und Schneidigkeit der Kadettenanstalt nicht ertrage. Denn niemand würde ja glauben, was unter den Bettdecken, in den Höfen, in den Nischen des Dachstuhls vorgeht an Lust und Folter. Wer schwach war an Muskeln, bedurfte außerdem eines Beschützers; den erwarb man nur, indem man ihn liebte und ihm diente, ganz und gar. Mit acht Jahren, mit neun Jahren schon kann ein gemästeter Verstand allein hinwegkämpfen über die Verzweiflung eines kleinen verstoßenen Kinder-Ichs, das irgendwo unter einer Treppe des Seelenhauses sitzt und weint, nach Haus will, zu Frauen ... Um so männlicher wird man in der wachen Welt, um so weniger will man in ihr von Frauen wissen, nur noch arbeiten, überhaupt nur noch vorwärtskommen, die Macht des Geistes ausbilden, das Wissen haben, Geschichte, Deutsch, Erdkunde, Eisenbahnen, Truppenkörper, Landkarten. Der alte von Lychow, Abert, steht an der Wand, vor der Karte des Deutschen Reiches, aus seinen bunten Bundesstaaten zusammengesetzt in der Gestalt eines breiten Bären. Mit durchdringenden Blicken sieht er her, er weiß es, er weiß. Man darf nicht Abert heißen, daraus drehn die frechen Schnauzen der Kadetten Spottworte, Abort. Man darf auch nicht Schieffenzahn heißen, damit kann man gedemütigt werden, man muß öffentlich die Zähne zeigen, ob sie auch wirklich schief stehen. (Aber dabei lernt man »die Zähne zeigen«.) Auch Albert, der alberne Name, läßt sich leicht verhöhnen. Die Welt strotzt so von Erniedrigungen für Menschen, die so benannt sind, daß niemand hoch genug steigen kann, um dies wiedergutzumachen. Man muß also Erster sein; aber es ist unpreußisch, Erster sein zu wollen; es gehört sich, den Schafsköpfen vorzusagen, die immer »von« heißen. Man erzieht sich, seine guten Arbeiten, seine klugen Einfälle, sein Können bereitwillig in den Dienst eines »von« zu stellen; man wird selber zu stolz sein, um jemals, selbst nach großen Taten, sich adeln zu lassen; man darf sich nicht eingestehen, wie sehr man ganz früh dieses »von« anbetete. Immer der Zweite sein, immer hinter dem Rücken eines breiteren, dickeren, schon schnurrbärtigen »von« arbeiten, ihm den Glanz seiner Leistung zuschieben. Wird sich das beim Regiment ändern? Es wird sich nicht ändern. Es schickt sich, seine Fähigkeiten so anonym wie möglich zu halten. Trotzdem wird man steigen, wenn man die Treppe hinaufgekrochen sein wird, diese endlose Treppe, die mit gelbgestrichenem, ganz verbräuntem Geländer Absatz für Absatz in den Himmel führte, unter die Sparren des Daches, wo Folter und Lust geschah, ins dunkle Halbschräge, ins Grauenhafte. Und alles, was man erlitt, kam von niederer Geburt. Man war am Fuße der Treppe geboren. Da saß man auf den untersten Stufen. Sie hatten einen gelehrt, anbetend in die Höhe zu blicken; infolgedessen mußte man verachtend hinunterblicken – und wehe denjenigen, die von da unten her das Ehrwürdige der Treppe und des Steigens anzweifehlten! Dann wäre ja die ganze Qual ohne Sinn und Grund gewesen! Drum mußte man Aufrührer unter dem Stiefel halten, unter von Brekows, von Smorschinskis, von Bellins Stiefel. Wehe denen, die behaupten wollten, auch ohne solche Treppe könne ein freier Mensch seinen Kopf hochhalten! Die rotten wir aus ...

Da lag auf dem Feldbett, tief in Schlaf gesenkt, der große feiste Mann, und in ihm jagte das Kind, klein, im Hemdchen, die Hosen eines Kadetten hinter sich herschleifend, Treppen hinauf, hinauf bis

dorthin, wo es keine Zuflucht gab, sondern die Qual und die Lust – ohne Halt, ohne Geländer rechts und links und ohne Rückweg, weil das breite Grinsen längst vermoderter Jugendkameraden den Rückweg hinderte. In seiner Hand die Zigarre hing erloschen über den Bettrand. Ganz kurz schnarrte das Telefon. Das Zeichen zur Pause, hörte aufatmend der Kleine. Abert, der Erdkundehauptmann, konnte ihn nun nicht mehr fragen, wo Sofia liege, denn da die Klasse beschlossen hatte, ihn seiner bürgerlichen und liberalen Ideen wegen aus dem Hause zu ärgern (»Dieser bürgerliche Pionieronkel wird seiner Wege gehen«), durfte niemand mehr seinen Finger heben und sagen, daß die Sophia, die große Kirche in Konstantinopel, am Goldenen Horn lag, hellgrau, rot umschnitten. (Eigentlich lag sie im Bett und lachte, als die Tür aufging und der junge Albert sich nicht hereintraute.) In einem gelblichen Gesicht zu weißen Haaren stand Hauptmann Abert und sah mit einem wissenden, forschenden, verzeihenden Blicke Albert Schieffenzahn in die Seele, dort hinein, wo die Tränen harrten, die dem kleinen Jungen allzu leicht emporquollen, früher, ehe er lernte, sich um und um zu streifen wie einen Strumpf, den man unbedingt auf den Fuß bekommen will. Die Glocke läutete: Pause. Es gab Wiesen, Bäche, sich sauber zu baden von dem Schmutz, stille Schilfecken, allein zu sein einmal, weg von der Horde, in der man beflissen seine Fähigkeiten den anderen hinreichen mußte, solange man der Schwächere war. Und ins Spiel der Libellen vertieft, auf warmem Sande, lag Albert Schieffenzahn, von Lichterfelde weit weg, Ferien, und seine Seele suchte den Tod – ein gütiges Verschlucktwerden von den warmen, klaren, sonnenbraunen Wassern der Krummen Lanke, in der er tauchte, zwischen hohen Hügeln voller Birken und Eichen und grüngrauen Kiefern, himmelwärts entfaltet. Aber er verstand zu schwimmen, er mußte es weit bringen. Vater und Mutter winkten vom Ufer, liefen mit, feuerten ihn an: mächtige Tempi, den Kopf tief in der Flut, und statt zu sterben, schwamm er Rekord ...
Ganz leise öffnete sich im halbdunklen Zimmer die Tür. Feldwebel Matz, in der Hand ein Blatt, schlich auf den Zehenspitzen voller Verehrung bis zum Schreibtisch, legte in den Lichtkreis der Lampe jene Depesche, die Schieffenzahn vor seiner Unterredung mit Lychow anbefohlen, versehen mit der Bestätigung ihrer Absendung, der Unterschrift des Diensttuenden. Solch ein Mann, sah Matz gerührt auf den Schläfer hin, und den soll ich stören? Ich bin ja nicht vom Hahn beflattert. Seit früh um achte schuftet der. Soll ich vielleicht Schwein genug sein, ihn zu wecken, bloß damit ich abladen darf, der Schneesturm habe aus allen Leitungen jenseits Bakla Kud-

delmuddel gemacht, keine Verbindung mehr mit Merwinsk, und vor morgen mittag oder abend könnten Störungssucher die betreffende Stelle nicht ausbaldowert haben? Der siegt für uns, der plagt sich für uns, nu laß ihn man schlafen, Matz. Die Welt wird ja nicht einstürzen und Deutschland nicht ins Wasser fallen, bloß wenn er das 'ne Stunde später erfährt.
Damit entnahm er der Zigarrenkiste zwei der großen Brasil, um sich für seine Rücksicht zu belohnen, und kopfschüttelnd, voll aufrichtiger Bewunderung, nach einem letzten Blick auf den Ruhenden, zog er ganz leise die Tür hinter sich zu. Albert Schieffenzahn bemerkte im tiefen Schlafe Veränderungen. Er regte sich, kehrte sich zur Wand, floß weiter rückwärts in die Zeit, wo unter Mutters Plättbrett er mit Garnknäuel und Zwirnrollen gespielt, blütenweiße Schürze, eindringlich reiner Geruch frisch gebügelter Hemden, der Waschkorb voller Tischtücher und Servietten, ach ...
Leise wehte der Wind die großen weißen Flocken an die schwarzgläsernen Scheiben. Ganz von fern Pfiffe. Wie verzweifelnd vor dem Kampf mit dem Schnee, schrie dort hinten eine Lokomotive.

Drittes Kapitel: Schnee

Schnee über Ostland! Irgendwo über den Wäldern liegt der Drehpunkt des Sturmes. Um ihn wie Speichen und Kranz eines ungeheuren Rades aus Glas wirbeln Heerscharen von Flocken über die Erde. In keuchendem Tanze bricht die Luft in Stücke. Schneidend und heulend klatschen sie auf Wipfel, Pfähle, Dächer, auf jeden Vorsprung, auf breite Flächen des Landes, das sich duckt. Die ersten Myriaden schmelzen noch, aber ihre Verdunstung fördert die Kälte, und nach einigen Stunden häuft sich über dem Brei eine feste, bleibende Winterschicht. Die Welt ändert ihr Gesicht, sie wird weiß, schwarz, ergraut. Die Wälder zwischen Brest-Litowsk und Merwinsk sieden und kreischen im Sturm. In den Flüssen ertrinken die Flocken, aber überall sonst siegen sie. In der Mitte des Bereichs sausen sie dicht wie Klumpen in die Wipfel, die, voller Nadeln, nur darauf warten, sich mit Schnee zu verfilzen. In wenigen Stunden findet der Sturm Segel vor, in die er sich werfen kann: Kiefernkronen. In ächzende Maste verwandeln sich die zähen, kräftigen sechzigjährigen Kiefern; sie wehren sich, neigen, drehen sich, aber halten in ihren Wurzeln. Nach den guten Monaten meldet sich wieder die schlimme Zeit ... In ihren Höhlen horchen die Tiere

dem Einbruch des Winters zu: Dachse und Hamster, beruhigt über ihre Vorräte, Füchse, kühn und furchtlos, der Schnee erschwert ihnen das Jagen nicht; Hasen mit zitternden Ohren und die Kaninchen in ihren Höhlen, bös werden sie in den nächsten Wochen davonkommen. Die Lüchsin mit ihren groß gediehenen Kätzchen wittert furchtlos in die eisigen Winde; es werden wieder Rehkälbchen mit langen Läufen steckenbleiben, Gelegenheiten erneuern sich. Zusammengedrängt in Schonungen, niedrigen Schlägen, liegen die Rehe eng beisammen, und der Hirsch hebt, schweres Wissen um die Not der nächsten Monate in den Augen, die dampfende Schnauze zum Himmel und legt sein Gestänge rückwärts. Winter bricht ein. Die Menschen in den Gräben und Kellern draußen, den zahllosen des Krieges, sehen trostlos und grimmig einen neuen Kriegswinter anfangen, ziehen Handschuhe über die starren Finger, stecken Holz in ihre Öfen und stapfen erbittert durch den Brei, der vorläufig um ihre Füße schlampt. Weihnachten sind wir zu Hause, lügen sie sich an ... Haushoch tanzt der Schneegeist mit flatternden Armen über die Öden und Waldstriche und tut, was er kann, um die Äste miteinander zu verflechten und Massen, Brokken, Schwaden von Schnee überallhin zu schleudern.
Von Brest-Litowsk ziehen sich schwarze Fäden nach allen Seiten des Kompasses über Land. Geschmeidige Drähte, umhüllt von Gummi, getränkt in schützende Flüssigkeiten, umflochten sorgsam von Gespinsten. Dünne schwarze Nerven, schlängeln sie sich in kleinen Gräben die Erde entlang, oberflächlich zugedeckt, oder auf Stangen durch die Luft. Längs jeder Bahnlinie gehen sie mit den Telegrafendrähten, Wälder durchqueren sie auf abgesteckten festbestimmten Wegen. Die Telefondrähte des Heeres, sie liegen oberirdisch die Wälder hindurch in den Wipfeln der Bäume, auf Karten verzeichnet und sorgsam befestigt, wo immer es notwendig ist. Sommers beständig nachgesehen, müssen sie für Wintererfahrungen immer erst einmal Lehrgeld zahlen. Die Wälder, in denen das Windgespenst seine Schneehände flattern läßt, nehmen auf schwarze gummierte Drähte wenig Rücksicht. Plötzlich liegen Lasten gefrorenen Wassers über den Kronen und Ästen, die brechen und den Draht mit herunterreißen. Andere klemmen ihn in Wipfelgabeln fest, gespannt wie eine Saite; wo er vorher locker lag, muß er plötzlich Zug aushalten und die Kälte, die ihn schrumpfen macht. Wäre er noch aus Kupfer, das zäh ist, sich dehnt! Längst aber baut man Linien aus Eisendraht überall im Telefondienst (nur die Prinzenstrippe zwischen Mitau und dem Berliner Schloß ist reines Kupfer), und so fügt sich der Draht den Gesetzen des physikalischen Wesens.

Er hält scharf gespannt bis zu dem Dehnpunkt, der seine Grenze ist; dann peitscht er gerissen durch die Luft, schlängelt sich wie eine Bola um einen Ast, verstrickt sich in den Birkenwipfeln. Das andere Ende schlägt weithin zurück, fängt sich irgendwo und liegt in laschen Schlingen zwischen Büschen; nach wenigen Stunden zugedeckt – fünfzig Zentimeter hoch. An den Grenzen der Wälder häufen sich im Verlaufe des Tages und des Abends meterhohe Schneewehen; der Wind wird zum Maurer. Zischend und jauchzend klatscht er das feste Flockenzeug gegen Stämme, Unterholz, Kronen; die Luft, eine harte durchwirbelte Masse, dient ihm als graue Maurerkelle und Mörtel zugleich. Rechts oder links der Bahnlinien, den Windrichtungen gemäß, erheben sich lautlos oder mit Pfeifen schräge Dünen, in denen ein Mann bis zum Kinn verschwindet. In der Dämmerung jault, lacht und winselt der Winter.
Überall in den Hütten aus Wellblech, hölzernen Panjehäusern, schwarzen Teerpappebaracken sitzen die Streckenmannschaften, Telegrafenarbeiter, Trupps, Störungssucher übers Land verteilt. Sie wissen viel Arbeit sich vorbereiten für morgen früh, und so horchen sie zu, wie von außen Schneehände klatschen, trommeln, pochen und wie Ritzen, durch die es bisher »zog«, nach wenigen Stunden vollständig verschlossen sind, so daß die Wärme in ihren Räumen gemütlich steigt. Was morgen an Dienst blüht, sei Morgens Sache. Heute abend skaten sie unter der Lampe oder schlafen in ihren Kojen. Es wird nur guttun, noch einmal die Stiefel zu fetten, die Sohlen zu ölen und die Wickelgamaschen auf ihre Dichtigkeit hin gegens Licht zu halten.
Schnee über Merwinsk . . . Die Stadt liegt vom Abhang ihres flachen Hügels geschützt und ziemlich weit weg vom Zentrum der drehenden Luftwirbel. Sie füllt sich nächtlich mit Schnee. So beginnt der Winter. Laßt sehen, ob Holz genug in den Höfen liegt, damit man wenigstens nicht friere. Die jüdischen und polnischen Kutscher bürsten an ihren Schlitten, den kleinen russischen Straßenschlitten. Über die unbebauten Flächen rings um den Ort, zwischen Bahnanlagen, Rampen, Mannschaftsbaracken, Güterschuppen und der eigentlichen Stadt fegt es eisig genug – Schneewellen, leichte Abbilder des Sausens und Tanzens über den Wäldern. Aber in den Straßen horcht man nur befriedigt, gemütlich, daheim, auf die Luftgeister und ihre Turniere. Es fällt sehr viel Schnee diesmal. Gestern hat es begonnen; jetzt liegt er gut sechzig Zentimeter hoch. Die Frage ist, wie sich die neuen Lichtleitungen benehmen werden, die der brave fauchende Motor und sein Dynamo elektrisch durch-

pulst. Halten sie, so halten sie. Brechen sie, so herrscht Finsternis in den Dienstgebäuden, Baracken, Gefängnissen, bis man sie flickt.

Als am Morgen nach Lychows Abfahrt in aller Frühe von der Kommandantur der Befehl einlief, den Gefangenen Bjuschew heute nicht aus der Zelle zu lassen, pfiff der wachthabende Unteroffizier durch die Zähne und sagte weiter nichts als: »So balde.«

Es wurde nicht Tag. Der Schnee, als sie zum Appell in den Hof drängten, gab ein hübsches Bett und den besten Vorwand für Ballereien im Stil von Schuljungen; aber der Feldwebel sorgte bei der Diensteinteilung für Beschäftigung (Beaufsichtigung der vielen zivilen Schneeschipperkolonnen), und dann ließ er beiläufig und ohne Begründung jene Worte fallen, auf die hin Grischa an diesem Morgen weiterschnarchen durfte.

Er schlief selig und unwissend und, da es nicht hell wurde, bis tief in den Vormittag, und die Wachtmannschaft dachte nicht daran, ihn zu wecken. Da er im Verhältnis zu Lychow ein Maulwurf war, konnte er nicht wissen, was im Reiche der Götter vor sich ging und daß sein Schutzherr in Urlaub gefahren sei, freilich starke Vollmachten und einen jungen Stellvertreter in dieser Sache zurücklassend. Als er gegen Mittag endlich erwachte, recht frischgeschlafen, aber hungrig und in den Knochen kalt, kam ihm dennoch etwas mißbehaglich vor. Sein Zeitgefühl, das im Menschen nie schläft, sagte ihm, sicher seien schon viele Stunden des Tages verstrichen. Daß niemand ihm öffnete, daß er weder zum Antreten noch von den Mannschaften zum Frühstück gerufen ward, erstaunte ihn. Er besaß unter der Pritsche einen verbotenen Kramladen mit Zigaretten, Brot und allerlei Kleingerät und Kleingeld. Es mußte heute schärfer geheizt werden, dachte er, ihm war scheußlich kalt. Den Schnaps von Maxe hatte er leider Babka zugesteckt. Aber er riet in dem tiefen Vertrauen, das ihn in seinen General ganz erfüllte, auf alle möglichen Unordnungen im Dienste eher als auf sein persönliches Schicksal. Er rückte den Schemel unters Fenster: ein dicker Schneewulst verzierte die schmale Leiste, mit der es vorn in der Mauer stand. Überall Schnee. Grischas Herz lachte. Schnee hieß Heimat. Schnee hieß Wologda und der kleine Schlitten, auf dem ein Junge namens Grischa, gezogen von Großvaters Hunden, über die Steppe jagte. Schnee war das Endlose, in dem sich spielen ließ, das Saubere, das zum Essen verlockte, das Weiche, in dem man sich wälzte, das Kühlende und Heiße zu gleicher Zeit. Schneefall über Merwinsk, das hätte ihn wundern sollen; aber es entzückte ihn nur. Denn zu Wologda daheim regierten im letzten Oktober-

drittel schon die großen Schneestürme über die längst gefrorene Steppe und schenkten den Menschen die Schlitten, damit sie schneller zueinander kommen konnten. Dieser Schnee, lachte Grischa zu sich, er ist den Deutschen in die Nase gefahren. Da ihn hungerte, entzündete er eine Zigarette und rauchte behaglich, soweit ihn Kälte nicht schaudern ließ. Er entfaltete seinen Mantel, der gerollt ihm als Kopfkissen diente, und zog ihn an. Du bringst Rettung, dachte er befriedigt; nun kann's weitergehen. Es ging auch gleich weiter. Er hatte nicht ganz den dritten Teil der gelblichen Zigarette geraucht, als der Mann vom Stubendienst an die Zelle klopfte.
»Rußki«, sagte eine Stimme, »du rauchst; laß dir nicht bei erwischen. Ich merke ja nichts, aber wenn einer reinkommt, denn meld ich dir.«
Grischa erstaunt:
»Na, Kam'rad, mach mal auf. Was ist los in Merwinsk?«
»Ja, das frag du woll«, sagte der andere.
»Es schneit«, antwortete Grischa.
»Das auch«, sagte der andere.
»Gehn wir heute nicht zum Dienst? Ist Feiertag?«
»Das auch«, antwortete die mürrische Stimme.
Es war der Landwehrmann Arthur Polanke aus Berlin N, Choriner Straße, der mit dem Gefangenen sprach.
»Feiertag auch. Heut ist Reformationsfest, aber davon verstehst du nichts, bist ja fast 'n Heide.«
»'s ist doch so still«, sagte Grischa, »und dann hätt ich gern Frühstück.«
»»Soll woll nicht still sein, wenn Kompanie in Dienst ist; und Kaffee kannst ja noch was haben, aber besser schon, du wartst bis Mittag. In 'ner knappen Stunde, Mensch; 's geht ja schon auf halber zwölfe.«
»Kompanie in Dienst?« staunte Grischa. »Und warum schlaf ich denn so lange?«
Der andere hinter dem Holz machte eine Pause. Er überlegte augenscheinlich, dann sagte er leise:
»Werd ich dir sagen. Der Olle ist gestern auf Urlaub gefahren.«
»Welcher denn?« fragte Grischa naiv. »Brettschneider?«
»Nee, der ist da, der ist sogar sehr da. Dein Oller, Lychow. Und gleich heißt's bei Parole, daß du von jetzt an in deiner Zelle bleibst. Das ist ja nu 'ne Sommerzelle, nicht wahr, und das meint also Strafverschärfung. Und wo du doch bloß in Untersuchung sitzt und gar nichts Neues pekziert hast, kannst dir allein 'n Vers drauf machen.«

Grischa übersetzte sich angestrengt die Worte und Bilder in seinen gewohnten Vorstellungskreis. Dann lachte er kurz.
»Was das für Biester sind. Die rächen sich, solange der General weg ist. Nachher sagen sie: 's war ein Irrtum oder 's war Dienst.«
Da der Gefangene ihn nicht sehen konnte, zog der Mann vom Stubendienst eine schwere Bedenken ausdrückende Grimasse und brummte:
»Gut, daß du's so leicht nimmst. Jetzt schließ ich dir die Zelle auf, nicht wahr, und du machst sie sauber, und währenddem zieht Wärme genug rein. Nachmittag ist dienstfrei, dann wird sowieso vollgekachelt, und wenn der Wachthabende 'n Auge zudrückt, bleibt nachmittag die Tür offen, dann haste wenigstens Unterhaltung, und warm bleibt's auch.«
»Dank schön, Kam'rad«, sagte Grischa da.
Und als es zu Mittag Dörrgemüse mit Rindfleischkonserven gab, ließ sich Grischa sein volles Kochgeschirr – es war erstaunlich voll – prächtig schmecken.
Danach verließ er seine Zelle, die man wirklich vergaß zu schließen, für den allgemeinen Mannschaftsraum, wo die Landser von der Wache gerade ihre Pfeifen in Gang setzten und der Mann vom Stubendienst mit den Kochgeschirren abtrabte, um sie mit warmem Wasser und Holzwolle zu säubern. Bei Grischas Eintritt sahen die einen flüchtig von ihren Karten auf, die sie gerade verteilten, die anderen von ihren Briefen, die sie zu schreiben, den Büchern, die sie zu lesen begannen, und dann wandten sie sich diesen reizvollen Dingen wieder zu – um einen Haarstrich zu unbefangen und nachdrücklich. Grischa schöpfte mit einem Trinkbecher heißes Wasser aus dem großen Blechtopf überm Ofen und wollte wie stets hinausgehen, um sein Kochgeschirr ins allgemeine Spülicht auszuleeren – in jenes kostbare Spülicht, von dem die Kompanie drei Schweine mästete. Und da Lychow am Ort lag und die Mannschaft also darauf rechnen konnte, daß diese Schweine Schinken besitzen würden und Rücken und nicht bloß Beine und Bauchfleisch liefern, wie das als Eigenheit vieler Schweine in der Etappe vorkam, hielt man streng darauf, daß die lieben Tiere ihre Arbeit an den Küchenabfällen gründlich und ausführlich verrichteten. Aber in der Nähe der Tür trat der Gefreite Hermann Sacht zu Grischa und sagte:
»Laß man, Rußki, spül dir das in deinen Eimer.«
»Aber die Schweine«, entgegnete Grischa lächelnd.
»Lieber Mann«, antwortete der Gefreite sehr ernst, »die gehn mich wenig und dich gar nichts mehr an. Draußen zeigen darfst du dich

nicht. Von zwei bis drei hast du Bewegung im Hofe, wie alle anderen, und nu verzieh dich man in deine Koje.«

Und daran und an der lautlosen, anscheinend unbegründeten Totenstille, in der sich diese kurze Belehrung abwickelte, begriff Grischa.

Er stand ganz ruhig, einen Schein blasser um Mund und Augen, und sah den Mann an, der beinahe sein Freund war.

»Nun weißt du, was gespielt wird«, schloß er verächtlich, mit einer Verachtung, die sich nicht auf Grischa bezog.

»Ja«, bestätigte Grischa und räusperte sich kurz, »nu weiß ich«, und mit straffem Rücken und gemächlichen Schritten querte er den Raum, alle Blicke hinter sich, und tauchte durch den dunklen Gang der Zellen in die seine, die ziemlich am Anfang lag, rechter Hand, der Außenmauer zu. Hermann Sacht sah ihm nach, dann folgte er ihm.

»Laß die Zellentür ruhig offen, Rußki, warm haben muß der Mensch, und wenn du rauchen willst, wir rauchen auch, und keine Nase schnüffelt raus, von wem es hier nach Tabak stinkt.«

»Dank schön, Kam'rad«, antwortete Grischa.

Um diese Stunde ungefähr ließ sich der Schneesturm mit voller Kraft los auf Merwinsk. In der Zelle schwelte ein tiefes Dämmern. Grischa streckte sich auf die Pritsche, die Hände unterm Kopf und mit beiden Decken zugedeckt. Holzwolle von unten heizt nicht sehr im Winter, dachte er. Erst pfiffen scharf und kalt dünne Messer Wind durch die Fensterrahmen und schnitten Wolken aus dem Rauch der Pfeife; nach wenigen Minuten aber hatte derselbe Wind alle Ritzen verkleistert, und allmählich wärmte sich die Luft über dem steinernen Fußboden. Nun ist es aus, dachte Grischa, nun muß ich hinab. Noch vor wenigen Minuten hatte er sich hier geborgen gefühlt, aufgehoben wie in einer sicheren Hand, und jetzt wand er sich in einer Gewißheit des Todes, des baldigen unwiderruflichen Sterbens mit gesunden, vollblütigen Gliedern, als reibe er sich schon am Sarge und alles sei vorbei. Gut, dachte er, obgleich ein bitterer Geschmack aus der Kehle ihm in den Gaumen kroch, soll es denn vorbei sein, so ist eins doch gut: daß Schluß wird.

Tiefe Ermüdung, gähnende Öde zwängte plötzlich seine Kiefer auseinander, und indem die Pfeife seiner Hand entfiel, stürzte er in einen Schlaf, an dem das reichliche Essen und die frühe Dunkelheit ebensoviel Anteil haben mochten wie die Erstarrung seines Herzens.

Lebenskundige Leute, die schon einiges mitgemacht haben und bei einer Unannehmlichkeit als Nächstbeteiligte auftreten sollen, brauchen nämlich selten Telegramme und dienstliche Bescheinigungen, um zu sehen, was gespielt wird. Grischa, der erschossen werden sollte, und die Kompanie, die ihn voraussichtlich erschießen würde, wußten beide, woran sie seien, noch ehe Schieffenzahn drüben fern in Brest den Hörer aus der Gabel nahm, um einen gewissen Befehl durch den Draht zu schicken.

Kurz vor zwei kam Hermann Sacht, der sich an die offene Zelle geschlichen hatte, erstaunt zu dem Wachthabenden zurück:

»Rußki schläft. Meinst du, man läßt ihn schlafen?«

»Von mir aus«, sagte der Unteroffizier, »aber Dienst ist Dienst; laß ihn ruhig promenieren.«

»Seine Gesundheit ist uns ja kostbar«, stimmte Hermann Sacht grimmig bei, indem er das Koppelschloß zuhakte, »aber vielleicht sieht er doch noch gern, wie der Schnee so runterhaut, und hört die Tauben im Schlage gurren; und die Spatzen toben alle unterm Exerzierschuppen rum, und anderswo als unter dem kann man bei den Kloben, die's vom Himmel schmeißt, ja nicht Luft schnappen. – Wer, meinst du, wird ihn denn umlegen sollen?«

»Wir doch, Mensch, ist doch unser Dienst.«

»So ist's richtig«, lachte Hermann Sacht, indem er sein Gewehr über die Achsel hängte, »die Flinten, die er geputzt hat, 'wahr?«

»Dann weiß er wenigstens, daß er 'ne saubere Kugel kriegt«, nickte der Unteroffizier, »und wir heben uns Andenken an Rußki auf, nämlich die Patronenhülsen. Bis wir sie wieder wegschmeißen ...«

»Könnte sich vielleicht schnell sein Grab graben. Eh der Boden zufriert, macht's halbe Arbeit.«

»Und vielleicht find't sich noch einer von den Särgen, die er mit dem kleinen Juden gebastelt hat.«

»Klar, Mensch«, bestätigte einer der Nahesitzenden, indem er vom Damebrett aufsah. »Stehen mindestens noch fünf in Remise und zwei extra große. In einen paßt er sicher rin.«

»Zwei vor zwei«, pfiff der Unteroffizier mit einem Blick auf die Uhr. »Weck ihn man, und viel Vergnügen ...«

Unterm Exerzierschuppen, der im Grunde mehr für Appell und Freiübungen als für Exerzieren Raum bot, jagte der Wind Schneebrocken, feine Kristalle, eisiges Gesprüh ziemlich weit unters Dach, bis fast an die Hinterwand. Kleine Staubgespenster standen auf, drehten sich wie Derwische und gaben unter Verneigungen ihren armseligen Geist auf. Die Spatzen tschilpten angelegentlich in den Ecken herum, stöberten nach Körnern oder saßen kugelig aufgeblasen in den Sparren. Vom Taubenschlag oben kam das heiße warme Ruckedigu der geborenen Hausvögel.

Im Grunde auch hier kein Spazierwetter, dachte Hermann Sacht, indem er unverdrossen neben Grischa herstampfte – Grischa die Hände tief in den Manteltaschen. Sein wolliger erdbrauner Mantel, an dem die Firma Sluschin ihr Teil verdient hatte, und seine beiden verschiedenen deutschen Stiefel hielten ihn warm. Er trampste auf und ab, die hölzernen Trägersäulen entlang, von einem Ende bis zum anderen, dreiundneunzig Schritte erwachsener Männer und wieder zurück. Und Hermann Sacht sah, daß er dachte. Aber er dachte nicht eigentlich; er marschierte auf und ab und sah Schnee in der Luft, Staub, hölzerne Balken, Nägel, drei Nester in Winkeln, wo Balken und Sparren miteinander heimliche Nischen machten, Spinnweben, aufgeplusterte Spatzen, hörte das Gurren der Tauben und das Knarren des Lederzeuges. Und indem er alle diese Dinge wahrnahm, stellte er Fragen:
Das bleibt? fragte er. Das bleibt?
Die scharfe Luft tat ihm wohl. Wie lange noch, dachte er, Luft? Man muß sich bemühen, ganz genau zu empfinden: Luft, Lungen. Der Mensch bläst sich auf wie ein Ball. Mit gerunzelter Stirn sah er streng vor sich hin, weil er sich vorstellen wollte, wie es sei, wenn der Mensch diesen Ball nicht mehr aufblasen könnte. Nach etwa zwanzig Minuten wandte er sich zu Hermann Sacht, der, die Ellbogen eng an die Rippen gepreßt, um ihn nicht zu stören, auf entgegengesetztem Wege dieselbe Bahn durchquerte, in seinem viel dünneren Mantel aber erbärmlich fror, zumal da er ja die neun Pfund schwere Knarre und eine Anzahl Patronen immer mit hin- und herschleppen mußte.
»Wollen wir reingehen.«
Er fragte nicht, er äußerte eine Art freundlichen Befehls. Grischa spürte gar nicht, daß eine Veränderung sich seiner bemächtigt hatte. Mit einem Ton, den er seit seiner Flucht verloren, der ruhigen Bestimmtheit eines alterprobten sachverständigen Soldaten, schlug er seinem Vorgesetzten das Zweckmäßigste vor.
Hermann Sacht sah ihn mit leicht bibberndem Munde an.
»An das Lüftchen muß man sich erst gewöhnen. Du hast aber Anrecht auf eine volle Stunde, Rußki.«
»Weiß ich«, nickte Grischa, »wollen wir trotzdem reingehen.«
»Wärst du nur ein schlechter Kerl«, seufzte Hermann Sacht erleichtert, indem sie, den durchheulten Hof sorgfältig meidend, im Viereck dem Hause zueilten, »du könntest mich hier noch volle vierzig Minuten zappeln lassen; wo ich doch ein Päckchen fertigmachen will und einen Brief dazu schreiben. Aber du bist kein schlechter Kerl«, überlegte er, kritisch blickend, gewissermaßen mit den Augen

Aufschluß suchend, »du bist gar kein schlechter Kerl, und trotzdem geht's dir so verquer.«
»Schlechter Kerl, guter Kerl«, wiederholte Grischa, indem er durch bloßes Aussprechen diese Unterscheidung ungültig machte. »Wann kam denn das Urteil oder mein Befehl?«
»Urteil?« fragte Hermann Sacht, indem sie den gedeckten Gang durchschritten, der das große Haus und den zweiten Hof – den Exerzierhof – mit der Wachtstube verband, »da irrst du dich; weder – noch. Passiert ist gar nichts.«
»Woher weißt du denn, daß sie mich . . .?«
»Na, Mensch«, ermahnte Hermann Sacht, »das versteht man doch. Die ziehen doch schon lange nach der schlechten Seite und wollen partout das Urteil durchsetzen, und nun, wo kaum dein General verschwindet, sperren sie dich fest ein. Das ist doch deutlich. Wenn Divisionsschreibstube heute morgen nach dir verlangt, dann heißt es, du bist krank, oder vielleicht sind sie frech genug und sagen schlankweg: nee, is nich. Inzwischen telefonieren sie nach Schieffenzahn: Lychow ist weg, sagen sie. Sollen wir jetzt? Und was brauchen sie mehr? Es kann ja anders kommen, aber wir sind doch alte Soldaten. Das Geschäft kenn' wir doch. In der Branche arbeiten wir doch. Mensch«, und er blieb plötzlich stehen, »uns blüht wieder ein neuer Kriegswinter!«
Und dieser Ausruf kam so hoffnungslos, daß Grischa begriff: hier beneidete ihn jemand, der zwar gerne am Leben blieb, der aber, wenn schon mal gestorben sein mußte, lieber jetzt als nächstes Frühjahr umkam.
»Verstehe, Kam'rad«, stimmte er zu. »Im Grab ist finster, aber wenigstens ruhig«, und sie lächelten einander an, schwach, mit unrasierten Hautfalten um den Mund und verzweifelten Augen.

Viertes Kapitel: Neuigkeiten

Im Telegrafensaal Merwinsk der deutschen Feldpost klapperten die Morseschreiber und mündeten allerart Kabel. Die hohen Stäbe pflegen Telegramme telefonisch anzusagen, die dann auf Amtspapier ausgeschrieben und auf dem Dienstwege ausgetragen werden, selbstverständlich so, daß Durchschläge im Sammelbuch zurückbleiben. Dies hat vor einfachen Gesprächen den Vorzug amtlicher, jederzeit nachprüfbarer Bestätigung. Der Telegrafist Manning, der augenblicklich an der Empfangsstelle Dienst tut, schwärmt

sehr für Schwester Bärbe, und auch sie mag den gescheiten Berliner Kaufmann leiden, da er ihr auf seine schnoddrige Art aufrichtig ergeben ist und seine Hofmacherei einen spaßig großstädtischen Farbfleck nach Merwinsk hereinträgt. Außerdem steht er in beständigem Kampfe mit seiner vorgesetzten Behörde, da er eine viel zu gut sitzende Uniform, eine viel zu edle Mütze trägt und von manchem Vizespieß im Halbdunkel für einen Offizier gehalten und gegrüßt wird. Und jedes seiner Abenteuer, Schwester Bärbe getreulich ausgemalt, spendet Erheiterung in dieser entsetzlichen Typhusstation, auf der die armen Mannschaften der österreichischen Einsprengsel delirieren, sich quälen, gerettet werden oder sterben – augenblicklich Tschechen, aber man merkt an der Sprache wenig Abwechslung, und nur das Aussehen, kleinere blonde Gestalten, slawischere Backenknochen und Nasen wechselten ...
Der Telegrafist Unteroffizier Manning kennt den Fall Bjuschew recht genau. Er weiß auch, daß Exzellenz von Lychow in Urlaub gefahren ist, und daher spürt er einen Ruck, leichten Stoß in die Magengrube, als er gegen vier das Telegramm aus Brest, unterschrieben allerdings vom Generalquartiermeister, aufnimmt. Sein Dienst hält ihn dazu an, das Formular vorschriftsmäßig weiterzuleiten; er weiß: in drei Viertelstunden liegt es auf der Kommandantur. Im Vorzimmer streiten ein paar Kameraden, die augenblicklich Pause haben, über den Nutzen von Kriegsberichterstattern, und nachdem er die gewisse Depesche selbst behandelt hat, springt er auf, öffnet die Tür und winkt seinem Kameraden und Freund Schaube.
»Vertritt mich mal«, spricht er, »ich muß mal raus.«
»Könnte jeder sagen«, antwortete Schaube und klemmt den Hörbügel bereits über die Ohren.
Einer verschwindet in einer Sprechzelle. Die Leute wissen schon, wen Unteroffizier Manning wünscht, wenn er das Feldlazarett verlangt.
Schwester Bärbe sei unabkömmlich, heißt es, Schwester Sophie komme an den Apparat. (Schwester Bärbe saß gerade mit der Morphiumspritze in der Hand am Bette von Jaroslaw Wybiral, Schneidergesellen aus Prag, um ihm die letzte Qual zu ersparen. Die armen Burschen wurden wieder viel zu spät ins Lazarett eingeliefert: schlechte Fahrwege. Man kannte das. Bei den eigenen Truppenteilen klappte es oft nicht besser.) Vor Ungeduld seine Lippen nagend, in der mageren armbandgeschmückten Hand die Zigarette, aber fortgestürzt ohne Feuerzeug, wartete Manning.
»Schwester Sophie«, meldet es sich.

»Hier ist jemand«, so verschweigt er seinen Namen; »passen Sie auf, Schwester. In einer knappen Stunde kriegt die Kommandantur einen Wisch, unterzeichnet mit großer Firma, innerhalb vierundzwanzig Stunden die Erschießung eines gewissen Bjuschew zu melden. Verstehen Sie, Schwester Sophie?«
Vom anderen Ende – der Sprechkasten steht im Sekretariat des zweiten Stockwerkes –:
»Ich habe verstanden«, bestätigt die Stimme, und am Klang merkt man, wie gut sie verstanden hat: auch sie geistesgegenwärtig genug, keinen Namen zu brauchen.
»Die Nachricht«, fährt Manning fort, »dürfte manchem Mann nicht unwichtig sein, weil Exzellenz gerade auf Urlaub ist.«
»Ich werd's ausrichten«, kommt es von drüben, plötzlich sehr munter – jemand tritt ins Zimmer, errät Manning, oder die Schwester vom Dienst macht lange Ohren –, »darf ich den Schreiber Bertin auch einladen?«
»Gute Idee«, lobt Manning, und er hört Sophie ungezwungen lachen. »Proper gelacht«, antwortet er, »und grüßen Sie Bärbe. Ich muß an meine Strippe; auf Wiedersehen.«
Er hätte auch »Schwester Bärbe« sagen können, denkt Sophie, aber sie denkt es ganz beiseite, betroffen von der unverständlichen und darum erst recht beängstigenden Neuigkeit. Während sie die halbe Treppe zur Station emporläuft, überfällt sie der mächtige Befehl der Verantwortlichkeit und des Handelns. Geschlechter von Offizieren und Befehlenden wirken in den Zellen und Erfahrungen ihrer zarten, hellen Person. Noch unterwegs weiß sie genau, was jetzt zu tun. Sie kehrt also um, und Treppen hinab, Flur entlang und um die Ecke, stockt sie vor dem Zimmer des mächtigen Chefchirurgen, der den Rundgang hält. Natürlich ist, wie in allen Dienstgebäuden, der Eintritt verboten und erst nach Anmeldung durch zwei oder drei Zwischenstellen erreichbar. Aber Schwester Sophie klinkt einfach auf, und als sie die Tür durch steckenden Schlüssel verschlossen findet, öffnet sie kühn. Dann zieht sie den dicken Vorhang zum Nebenzimmer vor. Wer sie hier ertappen kann, ist entweder der Chef oder der erste Assistent, im ersten Falle wird sie sich anschnauzen, im zweiten Falle abküssen lassen; oder aber es traut sich jemand ebenso widerrechtlich herein wie sie selbst, und dann wird sie kühl fragen, was er hier zu suchen habe. Denn das Fräulein von Gorse ist in ihr aufgewacht, das im Dienst von Schwester Sophie vollständig zugedeckt und verdunkelt wird, und dieses Fräulein von Gorse, tief verkettet in die wilden und scharfen Gedankengänge des Schreibers Bertin mit den Backenknochen und

den heißen Augen, weiß, daß sie an einer wichtigen Stelle, in einer für ihren Freund reißend nahen Angelegenheit handelt. Einen Augenblick zögert sie am Hörrohr, denn es drängt sie selbstverständlich, zunächst ihn selbst zu sprechen, ihm das Unerhörte zu sagen, sofort, damit er den Ton ihres erregten Herzens höre zugleich mit dem, was ihn so mächtig packt. Dann aber überlegt sie, daß Oberleutnant Winfried noch dringlicher und unverdächtiger zu erreichen ist als der Schreiber des Kriegsgerichtsrats, zumal das Gespräch aus dem Zimmer des Chefarztes kommt. Sie läßt sich daher mit dem Adjutanten von Exzellenz verbinden – unten im Keller stöpselt mechanisch der Telefonist Lehr, dem die Feldpost eben einen Brief von Hause voll aufregender Streitereien um die Kriegsunterstützung seiner Frau zugetragen hat –, und in gehetzten Worten erfährt Oberleutnant Winfried den Befehl Schieffenzahns, dreißig Minuten bevor die Kommandantur ihr Blatt empfängt.
Es kommt niemand. Das hohe olivgrün und braun gestrichene Zimmer dämmert lautlos, am Fenster vorüber bewegt sich die gefleckte Mauer des Schneefalls. Schwester Sophie wagt es, auch noch das Kriegsgericht, Bertin, zu verlangen. Der Ehemann Lehr, unten im Keller, wendet die dritte Seite seines Briefes um und stellt, abgelenkt, auch den zweiten Anschluß her. Zärtlich, aufgeregt nah an seinem Ohr und seinem Herzen flüstert Sophie in überstürzten Worten ihm zu, was vorfiel. Sie hört ihn augenblicklich heiser werden, dreimal, fünfmal fragen: »Was? Was?«, immer drohender. Sie erklärt ihm, daß Winfried schon unterrichtet sei, von ihr, ja. Ihn aber müsse sie heute abend unbedingt sprechen.
»Du«, stöhnt er plötzlich, »wir sind entehrt, das ist unser Untergang«, und sie versteht ihn. Als moralische Existenz, meint er, als sittliches Gemeinwesen, als christliches, wie sie es ausdrückt. Heute findet im Soldatenheim für die sächsischen Protestanten, aber schließlich auch für jedermann, eine kleine Feier statt, des Reformationsfestes wegen, Gedenken der Tat des Gottesmannes Martin Luther. Die evangelischen Schwestern kriegen Ausgang. Sie werden von den katholischen und jüdischen Kolleginnen vertreten, damit morgen, Allerheiligen, oder übermorgen, Allerseelen, die Katholikinnen dienstfrei haben können. Die Sache im Soldatenheim beginnt nicht vor neun; Bertin verspricht, bestimmt zu erscheinen.

Oberleutnant Winfried wirft sehr beherrscht eine Reihe Zahlen auf ein Blatt Papier. Am Schreibtisch seines Onkels rechnet er aus, ob denn die Unterredung mit Schieffenzahn überhaupt schon stattgefunden haben könne. Er hält es für unmöglich, er entsinnt sich,

daß Lychow etwas von halb fünf oder fünfeinhalb geäußert haben müsse. Dieser Gedanke, dieser Blitz von Einfall hat den Schreck der tollen Neuigkeit gewissermaßen im Aufprallen zurückgeschleudert. Fahrplan her! Der D-Zug nach Westen verläßt Brest-Litowsk kurz vor halb sechs ... Um halb fünf also, denkt Winfried; er kommt doch erst in drei Viertelstunden hin! Und indem er ein Auge zukneift, zielt er mit dem anderen, wenn man so sagen darf. Empfindliche Menschen, erkennt er plötzlich, schaffen vollzogene Tatsachen, bevor sie mit stärkeren Leuten zusammengeraten. Schieffenzahn hat Bange vor dem Onkel! Und ein Aufatmen der Befreiung fällt von seinen leidenschaftlich zusammengepreßten Mienen. Hat Lychow erst mit Albertchen Fraktur geredet, so ging es mit dem Teufel zu, wenn da nicht Gegenbefehl kam! Denn erstens geschah es bei den Preußen immer so, und zweitens verstand man es auch menschlich besser.
Nach einigen Minuten rief gemütlichen Tones Posnanski an, ob Herr Paul Winfried ihm nicht das Vergnügen machen wolle, schnell mal seine unwürdige Schwelle zu überschreiten. Er habe da eine Nachricht im Köcher. Und Winfried lachte: die sei auf ihn schon abgeschossen worden. Die Sache sei halb so schlimm. Hinüberkommen wolle er natürlich gerne, obwohl er unter den Lasten des Dienstes zusammenbreche; aber man könne ja, weil Krieg sei, auch ein übriges tun. Und da schließlich besprochen werden müsse, was man innerhalb der nächsten Tage unternehmen wolle, werde er den Dienst schießenlassen und schleunigst antanzen.
Worauf Posnanski mit seinem mißliebigen Eigensinn, indem er, wie immer, erst heftig durch die Nase schnob, den Herrn Oberleutnant ergebenst bat, vorher beim Feldwebel vom Dienst einmal anzufragen, ob der Paprotkin sich wohl heute früh wie immer zum Dienst bei der Division gemeldet habe.
Winfried schnickte mit der freien Hand, indem er den Mittelfinger hart am Daumen vorüberpreßte, und rief Heil zu soviel Scharfsinn. Er flitze in fünfzehn Minuten an und bitte ergebenst um eine Tasse frischen Tees. Dann durchschritt er zwei leere Zimmer, wünschte guten Abend, setzte sich auf die Ecke des langen Tisches, an welchem Vizefeldwebel Pont, die grüne Schirmlampe herabgezogen, ein paar sehr große Lichtbilder der Holzsynagoge von Merwinsk studierte – der Dienst war so gut wie vorbei, und wer hätte gewagt, mit einem Stabsfeldwebel anzubinden.
»Nein«, entgegnete Pont, indem er seinen Chef überrascht anblickte, bei ihm habe sich der Russe heute nicht gemeldet, wahrscheinlich beim Kriegsgericht.

»Nee«, dehnte Winfried, »da ooch nich.«
»Halten die uns für abgemeld't, weil Exzellenz weg ist?« fragte der Feldwebel. »Aus eigenem tun die das doch nicht.«
»Der Kater speist auswärts, nun melden sich die Ratzen«, lachte Winfried.
Pont schüttelte seinen großen kurzhaarigen Kopf, der an den Schläfen schon graue Tupfen zeigte.
»Gestatten, Herr Oberleutnant«, sagte er, »aus eigenem trau'n die sich das nicht. Da steckt was hinter, vermutet mein Ältester in solchen Fällen. Er zählt nämlich schon zwei Jahre«, fügte er, von sehnsüchtigem Herzen einen Augenblick überwältigt, hinzu, und Oberleutnant Winfried meinte:
»Dann hat er ja die Autorität. Läuten Sie doch mal 'nüber.«
Die Schreibstube der Kommandantur bestätigte: »Nein, der Untersuchungsgefangene Bjuschew sei auf Befehl von Herrn Rittmeister heute in seiner Zelle gehalten worden. Es lägen bestimmte Gründe dafür vor, und im übrigen sei soeben auf diesen Mann bezüglich ein Telegramm aus Brest eingelaufen, dessen Inhalt weiterzumelden die Schreibstube dienstlich keine Veranlassung habe.
»Ja«, spottete Pont an seiner Strippe, »feine Leute haben feine Verwandtschaft. Was wollt ihr denn nun mit ihm tun?«
Am anderen Ende vermochte Unteroffizier Langermann nicht länger an sich zu halten (er glühte, seit er vor drei Wochen die Tressen empfangen, zuinnerst vor Parteinahme für seine Dienststelle): »Ihn totschießen«, entfuhr es ihm, »innerhalb vierundzwanzig Stunden.«
An dem Schreck: »Bist du jeck, Kerl«, mit dem Pont in seine niederrheinische Mundart fiel, erkannte Winfried, worum es sich handle.
»Wissen schon, wissen schon«, ins andere Ohr von Pont, »sie wollen ihn begraben ...« Dann nahm er Pont den Hörer aus der Hand und meldete sich nachlässig.
Er sprach mit der Gelassenheit und Ruhe, die er an der Zuckerfabrik von Souchez und bei der Tankabwehr am Friedhof von Pozières (Sommeschlacht) hinreichend bewährt hatte.
»Ich möchte darauf aufmerksam machen«, sagte er, »daß Exzellenz in dieser Angelegenheit um halb fünf eine Unterredung mit Herrn Generalquartiermeister hat und daß Übereilungen außerordentlich peinliche Folgen für allerlei Fürschten haben könnten.«
Cand. phil. Langermann, der ja gar nicht weit weg in seiner Schreibstube saß, schlug im wahren Sinne des Wortes die Hacken zusammen, aber er entgegnete sieghaft:
»Der Befehl spricht von vierundzwanzig Stunden, Herr Oberleutnant. Bis dahin können Herr Oberleutnant gewiß sein, daß

nichts Übereiltes vorfällt. Der Herr Generalquartiermeister übernimmt die Verantwortung«, fügte er hinzu, wie jemand, der ein Trumpfas, das lange zurückgehaltene, zu großem Stich wollüstig entblößt.
»Schönchen«, näselte Oberleutnant Winfried hochmütig und hängte ab.

Grischa fand es frisch in seiner Zelle. Hätte sie noch unmittelbar an der Wachtstube gelegen, jenem Halbrund, von dem aus der Dreizack der Zellengänge ins Gebäude hineinstrahlte. Aber in denen saß die schwere kalte Luft der letzten zwanzig Nächte, unvertreiblich vielleicht bis zum Sommer. Nächsten Sommer würde er schlecht aussehen, dachte Grischa plötzlich, in seiner Wanderung innehaltend, in seinem Stapfen von Tür zu Fensterwand und wieder zurück. Nächsten Sommer? Er hatte die Leute betrachtet, die einen Winter und Frühling lang in der Erde gelegen hatten und dann von Schanzarbeit oder anderem Kriegsschicksal wieder aufgestöbert worden waren. Sie sahen noch ganz aus, aber nicht sehr schön. Warum den Kopf wegdrehen davon, daß auch er dazu bestimmt war, ein solcher halblockerer verfallener Leichnam zu werden? Man hatte ja Mut zu allerhand, warum nicht auch zu diesem Blicke? Der Bart wird lang gewachsen sein, an den Backen und dort, wo die Haut noch am Kinn haftet, von den Augen wird nicht mehr viel die Rede sein, die Zunge im Munde konnte vielleicht vertrocknet herumhängen oder weggefault sein, Haare würde man noch haben, und keinen Bauch in der Uniform, wenn sie einem die ließen – hier empörte sich der strenge Kleinbürger in ihm, und er beschloß, wenigstens in Hemd und Hose begraben zu werden. Er wußte, was sich gehörte. Einen letzten Willen befolgte jeder: begraben werden in Rock und Stiefeln, bekleidet bis zum Halse, in einem der Särge, die er selber gemacht: nicht wie ein durchschnittlicher Gefallener in ein Loch geschmissen, halb nackt oder ganz nackt, uneingewikkelt, schweinisch.
Schließlich ward ihm der Frost zu häßlich; er klinkte seine Zelle auf und erschien in der Gangöffnung, übersah den langen vertrauten Raum, in dem drei elektrische Lampen angenehme Beleuchtung ausschütteten, hoch oben von der Decke an Tür und Gang je eine, in der Mitte über den Tischen zum Schreiben und Lesen niedrig die dritte. Der Ofen gab kräftig Wärme aus; Grischa grunzte befriedigt. Dann rückte er sich einen Schemel in die Nähe der Gangöffnung, setzte sich mit dem Rücken an die Wand und wartete, ob ihn jemand verjagen werde. Aber man dachte nicht daran. Kraft

einer schweigenden Übereinkunft bemerkte ihn niemand. Der Wachthabende entschied nach einigen Sekunden Zögerns, zu tun wie die anderen. Es mochte ihm einen Rüffel eintragen, mehr nicht, denn der Russe war ja so lange wie ein Stubenkamerad gehalten worden; nicht einzusehen, wenn man sich dumm stellte, warum ihn jetzt auf einmal abhalftern wie einen gebrauchten Fußlappen. Grischa gefielen Wärme und Helligkeit; nur die Menschen behagten ihm nicht. Er hatte so viel zu denken, kam ihm vor. Ohne Menschen wäre das leichter gegangen. Aber dann besann er sich, daß er doch sehr bald allein sein werde, daß ihm dann Menschen vielleicht fehlten, und er beschloß, zu sitzen und, so gut es ging, inmitten aller zu denken. Tabak besaß er, das war die Hauptsache, sonst hätte er sich welchen borgen oder kaufen müssen; kaufen wäre ihm unerwünscht gekommen, denn er sparte jeden Pfennig für Marfa Iwanowna und seine Kleine und vor allem für seinen zukünftigen Gewerbebetrieb, um ohne Schulden anzufangen. Er hatte viel gelernt im Kriege. Er konnte aus Metall kleine Schmuckstücke arbeiten, Ringe, schwertähnliche Briefbeschwerer, er vermochte sehr hübsch zu schnitzen, mit gewöhnlichen Messern aus Lindenholz Salatbestecke zu formen mit Stielen, die rosen- oder krautkopfähnliche Muster plastisch zierten, Fischgabeln, deren Stiel einen langen geschuppten, schön gebogenen Fisch darstellte, Spazierstöcke, um die sich eine Schlange wand; er kam bestimmt nicht um, so viele verschiedene Handwerke hatte er inzwischen ausgeübt, als letztes das Tischlern, und für alle war Geldhaben lieblich. Die Kanzlei bewahrte seine Habseligkeiten: dreiundsechzig Rubel in Papier, erspart von seiner Löhnung, und sechzehn deutsche Mark. All das mußte sie ihm wiedergeben und, wenn nicht, es Marfa Iwanowna schicken. Er wußte, das ging über Schweden. Dort saßen vernünftige Leute, die ihre Hände aus dem Krieg weghielten, und damit nicht alle menschliche Kameradschaft auf der Erde fehlte, vermittelten sie zwischen den Verrücktgewordenen in solch kleinen Sachen. Heimkommen, dachte er aufseufzend ... Er hatte sich auf den Weg gemacht, zur Ruhe zu kommen, friedlich bei Frau und Kind zu sitzen; aber der Krieg hatte ihn in einer Falle gefangen, in einer blinden Sappe. Er sah sich als gefangenen Wolf, der sich von einem Köder hat in einen Hohlweg locken lassen – Lehmbruch mit übersteilen Wänden, und an dessen Ende ein glitschiger Wall sich türmte. Hinterher schlenderten gemächlich die Jäger, die sahen, wie das Tier erbittert seinen Hals drehte nach rechts und links, wie es dann zu einem verzweifelten Sprung ansetzte, die schlüpfrige Mauer doch noch zu nehmen, wie es halb springend, halb kletternd die

Höhe gewann und für diesmal doch noch der Falle entwischte. Grischa bildete sich dies wie einen Traum vor, körperlich, ganz klar, ohne irgendein Aufhebens, und er begriff: dies sei ein Vorschlag seines Inneren, an Flucht zu denken. Aber er schüttelte entmutigt den Kopf. Der Wolf entkam diesen Jägern nur, um den nächsten zu erliegen. Hier um Merwinsk und bis zur Front, wo jetzt überall unverhofft Truppenlager aufgeschlagen waren, Baracken, Zeltreihen, wo alle Straßen von Wagen und alle Wege von reitenden oder motorradfahrenden Befehlsüberbringern, Streifwachen der Feldgendarmerie, zur Bahn marschierenden oder zurückkehrenden Urlaubern belebt waren! Klar und deutlich: Nur ein Unsinniger dachte an Flucht. Und mit tiefem Seufzen der Erlösung gestand sich Grischa: er wollte auch nicht mehr. Der Knochen war es müde, von den Hunden hin und her geworfen zu werden. Ihm fiel ein, daß er dieses Gefühlsbild vorhin schon, als er mit dem Gefreiten Sacht angesichts der rieselnden und zitternden Schneemassen und der Windgespenster entlanggestampft, genauso vor sich gehört hatte. Daß er ein guter Mensch sei, hatte ihm Sacht da zu verstehen gegeben. War er ein guter Mensch, Grischa? Und er wandte seinen Blick nach außen. In ihren Kojen auf Holzwolle, Papierfaser, einer Drahtmatratze aus Gartenzaun lagen die Deutschen und lasen Bücher oder Hefte. Am Tisch in der Mitte saßen andere, schrieben Briefe, spielten Karten, schwatzten dabei, alle rauchten; in dicken grauen säuerlichen Ballen zog der Dunst und die mißbrauchte Luft so vieler Männer im Raum umher. Waren es böse Männer? Wenn er, Grischa, jetzt langsam zur Tür ginge und sie aufklinkte, würde der Gefreite Sacht, der in Stiefeln und umgeschnallt dort lag, mit seinem Gewehr hinter ihm herschleichen. Lief er dann, Grischa, den Gang entlang durch den ersten Hof und rechts nach dem Tor, so würde es hinter ihm schreien: Halt! Halt! Halt! – und dann würde der gut bekannte Krach, oder mehrere, des Infanteriegewehrs hinter ihm herblaffen. Je nach Glück würde ihm eine Kugel den Rücken zerschmeißen oder auch nicht. Kam er weiter, so hetzten in wenigen Sekunden, vom Lärmen der Schüsse oder schon vorher aufgestört, diese Kameraden hier hinter ihm her, im Laufschritt, mit fliegenden Seitengewehren, verbissen ärgerlichen oder lachenden Gesichtern, und mit großer sachlicher Zufriedenheit würden sie ihn zuckend oder regungslos, jedenfalls aber blutend auf der Erde vorfinden, das Gesicht auf den Steinen oder dem Schmutz des Pflasters oder mitten im Schnee; ja, nur im Schnee.

Sie waren keine bösen Menschen. Er kannte sie alle; gut oder schlecht waren sie nicht; aber in jedem lag die Fähigkeit, an irgendeiner Stelle anständig zu handeln. Sie hatten die Faust des Vorgesetzten im Nacken und fürchteten sich vor denen viel, viel ärger als vor solchen Taten, vor dem Hinmachen eines Menschen. Und das taten im Augenblick auf der Erde zwanzig Millionen Männer, und vierhundert Millionen Männer und Frauen hielten das für gut, in Ordnung, selbstverständlich. Grischa wunderte sich. Er wiederholte: Wenn ein Mann ins Freie läuft, weil er sich in ein paar Tagen nicht erschießen lassen will, so wird er erschossen; nicht von bösen Menschen, auch nicht von schlechten, also ist auch er kein böser Mensch, kein schlechter. Das halte fest: Ob er ein guter Mensch war, Grischa, er, der hier saß und seine halbgebogene braune Holzpfeife unter der Nase glühen ließ, konnte niemand entscheiden, und es ging auch niemanden was an. Aber ein schlechter Mensch war er ebensowenig wie die andern. Da er nun nichts verschuldet hatte, jedoch erschossen werden würde, sah doch ein Blinder mit dem Krückstock, daß Gutsein oder Schlechtsein mit Erschossenwerden oder Am-Leben-Bleiben gar nichts mehr zu tun hatte. Also erlaubte man dem lieben Gott in solchen Sachen keine Zuständigkeit mehr und Babkas Teufel schon eher? Im Grunde mußten es die Juden wissen mit ihren Büchern, man konnte fragen; aber wenn man erschossen wurde, und zwar ziemlich bald, hatte das ja keine große Wichtigkeit mehr. Jedenfalls lief die Welt so, daß hier ein Unschuldiger erschossen wurde, und das schmeckte schon weit eher nach dem Teufel als nach Gott ... Es wunderte Grischa gar nicht, daß solche Fragen ihn plötzlich mit innerlicher Leidenschaft beschäftigten. Warum nicht? fragte er sich. Ein Mensch, der sterben wird, hat natürlich Zeit für Gott und Teufel! Einen unschuldigen Menschen umbringen, das sah ihr auf alle Fälle ähnlich, dieser Welt; denn es bestand ein Unterschied zwischen dem Tod in der Schlacht und einem feierlichen Erschossenwerden um nichts und wieder nichts. Welcherart Unterschied, vermochte Grischa weder auszusprechen noch auch nur zu denken, er sah einfach, die beiden Sachen unterschieden sich so wie ein Apfel und eine Kirsche. Kirsche war Tod auf dem Schlachtfelde, eine Sorte – Apfel unschuldig erschossen werden, eine ganz andere. Und plötzlich, hart und schmerzlich, krampfte es Grischa gegen diese Gewalttat. Nicht erschossen werden war das Schlimme, sondern: schuldlos, grundlos, sinnlos! Da mußte man ja wild und toll um sich hauen!

Aber plötzlich, während er schläfrig die Augen schloß und über sich selbst gebeugt die Lust des unschuldig Gekränkten auskostete, sah er wiederum Denkbilder vor sich, Erinnerungen, nicht mehr. Er war mal ein Held, ein guter Soldat! Da warf einer die Arme hoch – hechtblau angezogen –, weil ihm ein Seitengewehr mächtig in den Brustkasten gerannt worden war – ein Bajonett, das festsaß und das man aus dem gespießten Manne nur herausbekam, indem man ihm mit dem Fuß kräftig vor die Rippen trat. Dann flog er sterbend in ein Granatloch, und der Held stürmte weiter – etwas erbrecherisch um den Magen, aber dazu fehlte Zeit ... Nur ermahnte er sich sofort, geschickter zu arbeiten; wozu gab es beim Menschen den Bauch.

Er war ein Held; er hatte schießen gelernt, und zwar nicht zum Spaß: das Gewehr fest einsetzen, innerlich ganz ruhig atmen, Korn und Kimme in schöner Einheit halten und ohne Wackeln abziehn, wenn ein menschlicher Kopf, eine Schulter, ein Stück Rücken oder Brust sich zeigte; und sicher sein, daß auf nahe Entfernung oder auf größere, wo immer ein Stückchen graues oder hechtblaues Tuch ins Ziel schwamm, zwischen Graben und Graben, zwischen Waldrand und Hügelkamm, ein Deutscher oder Ungar umfiel; verwundet – gut, tot – besser. Und er vermochte mit Handgranaten umzugehen. Er erinnerte sich; noch sah er die Gruppe anlaufen bei Nowogeorgiewsk, einen kleinen Unteroffizier, blutjung, und vier Leute mit Bajonetten, atemlos, möglichst schnell in Deckung zu gehen – und wie seine Handgranate, in aller Ruhe geworfen, als großer Stein zwischen fünf Spatzen platzte und dann von den fünfen kein einziger mehr heil davonging, sondern sie hingemacht waren. Das nannte man russischen Rückzug, jawoll! In winzigen, äußerst scharf geprägten Bilderchen meldeten sich ihm solche Soldatenszenen eines erprobten ruhmreichen Regiments, zwar nicht jeden Tags Sache, aber doch in Angriff und Abwehr viel häufiger, als er gemeint. Er war bestimmt kein schlechter Mensch, Grischa, aber schön ließ sich, was er getan, doch nicht nennen. Er hatte dem Regimentsbefehl geglaubt: Tapferkeit für den Zaren und für die Heimat, Pflicht eines Soldaten, und Christus damit ganz einverstanden; aber das Ergebnis lehrte – anderes. Was hatte Täwje gewußt? Wer Menschenblut vergießt, dessen Blut wird durch Menschen vergossen. Da sah man es! Es hatte nichts mit Gut oder Schlecht zu tun. Es stand nicht geschrieben: der böse Mensch, der Menschenblut vergießt, wird durch gute Menschen vergossen werden, auch nicht: der gute Mensch, der Menschenblut vergießt, wird durch böse Menschen vergossen werden. Es stand einfach da: wer vergießt, wird vergossen, wer schlägt, wird geschlagen. Und sein ganzes Gesicht von Überraschung aufgeweckt, nahm Grischa mit tiefer Befriedigung das Ergebnis dieser Viertelstunde zur Kenntnis. Gut, dieser Punkt war in Ordnung. Das Quälende verdunstete. Der Fall Gri-

scha Paprotkin stand nicht mehr als Mißgeburt vor ihm, nichts Scheußliches und Unanständiges mehr, er ging in Ordnung. Wichtig allein war, daß etwas in Ordnung ging. Dies ganze Geschlecht hatte Menschenblut vergossen. Nun wurde es ausgeschüttet, das ganze Geschlecht, wannenweise, eimerweise, tropfenweise, ganz gleich wie: alles mußte seine Richtigkeit haben. Und tief gestillt, in einer Leichtigkeit, die ihn eigentlich hätte wundern dürfen, verlangte Grischa von Hermann Sacht, hinauszugehen, auszutreten, um ein bißchen frische Luft in die Backen zu ziehn. Blaue Dämmerung! Übern Hof trabend, dort sein Bedürfnis zu verrichten, merkte er mit Erstaunen, wieviel reiner, klarer Schnee inzwischen gefallen und wie hoch er auf allen Vorsprüngen, Dächern, Pflöcken lag. Die Drähte der Lichtleitung und ihre Pfähle trugen dicke Mützen, hohe weiße Verstärkungen. Nächtlich drängte sich die Luft an die Gesichter, durchschwebt, durchwallt, durchgeistert. Grischa nahm eine Handvoll des frischen Geflocks und aß davon.
»Schmeckt gut«, sagte er lächelnd zu Hermann Sacht.
»Macht Durst«, antwortete der Deutsche, der im serbischen Feldzug die Qualen des Schneedurstes hinreichend gelitten hatte.
»Macht nichts«, lachte Grischa, »schmeckt sauber und ist wie ein schönes Bett, sich hineinzulegen.«
Dann blickte er nachdenklich. »Wenn diese alte Frau kommt, diese Babka, ich möchte sie gerne sprechen.«
»Woll«, antwortete der Gefreite, »das geht. Von ›keinen Besuch empfangen‹ steht nischt im Befehl. Vor sechs kommt sie aber nie. Sie hat Angst, den Spieß zu treffen.«

In dieser Nachmittagspause saß Posnanski hinter seinem Tische, Winfried auf der Sofalehne, Bertin lief auf und ab. Anschließend behauptete Winfried:
»Albert hat telegrafiert, bevor er Lychow in die Pupille blickte, wie ein nervöser Schuljunge. Denn sein Ukas erging um halb vier, Onkel aber war angesagt erst für halb fünf. Und wenn der Herr Lehrer ihm ins Gewissen redet, nimmt er alles zurück und behauptet das Gegenteil. Ich bin stocksicher, daß dieses Kabel widerrufen wird – und zwar noch vor dem Abendbrot.«
Posnanski hatte einen schwachmütigen Tag, was sich bei ihm immer in Zitaten äußerte:
»Wenn man's so hört, möcht's leidlich scheinen.«
Die Fortsetzung verschluckte er, aber er dachte sie sich.
Dann, kurz vor dem Aufbruch, rief Winfried den Unteroffizier Manning an und gab ihm an, wo er zu finden sei, falls in dieser

Sache ein Telegramm seines Onkels an die Kommandantur oder auch an ihn durchgesprochen werde: zum Abend im Kasino, bis gegen elf im Soldatenheim – »es gibt da solch eine sächsisch-protestantische Veranstaltung«, lächelte er in den Hörer, »wenn Sie Lust haben, kommen Sie hin. Es sind ein paar Schwestern da, wir werden Musik machen, es wird sehr gemütlich«; und nachher habe er ja Telefon in seiner Wohnung. Und er erwartete eine nachlässige und witzige Keckheit des wohlhabenden Jungen, eines jener Berliner gebildeten Kaufleute, ohne die die literarischen Theater der Stadt niemals in die Höhe gekommen wären. Statt dessen sprach eine sehr ernste Stimme:
»Leider kann ich allzugut abkommen, Herr Oberleutnant. Eigentlich hätte ich nämlich Dienst. Aber sämtliche Leitungen nach Westen hin hat der Schneesturm unterbrochen. Wir drehen Daumen.«
»Bitte?« schrie Winfried, so verstört, so laut, daß dem schreckhaften Posnanski die Zigarre aus den Fingern und auf den Tisch fiel. Und Manning erläuterte das Einbruchsgebiet des Schneesturmes nach den letzten Daten. Keinerlei Verbindung nach Westen zu herstellbar. Das große Waldgebiet zwischen Bakla und der Grenze des Gouvernements offenbar ein Knäuel. Vor morgen früh stecke kein Störungssucher seine Nase windwärts. »Wir hörten die letzte Meldung von jenseits dieser Grenze um halb fünf. Funkapparate fehlen uns ja gänzlich; hält die Störung lange an, setzt Brest hoffentlich Flieger ein.«
»Um des Himmels willen«, stotterte Winfried, »dann ist der Kerl verloren«, und er wischte sich plötzlich ausbrechenden Schweiß von der Stirn.
»Wie?« drängte Posnanski. »Reden Sie was! Sie sperren uns ja aus!« Und Winfried erklärte es ihnen.
Die drei Männer sahen wütend oder vernichtet auf den Schnee, der an den schwarzen Fenstervierecken leise knisterte und den sie, jeder auf seine Art, als Erlösung vom merwinskschen Grau, Braun, Staub, Schmutz begrüßt hatten.
»Dann hilft es nix«, faßte sich Posnanski schließlich. »Dann muß einer von uns mit Brettschneider reden. Wenn der Mann vernünftig ist, wartet er, bis wieder Telegramme ankommen. Hat Exzellenz dann nicht seine Hand ausgestreckt, dann mag er das unschuldige Kindlein immer noch ermorden, der Herodes.«
»Nein«, Bertin lächelte schwach, »den Herodes spielt ein anderer.« Und sie sahen den Tetrarchen auf seinem Throne sitzen, mitragekrönt, mit hängenden Backen, einer Papageiennase und dem Pour le mérite des Generalmajors Schieffenzahn.

Sechstes Buch: Die Retter

Erstes Kapitel: Babka rüstet

Dem Menschlichen gemäß ahnte Babka gar nichts. Sie trat nachmittags in die friedliche, emsige, vollgequalmte Wachtstube, in der Grischa Wärme genießend abseits an der Wand saß und seinen Gedanken nachhing, und begrüßte ihre Bekannten, die dankbar für die Unterbrechung der Langeweile »Hallo!« riefen und Neues erwarteten, wenn jemand von außen die Bewegungen der verborgenen Stadt Merwinsk hereinbrachte. Gewohnt zu verkaufen, brachte sie noch immer Früchte, Winteräpfel, aber auch Zigaretten, russisches Gebäck vor allem, Kuchen mit Krautfüllungen oder geriebenem Käse, mit billigen Fetten und geschmuggeltem Mehl auf verbotene Weise, nämlich gegen die Mischvorschrift, appetitlich hergestellt, und hatte auf ihre Art aus braunem Gesicht kräftige wortkarge Antworten für jeden Spaß. Sie sah rund aus, das konnte man nicht leugnen; niemand aber wäre auf den Gedanken gekommen, daß sie am Ende des siebenten Monats ein lebendiges Kind in ihrem Körper hier herbergte. Sie trug es wie viele Frauen nicht am Vorderleib, sondern nach dem Rücken zu; dort lag es behaglich zusammengeschnurrt in seiner warmen Fruchtblase und füllte den langgestreckten Rumpf der Mutter, ohne sie aufzutreiben. Die Soldaten hielten Babka nicht mehr für eine Greisin, aber noch weniger für ein junges Weib, und in ihren Soldatenstiefeln und plumpen Röcken und Tüchern hausierte sie zwischen ihnen wie irgendein Lieferant, zumal ihnen allen jene Gewohnheit »alte Frau« das Wahrnehmungsvermögen blendete. Dann hockte sie sich neben Grischa nieder und sah ihn forschend an. Sein Gesicht schien ihr verlängert, merkwürdig, sehr ruhevoll, und er erzählte ihr grob und schlicht, was geschehen werde. Obwohl die Ankunft von Schieffenzahns Telegramm dieser Wachtstube vollkommen unbemerkt blieb, füllte sie ein solcher Block von Gewißheit aus, daß Babka ohne greifbaren Beweis vollkommen überwältigt dasaß. So war die Welt. Sie wußte es seit langem. Ihr konnte man nichts Neues sagen. Eine Hand tastete nach ihrem Herzen, und ein widerlicher Druck wollte ihr den Atem abschneiden. Sie rieb schnell mit dem Handrücken die Stirn und knetete sich mit der Linken Nacken und Hinterkopf,

während sie zu gleicher Zeit schon wußte, daß jetzt die Stunde ihrer Befreiungstat anbrach, ihre Einmischung selbst gegen Grischas Willen unerläßlich wurde. Sie atmete mehrmals, so tief sie konnte, dann ward ihr wieder gut, und ruhig schwamm, von ihrem Schreck unbelästigt, das selig dämmernde Kindchen in seinem Kinderteich. Natürlich würde man Grischa nichts sagen, ebensowenig wie man dem Kleinchen zureden konnte. Sie waren beide geborgen in ihrem Gefängnis. Sie mußten beide hinaus. Sie wurden beide nicht gefragt. Mit ruhigem Blick schätzte sie die Zahl der anwesenden Soldaten. Ihr Schnaps, den sie gewürzt und mit der Zungenspitze abgeschmeckt, dieser schöne grüne Schnaps, in Schnee gekühlt, würde reichen, um sämtliche Türen, unverschlossen, wie sie waren, für wenigstens fünfzehn Minuten freizugeben. Sie sagte sich nicht, daß die leisesten Giftzeichen schon der Erstbetroffenen genügen würden, aus den anderen Mannschaftsunterkünften Leute herbeizutrommeln. Das ganze vielfältige und leicht reizbare Geflecht eines solchen Militärgefängnisses lag ja über ihren Erfahrungen. Sie sah nur den kurzen Weg von diesem Wachtraum durch die Vorhalle, schräg über den zweiten Hof zum Tor, an der Mauer entlang in irgendeine Merwinsker Gasse mündend. Dann sollten die Deutschen den Grischa suchen! Sie streichelte seine Hände, die entspannt und gestreckt auf den Oberschenkeln lagen, und fragte ihn: »Wann?«
Er antwortete:
»Siehst du, Babka, so freut es mich. Eine ruhige Frau ist mehr wert als ein Morgen Land. Niemand weiß, wann. Es gibt ja immer Umständlichkeiten vorher. Morgen früh bestimmt nicht; das wird mich ruhig schlafen lassen, und morgen mittag auch noch nicht, denn, siehst du, die Diensteinteilung würde das nicht erlauben. Übermorgen können sie sich's einrichten; dann erfährt's der Feldwebel morgen früh und stellt für übermorgen Mannschaften bereit. Ich will dir sagen«, damit erhob er sich, »ich möchte jetzt schlafen. Es ist dumm, ich weiß; aber ich werd auf einmal mächtig müde. Wenn du bei mir sitzen könntest, so schliefe sich's noch viel besser. Du hast ein Ding von mir im Bauche, und Marfa Iwanowna ihres hopst und kriecht schon in der Küchenstube, und beide werd ich nicht erblicken, deins nicht und ihrs nicht. Einmal gibt es ja doch Frieden«, setzte er hinzu, indem er ihr, der Kauernden, die Hand auf den Scheitel legte, »dann fahr du mal mit deinem Kinde nach Wologda. Du glaubst nicht, wie weit es ist von hier, aber einerlei, die Bahnen schaffen es. Dann bringt ihr die beiden Kinder zueinander, deins und ihres, und beide könnt ihr dann zusammen auf mich schimpfen«,

lächelte er, drückte ihr die Hand und ging. »Komm zeitiger morgen«, bat er noch über die Schulter, nickte noch einmal und verschwand in der Nacht des Ganges, aufgelöst von Kälte und Finsternis.
Sie starrte ihm nach. War das ihr Soldat-Idiot? Wieviel ging vor in dem? Man fand nicht recht an ihn heran. Wenn er sich nun weigerte, die offenen Türen zu durchschreiten? Sie schüttelte sich kurz vor Grauen. Hier allein drohte Angst und Grund für Unheil. Aber dann dachte sie: Morgen steigt es ihm an die Gurgel, dann spürt er es, dann läuft er mit mir. Morgen war der Tag Allerheiligen, für Katholiken wie sie ein Feiertag; übermorgen, Allerseelen, brannten Lichtchen auf den Gräbern, Kerzen im Schnee für die weggenommenen Teuren: eine ernste, günstige Zeit. Dem Teufel stand sicher weniger Macht zu, wenn alle Heiligen regierten und allen Seelen, im Fegefeuer, in der Seligkeit und auch den Unglücklichen in der Hölle unten das Scherflein einer lebenden zaubernden Flamme gespendet ward. Man konnte es wagen. Dann seufzte sie einmal, denn ihrem mütterlich erweichten Herzen taten die Soldaten leid, die sich an ihrem süßen grünen Schnaps den Magen bis zu Tode verderben sollten. Und sie beruhigte sich damit, daß möglicherweise der Schnaps nicht stark genug sei, um mit einem Gläschen oder zweien einen Mann ganz umzubringen. Es war ja hinreichend Stechapfel und Bilsenkraut darin ausgelaugt, Nachtschatten und Tollkirsche; aber ein Kerl vertrug was, und wenn sie sich auch bloß erbrachen, in Krämpfen auf der Erde klapperten und die Augen verdrehten, konnte man ja doch über sie weg den Grischa am Genick aus dem Gefängnis schleifen wie einen kleinen ahnungslosen Hund. Nachher mochten sie ruhig wieder gesund werden, und wenn es gut ging, bekamen sie sogar Urlaub ... Und mit schwachem Lächeln nach allen Seiten hin nickend, eine sehr komische Tante, ging sie, ihren Korb am Arme, in die Schneenacht hinaus durch die Halle, schräg über den Hof und zum Tore jene vorgezeichnete Ecke abschneidend, vor der ein Weg durch den Schnee bereits festgetreten war. Es schneite immer noch ruhig, allmächtig, mit Unerschöpflichkeit drohend. Die Luft, viel wärmer, weil unbewegt, entließ in der Nähe jedes Lichtscheins große zierliche Flokken; mächtige Lasten beugten die unteren Äste der Kastanien, und die Drähte der Lichtleitungen und des Telefons hingen scharf gespannt. Der Posten am Tore kuschelte sich in sein Schilderhaus. Babka sprach mit ihm ein paar Sätze, wie sie mit allen Soldaten zu schwatzen pflegte, und wünschte ihm eine gute Nacht. Dann stand der Mann wieder allein da. Sein Blick glitt vor Langerweile an den Drähten auf und ab, und er fand, wenn es noch lange so weiter-

schneie, mußten sie an irgendeiner Stelle reißen. Sie waren kein Kupfer, längst nicht mehr, bloßer Eisendraht, und wenn er Schwein hatte, geschah der Schaden während seiner Wache und pustete im ganzen Kasten alles Licht mit einem Schlage aus – und er bespaßte sich mit diesen Vorstellungen, bis sie ihn nicht mehr fesselten.

Inzwischen taumelte Grischas Seele schon im Irrgarten des Schlummers ... Er hatte sich ins Einschlafen gestürzt wie als Knabe in einen Heuhaufen, der ihn duftend und berauschend auflöste. Da kein Wind mehr auf dem Fenster stand und allgemeine Wärme sich durch den Gang immerhin aufgeteilt, schwebte die Luft auch seiner Zelle in Pritschenhöhe schon laulich erwärmt. Mit dem Mantel bekleidet, ohne Stiefel, gewickelt in zwei Decken wie eine Falterpuppe, Wäsche und Zeltbahn als Kissen unterm Kopf, so lag der verurteilte Mensch in dem nach Rauch und Steinmauern riechenden Gelaß und schlief, verschlief Lebenszeit, lebte Traumzeit. In ihm arbeitete das Sterben. Er wälzte gleichsam sein Inneres um wie ein Maulwurf, warf neue Schichten auf und schüttete sie über die alten, und indes es ihn immer tiefer ins Schlafen verstrickte, schuf es auf seinem grauen, abgezehrten und strengen Gesicht eine Art Lächeln. Er trank Bruderschaft mit denen, die er getötet hatte. Sie saßen an langen Tischen aus Brettern und rohen Pfählen in rotschwammige Erde gerammt, auf Bänken, wie man sie für Kriegsvolk aufschlägt, ohne Lehne, und aus ihren Trinkbechern tranken sie einander mit Kaffee zu, aus großen wallenden Kesseln geschöpft – Kaffee, der aber eigentlich Blut war: Deutsche in grauen Mänteln, Franzosen (von seiner Arbeitszeit an der Westfront her) in ihren nebelblauen Röcken und stahlblauen Kammhelmen, Tommys ganz in Khakibraun mit ihren kleinnasigen Gesichtern, dann die Österreicher und die russischen Scharen und er, Grischa, unter ihnen. Sie hatten einander umgebracht, und nun prosteten sie einander zu, im Soldatenhimmel oder vielleicht auch in der Soldatenhölle; woran wollte man es unterscheiden ... Das für die Vaterländer vergossene Blut, in einem einzigen großen Kessel zusammengeronnen, schmeckte süß wie Punsch. Grischa brauste es rauschhafter noch und glücklicher durch Herz und Adern als auf dem Feste des Generals. Er stand auf der Bank, den Arm gestreckt, den heißen eisernen Trinkbecher an den Henkeln, und redete die Kameraden begeistert an: »Kameraden«, schrie er russisch, »eine gute Stunde! Wir trinken endlich beisammen, jeder hat das verfluchte Leben ausgezogen; es hat uns ohnehin nicht gepaßt, es war nicht vom Schneider, sondern aus der Fabrik, und die Lieferanten haben daran verdient; aber jetzt sitzt uns der Rock, wir können uns ausdehnen, wir haben Atem zwischen den Rippen. Euer Wohl, Kameraden!« Und er trank glücklich das süße, heiße Blut, nachdem er den Becher rundherum geschwenkt, und hatte die Freude, zu sehen, daß alle aufsprangen und ihm zutranken, die Deutschen aus den Karpaten und die von Nowogeorgiewsk und die Österreicher aus der großen Schlacht von Lemberg, und daß nun alle miteinander eins waren, nämlich glückliche Tote. Lauter Mannschaften, nicht ein Offizier, nicht einmal ein Feldwebel, die wahrscheinlich in einer besonderen Abteilung eingestallt waren, Unteroffiziere und Gemeine aller Waffengattungen, und als sie sangen, brannte das Lied auf, das damals, vor Jahrhunderten, erklungen war, als Grischa die Drähte der ersten Umwallung durchschnitt und in der klirrenden Frostnacht, im blaugrauen Lichte des Schnees, den weiten Hof durchschlüpfte. Da lag er ja, da breitete er sich ja, der Hof, leichenblau, silbergrau angelaufen wie von zerschuppter Haut. Es roch nach Mandelblüten, süßer Verwesung, und mit ungeheuren Schritten durchsauste Grischa, in einem Bündel sein ganzes früheres Dasein auf dem Rücken, die Stadien seines Verwesens, indem er wie mit Schlittschuhen über eine immer endlosere Ebene glitt. Fetzen für Fetzen riß ihm der Wind die Uniform vom Leibe, nämlich Haut und Fleisch von den Knochen, und im Graben ankam am Waldrand ein Gerippe mit Schlittschuhen und einem runden Ball auf dem Rücken – Babkas Bauch, in dem das Kleine wuchs. Grischa wünschte sehnlichst, es zu sehen, bevor er den Zusammenhang seiner Gebeine verlor und nur als ausgestreutes gedankenloses Beieinander von Rippen, Wirbeln und Röhren herumlag, wie er bei den Aufräumungsarbeiten in Frankreich Dutzende von Überbleibseln gefunden hatte. Aber dann schwand auch die Erinnerung an diesen Grischa hin, und er selber lag im Innern dieser Kugel, wunderbar aufbewahrt in Schwärze und Wärme, wartend, daß die Samenkapsel spränge und die Seele sich in die Unendlichkeit schwingen dürfte wie eine Schwalbe, die man in hohlen Händen gefangenhält und die nun befreit ist ...

In solchen Träumen verging die Nacht ...

Zweites Kapitel: Kriegsrat mit Musik

Vom Himmel, unschuldig, samten, flockten indes Myriaden köstlich gebildeter Kristalle lautlos und sanft aus der erfrischten Atmosphäre.

Grüne Ketten papiernen Eichenlaubs zogen sich längs der saalartigen Wände des Soldatenheims im Bogen hin und umrahmten stolze Schilder, die in roten Buchstaben die Namen eroberter Festungen von Lüttich und Maubeuge ab darboten. Die Mitte der Decke entlang zog sich das schwarze Blechrohr des mächtigen eisernen Ofens.
Man hatte als guten Beginn einen Choral gesungen, wonach Herr Feldprediger Lüdecke in kurzer gefühlvoller Rede knapp siebzehn Minuten lang von dem Gottesmann Luther sprach, der zwar ein Streiter gewesen und ein kerniger, aber im Wissen um deutsches Maßhalten verwirrenden Neuerungen der Schwarmgeister, die das reine Wort nur verdunkeln wollten, mannhaft entgegengetreten sei, und der in den deutschen Fürsten die natürlichen und von Gott eingesetzten Obersten der deutschen Kirche erkannt habe – woran man ein Kaiserhoch und einige Strophen von »Heil dir im Siegerkranz« schließen konnte. In der ersten Reihe des großen tonnenartigen Raumes mit seinen Feldherrnbildern in Grau und Rot und dem Kreuz aus geschwärztem Holze überm Haupte des Redners saßen eine Anzahl Beamter im Offiziersrang, besonders der protestantische Stabsarzt Dr. Widson, Leipzig, der vor einigen Jahren seinen Namen glücklich enthauptet, nämlich Davidsohn geheißen haben sollte – und ein Schock Mannschaften, die hauptsächlich des zuckergesüßten Tees wegen kamen, den die Helferinnen nachher ausschenkten, und weil der Aufenthalt im Soldatenheim trotz des frommen Stumpfsinns weit angenehmer war als der in ihren Massenbuden. Späterhin, plötzlich, erblühte ein Tänzchen unter den Klavierhänden des Unteroffiziers Manning! Der weltliche Geist im Heere schuf sich Gelegenheiten! Selbstverständlich tanzte man nur Walzer. Frau Gräfin Kleyningen, als Leiterin dieses Heims nicht schlecht am Platze, hätte andere, ausschweifendere Tänze nie geduldet. Das Bildnis Wilhelms des Zweiten an der Schmalseite des Raumes sah mit gnädig geschwungener Unterschrift auf seine Soldaten herab, denen er ja außer dem Dreschen der Feinde auch andere Kurzweil gönnte, und die Landesmutter mit dicker Perlenkette und hochfrisiertem Haar folgte den Tanzenden geduldig und wohlwollend mit ihren freundlich leeren Bilderaugen.
Die weit offene Tür erlaubte, vom Nebenraum, einer Art Allerheiligstem mit Plüschsofa und gehäkelter Decke auf dem runden Tisch, »das junge Volk« zu beobachten. Mit süßem Lächeln machte Frau Gräfin Herrn Pastor auf die bezeichnende Tatsache aufmerksam, daß eine Anzahl israelitischer Leute, leider wohl erst nach der Feier, das Publikum vergrößert zu haben schien; zum Teil sogar

»israelitischer Herren«, denn Kriegsgerichtsrat Posnanski zeigte soeben schnaufend seine herausquellenden Augen hinter der abstoßend dicken Brille, und der Schreiber Bertin, offenbar mit seinem Chef gekommen, lehnte in einer Ecke mit verschränkten Armen. Oberleutnant Winfried walzte mit Schwester Bärbe. Plötzlich stand auch Schwester Sophie da, die vorher niemand bemerkt, aber auch niemand vermißt hatte, so daß bei der zurückhaltenden Art des Fräuleins von Gorse sie sehr wohl von Anfang an in der Ecke der Pflegerinnen gesessen und bescheidentlich dem Wort gelauscht haben konnte, das heute Herrn Lüdecke besonders warmherzig und trefflich zugeströmt ...
Die Heimschwestern füllten Tee in mitgebrachte Feldbecher. Da er sehr heiß war, verbrannten die metallnen Trinkgefäße dem Unkundigen die Lippen. Unteroffizier Mannings Anzug wurde dem eines Leutnants täglich ähnlicher. Herr Pastor Lüdecke bemerkte es mißbilligend zu Frau Gräfin, die den Getadelten mit der Unfähigkeit der Berliner entschuldigte, feinere Unterscheidungen des Taktes richtig zu treffen. Den Tanz beendet, kamen Winfried und Schwester Bärbe atmend und lächelnd auf Bertin los, verweilten kurz bei Posnanski, dann neckten sie Herrn Manning. Eine Stadt wie Merwinsk, alle Merkmale kleiner Garnisonen vereinigend, bot überhaupt Anregung zum Gespräch, hauptsächlich mit den Erlebnissen oder dem Benehmen besonders sichtbarer Menschen, aber schließlich auch in der Spionage aller gegen alle; und so warteten Pastor und Gräfin angeregt, ob der Adjutant des Divisionärs an ihrer Tür vorübergehen und Schwester Bärbe Osann die Höflichkeit so weit außer acht lassen werde, einer älteren Dame die schuldige Aufwartung zu verweigern, der Heimoberin, vor deren zierlich gesetzten Artigkeiten die Heimschwestern übrigens zitterten. Sie verstand es, ein süßes Lächeln auf der alternden Haut, einer Jüngeren mit dem Munde Bajonette ins Herz zu stoßen und sie zweimal umzudrehen. Aber siehe da, alle fanden sich ein, nicht nur dem Paare, welches hier Hausherrenrechte vertrat, flüchtig einen guten Abend zu wünschen, sondern ihm, am Tische Platz nehmend, Gesellschaft zu leisten! Nur Manning blieb, die Hände gegen alle Vorschrift in den Hosentaschen, am Klavier sitzen.
»Manning«, hatte Oberleutnant Winfried gebeten, »locken Sie mit dem Klimperkasten, gleichgültig wie, die beiden alten Alligatoren aus ihrer Höhle. Wir brauchen das Loch ein paar Minuten.«
Manning bejahte mit den Wimpern. Er spielte Klavier, so gut er wollte, musikalisch, virtuosisch, schmissig, wie er sich gerade aufgelegt fühlte, Schüler berühmter Meisterlehrer ... Während drin-

nen Teetassen und in blauer Porzellanschale Augustakeks zum Knabbern auffuhren, steinharte Dinger, nach Kriegsrezept aus Hafermehl und Marmelade gebacken und mit Mohn bestreut, machte er mit sich aus, was wohl die beiden Krokodile rasch an die Angel zaubern konnte. Diese Tiere liebten Musik, große ... Ihm selber war nach einer trübwilden Beethoven-Sonate zumute, da Schwester Bärbe immer nur von der Seite des netten Burschen, ihres Winfried her freundliche Blicke für ihn hatte. Er räumte eine Anzahl Bände »Vom Fels zum Meer« und einen ganzen Stoß alter Hefte der »Woche« vom Klavier, öffnete den Deckel und lehnte dann, die Augen immer abwesender, die Zigarette in langer Spitze, Bernstein und Elfenbein, schräg im Mundwinkel, mit hängenden Armen vor den schwarzen und gelblichen Tasten. Ihn bewegten wechselnd die wehenden Themen der geliebten Werke; wie heroische Wolkenschatten zogen sie vorüber, die leidenschaftliche F-Dur, auch die »Mondschein« mit ihren perlenden, sehnsüchtigen Seelenuntergängen. Was er spielte, mußte blenderischen Glanz haben, um die beiden neugierigen Tiere aufzurühren, er hatte es in Bärbes blanke und drängende Augen versprochen, und doch auch ihm zu Aufschwung des Herzens verhelfen ... er hatte es; und in den allgemeinen Schwatz und Rauch dröhnten und läuteten plötzlich die großen Akkorde, mit denen Beethoven den Alltag der Menschen sprengt, Zugang zu inneren Welten aufreißend: »Waldsteinsonate«. Als nach den ersten sieben Takten das Gespräch an manchen Stellen des Saales noch fortpladderte, zischten die Leute in schäbigen grauen Röcken, die horchen wollten. Es wurde ganz ruhig, nur Frau Gräfin im Nebenzimmer plauderte süß und unermüdlich mit ihren dicken, schwarzen Augenbrauen. Endlich prikkelte es auch sie. Die Leere ihres bedauernswerten, vom Leben verheerten Wesens zwang sie, immer voll aufgefüllt zu werden. Hören allein hätte sie nie befriedigt; auch ihre rastlose Augengier mußte gestillt werden. Sie verließ ihre Sofaecke, drängte zur Tür, übrigens nicht sehr leise; es zog sie, den Spieler zu sehen, die Finger, die so glänzend über die Oktaven tanzten, wie sie in den Konzerten Hans von Bülows, Rubinsteins, Rosenthals niemals nur hatte hören mögen; und Herr Pastor Lüdecke, in ihr den Inbegriff der großen Welt verehrend, die sich seinem kleinen trübmecklenburgischen Dasein genähert hatte, folgte ihr gelehrig. Daß Schwester Emmi und Schwester Nettl nicht sitzen bleiben durften, wenn Frau Gräfin ihren Platz verließ, saß ihnen gut ins Fleisch gebrannt. Sie füllten die Tür hinter dem Rücken der beiden, die, den Finger auf den Lippen, leise, Dielen knarrten dennoch, dem Spieler zustrebten.

Mit einem Winkel des Auges lächelte sich Manning zu, weil er richtig geangelt, und dennoch flog sein Gemüt, trunken von einem leichten Schmerz und auf nicht sehr verbindliche Art gepackt, weiter in geistigen Regionen ... Im Nebenzimmer begann geflüsterter Kriegsrat.
»Ich pilgere morgen zu Brettschneider. Er muß die Hinrichtung verschieben, einem Telegramm Spielraum lassen«, raunte Posnanski kummervoll.
»Gesetzt den Fall, er tut es nicht«, stieß Bertin zu, »was dann?«
»Exzellenz hat Ihnen den Mann anvertraut«, mahnte Schwester Bärbe ihren Freund. Wir sind junge Menschen, blickten ihre Augen, zu wagen, mitzuspielen, dreinzugreifen ...
»Unsereins kann nichts mehr tun«, antwortete Winfried zögernd.
»Den armen Kerl preisgeben: trauen Sie sich's?« rief Schwester Bärbe, indem sie sich leidenschaftlich vorwarf. »Wär ich ein Mann in Ihrer Stellung – Schande über Sie, hätt ich beinahe gerufen!«
Oberleutnant Winfried zog die Brauen hoch.
»Immerhin liegt der Befehl Schieffenzahns auf dem Tische«, entgegnete er scharf.
Aber Bärbe, ihre Augen drohend und saugend an den seinen:
»Was tut das?«
»Westfront tut das«, lächelte Winfried zurück.
»Exzellenz würde Sie decken«, erwog Posnanski.
»Was wäre«, fragte Schwester Sophie, »aber ausführbar?«
Und Bärbe, eng über den Tisch gebeugt, zischte:
»Den armen Mann dieser wüsten Kommandantur entreißen, bis Lychow zurückkommt.« (»Wüschten«, sprach sie aus.)
»Und verstecken«, ergänzte Bertin.
Winfried zerbrach in seinen Fingern eines der harten Haferkeks.
»Entführen, hieße das.«
»Zur Flucht verhelfen mindestens«, erläuterte Posnanski. »Auf deutsch: ihn zwischen gewissen schiefen Zähnen hervorholen wie der Vogel soundso dem Hippopotamus einen Knochensplitter.«
Sie schwiegen alle. Nebenan dröhnte das großartige Rondo, die Akkordgänge der Sonate mit ihren Synkopen und wilden Rollern. Zwischen Winfried und Schwester Bärbe zogen zähe unabreißbare Blicke eine Art blanken Schienengleises durch die Luft; aus Winfrieds heiter-ernstem Kopfe lockten sie einen Wagenzug schöpferischer Überlegungen.
»Depots und Arbeitskompanien hätten wir genug in den alten Schanzen und Feldstellungen außerhalb des Kommandanturbereichs ... Man könnte dort den Mann für Brettschneider so uner-

reichbar wie auf dem Monde machen, wenn er nicht offenen Krieg gegen uns führen will und ihn mit Gewalt holt.«

»Das tun wir«, hieb Schwester Bärbe lispelnd und schwäbelnd zu. »Der Mann ist immer noch zu euch kommandiert ...«

»Von Rechts wegen«, ergänzte Bertin; »einmal draußen, teilt man ihn einem Arbeitstrupp zu, und dort bleibt er Tag und Nacht, bis Exzellenz heimkehrt.«

»Lychow deckt Sie«, bestätigte Posnanski. Und Winfried, die Gefahr, die er lief, klar vor Augen, aber Bärbe noch näher vor ihnen, Bärbe, die in ihrer Erregung um das Leben des Unschuldigen ihm bezaubernder und liebenswerter als je gegenübersaß und die ihre Arme in den unschön geschnittenen Winterkleidern der Pflegerinnen verlangend und verlockend wie einen großen Halbkreis auf dem Tisch hinbreitete – Oberleutnant Winfried entschloß sich.

»Entführung eines Russen«, lachte er.

Nebenan rollte das Klavier in der lachenden Übermacht des schließenden Satzes Beethovenscher Glücksbegierde.

Dem Manne kann geholfen werden, dachte Posnanski aufatmend. Aber zu Brettschneider pilgere ich doch. Denn das Legale hat auch seine Reize – wenigstens für die Kleinen und Häßlichen, unsereins.

Als man gegen halb elf die Straße wieder betrat, die aufgeschippte Schneewälle rechts und links verschmälerten, schneite es nicht mehr. Klarer Himmel, das unendliche Heer der Sterne blaß durch die noch dunstige Schwärze. Aber schon fühlte sich die Luft beim Einatmen anders als vorher an. Sie drängte beklemmend auf die Nasenwände.

»Gottlob kommt Frost«, sagte Winfried zu Schwester Bärbe, die neben ihm am Wagen stand. »Wir müßten einen Schwimmklub gründen, wenn es etwa tauen wollte.«

Unter einer zuckerhuthohen Mütze von Schnee schaukelte an der Straßenkreuzung eine Bogenlampe und machte die Häuserreihen tanzen. Sie bezeichnete auch den Eingang zur großen Kantine.

»Da sitzt kein schlechtes Gewicht auf«, deutete Posnanskis Stock in allgemeiner Gebärde auf Lampe, Drähte, Fenstersimse. Von dem Schild »Kantine der Ortskommandantur« rief das letzte Wort Schwester Bärbe wach. Sie fragte halblaut:

»Hast du deinen Plan schon?«

Und Winfried verneinte.

»Kein Bein. Pläne vorher mißlingen immer. Man läßt die Dinge sich morgen entwickeln und steht jederzeit parat.«

Ein leiser Wind von Osten verriet sich als Träger kommender Vereisung. Über den westlichen Gebieten Europas und dem Ozean hing Wärme noch genug, um laue Luft aufzulockern und die eisigen Schichten über den Steppen, Tundren, Wäldern Ostrußlands ins Gleiten zu bringen. Viel Wind allerdings konnte sich nicht mehr aufmachen. Eine Mütze voll Ostwind, das war alles.

Drittes Kapitel: Nach Canossa

Die Nachrichtentruppen diesseits des Einbruchsgebietes zeichneten eine halbe Stunde nach bemerktem Unfall bereits die eintreffenden Meldungen in ihre Karten, um die Schadenstelle einzukreisen. Alles lag am mangelnden Kupfer, wenn man ihnen zuhörte; sie hatten ihre Leitungen sachgemäß verlegt, an der Erde entlang oder in der Höhe; aber streite du mit den Naturkräften! Am frühen Morgen die Eisenbahnstrecken entlang, die Wege, Waldränder, stießen von mehreren Seiten Störungssucher mit ihren Apparaturen, Drahtrollen, Scheren, Sprechern ins Gebiet der Schneewirbel vor – für ihren Beruf gut geschult und ausgerüstet, zum Beispiel mit Schneereifen, um nicht zu versinken. In der Morgendämmerung blaugrau lag die Waldebene, das Feld vor ihnen wie getaucht in ein neues Element. Dünen von Schneewehen, an der Kante mit einem empfindlichen Messer geschnitten und von dem modelnden Hauch des Windes geformt, türmten sich in ihren Weg. Ihre Laune wurde grimmig angesichts der widerspenstigen Gegend. In solch frecher Überschwemmung von gefrorener Luft die Sprechdrähte wieder zu flicken, die sich in ihr noch hoffnungsloser verloren als die Nerven des Menschen in seinem Leibe, dieser Dienst veranlaßte viele grobe Flüche am Morgen des ersten November ...

Glücklicher als alle drang von Bakla aus ein Trupp, drei Mann, in den Wald ein – auf Schneeschuhen nämlich, junge Burschen einer bayrischen Schikompanie, die aus dem Verbande des Alpenkorps ihrer Wunden wegen hatten ausscheiden müssen und erst einer Genesungskompanie im Osten, dann den Nachrichtentruppen zugeteilt wurden. Die Mühelosigkeit ihrer Fahrt berauschte sie, als sie auf ihren Schiern, die Stöcke in der Faust, dort entlangglitten, wo ihre Kameraden mühsam tretend sich hätten durchkämpfen oder gar, bis an den Bauch steckenbleibend, umkehren müssen, und gab ihnen den nötigen Schwung. Dank der beflügelten Bretter hatten sie bald nach Sonnenaufgang die bewohnte Welt hinter sich und drangen zu dreien schweigend in die Waldregionen vor.

»Weißt, Alisi«, sagte der Pfleiderer-Toni aus Pensberg im Kocheler

Bezirk endlich zu dem Häuslerssohn aus Fischen im Allgäu, »das hätten mir auch nicht geglaubt, daß uns die Bretteln hier noch einmal so einen angenehmen Dienst schaffen täten.«
»Wenn's nicht so wolkicht wär; 's sollt halt höher liegen«, meinte der Führer, Hans Mittermaier von Murnau.
Der Toni mißverstand den Gefreiten.
»'s liegt eh hoch genug. Ein'n Meter Neuschnee haben mir ja ganz gewiß«; und der Hans mußte, nachdem er ihn ein bißchen verhöhnt hatte, ihm klarmachen:
Nicht der Schnee sollte höher liegen, sondern die ganze Gegend – nicht gar grad so hoch wie die Zugspitze, aber doch so hoch wie's Kreuzeck etwa.
Sie glitten entlang, zur Linken und Rechten die Spitzen und verfilzten Wipfel junger Kiefernschläge. Alisi sichtete von Zeit zu Zeit die Drähte in den Astgabeln und zeigte sie dem Toni. Die Lautlosigkeit dieses Morgens wirkte atemnehmend und zugleich begeisternd. Schneewächten zogen sich den Waldrand hinauf. In dikken Tuffs und Puffen häufte sich auf allen Nadelbüscheln der Kiefern, auf ihren Ästen, breiten Besen, ausladend hingestreckten Stachelwedeln der mächtige Schnee. Zur Linken sahen sie über dem niedrigen verschneiten Jungwuchs einzelne Kiefern heruntergebogen wie Trauerweiden. Mit kritischen Augen spähte der Pfleiderer die Richtung der Schneewehen entlang und fand: es müsse sich hier in der Nähe, nicht zu weit weg, ein Wirbelzentrum gebildet haben. Der Schnee sei erst von Norden nach Süden aufgehäuft, und hier beginne er in Kurven zu liegen. Der Alisi deutete schweigend nach dem Draht, den zu verfolgen sie aufgebrochen waren. Da hing er, oder lag vielmehr, einen halben Meter über ihren Köpfen, von Zeit zu Zeit zwischen den Stämmen frei schwebend, aber aufgelegt auf Äste und befestigt mit Kennerschaft. Und sie kamen überein, ihre Vorgänger vom Linienbau hätten gute Arbeit geleistet, und begannen von da aus über die anderen deutschen Stämme abschätzige Geschichtchen zu erzählen, wobei ihnen, guten Katholiken, der schlichte Zwang des Dienstes – daß sie Allerheiligen hier arbeiten sollten – als persönliche Beleidigung und ausgerechnete preußische Schikane aufstieß. Sie glitten entlang, klappernd mit Feldflasche, Dolch und Trinkbecher. Geräte und Drahtrollen auf dem Rücken, und scheuchten, ohne es zu wissen, das Wild beiseite, das in den Dickungen rechts und links den Schneesturm der Nacht überdauert hatte und nun Morgenschlaf hielt.
»Da, die Kiefern schauts euch an«, deutete der Gefreite Mittermaier.

Ein Baum lag mit halbgeschraubtem Wipfel schräg und grausam gequält in der Luft; zehn Stunden lang Schnee und andrückender Wind hatten ihn fast erledigt. Kronenlos bot sich ein anderer, ohnehin vertrocknet, als splittriger Stumpf dar. Einer jüngst gehauenen Schneise folgend, drangen sie in die Mitte der Verwüstung, zumindest ins Gebiet der meist verheerten Gegenden. Unterm maßlosen Gepelz des Schnees erstreckte sich, ein Verhack abgedrehter, zertretener, ausgeraufter Stämme, die Bahn der Schneehose, einer Art Luftlawine, vor ihnen.
»Gar nicht übel, Mordssakrament«, staunte der Toni.
»Ha, da schauts her«, deutete der Alisi, der den Draht, wie ein guter Jagdhund die Fährte, im Gefühl behalten hatte.
Von einer Birke, ein paar Meter weg von ihnen, hing eine schwarze Peitsche herab! Hier begann es ... fünfzehn oder siebzehn Kilometer tief in einem Gebiet, an dessen Rand die anderen Trupps noch entlangstocherten. »Das wäre einmal der Anfang, sagte der Regenwurm, als er das Weidenblatt in sein Loch zog«, meinte Alisi. »Jetzt könnten wir Brotzeit machen.«
Und sie erörterten, wieviel Dienst sie sich heute noch leisten durften. Denn daß sie am heiligen Festtag dem blöden Hund, dem Schieffenzahn, zuliebe etwa wettrennen sollten und sich nach dem anderen Drahtende in Schweiß bringen, das täte ja als ausverschämte Gotteslästerung zählen.
»Z'erst machen wir uns ein Feuer an, und dann schauen mir eh besser, wie's weitergeht. Ich mein, einen Lug täten mir noch, wie er sie hingehaut hat.«
Sie drangen in die Verwüstung ein, vorsichtig gleitend, um die Äste zu vermeiden, die nach ihren Knöcheln packten: Wipfel zerrissen oder geknickt, zersplitterte Äste, Gewirr von Sträuchern, Ranken, Erde, nackte Stämme mit den Merkmalen der Mißhandlung. Alsbald erklärte der Hans, der als Gefreiter am meisten auch von Schneestürmen verstehen mußte, ihnen die Aussichten. Hier durchzudringen? Hoffnungslos. Drüben, jenseits des Windbruchs mochte man, wenn man Schwein hatte, das andere Ende des Drahtes aufgabeln und dann die Linie mit neuem Material wieder flikken. Später mochten dann Schippertrupps die endgültige Arbeit vorbereiten. Sie beschlossen, bald zu frühstücken, sich an gesicherter Stelle Feuer zu machen, im Laufe des Tages den Einbruch zu umranden oder auch nicht. Das gefundene Drahtende hing an der Birke gut genug. Sie flochten sich aus gebrochenen Ästen ein Schneedach, entflammten mittels des Benzins ihrer Feuerzeuge ein ganz behagliches Lagerfeuer, kochten sich mit Schneewasser Teegrog,

aßen ihr geröstetes Brot mit zartem Speck, wovon der Allgäuer dem Pensberger freigebig mitteilte, und verfolgten schließlich eine ganze Stunde lang Wildfährten, die sie für Sauspuren hielten. Und eine Sau nach Haus zu bringen, wäre ihrer Gruppe einschließlich der Unteroffiziere ungewöhnlich wohl bekommen. Nahebei, nicht sehr weit entfernt, wäre in einer dick bepackten Eiche das andere Ende des Kabels zu finden gewesen, bevor es sich unterm Schnee verlor. Aber da, was durch diese Drähte auch gesprochen wurde, dem gemeinen Mann fast immer zur Unbequemlichkeit ausschlug, fanden sie Schweinsjagd gedeihlicher als Drahtfischerei, ihr Tagewerk von der Birke her gerechtfertigt und morgen keinen schlechteren Tag fürs Weitersuchen als heute. Und so richteten sie sich behaglich in der frischen Luft ein, rotbackige, blitzblanke Jungen, denen leider diesmal die Wildsau nicht vor die Parabellumpistole des Gefreiten Mittermaier laufen wollte. Und so behielt Feldwebel Matz in Brest-Litowsk recht: kein Generalmajor kam in die Lage, nach Merwinsk zu sprechen.

Jeder Feldwebel entwirft vorsorglich die Diensteinteilung für jeden Tag, einer Speisekarte gleich, die er seinem Herrn, dem Truppenführer, zur Billigung vorlegt. Der ändert manchmal anstandshalber etwas, streicht oder fügt hinzu, dann setzt er seinen Namen unter das Werk, und beide dürfen sich geleisteter Arbeit wegen Hochgefühle zufügen. Vom heutigen Tage aber, als er gegen acht Uhr auch für Merwinsk neblig aufdämmerte, Allerheiligen neunzehnhundertsiebzehn, hatte sich Feldwebel Spierauge keine deutliche Vorstellung zu machen unterstanden. Die Erschießung eines Menschen war ein durchaus feierlicher Akt, geregelt von der Verkündung des Todesurteils und der Übergabe seines Eigentums, damit er letztwillig darüber verfüge, bis zum Aufmarsch der geistigen Gewalten: des Theologen, der die Seele rettet, und des Mediziners, der den Tod des Körpers feststellt. Und ebenso rechtzeitig und feierlich mußte man den Vollziehenden Mitteilung machen, damit sie sich in ihren besten Staat warfen – wozu hier freilich wenig Gelegenheit winkte, denn mehr als einen Anzug beaßen die Landser nicht – und mit sauber gewaschenen Stiefeln zu der Stelle marschierten, wo ein Grab sich graben ließ oder ein Kugelfang sich günstig bot. Sollte befehlsgemäß die Hinrichtung heute nachmittag noch bei gutem Lichte, also gegen drei, vollzogen werden, so mußte der Befehl dazu spätestens früh um neun, beim Antreten der Kompanie, ergehen. Für Feldwebel Spierauge, einen breiten rotgesichtigen Blondbart, zeigte der Anlaß um so mehr Wichtigkeit, als dank Ausbleibens aller Ferngespräche, ob sie nun die Arbeitstrupps rings-

um oder Marschbewegungen Unterkunft heischender Neuankömmlinge und dergleichen mehr betrafen, ein leichter Leerlauf in der Schreibstube zu übertäuben war.
Rittmeister von Brettschneider übte seine Herrschaft im Staatszimmer weiland des russischen Polizeihauptmanns von Merwinsk aus, in einem großen alten Amtshause mit mächtigem weißem Mauergewölbe, Treppen von russischer Breite und Fenstern von Mannshöhe. Eine Glastür in der Frontwand des vornehmen Raumes führte auf einen Balkon, dessen schön verflochtenes Gitter, dem des Parktors der Villa Tamshinsky ähnlich, von dem gleichen Kunstschmied Zeugnis gab. Mit Parkett sorgfältig belegt und eine gelblichweiß gemusterte Damasttapete an den Wänden, zeigte es Ton und Höhe eines Fürstenraumes, und darum behielt es Herr von Brettschneider bei, obwohl es von draußen beträchtlich an die Füße zu ziehen begann. Man hatte der Tür drei Decken vorgehängt, drei wollene Schlafdecken übereinander (Mannschaft schlief den ganzen Winter mit zweien), aber spielten draußen erst zehn Grad Frost, so mußte Herr von Brettschneider wahrscheinlich doch in ein kleineres, viel bescheideneres, aber fußwarmes Zimmer nebenan flüchten. Denn der große Kachelofen heizte zwar ausgezeichnet, je höher man die Wände hinaufstieg; um unten in der Fußgegend bis etwa zwanzig Zentimeter überm Estrich Wärme auszustreuen, stand er viel zu hochmütig auf einem geschweiften Ziersockel aus glasiertem Ton mit vier Greifen im Geschmack der napoleonischen Zeit. Mitten an der Wand, dem Schreibtisch gegenüber, hingen lebensgroß in torhohen Goldrahmen zwei Bilder: Zar Alexander der Erste, enge weißlederne Reithosen, wunderschönes Gesicht, hochherziger Schnurrbart, grüner Frack mit Orden, einen wahrhaft erhabenen Dreispitz oder besser Zweispitz von Fenstergröße unterm Arm, und Nikolaus der Zweite, der in seinem Reiche schon nicht mehr viel zu sagen hatte, hier aber langhosig und besäbelt mit seinen nachdenklichen Backenknochen unentschlossen und bärtig auf die Beschauer hinunterblickte. Die beiden Zaren, von guten Künstlern in angenehmen Farben gemalt, hatte der Fabrikant Tamshinsky seiner Polizeiverwaltung anläßlich eines längst verblaßten Gedenktages geschenkt, als Dank für scharfe Schüsse gegen seine Streiker, Mai 1905; sie kamen erst wieder richtig zur Geltung, seitdem die eleganten Gestalten Herrn von Brettschneiders und seiner Gäste den Raum gelegentlich zum Klubraum erhoben. Im Licht einer starken elektrischen Lampe blinkten die goldenen Lehnen der Damastsessel, gelbweiß bespannt wie die Wände, an denen sie standen; es beschien die gepflegten langen Nägel des Rittmeisters und Kommandanten,

dem der ratlose Herr Spierauge, mit hängenden Schultern ganz und gar Entschuldigung und Dienstfertigkeit ausdrückend, das Papier vorlegte, das der Chef »sein tägliches Menü« nannte und auf dem Anordnungen über die Beendigung des Falles Bjuschew vorläufig fehlten. An den Rand des Zettels hatte der Feldwebel eigenhändig »Der Bjuschew?« mit Fragezeichen vermerkt, um so Herrn Rittmeister an das Außerordentliche des Tages zu erinnern. Es ging auf acht Uhr früh. In einer halben Stunde trat die Kompanie an, man hatte Zeit genug ... Herr von Brettschneider stopfte sich eine Pfeife mit holländischem Tabak, der zwar nicht erstrangig, aber angenehm zu rauchen war, und vertiefte sich in die beiden Worte »Der Bjuschew?«. Solange dieser Mann Streitgegenstand zwischen Kommandantur und Division gewesen, hatte sich Brettschneiders Selbstgefühl aufs heftigste gegen die Demütigungen gebäumt, die ihm von so viel Stärkeren, einem General und seinen Diensttuern, zugefügt wurden. An sich galt ihm ein Russe viel zuwenig, als daß er an so etwas im mindesten Empfindungen hätte verschwenden können. Lebte er, so lebte er; machte man ihn tot, so war er hin – es gab nichts Belangloseres. Er lächelte in leisem sicherem Triumph: schließlich hatte hier die stärkere Partie er, Brettschneider, gespielt und nicht die Exzellenz. Da gab es diesen gewissen Schieffenzahn, der nicht mit sich spaßen ließ und der im Schach wie die Dame wirkte, die Königin am Ende einer leeren Reihe, weit weg in einer Ecke des Feldes, aus der sie sich nicht gerührt hat. Ihr bloßes Dastehen genügt, um die Bewegungen der andern Steine im entscheidenden Punkte immer wieder zu unterbinden. Mit dieser Dame hatte er, Brettschneider, richtig gerechnet. Jetzt schlug er (oder sie) den Bauern, auf den sich die Partie so aufregend zugespitzt hatte. Brettschneider bezeichnete die Korporalschaft – erste Korporalschaft des zweiten Zuges –, die die Hinrichtung auszuführen hatte; er setzte die Zeit an, günstiges Büchsenlicht, aber sonst etwas ausgefallen, gegen drei; gab Befehl, das Eigentum des Bjuschew aus dem Verschluß ihm ins Gefängnis zu bringen. Urteilsverkündung erübrigte sich, da sie ja seinerzeit schon stattgefunden hatte und diese heutige Hinrichtung rechtlich nur die Ausführung der damals verschobenen darstellte; er wies Feldwebel Spierauge an, sich vom Herrn Oberstabsarzt einen der jungen Oberärzte mitgeben zu lassen und, die Frage des Geistlichen übergehend, sich an den Herrn Delegierten des Roten Kreuzes zu wenden, damit das Eigentum, der Nachlaß des Bjuschew, seiner Witwe über Schweden zugestellt werden konnte – über Schweden, wie ja der Briefwechsel, wenn man die mühsamen Nachrichten so nennen wollte, die sich getrennte

Gatten oder Familienmitglieder diesseits und jenseits der Fronten geben konnten, über Schweden geleitet wurde. Gerade befand sich der schwedische Delegierte selbst, Professor Graf Ankerström, auf zwei Tage in Merwinsk, ehe er seine Gastreise weiter südöstlich in die neugeschaffene Front fortsetzte. Vor den Fenstern der Kommandantur, an straff gespannten Ketten und mit straff gespannten Zuleitungsdrähten, hing wieder eine jener sieben oder neun großen Bogenlampen, die in das dunkle Merwinsk helle Mittelpunkte brachten, regungslos einen armlangen Kegel von Schnee oben auf der Fassung tragend. Eben rief das Kraftwerk an, es forderte Hilfskräfte, Arbeiter, um überall den Schnee von den Leitungsmasten, Drähten und Lampen herunterzuschlagen oder zu fegen. Die Last lag sehr schwer auf den wackligen Dingern. Es konnte ganz gut Kurzschluß, Leitungsbruch oder sonst was geben. Man mußte vorsorgen. Brettschneider ließ sich ablenken und von Spierauge die verfügbaren Mannschaften neu einteilen, so daß man dem lebenswichtigen Betriebe die verlangten acht oder zehn Mann, Untersuchungsgefangene oder Häftlinge, wenn nicht Mannschaften, stellen konnte.
Dann meldete eine Ordonnanz, indem sie sich stramm neben der Tür aufpflanzte, daß der Kriegsgerichtsrat Dr. Posnanski – er sagte in der Aufregung Dr. von Posnanski – Herrn Rittmeister zu sprechen bitte. Brettschneider setzte sich im Stuhl zurecht, lächelte ganz leise, die Hand am Schnurrbärtchen (englisch, kurz), und indem er seinen Blick wie gewohnt zu Alexander I. erhob, der im blassen Frühlicht mit seinen Hahnenfedern und weißen Hosen dämmerte, dachte er nach. Er fühlte zunächst nur: »Aha!« Und darin lag der ganze Ausbruch eines Sieges. Vollkommen klar, daß diese Leute irgend etwas in der Sache Bjuschew von ihm erbitten kamen. Unmittelbar danach aber sah er, daß er zwar jetzt alle Trümpfe in der Hand hielt, daß aber schon in vier Wochen, oder wann auch immer, wieder ein General, eine Exzellenz, der alte von Lychow, weißhaarig und mit herrischen Augen hinter denen fechten würde, die jetzt bitten kamen, und daß General Schieffenzahn, ein außerordentlich beschäftigter Mann, eines Tages sehr gut des Ortskommandanten von Merwinsk vollkommen und ehrlich vergessen haben konnte, just wenn dieser Ortskommandant seiner vielleicht recht bedurfte. Darum befahl er sofort, den Herrn Kriegsgerichtsrat hereinzuführen, und hieß Spierauge, der sich ins Nebenzimmer schlich: »Warten.«
Dr. Posnanski, den Mantel oben aufgeknöpft, Mütze und Handschuhe in der Hand, sehr gut rasiert und im übrigen unausgeschlafen, die Augen rot umrandet, schlürfte herein, den Oberkörper

schief und den Blick nahezu zerstreut hinter der dicken Brille. Die Herren schüttelten sich die Hände, und Posnanski bedauerte zunächst, nicht schon längst das hübscheste Zimmer in Merwinsk besichtigt zu haben. Die Stuckdecke – indem er sich in dem großen bequemen Rokokosessel zurücklehnte und den Kopf in den Nacken sinken ließ –, die Stuckdecke da war nicht von schlechten Eltern! Er schwor Stein und Bein, daß dieselben Italiener, die den bezaubernden Stuck in der Sankt-Michaels-Kirche, Wilna, gemacht, auch hier ihre Kunst an den Stubenhimmel geklebt hatten. Ja? Ach siehe da – Herr von Brettschneider hatte bis jetzt nur nicht die Zeit gefunden, das zu beachten –, tatsächlich zog sich ein Gewebe weißer Schlingen, Leinen und straff gespannter Strichfelder anmutig spieland, aber längst verräuchert über den grünsilbernen Plafond.
»Ja«, räusperte sich Posnanski frei, »so wohnt ihr nun, ihr Herren von der Kommandantur, und wir mit fichtenen Schreibtischen, made in Merwinsk, während ihr an Nußbaumtischen sitzt und eure Füße auf Schnitzereien stellen dürft.«
Worauf von Brettschneider trocken bemerkte: Ja, es ziehe. Dann bot er seinem Gaste mit eckigem Hinweis Rauchzeug an.
Posnanski bat um Erlaubnis, sich dann eine jener dicken Zigarren ins Gesicht zu stecken, die, unmittelbar hinter der Spitze schon klumpig, zu seiner silenartigen Gestalt in gutem Verhältnis standen.
»Ich komme natürlich«, plauderte er nach einigen Zügen, »wegen dieses Russen, der uns schon soviel Scherereien gemacht hat.«
»Kann man wohl sagen«, meinte Brettschneider, indem er sich seines Ausritts erinnerte und sich zu seinem Scharfsinn still beglückwünschte.
»Es kann Ihnen, Herr Rittmeister«, erwog Posnanski gemütlich, »doch nichts daran liegen, mit Exzellenz spinnefeind zu werden.«
Das war taktisch ungeschickt angebracht, denn er hegte von Brettschneider die vollkommen falsche Vorstellung eines mordgierigen Sadisten, um es mit seinen starken Ausdrücken zu berichten.
»Ich mache meinen Dienst und steh für die Folgen«, entgegnete also prompt mit hochgezogenen Brauen der Husar.
»Schön, schön«, begütigte Posnanski. »Wer meint was anderes? Aber als Exzellenz wegfuhr, war um halb fünf eine Unterredung mit Schieffenzahn angesagt. Ihr Telegramm kam schon um halb vier, nicht wahr?«
Durfte die Telegrafendirektion darüber Auskunft erteilen? fragte sich Brettschneider. »Es ward also«, fuhr Posnanski seine Karre weiter, »aufgegeben mindestens zwei Stunden bevor Exzellenz mit

Herrn Generalmajor hatte rechten können.« Nun bestand ja die Möglichkeit, daß Herr Generalmajor so gute Gründe für die Vollstreckung des Urteils angeführt hatte, daß Exzellenz sich hatte geschlagen geben müssen. Zwar sprach für diesen Ausgang wenig, »denn jeder Blick in die Akten, Herr Rittmeister, zeigt sonnenklar, daß unser blödes Urteil auf falschen Voraussetzungen fußt und daher ungültig in sich ist, eine Überlegung, die meiner Meinung nach alle kriegspolitischen Einwände des Herrn Generalquartiermeisters niederschlagen muß«. Und meine armselige Meinung ist hier wichtig, Mann, dachte er erbleichend; denn wer machte dieses Urteil? Ich! Wer quatschte weise daher? Ich! Wer verantwortet es vor seiner Seele und schleppt daran? Dreimal ich ... »Exzellenz hatten versprochen«, redete er schweißgefeuchtet weiter, »guten Ausgang der Unterredung zu drahten. Nun aber liegen die Drähte in Klumpen, und jedes Telegramm verröchelt mal zunächst im Schnee.« Brettschneider hob den Hörer ab und beauftragte den sich meldenden Unteroffizier Langermann, Erkundungen einzuziehen, wie lange voraussichtlich die Störung des Nachrichtendienstes anhalten werde. Dann antwortete er Posnanski:

»Im Grunde braucht mich das nichts anzugehen«, und er sog heftig an seiner Pfeife, damit der Holländische wieder glühe, »denn mein Wortlaut verlangt Vollzugsmeldung innerhalb vierundzwanzig Stunden und belastet Generalmajor Schieffenzahn mit aller Verantwortung.«

»Natürlich«, nickte Posnanski, indem er aus seinen großen dicken Augen das Gegenüber freundlich und eindringlich ansah, »aber schließlich hängt doch ein Menschenleben an diesem Faden, und sollte sich später herausstellen, daß Verzögerung möglich und nötig gewesen wäre, könnten die Folgen gelegentlich doch unangenehm werden. Sehen Sie, Herr Rittmeister«, er neigte sich vertraulich vor, »Exzellenz geht in dieser Sache bis zu Majestät, damit kein Präzedenzfall geschaffen werde. Das Militärkabinett wird die Akten anfordern, und da wir sie haben, wird es sie auch kriegen. Liegt dann als vorletzte Nummer darin ein Telegramm von Exzellenz: ›Aufschiebung jedes Schrittes bis nach meiner Rückkehr‹, und ein Vermerk: ›Konnte nicht mehr befolgt werden, weil auf Grund vorliegenden Befehls des G. Qu. M. Kommandantur Merwinsk ohne Aufschub den Gegenstand des Falles Paprotkin oder Bjuschew beseitigte‹ ...«

»Sagen wir Bjuschew«, meinte Brettschneider leichthin, »und sparen wir uns weitere Andeutungen. Ich verstehe vollkommen. Ich sähe keinen Grund, Exzellenz Gefallen zu tun, denn Exzellenz hat mich einige Male eklig angerasselt. Warum? Habe ich doch nicht nötig. Jetzt mimt er General und ich Rittmeister; aber wenn wir diesen Rock mal ausziehen, was ja eines Tages der Fall sein wird, sitzt er wieder als Ackersmann auf seiner märkischen Klitsche, und ich steh als Juniorinhaber von Brettschneider und Söhne, einer Ihnen nicht unbekannten Groß-AG, an der Spitze von elfhundert oder zwölfhundert oder vielleicht auch vierundzwanzighundert Arbeitern und walze meine Röhren und Träger.« (Brettschneider und Söhne AG! dachte Posnanski und schlug sich im Geiste die Hand vor die Stirn; darauf nicht gekommen zu sein!) »Mein Adel ist neu und wenig wertvoll, seiner hat sich in grauen Vorzeiten auf ihn niedergelassen; aber, Herr Kriegsgerichtsrat, Hand aufs Herz, wollen wir beide aus diesem Adel eine so große Sache machen? Wär ich mein Vater, ich hätte ihn auch angenommen; warum nicht? Er ist eine große Erleichterung in Deutschland, wie für einen Juden, verzeihen schon, die Taufe – aber auf 'ner neuen Halbkugel wird man darum doch nicht geboren. Und wär ich dumm genug gewesen, mich berufsmäßig auf Militär dressieren zu lassen – aber das Brettschneiderwerk in Münster ist mehr wert, verlassen Sie sich drauf –, ich brächte es am Ende auch zur Exzellenz. Ist doch klar«, sagte er. »Er steht konservativ da und ich schließlich nationalliberal, also auch so gut wie konservativ. Er konnte wohl lieb und gern höflicher und netter zu mir sein, als er bei zwei oder drei Gelegenheiten war. Aber da klafft der Unterschied, Herr Rechtsanwalt – warum ihn nicht mal aussprechen? Er vertritt das Bodenkapital, ich das Industriekapital – schön. Seit Menschengedenken spielt seine Gruppe erste Geige – in Mitteleuropa, Rußland, Italien, besonders bei uns. Alteingesessen, unwidersprochen – kann sich's daher leisten, leichthändig zu regieren, großherzig, Kampf für einen Russen. Schön bis hierher. Aber nun machen Sie mal Auge klein, Herr: der Krieg beweist zum ersten Male, wie klapprig es um diese Grund-und-Boden-Männer steht. England riegelt die Bude zu – und plauz, langt weder Fleisch noch Speck, weder Kraut noch Getreide, und von Kartoffeln keine Rede. Trotz Zöllen und Liebesgaben, Reklamierten und Landwirtschaftsurlaub – alles Kram. Die Industrie aber, wir, Herr, die schafft's. Also Abtakelung der alten Agrargaleere – aus mit Vorherrschaft in Preußen. Und nun passen Sie auf, wie sich die Brüder mit Menschlichkeit und Herrenehre wehren werden. Ihre Lychows und Gentlemen – au weh! Mit Nägeln und Zähnen, mit Ruten und Beilen. Plötzlich wird's hageln, auf Gott und die Welt, warten Sie nur.« Und dann, überlegen hingelehnt, griff Fritz Brettschneider, das Staunen Posnanskis kühl übersehend, zum Gegenstand zurück: »Sie

brauchen Aufschub, und ich sage Ihnen gleich: Warum nicht? Warum soll ich Ihnen nicht die Chance geben, doch noch recht zu behalten? Mein Kabel befiehlt: Vollstreckung des Urteils bis heute um halb vier melden. Kann ich das? Klar, daß ich's nicht kann. Und da mein gründlicher Unteroffizier Langermann hier immer noch nicht meldet, wie lange die Panne dauern wird, können Sie Gift darauf nehmen, heute wird sie nicht beendet werden. Vielleicht bekommen wir morgen früh Sprüche durch, vielleicht schon heute nacht. Drahtet Ihr General, er habe Schieffenzahn rumgekriegt, dann bleibt der Russe leben. Krieg ich bis morgen mittag keine Nachricht, laß ich ihn statt heut um drei morgen um drei erschießen. Wünschen Sie noch mehr Verzögerung, ohne daß die Leitung hergestellt ist, bitte; brauchen nur zu klingeln. Hab ich aber erst die Möglichkeit, nach Ober-Ost zu melden: was geschehen sollte, ist geschehen, dann meld ich es, und vorher oder nachher vollstreck ich es. Darauf können Sie eine Aktiengesellschaft gründen. Denn es handelt sich um Schieffenzahn.«
Posnanski atmete innerlich so auf, daß es ihm beinahe schwer wurde, zu verbergen, mit wie wenig Hoffnung er diesen Weg angetreten hatte. Er alter Esel hatte immer nur den Rittmeister gesehn, nicht den Fritz Brettschneider unter dem Rock ... Schweißtropfen rannen auf seiner Stirne, als er aufstand, denn, wie gesagt, der Ofen heizte die oberen Regionen mit altrussischer Dienstfreude.
»Wir bleiben in Nachricht miteinander«, versicherte er dankbar, als er sich verabschiedete.
Dann meldete sich Langermann am Telefon: Vorläufig lasse sich überhaupt nicht vorhersehen, ob die Störungsstelle heute oder morgen geflickt sein werde.
Brettschneider nickte ihm zu, als stünde er vor ihm, dann beorderte er Spierauge an seinen Tisch: er wünsche die Hinrichtung des Bjuschew zunächst auf vierundzwanzig Stunden auszusetzen. Er brauche heute also an besonderen Zuteilungen nur die zehn Mann für die Lichtkaffern und solle schleunigst abdampfen, denn, mit einem Blick auf die Uhr, die Kompanie stehe schon angetreten.
Spierauge verschwand. Brettschneider setzte das Monokel ins Auge, erhob sich vom Schreibtisch, nahm Handschuh und Mütze von einem Sessel und den Reitstock, um langsam zum Ort des Dienstes, dem Gefängnishof II, zu lustwandeln. Bevor er das Zimmer verließ, winkte er dankend den Bildern der beiden Herrscher zu, die sanft bunt und erhebend aus ihren riesengoldenen Rahmen funkelten. Es war ihm, als läse er Lobsprüche für sein kluges und königliches Verhalten aus ihren Gesichtern, und da sie nur gemalt waren, er

aber lebendig, salutierte er spaßend, die behandschuhte Rechte am Mützenrand, zu ihnen hinauf. Seine Sporen klingelten munter über die blank verschränkten Holzplatten.
Vor des Rittmeisters Ankunft schritt Feldwebel Spierauge gnädig und fürchterlich hinter dem Rücken des aufgestellten ersten Zuges zur Spitzengruppe des zweiten, fünfte Korporalschaft des Ganzen, erste Korporalschaft des zweiten Zuges, und sprach zu ihnen halblaut:
»Kann sein, ihr kriegt morgen mittag 'nen Extradienst. Daß ihr mir ja proper seid. Extradienst mit Gewehr und Schießbedarf. Macht eure Knarren sauber wie für Gewehrappell, Helme, Halsbinden, alles in Schuß, Lederzeug in Ordnung und die Stiefel für einen Marsch im Schnee. Daß ihr dem Bataillon Ehre macht!« Und er erwartete ein beifälliges Grinsen. Aber die Reihe der Mannschaftsgesichter blieb starr, sah sehr unbeteiligt drein, sogar einen Deut ernster, starrer, böser als vorher. Soso, merkte er auf ... Dann meldete der als Späher aufgestellte Gefreite im Laufschritt das Nahen des Kompanieführers.
»Er ist mächtig guter Laune«, raunte er dem Feldwebel zu.
»Geht dich einen Dreck an«, antwortete der gnädig. Nein, klar, die Landser würden den Bjuschew nur ungern abknallen. Soso.
In der Tat, seinen Reitstock schwingend wie nur je und leise pfeifend, was ihm aus der Fledermaus-Ouvertüre im Gedächtnis haftete, bog Rittmeister von Brettschneider durchs Portal. Der Posten präsentierte krachend.
»Achtung!« heulte es über den Schnee.

Viertes Kapitel: Gotteslehre, Menschenmut

So brach in Merwinsk der erste November, der Tag Allerheiligen 1917 an. Der Himmel hing dick und grau wie aus wetterfleckigem Zeltleinen angefertigt, die Atmosphäre ward unten von einer leise strömenden Bewegung durchatmet. Von den Sümpfen her und Steppen schlitterte jener gläserne Berg Luft frostig und feucht dem Westland zu, sich aufzulösen. Die weitschichtige Luftqualle hatte Aussicht, am frühen Nachmittag Merwinsk mit ihrem dumpf eisigen Leibe zu übertasten. Aber sonst begann alles alltäglich.
Als die Männer von der Parole kamen, fragte Grischa, frühstückend im allgemeinen Raum, ob man nichts auf ihn Bezügliches gehört habe, und Unteroffizier Schmielinsky, der Führer der Wachtmann-

schaft, erster Zug, vierte Korporalschaft, konnte mir aller Aufrichtigkeit versichern: ihm sei nichts zu Ohren gekommen.
Auch der Gefreite Sacht, der immer noch die unmittelbare Überwachung Grischas verantwortete, ganz einfach, weil er sich bis jetzt erfolgreich von der Zuteilung zu anderer, mühseligerer Beschäftigung gedrückt hatte, wußte nichts zu bemerken. Darauf sagte Grischa, er bleibe dann nicht in dieser Zelle, er wolle eine wärmere haben, die große dicht an der Gangmündung, und er wolle sie sich reinigen. Dazu werde er sich jetzt warmes Wasser machen. Die Mannschaften sahen einander an, und der Wachthabende spürte die gleiche Verlegenheit: ob man einem Untersuchungsgefangenen, bloß weil derselbe sich auf seinen Tod vorbereite, eine so kesse Sprache gestatten dürfe; denn schließlich hatte er nichts zu wollen, höchstens zu bitten. Eigentlich durfte Schmielinsky, der seiner Beförderung zum Sergeanten entgegenreifte, sich nicht bloßstellen; aber indem er Grischa in die immer tiefer zurückfallenden Augen, auf die niedere vorgekantete Stirn blickte, erlaubte er es ihm mit einem »Nu, da mach mal, Kamerad«.
Er war eingeschriebener Sozialdemokrat, überzeugter dazu, und bekam durch die Feldpost nicht nur den »Vorwärts«, sondern auch Drucksachen, sogenannte Feldpostbriefe, eigener Art. Mit mageren Wangen und unruhigen Augen setzte er sich schließlich, seine langen Glieder zusammenfaltend, und las seine Zeitung.
Grischa scheuerte erst die Pritsche der neuen Zelle ab. Aus einem Marmeladeneimer nahm er reichlich Schmierseife dazu; dann mit der braunen Brühe und neuem heißem Wasser, einem alten Schrubbesen und dem Scheuertuch der Wachtmannschaft bürstete und wusch er den Fußboden des neuen Gelasses und spülte schließlich alles und den Schemel unterm Fenster mit immer neuen Fluten sauber: etwa vorhandenen Wanzen sollte es ans Leder gehen. Seine eigenen Läuse dachte er schon im Zaum zu halten; man hatte sie so unvermeidlich, wie man bei Regen naß wurde. Er sah mürrisch aus bei dieser Beschäftigung, aber an sich gefiel sie ihm, und überhaupt empfand er das Verstreichen der Stunden, soweit sein Bewußtsein in Frage kam, nicht anders als in den vergangenen Tagen, eher, so befremdlich das klingt, freudiger. Der Zustand eines endlosen Wartens, immer neuer Ungewißheit und der maßlosen Knechtschaft ging zu Ende ... Während die überschwemmte Zelle trocknete, verlangte er den Tischler Täwje zu besuchen, wenn er im Hause sei. Ja, er war im Hause, damit beschäftigt, Rahmen für die Lager einer neuen Urlauberunterkunft am Bahnhof zusammenzufügen. Er begrüßte Grischa mit emsiger freudiger Beweglichkeit. Sein großer

Adamsapfel hüpfte mit seinem Barte, dem graublonden Spitzbarte eines einstigen Rotkopfs, um die Wette. Grischa kam, um mit Täwje den Sarg auszusuchen, den er sich wünschte, und Hermann Sacht, die Pfeife kauend, ging mit ihnen ins Magazin, wo in der Tat noch fünf Totenkisten standen. Täwje hatte klärlich schon erfahren, was Grischa bevorstand; unablässig haftete sein Auge, das kluge kleine Auge eines weisen Elefanten, auf dem breitschultrigen Russen; er wunderte sich nicht über seine mürrische Würde ... Dann schritten sie innerhalb des holzgezimmerten großen Schuppens auf denjenigen der vorhandenen fünf los, den sie beide, unabhängig voneinander, im Geiste für den passenden hielten. Er war der größte und breiteste, und Grischa lächelte, als er sagte: der sei bequem.

Täwje meinte: Ja, in dem könne man es aushalten, wenn man auch so groß und breit wie der Kamerad Grischa sei.

Er wolle ihn ausprobieren, meinte Grischa; und wie er war, im Mantel und mit der Mütze auf dem Kopf, legte er sich vorsichtig in das selbstgezimmerte Gehäuse, streckte sich aus, kreuzte die Hände über der Brust und berührte es gerade an allen vier Wänden.

Dann vergaß er die Anwesenheit der beiden Zuschauer, schloß die Augen, sank in sich zurück, atmete tief auf und fand: Ruhe. Wenn man nicht mehr zu atmen brauchte, konnte man es auch unter der Erde aushalten. Sicherlich würde er in dieser Wohnung weiterleben, anders, aber dasein – besser als von Granaten zerfetzt, nur teilweise beieinander. Unanständig war es, nicht ganz beisammen zu sein; im Massengrab täglich dafür sorgen zu müssen, daß einem der Kopf schließlich nicht in die Brusthöhle eines anderen hineinrutschte oder ein Schenkel, im Geäst eines Baumes hängengeblieben, in irgendeine fremde Grube geriet oder gar von den Tieren der Luft und des Feldes auseinandergeschleppt wurde. Auferstehung verstand sich von selbst. Ein Wesen, einmal vorhanden, so stark wie er, konnte durch keinen Tod zum Verstummen gebracht werden. Mit seinen Worten und auf seine Art hielt er sich seiner Ewigkeit gewiß; die Unzerstörbarkeit des lebendigen Plasmas und die Überzeitlichkeit der sittlichen Gesetze, die beide sich im Menschengeiste einheitlich spiegeln, kam ihm solcherart zu Bewußtsein. Er dachte, die Heiden müßten wahnsinnig sein, ebenso wie das Volk der Städte, einen Toten zu verbrennen; eine Niederträchtigkeit beging man an ihm. Laß den Deckel auf mir liegen, dachte es in ihm, laß Erde auf ihn poltern, immer mehr. Ich werde allein sein. Es wird niemand in meine Ruhe einbrechen mit Befehl, mit der Tageseinteilung, neun Uhr dies, zehn Uhr das. Oh, es wird sehr gut sein ...

und Hermann Sacht sah mit leisem Schreck, daß der Mann vor ihm auf den Hobelspänen leise lächelte. Täwje dagegen wunderte sich gar nicht. Er sagte etwas.
Von fern heranrollend schlug an Grischas Ohr die Frage, ob er es so bis zur Auferstehung gut aushalten werde. Mit Mühe ließ er sich vom Wortschwall und Sinn zurückholen, öffnete die Augen, schwer, als müßte er schon Erde zurückschieben von ihnen, und sagte:
Er werde ganz gut warten können. Ja, der Sarg sei für ihn, und er habe ihn selbst gemacht, das wisse er, es müsse in der Kopfwand unten gegen den Boden ein Astknorren sein, der aussehe wie eine große runzlige Pflaume.
Hermann Sacht beugte sich herunter und fand ihn. Nee, dachte er, was es alles gibt. Nun hat der sich seinen eigenen Sarg angemessen und wußte es nicht. Dann hieß er Grischa aufstehen, denn sie müßten doch wieder ins Lokal zurück.
Grischa sagte, er wolle noch nicht. Er setzte sich auf, ließ die Beine herunterhängen und unterhielt sich mit Täwje über die Auferstehung. Am Jüngsten Tage, der gar nicht so sehr fern sein konnte, wenn man in Betracht zog, daß die Unschuldigen erschossen wurden, konnte es ihm, Grischa, aus seinem Hause nicht schwer werden, ganz und gar zu erscheinen und sich vor Gericht zu stellen. Was aber mit den andern geschah, den armen Teufeln, deren Gebeine auseinandergeschleudert wurden und ganz zermorschten?
Und Täwje erklärte ihm, auch diese gingen nicht ganz verloren. Es sei ein Knöchlein namens Lus von Gott bei der Schöpfung vorgesehen. Dies Knöchlein sei unzerstörbar; aus ihm wüchse wie aus einem Samen im Notfall der Mensch ganz und gar, mit Leib und Seele, wieder auf, wenn die Engel mit den Trompeten und Widderhörnern zum Jüngsten Tag bliesen.
Das fand Grischa beruhigend.
Hermann Sacht, auf sein Gewehr gestützt, fragte ihn erstaunt, ob er denn an Gott glaube; er, Hermann Sacht, glaube nicht an Gott. Das dürfe niemand von ihm verlangen. Wenn das Leben so ungerecht sei und ein scheußlicher Krieg so lange dauere und Millionen von Toten schon dalägen mit Witwen und Waisen und so zahllose Unschuldige verreckten, wo dann der liebe Gott bleibe? Und überhaupt: mit der Schöpfung sei es bestimmt anders zugegangen. Von sechstausend Jahren könne gar keine Rede sein. Die Erde war Millionen alt, das hatte die Wissenschaft genau ausgerechnet, und der Mensch mit den Affen verwandter als mit dem lieben Gott. Ihm, Hermann Sacht, brauche niemand einzureden, daß der Mensch

einmal im Paradiese gelebt habe, und bloß, weil er eine Sache genau wissen wollte, vom guten Gott daraus vertrieben worden sei. Das seien Märchen, an die die Leute früher geglaubt hätten, aber nichts für Erwachsene, die in Eisenbahnen fuhren und Depeschen aufgaben.
Grischa hörte verwundert zu. Was das mit Gott zu tun haben solle. Er glaube auch nicht an Gott, gar keine Rede davon. An Auferstehung glaube er, das sei selbstverständlich, aber mit Gott habe das gar nichts zu schaffen. Wer geboren sei, der sei nun mal geboren und werde auch weiter dasein; wie, das werde er ja selber sehen. Gott brauche er dazu nicht. Der Pope und die Bilder und die Heiligen und die Dreieinigkeit und alles das sei ihm nicht mehr maßgebend, und waren sie vorhanden, dann konnten sie ihm, Grischa, den Unglauben nicht übelnehmen, nachdem in der Welt alles anders sei, als er von Popen gehört habe. An eine Auferstehung müßte jeder Mensch glauben, der jemals einen Samen in die Erde gesteckt und einen Halm daraus habe wachsen sehen.
Hier konnte Täwje nicht mehr länger an sich halten.
»Nun«, fragte er, »und wer läßt den Samen wachsen?« Ob ihm Grischa vielleicht vorreden wolle, der Samen wachse von selbst? Wer das so habe einrichten können, daß aus einem Weizenkorn schließlich ein langer knotiger Halm herauskomme mit einer Ähre und wer weiß wie vielen Weizenkörnern, ganz genau gleichen, und wenn man ihm recht berichtet habe, gar sechs Halme oder acht mit noch mehr Ähren, jeder mit der seinen?
Hier aber einigten sich Hermann Sacht und Grischa:
Das sei die Natur. Die Natur wachse und mache wachsen, und wenn der Mensch noch nicht wisse, wie es dabei zugehe, so werde er es später wissen.
Täwje lachte. Später wissen! Ob die Menschen nicht immer dümmer würden? Darauf sollten sie ihm einmal Antwort geben! Ob nicht Mose klüger gewesen sei als alle Professoren, und die Propheten schon etwas weniger klug als Mose, und die Tanaïm etwas weniger als die Propheten, und die Männer der Großen Versammlung etwas weniger als die Tanaïm und so fort bis zu den heutigen Rabbonim, die von sich selber sagten, wie wenig sie wüßten, verglichen mit den Vätern! Und ob vielleicht die heiligen Schriften der anderen Völker nicht klüger seien als die Völker heute mit ihrem großen Krieg und ihren verschiedenen Parteien? »Ich will euch sagen«, erklärte er siegesgewiß, »es waren einmal da Riesen, größer als Og von Baschan, und Og von Baschan war größer als Goliath, und Goliath war größer als Alexander, und Alexander war

größer als Pompejus.« Nun, und ob Pompejus nicht vielleicht größer gewesen sei als General Schieffenzahn? »Es ist klar«, schloß er hoch atmend, »die Menschen kommen immer mehr herunter. Die Könige wissen nicht den tausendsten Teil von dem, was Salomo, der König, wußte.« Die Richter seien nicht zu vergleichen mit Gideon. Die Frauen seien lächerliche Schwätzerinnen neben Debora, und die Mütter armselig neben Rebekka und Rahel. »So ist es doch! Da wollt ihr sagen: Später werden wir mehr wissen? Wenn die Menschen umkehren werden und zu Gott gehen und ihr Herz umdrehen, und so von Geschlecht zu Geschlecht immer mehr, werden sie wieder wissen, und dann wird auch Messias kommen und die Erlösung dasein für so viele Juden und die ganze Menschheit.«

Erstaunt hörten der Deutsche und der Russe dem Juden zu, der die alten Geschichten mit der gleichen Selbstverständlichkeit für Wahrheit hielt, wie sie selber glaubten, der Sonnenaufgang führe den Tag herauf. Was sollten sie mit ihm streiten? Er war doch bloß ein Tischler, und Hermann Sacht gab Grischa die Hand, um ihm beim Aufstehen zu helfen. Aber als Grischa sich die Hobelspäne vom Mantel klopfte, um sie dann sorgfältig in den Sarg zu legen, damit er sich nicht selber des weichen Lagers beraube, fügte Täwje, nachdenklich vor sich auf den Boden starrend, hinzu:

Die Frage sei bloß, wie weit sie schon heruntergekommen seien in der Zeit; ob das Geschlecht, in dem sie lebten, vielleicht das Geschlecht von Sodom sei und nach einem Strafgericht wie dieser Krieg vielleicht bessere Zeiten anbrächen, und die Menschen begännen umzukehren. Und da niemand darauf antwortete, ging er hinter den beiden her, die das dumpf nach Holz riechende Magazin verließen – der Duft rief Grischa eine längst vergessene Fahrt wieder ins Gedächtnis, in einem Holzwagen, vor unvorstellbar langen Zeiten –, und er, Täwje, beschloß, heute abend diese Frage seinen Gefährten im Lernen vorzulegen. Sie feierten heute nämlich ein kleines Fest in ihrem Bes Medresch. Sie würden heute mit der Lernung des gesamten Talmuds abschließen, er und noch ältere Juden, und bei Branntwein und Lebkuchen dieses außerordentliche Ereignis begehen, das im Leben des Menschen einen Einschnitt bedeutet und wobei scharfsinnige Probleme (Kaschjes) miteinander erörtert werden. Warum sollte er nicht dieses Thema stellen, ein wichtiges Thema, wer wird es leugnen? Denn wenn dieser Unschuldige bei allgemeiner Kenntnis seiner Unschuld nach den Wegen des Richters auf ungültiges Urteil hin sein Leben verlor, konnte man wohl fragen, ob dies Geschlecht nicht das niedrigste seit Abraham sei.

Und als ihn Grischa bat, zu ihm zu kommen, damit er von ihm Abschied nehmen könne, wenn es soweit sei, morgen vielleicht, vielleicht erst übermorgen, schüttelte er ihm die Hand mit beiden Händen, sah ihn zärtlich an und versprach, bereit zu sein, wann Grischa wolle. Befriedigt gingen die beiden Soldaten in ihr Quartier; als sie den Hof durchquerten, schnupperten sie befremdet: »Nicht kälter geworden?« Der Schnee, der schon die Klebrigkeit nahen Tauwetters angenommen hatte, verharschte gehorsam an der Oberfläche, und sie stützten einander, um auf den Nägeln ihrer Stiefel nicht auszurutschen.

Oberleutnant Winfried saß am Schreibtisch des Generals. Feldwebel Pont stand neben ihm, auf die Lehne eines Stuhls gestützt. Er blickte aus müden Augen; er hatte heute mit der Post Schriften seines Berufs erhalten, Baufachblätter, aus denen er hatte lesen können, wie die Entwicklung der Baugedanken und Formfragen des Wohnens in der Heimat weiterwirkte, zum Teil getragen von seinen Anfängen, zum Teil von ebenbürtigen Kollegen, während er in die Gefahr des Vergessenwerdens geriet. Es würde nach dem Kriege Wohnungsmangel vorhanden sein; auch nach dem siebziger Feldzug war er eingetreten, aus Gründen der vielen frühen Kriegsehen. Man sollte allmählich vorzusorgen beginnen, stand da . . . Wie die klug und kulturfördernd gehandelt hatten, die sich drückten! Diese Zwangsbescheidung hier in Merwinsk hing sich dem tätigen, willensfrohen Mann körperlich fühlbar ans Herz und machte ihn abgespannt.
»Wir dürfen nicht nachlassen, Herr Pont«, sagte Winfried, ebenfalls bedrückt. »Es ist einigen von uns gestern abend klargeworden, wir müssen den Russen nötigenfalls der Kommandantur entreißen und ihn bis zur Rückkunft von Exzellenz verschwinden lassen.«
Pont wandte sich der Sache zu. Er erlaube sich abzuraten. Dienstlich sei jedenfalls eine Vollmacht für diesen Schritt nicht aufzubringen.
Winfried nickte. Das wußte er.
»Der Fall rollt längst außerhalb des Dienstlichen und des Gesetzlichen, das kann man wohl sagen«, entgegnete er lächelnd.
Aber Pont wandte ein:
»Außerhalb des Gesetzlichen vielleicht, außerhalb des Dienstlichen von uns aus gesehen noch nicht. Wir begehen keine Übergriffe, sondern wir erleiden sie. Unsere Stellung wird nur dadurch, sollte die Sache noch einmal nachgerechnet werden, unangreifbar. Daß der Russe unter der Gewalt der Kommandantur steht, entspricht

den Vorschriften. Holen wir ihn heraus, so ist das Haftbruch und womöglich Schlimmeres.«
Winfried zeigte Ungeduld. Kriegsgerichtsrat Posnanski halte einen paragraphentollen Schriftsatz in Bereitschaft, der im Interesse ungestörter Rechtsentwicklung den Machtbereich der Division erweitere. Wenn er, Winfried, daraufhin den Russen einem bestimmten Aufräumungskommando zuteile, nicht gerade weit von Merwinsk, aber außerhalb des Ortsbezirks, so sei auf den ersten Blick die Gesetzwidrigkeit nicht zu erkennen.
»Aber auf den zweiten«, nörgelte Pont.
Winfried sagte jungenhaft: wozu er dann wohl das Divisionsdienstsiegel im Verschluß halte und das berühmte grüne Stempelkissen.
Mehr als einen Anstrich von Rechtlichkeit gebe das auch nicht, beharrte Pont. Ob ihm, Feldwebel Pont, dieser Anstrich genüge, um bei der Diensteinteilung die Zuweisung des Russen auf dem üblichen Wege vorzunehmen?
Pont überlegte einen langen Augenblick. Ihm, Pont, könne bei Unterschrift und Siegel des Adjutanten ohnehin nichts geschehen. Für ihn gäbe es persönliche Bedenken gar nicht, aber Herrn Oberleutnant könne er dennoch nicht zuraten. Einen Sündenbock werde sich Schieffenzahn bestimmt suchen, und mächtig genug sei er, um diesen Sündenbock in die Wüste zu schicken, nämlich an die Front.
Winfried lachte. Wer ein Gerichtsverfahren zu fürchten habe, der zitiere keinen andern vors Kriegsgericht. Schieffenzahn wisse doch, daß er außerrechtlich handle, und außerdem passe es ihm, Winfried, nicht, Handlungen bis ins vierte und fünfte Geschlecht zu verfolgen. Er habe das Siegel, er gebe die Unterschrift, er wolle von Pont hören, erstens: wohin mit dem Mann, und zweitens: wer ihn entführen helfe.
»Ins Gefängnis dringe ich«, sagte er, »dazu brauche ich keinen Fetzen. Den Schreiber Bertin nehme ich mit; der ist einverstanden. Jemand aber muß am Steuer des Wagens sitzen, und je weniger Mitwisser, um so besser. Wollen Sie fahren? Sie knüpfen sich da einen verdammten Knoten, lieber Pont, aber das tun Sie auch, wenn Sie den Mann seinem neuen Orte zuteilen. Mitmacher sind Sie nun einmal, und darum, glaube ich, liegt es Ihnen mehr, auch Mittäter zu sein, als etwa unsern Fahrern, die ich ja ebenfalls decken würde, die aber als Mannschaften irgendwie hintenherum eines Tages doch gepackt werden können.«
In Pont stand das Blut rheinischer Schmuggler und Abenteurer auf.

»Danke schön, Herr Oberleutnant«, sagte er, »wennschon, will ich auch etwas Spaß von haben.«
»Sie fahren also?«
Und Pont nickte.
»Und wohin nun mit dem Burschen?«
Und Pont sagte: »Sehr einfach.« Die Feldbefestigung auf dem Ausläufer des Hügelzuges östlich von Merwinsk am rechten Abhang, die die Mannschaft »Lychows Hühnerauge« nenne, habe gute Zementunterstände; dort liege ein Wegebautrupp, die Straße dahin sei ihm bekannt, sehr schön fahrbar, der Abstieg vielleicht ein bißchen glitschig.
»Lychows Hühnerauge!« lachte Winfried. »Ausgezeichnet! Im Plan heißt das F. S. 5, aber das ist nicht halb so anschaulich. F. S. 5 also teilen Sie mit Dienstantritt morgen früh um acht einen russischen Gefangenen als Hilfsarbeiter zu; ich stemple und unterzeichne einen Ausweis – gegen fünf oder sechs holen wir dann den Mann dazu. Der Posten am Tor wird, denke ich, vor meinem Achselstück einfach strammstehen. Es wird mir nicht darauf ankommen, dem Russen Mantel und Mütze aus unseren Beständen zu spendieren. Veranlassen Sie, daß das Zeug gegen Abend im Wagen liegt.«
Er lächelte mit der abenteuerlichen Freude eines Jungen, der »Räuber und Häscher« spielt. Mit zweiundzwanzig Jahren stand ihm das zu.
»Wissen Sie was, schreiben Sie den Wisch sofort. Dort steht meine Maschine.«
Pont drehte den Schalter einer grün beschirmten Lampe, zog Papier zwischen die Walzen und schrieb: »Ausweis.« Das Zimmer, verdunkelt durch den schwer hängenden Novembertag, verlangte künstliche Helligkeit.
Als er im Verlauf des Satzes »wird mit Wirkung vom zweiten November dieses Jahres vorläufig dem Arbeitskommando Feldstellung 5 zugeteilt« das Wort »vorläufig« begann, erlosch stillschweigend das Licht.
»Ausgebrannt«, sagte er, ging ins Nebenzimmer, nahm aus der Schublade eine elektrische Birne, schraubte sie ein. Sie brannte nicht.
»Nanu«, sagte er.
Er drehte im Nebenzimmer den Hauptschalter, der alle Lampen des Büros zündete. Das Licht streikte. Der Adjutant, ihm gefolgt, sah ihn an.
Kurzschluß vielleicht? Das wäre ja großartig, frohlockte Winfried. Man müsse sofort aus der Marketenderei Pakete mit Kerzen holen.

Falls das Gefängnis etwa auch kein Licht habe, dann seien die Götter sichtbar auf der Seite des Rechts.
Er nahm das Telefon, um anzufragen, und siehe da, auch ihm mangelte der Strom.
Vor Freude schüttelte er beide Hände oben in der Luft wie ein Sieger, der einen Kranz im Triumph hochreißt.
Wenn Eisendrähte, ohnehin straff gespannt durch die Last von Schnee, plötzlich von einer Abkühlung um fast vier Grad betroffen werden, ziehn sie sich energisch zusammen und brechen am schwächsten Punkt. Dieser schwache Punkt befand sich in der Lichtleitung über Feld zum großen Stadtlazarett, dort, wo die Zufahrt von der Hauptstraße abzweigte und quer zwischen zwei Pfählen eine große Bogenlampe hing. Niemand im Augenblick ging dort vorbei. Der stromdurchkreiste Draht peitschte die Luft, traf auf Drähte des Telefons, starke blaue Flammen kreischten auf, im Stromwerk draußen knallten die Sicherungen mit Funkenbüscheln aus den Tafeln, aufgejagte Technikerunteroffiziere, der Dynamo in Stillstand. Die Mannschaften des Werkes fluchten über die Bescherung; sie hätten sie vom Thermometer ablesen können. Jetzt galt es, die gebrochene Stelle schnell zu finden. Ein Glück noch, daß es um Mittag vorfiel. Bis zum Abend konnte der Schaden behoben sein.

Nach dem Mittagessen erschien Feldwebel Spierauge höchstselbst in der Wachtstube des Gefängnisses. Mit einem Blick aus den Augenwinkeln sah er den Häftling Bjuschew auf einer Bank seine Suppe löffeln und spürte die Verlegenheit diesem Mann gegenüber, die talgdicke Verlegenheit, in die dieser Kerl das Amt gebracht hatte, der Endform wegen, in der man mit ihm jetzt verfahren sollte. Zwar brauchte nur noch der Vollzug angesetzt und sein Zeitpunkt dem Verurteilten mitgeteilt zu werden. Das erleichterte die Sache; aber es bedurfte einer harten Stirn. Nach außen, lebend und tuend, traute sich Feldwebel Spierauge diese Stirn wohl zu; nach innen spürend aber ängstigte er sich vor peinlichen Verwicklungen, die zu Beschämung führen konnten. Im Technischen war er Meister, im Seelischen sprang er von Mal zu Mal über einen dicken Knüppel von Hemmungen und ließ es die knüppeldick entgelten, die gerade handlich nahe standen. Er kam also des Bjuschew wegen, aber nicht nur seinetwegen. Man schreibt den ersten November: Tag des Löhnungsappells, der Gesundheitsbesichtigung, an welchem das Geschlechtsteil der Männer vom Sanitäter auf Unangestecktheit hin untersucht wurde, der Tag ferner des Austeilens von

Zigarren, Zigaretten und Rauchtabak für die nächste Dekade und der Verrechnung von Kantinengewinnen. Just am heutigen Tage mußte das elektrische Licht platzen; so war es immer. Spierauge sprach gnädig und wortreich, zwirbelte seinen dicken Schnurrbart, das Notizbuch zwischen dem zweiten und dritten Rockknopf, die hohe Schirmmütze aus der niederen, glatten Stirn geschoben, so daß ein Büschel Haare sich unvorschriftsmäßig blicken ließ. Es half nichts, die Wachtstube mußte ihre Vorratskarbidlampen mit zum Löhnungsappell bringen.

Ob er ihn nicht verschieben wolle, fragte Unteroffizier Schmielinsky und bekam eine drastische Antwort dafür.

»Und den Appell mit Sommerwäsche am morgigen Tag und die Ablieferung auch verschieben und die Exekution des Bjuschew auch verschieben, was? Immer verschieben! Ihr werd't euch noch mal selber verschieben«, schloß er mit einem Male sehr freundlich, denn er hatte glücklicherweise plötzlich das Wort »Exekution« gefunden – ein gutes, handliches Fremdwort, geeignet, alles Anschauliche zu verdecken und einem Menschen aus jeder Verlegenheit zu helfen. Und als er sah, der Gefangene hatte seine Mahlzeit beendet, winkte er dem Dolmetsch, der, mit ihm gekommen, in der Nähe der Tür einen Sitz gefunden hatte und trägsinnig rauchte, und trat zu Grischa.

»Sag ihm, daß die Aufschiebung der Exekution nun zu Ende ist und daß die Exekution eigentlich schon heute stattfinden sollte, daß wir die Exekution aber aufgeschoben haben, bis morgen mittag noch ein Gnadengesuch des Generals von Lychow berücksichtigt werden kann. Sag ihm, daß er aber darauf keine großen Gebäude errichten soll und daß morgen mittag um zwölf die Zeit abläuft, wo ein Gnadengesuch noch berücksichtigt werden kann. Dann wird morgen um drei die Exekution stattfinden.«

Eine Stille, so groß, daß man Leute im Flur durch die fast geschlossene Tür flüstern hörte, verbreitete sich, sehr zur Unlust von Feldwebel Spierauge, über den langen, trüben Raum. Die Mannschaften, wo sie gingen und standen, hörten mit ihren Beschäftigungen auf und drehten wie gezogen die Gesichter zu Grischa und dem Feldwebel hin. Die gespannte kraftfeldgleiche Ebene zwischen diesen beiden Augenpaaren! Der Bjuschew, wie sie sich gewöhnt hatten, Grischa zu nennen, erblich erst, grünblaß, und errötete gleich hinterher, und zwar vor Wut; aber er beherrschte sich so weit, daß er den Dolmetsch nicht gerade anschrie, sondern nur anfuhr:

»Sag ihm, daß sie einen Unschuldigen erschießen; sag ihm, daß es mir gleich ist, wo ich in den Dreck beiße. Sag ihm, daß aber das

Urteil falsch ist und daß es alle wissen; und daß es eine Schande ist, sag ihm das, und nicht für mich.«

Der Dolmetsch übersetzte – Pawel Dolken, ein lettischer Mann. Da er aber einen philosophischen Kopf auf seinen dicken Schultern trug, wenngleich von der niederen Sorte, und ihn die Fragwürdigkeit menschlicher Verständigung längst beschäftigte, erlaubte er sich, das Wort »Schande« mit dem Worte »Unrecht« zu überkleben; denn wozu Zänkereien, dachte er. Sie führten niemals weit, und schließlich mochte Grischa sein Herz gut erleichtern, ohne unbedingt das des Feldwebels auch zu erzürnen. Der leidenschaftliche Ton des Gefangenen kam Spierauge außerordentlich gut zupasse. Er wurde sehr dienstlich:

»Man hält einem Verurteilten allerlei zugute, aber zu weit darf es nicht gehen« – was der Dolmetsch nun wiederum des Ausgleichs wegen so weit veränderte, daß er statt »Verurteilten« »Unglücklichen« übersetzte.

»Wenn er Wünsche hat für sein Abendessen, melde er sie dem Gefreiten Sacht – alle andern kommen zum Löhnungsappell, verstanden? Er kann futtern, was er will; es gibt im Offizierskasino eine Martinsgans, das heißt natürlich mehrere. Er kann davon abhaben, auch Rotwein zu trinken, zu rauchen nach Belieben, natürlich innerhalb des Bescheidenen. Morgen wird ihm sein Eigentum ausgehändigt werden, damit er darüber verfügen kann, und falls er's seiner Frau schicken will, bürgt das Rote Kreuz für Beförderung«, fügte er hinzu. »So«, atmete er auf, »und nu sag ihm, er solle sich keine dummen Gedanken machen, Hunderttausende von braven Kerlen haben heutzutage nicht das Schwein, vor ihrem letzten Gang noch Gänsebraten zu kriegen. Halt«, tippte er seine Stirn, als er sich schon halb zur Flucht wandte, »das Wichtigste hätt ich ja vergessen: ob er einen Popen haben will oder einen unsrer Pfarrer. Ich weiß nicht, ob wir noch einen russischen Geistlichen in der Stadt haben; wenn nein, mag er zwischen dem Katholiken und dem Protestanten wählen.«

Und Grischa, der sich alles ruhig anhörte, meinte: auf einen Popen habe er keine große Lust, aber überlegen werde er sich's. Wenn er sterben solle, werde er keine großen Geschichten machen, aber baden wolle er noch mal vorher und am Abend Gesellschaft haben, Leute, mit denen er in seiner eigenen Sprache reden könne, die Babka und den kleinen Täwje, den Juden, und ein Grab wünsche er auf dem Friedhof der Russen, und wenn es nicht anders gehe, werde er es sich morgen früh selber graben.

»Gut, gut«, nickte Feldwebel Spierauge, »das sind ja alles keine Unmöglichkeiten«, und dann schloß er sein Notizbuch, steckte es an

seinen Ort und sagte: er wünsche also einen guten Tag und eine gute Nacht und Courage für seinen letzten Gang; und schon halb im Weggehen sagte er noch, es sehe ja viel schlimmer aus, als es eigentlich sei; denn wer könne sich heute noch sein eigenes Grab graben und wissen, wann und wo seine Gebeine zur Ruhe kämen? Denn die Zeit sei verdammt unruhig, und kein Mensch, soviel ihrer hier im Wachtlokal stünden, ahne ja auch nur, wann für ihn mal Ruhe und Frieden und ein Schlußstrich blühe.
Und dabei grüßte er, die Hand an der Mütze, und ging hinaus, während er bereits sorgenvoll berechnete, ob die Mannschaftszigarren schlechterer Sorte ausreichen würden, die er durchschnittlich zur Verteilung hergab, oder ob er von den besseren – auch für die Mannschaft gelieferten, die er aber stillschweigend für Privatgeschäfte beiseite hielt – diesmal ein paar Kisten mit in Anschlag bringen müsse. Bedrückt fand er sich in der trüben Kälte des Hofes, sah zu den Wolken oder vielmehr der Nebeldecke empor, atmete mehrmals tief auf und versuchte, die Trübsal abzuschütteln, die ihn ganz ungewohnterweise noch befangen hielt – ohne zu erkennen, daß sie sich auf ihn selbst bezog ... denn auch ihm war trotz aller Sicherungen nicht bestimmt, in Frieden sich des kleinen Besitztums zu erfreuen, das er sich zusammenscharrte – verurteilt, einer der vielen zu sein, die aus voller Scheinrüstigkeit, starke Esser und Trinker, dem Zug der Grippe zu folgen hatten, der im kommenden Winter und Frühjahr ein Heer eigener Art unter den Lebenden aushob.
Grischa, zurückbleibend, stehend, bis die Tresse des Feldwebels in der Dämmerung verschwand, fiel ächzend auf die Bank zurück. Sein Herz schien sich in der Brust auszudehnen und all sein Blut dazu zu brauchen. Blaß und kalt, in Schweiß die Haare und die Stirn, saß er da mit einem Gefühl, als müsse er sich erbrechen, und sagte sich mit geballten Fäusten nur immer wieder vor: er habe es ja schon gewußt! Was das jetzt für ein Unterschied sei! Er habe es doch ganz richtig gewußt! Und es half ihm. Er behielt seinen Magen an der richtigen Stelle, und kraft vieler Atemzüge gelang es ihm, auch das Herz wieder zu erträglicher Größe schrumpfen zu machen. Dann verlangte ihn, Luft zu schnappen, und von Hermann Sacht begleitet, der wie ein teilnahmsvoll blickender Schatten hinter ihm herging, stapfte er durch eine Art verlegenen Spaliers immer noch herumstehender Leute in den Hof, in den Schnee, mit dem er sich Stirn und Schläfe rieb. Hinter ihm brauste ein Stimmenchor auf, wirre, aufgeregt murrende, merkwürdig erbitterte Mannschaftsrede.

Gegen zwei meldete die Nachrichtenstelle dem Stabe: der Schaden in Lichtleitung und Ortstelefon sei gefunden. Der Fernsprecher werde in einer halben Stunde wieder arbeiten, die Beleuchtung etwas länger brauchen, aber gegen Abend, gegen sechs etwa, könne man auf Strom rechnen.
Winfried atmete auf. Ob man schon Fernverbindung habe?
»Nein«, bedauerte der Unteroffizier, den die Nachrichtenstelle entsandt hatte, »noch nicht«, aber die Schneeschmelze im Einbruchsgebiet erleichtere das Finden der Leitungen. Lange könne der Draht nicht mehr ungespleißt bleiben.
Und Oberleutnant Winfried verstand diesen Seemannsausdruck, die Verbindung zweier Taue bezeichnend, denn auch er hatte alle erreichbaren Seegeschichten gelesen. Winfried entließ den Unteroffizier und ging hinüber zu Pont, wann der Feldwebel mit dem Löhnungsappell fertig zu sein glaube?
Gegen vier stand er Herrn Oberleutnant zur Verfügung.
Vier war dem Oberleutnant noch zu hell. Gegen fünf, meinte er, vielleicht noch später. Jedenfalls vor Abend. Übrigens hatte Pont jenen Ausweis an die Besatzung von F. S. 5, Lychows Hühnerauge, zu Ende geschrieben. Er öffnete einen blauen Aktendeckel, Winfried unterschrieb und bat:
»Bringen Sie ihn mir hinüber, damit ich ihn stempele.«
Die Schreiber saßen an den Fenstern und beschäftigten sich, und oben in der Operationsabteilung hörte man das Gelächter der Offiziere, die, bis wieder Licht war, sich erlustierten. Rittmeister von Badenbach erzählte gerade die mordskomische Geschichte, wie er einmal mit seinem Burschen und zwei Mann ein Judenfrauenbad ausgehoben habe, um die badenden Weiber zu photographieren, und da er kernige Worte fand, gab es viel Spaß.

»Der reine Weihnachtsbaum«, schimpfte Hermann Sacht. Auf dem Tisch, dem langen Tisch des Wachtraumes, brannte eine einsame Kerze und eine andere in Grischas Zelle, der neuen, sauberen, die er sich selber bereitet. Eine unerträgliche Stille füllte das weite, verlassene Gewölbe. Zum erstenmal bemerkte der Gefreite, daß dieser Raum, wirklich ein Gewölbe, von einer gekrümmten Decke abgeschlossen wurde, zu der zwischen den Fenstern flache Bogen aufstiegen. Jede seiner Bewegungen, wie er so auf seinem Lager saß, das Gewehr in Griffweite an der Wand lehnend, rief den Ton knarrenden Drahtes hervor, jenes Maschennetzes aus Zaundraht, auf dem sein Strohsack ruhte; und unaufhörlich murmelte aus Grischas Zelle ein Echo. Der Russe sprach mit sich selbst; halblaut und ununterbrochen raunte er in seiner Sprache Worte. Er sabbert, dachte Sacht, es läuft ihm vom Munde weg wie Spucke, und er seufzte schwer. Wenn der nun ihn erwürgen kam, Grischa, dem doch alles gleich sein konnte? Einen letzten Fluchtversuch machen? Sie beide allein vielleicht im ganzen Erdgeschoß? Die Mannschaften angetreten drüben im Haupthaus, wo sie bis zum Eingang hinunter über Treppen und Gängen warteten, um in der Schreibstube, von Spierauge beaufsichtigt, die Löhnung aus den Händen des Zahlmeisters, die Tabaksachen aus denen des Magazinunteroffiziers zu empfangen? Wer, wenn er nichts zu verlieren hatte, konnte etwas unterlassen, um die Freiheit zu gewinnen, selbst mit Mord? Und für alle Fälle ließ Hermann Sacht eine scharfe Patrone ins Magazin seines Gewehres gleiten und entsicherte es. Gut eingebrannt hielten sich in ihm gewisse Worte Brettschneiders, gesprochen zwischen Tor und Pferd ... Da bangte er, tief geteilt zwischen seiner Teilnahme und der Angst ums eigene Heil, und nebenan hockte einer, starrte ins Licht und murmelte, redete zu der Flamme, einer, dessen Fäuste die Backenknochen preßten und der mit dem Verbrennen der Kerze seine eigene Lebenszeit verbrennen sah. Der Ofen warf einen mächtigen kanonenförmigen Schatten an die Wand. In ihm glühte starke Glut, Kohlenglut, weil sich auf nicht ganz rechtlichem Wege die Wachtmannschaft in den Besitz einer Anzahl großer Briketts der Lokomotiven gebracht hatte. Draußen lag schon tiefblaue Dämmerung. Es war warm, aber unheimlich dennoch in der Öde der Schatten und der murmelnden Stimme. Grischa maulte zu sich selbst. Er machte sich Vorwürfe, daß er Angst habe, zählte sich auf, daß eine unendliche Plackerei hinter ihm lag und, blieb er leben, auch vor ihm und daß Sterben jetzt viel leichter sei als damals das Abreisen in den Krieg, weg von Marfa Iwanowna. Wovon mußt du Abschied nehmen, Mensch? fragte er sich. Von nichts, von Dreck, von einem Gefängnis, von immer neuen Gefängnissen. Es ist klar: bleibst du am Leben, so wirst du eingesperrt. Arbeiten, frieren, schlechtes Essen und immer wieder der Regen! Machen die Russen drüben Frieden? Sie machen Krieg. Erzwingen die Deutschen hier Frieden? Sie erzwingen Krieg. Und da sind noch die Franzosen und die Engländer und die Amerikaner – endlose Schlachterei. Alles war doch schon gut geordnet für dich. Du hast deinen Sarg ausprobiert; ein gut angemessenes Haus hast du bereitet. Du wolltest heim, ja, das wolltest du; aber sie lassen dich doch nicht. Zwischen einem Menschen und einem schiefen Holzhaus stehen

Stacheldraht, Bajonette, Minen, Maschinengewehre, Trommelfeuer von Granaten. O Grischa, seufzte er zu sich selbst, du weißt, du bist ein Narr, wenn du Angst hast, und doch hast du Angst, Soldat, Idiot ... Wenn nur die Babka käme. Sie wollte bald kommen. Sie wird gleich kommen, sie trägt ein Kind von dir, und Marfa Iwanowna zu Hause hat das Kleine auch, oh. Und was hilft dir das, wenn du doch Angst hast immerfort? Und er zitterte am ganzen Leibe vor fliegender Todesfurcht. Dann klopfte es an die verschlossene Tür.

Hermann Sacht machte auf, beinahe erlöst, wenn es auch nur die Babka war, die in ihrem Umschlagetuch, den Korb am Arm, durch die Tür trat und ihre starken grauen Augen hin und her gehen ließ durch den leeren verwunderlichen Raum. Ja, sagte Hermann Sacht, dort drinnen sitze Grischa, und es sei gut, daß er Besuch kriege, sie solle ihn aufheitern, lustig machen. Dann gebe es Abendbrot und Schnaps auch.

»Schnaps?« fragte Babka. Gut. Auch sie habe Schnaps bei sich, und sie zeigte auf ihren verhüllten Korb, an dessen Ecke zwei Schnapsflaschen lehnten.

Grischa packte ihre beiden Hände, zog sie neben sich auf die Bank und sagte, daß sie willkommen sei und daß es gut sei, nach ihm zu sehen, und daß morgen alles zu Ende sein werde, und die Zähne seines Unterkiefers klapperten an die des oberen, und seine Augen verdrehten sich fast in ihren Höhlen. Es wäre gut, wenn es vorüberginge, wenn es schnell vorüber wäre. Es wäre ja besser, wenn es anders gekommen wäre. Aber auch so sei es gut. Nur schnell zu Ende.

Hermann Sacht wollte endlich einmal austreten gehen. Er werde sie indes von außen einschließen, sie müßten ihm das nicht übelnehmen; und er ging weg. Es war gut, diesen Raum, festverschlossen, im Rücken zu wissen einmal.

Babka streichelte erbarmungsvoll Grischas Hände, küßte sie und sagte:

»Wir gehen nachher weg, du brauchst keine Angst zu haben. Ich habe den Schnaps mit, genug für alle. Zwei Flaschen, einen guten und einen bösen. Vom guten laß uns trinken, gleich, es tut wohl in den Eingeweiden; vom bösen sollen die da trinken. Ehe sie krank werden, ehe es wirkt, will ich weg sein und auf dich draußen warten, gegenüber vom Tore im Hauseingang, im schwarzen Torweg des Juden Rothstein findest du mich. Sie werden sehr krank werden, vielleicht auch sterben. Du wirst leicht mit ihnen fertig, Grischa. Noch diese Nacht verstecken wir dich, wo dich niemand findet.

Der Kaufmann Weressejew ist ein Freund, wenn man ihn fest in der Hand hat. Er verwahrt die Schlüssel zur kleinen Seitentür der Kathedrale. Er wird sie dir aufschließen. Unterm Altar in der Krypta wohnst du die erste Woche. Dort wird Brot und Schnaps sein und Licht. Warm genug ist es dort noch; du wirst weich liegen und aushalten, bis ich dich holen komme, im Schlitten davonzufahren. Oh«, setzte sie siegessicher fort, während ihre Augen ängstlich und zwanghaft nach denen Grischas suchten – die aber fanden ihr Ziel waagerecht drüben an der Kerze des Mannschaftsraumes –, »sie werden uns nicht erkennen und nicht finden, sag ich dir. Du wirst einen Pelz und eine Pelzmütze haben. Zivilkleider und einen Paß und nach Wilna fahren mit mir im Schlitten, gib nur acht, und dort gibt es Verstecke bei der alten Frau Bjuschew. Komm, das ist spätere Sorge. Laß uns trinken, Grischa«, und sie entkorkte die andere der beiden Flaschen, schob ihm ein Gläschen hin, schüttete es voll, überschüttete ein wenig sogar, und er nahm es und goß es gierig und glücklich hinunter.
»Noch eins!« verlangte er rauhkehlig, und er trank noch eins. Ob sie, Babka, denn nicht mittrinken wolle? Und sie sagte:
Sie wolle nicht, denn für das, was sie mit sich trage, sei Schnaps nicht gut. Jede richtige Frau wußte das. Und es war bald so weit, daß sie ihm, Grischa, einen Sohn gebären würde, einen Sohn! Und es jubilierte fast in ihrer Stimme, und ihre Augen, nicht mehr vom Tuch beschattet, brannten, während sie seine Hand auf ihren Leib legte, wo in seiner Hülle und Feuchte das Ungeborene pochte. Und Babka plauderte zu ihm wie eine glückliche Frau zu ihrem Manne, daß sie bei der Frau Bjuschew niederkommen werde, die eine Hebamme sei, und daß sie schon Jäckchen und Windeln genäht habe von Soldatenhemden, gekauften und eingetauschten, aus der Sommerwäsche der Soldaten, die sie ja eigentlich dem Feldwebel wiedergeben sollten, aber sie dachten nicht daran und hatten recht und machten sie zu Gelde. Unterhosen ergeben Windeln, und Hemden ergeben ganz feine Jäckchen. Sie hatte ihm seine eigene grobe Flanellwäsche mitgebracht, mit großen Flicken, sauber gewaschen, und hob sie, eingeschlagen in ein Stück Zeltleinen, aus ihrem Korbe.
Dann kam Hermann Sacht zurück, und Grischa sah gedankenvoll, nicht mehr so blaß und auch nicht mehr so verlassen im Lichte seiner Kerze aus. Er hatte Lust zu rauchen. Babka gab ihm Zigaretten, und als er sie an der Flamme entzündet hatte und sich zurücklehnte, um einen Strom von grauem Rauch durch die Nasenlöcher zu blasen, fühlte er sich zum ersten Male wieder getröstet. Es war

kein Zwang mehr über ihm. Da war ein Weg offen; zur Freiheit, wenn er wollte. Er war nicht mehr ein Schlachtvieh, das getrieben wurde nach einer Richtung, und rechts und links sind Zäune. Es gab wieder nicht nur ein Oder, sondern auch noch ein Entweder; und während er sein linkes Ohr, das ihn juckte, zwischen Daumen und Zeigefinger rieb, fragte er sie nach näheren Umständen des Fluchtplans und hörte mit tiefer Zufriedenheit, daß es keine gäbe: daß er den Tumult des Krankwerdens der Leute benutzen sollte, selber sagen, ihm sei übel, er wolle auf den Hof, sich zu erbrechen; daß er sich möglichst nahe dem Tor hinstellen und die Finger in den Mund tun, den Magen umstülpen sollte, und wenn einer, selber im Bauche umgewühlt, mitgehe, ihn zu bewachen, ihm und nachher dem Posten einen festen Stoß ins Genick gebend durchs Tor preschen müßte. Wahrscheinlich stand es noch offen, und stand es nicht, nun, um so schlimmer, dann mußte er den Riegel öffnen. Verschlossen würde es nicht sein. Auf der Straße gab es noch drei Atemzüge Gefahr; querüber ins helle Licht der Lampe, wenn sie dann schon wieder brannte; aber es fiel günstiger aus, als jemals zu hoffen gewesen. Der Teufel half; er hatte das Licht zerbrochen. Im dunklen Gang werde sie stehen, ihn an der Hand durch die Hinterhöfe führen, die da aneinanderstießen. Bis zum Weressejew lief man, wenn man sich auskannte, mittels zweier schmaler Gassen, noch ehe eine Patrouille auch nur die Hauptstraße erreichte. Oh, sie, Babka, übte ihr Handwerk auch in der Stadt. Es sei wie im Walde, bloß viereckig, lachte sie; es hieß nur auskundschaften, genau wie im Sumpfwald der Grodnoer Heide und in dem großen Walde, in dem sie sich trafen. Sie blieben ja fremd hier, diese Deutschen, sagte sie verächtlich, und Verräter werde man nicht treffen, denn niemand schleiche nachts in den Straßen, der nicht selber fürchten müsse, erwischt zu werden. Wie sie in Wilna wohnen würden? Genauso wie hier in Merwinsk. Dort standen ganze Straßenzüge verschlossener Häuser, in denen der Typhus und die Ruhr gearbeitet; und soseehr sie sich auch Mühe gaben, die Deutschen, hinter die letzten Schliche kamen sie nie. Gut verborgen werde er leben, bis einmal Friede sei und sie abzögen – geschlagen oder Sieger, gleichgültiger als das sei wenig …

Und Grischa streichelte ihre Hand und hörte zu. Ja, das klang ganz gut; man konnte es nicht leugnen. Es würde also ein Leben wieder in Verstecken sein. Wieder in Angst, wenn man so wollte; jedenfalls hinterm Rücken der Sonne und der wirklichen Freiheit – aber ein Leben, fügte er nachdrücklich hinzu, um sie zu trösten. Dann gähnte er und bat sie, sitzen zu bleiben. Er sei ein bißchen müde;

ein bißchen hinlegen wolle er sich und nicken und wieder munter werden. Der Schnaps, den er nicht mehr gewohnt, habe ihn müde gemacht; gleich werde es vorübergehen. In Wirklichkeit bedurfte er, um nachzudenken, der Abgeschlossenheit. Nichts Sichtbares wollte er um sich, wenn er mit sich zu Rate ging und überprüfte, was ihm eröffnet ward – und er legte sich auf seine Pritsche, zugedeckt, das Gesicht nach der Wand, geschlossenen Auges, indes Babka in einen trägen, fruchtbar dämmernden Zustand zwischen Wachen und Schlaf hineinglitt, ein Behagen, begünstigt von Wärme und Stille und ganz ausgefüllt vom Dasein des hochreifen Menschen in ihr.

Grischa war keine Spur müde, ach nein! Im Gegenteil, wach und klar, scharf beieinander sah er in den dunklen Raum, in dem sich Gedanken ausbreiten, wenn man die Augen geschlossen hält. Was stand ihm zur Wahl? Gräber, bei Gott! Ein Grab unter der Kirche mit Licht vielleicht, mit Essen und Trinken, und dann eine Hetzfahrt in Verkleidung, gejagt vielleicht; und ein Kellerleben in Wilna dann, hinterm Rücken des Tages und aller Menschen, die durch Anzeige sich Belohnung verschaffen konnten! Und auf der andern Seite das stille Grab in seinem schönen, selbstgehobelten Sarge, der ihm paßte und in dem er kein Licht und kein Essen vermißte, weil er keines mehr brauchte – und Ruhe hatte, unendliche Ruhe, ein Aufatmen, konnte man sagen, das weit über alle Grenzen des Daseins hinausging. Gab es da überhaupt noch einen Zweifel, wohin er sich schlagen werde? Ganz abgesehen von dem drolligen Gedanken der guten Babka, die Mannschaft hier in der Wachtstube werde im Dienst bleiben, sobald sich die ersten schlecht fühlten, schwindlig vielleicht oder geneigt zum Kotzen! Gab es nicht Ablösung nach Belieben? Lagen nicht elf Korporalschaften auf ihren Strohsäcken, die zwar fluchen, aber sofort den Dienst antreten würden? Und der Posten am Tor, würde er nicht vielleicht feuern? Und wenn er selbst den Grischa fehlte, nicht Alarm stiften rundherum? Ach, wieder ein Weiberplan, gut gemeint, gut gemacht, sehr umsichtig, der aber leider nicht herpaßte – und hier lag er, Grischa, nur noch eine, allerdings ziemlich arge Unbequemlichkeit vor sich, morgen mittag oder nachmittag, aber bis dahin in aller Bequemlichkeit und Ruhe. Wäre er nicht ein Narr, sich jetzt aufs Geratewohl oder Gehschlechtaus in Aufregungen zu stürzen, damit sein schönes Geld in die Kasse des Feldwebels falle, weil er kein Testament gemacht hatte? Ach, dachte er wohlig, schön war nur, daß ihn keine Faust im Nacken mehr vorwärts stieß, daß er wieder wählen konnte, unbesorgt dorthin gehen, wohin es ihn zog und wohin er nicht geschleift wurde. Das Leben! Er hatte genug von seinem Krampf und Ärger. Wenn ein Mensch gezwungen werden soll, immer mit kalten, nassen Füßen zu leben: wird er nicht schließlich einen leichten oder schweren Sprung in den Tod so vieler Plackerei vorziehen, wenn ihm noch dazu der Entschluß, das Springen oder Abdrücken eines Hahnes selber zu besorgen, erspart bleibt? Und er, Grischa, wenn er den Weg der Babka wählte, hatte fünfzehnmal mehr Quälereien zu erwarten als drei Monate nasse Füße! Bei Gott! Er wollte nicht mehr in den Schnee hinaus, in die Dunkelheit, die Kälte, ins Jagen und Verstecken, in die Angst vor Entdeckung, und mit einem Schuß im Rücken schlimmstenfalls daliegen wie ein armer Hase. Es sollte in Ordnung mit ihm zugehen und seine Ruhe bis morgen mittag durch nichts gestört werden; aber wie dumm wäre es, dies der armen Babka zu erzählen! Es genügte ja, wenn man ihr nachher die Flasche mit dem Giftschnaps stillschweigend in den Spüleimer laufen ließ. Man konnte ihn zwar selber trinken, wenn die Angst vor der Kugel einen jagte; aber, dachte er, die Kugel haut schnell um, und das Gift murkelt langsam und dreht dir den Kopf auf die falsche Seite, macht dich rasend und wird überhaupt als für einen Soldaten unanständig empfunden. Geh deiner Wege, Grischa, jetzt kannst du's ja wieder. Sei nett zu der dummen kleinen Frau. Wenn sie nicht an ihr Kindchen da einen Teil ihres Verstandes abgegeben hätte – bestimmt hätte sie selbst gesehen, daß es so keineswegs zum Guten ausarten könne. Und er rieb sich die Augen, setzte sich auf, gähnte und lächelte schon im Gähnen Babka an, die aus ihren Halbträumen leicht zusammenfuhr und auch ihn anlächelte.

Sie sprachen von Plänen, wie man es nach dem Kriege einrichten solle, zusammenzubleiben; etwa so: Grischa verkaufte das Häuschen, das ja glaubhafterweise nur eine Art Stall war, und zog in die freundlicheren Gegenden, die er jetzt kennengelernt und an denen er Gefallen gefunden hatte. Hier war es wärmer, nicht soviel Eiswind vom Norden oder Osten, der Boden fruchtbarer und am Rand der Städte auch nicht unmöglich zu pachten. Er konnte dann mit beiden Frauen haushalten, nicht gerade zusammen, aber auch nicht zu weit entfernt, und wenn es mit Marfa Iwanowna anfangs Schwierigkeiten setzen mochte, je nun, eine vernünftige Frau würde sich schon schicken. Babka lächelte in einer Art glücklicher Benommenheit. Was sie hörte – Lieberes gab es nicht für ihre Ohren; denn als Mädchen ohne Kind konnte man die Zähne zusammenbeißen und diesen Grischa laufen lassen, wohin er wollte, aber jetzt, wo das Ding in ihr reifte und bald zeitig war, klang es doch viel herrlicher, zu hören: er, der Vater, werde in der Nähe leben, um sein Kind auf den Arm zu nehmen und zu lohnen oder zu strafen, ganz wie es nötig war und wie ein Vater es seinem Kinde schuldig ist. Nicht einzusehen, warum sich zwei Frauen nicht vertragen sollten. Es gab Eifersüchtige? Babka lachte. Sie kannte viel zuviel vom Leben, hatte seinen Eisengehalt selber viel zu stark im Blute, um nicht zu wissen, daß ein Mann herumschweift und seiner Wege gehen will (gelegentlich) und eine Frau es nur mit ihm verdirbt, wenn sie heulend hinterherpirscht. Von ihr sollte Grischa weiß Gott so etwas nicht erleben! Sie hatte ihre Männer gehabt, sie dachte nie an Kinder und hatte auch keine, aber jetzt war das anders gekommen, man konnte es nicht leugnen; denn es gab Zeichen, es füllte sie und machte sie zum Lachen glücklich – und Hermann Sacht beobachtete von seiner Ecke, in der er paffte und in einem Reclambuch altmodischer Schreibart, »Schatzkästlein des rheinischen Hausfreunds« genannt, ulkige Geschichten las, daß die Frau sich auf die Hand des Verurteilten beugte und sie küßte wie eines Priesters oder Großvaters Hand ... Dann zwang es Babka, dem Drang einer Schwangeren folgend, schnell einmal auf den Hof hinauszulaufen, unter hinter dem Rücken der beiden ergriff Grischa kurzerhand die Flasche, entkorkte sie mit einem Nagel, den er zum Basteln besaß, und goß den grünen scharfriechenden Saft in den Spüleimer. Schade drum, runzelte er die Stirn, das ist der Pfarrerkümmel, und er erinnerte sich des Sonntags, an dem er ihn geschenkt bekam. Nein, dachte er streng, enthemmt vom Alkohol und von ihm erhellt – jetzt nicht mehr. Früher hättet ihr euch's überlegen sollen. So geht man nicht mit Menschen um. Dann vergoß er etwas von seinem eigenen Wodka auf dem Tisch, um den Spritgeruch zu erklären, kippte wieder einmal einen scharfen Schluck in sein Inneres, füllte die grüne Flasche mit Wasser und kicherte still, daß zweispännig fahren vielleicht doch nicht sehr ratsam geworden wäre bei Marfas heftigem Eigensinn. Bald danach brachte eine Kantinenordonnanz für Grischa Aprikosenmarmelade, frisches Brot und eine Flasche Wein im Auftrag der Kommandantur und schönen Weinbrand mit besonderen Grüßen von Maxe und Unteroffizier Halbscheid, und nach würdiger Bewirtung wurde diese Ordonnanz gebeten, auf dem Rückweg den Tischler Täwje zu Grischa einzuladen. Für morgen zum Frühstück wurden Rollmöpse angekündigt – es sollte Grischa an nichts fehlen, und eine Schachtel mit hundert Zigaretten für ihn und seine Gäste stand ebenfalls da. Als Täwje, die Mütze auf dem Kopfe, von Hermann Sacht hereingelassen, einen Segensspruch gesagt, vom Brot gegessen und seinen ersten Schnaps strahlend ausgekostet hatte, meinte Hermann Sacht:

Nun hätte er das Portierspielen aber dick, so ginge das nicht weiter; er hätte sich mit dem vielen Öffnen ja schon die Beine kürzer gelaufen und würde wahrscheinlich, wenn er morgen in Zugreihe wieder anträte, einen oder zwei Plätze herunterrücken müssen, um der Größe nach richtig zu passen. »Ha«, schmunzelte er, »die stehn immer noch auf den Treppen oder in der Schreibstube und lassen sich ihr Glied langziehen vom Sanitäter« – er gebrauchte ein derberes Soldatenwort –, »und unsereins schmaucht hier gemütlich wie Jona im Bauch seines Walfisches.«

Hier freute sich Täwje und brachte aus dem Schatze seiner Midraschim unbekannte Fabeln vor, von Jona, dem Walfisch, dem Meerdrachen Leviathan und dem Paradies, in welchem dieser selbe Leviathan von Jona geschlachtet und für die Freuden der Seligen in herrlicher Tunke als gefüllter Fisch herumgereicht werden würde. Und alsbald nahmen sie ihr theologisches Gespräch vom Morgen wieder auf, wie das Volk es liebt, indem Hermann Sacht jede Unsterblichkeit aus der Fülle seines westlichen Verstandes leugnete, Babka von ihr nichts wissen wollte, Täwje ihrer auf überlegene Art völlig sicher war und Grischa erklärte, er werde es ausprobieren. Nur bekämpfte er heftig, indem er mit der Faust auf den Tisch schlug, Täwjes genaues Wissen vom Paradies, weil, was hinter der Auferstehung komme, niemand vermuten dürfe. »Bläst du das Licht hier aus, oder wenn es zu Ende gebrannt ist«, rief er, »dann kommt Dunkel, das weißt du, und steckst du ein neues an, dann Helle, das weißt du auch. Aber wie dies neue Licht aussehen wird und wie es leuchten wird, wie weißt du das? Es kann ja ein dickes sein, ein dünnes, ein gelb brennendes, ein weiß brennendes – was hilft's? Abwarten.«

Hermann Sacht lachte. »Dann weiß ich genau, wie die Auferstehung aussieht; denn hier hab ich Kerzen, Kantinenlichter, da schau, eins wie's andere, gutes Paraffin, und wenn einen hungert, frißt man sie womöglich.«

»So ist es«, ergänzte Täwje, »der Hunger von armen Leuten ist so groß, daß sie ihre eigene Seligkeit auffressen würden, bloß um einmal satt zu werden. Und das soll nicht die Zeit von Sodom und Gomorra sein?«

»Teufelszeit ist es«, schloß Babka.

Als Hermann Sacht nach neuerlichem Klopfen, die beschwingte Laune leicht mürrisch verdunkelt, die Tür aufschloß, trat er zunächst blind rückwärts, das Licht einer Taschenlampe blendete ihn. Der Ankömmling ließ sich erst erkennen, als er sich der einsamen Wachskerze genähert hatte und Hermanns Augen der Blendung Herr geworden waren.

»Herr Oberleutnant«, staunte er, »der Herr Adjutant!«

»'n Abend«, sagte Winfried leichthin. »Muß doch mal nach unserm Schützling sehen.«

»Och«, entgegnete Hermann Sacht, »dem geht's gut, der zecht mit seinen Kameraden und hat's besser als Herr Oberleutnant. Der braucht nicht mehr in 'n Schnee raus.«

Winfried dachte: Was du nicht alles weißt.

Hermann Sacht fand es nötig, geschwind zu überlegen. Der Adjutant vom Stabe durfte Grischa natürlich, wenn er wollte, besuchen, aber er, Gefreiter Sacht, saß dann doch schicklicher nicht mit in der Zelle am Tische. Selbst der wohlmeinendste Offizier lähmte die Gemütlichkeit für einen Mannschaftsmann. Die Knarre vorsichtig neben sich bettend, streckte er sich aufs Lager, um ein bißchen zu duseln. Im übrigen hatte der Oberleutnant ihm einen guten Einfall vermacht: eine Taschenlampe besaß er selber, aber schwerfällig, wie er nun einmal gemacht, bedurfte er fremden Beispiels, um sie auch heute zu verwenden, jetzt, nicht bloß im Freien oder in unbekannten Räumen. Er war immer zu geizig und sparte die Batterie. Und emsig kramte er sie aus dem Rucksack, der am Kopfende des Bettstalls als einziger Schrank des Mannes hängt.

Winfried ward in reinster Fröhlichkeit empfangen. Grischa strahlte, einen so feinen Gast zu haben. Nie in seinem Leben, übertrieb er, sei es ihm so gut und dick und lustig gegangen wie jetzt, wo er Wein auffahren und dem Herrn Oberleutnant zu trinken anbieten konnte, dem gutherzigen Offizier, der gewiß komme, zu beteuern: er sei an nichts schuld. Es wisse aber der Russe, daß sein General alles Schickliche getan habe. Und mehr als das Mögliche konnte niemand tun. Nun aber mußte der Herr Oberleutnant niedersitzen. Dies sei Babka, eine Frau, und Täwje, ein Jude. Mit ihm habe sich Grischa seinen Sarg gezimmert, und er passe ihm so gut wie angeschneidert.

Winfried stand am Tisch, sah sich um. Selbstverständlich stand es jedem Menschen zu, auf seine Art lustig zu sein. Wie blöd von ihm, daß ihn Grischas Gesellschaft, der starke Alkoholdunst, die verbrauchte Luft in dieser schmalen Bude störte.

»Zuallererst laß uns mal das Fenster aufmachen«, sagte er, und Grischa litt nicht, daß es ein anderer tat, kletterte selbst auf den Schemel und hielt, bevor er den Riegel hochhob, eine Rede an seine

Gäste, zu zeigen, wie nüchtern er noch sei, wobei er ein wenig schwankte. Dann fiel ein Strom kalter Luft erfrischend in den Brodem von Kerze, Schnaps und Menschen, und das Licht flackerte, wehte ins Zimmer.
Winfried sah auf die Uhr. Dann sagte er:
Er habe das Fenster nicht umsonst aufgemacht. Es gelte klaren Kopf. Täwje solle dem Grischa das alles verdolmetschen. Er sei gekommen, ihn mitzunehmen. Er wolle keine Erklärung geben, dazu sei auch kein Anlaß. Grischa wisse, wer für ihn alles Mögliche tue. Er solle seine Sachen packen.
Grischa hörte Täwje genau an. Erregte Erläuterung schien nötig zu sein; auch Babka mischte sich ein, alles auf russisch, und dann stand Grischa auf und schloß das Fenster wieder.
Er wolle in kein neues Gefängnis, sagte Täwje dem Herrn achselzuckend, er wolle nicht mehr ins Freie, nicht hinaus, keine Plackerei mehr. Hier sei es so gemütlich, hier bleibe er.
Ob er vielleicht vergesse, was ihm morgen bevorstünde? Winfried hielt es für nötig, von einer möglichen Begnadigung durch den vielleicht geflickten Draht nicht zu reden. Er wurde in seinem Widerwillen, seinem ungerechten Widerwillen, nur noch besser bestärkt.
Aber Grischa lud ihn mit umfassender Gebärde zum Sitzen ein und rief großzügig:
Er, dieser Russe, sei dem Oberleutnant sehr dankbar, aber er wolle nicht weg. Er wisse genau, wie es ausgehe, wenn Hunde um einen Knochen raufen. Bis ihn der Stärkere kriegt, ist der Knochen längst zerknackt. Und zerknackt sei er, zu spät, schönen Dank. Nein, hier zeche es sich schön und warm, wenn erst das Fenster wieder zu sei, und die Güte von Herrn Oberleutnant sei wie ein doppelter Schnaps, rein und stark, und niemand anders sei schuld als er selber – aber er wolle nicht. Es gehe jede Uhr bloß, bis die Feder gebrochen sei, und diese Feder, gebrochen sei sie, und eine neue wolle er nicht mehr einsetzen lassen.
Winfried wurde wütend. Die Zeit lief, verdammt; aber er bezwang sich, knöpfte sogar seinen Mantel auf, befragte die Uhr, setzte sich hin, zündete eine von Grischas Zigaretten an und erinnerte ihn, was Täwje, gespannt horchend, übertrug, daß ihn von Anfang an doch heimverlangt habe, heim, Paprotkin! Natürlich verzögerte es sich manchmal, aber nahm er jetzt Vernunft an und kam schnell mit, so sicherte er sich nach menschlichen Begriffen den guten Ausgang. Sonst müsse es mit Wunder und Zauberei zugehen, wenn er morgen nachmittag noch lebe. Er wolle ihn jetzt in ein Lager

bringen, wo er bleiben solle, bis der General zurückkam; der Prozeß werde wieder aufgenommen, und ehe von Strafe die Rede wäre, sei der Friede da; er, der Adjutant einer Exzellenz, könne ihm voraussagen, der Friede mit Rußland sei näher als jemals. Dann tauscht man die Gefangenen aus, großer Jubel überall, brüderlicher Straferlaß, auf nach Wologda, da bin ich, Frau, wie geht's dem Kind – und an die böse Geschichte hier zurückdenken wie an einen schlechten Traum. Aber nur, wenn er jetzt gehorche. Und versäume er den Augenblick, diese paar Minuten fehlenden Lichtes, dann sei des Oberleutnants Kraft jedenfalls erschöpft. Den Selbstmord solle er sich dann selber zuschreiben.

Grischa horchte ins Knistern der Kerze. Dann legte er den Kopf auf die Arme und weinte.

»Erst nur auf der Straße stehn«, beschwor ihn der Oberleutnant, »ein Auto wartet, und alles ist in Butter.«

Babka, zitternd, warf scharfe kurze Sätze in Grischas Ohr, an seinen Arm geklammert. Geh! Das war so viel sicherer. Mitgehen müsse er, sich retten. Der Vater von Kindern müsse seinen Kopf auf den Schultern haben!

Grischa hob das Gesicht. Tränen liefen ihm noch immer aus den Augen, und er schluchzte:

»Sie lassen mir leider keine Ruhe. Wieder in neuen Käfig. Ich soll zur Ruhe nicht mehr kommen. Täwje, du siehst, wie sie mich hin und her reißen. Was bleibt einem da übrig? Man muß schon folgen«, dabei schneuzte er sich und zog sich am Tische hoch. »Gut, noch eine Last«, schluckte er, »eine neue Last«, mit tropfenden Tränen.

Der Oberleutnant: »Gott sei Dank!«, sprang auf. »Laß Mütze und Mantel hier, alles liegt schon im Wagen für dich; vorwärts, wie du gehst und stehst«, und aus der Zellentür tretend, die Mütze auf den Haaren, während die andern im Sitzen zuschauten, wie Grischa an seinem Rock herumknöpfte, tat er drei, vier Schritte. Dann blinkte vor ihm ein Licht auf.

»Was ist das?« Winfried stockte.

Eine Stimme, hinter der alsbald ein Mann sichtbar wurde: »Wachthabender Gefreiter – Herr Oberleutnant wissen doch ...«

»Da lauern Sie hier im Dustern, Mann«, ärgerte sich Winfried.

»Immer auf dem Posten.«

Winfried sah mit großer Schnelligkeit ein Hindernis, eine Art Sprungschanze vor sich aufwachsen. Es mußte genommen werden. Ach was, dachte er. »Gefreiter, Sie werden mir keine Schwierigkeiten machen.«

»Kommt drauf an, was Herr Oberleutnant wollen.«
Er hole den Russen ab, warf Winfried leicht hin, das Selbstverständlichste der Welt. Der Gefreite sagte:
»Herr Oberleutnant haben ohne Zweifel einen Ausweis.«
Winfried hielt in den Lichtkreis seiner Lampe den Zettel mit Maschinenschrift und großem Dienststempel.
Sie gingen zur Kerze, denn es war schade um die Batterie, wie Hermann Sacht bemerkte. Dann las er sorgfältig, besah das Papier, untersuchte sogar die Rückseite, weil dort oft Bestätigungen standen. Aber sie fehlten. Das sei der Ausweis vom Kriegsgericht. Er brauche, um den Russen auszuliefern, nur noch die Bestätigung von der Kommandantur mit der Unterschrift vom Herrn Rittmeister.
Winfried atmete kurz. Das könne man ja später nachholen, sagte er beruhigend, und der andere:
»Lieber gleich. Gleich ist gleich, und anders geht's nicht.«
Winfried sah das Hindernis wachsen. Er versuchte es mit leiser, deutlicher Befehlsdrohung: »Sie übergeben mir den Mann. Ich übernehme alle Folgen – die ganze Verantwortung.«
Der Gefreite beharrte:
»Auf den Wisch hin keinen Schritt.«
Darauf mußte Winfried tief Atem holen; in die innere Schicht des Mannes vor ihm eindringen, anderes half nicht. Er sei doch ein Mensch, erinnerte er den Gefreiten. Er sei doch kein Henker oder Henkersknecht. Gemütlich und fast bittend mahnte er: »Sie lassen ihn mitgehen, Kamerad. Ich nehme ihn einfach mit«, worauf Hermann Sacht ebenso freundlich sein Gewehr entsicherte:
Dann werde er Herrn Oberleutnant leider niederschießen müssen.
Und während Winfried, nach der Revolvertasche tastend, sich aufrichtete, mit dem unwillkürlichen Griff, der für einen Offizier auf solche Unverschämtheit ganz von selbst folgte, erklärte der Gefreite mit stiller, grimmiger Stimme, die Blicke dem Oberleutnant entgegengepreßt:
Das kenne man mit der Verantwortung und den Folgen, die der Herr Oberleutnant trage! Da kriege Herr Oberleutnant schlimmstenfalls ein kleines Kommando, eine Kompanie im Graben, für einige Zeit, im stillsten Winkel – auf ihn aber, auf Mannschaft, falle es wie ein Hammer. Er könne sich dann bestenfalls als Kerl zweiter Klasse quälen lassen, schinden, abhungern, abrackern wie'n Luder, jahrelang, bis er verrecke, wenn er nicht kurzweg, Heldentod, in die Binsen gehe, Kopfschuß, aus! Nein, Herr Oberleutnant! Er habe seine Dienstanweisung, und weiche er von ihr, so solle ihn der Teufel holen. »Uns Mannschaft«, schrie er beinah, »geht's immer

gleich an die Nieren. Mit uns wird nicht gefackelt und gespart. Der Russe bleibt hier und wird morgen mittag umgelegt, oder die Kommandantur bestätigt Ihren Wisch.« Das sei ihm in die Knochen gequetscht, jedem einzelnen Mann im Heer: jeder sei sich selbst der Nächste, jeder macht seins. Und dann, in der Auflösung aller irdischen Formen, sprang er auf Grischa zu, Gewehr in der Linken, griff seine Hand mit der Rechten – Grischa stand längst drei Schritte entfernt und hörte, was er nicht verstand, und verstand alles, was er sah –: der Kamerad solle ihm vergeben! Er, Hermann Sacht, habe ihm sein Lebtag das Beste gegönnt, aber hier gäbe es bei Frau und Kind gar keine andere Parole; und bevor er seine Hand fahrenließ, sagte er leise: »Gott verzeih's denen, die uns anständige Kerle in der Presse stampfen, bis wir vor Angst nichts mehr als Schweinerei zu tun wissen«, und dann wandte er sich, stülpte den Helm auf, schritt zur Tür, stellte sich mit dem Rücken dagegen und hielt das Gewehr zum Anschlag bereit in beiden Händen, die Mündung schräg gesenkt, den Finger am Stecher.
Winfried, indem er den Ausweis auf den Tisch sinken ließ, wollte gerade etwas entgegnen; das Herz schlug ihm schwer an die Rippen – da, mit grellem Schlage flammte Licht in alle Lampen des großen Raumes, Blendung schloß schmerzhaft alle Augen – und dann sagte Winfried einfach: »Aus.«
Mit bebenden Fingern, vorgeschobener Unterlippe hielt er den Ausweis in die Kerzenflamme, ließ braune Asche auf den Boden kreisen, verlöschte das Licht. Grischa rieb sich regungslos stehend die Augen, machte kehrt, ging ohne ein Wort in seine Zelle. Babka, die Blicke scharf zwischen den drei Männern hin und her, erinnerte ihn – jetzt, sofort – an ihren Schnaps, mit heiserer, rasender Stimme. Da beging Grischa einen Fehler; er kicherte leise, schüttelte den Kopf und deutete wortlos mit dem Daumen erst auf sich und dann auf den Spüleimer.
Babka, mit einer Art Sprung bei der Flasche, sah den Korken herausgenommen und wieder hineingesteckt, riß ihn wild aus der Öffnung, hob die Flasche an die Nase, sah Grischa entsetzt an, ließ ein paar Tropfen in ihre Handfläche fallen und leckte daran: Wasser, das schwach nach Schnaps und bitterem Aroma schmeckte. Und dann stöhnte sie: ein Stöhnen, das mehr nach innen als nach außen preßte. Etwas griff ihr ans Herz; sie sank trotz krallig geklammerter Fäuste in den Stuhl, und während der Raum um sie schwang, erpreßte ein schneidender Schmerz aus ihrem Innern, ein Messer, das aus ihren zartesten Geweiden durch den Leib zu stoßen schien, einen langen wimmernden Schrei. Sie fühlte, Nässe wich von ihr;

eine zweite schneidende Welle pulste durch ihren Leib. Frauen am Anfang des achten Monats sehr zu erschrecken ist nicht ratsam; sofort aber begriff Täwje, ein Ehemann, nach Grischas hastigen Mitteilungen, was diese Frau schreien mache, und als mit großem Gepolter und Hallo die Mannschaft von Gliedparade und Löhnungsappell in die nun wieder brauchbare Wohnung zurückströmte, fand sie auf der Pritsche eine Frau in einer Art Krämpfen liegen.
Winfried bat einige von ihnen, das alte Weib vorsichtig hinauszutragen. Wenigstens taugte der Wagen, der draußen wartete, dazu, sie ins Krankenhaus zu fahren . . .
Die Soldaten sahen zum ersten Male in dem schmerzverbissenen geröteten Gesicht Babkas die jungen Augen, und indem sie ihr nachblickten und sich darüber unterhielten, daß die Leute doch allerlei Zufälle kriegten und wie sich das alte Hutschelweib verjüngt habe, entging ihnen ganz, daß der Gefreite Sacht, aschgrau und voller Schweiß, sein Gewehr neben sein Lager stellend, sich hinlegte und trotz der Helle und des Lärms, die Mütze übers Gesicht gezogen, einschlief wie jemand, der die schwerste Arbeit seines Lebens hinter sich hat. Feldwebel Pont, am Steuer des Wagens ungeduldig sitzend, und Bertin hörten innerlich verfallend, mit dem Gefühl, was es alles gebe und wie das Schicksal die Leute hin und her schiebe, Winfrieds kurzen trockenen Bericht. Sie fuhren Babka ins Stadtlazarett. Dort stellte man fest, eine normale Geburt sei zu erwarten, die bei einer Erstgebärenden aber ihre gute Zeit dauern werde; der Zivilarzt, ein blasser graubärtiger Jude in weißem Kittel, sehr sauber, zuckte die Achseln: niemand könne wissen, ob zwölf oder vierundzwanzig Stunden. Man werde Herrn Oberleutnant benachrichtigen.
Die Heimkehrenden schwiegen in ihrem Wagen. Es wäre falsch zu sagen: alles sei aus, meinte Winfried, ehe sie vor dem Stabshause hielten. Aber Pont zog die Summe in ihrer aller Gefühl: viel sei nicht mehr.
Gerade in diesem Augenblick legte sich Grischa in sein Bett, ausgelaugt wie ein Lappen. Unteroffizier Schmielinsky verschloß hinter ihm die Tür. In Schlaf und Traum liefen ihm immer noch Tränen aus den Augenwinkeln – aus Gram vielleicht über die Welt, vielleicht aus Mitleid mit sich selbst.

Letztes Buch: Grischa allein

Erstes Kapitel: Die Deuter

In Winfrieds Wohnung am Rande der Stadt brennen die Lampen hell wie nur je: im Kraftwerk schnurrt und stampft der Dynamo, alle Drähte sind geflickt. Die Riesenqualle aus kalter Luft, langsam weitergeglitten, hängt in den Ästen des mächtigen Waldgebiets verankert und wird dort verfrosten und Kristalle zeugen, bis sie sich zum Ausgleich mit der anderen Erdluft bequemt.

»Ich glaube gar, es taut schon«, klagt Schwester Bärbe, überreizt ans Fenster drängend. Dann schließt sie die kleinen Teilscheiben der Doppelrahmen, zwischen denen Moos hübsch und abdichtend grünt. Bevor sie sich umwendet, flüstert Oberleutnant Winfried an ihrem Ohr:

»Geduld bitte, Liebe, Geduld!«

Winfried zeigt ein neues Gesicht – oder vielmehr ein früheres: kantig, schmal, durchlitten, hohl unter den kühnen Augen, wie es monatelang aussah im Rahmen von Unterständen, Maschinengewehrnestern, im Raketenlicht unterm Sturmhelm, am Rand eingetrommelter Stellungen und von Granatlöchern. Nur stubenbleich sieht es jetzt aus; damals war es lederbraun.

»Leider ist mir's anders zumute«, entgegnet Bärbe.

Auf dem Sofa, in die Ecke gedrückt, raucht Posnanski seine mattbraune Zigarre. Bertin sitzt mit Geige und Bogen vor dem Notenständer; Schwester Sophie, am Klavier, wird singen. Alles dies aber, diese fünf Menschen, der Raum rundum mit seinen milden grünen Tapeten, das Schlafzimmer nebenan mit seinem breiten Bett ordnet sich im Augenblick nur als Umgebung und Nebensache dem Telefon unter, das schwarz und nickelblitzend in einer Ecke beherrschend steht. Unteroffizier Manning, Nachtdienst heute, wird jeden Anruf melden, der von Ober-Ost oder dem Bahnhof in Brest, steckengeblieben bisher im Schneesturz, anlangt. Auch wenn das Gespräch unmittelbar der Kommandantur gebührt, wird Unteroffizier Manning unter Bruch des Dienstgeheimnisses Oberleutnant Winfried verständigen. Morgen früh, wenn nicht noch heute abend, werden die Störungssucher, vom Tauwetter unterstützt, den Windeinbruch mit neuen Drähten umgangen haben, meldet die Rand-

zone diesseits. Im übrigen ist man dabei, Funkverbindung auch für Merwinsk aufzunehmen, falls belangreiche Anlässe vorliegen.
»So 'n kleiner Russe ist nicht belangreich«, krittelt Posnanski aus seiner Ecke.
Unerträglich drückt die Spannung des Wartens auf diese fünf Menschen. Ihre Hoffnungslosigkeit sich einzugestehen, vermögen sie nicht.
»Es kann nicht sein«, versichert Oberleutnant Winfried zum neunten oder zehnten Male, »unmöglich hat Lychow klein beigegeben, ohne die Zähne zu zeigen. Wir hören bestimmt von ihm, und wenn's zu spät ist, gnade Gott.«
»Wem?« fragt Bertin vom Geigenpult her.
»Uns allen«, antwortet Winfried, »unsrer Ehre, dem Reich, den Deutschen, weiß ich, wem!«
Ein elektrischer Wasserkessel singt in der Pause. Es ist acht Uhr und vollkommen sinnlos, noch heute nacht Nachrichten entgegenzuharren. So wichtig ist die Verbindung nach Osten im Augenblick niemandem, daß auch nachts Störungssucher arbeiten sollten.
»Wir sind einfach Affen«, erklärt Posnanski.
»Raucht, Herrschaften, raucht!« lädt Winfried seine Gäste ein.
Seit Stunden glauben diese fünf hier schon zu sitzen. Morgen hält Feldprediger Lüdecke eine Allerseelenfeier in der kleinen Militärkirche Merwinsk ab, und Schwester Sophie soll singen, eine Arie von Bach, Kantatenmusik, groß und fromm. Heute abend hat sie versprochen, für ihre Freunde Vorprobe abzuhalten. Aber noch kam aus ihrer Kehle kein Ton. Sie zerreiben sich alle fünf am Ablauf der Minuten, und wie feine Asche, zu Pulver zerstäubt, fallen ihre fünffachen Lebenssekunden ins Wesenlose, das um dieses wartende Haus gebreitet zu sein scheint. Sie klirren mit Löffeln in den Teetassen, die Herr Ruppel sorgfältig gespült auf den Tisch trägt, und geben sich Mühe, einander nicht zu reizen, durch unbedachte Worte anzugreifen, während sie auf das, woran keiner glaubt, zu hoffen versuchen. Posnanski nimmt die Brille von den ermüdeten Augen.
»Sprechen wir doch klar und bündig aus, was mit uns hier vorgeht«, nörgelt er. Der Gläser beraubt wölben sich seine Augäpfel, gleichsam nackt und verwundbar, rot umrandet aus seinem sokratisch geistreichen Gesicht.
»Wir hoffen darauf, daß ein Unschuldiger trotz alledem gerettet werde«, antwortet ihm Schwester Bärbe überreizt, überstürzt.
Posnanski schüttelt seinen gebuckelten Schädel.
»Ist dies die Zeit, sich um einzelne Menschen überhaupt Gedanken

zu machen?« antwortet er sanft. »Was liegt an einzelnen, was soll Schuld und Unschuld noch? Eben jetzt krachen drüben im Westen oder in Italien unten Gasgranaten in die Stollen, von den Spitzen der Dolomiten funken Schrapnells hinüber nach anderen Dolomitenkegeln, und auf beiden Seiten gehen Menschen unseresgleichen ein. In allen Salzwassern rund um Europa öffnen jetzt vielleicht Torpedos die Flanke eines Schiffes und ersäufen unsereinen, und in allen Zeitungen und Regierungen, Behörden und Ämtern hält man durch, während die Entbehrung alles Nötigen den Krieg in Zivil ergänzt, für das breite Volk. Armer Grischa«, setzt er hinzu, kopfschüttelnd, »wenn du morgen in einen andern Zustand übergehst, glaube ja nicht, du littest allein.«
Der lichtblaue Rauch der Tabake lastet über dem Tische wie eine Wolke Unheils, das aus diesen Worten strömt.
»Und worauf warten wir nach Ihrer Meinung dann wirklich?« fragt Bertin scharf, die Geige untern Arm geklemmt. »Der Gerichtsbereich einer Division geht Sie doch nur symbolisch an, die Einmischung Schieffenzahns regt Sie doch nur gleichnisweise auf.«
Sophie, neben ihm sitzend, drückt ihm leidenschaftlich die Hand, die keiner der andern beobachten kann.
»Richtig geraten, junger Mann«, nickt der Kriegsgerichtsrat, »symbolisch, gleichnisweise.«
»Um Deutschland geht es uns«, spricht Winfried müde; »daß in dem Land, dessen Rock wir tragen und für dessen Sache wir in Dreck und Elend zu verrecken bereit sind, Recht richtig und Gerechtigkeit der Ordnung nach gewogen werde. Daß dies geliebte Land nicht verkomme, während es zu steigen glaubt. Daß unsere Mutter Deutschland nicht auf die falsche Seite der Welt gerate. Denn wer das Recht verläßt, der ist erledigt.«
Schwester Sophie schüttelt ihren sanften Kopf. Sie kann nicht sagen, was sie fühlt, aber ihr Gefühl reicht tiefer als in die Sphären, darinnen Länder und Völker wurzeln. Bibelsprüche hallen ihr ans innere Ohr. Es ist die Atmosphäre des Alten und Neuen Testaments, aufgeschlossen durch Bachs Musik, die sie ganz erfüllt. Rechttun spricht ihr dringlichst zu Herzen, nicht weil es sich um Länder und Menschen handelt, sondern weil die Seele, die in ihr pocht, und das Göttliche, mit dem sie sich erzogen hat, nicht atmen kann dort, wo Unrecht obenauf ist. Den Unschuldigen und Gerechten sollst du nicht erwürgen, denkt sie, oder besser, hört sie, denn ich lasse den Gottlosen nicht recht behalten. Die Greuel einer heidnischen Welt bedrängen ihr Herz.

»Spielen Sie«, befiehlt sie plötzlich aus ihrer Bedrängnis, schlägt selbst die Klänge des Vorspiels an, und Bertin setzt ein.
Der Klang des kleinen Bachschen Orchesters entschwingt sich leicht mit klimprigen Tönen dem alten kümmerlichen Klavier. Morgen wird sie Unteroffizier Manning auf dem Harmonium begleiten, das als Orgel dient; heute hilft sie sich selbst. Die Arie aber, nicht ungedeckt soll sie sich, allein der Menschenstimme anvertraut, in den Raum hinauswagen; schützend und zauberisch soll eine Bratschenstimme ihr vorangehen und sie nachher stützen. Bertins Geige ist sie anvertraut; aus ihren tiefen Lagen löst sich in sanft bewegten Verzierungen die langsame Melodie. Schon schwingt in diesen aufsteigenden und wogenden Tönen, gestützt von den harfenartigen Akkorden des Klaviers, der fromme Wohllaut einer erregten Seele durch den Raum, dunkel, tiefsüß, zitternd in der Spannung des mahnenden Herzens:

»Schäme dich, o Seele, nicht,
Deinen Heiland zu bekennen,
Soll er dich die Seine nennen
Vor des Vaters Angesicht.«

Der reine sanfte Alt Schwester Sophies verwandelt die Bängnis des Zimmers. Sie singt mit der kunstlosen Natürlichkeit eines empfindenden Mädchens. Liebesverlangen bebt in der ehrfürchtigen Schönheit dieser tiefen schwermütigen Stimme wie im mächtigen Geiste des Meisters, als er, verwandelt in eine bräutliche Verzückung, die Arie niederschrieb – Gesang des letzten betenden Ausstroms deutscher Seele. Die drei Hörer lösen sich, lockern sich in der wortentrückten Schönheit dieser Musik, in der die gottessüchtige Hingabe Bachs von einer tief fühlenden, sonst immer stummen Leidenschaft Sophies getragen wird auch ans Ohr der Freundin. In dem Augenblick, als Sophie zur nächsten Strophe ansetzt, spürt Schwester Bärbe einen Ruck, der ihr den Kopf zum Telefon wendet.
Winfried flüstert ihr zu:
»Täuschung, Liebe, es rührt sich nichts.«
In diesem Augenblick zerriß drüben in der Schreibstube von Brest Feldwebel Matz einen gelblichen Bleistiftzettel, die Vormerkung des Gesprächs, das gestern abend für Schieffenzahn nicht mehr gelang. Der Generalmajor hat nicht mehr danach gefragt. Den Bescheid, die Leitung sei unterbrochen, hat er mit gleichgültigem Nicken hingenommen. Dann also nicht, dachte er ruhig. Die Sache sollte also der Ordnung nach erledigt werden. Überhaupt begriff er die Erregung nicht mehr, in der er sich gestern des Widerrufs

seines Telegramms schuldig machen wollte. War es nicht ganz und gründlich überlegt zur Absendung gegeben worden? Der Alte hatte ihn beunruhigt, die Übermüdung tat das Ihre. Aber nun lag der Fall des Russen hinter ihm, der Schriftwechsel verschwand in der Registratur bei Matz, um Herrn Wilhelmi zuzugehen. Er brauchte sein Gedächtnis, strich die Angelegenheit Bjuschew aus. Darum handelte Matz durchaus entsprechend seinem Willen auch ohne Auftrag, als er jetzt diesen Zettel in den Abfall gleiten ließ – sorgfältig sammelte er zwei Papierschnitzel auf, neben den gelbrohrenen Korb geflattert – und brummte: ohnehin würden genug Dringlichkeiten durchzugeben sein, wenn dieser Draht erst mal geflickt war.

Unbeschreiblich, wie das klingt, dachte Posnanski gerade. Es ist nicht bloß Sophies Stimme, nicht bloß Bachs Musik – »bloß« sitzt gut, dachte er weiter. Diese Fülle, diese dunkelfarbige Süße, die Lückenlosigkeit, mit der ihm für jeden Atemzug etwas Geniales einfällt. Und wie fromm sie singt, die Kleine. Die Zeit mutet nicht schlecht an, in der sich die Frömmigkeit vom Kirchenglauben abzulösen beginnt wie ein Abziehbild vom feuchten Papier. Frömmigkeit wird selbständig, und der gute alte Papa, den sie sich als lieben Gott destilliert haben wie einen süßen Schnaps, darf allmählich verabschiedet werden und größeren Verkörperungen des Göttlichen Raum lassen. Er hielt in seinen dicken Fingern die Zigarre und daneben sein Kinn; so nippte er von Zeit zu Zeit an ihr und ließ unruhig sein Auge umhergehen an den Gesichtern der beiden Paare, soweit er sie sah.

Sophie stand ihm abgekehrt. Ihr blasses, beseeltes Gesicht in seiner innigen Gelöstheit ließ sich nur von Bertin anblicken, und sie hatte sich ihm hingegeben, lange bevor sie ihm gestattete, dabeizusein, wenn sie sang.

Sie sang. Sternenhaft verflochten sich unwahrscheinliche und unerhörte Klänge, und über dem gleitenden Nachtfluß der Harmonien bewegten sich innig umschränkt die leise Stimme der Geige und die seelenatmende des Mädchens:

»Doch wer ihn auf dieser Erden
Zu verleugnen sich nicht scheut,
Soll von ihm verleugnet werden,
Wenn er kömmt zur Herrlichkeit.«

Damit ihr Schweigen nicht allzu unvermittelt an die harte krasse Welt stoße, setzte die Geige zum Abgesang nachdrücklicher an und glitt noch einmal durchs Gewebe der Einleitung, langsam auflösend,

was geknüpft war, entlassen, was sich noch aneinander hielt. Niemand sprach. Das Haus schien auf der Spitze einer Pyramide zu stehn, von der nach allen Seiten schräg der Raum nachgab. Man darf nicht hinaustreten, man stürzt ab, dachte Bertin. Erst seit sie sang, liebte er Sophie. Er hätte gerne ihren Kopf zu dem seinen gezogen und ihren Mund geküßt, der die Welt mit seinem Hauch beseelte, aber er begnügte sich mit der Hand.
Schwester Bärbe blickte starr gefangen in das Rund ihrer Tasse, das wie der Abdruck eines kleinen Weltkörpers aussah, geädert von Teeresten. In ihr bangte nichts als das Mitleid mit einem Menschen, der litt und dem man nicht helfen konnte. Armer Grischa, dachte sie, während eine Träne, ihr selbst zur Überraschung, in ihre Augenwinkel schmerzlich trat; armer alter Bursche ... Das Mitleid mit der Gebrechlichkeit der Welt, soweit der Mensch in ihr hauste, sammelte sich wie durch eine Linse auf diesen winzigen Punkt Grischa und brannte ihre Seele wund.
Winfried hob mechanisch die Armuhr zum wahrscheinlich sechzigsten Male, sah hin und vergaß wieder, was er gesehen.
»Tja«, räusperte sich Posnanski endlich, »wie sagten Sie, Deutschland? Was will das heißen, mein Lieber? Wer hochsteigt und ein gemischtes Wesen ist, trampelt auf seiner Seele herum und sinkt also innerlich. Deutschland an Macht geht auf wie ein Napfkuchen, Deutschland als Sittlichkeit schrumpft ein zur Fadendünne? Wen wundert das? So geht es den Staaten. Und es macht auch nicht viel. Erst wenn der Faden risse, wenn Rechtlosigkeit als Zustand allgemeine Billigung und ein Siegerbehagen fände, sähe es etwas schlimmer aus. Aber da werden immer Leute sein, die ihre Hand zwischenlegen. So kleine Cliquen wie wir hier; und wenn sie sich Mühe geben, können sie den ganzen dicken Kloß soweit als lebensnötig wieder durchsäuern. Und wenn nicht – Deutschland ist nicht unentbehrlich, und wenn es jetzt eine Zeitlang abträte, hätte es sich mit diesem Johann Sebastian allein schon ein ehrendes Gedenken gesichert. Die Menschheit sitzt rund um die ganze Erde, Häufchen bei Häufchen; taucht eins mal in Schatten und schläft eine Zeitlang, rappelt sich ein anderes hoch. Kein Mensch weiß«, endete er grüblerisch, die Augen geschlossen, »wozu überhaupt der Mensch hier auf Erden herumklebt. Sicher nicht, weil er Urschleim ist wie anderes Plasma, sondern weil er eine Umschaltestelle zu sein scheint, kosmische Kräfte und kosmische Aufgaben in Bewußtsein und irdische Wirklichkeit umzusetzen. Denn er lernt viel leichter fliegen, funken und Unterseeboot fahren als das Rechte um seiner selbst willen tun. Sittlichkeit ist ja kein schönes Wort, aber doch ... Die

Völker dazu zu bringen, Gerechtigkeit über sich in den Sternen hängen zu fühlen, so wie der einzelne, wenn er vom Geldverdienen nicht verrückt oder verblödet ist, sie über sich in den Sternen hängen fühlt, das scheint unsere nächste Aufgabe.«
Er schwieg.
Seine belegte knarrende Stimme verhallte, und um wiedergutzumachen, was er an innerer Leidenschaft enthüllt, um vor allem jedem Hörer einen Nachhall von Scham für ihn zu ersparen, setzte er hinzu:
»Damit wäre dieses Welträtsel gelöst. Bitte das nächste.«
Winfried blickte getrösteter auf seinen glatzigen Schädel. Deutschland würde wieder steigen.

Im Bes Medresch saßen auf der Bank am Ofen und dem langen Tisch acht Männer, keiner unter fünfzig Jahren, und feierten das Ereignis, daß sie im Ablauf der Jahre den ganzen Talmud von Mitte zu Mitte miteinander durchgelernt hatten, singend, sich wiegend, streitend, in jener jahrtausendalten Erörterung, die den Sinn des Menschen für geistige Aufgaben, Unterscheidungen und Einsichten geschärft hat wie kaum eine andere. Neben dem Tischler Täwje saß Reb Hersch Zerkleiner, der Fuhrmann, und Reb Jakob Josef Hacht, der Lederhändler, neben ihm Reb David Rothmann, der einfach ein »Batlen« war, ein Vagant des Elends, und nichts Bürgerliches leistete, und der Uhrmachergehilfe Markus Abraham aus Plotzk, genannt Plotzke, und zwischen den beiden Schneidern, von denen der eine Reb Mendel Schneider und der andere Reb Eisik Schneider genannt wurde – die einander auch im Talmudlernen des Brotneids bezichtigten, ohne daß es übrigens seit vielen Jahren auch nur zum Versuch einer Aufhebung dieser Forschens- und Lebensgemeinschaft gekommen wäre –, ragte an der Schmalseite des Tisches der Raw von Merwinsk, in der Pelzmütze, den Stock zwischen den Knien, Rabbi Nachman ben Ruben aus der alten großen Familie der Pinchas von Pinsk, deren Männer seit dem jüdischen Eintagskönig von Polen, Schaul Wal, als entscheidende geistige Leuchten in den Gemeinden des Königreichs dagestanden hatten. Er war zu seinen Juden gekommen, um mit ihnen ein Fest zu feiern, denn ein Fest zu feiern und heiter zu sein war in keiner Zeit so geboten wie in dieser, und so nippte er vom Schnaps im Gläschen und knabberte am Pfefferkuchen und blickte in die Flamme des Lichtes, das, im Hals einer Bierflasche steckend, das Bes Medresch mit Schatten füllte. Auf der Bank in der dunklen Seite des viereckigen Ofens schlief Reb Esriel, der Bettler, und auf dem Ofen lag ein Junge, dessen Mutter Fejge, vor einigen Monaten der Ruhr erlegen, sich um ihr Awremele nicht mehr kümmern konnte. Der Raw seufzte schweren Gemüts. In ihm summte die lange Melodie des Lernens, die leicht bewegte, klagende, synkopiert von fremdartigen Betonungen und oft wiederholten weinenden Oilauten wie die Klage des jammernden Philoktet – mittelländische Klagen, Wehelaute aus südlicheren, leichter beweglichen Seelen und Klimaten kommend. Ein Raw ist weder ein Geistlicher noch gar ein Seelsorger, sondern das geistige Haupt und gesetzgebende Mittelglied der Gemeinde, und wenn er Gesetzesentscheidungen auslegt, Familien- oder Geschäftszwiste ordnet, über Rein und Unrein von Speise und Gerät empfindet, steht er genau in der Überlieferung, die vom Scheich des Beduinenstammes und dem Patriarchen der Sippe her zur ungeheuren Gestalt Moses aufgeschwollen war und wieder vermindert wurde bis zu ihm. Der Pinsker, wie man ihn einfach nannte, zählte neunundsiebzig Jahre. Sein ganzes Leben war ausgefüllt von der Deutung des Leidens seines Volkes; und nun ließ er sich von Reb Täwje erzählen, was es mit dem Russen auf sich hatte, von dem Täwje gesprochen, als er, der Raw, mit seinem Gehilfen – Dajan – eingetreten. Aufmerksam, den Blick gesammelt auf seinem Stockknaufe, hörte er den Bericht, wie ein Mensch, ein Russe, ein Nichtjude, mit großer Gefaßtheit einem unschuldigen Tod entgegentreibe.

»Vielleicht«, sagte Täwje, »hat seine Seele in früheren Verkörperungen sehr viel Böses getan – bei einem Russen? Wer konnte es wissen? Vielleicht hatte er unter Nikolai I., sein Andenken sei verflucht, jüdische Kinder, Knaben, Jungchen, die zu künftigen Rekruten ausgehoben worden waren, so lange gequält, bis sie sich ertränkten oder aus dem Fenster stürzten, um nicht die Taufe nehmen zu müssen. War das nicht hundertfach erhärtet? Vielleicht auch war es ihm geglückt, und ein jüdisches Kind oder viele hatten sich, weh mir, taufen lassen. Vielleicht saß seine Seele damals im Leib eines Ministers, sein Andenken möge verflucht sein, eines bösen Ratgebers. Und um seiner anderen Verdienste willen war sie noch einmal auf Erden eingekörpert worden als gemeiner Soldat und hatte viele Martern erlitten und starb jetzt unschuldig, um dann erlöst zu sein für denjenigen Teil des Paradieses, in dem die Nichtjuden leben.«

Reb Täwje war von den Mitgliedern der Gemeinde derjenige, der den Lehren der Kabbala, soweit sie in Erneuerung bei den Chassidim wieder auferstanden waren, die meiste innere Gläubigkeit entgegenbrachte. Der Raw hörte unbewegten Gesichtes und mit freundlichen

Mienen zu und nickte, als sein Begleiter, der Dajan, Beisitzer des rabbinischen Gerichts, Täwje entgegnete:
Das konnte sein, aber auch nicht. In Zeiten des Friedens würde er selbst sagen, daß Reb Täwjes Erklärungen einer solchen grauenhaften Sünde, Tötung eines Unschuldigen, einen guten Sinn gebe. Aber jetzt sei es anders. Es mußte anderswie zusammenhängen, denn im Krieg sprach Gott zu den Völkern, und die Taten der Mächtigen sagten immer etwas über die Mächtigen selber. Er wolle den Herren, mit Erlaubnis des Raw, mitteilen, was ihm auf geheimen Wegen zu Ohren gekommen, damit sie sähen, in welcher Zeit wir lebten: ein englischer General werde in den nächsten Tagen in Jeruschalajim einziehen und die Stadt den Juden zurückgeben, wie geweissagt worden seit Daniel; und kein Türke oder gar Russe werde seine Hand auf die Heilige Stadt legen. »Seht ihr jetzt, in welcher Zeit wir leben? Bereitet sich vielleicht nicht etwas vor?«
Die Anwesenheit des Pinskers verhinderte einen aufgeregten Ausbruch und leidenschaftliche Bewegung. Dennoch gab es halblaut, aber um so inbrünstiger Fragen, Rufe, Erörterungen. Reb Mendel Schneider schlug seinem Nebenbuhler jubelnd auf die Schulter, und Täwje, indem er sich auf seinem Platze zu wiegen begann, verfiel summend in einen wortlosen Tanzrhythmus, der seinen Körper hin und her warf als Ausdruck innigen Jubels. Dann sprach der Pinsker, indem er zur Decke blickte, gleichsam nur zu seinem Dajan gewendet:
»Das erste Reich war Pharaos von Ägypten, das zweite Salmanassars von Assur, das dritte Nebukadnezars, das vierte Alexanders, das fünfte Reich war Rom. Es waren Reiche mit Kriegen und großen Heeren und gesetzgebenden Senaten, jedes mit seinem Recht und mit vielen Göttern. Den Menschen war gesagt, was Gott wollte, in der Thora und außer der Thora, in ihrer eigenen Brust. Aber weil sie die Thora nicht annahmen, gingen sie unter, und warum? Sie hatten es schwerer als die Juden. Denn wer die Thora hält, geht mit der inneren Stimme. Wer aber nicht die Thora hält, hat nur die innere Stimme, und es ist schwer für den Menschen, der inneren Stimme allein zu folgen. Denn darum hat Gott in seiner Barmherzigkeit Israel die Thora gegeben. Es sprechen immer die Völker: Wozu haltet ihr diese Gebote, und wozu leidet ihr soviel Drangsal? Und wenn man ihnen antworten wollte: Ihr habt es so viel schwerer, denn es ist dem Menschen gesetzt, nach den Geboten zu handeln, weil sie der inneren Stimme des Menschen gemäß sind, hätten sie es nicht verstanden. Nun, ist es nicht so?« fragte er.

Die Zuhörer saßen vertieft und wagten nicht einmal eine Zustimmung zu äußern; so klar stand in ihnen die Billigung des Gesagten. »Gut«, nahm der Raw seinen halblauten, rätselhaft eindringlichen Singsang und Tonfall wieder auf, »das sechste Reich war das Reich der Kaiser, und es waren Kaiser zu Ben Maimons und Raschis Zeiten bis auf den heutigen Tag; jeweils zwei Kaiser, einer von Rom aus, das war der deutsche Kaiser, und einer von Byzanz aus, das war der russische Kaiser, und beide Adler hatten zwei Köpfe. Nun, beten sie nicht viele Götter an? Sie können nicht anders, auch wenn sie den einen meinen, schütten sie ihn in viele Gestalten um, weil es ihrer Natur gemäß ist, daß sie Gestalten brauchen. Das siebente Reich wird anfangen, vielleicht wenn in Jeruschalajim wieder ein Jude regiert. Vielleicht wird es das letzte Reich heißen, und vielleicht wird ein Kaiser sein, der auf einer Insel wohnt und einen Gott anbetet. So ist es mit den Engländern, sagt man mir. Man sagt mir, daß sie keine Bilder dulden und daß sie die Thora Moschehs sehr hoch achten. Wann wurde von Rom die Krone genommen, und warum wurde sie von Byzanz genommen? Es steht geschrieben: ›Damals waren viele Unschuldige in den Gefängnissen, und sie führten sie hinaus.‹ Sagt der Kommentar, sie führten sie hinaus, das heißt: zum Tode, denn sonst stünde nicht: sie ›führten‹ sie, sondern ›sie ließen sie hinaus‹. Wann wurde von Alexander die Krone genommen? Als Antiochus Epiphanes, sein Andenken sei unselig, die Unschuldigen töten ließ, bis Matitjahu aufstand; und die Krone ging zu Rom über, weil geschrieben steht: ›Sie sandten Gesandte an Juda und boten ihm Gruß und schrieben es in die Tafeln des Gesetzes.‹ Das heißt: sie schrieben ›es‹, nämlich das Recht, in die Tafeln des Gesetzes, und darum erlangten sie das Reich.« Und damit, ganz unvermittelt, schwieg er, und diese sieben oder acht Juden, die hier zuhörten, saßen in Bewunderung und dachten alle auf gleiche Weise zu Ende, was der Greis gesagt. Es bedurfte für sie keiner Erläuterung, daß immerdar das Reich übergehen sollte von dem, der Unschuldige tötete, zu dem, der das Recht in sein Gesetz aufgenommen, daß das siebente Zeitalter anbrach, daß auf unmittelbare, aber unübersehbare Art England, von dem sich diese Menschen auf Grund zweier oder dreier symbolischer Züge ein anschauliches Bild machten, eingesetzt wurde in die Herrschaft dieser Welt; sie begriffen den Weltlauf wieder, und da es sich nicht schickte, dem Raw zuzutrinken, nahmen sie ihre Gläschen und tranken dem Gabbe oder Dajan, seinem Begleiter, zu, indem sie ihm »zum Leben« wünschten. Stolzen Blickes sahen sie einander an. Es stand gut um Israel. Es gab noch Richter im Lande. Sie strichen sich ihre Bärte, blinzelten aufgeregt in die leise wehende Flamme und überhörten im Tumult ihrer Gedanken das tiefe Schnarchen der beiden hungernden Schläfer auf der Ofenbank und dem Ofen. Im Büchergestell an der Wand lehnten die mächtigen Talmudbände; mit ihren schwarzen breiten Rücken glichen sie den Juden am Tische nebeneinander und trugen, wie sie, Gewißheit über Jahrtausende weg.

Grischa schlief in seiner Zelle so tief, daß ihn sein Stöhnen in der würgenden Not des Alptraumes und sein ersticktes röchelndes Schnarchen nicht erweckten. In der Ecke des viel zu hohen, viel zu schmalen Raumes, der dastand wie ein auf die Schmalseite getürmter Sarg, lag er, klein und verloren, und die Todesangst, die er im Wachen nicht aufkommen ließ, machte seinen Unterkiefer schlaff und leise zittern und gab seinem offenen Munde das Sägen und Schnaufen eines Menschen, der von schwarzer Luft verschüttet wird.

In dem hellen behaglichen Zimmer von Winfrieds Wohnung brachen Sophie und Bertin, begleitet von Posnanski, soeben auf.

»Wenn mir nur nicht so bange wäre«, sagte Schwester Sophie, schwer atmend. Sie hatten ein paar Stunden Abendvertretung an Schwester Hilde (Cohn) und Schwester Lina Bomst gefunden, um Luft zu schnappen.

Man wartete nicht auf Schwester Bärbe, die am Apparat, den Hörer am Ohr, Verbindung mit dem Krankenhaus verlangte, um zu erfahren, wie es um die Frau in Kindsnöten stand. Auf diese Weise gelang es den drei anderen, taktvoll und ohne anscheinend zu merken, daß sie noch bei Winfried zurückblieb, sich zu verabschieden.

Die Oberschwester und Hebamme, Ärztin russischer Ausbildung, gab bereitwillig Auskunft:

Geregelte Austreibung, das Kind lag nicht gerade bequem, schöne Wehen, die Gebärende war nicht mehr jung. Es konnte noch eine Weile dauern.

Wenn sich eine Hochzange vermeiden ließ, lohnte es schon, noch ein bißchen zu warten.

Im Hause des Kaufmanns Weressejew, im zweiten Stock, bewohnten Alexander und Dawja, seit dem Sommer verheiratet, Stube und Küche. Da beide Dienste als Lehrer vor überfüllten Kinderklassen verrichteten, ohne sich über ihr pädagogisches Unvermögen zu täuschen, vermochten sie das, was sie die ökonomische Basis nannten, miteinander aufzubringen. Unter ihnen schritt, und sie

hörten ihn durch die Decke, der Kaufmann Weressejew auf und ab. Alexander las in einem Buche, das er sich von einem deutschen Soldaten verschafft hatte, einer Schrift über die Ursachen des Deutschenhasses. Er studierte daran, wie er seiner Frau erklärte, eine neue Form bürgerlicher Verheuchelung. Dawja, die Augen belustigt an seinen in Unterstreichungen und Ausrufzeichen schwelgenden Händen, stopfte Zigaretten: über ein gewehrlaufähnliches Röhrchen, mit feinem Tabak gefüllt, wurde eine der gelben Papierhülsen gestülpt; ein geschickter Druck des hölzernen Stempels beförderte den Inhalt wohlgepreßt in die Papiros.
»Du weißt, warum er auf und ab läuft wie ein gefangener Wolf?«
Sascha sah auf und nickte.
»Nicht weil sie den Unschuldigen erschießen, sondern weil sie den Unschuldigen ohne einen Medizinmann der richtigen Sorte dabei erschießen. Den Menschen geht es lediglich um die Seelen. Sie haben eine teuflische Angst vor Gespenstern.«
»Er hat nach dem Popen von Starashelnaja geschickt. Findest du nicht rührend, daß er sich um den fremden Mann und seine Auferstehung so grämt?«
Alexander zog eine Falte zwischen seine Brauen und prüfte die Sache.
»Ja und nein«, antwortete er dann. »Zur Hälfte ist es rührend, und zur andern geht's ihm um den gefährdeten Anspruch eines Seelenmonopols.«
Dawja ließ die Hände eine Zeitlang untätig, sah auf die spitzwinkelige Flamme der Petroleumlampe, die leise bebte.
»Mir ist weh, Saschenko ... noch ein Unschuldiger, tausend Unschuldige, die Menschen sind Teufel.«
»Jetzt sage nur noch: die Deutschen sind Teufel, damit du alle Irrtümer auf einmal in deinem Satze unterbringst, so gut wie mein Professor hier in seinem Deutschenhaß, das verlogene Schlauköpfchen. Ausgerechnet weil sie soviel arbeiten, haßt man die Deutschen. Nein, meine Liebe, die Heutigen sind, wie sie sind; etwas schlechter, als sie sein könnten. Die Einrichtungen, die sie nicht selber geschaffen haben, sondern fahrlässigerweise von Geschlecht zu Geschlecht haben wachsen lassen, die sind es, die geändert werden müssen. Nimm den Zwang über den Menschen weg, und sieh zu, um wieviel anständiger sie ausfallen werden.«
»Die Uniform«, sagte Dawja.
Sascha lachte, entriß ihr die eben fertige Zigarette, entzündete sie über der Lampe und sagte:
»Die Uniform ist ja nur der nach außen getretene Wirtschafts-

zwang. Der ökonomische Zwang macht es, meine Liebe. Der muß ganz geändert werden; und verlaß dich darauf, wir werden ihn ändern.«

Sein kühner und prüfender Blick über den Lampenschein hinweg haftete am gegenüberliegenden Ende des Zimmers auf dem Bilde von Karl Marx mit wallender Mähne und breitem Barte.

»Laß nur die Söhne von Rabbinen machen! Wozu haben wir denken gelernt, und warum sollten wir, die wir den Dingen auf die Hemdfäden sehen, vor irgend etwas in der Welt Angst haben, mit Freundinnen, wie du eine bist? Bleiben die Deutschen hier im Lande, so gegen die Deutschen, kommen die Russen wieder, so mit unseren Russen. In welcher Sprache auch immer er redet, der Feind, wir wissen, wie er heißt: Mehrwertfresser.«

»Warum«, fragte sie, »übersetzt man das Wort Kapitalist nicht mit Mehrwertfresser? Es wäre doch heilsam!« (Sie sprachen jüdisch miteinander, weil dies zu den Grundsätzen ihrer Volksgesinnung gehörte.)

»Weil«, sagte er, indem er die Broschüre zuklappte, »sie selbst die Sprache in ihre Dienstbarkeit brachten, die Mehrwertfresser, und sie es sich verbitten, beim Namen genannt zu werden. Es ist ja so klar, der Mehrwertfresser muß seinen Topf mit so viel Gut füllen, als er überhaupt raffen kann, gleichgültig, in wessen Grenzen es wächst. Dann nennt man ihn Eroberungsfresser oder Imperialisten. Der Eroberungsfresser braucht Waffenproletarier; er nennt sie aber Heere, um so zu tun, als hätten sie mit den Kriegsheeren früherer Wirtschaftsstufen auch nur das mindeste gemein. Der Waffenproletarier muß in Angst vor seinem Schützling gehalten werden, das nennt man Disziplin, und um der Disziplin willen werden Unschuldige erschossen.«

»Wenn alle Verknüpfungen so einfach lägen, könnte man sie zur Not sogar Menschen verständlich machen.«

Sie wollte über die Klugheit, leuchtend in seinem ausgehungerten, schlecht rasierten Gesicht, entzückt lachen. Aber noch in ihrer Brust, unmittelbar an ihrem Herzen, verwandelte sich das Lachen in Seufzen.

Von unten her knarrten die rastlosen Schritte des Kaufmanns Weressejew, der auf einen Popen wartete.

Aufregung, Getuschel, ehe der Befehl »Stillgestanden« die Kompanie erstarren macht. Feldwebel Spierauge, heute früh, zweiter November, teilt die Mannschaft zum Dienst ein, ganz wie alle Tage, und beim Wegtreten wundert sie sich. Unter den Neukranken, die sich zur Untersuchung gemeldet haben, um ins Revier, den Heilbezirk des Sanitäters, oder gar ins Lazarett zu wandern, steht der Gefreite Hermann Sacht. Obwohl das in diesem Garnisonwesen keinerlei Sinn hat, fahndet man auch hier, schon gewohnheitsmäßig und um der Mannschaft willen, zunächst einmal nach Simulanten, Leuten, die sich kindlicherweise krank stellen, um den Segnungen des Dienstbetriebes für einige Zeit zu entkommen. Der Gefreite Sacht jedoch, grau und erloschen, schlottert auf vollkommen unmilitärische Weise mit den Händen. Ein ziemlich sinnloses Blinkern macht seine Augen unstet. Beim Messen wird sich seine Temperatur als 39° ergeben. Alles Weitere darf man dem diensttuenden Arzt Dr. Lubbersch überlassen, der, um nicht als Jude zu gelten, die Mannschaft scharf und hochstudentisch anpackt. Aber es wird ihm nicht gelingen, den Gefreiten Hermann Sacht aus der Revierstube zu entfernen. Vielleicht legt sich nach einigen Tagen Bettruhe das Fieber, ohne daß gedrückte Stimmung und belastetes Wesen den Gefreiten Sacht verlassen. Dann wird man ihn auf Urlaub schicken, und das kann keinem Menschen schaden.

Beim Wegtreten ist sich die Kompanie nicht klar, was nun mit dem Bjuschew geschehen wird. Die jedenfalls scheinen recht zu behalten, die gestern abend drohend auf den Tisch schlugen und schrien: »Wir erschießen ihn nicht. Der ist ein Kam'rad von uns, der hat uns fuffzig Gefallen getan, der ist unschuldig wie eine Nachgeburt, den legen wir nicht um.«

Dabei hat ein erprobter und geweckter Soldat wie Feldwebel Spierauge diese Angelegenheit längst auf vernünftige Räder gestellt. Seine Einsicht reichte sogar so weit, dem Herrn Rittmeister diesmal verschweigen zu müssen, weswegen er auf die Gefängniskompanie als vollziehende Gewalt diesmal verzichten möchte. Gibt er ihm den wirklichen Grund an, so kann Herr Rittmeister nicht umhin, erst recht darauf zu bestehen, die Mannschaft müsse geduckt werden, Maul halten und auf Vater und Mutter schießen. Was ein Mensch ist, denkt Feldwebel Spierauge, der errät sein Teil und schweigt stille. Und so trägt er vor der morgendlichen Parole dem Ortskommandanten, ohne zu blinzeln, mit bedauernder Stimme vor:

Er habe beim heutigen Geschäftsgang zwischen drei und fünf leider

die zehn oder fünfzehn Mann nicht zur Verfügung, um den Befehl des Herrn Generalquartiermeisters auszuführen. Da liege aber in den drei Leerbaracken des Rekrutendepots ein Kampfbataillon zur Entlausung, Neueinkleidung und so weiter. Fünfzehn Gewehre werde das Bataillon auf Anruf stellen.
Auch Rittmeister von Brettschneider weiß, was sich gehört. Er denkt weder: Du Perle, noch: Du Fuchs. Nicht einmal mit einem Gedanken gestattet er sich, an den wirklichen Sachverhalt zu rühren, obwohl er ihn auf verschwiegene Art wohl wittert. Mit einem »Ist ja vorzüglich« geht er zum nächsten Punkte über, und beide wissen jetzt Bescheid.
»Einen umlegen, wenn's weiter nichts wär«, sagte der Vizefeldwebel Berglechner auf bayrisch. »Wenn ihr uns einen Extraschnaps dafür zahlt. Ein Unteroffizier und vierzehn Mann, das macht drei Flaschen Schnaps, und eine für mich macht vier. Ich stell euch Leute mit Karabinern, die tun's auf kurze Entfernung besser.«
Feldwebel Spierauge verspricht den Schnaps und unterhält sich mit dem frontumgetriebenen Kameraden über die Schicksale des Bataillons, das schwere und leichte Maschinengewehre als Hauptwaffe führt, hervorgegangen aus einem Bataillon reitender Jäger. Ob er schon mal zwanzig Minuten Tramfahrt lang Gasleichen habe liegen sehen. Das Bataillon habe den italienischen Durchbruchsangriff mitgemacht, vorher den großen rumänischen Rückzug bei Foksani und noch vorher die wahrhaft grausigen Winterkämpfe in den Karpaten; jetzt gehe es in die Flandernschlacht. Es enthält Jungens von durchschnittlich zwanzig Jahren, von denen wirklich Skrupel nicht zu erwarten sind. Sie haben einen Kanarienvogel als Bataillonsschutzheiligen auf der Protze des ersten schweren MGs hängen und füttern ihn zärtlich mit Zucker. Übrigens hielten sie Anfang dieses Jahres auch ein Gastspiel am Toten Mann ab, wo es über alle Begriffe dicke Luft zu atmen gab, sind geschulte Trichternestschützen und waren bei Kriegsausbruch durchschnittlich siebzehn Jahre alt.
»Warum sollen wir zimperlich sein«, sagte Vizefeldwebel Berglechner. »Wer sich so oft wie wir das Blut des Nebenmanns vom Koppelschloß gewischt hat und manchmal nicht wußte: liegt nun dort dein Bein, oder hast du's noch an, dem langt euer Pensionat hier nicht mehr, ihr Stubenhengste. Was wir machen werden, wenn wir, und wir erleben's gar, den Rock da ausziehn, das sag du mir mal, Kamerad. In den Laden, aus dem wir stammen, passen wir bestimmt nicht mehr hinein. Wir sind ein bisserl über die Ränder gequollen. Schlag zwei«, schloß er, »meld ich euch vier Rotten: ein Vizefeldwebel,

ein Unteroffizier und fünfzehn Mann zur Stelle, vor eurer Kaschemme. Im Grunde genommen seid ihr ja Großkopfete mit solch einem Aufwand. Zwei kleine Löcher in den Hinterkopf frisiert mit so 'ner Pulverspritze hier«, dabei klopft er mit Zeige- und Mittelfinger auf das braune Blankleder seiner Pistolentasche, »reichten ja vollkommen zu. Aber, wie ihr wollt, sagt Schiller«, nickt und schlenkert weg in seinen grünen Wickelgamaschen, der Kartentasche und dem silbernen Portepee am Offiziersdolche. Immer noch einen gewissen Druck überm Herzen, denkt Feldwebel Spierauge, indem er ihm nachsieht: Das ist heute schon die dritte Zigarre; das verfluchte Rauchen, ich muß es einschränken.

Der Vormittag mit scholligen Wolken deutete dennoch auf Sonne. Schon gegen zehn lichtete es sich im Zenit. Seit früh um neun gab es wieder Telefonverbindung nach Westen, vorerst auf einer Leitung; die andern folgten, vollständig in Anspruch genommen durch die Gespräche der Nachrichtenabteilung und der Operationsstelle, in der Major Grassnick mit Brest-Litowsk das Notwendigste wieder anknüpfte. Auf die Frage des Adjutanten, der sich bald in seinem Zimmer einfand, ob von Exzellenz nicht irgendeine dringliche Nachricht fürs Kriegsgericht vorliege, empfing nach Erkundigungen der Major verneinenden Bericht. Nein, wirklich, Exzellenz war fahrplanmäßig weitergefahren; ein Telegramm oder dergleichen zurückgelassen oder aufgegeben hatte er nicht; worauf Oberleutnant Winfried sich etwas, aber sehr maßvoll, wunderte und seiner Wege ging, um draußen hinter der Tür sich an die Wand zu lehnen und seine Stirn zu trocknen. Er verspürte das Bedürfnis, seine Weste zu öffnen, den Kragen der Litewka aufzuhaken, so tief wie möglich Luft in seine Lungen zu reißen. Daß ihn alsbald schauderte, erklärt sich aus der Kühle der ungeheizten Flure und Treppen; natürlich knöpft man dann schleunigst alle Knöpfe wieder zu. Großer Gott, dachte er und wiederholte diese kurze eindrucksvolle Formel mehrere Male, was mag das gesetzt haben? Was konnte man noch tun? Wohl gab es fünfzehn verschiedene Arten, einen kleinen zur Exekution marschierenden Zug aufzuhalten, zu überfallen, mit einem Befehl festzunageln, mit einer gefälschten Depesche in Verwirrung zu bringen. Nur daß er von all diesen Möglichkeiten keinen Gebrauch machen würde, das gab es auch. Und selbst wenn Exzellenz am Ort gesessen und nicht auf Urlaub gefahren wäre, hätte sich wahrscheinlich bei Schieffenzahns Gebiß und der allgemeinen Angst vor dem Geiste der Widerspenstigkeit und des Aufruhrs nichts weiter tun lassen. Armer Bursche, dachte er erblassend, armes Vaterland – und er ließ sich von Herrn Wodrig die Kognakflasche bringen und ein Gläschen. Dann bat er telefonisch Posnanski zu sich, um von ihm zu hören, ob vom Kriegsgericht oder der Division ein Mensch Zeuge des letzten Vorgangs sein müsse. Posnanski versprach zu kommen.

Der Friedhof der gefallenen Russen lag auf den östlichen Höhen oberhalb Merwinsk, Massenfeld kleiner Kreuze mit einem oder zwei Querbälkchen. Feldwebel Spierauge hatte angeordnet, daß der Bjuschew, unterstützt von den Mannschaften der Kirchhofsverwaltung, einer der vielen Unterabteilungen der Kommandantur, sein Grab selber graben solle. Das klang sehr grausam; aber der erfahrene Mann wußte, daß manche Wohltat hart aussieht. Schlotternd in einer Zelle zu sitzen und zu horchen, bis der Henker klopft, war bei weitem qualvoller, und so hatte der Verurteilte noch einen Marsch hin und zurück und eine körperliche Arbeit, die von Gedanken und Pein ablenkte. Und Grischa war das genehm. Wie er sich seinen Sarg genau besehen und, wenn auch unwissentlich, selbst gezimmert hatte, paßte es ihm, auch seinen neuen Aufenthaltsort selbst zu bereiten. Da der Gefreite Sacht sich morgens krank gemeldet, trotteten zwei andere Leute einer ihm fremden Korporalschaft als Wache mit. Pickel und Spaten fand man draußen. Der Schnee, nachts leicht gefroren, neigte jetzt eher zur Schmelze; die Sonne, halbhoch, brach durch, als sie die Höhen erreichten, und wärmte. Mit sachlicher Befriedigung fand Grischa den Platz, an dem er arbeiten sollte, im äußersten linken Felde unmittelbar an einem Wege. Es wäre ihm unangenehm gewesen, im Gedränge zu liegen. Kariert, wie bei den Deutschen alles, dachte er, als er das Feld von Kreuzen vor sich sah, in drei große Gruppen geteilt: der Katholiken, der Rechtgläubigen, der Juden und Mohammedaner. Die Landsturmleute der Friedhofsverwaltung, Hamburger, hatten auf Anordnung Spierauges den Platz schon vorbereitet; schwarz, feucht und gefroren lag ein Fleckchen Erde bloß. Grischa packte die Arbeit mit Wucht an.
»Sachte, sachte«, nörgelten die Hamburger, da er viel zuviel Raum für sich beanspruchte. Daß er der Bewohner des Hauses sein werde, dessen Wände er jetzt aushob, wußten sie nicht, denn sie bekamen öfter Arbeitshilfe, und er sagte es ihnen nicht.
Der Pickel schlug muschelige Schollen aus dem Gestein, in das der Frost die Erdrinde oberflächlich verwandelt hatte; silbrig wie Gespinst saßen zarte Adern gefrorenen Wassers überall bindend an den Bruchstellen.

Die beiden Wachtmannschaften, viel zu gescheit, um zu frieren, lehnten die Gewehre ans Kreuz des nächsten Grabes, in Reichweite immerhin, und griffen auch zum Werkzeug. So wühlten sie sich von beiden Enden der Grube her in die Tiefe. Schon eine Handbreit tief stießen sie auf weicheren Boden, erst feucht, dann trocken; alle nahmen jetzt den Spaten. Grischa sah die durchschnittene Erde heller werden: Lehm, fruchtbaren Löß, Sandadern und wieder gelber Boden. Reinlich, dachte er, ein sauberes Grab. Nur zu kurz ausfallen durfte es nicht oder zu schmal. Mit wachen klaren Augen sah er um sich. Es mußte nun mal sein. Unterhalb seines Herzens drückte eine unbekannte, sehr widerwärtige Empfindung. Man durfte sie nicht beachten, sich nicht an sie kehren, auf daß sie nicht emporsprang und ihn auf grauenhafte Weise übern Haufen rannte: das schwarze Tier damals im Wald, dachte er, die häßliche Baumkatze, über deren wahren Wert ihn Babka nachmals aufgeklärt, daß sie Luchs hieß und einen bloß messerbewehrten Mann fürchterlich zurichten konnte. Auch sie kroch geduckt im Schnee näher und näher, Fänge, Krallen, Teufelsohren – aber hier bot sich gute Erde an, warme, verläßliche Erde –, und er entsann sich der zahlreichen Gelegenheiten des Einbuddelns im Feld, da sie, atemlos ums Leben arbeitend, sich Deckung gegraben hatten vor Infanteriefeuer oder eisernen Brokken. 'rin, meinte er grimmig, mit der Mitte des Stiefels den Spaten hineintretend. In taktfestem Schwunge stieß und warf er; angenehme Wärme gab seinen Gliedern freies Spiel. Er zog den Mantel aus, hängte ihn über zwei Kreuze und bohrte sich weiter in die Tiefe, stoßend und werfend wie ein Sämann, der Saat ausstreut für kommende Ernten. Die beiden Landser sprachen vom Urlaub und von dem ganz aus dem Sichtfeld gewichenen Frieden, überzeugt, daß sie ihn nicht so bald erleben würden. Die beiden Hamburger gesellten sich ihnen zu, auch sie mit Schaufeln versehen. Mehr als vier Mann ließ der Platz nicht Arbeitsraum; Grischa stand längst bis über die Knie in der Erde und tat sein Werk mit einer Verbissenheit, die seine Wächter nur als Wut, Groll oder Haß deuten konnten. Nichts davon pulste in ihm. Er verlor sich ganz an das gut zu schaffende Werk, nur Leidenschaft eines Gräbers, dessen Aufgabe gut zu graben ist. Sonne in der Luft, dampfender Atem, zu Häupten einen immer blaueren Himmel, Gold und bläuliche Schatten auf den vielen milden Hebungen des Geländes und der tiefen Schneedecke, aus der die Kreuze kümmerlich genug wuchsen. Es schien ihm nicht mehr preußisch kariert, dieses große dreiteilige Geviert voll schwarzer oder holzheller Zeichen. Wie die drei Bataillone eines Regiments, untadelig aufgestellt, Mann neben Mann, mit

Spielraum und Tuchfühlung, so bot sich jetzt das Feld der Toten dar, Regiment eines ungeheuren Heeres, das den oberirdischen Krieg auf immer verlassen hatte und in einem tieferen Stockwerk, das ganz ihm gehörte, Gewehr bei Fuß auf kommende Ereignisse wartete. Nicht schlecht, zu diesem Kampfheer zu treten, dachte Grischa, bedauernd, Gewehr und Schießbedarf, Koppel und Seitengewehr, Brotbeutel und den gerollten Mantel um den Tornister nicht, wie es sich gehört hätte, mit hinabnehmen zu dürfen. Die uralten Empfindungen des heidnischen Kriegers, der an den Tod auf dem Schlachtfelde nicht glaubt, sondern für weitere Geburten gerüstet sein muß, breiteten sich in ihm aus und gaben den Stößen seines rechten Stiefels und den Schwüngen seiner Arme Leidenschaft. Bereits senkte sich die Grube ein, tief, fast zu eng für ein griffrechtes Hinüberwerfen der Erde übern linken Ellenbogen, wie er es gewohnt war. An dem glatten Stiel des Spatens, den die rechte Faust umklammerte, glitt die andere geübt und fast maschinenhaft hin und zurück.

»Wie euer Rußki schafft«, staunten die Hamburger. »Tja, der hat noch Schmalz in die Knochen zu stehen.«

Als sie erfuhren, für wen dieser losgelassene Arbeiter das Grab baute, blieb ihnen der Mund offen, und dem älteren entfiel die Schippe fast. Von diesem Augenblick bis Schlag halb elf hatten sie Stoff, mit den beiden Landsern zu reden.

Drittes Kapitel: Ein Letzter Wille

Der Delegierte des Roten Kreuzes, ein Johanniter, Herr von Waggen, befand sich gerade auf Dienstreise nach den neuen Fronten. Sein Untergebener, Unteroffizier Mußner, rundes Gesicht mit Kinderaugen, die hinter den Linsen seiner Brille – er war vor Weitsichtigkeit fast nahblind – in beständiger Verwunderung übermäßig aufgerissen standen, betrat mit Feldwebel Spierauge den Wachtraum, um Grischas Vermächtnis aufzunehmen. Ein Schreiber trug in großem verschlossenem Papierbeutel alles, was bei Einlieferung in Grischas Taschen und Rucksack sich gefunden hatte. Aber die drei kamen nicht allein. Der Auslandsdelegierte des Roten Kreuzes für Schweden, Professor Ankerström, Graf Ankerström eigentlich, gestern eingetroffen, um mit Herrn von Waggen und Exzellenz von Lychow eine Anzahl gewichtiger Fragen der Gefangenenfürsorge zu erledigen, begleitete sie ... Ohnehin ging der Nachlaß

des Verurteilten nach Wologda über Schweden und ans russische Rote Kreuz. Ankerström gedachte unvorbereitete Blicke ins Gefängniswesen zu tun neben der Wahrnehmung dieser Übermittelung. Der lange Tisch, sauber gefegt, bot Raum genug zum Ausbreiten alles dessen, was vorläufig im großen gelben Beutel verwahrt war – und in der Handkiste, die Unteroffizier Schmielinsky eben mit einer gewissen Verlegenheit aus Grischas Zelle brachte, da bestimmt ein Untersuchungshäftling solchen Schrank nicht besitzen durfte. Aber niemand sagte ein Wort. Ankerström verzeichnete bei sich, es gehe in diesem Gefängnis, der Kiste nach zu urteilen, menschlich zu. Seine goldwimprigen, tiefblauen Augen hinter randlosen Gläsern musterten die Käfige, in denen die Mannschaften schliefen, die fast mathematische Ordnung all dieser kleinen Besitztümer der Soldaten, und sein schmaler zarter Mund öffnete sich zu einem ganz leichten Seufzen über den Jammer des irdischen Zustandes, der Millionen erwachsener Männer zur persönlichen Ausbreitung im Augenblick nicht mehr Lebensraum zuwies als die Grundfläche ihres Strohsacks und den Aufbau von eineinviertel Meter Höhe. Feldwebel Spierauge sah auf seine Uhr: zwei Minuten nach elf – aber schon polterte es draußen, die Tür ging auf, und ungefesselt, mit roten Wangen mitten in seiner sonst grauen Haut und prüfenden kleinen Augen zwischen Brauen und Backenknochen, trat der Mann ein, der jetzt seinen letzten Willen kundgeben sollte – gesunden Leibes, aber die tödliche Krankheit längst ins Schicksal eingebaut. Der Dolmetsch unterrichtete Grischa, was jetzt zu geschehen habe.
Er nickte, an der breiten Seite des Tisches stehend, die Blicke prüfend auf dem fremden Herrn, dessen Kopf auf dem kostbaren schwarzen Pelzwerk, schmal in den Schläfen, lang und vornehm, ihm verläßlich erschien. In seinem Beisein, unterstrich Feldwebel Spierauge, öffnete man die Tüte seines Besitzes. Grischa sah seine Uhr wieder, den Kompaß, sein Messer, manche Ringe aus Aluminium, die er selbst gefertigt hatte, eine Amulettplatte in flacher erhabener Arbeit – vier heilige Frauen in glockenweiten Langröcken um ein heiliges Kind stehend, aus Bronze, mit einer Öse zum Umhängen, die Uhrkette aus Silber, die kupferne Erkennungsmarke des Bjuschew, an einem Draht um den Hals zu tragen, seinen Soldbeutel aus Schweinsleder, eine kleine Schere in selbstgenähtem Lederfutteral, desgleichen ein Rasiermesser, drei holzgeschnitzte Löffel, Lindenholz, deren Stiel zwei aufeinanderstehende Frauen und einen Soldatenkopf als Ende darstellte, einen Ring, an dem sich mehrere zum Pfeifenreinigen benötigte Drahtwerkzeuge aufreihten, sieben kupferne Knöpfe, mit einer Schnur zusammengebunden, aus denen

Grischa Ringe gemacht hätte. Seine Wäsche, Fußlappen, zwei Hemden, zwei Unterhosen, Pfeife, Tabaksbeutel, Luntenfeuerzeug und eines für Benzin, ein Eßbesteck aus verzinntem Blech, Löffel und Gabel zum Umklappen und noch Kleinigkeiten verschiedener Art wurden der Kiste entnommen. Seinen sonstigen Besitz trug er auf dem Leibe: die Ärmelweste aus weicher grauer Schafwolle, den Leibriemen und noch einen Brustbeutel, aus hellem Stoff diesmal, sehr durchschwitzt, den er sich vom Halse nahm. Und er begann zu teilen. Unruhig gingen seine Augen über diesen Reichtum hin, Gebrauchssachen eines Mannes, der sie nicht mehr nötig hatte. Er öffnete den Lederbeutel; noch enthielt er sein Geld, dreiundsechzig Rubel, zum Teil in Ober-Ost-Währung, und sechzehn deutsche Mark in Scheinen. Dazu legte er zögernd aus dem andern, dem Stofftäschchen, dessen Inhalt er schon verschiedene Male zwischen Einlegesohle und Stiefelsohle gerettet hatte, ein großes und ein kleines Goldstück, seit Kriegsausbruch verborgen hier und da am Körper. Dieses Gold, damit begann er, gehöre Marfa Iwanowna, ihr auch das Papiergeld zur Hälfte und die silberne Uhrkette und die Uhr, die er von seinem Vater geerbt. Sie war mit einem Schlüssel aufzuziehen und zeigte auf der Rückseite einen eingravierten Storch, der zwischen Binsen in einem Teich watet; am Ufer steht ein Haus aus Baumstämmen, neben dem auf einer winzigen Leine ganz kleine Wäschestücke zum Trocknen hängen.
Leise kratzend ging die Feder des Schreibers, Unteroffiziers Langermann, über das Papier.
»Man soll ihr sagen«, sagte Grischa ruhig, »daß ich bis zuletzt an sie gedacht habe, daß ich sie und unser kleines Kind segne und in gutem von ihr Abschied nehme. Sie möge an mich denken und ja keine Messen für mich lesen lassen oder dem Popen von diesem Gelde oder anderem geben, denn ich habe wenig Sündenläuse im Fell, nicht mehr, als ein Soldat hat. Und wenn sie sich wieder verheiratet, soll sie nur einen Mann nehmen, der mein Kind nicht schlägt, oder ich werde unter der Erde keine Ruhe haben und meinem Kinde zu Hilfe kommen und in der Dämmerung am Ofen stehen wie früher. Die wollene Weste werde ich nachher ausziehen; die soll sie auch haben. Und gut wirtschaften soll sie. Das Häuschen soll sie nicht verkaufen und, wenn sie Rat braucht, nicht auf ihren Vater hören, der geldgierig ist, sondern den Willen meiner Mutter befragen. Im übrigen tue sie, was für sie gut ist und für Klein Jelisawjeta. Die Knöpfe hier kann sie dem Kinde zum Spielen schenken und sagen, daß es von seinem Väterchen kommt, der es liebhat und segnet. Dies heilige Plättchen aus Messing hat mir eine

Frau gegeben; ihr bringe man es wieder. Die Soldaten kennen sie, Babka nennt man sie. Es hat mich nicht beschützt, aber das sage man ihr nicht; gegen den Tod gibt es kein Heilmittel. Erst soll sie es über den Korb ihres Kindchens hängen oder worin es sonst schläft, und später soll das Kind damit machen, was es will.« Dann sah Grischa einen Augenblick streng auf seine Hände hinab und fuhr fort: »Dieses Papiergeld hier, dreiunddreißig Rubel und acht Mark, soll man ebenfalls der Babka bringen, die im Krankenhaus liegt und ebendieses Kind bekommt. Das Kind ist von mir. So gehen die Dinge nun einmal. Ihr gebe man also dieses Geld und von meiner Wäsche die beiden Hemden zu Windeln für mein Kind. Ich wünsche, wenn es ein Junge wird, soll es meinen Namen tragen, wie ich einen Sohn genannt hätte, nämlich Ilja Grigorjewitsch; als Angebinde von mir bekomme es außer jenem Plättchen diesen Ring. Er ist aus Silber. Er soll nicht verwechselt werden mit diesen beiden Ringen« – er zeigte auf die flache Hand – »aus Aluminium. Ihr wünsche ich gute Tage. Sie soll sich keine Gedanken machen über Bjuschew und dergleichen. Es war mir vorherbestimmt, nicht heimzukommen; es wäre auch anders zu demselben heutigen Ende geraten. Zum Andenken an mich möge sie diesen Ring aus Aluminium mit dem deutschen Kreuz darauf nicht verschmähen. Ich habe ihn selbst im Waldlager gearbeitet. Außer dem Gelde, das sie für sich und das Kind ausgeben soll, möchte ich sie bitten, dies Messer zu bewahren, als Andenken, und diese kupferne Marke des toten Bjuschew, die sie mir gegeben hat; aber nur, wenn sie sie ohne Zorn ansehen kann gegen sich selbst; ich will nicht, daß sie sich Vorwürfe macht. Ah, und hier«, erinnerte er sich plötzlich, »diese Schachtel für Zigaretten möge sie von nun an gebrauchen. Ich habe sie selbst aus Ahornholz geschnitzt und schenke sie ihr in Frieden und Freundschaft.«

Von den Dingen in seinen Händen, die in ihrer Armseligkeit den gesamten Besitz eines Menschen ausmachten, blickte er plötzlich auf. Jemand war eingetreten, und obwohl vertieft in seine Anordnungen, bemerkte er die Veränderung, als Oberleutnant Winfried, von der Lautlosigkeit des Raumes sogleich auf die Fußspitzen gezwungen, an der Schmalseite des Tisches, am Rande seines Blickfeldes auftauchte. Da alle hier sitzenden Männer, gleichgekleidet in der Uniform, von der sachlichen Berechtigung des Vorganges und seiner ruhigen hellgrauen Wirklichkeit überzeugt waren, blieb der Grund, weswegen sie sich in feierlicher Stille hielten, von ihnen wenig beachtet. Wozu immer Reden und Gezappel, dachten sie. Ein Mann verteilt seine Habe, dabei kann man den Atem ruhig anhalten, basta. Denn Habe sind die Stricke, die uns anbinden. Wer diese Stricke löst, wird mit seinem Kahn bald losrudern und im Nebel verschwinden.

Grischa lächelte Winfried zu. Sein Erscheinen nahm ihm die große Sorge, wie er, ohne jemanden zu beleidigen, die Hinterlassenschaft an Babka, das bare papierne Geld besonders, in sichere Hände gebe.

»Gut«, sagte er, »der Herr Oberleutnant ist willkommen. Er wird gebeten, das, was der Babka gehört, dreiunddreißig Rubel und acht Mark zusamt den Kleinigkeiten, ihr auszuhändigen. Soll später ein Vormund für das Kind bestimmt werden, so mag Babka allein einen aussuchen. Sie hat Augen für Menschen. Stirbt sie aber jetzt an der Geburt oder an den Folgen ...«

»Alles geht gut«, sagte Winfried, ihn unterbrechend, aber Grischa, nur mit leichtem Nicken dankend, fuhr fort zu verfügen:

»An der Geburt oder später, so möge« – und er stockte. Er wußte nicht, was er dem Kinde wünschen sollte. Seinem Gefühl nach hätte er gesagt: man möge das Kind eingehen lassen, denn es ist ohnehin jammervoll, auf dieser Erde geboren zu werden. Aber sein Wirklichkeitssinn wußte, daß ein geborenes Kind den ungemeinen Drang, am Leben zu bleiben und zu wachsen, als Lust empfindet, und es kam nur darauf an, wem man es anvertrauen konnte. Am liebsten hätte er es dem Juden Täwje übergeben, denn es war bekannt, daß die Juden zu ihren Kindern freundlich waren und keinesfalls so grob wie die Bauern. Dann aber fiel ihm etwas ein, das seine Zweifel hell überleuchtete, und den Oberleutnant ruhig ansehend, fuhr er fort:

»So möge die Schwester mit den dunklen Augen und dem kleinen Schnurrbärtchen, die immer freundlich zu mir war und die damals auf dem Gartenfest mit dem Herrn Oberleutnant getanzt hat ...«

»Schwester Bärbe Osann«, bemerkte Winfried ruhig zu Unteroffizier Langermann.

»Richtig«, sagte Grischa, »... gebeten sein, solange sie hier bleibt, nach dem Kleinen zu sehen und einen verläßlichen Menschen für das Kind zu suchen. Dann ist hier der Kompaß für meinen Freund Aljoscha Pawlowitsch Granki im Waldparklager Sägewerk, von wo ich ausging. Zum Andenken an mich soll er ihn haben, und auch meine Pfeife soll er haben. Diese geschnitzten Löffel, gebt einen der Schwester Bärbe, einen der anderen Schwester und einen dem Herrn Oberleutnant hier, und wenn der Gefreite Sacht, der sich heute krank gemeldet hat, will, möge er meinen Tabaksbeutel nehmen. Wenn er aber lieber meine Holzkiste wünscht, dann gehört sie ihm und der Tabaksbeutel dem Tischler Täwje. Ja, so soll

es gemacht werden«, fügte er hinzu, »eine Holzkiste kann sich der Tischler selber machen, und einen Tabaksbeutel hat jeder Soldat schließlich. Und damit wäre ich fertig.«
Graf Ankerström, Professor für finnisch-ugrische Sprachen in Upsala, verglich das Testament mit dem, was er gehört hatte. Diese einfachen Leute, dachte er, überall sind sie gleich. Bei uns in Schweden oder drüben in Deutschland oder hier in Rußland, überall dieselbe mächtige Menschensubstanz. Wenn wir sie – und er verbesserte sich in Gedanken: wenn die Gesellschaft sie ins Quellen kommen ließe, was für großartige Gebilde könnten auf Erden nicht entstehen!
Inzwischen hatte Grischa den Federhalter ergriffen, Ankerström reichte ihm das Papier, und mit drei Kreuzen setzte er sein Zeichen darunter, nachdem man ihm vorgelesen, was er gesagt.
»Richtig ist es«, sagte er dabei.
Die Feder knirschte, als er senkrecht und waagerecht unter dem weißen Papier das Symbol eines winterlichen Friedhofs, drei Kreuze schwarz auf weiß, entstehen ließ. Die Zeugen unterschrieben, auch Winfried. Eine ungeheure Beklemmung lag auf allen, als Grischas Habe jetzt, in verschiedene Teile verpackt, von Unteroffizier Mußner für Ankerström, von Winfried und Spierauge empfangen und weggesteckt wurde. Man verstand nicht, die Aufbruchsformel zu finden ... Geräuschvoll faltete Herr Langermann die Bogen Papier zusammen, Spierauge räusperte sich und sagte:
»Dann wäre noch der Punkt ›Seelsorge‹ zu erledigen. Ein Pope ist noch nicht da, jemand hat nach ihm geschickt.«
Grischa schaute auf und runzelte die Stirn:
Er wolle keinen Popen.
Dies gab Spierauge eine bemerkenswerte Erleichterung. Ob dann vielleicht der Feldprediger, Herr Divisionspfarrer Lüdecke, Zeit habe, werde er sofort feststellen.
Grischa verzog den Mund und sagte:
Er danke schön. Er wolle auch nicht den Herrn Feldpfarrer dabeihaben. Es mache ihm nichts aus, ohne einen Pfaffen zu sterben. Schlimmer als drei Jahre Krieg und Gefangenschaft könne die Hölle auch nicht sein, wenn's eine gäbe. Habe er üble Taten getan, so sei er Manns genug, mit ihnen selber fertig zu werden, und die Angst vor dem Sterben, die er natürlich hätte, würden ihm die Leute mit den Gebetbüchern auch nicht nehmen. Er habe gelebt wie ein Mensch und werde sterben wie ein Mensch, wie ein niederer Mensch, sagte er, einer, der wenig Zeit fand für den lieben Gott und für den Gott wenig Zeit fand, und wenn er Gott mit diesen

Worten beleidige, dann sei ja das Sterben hart genug, und härter, als er, Grischa, zu einem kleinen Kinde wäre, das ihn kränke, werde Gott, wenn es ihn gebe, zu ihm auch nicht sein. »Denn«, lächelte er, »gibt es ihn, und er hat wirklich die Erde machen können, dann muß er nicht bloß so sein wie ich mit einem Kinde verglichen, sondern millionenmal größer, und hat er dann nicht soviel Geduld mit mir wie ich mit einem Kinde, dann lohnt ja die Beterei überhaupt nicht.«

Feldwebel Spierauge entgegnete: unter allen Umständen müsse ein Geistlicher bei der Exekution anwesend sein, und er schlage dann vor, den katholischen Divisionspfarrer Pater Jokundus zu bitten.

»Ja«, sagte Grischa, »ein Kreuz will ich haben, wenn ich sterbe, denn ich bin ein Christ, und wer es trägt, das ist mir gleich; aber dieser Feldprediger mit dem gelben Bart hat mich einmal sehr gekränkt, und darum laßt den andern mitgehen.«

Feldwebel Spierauge nahm das zur Kenntnis, steckte sein Notizbuch zwischen die Knöpfe, setzte seine Mütze auf, machte vor Oberleutnant Winfried und dem schwedischen Grafen militärische Ehrenbezeigung und ging. Die Verlegenheit, ob er sich von dem Häftling verabschieden solle, stand nur ganz leise am Rande seines Empfindens auf, und mit dem Hinweis darauf, daß er noch massenhaft Zeit dazu habe, schob er sie beiseite. Der Schreiber Langermann warf einen Blick auf Grischa, in dem schreckhaftes und ängstliches Staunen lag, und folgte seinem Herrn. Der Dolmetsch, die Zigarette erloschen in den Mundwinkeln und grenzenlose Gleichgültigkeit in seinem gelbfahlen Gesicht, nickte zu Grischa hin, grüßte mit seiner Mütze irgendwo gegen die Decke und schlenderte zur Tür. Unteroffizier Schmielinsky fühlte blaß und perlend Angstschweiß auf seine Stirne treten bei dem Gedanken, von nun an mit dem Gefangenen allein zu bleiben. Zum Glück konnte er die Mannschaft wieder hereinholen, die während des Testaments den Hof und die Halle laufend und sich balgend bevölkert hatte. Graf Ankerström knöpfte seinen Pelz zu, zog seinen linken Handschuh langsam an, und indem er Grischa plötzlich in die Augen sah, sagte er auf russisch:

»Ja, ich spreche russisch, und ich verspreche Ihnen auf russisch, daß Ihre Wünsche erfüllt werden. Ich will dafür sorgen, daß Ihre Frau die Pension eines gefallenen Sergeanten bekommt.«

Grischa leuchtete auf und bedankte sich.

»Ich habe kein Bild von mir«, sagte er bekümmert. »Meine Frau weiß bestimmt nicht mehr, wie ich aussehe, und mein Kind kann sich gar nichts denken, wenn es ›Väterchen‹ sagt. Nun, es sind schlimmere Dinge im Kriege vorgekommen, Herr.«

Ankerström erwog, ob nicht binnen einer Stunde ein Kameramann aufzutreiben wäre.
»Aber bevor Sie ausrückten«, erinnerte er ruhig, »hat Ihre Frau doch ein Bild von Ihnen bekommen.«
»Doch«, nickte Grischa, »und das ist richtig«, indem er den Grafen vollkommen erriet. »Mag sie mich im Gedächtnis haben, wie ich damals aussah. Was soll sie auch mit einem so räudig gewordenen Kerl, das ganze Gesicht voller Knochen. Ist ja doch mit mir kein Staat zu machen.«
Darauf nickte ihm der Schwede zu, lachte fröhlich und sagte:
»Nun eben, Sie haben recht, Kamerad, und somit Gott befohlen«, und er reichte ihm die Hand quer über den Tisch, eine schmalknochige, zügelfeste Männerhand, und Grischa spürte in dem Druck eine Zustimmung, die, von Mann zu Mann, ihm das Herz wärmte wie ein guter Schnaps.
Ankerström wandte sich an den Adjutanten: ob er ihn begleite.
Winfried schob seine Mütze aus der Stirn, sah Grischa bekümmert an und sagte:
»So, nun gehen wir also auseinander, Rußki. Was für Sorgen du mir gemacht hast, weißt du gar nicht. Wärst du lieber schnell mitgekommen, gestern, dann stünde es vielleicht um uns alle besser.«
Allein durch einen Blick bat Grischa den Grafen, ihm des Oberleutnants Rede zu übersetzen, fast als wolle er eine Distanz zwischen sich und allen anderen unterstreichen. Dann antwortete er ihm:
Es habe wohl nicht sein sollen, und das Schlimme sei unabwendbar, wie man zugeben müsse. Aber er danke dem Herrn Oberleutnant; immer sei er gut gewesen und habe sich Mühe gegeben bis zum Schluß für ihn, und so könnten sie gut voneinander scheiden.
»Ja, Grischa«, sagte der Oberleutnant Winfried, »das müssen wir nun. Mitkommen auf deinen nächsten Spaziergang werde ich nicht, aber vergessen, Grischa, werde ich dich auch nicht, du alter widerspenstiger Bursche.«
Und damit überwand er eine militärische Verlegenheit in der großen Bekümmernis seiner Jugend, gab in Gegenwart eines schwedischen Gelehrten, Grafen und Offiziers, ein preußischer Oberleutnant, dem niedrigen Russen kurz und kräftig die Hand, grüßte noch einmal, die Rechte am Mützenschirm, machte kehrt und ging ab, nicht ohne an der Tür dem Gaste den Vortritt zu lassen.
Grischa sah sie beide weggehen, kleiner werden. Er wurde in den Knien leicht schwach, fiel in den Sitz und wiederholte dreimal, indem er immer tiefer ergraute:
»So allein, so allein, so allein.«

Für Winfried aber fand dieses Händeschütteln mit einem gefangenen Russen, einem zum Tode verurteilten Lausekerl, wie manch eine nebensächlich abgetane Ausdrucksbewegung, noch ungeahnte Folgen. Denn mit glasigen Augen nahm Unteroffizier Schmielinsky den unerhörten Fall wahr. Daß er davon anderen erzählte, scheint in der menschlichen Seele gut begründet. Die Mannschaften krittelten öffentlich daran; im geheimen aber dachten sie wohl anders darüber, denn in den Tagen, in denen die Oberste Heeresleitung die Bewegungsfäden des Heeres aus den Händen fallen ließ und sehr viele Offiziere an Degenquasten und Achselstücken unangenehme Erfahrungen machten, umgaben die im Soldatenrat gesprochenen Worte »Das ist der Adjutant, der dem Rußki damals die Hand gegeben hat« Oberleutnant Winfried mit einer schützenden Aura, die selbst die dreistesten Rekruten aus den Ausbildungslagern in gebührende Achtung zurückscheuchte. Aber das ist eine spätere und eine Geschichte für sich.

Viertes Kapitel: Laurenz Pont

Drei Männer verschiedenen Alters stehen am Eingang des Parks Tamshinsky, dort, wo die schwarzen Ranken des geschmiedeten Gitters ihre schrägen und rundgeschwungenen Schmucklinien neben der triefenden Mauer in den goldbleichen Schneehimmel heben.

»Ich«, spricht Kriegsgerichtsrat Posnanski auf und ab gehend und saugt mit seinen wulstigen Lippen heftig an der Zigarre, »ich gehe nicht mit; ich bin zu feige. Ansehn, wie unser Russe niedergelegt wird, steht nicht auf meinem Programm.«

Feldwebel Pont lacht. »Das steht wohl auf niemandes Programm, Herr Rechtsanwalt.«

Er atmet tief erquickt die helle durchsonnte Frische der Mittagsluft, froh, der Schreibstube entronnen zu sein, und dankbar für die Meisen, die im alten Efeu der Mauer einen silbernen Betrieb verlautbaren.

»Dann wird also keiner dabeisein«, erklärt Bertin entschlossen.

Er hat, gemeiner Soldat, der er ist, seinem Vorgesetzten gegenüber einen Ton von gleich zu gleich, der zwischen dem Schriftsteller Bertin und dem Rechtsanwalt Posnanski nichts Auffälliges hätte, zumal die beiden befreundet sind, der aber, in Uniform angewandt, sein Komisches hat; und das schmeckt Feldwebel Pont heraus.

Oberleutnant Winfried hat mit guten Gründen bewiesen: erstens, daß das Ansehen der Division verbiete, einen Offizier zu diesem traurigen Akte zu entsenden, anderseits, daß die Weiterführung des Rechtsfalles verlange, der Erschießung einen Zeugen zu geben. Er hat die Frage, wer dieser Zeuge sein solle, in seiner verbindlichen Art dem Herrn Kriegsgerichtsrat anheimgestellt und ist davongeradelt, um mit Schwester Bärbe gemeinsam oder auch allein einen Spaziergang im Sonnenschein auf der blendenden Schneefläche der Umgebung oder durch die Straßen zu genießen. Er wird wahrscheinlich am Stadtkrankenhaus vorüberfahren, wo er sich, ungewöhnlicher Fall, nach der Entbindung eines russischen Bauernweibes erkundigen wird. Der Schnee hat jenen Zustand zwischen Härte und Feuchtigkeit, den Nachtfrost und starke Sonne am Tag erzeugen. Der Schreiber Bertin bückt sich, knetet einen Ball, der in seiner Hand sofort eine glasig weiche Bindung annimmt; dann zielt er auf das Tamshinskysche Wappen mitten in der schrägen Schraffierung des Gitterflügels, schleudert den Ball, der zerspritzend sitzt, und beharrt heftig zu seinem Vorgesetzten:
»Ich gehe nicht, ich nicht. Ich habe nicht die Nerven für diesen Mordversuch mit tödlichem Ausgang. Endlich hat es einen Vorteil, Gemeiner zu sein; den will ich ausnutzen. Es bleibt Ihnen gar nichts übrig, Herr Posnanski.«
Feldwebel Pont, Baumeister Pont sieht über den Rauch seiner Pfeife weg von dem einen Juden zum andern. Er versteht sie. Übers Soldatenspielen sind sie hinaus, denkt er. Er ist Rheinfranke vom Niederrhein, ein gebildeter Mann. Als unter Claudius Civilis seine batavischen Ahnen einen kleinen Putsch gegen die Römer mit Erfolg durchführten, kam dann ein General des gerade zum Kaiser erhobnen Vespasian und machte dem Treiben des friesbekleideten Völkchens der Flachshaare ein blutrünstiges Ende. Der Kaiser selbst, vorerst auch nur General, lag gerade wie ein heutiger Engländer mit einem Expeditionsheere in einem östlicheren Teil des Reiches – der Erde – und schlug sich dort mit dem Volke der Judäer herum, um schließlich ihre Stadt Jerusalem seinem Sohne und Adjutanten Titus zu überlassen. Feldwebel Pont sieht gleichsam greifbar den beträchtlichen Streckenunterschied vor sich, eine kurze Strecke vom rheinanwohnenden Bataver bis zu Pont und eine lange Strecke vom nomadischen Hebräer bis zu Posnanski und Bertin. Denn damals, da in der Gestalt des Vespasian, eines fetten, starknackigen, runzelvollen Bauern mit strichschmalem Munde und mächtig vorgewulsteter Nasen- und Kinnpartie als Abschluß feister Backen, die beiden Linien sich schneiden, haben die Hebräer schon ein viel-

fältiges, großstädtisches Kulturgebilde und achthundert oder tausend Geschichtsjahre hinter sich, während die Bataver noch in primitive Sippen sich gliedern. Damals, sinnt Pont, indem er die Mütze lüftet und sein starkes angegrautes Borstenhaar kraut, damals und noch einmal danach haben die in ihren Bergen den vollen Einsatz des Imperiums in Anspruch genommen, um besiegt zu werden, und nun stehen sie hier und haben ein Recht auf ihre Nerven. Schriftsteller und Juristen waren sie von den Tagen des Titus bis zu denen Wilhelms des Zweiten und werden es noch eine hübsche Weile länger bleiben, gute Schriftsteller und gute Juristen. Und jetzt streiten sie sich, wer von beiden das Schauspiel vermeiden kann, welches feierliches Umbringen eines Menschen durchschnittlichen Leuten doch bietet. Während er all dies sieht, zeichnet er mit seinem Stock in den Schnee die beiden sich kreuzenden Linien, in denen er eben Geschichte denkt, und blickt verloren auf sie. Der offene Mantel hängt ihm von den Schultern, und die Ordensbänder im Knopfloch zeigen, wie sie an der Innenseite geknotet sind. Dann rückt er mit leicht resigniertem Aufschauen wieder in die Gegenwart, denn er weiß schon, wer den Weg zur Richtstätte mitreiten wird: derjenige, der schon im kurzen Panzer des Legionärs, auch damals wahrscheinlich im Feldwebelrang, den Rundschild überm Rücken, die Lanze geschultert, an vielen Punkten des Erdkreises die Rotten seiner Kohorte zu ähnlichen Hinrichtungen geführt hat, der germanische Legionär, der Mann vom Niederrhein, der seine heimischen Götter zugunsten der Serapis oder des Mithras aufgegeben hat und der später den neuen Christengott anbeten wird, der von den Hebräern kommt. Posnanski, sieht er, hat seinen Arm auf Bertins Schultern gelegt und spricht zu ihm, einen flehenden Ausdruck im Gesicht, lachhafte und merkwürdige Worte.

»Bertin«, sagt er, »Sie sind Schriftsteller. Für Sie, für Ihr ganzes späteres Leben kann solch ein Weg bestimmend werden. Gehen Sie mit, Mann, sehen Sie sich an, wohin die menschliche Gerechtigkeit die Unschuldigen befördert. Haben Sie jemals einen Hingerichteten gesehen? Also, Sie brauchen fünfzig Jahre Zeit vor sich, den Eindruck zu verarbeiten. Ich kann es nicht mehr. Ich habe den Anschauungsunterricht schon achtmal genossen, ich glaube, sogar neunmal, wenn ich mich recht besinne. Ich bitte Sie als Kamerad und Mensch. Was bedeutet die ganze Erscheinung für Sie? Schließlich doch nur einen Farbfleck im Gemälde der Welt. Sie sind ein literarischer Mann, Ihre Leidenschaft geht aufs Wort, auf die Gestaltung, schön, schön. Ich aber: was bleibt mir in der Welt, wenn Recht und Gesetz anschaulich auseinanderklaffen und die Ohnmacht des Rechts sich, wie in der Bilderfibel, bloß greifbar, hinmalt? Ich bin aufgehoben. Wäre ich ein folgerichtiges Wesen und nicht ein Mensch, von einem Ihrer Kollegen verfaßt und nicht vom lieben Gott gedichtet, ich könnte jetzt hingehen und einen Strick nehmen oder mein Pistol und die Aufhebung meiner geistigen Person an der körperlichen vollziehen. Und darum bitte ich Sie, vertreten Sie mich.«

Aber Bertin, schmale Lippen, schüttelt nur abweisend den Kopf. Seine Augen blicken groß und schwarz in den Schnee: dort liegt der Tote schon. Er sieht ihn mit seinen Wunden bluten. Rote Wellen überschwemmen das Weiße, der verrenkte Körper, der Geruch von Schüssen. Er braucht die Erfahrung nicht, um die sich der andere so eindringlich bekümmert. Vor aller Erfahrung sitzt ihm die Anschauung sprungbereit hinter der Stirn und ergießt sich rasend und zwanghaft in die Welt, wenn die Stunde dazu gekommen ist. Und in seinem Herzen durchleidet er, besser, als wenn er es hätte sehen müssen, hier im Hofe, im Bogentor des Herrn Tamshinsky, die Sterbensqual, den Todeskampf, das zersplitternde Bewußtsein, den erstickten Schrei des Ermordeten. Wenn er – und er leidet es so sehr, daß ihm das Blut aus den Backen weicht – jetzt, im Augenblick, Posnanski dies auseinandersetzte, so wäre der Anwalt einsichtig genug, ihn zu verstehen. Aber er vermag davon nicht zu sprechen. Alle diese Dinge sinken in eine dem Worte noch unerreichbare Seelenschicht, stürzen senkrecht in den tiefen Brunnen des dichterischen Ichs und warten auf ihre Verwaltung. Eines Tages, das weiß er grell, wird er an diesem Geschick des gewöhnlichen Russen Paprotkin den Schicksalsfall, die Entscheidung der Zeit zu gestalten versuchen, in einem Drama »Alarm überhört«, das gefaßt von Anfang bis zu Ende, keimhaft, eine Entelechie, die sich entfalten wird, in ihn eingepreßt ist wie der Same in die Krume.

Laurenz Pont sieht von einem zum andern. Er möchte zwischen sie treten und seine Arme, die schweren Arme eines Maurersohnes und Baumeisters, auf ihre Schultern legen. Aber das wäre, von den Fenstern her beobachtet, ein zu albernes Schauspiel für die Schreiber und die Stabsoffiziere; und indem er seine Pfeife, an das geschmiedete Eisen klopfend, ausleert – metallisch klingt und dröhnt es, so daß die beiden Streitenden leicht zusammenfahren ...

»Meine Herren«, lächelt er, »da sich die beiden Esel nicht einigen können, geht das Heubündel, nämlich ich, und wenn's nicht geht, dann reitet es. Zufrieden mit der Stellvertretung?«

Zwei Paar Augen blicken erlöst und dankbar in die großen strengen grauen des Baumeisters Pont.

Posnanski streckt seine Hand aus, legt sie auf Ponts Unterarm und sagt:
»Bestens dankend, hochachtungsvoll Posnanski.«
Bertin sprudelt seine Erlösung in Worten heraus. Im stillen aber, um sich für den Anteil Feigheit in seiner Haltung zu bestrafen, nimmt er sich vor, wenigstens von fern, von unterwegs dem Zug zu begegnen, dort, wo der Rundweg um Merwinsk die Marktstraße schneidet, die er nehmen muß, um den Stadtbezirk zu verlassen.
Feldwebel Pont wehrt den Dank der Herren freundlich ab: dann müsse er sofort nachsehen, daß sein Pferd, der braune Wallach Seidlitz, sich hinreichend blank zeige, um den Stab der Division von Lychow, eine geschlagene Partei, mit Anstand zu vertreten.
Und so verabschieden sie sich voneinander, Bertin links von Posnanski, und Pont sieht es mit Erstaunen: Posnanski hinkt.

Fünftes Kapitel: Das schwarze Tier

In der Ecke, dahinten in der Ecke, hinter seinem Rücken wartet die Todesangst, das schwarze Tier, und lauert. Sie wird ihm in den Nacken springen. Grischa sitzt bei Tisch und ißt. Er ißt ein Beefsteak und Bratkartoffeln. Er hat ein Kompott aus einer Büchse bekommen. Er trinkt eine halbe Flasche Rotwein. Feldwebel Spierauge hat ihm drei Zigarren geschickt, zwei davon hat er verschenkt, dem Unteroffizier Schmielinsky eine und die andere dem Gefreiten Sacht, wenn er wieder wird rauchen dürfen. Die dritte hält er jetzt im Munde. Er wird sie abschneiden, sich anzünden, jederzeit gegenwärtig, daß das schwarze Tier, die Todesangst, ihm aus dem Winkel in den Nacken springt. Er muß sie von sich weghalten. Es geht ein Soldat zum Tode, Donnerwetter, ein russischer Sergeant, Grischa Iljitsch Paprotkin, Ritter des Georgskreuzes, ganz allein inmitten eines feindlichen Heeres, von oben bis unten den Blicken ausgesetzt und nicht berechtigt, denen da ein Spektakel zu bieten! Trotz allen Essens weicht ihm zwischen Gaumen und Zungenwölbung der bittere Geschmack nicht aus dem Munde. Die Zigarre ist gut, sie brennt, sie schmeckt; aber man muß sie mit zusammengebissenen Kiefern rauchen, das Herz macht einen langsamen mächtigen Gang in der Brust. Die Zelle steht offen. Allein sein wird man noch lange genug. Schlafen wird man auch bald, wenn man es so nennen kann. Man muß sehen, hören, atmen; die Finger, die auf dem Tisch liegen oder in der Tasche stecken, machen Tastbewegungen ununterbrochen. Sie fühlen den Stoff des Taschenfutters, rauh und angenehm das gerippte Holz des fichtenen Tischbrettes. Die Augen sehen vom Fenster her breit einfallend das goldgemischte Mittagslicht, Nachmittagslicht schon. Spinnweben sitzen oben an der Decke, es gibt Winterfliegen hier, manche bumsen langsam fliegend wie eine vollgefressene Krähe an die Scheibe. Es passiert ihnen nichts. Grischa fällt ein: er hat die Wolljacke noch an, die nicht verdorben werden soll. Er zieht sie aus, indem er sie über den Kopf streift, zieht den Waffenrock wieder an. Grischa friert über dem Rücken und knöpft sich schnell den Rock zu. Am Kopfe hat er es heiß und nimmt seine Mütze ab. Er hat den Drang, auf und ab zu gehen. Vom Schemel, der unterm Fenster steht, bis zur Zellentür am Gang sind es sieben gezählte Schritt, und als wäre er allein, mit krummhängenden Schultern, macht er diese sieben Schritt. Es ist ihm immer noch kalt. Er zieht seinen Mantel an, den guten warmen Russenmantel. Dann überfällt ihn das Bedürfnis, seinen Körper zu entleeren, und er geht zum Unteroffizier, der ihm einen Mann mitschickt. Die steinernen Fliesen schallen angenehm zur Wölbung empor. Der Schnee des Hofes knirscht prächtig unter den Nägeln der Stiefelsohle, die blaue frische Luft schlägt erquikkend an die Schläfen und die Nüstern. Dann ist es gut, auf einer Latrine zu sitzen und sich auszuleeren. Alles, was den lebendigen Menschen ausmacht, ist gut, denkt er, die Backenzähne aufeinandergepreßt und Schweiß von der Stirn wischend, der ihn mitten in der Winterlichkeit überfällt. Lange wird es nicht mehr dauern. Er reinigt sich sorgfältig und schleicht, von dem Landwehrmann mit der Flinte geleitet, seines Weges. Es liegt vorläufig noch kein Zentnergewicht in seinen Knien. Es geht ganz gut zurück in seine Zelle. Er fühlt sich besser. Es verlangt ihn, sich das Gesicht zu waschen. Sehr sauber will er sein. Warmes Wasser nimmt den Schmutz von seinen Händen und der Haut seines Gesichtes weg. Die Tonseife, ein weicher brauner Stein, schäumt nicht, aber schmiert. Dennoch wird man reinlich, denkt er. Er verlangt den Barbier. Rasiert werden will er. Erwin Scharski, Barbier der Kompanie, ein Soldat unter Soldaten, wird innerhalb drei Minuten aus der Baracke des ersten Zuges zur Stelle geschafft. Grischa sitzt zwischen den mittäglichen Landsern. Sie rauchen, lesen, halten zwei Skatpartien in Gang und eine Schachpartie. Große Stille, wenn man sie mit dem sonstigen Mittagslärm vergleicht. Es murmelt und brummt oder zischelt durch den großen schlauchartigen Wachtraum. Ein Handtuch in seinen Kragen gesteckt, mit heißem Wasser

angenehm bepinselt, mit Mandelseife eingeseift, sitzt Grischa geschlossenen Auges – er dämmert jetzt. Während er sich rasieren läßt, kann ihn niemand holen kommen. Solange dies dauert, ist er seines Lebens ganz sicher. Im Augenblick gelüstet es ihn auch schon zu schlafen; aber er muß sich ja rasieren lassen, und er hört, wie der Schaber ihn unterhält, während sein Messer am Riemen auf und ab klatscht.
Mein Georgskreuz, denkt Grischa, ich werde es mir anstecken. Ich werde es aus der Tasche des Rocks, in die ich es gesteckt habe, auf den Mantel hängen. Nachher sollen sie es dem Zaren zurückschikken. Möge es ihm Vorwürfe machen bis in sein Greisenalter, hätte er Frieden gehalten oder früher Vernunft angenommen.
Der Barbier erzählt von den großen Ratten, die sie in einer Baracke in der Champagne gehabt hätten, daß sie wie Eichhörnchen gewesen seien, wie Katzen beinahe. Aber als er an den Punkt der Erzählung gerät, wo die Ratten, das Gift im Leibe, mit angezogenen Vorderpfoten starr und tot auf dem Rücken gelegen haben, einundvierzig Stück innerhalb eines Stollens, biegt er ab. Es ist ihm auf einmal peinlich, daß sie so starr gelegen haben sollen, und er schwindelt. Er erzählt die Geschichte zum siebzehnten Male oder auch zum siebenundsiebzigsten, aber dies erstemal mit versöhnlichem Ausgang. Die Ratten wittern diesmal das Gift und lassen es großartig liegen. Grischa lächelt, und dann läßt er sich rasieren. Seine Haut ist glatt, das Haar wird ihm gebürstet, ein Scheitel gezogen, ganz bürgerlich hergerichtet, wie Militär es nun einmal verlangt. Die Kosten wird die Schreibstubenkasse zu tragen haben. Geld nimmt der Schaber nicht von ihm. Und der Soldat, der Landwehrmann, in den er sich, das Werk getan, zusehends wieder zurückverwandelt, schüttelt seinem Kunden die Hand und verschwindet. Von draußen, als er über den Hof läuft, hört er eine fremde helle Stimme.
»Abteilung halt! Gewehr ab! Rührt euch!«
Es schlägt ihm was aufs Herz, im Trab jagt er in seinen Quartierraum. Ein Schreiber bringt Unteroffizier Schmielinsky eine Meldung, der ganz blaß wird, aufgeregt mit den Lippen flackert und dann zu Grischa in die Zelle geht, zu Grischa, der sich einen Augenblick hingelegt hat, nachdem er einen Augenblick vorher wieder aufgestanden war, weil er Liegen nicht aushält.
»Kamerad«, sagt Schmielinsky, »es ist soweit. Tu mir die Liebe, halt dich ruhig!«
Grischa empfängt einen Stoß, der ihm das Herz japsen macht. Auch er erblaßt. So sehen die beiden Männer einander an. Dann macht

Grischa die Gebärde des Koppelumschnallens; er will nicht ungegürtet und unsoldatisch davongehen, ganz mechanisch faßt er nach dem breiten, ehemals schwarzen Infanterieriemen, den er mit anderen Sachen zurückbekommen und noch nicht verschenkt hat, und schnallt ihn um. Dann zieht er den Mantel in die vorgeschriebenen Falten am Rücken, streift ihn vorne glatt, setzt seine Mütze auf, diese russische Schirmmütze, eine Sommermütze aus leichtem Leinen, gibt sich einen Ruck, salutiert auf russische Weise, was ein deutscher Soldat nicht darf, und verabschiedet sich von dem Unteroffizier.

»Wenn Zeit, dann Zeit«, stottert er, »hab auch Dank, Kamerad.«

Der wachthabende Unteroffizier vom Dienst schneuzt sich, seine Arme zittern, das Tuch verdeckt die Augen kurz.

Eine lautlose Starrheit überfällt den Raum. Die Wache, draußen angetreten, steht »stillgestanden«. Grischa blickt sich auf der Schwelle noch einmal um. Die Fenster über dem langen Tisch, die Schemel mit den erstarrten Schachspielern, die zu ihm hinübersehen, die zwei Skatgruppen, die ihre Karten sinken lassen, die Waschenden, die sich nicht mehr waschen, die beiden Näher, die den Flicken und die Nadel sinken lassen, die Käfige mit den Strohsäcken und den Tornistern. In Ordnung, denkt er, Abteilung marsch.

»Laßt's euch gut gehen, Kameraden«, ruft er.

Die Deutschen bringen keinen Laut heraus, nur ein junger, blaß und mit aufgerissenen Augen, erwidert heiser:

»Mach's gut, Kamerad, leb wohl!« Und ein anderer, nahe an ihm, flüstert vom Bett her unverständliche Schauderworte.

»Vorwärts, vorwärts!« ruft's vom Hofe.

Grischa fühlt sich leicht schwindeln; aber das Kinn vorgestreckt, marschiert er mit dem wachthabenden Unteroffizier und zwei Landsern an den Posten vorüber bis zum Tor. Dort halten zu Pferd zwei Feldwebel: Spierauge auf einer fetten ruhigen Stute und Berglechner, kokett wie ein Offizier, auf einem dunkelbraunen Wallach. Vier Rotten zu vieren, gleichmäßig grün die Uniformen, mit Wikkelgamaschen und Eisenhelmen, Karabiner über die Schulter, stehen die Jäger dieser MG-Kompanie zum Abmarsch bereit.

»Der Kerl ist ja nicht gefesselt«, ruft Berglechner seinem Kameraden von der Schreibstube zu.

Spierauge zuckt die Achseln: es sei nicht nötig eigentlich; aber Berglechner besteht auf Ordnung, und Grischa läßt sich, ohne ein Wort zu sagen, von den zitternden Händen des Unteroffiziers Schmielinsky einen schmalen Kochgeschirriemen um die Handgelenke schnüren, die er auf dem Rücken zusammengelegt hat.

Das ist gut für Haltung, denkt er. Brust raus, wenn die Arme auf dem Rücken liegen; und aus strengen, harten Augen sieht er sich den Reiter an, der einen anderen Ton und eine andere Haltung hat als die Deutschen, die er bislang kennt, die älteren Männer mit ihren Erfahrungen hinter sich. Dann mustert er die jungen Schützen; scharfäugig kühle Kerlchen, denkt er. Zwei Rotten vor ihm, zwei Rotten hinter ihm, er in der Mitte, so schwenkt der Zug ein. Die beiden Feldwebel setzen ihre Pferde in Gang. Berglechner nimmt die Spitze, Spierauge wird am Schluß reiten; aber das will Berglechner nicht, er will sich unterhalten, Gesellschaft haben, und so wird die alte, gemächliche Liese mit nach vorn gelenkt. Berglechner, der seine Meldung bei Rittmeister von Brettschneider schon hinter sich hat, übernimmt das Kommando; »Abteilung marsch!«, und der Zug stampft gleichmäßig in den schmelzenden und spritzenden Wasserschnee der großen Straße. Es geht die Twerskaja herum, durch Außenbezirke.
Grischa blickt vor sich hin. Die Nackenlinie der Helme vor ihm macht einen gleichmäßig grauen Schild vor seinen Augen zittern. Das Riemenzeug der Mannschaft, neu braungrau aufgerauht, ihre Wickelgamaschen, ihre abgenutzten grünen Hosen, ihre Schnürschuhe, sorgfältig geschmiert – und in gleicher Höhe über den Helmen die vier Mündungen der Gewehre, das gleiche weiter vorn noch einmal, bald verdeckt, bald sichtbar im Takt des Marschierens. Den Ort, an dem man Hinrichtungen in Merwinsk vollzieht, ist bekannt. Draußen liegt er, nach Osten zu, auf dem Weg zu jenem Vorwerk, das sie »Lychows Hühnerauge« nennen: vor Jahren eine Kiesgrube, in den Hügel gebrochen, deren Steilwand einen natürlichen Kugelfang bietet und die leidlich flachen Platz zum Aufstellen gibt. Weressejew hat einen Kutscher an seinem Hause halten, damit der Pope, dieser unselige Mensch, falls er doch noch kommt, im Schlitten den Fahrweg lang nachjagen kann. Der Geistliche, denkt zu gleicher Zeit Spierauge, wird sich erst draußen dazugesellen; aber da reitet Feldwebel Pont an, im Helm, in Handschuhen, den Artilleriemantel mit drei Ehrenzeichen geschmückt, nähert sich lässig und grüßt. Nach drei Sätzen heben sich die behandschuhten Hände der anderen ebenfalls an die Helmkante. Leicht trabend überholen sie ihren kleinen Zug, der selbstverständlich nicht stehenblieb, und indes Pont sein Pferd hintenhin lenkt, nehmen die beiden wieder die Spitze. Zivilisten, die Mittagssonne schlucken wollen, schlendern auf den Bürgersteigen, während der Schaum des Getauten von den Stiefeln der Mannschaft zu ihnen herüberspritzt. Die Truppe sieht auf Haltung. Die beiden Feldwebel fühlen sich als Offiziere,

Auge geradeaus über die Ohren der Pferde weg, niemand sehend. Ein Getuschel, ein leises Raunen geht die Magazinstraße entlang. Frauen bekreuzigen sich auf dem Wege, und alle Begegnenden starren mit erschrockenen Mündern auf den einsamen gefesselten Russen mit dem Georgskreuz. Niemand weiß bislang viel von dem Sergeanten; aber es wird sich herausstellen, daß dieser Weg durch Merwinsk, obwohl es nur die Magazinstraße ist, ihm zu Bekanntschaft und Nachruf verhilft, denn noch vor Abend wird man in vielen Familien, bei Juden, Katholiken und Russisch-Gläubigen, von dieser Sache bis in die feinsten Einzelheiten unterrichtet sein. Eine Zeitung kennt man zwar nicht am Orte, aber um so emsiger die Übermittlung von Mund zu Mund.
Grischa geht, die Blicke rechts und links von dieser unerträglichen, stahlgrauen Linie und den kleinen schwarzen Flintenläufen weg an den Häusern entlang schickend, wo lauter ohnmächtige Bundesgenossen von ihm wohnen. Er atmet aus tiefen Lungen. Erstaunlicherweise spürt er die Angst nicht mehr, die ihn vorhin zu sprengen drohte. Er sieht die Gegenstände auf der Erde.
Die Ladenschilder, auf denen die Menschen angeben, was für Waren sie verkäuflich in ihren Höhlen halten. Die Öffnungen dieser Höhlungen selbst, viereckig, Fenster mit Kreuzen und kleinen Doppelscheiben, Moos dazwischen. Die Türschwellen, auf die man tritt, hölzerne Balkenstücke oder steinerne Platten, glatt und ausgeschliffen. Wie der Rauch aus den Schornsteinen eine fahle Fahne steigen läßt, wie von allen Dächern Bäche stürzen, traufen, vergoldete Tropfen; und wie es weht, wenn man die letzten Häuser hinter sich hat. – Jeder Schritt hat etwas Vorwärtsreißendes, ein gehender Körper klinkert und stampft einheitlich über diese weiße Straße, bestehend aus vielen Gliedern, deren jedes ein Mensch ist. Eingebettet in diese Vielheit marschiert mit seinen Beinen, die Hände auf dem Rücken, im braungrauen Mantel der einsame Soldat. Rechts und links endlich Schneefelder in zartem Gold und Weiß, bläulich schimmernd. Vielleicht ist's Wahnsinn, der hier geschieht, aber dann geschieht das Wahnsinnige mit solcher Wucht und Selbstverständlichkeit, daß außer Grischa niemand etwas davon merkt. Seine irren Augen wandern rechts und links hin, es gibt nichts Neues zu sehen, Krähen, Schneewellen und die goldklar schimmernde Linie der Sonnenblendung, bevor der Dunst des Himmels sich aufwölbt zum Blau über den Häuptern.
Großer Gott, denkt er, großer Gott. Der einzige Trost, den er verspürt, kommt von dem breiten Riemen um seine Lenden; solch ein Gürtel strafft. Die klägliche Lüge des Stolzes, Ehre zu machen vor

Fremden durch tapferen Tod in der Verbannung, gleicht diesem Gürtel; auch sie hält zusammen. Dennoch muß Grischa fortwährend Speichel verschlucken, der bitter schmeckt, und während seine Augen rechts und links spähen, zählen, merken, lauert in der Ecke unterm Herz der Druck, der den überanstrengten Muskel gleichsam an die Wölbung der Rippen preßt. Das Reitzeug klinkert, Kettchen schlagen an Leder, die Schnürschuhe der Mannschaft, sechzehn Paar, knirschen gleichmäßig im hier kälteren Schnee, die Seitengewehre schlagen taktfest an die Schenkel, und auf den Schultern, manchmal an die Helme stoßend, klacken und knistern die Gewehre. Dieser schreitende Körper hat seine eigenen Geräusche und sein eigenes angstvolles Herz, Grischa.
Die jungen Soldaten schreiten ernsthaft oder gleichgültig, halblaut redend, das einzige Steile in einer gewellten und flachen Ebene, in der wie eine leichte Schlucht die Straße eingeschnitten liegt. In der allgemeinen Helligkeit wirken ihre Mäntel wie olivgrün und ihre Gesichter wie rotbraun, viel zu dunkel. Sie marschieren zur Hinrichtung eines Spions. Das hat man ihnen gesagt. Eine ernste und militärische Kommandierung. Auf dem Rückweg erst werden sie die Pfeifen anzünden oder die Zigaretten und schwatzen, lachen, den Frauen zuwinken und um fünf Kugeln weniger tragen. Vorläufig verkörpern sie den Geist der Manneszucht, wie sie im Gleichschritt und locker hinziehen. Die Pferde beide vorn dampfen leicht. Liese hebt den Schwanz und läßt taktloserweise von ihrem Kot fallen, ehe Spierauge es merkt. Die Mannschaft hinter ihm zieht entrüstete Gesichter und dreht den Kopf weg. Feldwebel Berglechner macht den Kameraden darauf aufmerksam. Er stößt dem alten, bequemen Vieh die Absätze in die Flanken und reißt es an den Straßenrand.
Die kleine Truppe rückt vorwärts. Vier Mann breit in vier Reihen gegliedert zeigt die rhythmische Gestalt – schmal – breit – schmal – an- und wieder abschwellend, mit dem einen Mann in der Mitte und den beiden Reitern vorn, dem einen am Ende. Dieser letzte, Feldwebel Pont, sitzt nachdenklich im Sattel. Wie allen andern strafft sich ihm der Kinnriemen des Helms die Backen entlang. Aber er ist der einzige, der sich darüber Rechenschaft gibt, welch martialisches Gefühl, welchen Beitrag zu männlicher Empfindung dieser Kinnriemen leistet. Alles, was Soldatenspielen auszeichnet und bemerkenswert macht, sieht er vor sich und an sich vereinigt: das Kriegerische, Spielerische, den marschierenden Körper, die Gruppenseele, wenn man so sagen darf, denkt er; Abenteuer, Männlichkeit und den wichtigen Ernst einer Amtshandlung, die einem

Menschen das Leben kostet. Er sieht aus seiner Höhe, über die beiden Rotten und ihre Gewehre hinab, Grischa mit herausgereckten Schultern gehen. Aber wie verkrampft die armen blaugefrorenen Hände in ihrem Riemen einander pressen, wie die Finger sich umeinander winden, das gewahrt er allein. Ein grenzenloses Mitleid mit dem einsamen tapferen Kerl da, diesem ruppigen Russen, gibt ihm noch einmal das Gefühl zurück, diese aus der Tiefe aufsteigende »Erinnerung«, als reite hier ein Tribun, er, Laurentius Pontus, hinter einer Kohorte, die irgendwo im großen Imperium Dienst macht – germanische Söldner, die einen Aufrührer gegen das Gesetz des Reiches, versinnbildlicht etwa durch Trajans oder Hadrians Büste, zu Tode führen, einen zottigen Sarmaten, finsteren Szythen, lachenden Samogitier, fanatisch braunen Judäer. Das weiße Land kann, flach gewellt, weißer Schnee ebensogut sein wie weißer Sand oder weißer Kalkstaub Galiläas oder Galliens, und das Unveränderliche der Menschennatur, wenigstens auf so kurze Strecken wie zweitausend Jahre, beschwert sein Herz.

Plötzlich schwenkt man von der Straße ab. Grischa, wie ein von unsichtbaren Peitschen geschlagenes Tier, wirft seinen Kopf von der rechten zur linken Seite, ratlos, denn dieser Weg, hier abbiegend, schreit ihm Verlassen der allgemeinen Straße zu, unwiderrufliches Näherkommen. Das Atmen wird ihm schwer, als sei Wasser um seine Brust im Gefrieren. Die Hügelseite ist erreicht, ein Gestrüpp von Holunder, alter verflochten schwarzer Stamm und Strauch, gibt eine Biegung frei, Räderspuren führen weiterhin in den Hohlweg, wo ein grauer Wagen mit zwei hungernden Schimmeln und einem stumpfen posenschen Bauernknecht in Uniform beiseite gefahren hält, und zu Pferde wartet an der Mündung der Kiesgrube ein Mann in grau und violettem Mantel, den Hut links aufgeschlagen, rechts mit hängender Krempe wie ein afrikanischer Buschreiter, um den Hals ein großes silbernes Kreuz, ein feister, rotbackiger, ungeduldiger Gottesdiener. Die Dinge strömen jetzt in unheimlich beschleunigtem Ablauf wie ein bergab ziehender Fluß dem Ende entgegen. Angesichts dieser großen gelbgrauen und mit Schnee betupften Wand, angesichts des jungen Arztes, Dr. Lubbersch, der, eine Zigarette rauchend, im Schnee auf und ab stapft, angesichts des langen schmalen Kastens, der unter zwei Zeltbahnen zugedeckt liegt, angesichts dieser letzten grausigen Vorbereitung erst wird Grischa klar, daß er bisher immer noch nicht ganz an die Ernsthaftigkeit des Endgültigen geglaubt hat, daß er immer noch meinte, obwohl er wußte, es ist kein Spaß: es sei doch Spaß. Zum Glück drängt der Vorgang in Sprüngen zu Ende. An seinem Riemen rei-

ßen will er, den Mund zum Schreien macht er auf, aber eine innere Gewalt, die seit Hunderten von Jahren seiner Seele eingeimpft worden ist, verwandelt das Reißen in Sich-um-Wärme-Reiben, das Schreien in luftschnappendes Gähnen. Nur seine irrenden Augen, verzweifelt zwischen den Backenknochen ihr helles Wasserblau, glitzern ratlos. Zum Glück beherrscht Feldwebel Berglechner solche Verrichtungen von Serbien her und aus dem Ruthenenlande, wo er in Verbänden der Armee des Erzherzogs Friedrich seinen Kriegsdienst begonnen hat.
»Um den Mantel wär's auch schade«, sagt er zu Spierauge, der keinen Augenblick weiß, wie er sich benehmen soll, da in seiner Dienstvorschrift dergleichen Anordnungen nicht vorkommen.
Ein Jäger öffnet Grischas Fesseln. Grischa lächelt ihm dankbar zu und schlägt seine Arme aneinander, um sie warm zu machen. Inzwischen beginnt der geistliche Herr lateinische Totengebete, die Grischa nicht versteht, ihm ins Gesicht herzusagen, aufrichtig betrübt um die arme Seele, die in die Verdammnis geht, und die Gnade Christi erflehend, der am Kreuze für die Erlösung auch dieses unwissenden Russen gestorben ist, obwohl die Abtrünnigkeit der Kirchenspaltung die Güte Gottes auf eine harte Probe stellen wird. Mit sonorer Stimme, halb singend, rezitiert er. Grischa will, sehr ungeduldig, den Kopf von ihm wegwenden, das silberne Kreuz jedoch hypnotisiert ihn für Sekunden, in denen er willenlos sich das Koppel aufhaken, den Mantel aufknöpfen läßt, ihn von den Schultern streifen fühlt, Waffenrock auch, einen Augenblick die Arme frei hat, in seinem jämmerlichen grauen Flanellhemd dasteht. Hoch über ihm türmt sich die bröckelige, steinichte Mauer der Kiesgrube im Halbrund. Der Weg nach vorn ist ihm versperrt. Dort steht bereits auf leichtes Kommando hin eine Rotte, fünf Läufe stark, angetreten, furchtbar anzusehen mit ihren entsicherten Gewehren. Das sind die grünen Röcke und die roten Gesichter des Verderbens. Hilflos, ganz verlassen, flattert in den Herzschlägen einer zermalmenden Beklemmung Grischas Blick an den Holunderästen vorüber, mit einer auffliegenden langsamen Krähe dorthin, in die Weite, nach der Stadt zurück, die unten liegt, verdeckt, und in der das Lebendige zu Hause ist. Feldwebel Pont hat seinen Unterkiefer vorgeschoben, zieht sein Taschentuch und befiehlt mit unwiderstehlich halblautem Obenhin einem der Jäger, dem Verurteilten die Augen zu verbinden. Der Priester murmelt und priestert. Schon wieder sind Grischa die Hände zugeschnürt, die Arme. Grausig der Zwang, nicht um sich schlagen zu können, nur zu stöhnen. Er ist schon fast bewußtlos. Die ungeheuer zermalmende Wucht

dessen, was an ihm geschieht, und daß es mit ihm geschieht, ohne Halt, ohne Einspruch, ohne die mindeste Gnade, umnebelt sein Denken. Er will nicht gefesselt werden noch erschossen, aber er bringt die deutschen Worte nicht mehr zusammen und die russischen Worte nicht hinauf; denn »Mutter! Mutter!« zu schreien liegt ihm zwischen den Zähnen ganz vornean. Dann verlischt ihm die Welt unter einem weichen, sauber riechenden Leinentuch. Sprunghaft sitzt ihm die besinnungslose Angst, der grausige verlöschende Schrecken des schwarzen Tieres, und ganz angespannt steht er, rasend, lauschend auf das, was von außen grauenhaft herangetragen wird. In dem Augenblick, wo ein vorletztes Kommando fällt, er hört das Klatschen der Gewehre, die in Anschlag gehen, endet die Litanei.

Das Kreuz, denkt er, sieht er vor sich, vor seinen verschlossenen Blicken das kantige schwere Zeichen. Dann rast in ihm, im Augenblick, wo die schneidende Stimme Feldwebel Berglechners den Befehl zum Feuern ansetzt, in der Gewißheit und dem Übermaß der Todesangst die Seele enthemmt los, während sein Körper Kot verliert. Das Krachen der Schüsse fährt wie ein einziger wahnsinniger Schlag in einen Ablauf sausender Bilder, der bei seiner Mutter in der Küchenstube mit dem Kreuz beginnt. Aljoscha mit der Zange sieht er, den nachthellen Waldlagerhof beim Ausbruch durch die Drähte, er riecht das saure Holz seines Fluchtwagens, das Heu, bei dem er den Zug verließ, die ungeheure Weiße und eisige Schweigsamkeit des Winterwaldes, die zähneklappernde Einsamkeit der verlassenen Artilleriestellung, und da kriecht das schwarze Tier heran, der Luchs, der mit dem Sprung seiner Hinterläufe und seinem teuflischen Gesicht über den Ohrpinseln ihn niederreißen will und vom Gelächter seines Übermuts, der großen Freiheit und dem geworfenen Schneeball kümmerlich flieht. Und wieder lächelt er schwach und verloren über das Tier, jetzt, wo es aus den fünf Höhlen der Gewehrläufe ihn anspringt, gleich landen, ihn gleich hinschlagen wird. Aber sein längst überwältigtes und aus der Gegenwart gewischtes Lebensgefühl wird im Augenblick des Todes aus den Urgründen der Seele her überflammt von der Gewißheit, Teile seines Wesens über die Vernichtung weggerettet zu haben. Der Urkeim in ihm, das mächtige Plasma, satt, sich weitergegeben zu haben in Frauenleiber zu neuen und neuen Verkörperungen, wirft in sein Gehirn dieses blasse untrügliche Spiegelbild, wie ein Tröpfchen Regen den ganzen Himmel spiegelt, und gibt ihm nach der Art des betörten fleischernen Menschen das Gefühl der Fortdauer im Ich, der Unsterblichkeit seines doch im Augenblick schon ausgelöschten Einzelseins.

Es waltet dreierlei Zeit in ihm. Die berechnete Zeit der Dinge, der Uhren, in der fünf vom Menschen mit Gas geworfene Geschosse einen Luftraum durchschneiden, in einen Körper einprallen wie in einen mit Wasser gefüllten Sack und, den Inhalt dieses Sacks, den lebendigen arbeitenden und atmenden Körpersaft und Körperstoff quetschend, zerreißend, beiseite werfend, sich zu den Zentren des Lebens vorwühlen, wie ein Maulwurf die Erde durchwühlt. Dann die elektrisch hinblitzende Zeit der Einfälle, des Bilderablaufs, der allnächtlichen Träume, die in der winzigen Dauer des Zielens, Abdrückens die lebensgleiche Täuschung des rasend abrollenden Bildersturzes ermöglicht. Und endlich die leiblich bedingte Zeit, in der Muskeln und Nerven auf Reize und Befehle der Seelenmitte antworten. In den Sekundenteilen vom rammbockgleichen Einbruch der fünf Kugeln in den schmutzigen Stoff des Hemdes, Unrat mitreißend in den warmen leidfähigen Leib, bis zum tödlichen Zerfetzen der blutgefüllten Adern, des krampfhaft stoßenden Herzens, des reichen Lungengewebes litt er, so tödlich, so über alle menschlichen Fassungskräfte grausig, zugleich zerschlagen, erstickt, erdrosselt und zertrampelt, daß das Weißglühen der Vernichtung jenes Lächeln der Freiheit hätte wegfegen müssen. Aber indes sein Leib, er selbst, wie mit einem neuen Gelenk im Rücken zerknickt hintenüberschlug und wildrotes Blut den Umkreis seines Körpers im Schnee abmalte, vermochte die langsame störrische Körperzeit dem Schmerz nicht mehr zu gehorchen; der Leib ließ sich von ihm nicht mehr verändern. Da lag Grischa Iljitsch Paprotkin, der Bjuschew, im Schnee und lächelte. Sein Gesicht, seine Muskeln drückten eine Heiterkeit aus, die er längst nicht mehr empfunden hatte. Nur die Augen schrien unter der Binde, entsetzt herausgequollen vom inneren Erstickungstod, als Blut aus den Arterien und Venen die Lunge füllte, eine Spitzkugel das Menschenherz kappte und in die Brusthöhle kollern ließ und zwischen den Rippen im Rücken die kleinen scharfen Ausschüsse klafften. Dieser hingefegte Haufen Mensch starb . . . In den Kieswänden rollten Steine, stäubte Schnee weg.

»So 'n Kugelfang paßt tadellos«, sagte Feldwebel Berglechner, »Zivilisten heulen, aber Soldaten halten sich«, indem er sich den Schnurrbart wischte, als habe er etwas getrunken. Er hatte in der Tat getrunken, nämlich von seinem eigenen Blute, das er sich, ohne es im mindesten zu merken, bevor er »Feuer!« kommandierte, in der fürchterlichen Spannung der letzten Sekunde aus der Oberlippe gebissen hatte.

Dr. Lubbersch, das hübsche betrübte Gesicht sehr wenig beunruhigt durch das Vorgegangene – er fühlte sich als Philosoph von wasserdichter Überlegenheit über das Wirkliche –, ging auf das zu, was Grischa gewesen, kniete einen Augenblick bei diesem lächelnden beiseite geworfenen Kopfe nieder, der höchst unglücklich auf einer Backe lag, löste die Binde, schloß ihm die Augen und sagte: »Aus. Gut gestorben. Hippokratisches Lächeln.«

In diesem Augenblick lebte noch, was in dem langsam verblutenden Gehirn Leben heißen konnte, aber das merkte niemand, denn der Mensch stirbt viel langsamer, als der Mensch gern zugibt.

Laurenz Pont stieg vom Pferde. Das Taschentuch, mit dem diese armen verzweifelten Augen verbunden gewesen, lag noch als Knüpftuch im Schnee, gelblich neben seiner Weiße; kein Tröpfchen dieses Blutes, das immer breiter um sich sickerte, hatte es befleckt. Es war ihm wie ein Symbol des Pontius Pilatus oder Laurentius Pontus, daß er keine Schuld am Tode dieses Unschuldigen habe.

Die Mannschaft indes sicherte die Gewehre und drängte aus der Kälte wieder in geordnete Verhältnisse; drei Flaschen Schnaps und ein freier Nachmittag standen bevor. Unter der Zeltbahn das verdeckte längliche Ding enthüllte sich als Sarg. Zunächst fand sich niemand, der dienstlich Lust hatte, den erschossenen Körper, solange er noch weich und handhabbar blieb, in diesen Sarg zu legen. Der Unteroffizier der Jäger wies darauf hin, daß Feldwebel Spierauge zu diesem Zwecke Mannschaften der Wachtkompanie hätte bestellen müssen. Der Fahrmann des städtischen Fuhrparks stand noch fröstelnd und stumpf bei seinen Pferden.

Das sei nicht ihr Dienst, murrten die Jäger.

Der Zwischenfall wurde behoben durch Laurenz Pont und den Dr. Lubbersch, der das melancholisch-philosophische Geschäft mit ihm zu verrichten bereit war. Als dieser männlich und überlegen aussehende Feldwebel vom Pferde stieg – Seidlitz hatte bei der Salve nur mit dem rechten Ohr gezuckt, und er konnte nicht umhin, ihm dafür den Hals zu klopfen – und die Handschuhe auszog, um mit dem geschniegelten Juden von Oberarzt tatsächlich den toten Spion in den Sarg zu heben, stießen sich ein paar der Jägerjungen denn doch mit den Ellenbogen an, schleiften vorsichtig, um sich nicht zu beflecken, an Armen und Beinen den toten Mann über den Schnee, sein Kopf baumelte glasig und vertrackt vom Kragen weg, und betteten ihm die Glieder auf ruhige Weise hin und die Hände zusammen. Dann bemerkte man einen aufgeregten Schlitten heranklingeln, aus dem flatternd mit verwirrten langen Haaren und einem strubbelig schwarzgrauen Barte der Pope sprang. Die Polizeistation des Dörfchens Bisasni hatte ihn, bis sie telefonische Bestätigung seiner Eilreise erlangte, behalten; jetzt warf er sich neben dem

Sarge nieder, in seinen langen Kleidern wie eine Frau, und betete verzweifelt und aufrichtig hingegeben um das Heil der Seele, die von den ketzerischen Teufeln mit ewiger Feuerqual gefährdet war.
Pont sah, wieder aufgesessen, scharf und hell die Gruppe der Menschen: wie der kniende Priester Grischa ein bunt in Blei gefaßtes Heiligenbildchen in die zusammengelegten Hände schob, wie Feldwebel Berglechner sich die Zigarette anzündete, wie die Mannschaft ohne auf den Befehl zu warten, sich wieder in Rotten aufstellte und der Fahrer sich endlich des Sarges bemächtigen wollte, um ihn zum Friedhof zu bringen, beunruhigt, wer nach Abmarsch der Schützen ihm helfen werde, die schwere Kiste auf den Schlitten zu heben – und eine tiefe, anödende Erschöpftheit machte ihn gähnen. Er sah noch den Fahrer dastehen mit hängenden Schultern und hängendem Schnauzbart, zu taktvoll, um den fremden Popen in seinem Gebet zu stören, überlegte sich, der Iswostschik, der jüdische Schlittenkutscher, werde ihm schon beim Verladen der Last zur Hand gehen, und wandte Seidlitz mit der Nase nach der Stadt. Er wäre gern allein geritten; Spierauge aber trieb Liese alsbald neben ihn, Berglechner sprang seinem Wallach in den Sattel, der Oberarzt Dr. Lubbersch saß mit geübtem Schwung seinem Fuchse auf, zwei helle Rufe, die Gewehre schlugen auf die Schultern, gleichsam mit Schwung setzte sich der Zug zur Heimkehr einschwenkend in Bewegung. Pont ritt neben dem Arzte. Es war klar, die Mannschaft wollte singen, wie auf dem Rückweg von Begräbnissen üblich, wo in der hellen vergnügten Weise eines kriegerischen Marsches der Triumph des dauernden Lebens über den vorübergehenden Tod enthalten ist.
Wir, fühlte Pont, bilden einen vorzüglichen Anblick. Es sieht nach etwas aus. Vier Reiter, gut gepflegt, und sechzehn Mann – einer fehlt. Unvermißt. Die Leute schwatzen angeregt und rauchen. Ein Manipel der weltbeherrschenden Armee schlendert sorglos, ihrer Unanfechtbarkeit gewiß, zurück zu den Lagerbaracken, in denen, ob es nun hölzerne oder leinene, lederne oder wellblechene Zelte waren, der Soldat über die Erde hinaus das mitnimmt, was den andern Menschen der heilige Herd ist. Als sie wieder in die Chaussee einbogen, die jetzt bergab und nicht bergauf führte, schlug Unteroffizier Leipolt wirklich ein Lied vor, und gleich darauf erklang aus geübten und vergnügten Kehlen, daß die Vöglein im Walde so wunderschön sängen und daß es in der Heimat ein Wiedersehen gäbe – ziemlich rein, beinahe dreistimmig; die straff aufgerichteten Gestalten, weißen Zähne, gutgelaunten Augen einer Macht, die durch die Straßen wohl dröhnen durfte. Leider schlabberte noch mehr Schneeschlamm als auf dem Hinweg, die Bürger würden

morgen mit großen hölzernen Schippen Arbeit haben, die Straße war mit Recht schauderhaft zu nennen, aber man mußte diesen Juden und Russen doch was zu hören geben. Feldwebel Pont dachte, wie schon die ganze Zeit, daß der Mensch sich wenig ändere und daß es ziemlich öde sei, als Mensch herumzulaufen.
Bertin, an einem Fenster der Magazinstraße sitzend, ein Glas Tee vor sich, erblich. Sie hatten ihn getötet ... Paß nur auf, wenn wir erst gesiegt haben, wie wir dann dastehn werden – als sittliche Wesen, dachte er. Das Zimmer, drei Fenster breit, eine Teestube mit gleichgültigen blassen Mädeln, roch auf einmal nach Blut, wo er vorher nur den schalen Dunst kalten Rauchs und die allgemeine Muffigkeit eines von viel zu vielen Menschen täglich abgenutzten Raumes geatmet hatte. Er sah auf die Uhr. Der ganze Verlauf, den er zwischen Hin- und Rückweg hier verwartet, hatte nicht fünfundzwanzig Minuten gedauert. Er stand auf, drückte sein Gesicht an die Scheiben, besah die singenden Münder der Soldaten, dann nur noch ihre Helme, ihre marschierenden Kehrseiten, die Mäntel, vorn und hinten die Zipfel aufgeschlagen, eingehakt in die dafür genähten Ösen – und bedeckte die Augen, fiel in seinen Sitz zurück. Es ist vollbracht, wollte er sagen, aber das Wort war ihm mit peinlichen Sinnverknüpfungen zu sehr beladen; es ist erledigt, dachte er statt dessen. Schluß mit Grischa. Die Maschine kann's besser. Zollstarke Räder hat solch ein Befehlsapparat, und läuft er mal, so läuft er. Wie lange noch? Er empfand das Bedürfnis, nicht mehr allein zu sein, zu Posnanski zu gehen, der mit Fieber zu Bett lag. Wahrscheinlich Erkältung, aber vielleicht auch bloß das Psychische, hoffte er – bloß, denn was bedeutete in solcher Zeit die Seele des Menschen?

Auf einem Schlitten der städtischen Fuhrparkkolonne fuhr indes, von zwei rotbraunen Zeltbahnen zugedeckt, eine längliche Kiste am Rande der Stadt zum Friedhof hin. Ein Schlitten mit einem Popen gab das Geleit auf, als die Straße in die Stadt sich abgabelte. Das Begräbnis dieses Russen begleitete nicht ein Mensch. Die beiden Hamburger Landsturmleute senkten die Kiste in das heute morgen gegrabene Grab, weder vorsichtig noch unvorsichtig, geübt mit »halt fest« und »laß gehn«. Der Trainfahrer mit hängendem Schnauzbart und hängenden Schultern stand dabei und sah dumpfen Sinnes vor sich nieder.
»Er soll ja woll unschuldig gewesen sein«, sagte der eine Hamburger im singenden Tonfall seines heimatlichen Hafens.
»Tja«, antwortete der andere, »was soll das helfen, unschuldig sind wir ja woll alle.«

»Ich hab den Krieg nich gewollt«, sprach plötzlich der Fahrer.
Es war der erste Ausbruch dieser tief verschütteten und verstumpften Seele, erzogen in der Knechtschaft des platten Landes. Die beiden Hamburger sahen ihn verächtlich an. Daß sie den Krieg nicht gewollt hatten, brauchten sie niemandem zu versichern. Sie tauschten einen leicht spöttischen Blick, der zum Ausdruck brachte, für wie dußlig sie den Trainfahrer hielten, und daß überhaupt nur in Hamburg intelligente Leute zu finden waren, und dann stießen sie ihre Schaufeln fest und geübt in den hohen, noch von Grischa aufgehäuften Berg reinlicher, nicht von Menschen erschaffener Erde.

In dieser Viertelstunde entriß mit Zangen Dr. Jakobstadt, der Zivilarzt, Babkas bewußtlosem Körper das Kind. Es war ein Mädchen, über sechs Pfund schwer, wohlgebildet und mit ausgeprägtem Gesicht, das in seiner Ähnlichkeit niemand feststellen konnte; mit seiner kurzen Nase, breiten Backenknochen und hellblaugrauen Augen glich es auf lächerliche Weise der alten Frau, Grischas Mutter, die in dieser Stadt niemand je erblickt hatte. Es schrie nicht, es verlangte keine Nahrung und lag, während man sich um Babka bemühte, still mit rekelnden Fingerchen, rot am ganzen Körper, in einem Waschkorb auf einem Kopfkissen, das weiterhin sein Deckbett sein sollte. Als Babka aus der Narkose erwachte, weigerte sie sich, es zu sehen, und als man es ihr trotzdem hinhielt, wollte sie es mit dem ungläubigen Andeuten eines Lächelns nicht mehr aus ihren Händen lassen.
Dr. Jakobstadt und die mütterliche Hebamme, Frau Nachtschwarz, tauschten in jüdischer Sprache Bemerkungen aus.
Es sei doch alles glücklich gegangen, sagte die Frau, indem sie ihre Hände abtrocknete. Und der Arzt, graumelierten Spitzbart unter einem gelblichen überanstrengten Gesicht, wiegte auf skeptische Art den Kopf hin und her und meinte: Wenn man es ein Glück nenne, in dieser Zeit geboren zu werden, dann allerdings.

Sechstes Kapitel: Auf dem Dienstweg

Das Herrenhaus Hohenlychow, mit der kargen Säulenfassade nach Westen, sah eine Allee berühmter Linden auf seine Freitreppe zukommen. Blattlos noch und als schwarz triefende Gerippe zeigten sie die edle Kugel ihrer Wipfel im Aufriß. Otto von Lychow, die Hände in den Taschen einer Joppe, stand am Fenster, dort, wo das himbeerfarbene Abendrot sich spiegelte; um seinen Mund ein ver-

bitterter neuer Zug verdichtete sich in den Mundwinkeln zu kurzen Falten. Frau Malwina von Lychow, seit dem Tode ihres Sohnes Hans Joachim eine Greisin, saß mit zwei großen weißen Elfenbeinnadeln einen Schal strickend schon unter der Lampe in der Polsterecke vor dem runden Tisch. Genau hinter ihrem Kopfe blickte Prinz Friedrich Karl aus einem altmodischen, aber bildhaft guten Lichtdruck, mit Backenbart, Reitpeitsche, Husarenrock. Sie spähte von Zeit zu Zeit, die Augen, große dunkelgraue, noch immer bemerkenswerte Frauenaugen, mit Entschluß aufschlagend, zu dem alten Mann hinüber, der auf diesem Urlaub einen Zug von Müdigkeit im Ganzen seiner Haltung nicht los wurde. Natürlich ließ er vor den Leuten nichts merken; allein vor ihr gaben seine Schultern und die vergrämten Mundwinkel zu, daß der höhnische Streich des neupreußischen Generals den Altpreußen an der empfindlichsten Stelle gezeichnet habe. Schräg durchs Zimmer blickte Frau Malwina auf den Schreibtisch, der von der Wand her elektrische Kerzen auf Hirschgeweihen – selbstgeschossenem Sechzehnender – über sich hatte. Sie brannten nicht; matt leuchtete durch die noch blaue Dämmerung wie ein viereckiges Schneefeld der lange Brief, den Paul Winfried heute mit genauem Bericht von all und jedem gesandt. Frau Malwina dachte nicht daran, Schieffenzahn zu hassen, sosehr sie mit ihrem Kavalier und Gatten fühlte. Diese Sorte Offizier stand ihrem Kastengeiste zu tief. Daß ein bürgerlicher Generalstäbler so hoch stieg, gehörte zu all den gräßlichen Verrücktheiten dieses Krieges, in dem die Kavallerie nicht mehr anritt, Musik und Fahnen im Hintergrund verschwanden und die Infanterie erst dann stürmte, wenn anzunehmen war, daß kein lebendiger Verteidiger mehr in der gegnerischen Stellung Lust hatte, sich zu wehren. Als Tochter einer Dragonerfamilie, die von Fehrbellin bis Mars-la-Tour alle Angriffe preußischer Reiterei mitgeritten, lehnte sie den Maschinenkrieg ab. In früheren Zeiten habe man Sorge getragen, den Gegner so gut bewaffnet und so wehrfähig wie möglich vor die Bajonette oder die Lanzen zu bekommen, während man ihn heute aus der Ferne zermürbte, wehrlos machte, schlachtete. »Diese Sorte Krieg paßt zu den Schieffenzahns. Wie das schon heißt«, sagte sie verächtlich. »Schieffenzahn.«
Ohne sich umzuwenden, den Blick auf die durchregnete Allee, zuckte von Lychow die Achseln.
»Na, um nicht ungerecht zu sein, Alte, Eisenzahn war auch nicht schön und dennoch Kurfürst von Brandenburg und Hohenzoller.«
Die Golduhr unter dem Glassturz mit dem liegenden Löwen, der das Zifferblatt in den Klauen hielt, tickte auf dem Ofensims. Ein in

Glasperlen gestickter Feuerschirm, beiseite geschoben, ließ das Flakkern der Glut im Zimmer spielen.

»Daß heut Martini ist und die Rhinselers herüberkommen, von Ludmilla und Agnes zu schweigen, wird der Sache auch keinen endgültigen Schick geben. Natürlich werde ich munter sein. Man ist überhaupt immer munter. Aber wenn's nach mir ginge, legte ich mich schlafen.«

Frau Malwina unter ihrem weißen Scheitel kniff ein Auge zu und blickte mit dem anderen scharf wie der Alte Fritz. Sie dachte nicht mehr so hurtig wie früher. Sie stolperte von Zeit zu Zeit über eine Lücke ihres Inneren, die an Stellen klaffte, wo sie ein Stöhnen um den toten Jungen unterdrückte. Immer und immer wieder bei den unpassendsten Gelegenheiten fiel es ihr ein; eine Granate, Fernschuß, tot. Dennoch sagte sie sich, daß in solchen Erkältungszeiten ein Siebziger nicht mit innerem Gram herumlaufen dürfe. Daß Otto vor der kalten Dreistigkeit des S. – sie sprach den Namen nicht gern aus – »gekniffen« habe, fand sie ganz in Ordnung. Dieser Kreatur gab man's auf dem Dienstwege.

»Ist nicht Friderici«, fragte sie, »im Militärkabinett verschwunden? Ihm solltest du schreiben.«

Otto von Lychow hörte auf, an die Scheibe zu trommeln. Quer über die große Lindenallee schritt in diesem Augenblick von den Feldern nach den Ställen ein Trupp von fünf russischen Gefangenen, die Zeltbahn als Regenschutz spitz überm Kopfe; er sah sie nicht, obwohl er sie hätte sehen müssen. Ganz aus dem Unterbewußtsein empor schloß er die Augen und hängte sich an den so lange vergessenen vertrauten Namen des Oberstleutnants von Friderici, dem er einmal mit siebenhundert Talern aus der verzweifeltsten Spielschuld seines Gardelebens geholfen hatte. Ihm schreiben, wie sich der Generalmajor Schieffenzahn geradezu schimpflich und unkameradschaftlich benommen hatte, das gab Luft. Man konnte durch ihn vorfühlen lassen, ob eine dienstliche Beschwerde an allerhöchster Stelle Sinn und Verstand hatte. Schließlich war ein erschossener Russe, der jenseits jeder Öffentlichkeit den Weg alles Fleisches geschickt worden war, ein leicht ungewöhnlicher Gegenstand für eine Beschwerde bei Majestät – sicher nicht ohne weiteres verständlich in Kriegsläuften, die zwar durch das Heraufdämmern amerikanischer Fluggeschwader einen leise drohenden Rand bekamen, bei den neuen Ereignissen in Rußland aber hinwieder, dem Oberhandbekommen jener auf Friedensschluß festgelegten Bolschewiken, sich sehr hoffnungsvoll für die Richtung Schieffenzahn aufhellten. Aber Otto von Lychow brannte von dem kleinen Fleck

her innerlich an. Das ging gut einzufädeln. Er konnte sich's schließlich leisten: Friderici vertraulich Schieffenzahns Benehmen schildern und an Posnanski kabeln, eine förmliche Beschwerde über den Eingriff des Generalquartiermeisters in die Gerichtshoheit der Division von Lychow mit allen Belegen und Akten an das Militärkabinett Seiner Majestät gehen zu lassen. Er blies die Backen auf, so daß sein Schnurrbart sich bauschte, drehte sich vom Fenster weg, schloß den dunkelblauen Vorhang, knipste mit sorgsamer Drehung die drei Hirschgeweihkerzen über seinem Schreibtisch an und öffnete die große grünlederne Schreibmappe, auf der Winfrieds Brief halb aufgeknifft sich seinen Fingern entgegenbreitete. Er legte ihn beiseite und prüfte die breite Feder in einem dicken Federhalter aus Kork.
»Du hast recht«, sagte er, sich halb umdrehend, »recht wie immer. Ich werde Friderici ein Licht aufstecken. Darf ich rauchen? Du riechst Zigarre ja am liebsten vom Nebenzimmer aus, durch die geschlossene Tür ...« Er lachte. Es soll mir nicht darauf ankommen, die Klage zweimal zu schreiben, dachte er, denn er fühlte, das erstemal werde es unmögliche Vokabeln regnen.
Auf dem großen elfenbeingeäderten Briefbogen knirschte und pfiff die Feder wie ein Schlittschuhläufer über neues Eis. Die Schriftzüge mit stark verdickten Grundstrichen, fast ohne Schnörkel, in deutschen Lettern, füllten Seite nach Seite. Ingrimm floß ab, Demütigung, gekränkter Stolz, aber auch Gefühl für Recht und Billigkeit und Sorge um den Staat des alten Kaisers Wilhelm.
»Sagen Sie mir nicht, lieber Friderici«, schloß er, »die Sache Bjuschew sei nicht wichtig. Rechten wir hier über ›wichtig‹? Preußen ist wichtig, Deutschland ist wichtig, die Hohenzollern sind wichtig, einige Einwände unter uns immer zugestanden. Gut und schön. Aber Sie und ich und jeder Kompanieführer weiß, wichtig ist mitunter der dußligste Verbindungsmann, der eine Nachricht zuverlässig durchzusagen hat, denn an ihm können fallweise die andern Wichtigkeiten hängen, und darum halte ich jeden Einzelfall für betrachtenswert und barometrisch. Unser alter Martin Luther, dessen Geburtstag wir heute mit kalter Gans und einem Schluck gewärmten Rotweins feiern wollen, war auch mal nur eine einzelne Nummer in der großen Armee der Klosterpfaffen von dunnemals, und seine Zeitgenossen, als er jung war, hielten ihn bestimmt auch nur für einen Verbindungsmann, und er war es auch. Aber der Verbindungsmann des Himmels mit Norddeutschland, von Holland, England, Skandinavien mal zu schweigen, weil sie heute auf der falschen Seite stehen. Und darum, lieber Friderici, wäre ich Ihnen dankbar, wenn Sie in geeigneter Stunde – es braucht nicht heut noch

morgen zu sein, ich drängle nicht – bei Majestät vorfühlten, wie Majestät sich zu einer Beschwerde des Generals der Infanterie von Lychow über den zweifellos sehr begabten Herrn Schieffenzahn stellen würde. Ich bin zu alt, um mich noch in Glasscherben zu setzen, aber einstecken, was unsere neueste Genialität mir altem Manne zumutet, dazu werde ich mich wohl auch als Leichnam nicht verstehen, sondern allnächtlich am 31. Oktober aus meiner Gruft in Hohenlychow aufstehen und spuken. Und das werden Sie doch wohl, lieber Friderici, nicht zumuten Ihrem alten Kameraden

O. v. L.«

Befriedigt lehnte der Verfasser sich im Stuhle zurück. Sein Herz ging viel freier. Er nahm die Weitsichtigen-Brille wieder von der Nase, die ihm ein fast professorales en face gab, raffte die acht Seiten zwischen zwei Finger und ging hinaus zu Frau Malwina, um sie lesen zu lassen. Die alte Dame fühlte sofort, daß der Brief, er sei, wie er wolle, seine seelenerleichternde Wirkung, auf die vor allem es ihr ankam, schon begonnen hatte; nun noch aussprechen, Alter.
»Da, Weißchen«, forderte er, »nu sieh mal.«
»Ach Otto«, wehrte sie ab, »du weißt doch, ich bin in Schriftenlesen nicht mehr stark. Lies vor.«
Eine behagliche, friedliche Sache, solch ein Wohnzimmer, stellte er fest, bevor er anfing.
»Laß Milchen mit dem Kaffee kommen«; und erst dann las er ihr, die Brille wieder auf der Nase, langsam und deutlich seine Sätze.

»Glaube immer, Regen in Spaa ist noch viel scheußlicher als Regen in Berlin.«
»Die Sache Belgien ist ja auch so flach, daß die Mark Brandenburg dagegen hochalpin genannt werden kann. Hören Sie nur, Friderici, wie der Wind die Bescherung an die Fenster klatscht.«
Die beiden Offiziere horchten: es knatterte, prasselte und treeschte ins Heulen eines schauderhaften Wehens. Die Gräben werden wieder ersaufen. Von Friderici seufzte.
»Jetzt werden sich viele wieder nach Osten wünschen.«
»Ich zöge Balkan vor. Am Doiransee kann man noch frei schwimmen. Wie fanden Sie Majestät heute?«
»Apropos, Osten. Albert Schieffenzahn hat sich wieder was geleistet. Aber er wird auch eins aufs Dach besehn, daß er sich wie ein Eierkuchen vorkommen dürfte.«
»Was Sie nicht sagen.«
»Majestät ist manchmal ja nicht gerade druckreif mit seinen Kundgebungen.«

Der Marineattaché entzündete seine Zigarette.
»Das kann man, weiß Gott, beeiden. Was war denn los?«
Friderici gähnte.
»Eigentlich nur eine Kleinigkeit. Wenn's nicht Lychow wäre ...«
»Was hat er denn, der alte nette Knacker?«
»Albertchen hat ihm in seine Gerichtsbarkeit hineingefummelt.«
»Soll den alten Herrn doch ruhig Flöte spielen lassen mit seiner Division.«
»Fand Majestät auch. Und wenn nicht gerade heute die neue goldene Feldflasche mit Brillantmonogramm angekommen wäre, hätte es für Schieffenzahn vielleicht noch peinlichere Komplimente gesetzt. Aber das Ding sah wirklich tadellos aus, blausamtener Überzug mit Brillanten um den goldgefaßten Korken.«
Der Marinemann in Dunkelblau mit goldenem Dolch schnalzte mit der Zunge.
»T, t, würde zu unsereinem auch nicht schlecht passen; ich meine, im Stil.«
»Sagen Sie das nicht. Für Schieffenzahn war die Ankunft des Schmuckstücks wie von der Vorsehung gestiftet. Majestät ging hoch, man darf wohl sagen, höllisch fuchtig. ›Ich habe genug an dem Fall Cavell‹, schrie er, und dann kamen ein paar Ausdrücke gegen Albert, die ich leider sofort vergessen habe.«
Der Wind warf sich maßlos an die Scheiben. Der Marineoffizier horchte gereizt hinaus, beunruhigt, belästigt.
»Scheußlicher Dreck. Im Kanal wird's heute wieder wehen ...! Und dabei sind U-Boote unterwegs.«
Friderici sah vorsichtig, schräg an seinem Kneifer vorbei, dem Partner in die Augen.
»Glauben Sie, daß sie's schaffen werden?«
Der andere wiegte bedenklich den Kopf.
»Wenn wir genug davon haben, zweifellos.«
»Aber ob wir genug davon haben?«
»Ja, that's the question. Was gab es denn bei Schieffenzahn?«
»Sie meinen, bei Lychow? Nichts von Belang. Erschießung eines Russen. Aber die Präzedenzfrage, die verlangte es.«
»Ach«, sagte der Kapitänleutnant mit einem Seufzer, indem er aufstand und seine Bügelfalte glattstrich, »immer diese Grenzstreitereien. Die haben alle den Ressortfimmel, und Majestät muß dann schlichten.«
Bedauernd seufzte Friderici.
»Natürlich, Heere leiten ist kein Gänsehüten. Zum Glück hat Majestät den natürlichen Mut und das wache Rechtsgefühl seines er-

lauchten Ahnen«; und sie blickten beide bewundernd, ja andächtig zu dem Bilde des Alten Fritzen empor, das, eine neue aufschönende Ölkunst, aus rosa Bäckchen wie geschminkt mit genial blauen Augen blitzte. Der Waffenrock, dunkelblau Samt, saß gut gemalt in dem ovalen Goldrahmen, und kriegerisch mit Rot und Weiß dräute der Dreispitz über den runden Locken.

Letztes Kapitel: Abgesang

Kurios genug liegt der Bahnhof von Merwinsk, wie viele andere im Osten, keineswegs so, daß die große breite Bahnhofstraße, außerhalb der Stadt eine Allee mächtiger Eichen, unmittelbar auf ihn stößt; sie zieht sich vielmehr im Bogen noch zwei Minuten am Gleis entlang, während eine Abgabelung quer über die Schienen geradeaus ins Freie weiterleitet. Eine Schranke, weiß-blau-rot in Russenfarben bemalt, sperrt, wenn ein Zug naht, diesen Übergang. Der Gefreite Hermann Sacht fährt auf Genesungsurlaub. Den Helm auf dem Kopfe, das Gewehr um den Hals gehängt, in der Rechten ein Kistchen, in der Linken das Paket und die Papiere, ohne welche man ebensowenig auf Urlaub gehen kann wie ohne Beine: Urlaubsschein, Entlausungsschein, Verpflegungsschein, Fahrschein mit allen Stempeln, hastet er schweißtriefend unter den Bäumen hin. Von der Straßengabelung, von der Schranke aus braucht man noch zwei Minuten bis zum Bahnhof, eine weitere Minute zum Drängen durch die Sperre und in ein ohnehin gefülltes Abteil. Dann, aber erst dann mag seinetwegen der Zug losrücken. Flehentlich bittet er in seinem Herzen, er möge noch zurechtkommen. Versäumt er diesen durchgehenden Zug, so verliert er gut dreiviertel Tag des unersetzlichen, grauenhaft unwiederbringlichen Urlaubs; und so läuft er die eisglatte Schneebahn der breiten Straße entlang, und es trieft ihm trotz der Kälte über Stirn und Augen, denn selbstverständlich hängt ihm auf dem Rücken noch der prallgefüllte Rucksack, Nahrungsmittel, Vorrat für Frau und Kind und ihn, damit er auf Urlaub nicht schlechter gestellt sei im großen Osten Berlins als im großen Osten Rußlands. Der Entlausungsgefreite, dieses Schwein, hat ihn, um Trinkgeld zu erpressen, elf Minuten länger auf Stempel und Unterschrift warten lassen, als notwendig war, ihn, der völlig entlaust und sauber aus der Leichtkrankenstube der Kommandantur kam und nur des Papiers, gar keiner Entlausung bedurfte. Aber ein alter Zwist zwischen Entlausungsanstalt und Kommandantur rächt sich immer an den Schwächeren, und niemand ist so schwach ge-

genüber einem Gefreiten, der seinen Urlaub hinter sich hat, wie ein Gefreiter, der einen Zug unbedingt erreichen will. Hermann Sacht sieht im Traben seine beiden Kinder auf dem Schlesischen Bahnhof warten, noch Viertelstunden nach dem Einlaufen des Zuges, der schon längst wieder auf Alexanderplatz zu die große schwarzdunkle Halle verlassen hat, den Bahnsteig absuchen nach dem Papa, der doch bestimmt kommen mußte! Der Schweiß durchtränkt ihm die Halsbinde. Er wagt nicht, so viel Zeit zu opfern, wie nötig wäre, auf die Armbanduhr zu sehen. In stetem Dauerlauf jagt er dahin, der Rucksack wippt auf dem Rücken, der Helm wackelt über den Schläfen, Paket und Kiste knirschen in ihren Schnüren, und das Gewehr schlägt ihm mit dem Kolben jeweils an das rechte Knie, während das Seitengewehr ihn in die linke Kniekehle stupst. Aber im Augenblick, wo er sich der Kurve auf fünfzig Meter genähert hat, hört er zu gellendem Pfeifen das mächtige Schnaufen einer langsam Fahrt anhebenden Lokomotive. Der Urlauberzug scheint sehr lang zu sein; die Zugmaschine hat sich wahrscheinlich gerade in Bewegung gesetzt ... Er wird um drei Minuten zu spät kommen. Aber bei auch nur einer halben Minute Fehlfrist bleibt zu spät zu spät ... Eigentlich könnte er jetzt in die Knie brechen oder sich auf seine Kiste setzen und heulen. Aber aus dem hoffenden und tief in Trab gesetzten Aufruhr seiner Person läuft er weiter. Er läuft weiter auf ein Wunder hin, auf ein Mirakel Gottes, an den er nicht glaubt, läuft weiter, obwohl die Rauchfahne der Lokomotive sich bereits zwischen den Ästen des vordersten Baumes zeigt, und im Augenblick, wo er an der Barre der weiß-blau-ziegelroten Reichsstange anlangt, drängt sich die mächtige Schnellzugslokomotive, mit ihren Gelenken lautlos spielend, den Schornstein voll von Dampf und Rauch, auf zwei und einen halben Meter Entfernung an ihm vorüber. Da bricht aus ihm die Verzweiflung.
»Kamerad!« schreit er, »Kamerad! Berliner!« und winkt fast taumelnd mit den Urlaubsscheinen in seiner Hand.
Der Heizer vor seinem Tender stößt den Lokomotivführer am Führerstand, der soeben vollen Dampf geben will, an. Da steht Hermann Sacht an seiner Schranke, die ersten Wagen gleiten vorbei, die belustigten Gesichter dreier Offiziere drängen sich ans Fenster, um den wahnsinnig komischen Muschko da, mit seiner Kiste und in Schweiß triefend, mit offnem Maul und offnen Augen zurückbleiben zu sehn. Aus dem nächsten Abteil winkt ihm einer neckisch zu. Dann gleitet der erste Wagen zweiter und dritter Klasse vorüber, und Mannschaftswagen dritter und vierter Klasse schieben sich ins Sichtbild. Es ist aus, denkt Hermann Sacht, umsonst ist er gelaufen, um-

sonst wird er sich eine Entzündung der Lunge oder des Rippenfells holen, denn sein Hemd klatscht ihm an den Rücken, und draußen leistet sich die Luft Ende November acht Grad Kälte. Der Heizer boxt den Lokomotivführer mit dem Ellenbogen in den Rücken und sagt:

»Da wär noch 'n Kamerad, der mitmöchte . . . !«

Ende November 1917 . . . Die Dienstvorschrift des Lokomotivführers gebietet ihm, an diesem Punkte der Bahnstrecke seinem eisernen und zuverlässigen Löwen volles Futter in die Knochen strömen zu lassen. Hermann Sacht weiß es so gut wie jeder andere. Gleich wird schneller und schneller der nächste Wagen an ihm vorüberlaufen. Ohnehin kann man selbst bei diesem Tempo, auch wenn man nichts in der Hand hätte, sich unmöglich auf eins dieser vorübergleitenden Trittbretter schwingen. Sie sind bereift, glatt, und wer überhaupt ist so geübt . . . Ja, wenn hier ein Hauptmann stünde oder sonst ein Offizier, der gebieterisch winkte, dann gelänge es vielleicht, gegen alle Vorschrift den Führer zum Bremsen, zum Halten zu veranlassen. Aber er, nichts als deutscher Soldat, Familienvater, ganz unten . . .

Ein eisernes, stählernes, schneidendes Knirschen reißt plötzlich aus den Rädern des Zuges an sein Ohr. Der Zug beschleunigt nicht, der Zug verlangsamt sich, rutscht wie eine Semmel über den Teller und zögert wie eine Semmel am Tellerrand. Erstaunte Gesichter blicken aus den Herrenfenstern, aber vom Führerstand bückt sich jemand und schreit Hermann Sacht zu:

»Mach man rin, du Dussel!«

Es bedarf wirklich des Bruchteils einer Sekunde, um ihm beizubringen, daß seinetwegen der Zug nahezu hält. Er kriecht unter der Schranke durch, läuft mit seinen Paketen zum nächsten Wagen. Dort, vom Halten aufmerksam geworden, drängen ebenfalls Köpfe mit Feldmützen aus der heruntergelassenen Scheibe. Und sie verstehen schneller als er. Eine Abteiltür, von innen aufgeklinkt, springt auf. Es strecken sich ihm Hände entgegen, die seine Pakete nehmen, dann packt ihn einer am linken Arm, während er sich mit der Rechten am eisigen Griff des Wagens festhält, und indem er sich heftig ans Schienbein stößt, wird er in den Zug gerissen. Die Tür hinter ihm fliegt zu, und mit neuem Knirschen, eisig und wütend, mit einem dunklen Grollen geht das riesige Räderspiel der Lokomotive und der Wagen von neuem westlich an. Einige Offiziere in ihren Polstern sehen einander an. Das ist ja fast . . . stellen sie fest. Was es ist, wissen sie, aber sie sagen es nicht.

»Na, denn Null ouvert«, meint ein junger Pionierleutnant, indem

er seine Karten, die er für ein stundenlanges Spielchen in der Hand hält, auf den Lederkoffer breitet, der zwischen den Beinen als beliebter Skattisch steht.
»Sie haben die Ruhe weg«, knarrt mürrisch ein älterer, feister Reserveoberleutnant, Gummireisender von Beruf und außerordentlich offizierlich gesonnen. »Werde Meldung machen. Dem Kerl da auf der Lokomotive können paar Monate Schützengraben nischt schaden. Soll seine Fahrvorschrift im Koppe haben und sich den Teufel um das kümmern, was am Gleise vorgeht.«
Der junge lustige Infanterieleutnant in der Ärmelweste, die offen ihr Pelzfutter zeigt, lacht ihn kameradschaftlich aus.
»Dann stellen Sie sich nur selber an den Führerstand, Kamerad. Aber ich glaube, wer heute Lokomotivführer heißt, figuriert unabkömmlicher als Schieffenzahn.«
Grollend fügt sich der Gummireisende. Noch vor drei Vierteljahren hat er auf diese Weise zwei Lümmels ihrer eigentlichen Bestimmung zugeführt. Aber seit sie, Zünder wegen, die kupfernen Feuerbüchsen aus den Lokomotiven gerissen haben, sind die Eisenbiester ja so schwierig zu nehmen wie hysterische Erbtanten.
»Das Pack beginnt sich zu fühlen«, sagt er, »die gelernten Arbeiter, alles, was von Berufs wegen an Maschinen steht!« Die Leute haben den Finger am Ventil des Krieges. Sie wissen es noch nicht, denkt ein Oberarzt, der als vierter Mann in diesem Herrenabteil mitreisen darf. Und wenn sie es erst wissen ...
Der Zug voller Urlauber hat hohe Fahrt. Wälder, schwarze Stämme auf weißem Grund, und die vollbeschneiten Schottersteine mit Ölspuren und Ruß sausen an den Trittbrettern, den Fenstern des Zuges vorüber.
»Wa', Mensch? Wird man sich woll noch leisten dürfen ...«, sagt der Lokomotivführer, indem er ausspuckt, zu seinem Heizer, »das wär gelacht!« Und grimmig-heiter, schwarz berußt und schmierig sehen sie einander an. »Das kostet den Staat siebzig Mark vergeudete Heizenergie und zwei Minuten Verspätung. Aber da er mit jeder Granate ein paar hundert Mark in die Luft pustet – rechne dir aus, Mensch!«
Rhythmisch stöhnend, von Kräften geschüttelt wie ein kreißender Lindwurm, kroch über die Erdkruste am Grunde der Atmosphäre der langhinrollende Zug westwärts in den aufhellenden Mittag.